Astrid Korten

Tödliche Perfektion

Astrid Korten

TÖDLICHE PERFEKTION

Poesie der Macht

Thriller

MIX
Papier aus verantwortungsvollen Quellen
Paper from responsible sources
FSC® C105338
FSC
www.fsc.org

Bibliografische Information der Deutschen Nationalbibliothek: Die Deutsche Nationalbibliothek verzeichnet diese Publikation in der Deutschen Nationalbibliografie; detaillierte bibliografische Daten sind im Internet über http://dnb.dnb.de abrufbar.

Lektorat/Korrektorat: Ralf Reiter

Titelbildabbildung: © Trevillon

Verlag: BoD · Books on Demand GmbH, Überseering 33, 22297 Hamburg, bod@bod.de

Druck: Libri Plureos GmbH, Friedensallee 273, 22763 Hamburg

ISBN: 978-3-7597-7762-1

Neuauflage des Titels "Tödliche Perfektion"

Die Autorin im Internet: www.astrid-korten.com

Über das Buch:

Nach der Beerdigung ihrer Eltern wird die sechsjährige Charis von der Familie Burgess adoptiert und wächst behütet auf Torrisdale Castle in Schottland unter der Obhut von Nathan Burgess auf. In Nathans Söhnen Calum und Gordon findet sie Freunde. Als Heranwachsende fühlt sie sich besonders zu Calum hingezogen. Je älter sie wird, desto intensiver werden ihre Gefühle für den attraktiven Schotten. Sie beginnen eine leidenschaftliche Affäre. Charis ahnt nicht, dass Calum und sein Vater Böses im Schilde führen und sie Opfer ihres perfiden Spiels wird...

Unterdessen hat Pharma Faber in Hongkong eine revolutionäre Entdeckung gemacht: Ein neuer Wirkstoff stoppt den Alterungsprozess! Das Milliardengeschäft mit der ewigen Jugend ist in greifbare Nähe gerückt. Doch Robert Faber ahnt nicht, dass die Information trotz höchster Geheimhaltung bereits in falsche Hände geraten ist. Er geht der Sache nach.

Die Spur führt nach Schottland...

Fesselnd, dramatisch, eiskalt: Der Thriller über die Schattenseiten der Schönheit und die Abgründe der menschlichen Seele.

Prolog

Torrisdale Castle, Sommer 1990

Von Drogen umnebelt, raste Gordon mit dem Geländewagen seines Vaters durch die dunkle Nacht. Vage war ihm bewusst, dass er zu schnell fuhr, aber es machte ihm keine Angst, es überraschte ihn nicht einmal. Die unübersichtlichen Kurven waren ihm vertraut, denn er fuhr nachts häufiger über die Single Track Road in Richtung Kinlochbervie.

Er hatte in dem schottischen Dorf mit den von der salzhaltigen Luft angegriffenen graubraunen Bruchsteinfassaden seine Kindheit verbracht und kannte die dunkelsten Ecken. Als Kind hatten er und sein Bruder Calum in Kinlochbervie immer wieder gehört, wie schwer, hässlich und oft schmerzlich das Sterben sei. In dieser Gegend erzählten die Angehörigen dem Sterbenden eine Geschichte, um ihn von seinem Schmerz abzulenken. Gordon kannte viele dieser Geschichten von gläsernen Bergen und blauen Drachen, von Lebensbäumen und Mondblumen, von Talismanen und Tarnkappen, von Zauberern und Geistern, vom Feuervogel und der Regenbogenschlange, von weissagenden Träumen und dem Weg ins Himmelreich. Sein Vater hatte sie ihm auf Torrisdale Castle an kalten Winterabenden erzählt, als er neun Jahre alt war und im Fieberwahn den Tod herbeisehnte.

Gordon Burgess fragte sich nicht, ob das Gesetz es ihm erlaubte, die Tierkadaver von Torrisdale Castle am Loch Meadhonach zu begraben. Er tat es einfach, und kein Mensch hätte ihn davon abhalten können, nicht einmal sein Bruder Calum oder die kleine Charis.

Er glaubte, dass die aufgewühlte Moorlandschaft beseelt war und einen eigenen Geist besaß. Er liebte das Moor mit seinen verschlungenen Pfaden und den zahlreichen Vogelarten und hatte sich schon als Kind nach einem solchen Ort gesehnt. Wie Calum war auch er der Meinung, dass hier eine Welt existierte, in der die Begebenheiten des täglichen Lebens noch geheimnisvoll und wundersam erschienen. Die Natur stand in vertrautem Dialog mit den inneren Landschaften seiner Seele. Jenseits und Diesseits waren hier eng miteinander verwoben. Die verstreuten Gräber mit den steinernen Kruzifixen veranschaulichten, dass der Tod an Loch Meadhonach nur die Heimkehr an einen vertrauten Ort bedeutete, den die Toten nie mehr verlassen sollten.

An der Telefonzelle am Ende der Ortschaft hielt er für einen Moment an und suchte im Handschuhfach nach einem Beutel Riopan. Seine Magensäure hatte mal wieder einen Höchstpegel erreicht, und der Schmerz war unerträglich. Er riss den Beutel auf, nahm die weißliche Flüssigkeit ein und wartete auf die Wirkung, indem er einfach dasaß und langsam ein- und ausatmete. Als das Feuer in seinem Magen nachließ, drehte er den Zündschlüssel um, sah in den Rückspiegel und fuhr wieder los. Hinter sich hörte er ein anderes Auto starten und anfahren. Er war also nicht der Einzige, der in dieser Nacht unterwegs war. Die Scheinwerfer eines Wagens hinter sich zu haben behagte ihm nicht. Sie tanzten im Takt der Schlaglöcher.

Er versuchte, den Fahrer im Rückspiegel zu erkennen, aber die Fenster waren dunkel getönt. Ein Schaudern wanderte seine Wirbelsäule entlang. Auf dem letzten ebenen Stück, bevor die Straße anstieg, kam der Wagen hinter ihm näher und überholte ihn zügig. Jemand hatte ihn verfolgt. Oder unterlag er einer Sinnestäuschung und hatte sich das nur eingebildet? Diese verdammten Drogen! Seit seinem vierzehnten Lebensjahr konnte er einfach nicht die Finger davon lassen. Er fröstelte und drehte die Heizung auf. Der Wind heulte und drückte den Motorengeruch ins Wageninnere. Obwohl seine Füße heiß waren, zitterte sein Körper vor Kälte.

Er folgte dem Hinweisschild nach Loch Meadhonach, bog in einen Feldweg ein und lenkte den Wagen geschickt durch das unebene Gelände. Dann schaute er noch einmal in den Rückspiegel. Nichts. Hinter ihm blieb alles dunkel. Sein Ziel war die Sandwood-Ruine, nicht weit entfernt vom Loch Meadhonach. Dort brachte er das Fahrzeug zum Stehen, schaltete den Motor aus und starrte in die Dunkelheit. Aber nur das unablässige Hämmern seines Herzschlags störte die Stille.

Gordon holte tief Luft, stieg aus und öffnete die Heckklappe. Vorsichtig hob er den toten Schwan aus dem Wagen und legte ihn sanft auf den feuchten Moorboden, dessen Duft ihm in die Nase stieg. Vom Meer her glaubte er die Stimmen von Sirenen zu hören, die sich zu einem kraftvollen Gesang vereinten. Sie redeten ihm ein, das Mondlicht wäre ein Zeichen des Schicksals, das sein Tun guthieß. Ein eisiger Wind fegte über das Moor. Er packte den Kadaver und trug ihn über einen mit Steinen markierten Pfad, der sich durch die vom Mond beschienene Landschaft schlängelte.

Seine Gedanken kreisten um das tote Tier, das an den Folgen einer Injektion gestorben war. Dabei war er felsenfest davon überzeugt gewesen, im Labor die richtige Dosis gefunden zu haben, aber der

Schwan hatte nach der Injektion nur gekreischt und war innerhalb weniger Minuten verendet.

Dabei hatte er gerade heute seinen Vater und die ehrwürdigen Männer des Kuratoriums mit den Tierexperimenten beeindrucken wollen.

Das Kuratorium war eine kleine erlesene Gruppe steinreicher Männer aus der Oberschicht Großbritanniens: alter Adel und mächtige Unternehmer. Sie waren die Rockefellers und die „Peerage" – der höchste Adel – des britischen Königreiches und spendeten ein Vermögen, um ihr Ziel zu erreichen: die Entschlüsselung des Unsterblichkeitsenzyms, das einen ewigen Jungbrunnen bedeutete. Schon ihre Väter hatten Lux Humana angehört. Die Elite des Geheimbunds vermischte sich nicht mit dem Pöbel, denn sie gab die Macht untereinander weiter.

Gestern hatte sein Vater ihm in seinem Büro den Arm um die Schultern gelegt und ihn zunächst freundlich angesehen.

„Das Kuratorium von Lux Humana wird am Abend hier eintreffen. Wir haben Wichtiges zu besprechen, denn die traditionellen Strukturen sind ins Wanken geraten", hatte Nathan gepredigt. „Politik, Religion, die Institution von Familie und Gemeinschaft sind plötzlich ungewiss geworden. Es ist an der Zeit, die Schönheit zu beschwören und sie neu zu beleben. Die Menschen haben sie vernachlässigt, deshalb befinden sie sich in einer katastrophalen Krise. Zu gegebener Zeit wird die Welt erfahren, was Lux Humana leistet. Wir werden eine Gegenwelt zu dieser mit Makeln behafteten Welt erschaffen, um sie zu verändern. Wir, die Burgess-Familie und das Kuratorium. Wir werden gemeinsam Großes leisten, Gordon. Du wirst uns dabei mit deinen Fähigkeiten unterstützen. Die Herren möchten den zukünftigen Biogenetiker von Lux Humana kennenlernen, denn schließlich finanzieren sie seit Jahren unsere Forschung. Ich werde dich ihnen morgen vorstellen."

Doch plötzlich war das Lächeln auf seinem Gesicht erloschen und beißendem Spott gewichen, fast im Einklang mit der flachen Hand, die er ihm mit Wucht ins Gesicht geschlagen hatte. Gordon war taumelnd aus dem Büro geflohen, während die Stimme seines Vaters in seinen Ohren nachhallte.

„Also reiß dich gefälligst zusammen und lass die Finger von den Drogen!"

Vielleicht konnte er eines Tages tatsächlich die Jungbrunnenfrage lösen. Dann wäre sein Vater stolz auf ihn. Ganz bestimmt! Aber bislang war er mit seinen Versuchen kläglich gescheitert.

Loch Meadhonach schien unendlich weit weg. Noch immer lag

Frost in der Luft, doch Gordons Körper glühte, als er mit seiner schweren Last endlich dort ankam. Einmal strich etwas über seine Wange. Vielleicht der Geist eines toten Tieres, das ihn ewig verfolgen, anklagen und verfluchen würde? Er konnte erst aufatmen und den kommenden Tag stark und rein beginnen, wenn der Schwan in seinem Grab lag.

Am Seeufer bemerkte er im Schein einer brennenden Fackel eine ausgebreitete Plane, auf der ein Spaten und zwei Wolldecken lagen. Auf einem Steinhaufen daneben lag eine karminrote Rose. Calum! Sein Zwillingsbruder überließ nichts dem Zufall. Gordon legte den toten Schwan auf die Plane und betrachtete ihn still. Bei seinem Anblick wurde ihm kalt und heiß, sein Gaumen wurde trocken, und seine Kehle war wie zugeschnürt.

Das Mondlicht hing blass und geisterhaft über ihm. Der böige Märzwind wirbelte die feinen Sandkörner des Seeufers durch die Luft und ließ tote Zweige rascheln. Gordons langes braunes Haar wurde vom Wind gepeitscht, und seine weite weiße Hose flatterte wie ein Segel um seine Beine. Er legte eine Decke über das Tier. Zähneklappernd warf er sich die andere über die Schultern und sah sich um, bis er die Stelle entdeckte, nah am Wasser.

Er warf die Decke ab und griff nach dem Spaten. Vom knirschenden Klirren des ersten Stoßes ins Erdreich wurde ihm fast schwindlig. Er spürte die harten Muskeln seiner Arme, seine Füße in den Stiefeln, sah auf seine schlanken Hände, zwängte seine Kraft in ein Geschirr wachgerufener Bewegungen – einstechen, nachtreten, heben und schwingen, einstechen, nachtreten, heben und schwingen. So hatte es ihm sein Vater beigebracht. Schließlich verfiel er in einen von jeglichem Denken losgelösten Rhythmus, einen vertrauten Takt, der ihn aber nicht beruhigte.

Er weinte, als er den Körper des Tieres in das ausgehobene Loch bettete. Als das Grab zur Hälfte gefüllt war, gab er Steine hinein, um Aasfresser abzuhalten, schaufelte ein wenig Erde darüber und schichtete dann weitere Steine zu einem runden Hügel auf.

„Wer weiß denn, ob das Leben nicht Totsein ist und Totsein Leben?“, flüsterte er, legte die Rose auf das Grab und beschwerte den langen Stiel mit einem Stein.

Bildete er sich nur ein, dass sich der Himmel plötzlich in Schleier hüllte und violett färbte? Das Blut rauschte in seinen Ohren, ihm wurde übel. Die Sterne am Himmel begannen sich zu drehen, zunächst langsam, dann schneller und schneller, bis ihn eine tiefe Schwärze erfasste.

Als er wieder zu sich kam, lag er auf dem Rücken. Er öffnete die

Augen. Der Mond schien heller, Wolken eilten an seinem Licht vorbei, der Himmel wurde sternenklar. Hoch über ihm zog eine Möwe ihre Kreise, als habe sie das Spiel des Todes mit Interesse verfolgt. Er stand benommen auf, ging zum Ufer des Loch Meadhonach und klatschte sich Wasser ins Gesicht. Danach warf er eine kleine blaue Pille ein, die ihm eine farbenfrohe Nacht bescheren sollte – ohne alptraumhafte Visionen von toten Schwänen.

Plötzlich zuckte er am Seeufer zusammen. *Nein!,* dachte er. *Das kann nicht sein.* Er rieb sich die Augen, schaute noch einmal hin und stolperte. Er glaubte plötzlich vor einem Abgrund zu stehen, wo sich feine Risse auftaten, Risse, die sich allmählich zu größeren Klüften verbreiterten, um sich dann zu vereinigen zu einem gähnenden schwarzen Loch, das ihn verschlucken wollte. Das Mondlicht schimmerte in dem klaren kalten Wasser und drang bis auf den Boden des Loch Meadhonach.

Tief unten im Wasser lag die Leiche einer jungen Frau. Ihr vor Kälte erstarrter Körper schimmerte in gespenstischer Blässe, und das Wasser spielte mit ihrem langen braunen Haar. Die Erinnerung an ein Mädchen blitzte auf, die Verabredung vor ein paar Tagen, die sie nicht eingehalten hatte ...

„Darf ich dich mal stören?", fragte eine weibliche Stimme.

Gordon blickte auf. Vor ihm stand eine junge Frau, die ihn schelmisch musterte.

„Du störst mich bereits", antwortete er.

„Ich stecke gerade in einem kleinen Chemieexperiment und wollte fragen, ob du mir kurz dabei hilfst."

Er runzelte die Stirn. „Du verarscht mich, oder?"

„Ich kann mit einem Blick erkennen, dass du sehr gut in Chemie sein musst."

„Mag sein, aber das hier ist eine Bibliothek und kein Labor", entgegnete er genervt. Er wollte sie loswerden, aber sie ließ nicht locker.

„Ich habe in letzter Zeit nur Idioten gefragt und bin daher voreingenommen, aber von dir habe ich nur Gutes gehört. Ich nehme deine biochemische Aura deutlich wahr."

Gordon grinste. „Und wen fragst du sonst noch?"

Sie schaute sich in der Bibliothek um. „Ich weiß nicht. Hier erfüllt sonst keiner die Kriterien: attraktiv, achtzehn, männlich, sexy."

„Siebzehn!", konterte Gordon.

Sie überlegte kurz. „Hm ... Ich mach mal eine Ausnahme."

„Für gewöhnlich bekomme ich etwas dafür, wenn ich jemandem in

Chemie unter die Arme greife.“ Er sah das Mädchen mit den haselnussbraunen Haaren erwartungsvoll an.

„Verstehe, aber mir sind leider vorhin die Fanmützen ausgegangen. Kann ich dich stattdessen am kommenden Samstag zum Essen einladen? Wir können einfach nur reden, und wenn wir Glück haben, sagt einer vielleicht etwas Interessantes.“

„Ich mag aber keine Mädchen, die Chemie als Hauptfach haben.“

Sie lächelte geheimnisvoll. „Da hast du aber ein Glück, ich bin nämlich noch unentschlossen.“

„In welcher Hinsicht?“, fragte er.

„In jeder.“

Er reichte ihr die Hand. „Ich heiße Gordon.“

„Aileen. Wirst du mich Samstagabend versetzen, Gordon?“

„Nein, das werde ich nicht, Aileen.“

„Gegen acht, in der Pizzeria Stromboli?“

„Ich werde pünktlich sein, Aileen“, antwortete er und lächelte. „Was gibt’s dort als Nachspeise?“

„Mango-Eis mit Nüssen und Rosinen“, antwortete sie. „Warum fragst du?“

„Ich esse die Nachspeise immer zuerst.“

Sie hob die Augenbrauen. „Ist das ein politisches Statement oder medizinisch begründet?“

„Ich habe einfach keine Lust zu warten. Ich könnte beim Hauptgericht sterben.“

„Ist das denn zu erwarten?“

Gordon rieb sich das Kinn. „Vielleicht sterbe ich an einer Lungenembolie, oder ein Asteroid stürzt auf die Pizzeria. Ich würde sterben, ohne das gegessen zu haben, was ich am meisten mag: den Nachtisch.“

„Aber die Wahrscheinlichkeit …“

„Weißt du was?“, unterbrach er. „Garantiere mir, nein, schwöre mir, und zwar bei deiner unsterblichen Seele, dass ich die Hauptspeise überleben werde. Dann warte ich.“

Aileen schenkte ihm ein strahlendes Lächeln. „Hm …“

„Stopp. Sag nichts. Denn wenn ich doch sterbe, würde dich für den ganzen Rest deines Lebens nicht nur die Gewissheit quälen, dass du gelogen hast, sondern dann hast du mir auch noch den letzten Genuss verwehrt, den allerletzten Wunsch. Bist du bereit, so viel Verantwortung auf dich zu nehmen, nur damit du mal recht hast, schöne Aileen?“

„Du siehst mich sprachlos vor dir stehen, Gordon.“

Schmetterlinge flatterten wie wild in seinem Bauch. „Keine Angst, ich teile den Nachtisch mit dir!"

„Würdest du mich hier und jetzt küssen, Gordon?"

„Nein."

„Du isst den Nachtisch zuerst, weil Asteroiden in eine Pizzeria einschlagen könnten, aber das Mädchen, das du offenbar nett findest, küsst du nicht. Du ziehst es stattdessen vor, bis Samstagabend zu warten."

Seine Augen verengten sich, und mit einem selbstgefälligen Grinsen packte er ihr Kinn und sah sie eindringlich an. „Ich habe es mir anders überlegt", sagte er und küsste sie doch.

Gordon schaute noch einmal in die Tiefe und begriff, warum Aileen ihn zwei Stunden vergeblich vor der Pizzeria hatte warten lassen. Sie war tot!

„Tot!"

Er schrie es in die Nacht hinaus. Seine merkwürdig krächzende Stimme, die vom gegenüberliegenden Ufer herüberdrang, konnte man bis zur Sandwood-Ruine hören. Im Schatten der Ruine stand ein dunkler Bentley.

Zuerst war es ein Spiel gewesen. Calum war dem Geländewagen auf die Landstraße gefolgt. Dann bemerkte er, dass Gordon im Rückspiegel genauer auf den Fahrer hinter sich achtete, und vergrößerte den Abstand. Als sein Bruder nach einem kurzen Stopp an der Telefonzelle wieder losfuhr, zog Calum mit Vollgas an ihm vorbei und sah im Rückspiegel, dass Gordon in den Feldweg einbog, der zum Loch Meadhonach führte. Calum bremste, wendete den Bentley und fuhr zurück. Langsam näherte er sich dem Geländewagen, dessen Lichter in der Ferne durch die Dunkelheit tanzten. Er seufzte und hielt im Schatten der Ruine an.

Das arme Tier, armer Schwan ...

Calum hatte Gordons Gejammer vom Abend noch in den Ohren. Er war ihm beim Abendessen schon redselig, fahrig und nervös vorgekommen, hatte sich immer wieder an die Nase gefasst. Als er feuchte, undeutliche Worte artikuliert und ständig gekichert hatte, hatten die geröteten Augen mit den erweiterten Pupillen verwundbar nach innen geschaut. Untrügliche Zeichen des Kokainkonsums, der seinen einst so erfinderischen Verstand längst verwirrt und seinen athletischen Körper ausgemergelt hatte.

Irgendwann werden dich deine Drogen umbringen, Bruderherz!

Er hatte ihn schon oft gebeten, die Finger von Kokain und Ecstasy zu lassen, aber sein Bruder hatte noch nie auf ihn gehört. Calum glaubte, den Grund zu kennen. Ihr Vater war großartig darin gewesen, seine Söhne auf Leistung zu trimmen, dabei aber ihre Anstrengungen zu ignorieren oder gar abzuwerten. Calum hatte das nicht gestört, aber Gordon war daran fast zugrunde gegangen.

Die kleine Charis konnte Nathan allerdings um den Finger wickeln und hatte im Laufe der Jahre eine ganz eigene, kindliche Taktik im Umgang mit ihm entwickelt, die Calum bewunderte. Das neunjährige Mädchen bot seinem Vater die Stirn wie sonst niemand. *Allein deshalb wird Nathan die Kleine mit Sicherheit früh in die Geheimnisse von Lux Humana einweisen,* dachte er.

Er hatte sich seinem Vater niemals untergeordnet. Nathan hatte seinen Söhnen weder genug Aufmerksamkeit noch Fürsorge entgegengebracht, um diesen Vertrauensbeweis möglich zu machen. Die Erziehung hatte aus ihm einen starken Mann gemacht, der einen festen Platz in der Gesellschaft und im inneren Kreis von Lux Humana gefunden hatte. Gordon dagegen war schwach und seit seinem dreizehnten Lebensjahr ein Junkie.

Calum hätte jetzt gerne seine lustvoll kreischende Freundin Kate im Pool hinter sich hergezogen, ihr auf das Hinterteil geklatscht, wäre mit ihr getaucht und hätte sie umarmt und kühles Salz von ihren warmen Lippen geküsst. Stattdessen gab er den Aufpasser und beobachtete Gordon dabei, wie er einen Schwan in ein Crain-Grab bettete. Er kräuselte verächtlich die Lippen. Ein Blick auf seine Armbanduhr zeigte, dass schon zwei Stunden vergangen waren. *Es wird Zeit, nach Torrisdale Castle zurückzukehren,* dachte er.

Plötzlich hörte er den Schrei. Er runzelte die Stirn. *Was war denn jetzt schon wieder los?*

Als Gordons Schreie lauter wurden, rannte Calum zu ihm, streckte seine Arme aus und drückte seinen schluchzenden Bruder an sich. Noch immer stand er unter dem Einfluss von Drogen, die ihn stöhnend im wirbelnden Strom der Eindrücke versinken und in seine Innenwelt eintauchen ließen.

„Ich habe sie gesehen, und jetzt bin ich eine Gefahr, eine Bedrohung für sie, Calum. Aber sie dürfen mich nicht töten", wimmerte Gordon. „Bitte ..." Gordon schluckte. „Bitte, Calum. Sag ihnen, dass sie es nicht ... Lux Humana darf mich nicht töten. Diese Männer dürfen mich nicht umbringen. Ich will nicht sterben, Calum. Bitte. Hört mich denn niemand?"

Diesen Klang hatte Calum bei ihm noch nie vernommen, nicht einmal in Ekstase. Sein Blick glitt über den ausgemergelten Körper. Der Wind und das Morgenlicht liebkosten das junge Gesicht, das unter dem Dreitagebart zartviolett schimmerte.

Gordons Lippen formten seltsame Worte, die Augen, trübe und verwundbar, sahen nach innen oder rollten unkontrolliert hin und her. Calum wurde von Zorn ergriffen. Er beugte sich vor und hielt seine Lippen ganz nah an Gordons Ohr.

„Niemand will dich töten. Aber wenn du dich nicht auf der Stelle zusammenreißt, bringe ich dich tatsächlich um. Dann kannst du deinem Schwan dort unten Gesellschaft leisten. Hast du mich verstanden?“, flüsterte er.

„Aber ... Aber ich kenne sie. Ich kenne das Mädchen dort unten im Wasser. Es ist Aileen aus dem Internat.“

„Gordon, da liegt kein Mädchen. Und Aileen ist auf Torrisdale Castle und hat Besuch von einer Freundin. Du hattest eine Halluzination, verdammt noch mal! Reiß dich zusammen und lass endlich die Finger von den Drogen!“

Plötzlich sprang Gordon auf, reckte die Arme dem Himmel entgegen und schrie: „Erbarme dich meiner Qualen!“

Calum ballte die Fäuste, dann schlug er zu. Sein Bruder stürzte zu Boden. Er packte ihn an beiden Armen und zog den bewusstlosen Körper zum Bentley.

Kapitel 1

Hongkong-Kowloon, 3. Oktober 2011

Um ein Uhr früh wurde Robert Faber in seiner Hotelsuite durch ein Gewitter aus dem Schlaf gerissen. Ein Windstoß packte die Jalousien und zerrte an ihnen. Der Tag in Hongkong war windig gewesen. Bei Einbruch der Dunkelheit hatte es eine Sturmwarnung gegeben, und schon brachen Böen mit fünfzig Knoten und mehr aus der Front hervor, die sich bis weit nach Süden erstreckte. Das *Peninsula Hotel* bot üblicherweise Ruhe in Fünf-Sterne-Qualität mit britischem Gütesiegel, doch jetzt zuckten die Blitze, und Regen peitschte gegen die Fenster.

Robert Faber, der Vorstandsvorsitzende und Hauptaktionär der Faber-Pharma-AG, rieb sich erstaunt die Augen. Er konnte sich nicht erinnern, in Deutschland jemals ein so heftiges Gewitter erlebt zu haben. Sein Herz klopfte in angenehmer Erregung, denn er liebte den Teufelswind, wie die Hongkong-Chinesen ihre kleineren Taifune nannten. Er stand auf, trat ans Fenster und schob die Jalousie nach oben, um sich das Schauspiel anzusehen.

Der wütende Donner über Victoria Harbour weckte Erinnerungen an seinen ersten Tag in Hongkong. Bei der Ankunft vor zwei Wochen war es heiß gewesen, die Luft feucht und voll von fremden Gerüchen, dann plötzlich war ein Wind aufgekommen - und mit ihm ein Gewitter.

Der Regen hatte ihn völlig durchnässt, und als er das Foyer der Hongkonger Niederlassung der Faber Pharma Ltd. betrat, hielt ihn die Empfangsdame für einen Schutzsuchenden. Als er jedoch seinen Namen nannte, kam die junge Frau lächelnd auf ihn zu und führte ihn zum Fahrstuhl. Ihr schwarzes Haar, ihre Mandelaugen und ihre golden schimmernde Haut hatte er längst bemerkt, nun nahm er auch Notiz von ihren makellosen Beinen. Flüchtig fragte er sich, wie sie wohl im Bett sein mochte.

Faber lächelte. Heute wusste er es. Zwei Tage nach seiner Ankunft war die Kantonesin Dr. Yàn Meí seine Geliebte geworden. Sie war seine Sonne am Tag und seine Entspannung in der Nacht, zudem keine Empfangsdame, sondern die Assistentin von Dr. Hún Xìnrèn, dem Leiter der Abteilung Forschung und Entwicklung, den jeder im Unternehmen nur Dr. Hún nannte. Sie hatte sich zufällig am Empfang aufgehalten.

Lächelnd blickte er zum Bett hinüber, wo Yàn Meí friedlich schlief.

Er war nach Hongkong gereist, um mit Dr. Hún Xìnrèn die Verlegung der Forschungslaboratorien von Hongkong nach Deutschland zu diskutieren. Sein Vater hatte bereits kurz vor seinem Tod ähnliche Pläne geäußert. Nach der Entdeckung des Herzmedikaments *CorPlus,* das den innovativen Wirkstoff „Rebu 11" enthielt, war Faber-Pharma mehrmals mit Betriebsspionage konfrontiert worden. Jemand hatte versucht, Unterlagen zu stehlen und den Wirkstoff zu kopieren. Hongkong galt als Hochburg der Produktpiraterie, und wenn man nicht alles unter Verschluss hielt, wurde ein Geheimnis sehr schnell gelüftet.

Mit ihrem Engagement im Bereich Forschung und Entwicklung zählte Faber-Pharma heute zu den Besten der Branche. Sie hatten durch Hún Xìnrèn und seinen hochqualifizierten, aus Massachusetts stammenden Kollegen Dr. Jonathan Hastings ihre Pharmaexpertise ständig weiter ausgebaut und das Wissen über Krankheiten, die den Medizinern noch immer Rätsel aufgaben, erweitert. Für diesen Bereich der Forschung war die Biotechnologie heutzutage unverzichtbar. Sie half, Wirkorte und Wirkmechanismen von Arzneimitteln besser zu verstehen und die Entwicklung vielversprechender Therapien zu beschleunigen.

In den letzten Jahren hatte Faber-Pharma mehrere neuartige Medikamente eingeführt, darunter Präparate zur Behandlung von Schizophrenie, Osteoporose, Diabetes und Herz-Kreislauf-Erkrankungen. Die Forschungsabteilung in Hongkong war Robert Fabers ganzer Stolz, besonders nachdem Hún Xìnrèn im vergangenen Jahr mit dem *Inventor of the Year Award* ausgezeichnet worden war. Diese Ehre war ihm für die Entdeckung des Herztherapeutikums Rebu 11 zuteilgeworden.

Deutschland investierte wieder mehr in Forschung und Entwicklung, und auch in den Bereich Gesundheit flossen Milliarden an Forschungsgeldern. Auch deshalb hatte Faber Hún Xìnrèn und Jonathan Hastings überreden wollen, mit ihren Familien nach Deutschland umzusiedeln, zumal Faber-Pharma mit ihrer Hilfe die Erforschung von genetisch bedingten Defekten ausbauen wollte.

Jonathan Hastings hatte sofort zugestimmt. Er war genau vor drei Monaten und drei Tagen von seiner Ehefrau Samantha geschieden worden. Hinter ihm lag eine kinderlose zwölfjährige Ehe, die am Ende aussichtslos geworden war. Kein Wunder, dass er sich sofort mit einer Übersiedlung nach Deutschland einverstanden erklärt hatte.

Hún Xìnrèn hatte um Bedenkzeit gebeten, und Robert gewährte

sie ihm. Der Name passte zu dem fünfzigjährigen Forscher und seiner Arbeit, fand er. Hún Xìnrèn bedeutete so viel wie „Mann des Herzens“ oder „guter Mann der Familie Hún“. Hún Xìnrèn war ein freundlicher und liebenswerter Mensch.

Seit zwei Wochen wartete Robert nun auf eine Antwort. Er hatte diese Zeit genutzt, um Vorbereitungen zur Umstrukturierung der Niederlassung zu treffen, die eines Tages als reine Vertriebsgesellschaft fungieren sollte. Das bedeutete aber, dass die Niederlassung über keine Research & Development-Abteilung mehr verfügen würde und Hún Xìnrèn und sein Team ihre Arbeit in den Laboratorien der Forschungsabteilung von Faber-Deutschland fortführen mussten. Robert wusste, dass er das Risiko einging, seinen Mitarbeiter zu verlieren. Hún Xìnrèns tiefe Verwurzelung mit seiner Heimat könnte zum Problem werden. Außerdem durfte er die asiatischen Konkurrenten nicht unterschätzen. Hún Xìnrèn und Hastings erhielten immer wieder lukrative Angebote.

Er hatte die beiden Männer bei ihrer Arbeit beobachtet. Sie waren sehr beliebt, besonders Jonathan Hastings, den jeder beim Vornamen nannte. Seit der Trennung von seiner Frau trank er mehr als vorher und brauchte morgens länger, um in Gang zu kommen. Geschäftliche Besprechungen vor zehn Uhr blieben somit eine Ausnahme. Doch sobald Hastings sein Büro betrat, war er hochkonzentriert und brillant in seinen wissenschaftlichen Schlussfolgerungen. Er trug meist Jeans und Baumwollhemden mit weißen T-Shirts, Lederslipper, ein ausgebeultes Jackett und nie eine Krawatte: das typisch lockere Harvard-Outfit.

Den sechsundvierzigjährigen Jonathan mit seinem dunkelblonden, gelockten Haar, das er seit seiner Trennung etwas länger trug, schätzte jeder auf Ende dreißig, was er insgeheim sehr genoss. Es war bekannt, dass er seit seiner Scheidung eine Menge Affären hatte, doch niemand in der Firma redete darüber, aus Respekt. Er galt wie Hún Xìnrèn in der eingeschworenen Gemeinde der Gentechniker als überragender und unbestechlicher Wissenschaftler und überschaute wie sein Kollege die weltweite Szene. Mit seiner Brillanz und seinem unkonventionellen Auftreten gelang es ihm regelmäßig, selbst die komplizierteste Materie um die DNA und ihre Proteingebilde für Laien anschaulich und begreifbar zu machen. Das beherrschte in der Welt der Genforscher kaum jemand.

Hastings und Hún Xìnrèn wollten schon deshalb lieber unter sich bleiben, glaubte Robert zu wissen. Immer dann, wenn die Medien über eine neue Entwicklung aus den Faber-Laboratorien berichteten, drängten sie darauf, Hún Xìnrèns und Jonathan

Hastings' Meinung zu erfahren, obwohl Hún in letzter Zeit auf Anfragen zumeist gereizt reagierte. Mehr denn je verschanzte er sich in seinem Labor hinter der Versuchsreihe Rebu 12 und fand in der Nacht kein Ende.

Der Regen warf inzwischen eine geschlossene Wasserfläche an die Scheibe, und Roberts Erinnerung glitt zurück zu einem der letzten Gespräche mit Hastings. Auch an jenem Tag hatte es in Strömen geregnet.

„In den letzten Jahren haben wir die Erkenntnis gewonnen, dass der Mensch hundertzwanzig Jahre und älter werden kann." Der Amerikaner lächelte. „Schon jetzt steigt ja die Lebenserwartung jährlich um mehrere Wochen, und bei hundert Jahren soll noch lange nicht Schluss sein."

„Fit und kräftig noch als Greis?", fragte Robert.

„Die Lösung hätte ein kleines Wesen bringen können, das millionenfach in der Erde vorkommt, der Wurm C. Elegans. Das ideale Forschungsobjekt ist zwar nur einen Millimeter lang, aber für die Wissenschaft ist er der Wurm der Würmer. Seine Zellen sind genau bekannt, sein Erbgut entschlüsselt. Man hat herausgefunden, dass – obwohl er nur ein Wurm ist – rund zwei Drittel seines Erbguts identisch mit dem des Menschen sind."

„Sie sagten, *hätte die Lösung bringen können,* Dr. Hastings?"

„Ja. Um das Geheimnis des Alterns zu lüften, haben meine Kollegen sein Erbgut manipuliert. Sie veränderten seine DNA so gezielt, dass der Wurm nicht nur sechsmal älter wurde, er blieb auch gesund und kräftig."

„Wie viel älter könnten wir werden, wenn wir das auf uns Menschen übertragen?"

„Es gäbe fünfhundert Jahre alte Menschen unter uns", antwortete Hastings lächelnd. „Aber ein Wurm ist eben kein Mensch. Was wir beim Altern beobachten, ist äußerlich. Wenn die Haut altert, wird sie faltig und runzlig. Altersflecken entstehen. Die Zellen der Haut können sich nicht mehr so gut erneuern. Die Zahl der gesunden Zellen wird reduziert. Dies liegt im Erbgut begründet, das sich im Laufe des Lebens verschlechtert. Schäden an der DNA sind daran schuld."

Hastings ging zur schwarzen Wandtafel, nahm ein Stück Kreide und zeichnete ein spiralförmiges Gebilde. „Wir haben uns die Form, den Aufbau und das Alter der DNA junger und alter Zellen angesehen und sie miteinander verglichen."

Robert betrachtete die seltsamen chemischen Formeln hinter dem

DNA-Strang. „Das sieht furchtbar kompliziert aus", stellte er fest und fuhr sich mit der Hand über das gewellte braune, nach hinten gekämmte Haar.

„Es ist gar nicht so schwer, Herr Faber. Wir verwandeln die DNA in einen Kristall. Das Molekül des Lebens ist darin fest gefangen und bereit für die Untersuchung. Es reflektiert die Strahlen und bildet ein Muster. Daraus können wir den Rückschluss ziehen, wie sich im Zellkern die DNA beim Altern verändert, das Erbgut Schaden nimmt und die Zelle schließlich stirbt. Der Körper hat aber auch die Fähigkeit, Schäden zu reparieren und dadurch das Altern zu verzögern."

Robert verstand.

„Aus Bestandteilen der Nahrung und aus dem Sauerstoff, den wir einatmen, produzieren die Mitochondrien – das sind unsere Kraftzellen – Energie, die die Zelle zum Leben braucht", fuhr Hastings fort. „Allerdings werden dabei auch aggressive Sauerstoffteilchen freigesetzt, sogenannte freie Radikale. Wenn sie auf die DNA treffen, dann wird sie beschädigt. Und diese allmähliche Zerstörung bewirkt, dass unser Körper altert. Es klingt paradox, aber tatsächlich zerlöchert der Sauerstoff unser Erbgut."

Robert lachte laut auf. „Habe ich schon mal gehört. Wir atmen uns zu Tode."

„Ja, und … wir essen uns zu Tode!"

Robert hob fragend die Augenbrauen. „Das ist mir neu."

Hastings grinste. „Und bedauerlich. Ich erkläre es Ihnen."

Ruhig und gelassen veranschaulichte er seine Ausführungen, und Robert stellte fest, dass er mehr und mehr von den biochemischen Abläufen in den Bann geschlagen wurde.

Dr. Hastings kritzelte ein chemisches Zeichen neben den DNA-Strang, dann nahm er einen Apfel aus seiner Aktentasche. „Wie aggressiv Sauerstoff ist, zeigt ein Biss in diesen Apfel. Schon nach wenigen Sekunden greift er die Zellen des Fruchtfleischs an. Der Apfel wird braun. Genau das passiert auch mit der DNA. Ganz ähnlich lässt der Sauerstoff auch die Körperzellen altern. Doch ohne Sauerstoff können wir nicht existieren. Entsprechend verhält es sich mit der Nahrung, die die Grundlage für die Bildung des schädlichen Sauerstoffs ist. Mit seiner Hilfe wird in der Zelle die Nahrung in Energie umgewandelt. Im Labor haben wir Mäuse genetisch so manipuliert, dass sie extrem dick wurden, auch dann, wenn wir ihnen nicht viel zu fressen gaben. Sie blieben dann nur kleiner." Hastings zeigte auf zwei Mäuse, die sich im Laborkäfig träge bewegten. „Diese genmanipulierten Mäuse wandeln ihre Nahrung –

aus welchem Futter auch immer – bevorzugt in Fettgewebe um und besitzen kaum Muskeln."

Robert grinste. „Fast Food für Mäuse?"

Jonathan Hastings lächelte. „So kann man das sagen. Dicke Mäuse werden nicht nur schneller krank als ihre dünneren Artgenossen, sondern sie altern auch schneller. Aus diesen Beobachtungen können wir folgenden Rückschluss ziehen: Zu viel Nahrung macht nicht nur dick, sondern sie verkürzt auch das Leben."

„Okay. Atmen und Essen schädigen also meine Genstärke."

„Ich stelle fest, Herr Faber, wir verstehen uns! Durch Verzicht erzwingen wir ein langes Leben."

Robert zwinkerte. „Und erkaufen uns ein langes Leben mit einer Nahrungsergänzungspille. Ein Milliardenmarkt!"

Hastings' Gesicht verfinsterte sich. „Aber ein Leben ohne den Gaumengenuss? Ohne mich! Es ist eben leider so, dass das, was uns am Leben hält, uns auch sterben lässt."

Robert lächelte. „Wie wär's mit einem gemeinsamen Abendessen, Dr. Hastings?"

Jeder kannte Jonathan Hastings' Vorliebe für gutes Essen. Er warf den angebissenen Apfel in den Papierkorb und sagte: „Sehr gut!"

Der Regen hatte ein wenig nachgelassen, und Robert betrat die Terrasse. Sein Blick streifte die Skyline des Central District, den die Chinesen Choong Wan nannten und der Hongkongs Finanzwelt repräsentierte.

Er fragte sich, warum Hastings ihn so detailliert über Stammzellen und DNA-Strukturen aufgeklärt und den nicht vollständig geklärten Mechanismus asymmetrischer Zellteilung veranschaulicht hatte. Das unentwegt von den Blättern tropfende Regenwasser klang wie Musik, und die Heftigkeit des langsam abziehenden Sturms zitterte schimmernd in der Luft nach. Nebel krochen über den Boden, dampfende Finger, die Lichterketten und Wolkenkratzer in geheimnisvolle Schemen verwandelten. Plötzlich erinnerte ihn das Geräusch des prasselnden Regens an die brodelnden Flüssigkeiten in den Reagenzgläsern, die säuberlich aufgereiht die Stahltische von Hún Xìnrèns Labor zierten.

Robert ging wieder hinein, legte sich zu Yàn Meí ins Bett und döste mit dem Gefühl einer Beklemmung ein.

Als er am Nachmittag des darauffolgenden Tages in sein Büro kam, lag auf dem Schreibtisch ein an ihn adressierter, versiegelter Umschlag mit dem Aufdruck *Vertraulich*.

Er riss ihn auf und fand einen Laborbericht der Sicherheitsstufe III, der höchsten Stufe im Unternehmen, unterschrieben von Hún Xìnrèn. An dem Bericht haftete ein gelber Notizzettel mit der Nachricht, dass der Wissenschaftler ihn gegen Abend im Labor erwarten würde.

Robert las das mit pharmakologischen Fachausdrücken gespickte Papier und schlug einige Wörter im Kuschinsky, dem Handbuch der Pharmakologie, nach. Danach las er den Bericht noch einmal, dann ein weiteres Mal, jedes Mal langsamer und gründlicher, bis er begriff, dass die Versuchsreihe namens Rebu 12 mit einer unglaublichen Entdeckung abgeschlossen worden war.

Am Vorgänger Rebu 11 hatten Träume und persönlicher Ehrgeiz gehangen. Die Träume waren in Erfüllung gegangen, der Ehrgeiz belohnt worden. Rebu 11 hatte nach seiner weltweiten Einführung innerhalb von drei Jahren den Umsatz von 946 Millionen auf 2,3 Milliarden Euro schnellen lassen. Rebu 12, so glaubte Robert dem Bericht entnehmen zu können, hätte die gleiche Aussicht auf Erfolg. Mittlerweile hatten die Laborversuche einen Etat von 105 Millionen Euro verschlungen, und er fühlte sich, als sei er ins Auge eines Hurrikans geraten. Alles auf seinem Tisch verschwamm, Formeln und Zahlen flimmerten vor seinen Augen. Er nahm die Mappe mit dem Bericht und machte sich auf den Weg zu Hún Xìnrèn.

Kapitel 2

Faber Pharma Ltd. Hongkong, 3. Oktober 2011

Den Eingang des Forschungstrakts schützte ein Zutrittskontrollsystem. Hún Xìnrèn führte seine Identkarte über den Leser und wartete, bis die Kamera sein Gesicht eingescannt hatte. Die automatische Identitätsprüfung arbeitete nach den Prinzipien der Biometrie. Das System erkannte zu jeder Zutrittskarte oder anderen Identträgern das Gesicht des Besitzers. Er hatte vor einigen Monaten aus fachlicher Neugierde versucht, das System zu umgehen. Die biometrischen Daten seiner Gesichtszüge waren gespeichert. Er änderte sein Äußeres, doch selbst durch einen nachgewachsenen Bart und eine Brille hatte sich das System nicht irritieren lassen. Wenige Sekunden später öffnete sich die Tür.

„Herr Faber wird in wenigen Minuten eintreffen, Dr. Hún", informierte ihn der Wachmann am Empfang.

Hún Xìnrèn war froh, den Abend in angenehmerer Gesellschaft als der seiner zänkischen Ehefrau Xingqiú verbringen zu können. Sie war alles andere als ein „Himmelskörper", sie war ein Ungeheuer, das sich in der gemeinsamen Villa in Hongkong austobte, so auch vor zwei Stunden.

„Was machst du da, Hún?", begann sie misstrauisch das abendliche Gespräch.

„Nichts", antwortete er.

Xingqiú hob die Augenbrauen. „Nichts? Wieso nichts? Du ziehst deine Jacke an."

Er seufzte. „Ich habe einen Termin mit Robert Faber."

„Um diese Zeit? Mach mir nichts vor. Du gehst zu deinen Huren!", keifte sie.

Hún Xìnrèn sah das Flackern in ihren Augen. „Bitte, Xingqiú. Fang nicht wieder davon an. Du weißt, dass das nicht stimmt."

„Du beleidigst meine Nase, wenn du von ihnen kommst. Ich kann die Huren an dir riechen." Xingqiú schnaubte und holte tief Luft. „Es könnte ja nicht schaden, wenn du deinen alten, erschlafften Körper mit Sport auf Vordermann bringen würdest statt mit einem Bordellfick. Dann könnte ich deinen Anblick besser ertragen. Was sagen denn die Huren, wenn sie dich nackt sehen? Ekeln sie sich auch so vor dir wie deine Familie?"

Hún Xìnrèn spürte, wie die Wut ihn übermannte.

„Unsere Kinder haben die Striemen auf deinem Rücken auch schon bemerkt und reden hinter vorgehaltener Hand über dich. Glaubst du, dass wir blind sind?", zischte seine Frau.

„Rede nicht einen solchen Unfug. Ich habe alles für dich und die Familie getan. Aber du bist niemals zufrieden. Willst immer mehr. Wir sind vermögend, haben ein schönes Haus, zwei wunderbare Kinder. Warum willst du das alles zerstören, du undankbares Weib?"

Xingqiús Augen verengten sich zu Schlitzen. „Macht es dir Spaß, dich verprügeln zu lassen, du kleines, armseliges Männlein?", stieß sie hervor. „Ich werde den Kindern erzählen, dass du ein sadistischer Freak bist." Sie nickte heftig. „Ja, das werde ich ihnen erzählen! Und von den Huren. Dann werden wir über dich lachen ..."

Mit einem Sprung war er bei ihr, packte mit beiden Händen ihre Schultern und schüttelte sie heftig.

„Sei still, sonst vergesse ich mich. Du widerst mich an, du zänkisches Ding. Wundert es dich, dass ich mich nach anderen Frauen sehne, so hässlich, wie du bist? Ich verabscheue dich!"

Plötzlich ließ er sie wieder los. Sie ohrfeigte ihn so stark, so ungebremst, so präzise, als hätte ihr Körper den Spielraum dieser Geste berechnet, damit sie sicher und heftig traf. Beide starrten einander an. Stille.

„Ich bringe dir deinen Mantel", sagte Xingqiú leise.

„Nein, danke."

„Aber es ist zu kühl ohne Mantel."

„Ich gehe ja nicht spazieren."

„Stimmt. Du gehst ja zu deinen Huren!"

„Richtig, ich mache, was mir Spaß macht."

„Sei doch nicht immer so aggressiv!"

„Das bin ich nicht!", schrie er sie an.

„Doch! Warum würdest du mich sonst so anschreien?"

Er japste vor Aufregung. „Ich schreie dich nicht an!", brüllte er und verließ fluchtartig das Haus.

Hún hatte sich in den letzten Jahren mit der Abkühlung seiner Ehe abgefunden. Er hatte Xingqiú einmal vor Jahren in einer schwachen Minute aufgefordert, ihn mit dem Gürtel auszupeitschen. Sie hatte ihn daraufhin mit weit aufgerissenen Augen angesehen, ihn wütend von sich gestoßen und „Fass mich nie wieder an!" gefaucht. Seitdem schliefen sie in getrennten Schlafzimmern.

Die Schwierigkeiten mit Xingqiú verheimlichte er seinem Vorgesetzten. Auch seine Mitarbeiter wähnten ihn in einer harmonischen Beziehung. Niemand wunderte sich darüber, dass er seine Abende lieber im Labor zwischen den Reagenzgläsern, seinen Mäusen und seinen Herzen verbrachte. Auch ahnte niemand etwas von seinen geheimen Treffen mit Charis Burgess, die ihm jeden Donnerstagabend auf ihrer Dschunke den Himmel auf Erden bereitete. Diese Obsession war vor fünf Monaten wie eine riesige Welle in seine Welt hineingeschwappt. Das Zufügen und Erleben von Schmerz, Macht oder Demütigung bereitete ihm einen qualvollen Genuss, den er brauchte, um sexuelle Befriedigung zu erlangen. Und Charis Burgess war eine Meisterin auf dem Gebiet. Aus Dankbarkeit hatte er ihr mehrmals Rebu 12 in kleinen Dosen verabreicht. Die Wirkung der Injektionen übertraf seine kühnsten Erwartungen und schmeichelte seinem Ego, weil seine Vermutung bestätigt wurde, dass Rebu 12 viel mehr konnte als sein Vorgänger. Charis' Äußeres veränderte sich: Ihre Haut wurde prall und feinporig, ihr Körper geschmeidig. Sie wurde immer schöner, weicher und weiblicher. Ihr Anblick entfachte seine Begierde immer wieder aufs Neue, ihr Spiel wurde ihm zur Sucht. Er würde sie vermissen, sehr sogar. Ihr Praktikum bei Geno Laboratories Ltd. in Kowloon war zu Ende. *Ob sie mich nach Deutschland begleiten wird, wenn ich sie darum bitte?*, fragte er sich.

Die Aussicht, seine Forschungen in Deutschland fortsetzen zu können, war ein willkommener Fluchthelfer aus seiner Ehe. Xingqiú würde der Kinder wegen in Hongkong bleiben, da war er sich sicher. Robert Faber beizubringen, dass seine Ehefrau ihn nicht begleiten würde, dürfte kein Problem sein. Sein Vorgesetzter war, soweit er das beurteilen konnte, ein attraktiver, humorvoller Mann. Er zeichnete sich durch Stärke und Intelligenz, oftmals auch durch Verständnis und Toleranz aus und bevorzugte es, in Harmonie mit anderen zu leben. Damit entsprach er einer Mischung der chinesischen Sternzeichen Drache und Pferd.

Er besaß ein äußeres Erscheinungsbild, das Hún sich oft gewünscht hatte, besonders wenn er die Nacht mit Charis verbrachte. Faber hatte einen durchtrainierten Körper, muskulös und geschmeidig, den er mit Joggen in Form hielt. Er selbst war nur ein kleiner, mickriger Gnom in der Welt der Gutaussehenden, mit Nickelbrille und einem Schopf ungebändigter, unnatürlich schwarzer Haare. Gerade wieselte er im Labor zwischen den Labortischen herum, begutachtete die brodelnden Substanzen in den Reagenzgläsern und entsorgte zwei tote Mäuse.

„Guten Abend, Dr. Hún Xìnrèn."

Hún drehte sich um und ging lächelnd auf seinen Chef zu.

„Herr Faber! Das müssen Sie sich ansehen! Es ist überwältigend. Wir können es nicht glauben ..."

„Ich habe Ihren Bericht gelesen", sagte Faber. „Wie sonst auch gibt es vieles, was ich noch nicht verstehe."

Hún bot Robert Faber einen Stuhl an und setzte sich ebenfalls. Er beugte sich vor und sprach schnell und voller Selbstsicherheit.

„Die In-vitro-Versuchsreihe mit Rebu 12 ist abgeschlossen. Mit dieser Substanz können wir den Zerfall von Herzmuskelzellen, die während eines Herzinfarkts zugrunde gehen, aufhalten."

Faber runzelte die Stirn. „Das konnte ich dem Bericht entnehmen. Es ist kaum zu glauben. Selbst die koronare Bypass-Chirurgie kann das nicht leisten."

Er hatte Fabers Neugierde geweckt, doch er erkannte, dass sein Gegenüber gar nicht erst versuchen würde, den unweigerlich folgenden pharmakologischen Wortschwall zu verstehen.

„Wie ich sehe, können Sie mir nur bedingt folgen", sagte Hún deshalb und atmete tief ein. „Ich werde es Ihnen zeigen. Kommen Sie bitte!"

Er deutete auf den durch eine Schleuse geschützten Sicherheit,-strakt. Nachdem er sich angemeldet hatte, öffnete sich eine Tür zu einem hell erleuchteten Vorraum. Geblendet vom grellen Neonlicht, hielten die Männer einen Moment lang inne. Faber legte seine Hand schützend vor die Augen. Durch die Sprechanlage forderte eine Stimme sie auf, sich umzuziehen. Sie tauschten ihre Kleidung gegen sterile, weiße Anzüge, streiften Einweghandschuhe über, legten einen Mundschutz an und stülpten Einweghüllen über ihre Schuhe. Hún drückte auf einen Schalter an der Wand, daraufhin öffnete sich eine zweite Glastür. Sie schritten an einer großen Fensterfront vorbei, hinter der die abgedunkelten Räume der Versuch-slaboratorien lagen.

Hún tippte einen achtstelligen Code ein und legte seinen rechten Daumen auf den an der Wand angebrachten Fingerprintscanner. Nach einer kurzen Überprüfung öffnete sich die Tür mit der Aufschrift *Rebu 12,* und sie betraten das Labor.

Im Raum hing ein undefinierbarer Geruch, ein Gemisch aus Äther und Formalin. Auf den großen Labortischen standen drei Langendorff-Herzapparaturen für sechs Herzpräparate, in denen mehrere kleine Herzen kräftig vor sich hin schlugen. Es schien, als schwebten sie zwischen zwei Drähten, über die sie elektrische Impulse erhielten.

Hún kam die enorm hohe Laborkostenrechnung in den Sinn, die ihm Fabers Schwester Elisabeth, das neue Finanzgenie der Faber-AG, vor einigen Monaten zugeschickt hatte. Doch sein Vorgesetzter hatte die Rechnung nicht hinterfragt. Faber würde jede Investition dieser Größenordnung tätigen, wenn sie erforderlich wäre.

„Sie sehen in dieser Anlage mehrere Herzen von Mäusen, Ratten und Kaninchen, Herr Faber“, erklärte Hún. „Bei der Entfernung des Organs müssen wir sehr behutsam vorgehen. Der Schnitt mit dem Skalpell wird seitlich zwischen der zweiten und dritten Rippe des Tieres angesetzt und verläuft quer über das Brustbein bis auf die andere Seite. Der Knochen wird in Schrägrichtung durch einen kurzen, heftigen Schlag mit einem Meißel gespalten. Während das Herz noch schlägt, greife ich in den Brustkorb und durchtrenne die Arterien und Venen. Dann nehme ich den immer noch pulsierenden Muskel, hebe ihn aus dem blutigen Bett und schließe das Herz an das Organ-Care-System an.“

Faber schluckte, doch Hún Xìnrèn ließ sich davon nicht irritieren und fuhr fort.

„Im Mittelfeld befindet sich die beheizte, feuchte Kammer, in der das Herz von einer Nähr- und Elektrolytlösung umspült wird. Heizelemente halten die Temperatur auf siebenunddreißig Grad, eine simulierte Körperwärme.“ Er zeigte auf eine kleine Kammer in der Apparatur. „Kanülen und Elektroden wurden in das Herz eingeführt und erlauben Messungen der Herzströme oder des Blutdrucks.“

Faber nickte.

„In den hier aufgebauten Versuchsreihen wurden den isolierten Herzen Substanzen injiziert, die einen Infarkt auslösten. Gleichzeitig aber benetzten wir sie mit Rebu 12. Bei keinem der Herzen, die Sie hier sehen, liegt eine Schädigung vor“, sagte Hún stolz.

„Bei keinem? Wie wird denn die Messung vorgenommen?“

„Durch Elektroden. Ich habe sie wahlweise an einen EKG-Verstärker oder einen Herzschrittmacher angeschlossen. Die Messdaten werden an den Computer übertragen und mit unserer Rebugen-Software ausgewertet.“ Hún zeigte Faber einige EKG-Aufzeichnungen. „Keine ST-Streckensenkung im EKG und auch keine anderen Zeichen, die auf eine Schädigung hinweisen.“

Faber starrte fasziniert auf die isolierten Herzen, dann auf den EKG-Schreiber, der die kräftigen Schläge aufzeichnete. „Das ist ja unglaublich.“

„Keine Anzeichen einer Mangeldurchblutung, Herr Faber“, bestätigte Hún. „Das ist besonders wichtig, denn eine möglichst frühzeitige Wiederherstellung der Durchblutung ist das Ziel bei Patienten mit akutem Koronarsyndrom. Gleiches gilt für Patienten,

die sich einem herzchirurgischen Eingriff unterziehen müssen."
Faber krauste die Stirn. „Die Substanz erfüllt somit nicht nur einen therapeutischen, sondern auch einen präventiven Zweck?"
„Ja, mit Rebu 12 kann auch vorbeugend behandelt werden", antwortete Hún.
Faber ließ seinen Blick über die isolierten Herzen schweifen. „Woher kommen diese Herzen?"
Hún war nicht ganz wohl bei dieser Frage, und er spürte eine leichte Röte in seine Wangen aufsteigen. „Sie stammen von den üblichen Lieferanten, Tierheime, Züchter und ... von der Straße. Sie wissen schon."
„Glauben Sie, dass das menschliche Herz auf Rebu 12 genauso reagieren wird?"
Hún nickte. „Die Benetzung ist für das Überleben der Gewebe und Organe wesentlich. Der durch die Mangeldurchblutung verursachte Zellschaden würde sonst noch vergrößert. Dieses Phänomen beruht nicht nur auf einem Sauerstoffmangel. Hierfür sind weitere Mechanismen verantwortlich, die während der Versuche mit Rebu 12 entdeckt wurden."
Faber lächelte, und Hún glaubte ein Aufflackern in seinen Augen zu erkennen.
„Ich fasse zusammen. Sie haben mit dem Molekül Rebu 11 Experimente durchgeführt, weil Sie den Wirkstoff verbessern wollten. Aus Rebu 11 entstand das neue Molekül Rebu 12, von dem Sie behaupten, dass die Substanz tatsächlich auch Krankheiten verhindern und eindämmen kann, die durch oxidativen Stress entstehen. Ist das so?"
Wieder nickte Hún.
„Das ist also die besondere Wirkung von Rebu 12. Eine phänomenale Entdeckung, Dr. Hún. Gibt es schon erste Erkenntnisse über unerwünschte Nebenwirkungen?"
„Ja, aber sie sind vergleichbar mit den Nebenwirkungen von Rebu 11. Und ich glaube mit Stolz behaupten zu können, dass ich auf eine *erwünschte* Nebenwirkung gestoßen bin."
Faber hob die rechte Augenbraue. Eine dunkle Locke fiel ihm in die Stirn, die er rasch mit der Hand nach hinten schob. „Welche Nebenwirkung, Dr. Hún?"
Statt zu antworten, ging Hún auf den Labortisch zu und zeigte auf ein Herz, das links neben der Versuchsreihe seinen eigenen Rhythmus gefunden hatte. Der Herzmuskel kontrahierte kräftig im Takt von sechzig Schlägen pro Minute. Dann begann Hún Xìnrèn mit seinen Ausführungen.

Robert Faber saß still da und hörte zu, als Hún erläuterte, in welchem Ausmaß seine Entdeckung das Leben von Menschen in der ganzen Welt revolutionieren würde. Er erklärte seinem Vorgesetzten, warum er zwei Wochen lang keinen einzigen Gedanken an eine Entscheidung für oder gegen Deutschland verschwendet hatte, warum er ihm über Jonathan Hastings ein so breites Wissen über die DNA und über die Zellteilung hatte vermitteln lassen und warum er sich nun bereit erklärte, mit seiner Familie und seinem Forschungsteam nach Deutschland umzusiedeln. Sein ganzes Interesse galt Rebu 12. Er hatte in den Laboratorien Testreihen durchgeführt, von denen niemand erfahren sollte. Er wollte Gewissheit haben, dass kein Fehler vorlag.

Er hatte eine bahnbrechende Entdeckung gemacht, die der absoluten Geheimhaltung unterliegen musste. Hongkong eignete sich nicht, wenn man ein Geheimnis bewahren wollte. Hier boomten die Plagiate, und es wimmelte nur so von Spionen. Das Szenario, das er vor Faber ausbreitete, bedeutete eine unermessliche Bandbreite therapeutischer Möglichkeiten und eine gewaltige medizinische Revolution, einen „Blockbuster" für Faber-Pharma.

Hún Xìnrèn bemerkte, dass Faber nur mit Mühe seine Erregung verbergen konnte.

„Wo bewahren Sie die Aufzeichnungen auf, Dr. Hún?"

Er fühlte plötzlich ein kaltes Prickeln im Nacken. „In meinem Haus, Herr Faber."

Sobald er die Worte ausgesprochen hatte, wurde ihm siedend heiß klar, dass er einen Fehler begangen hatte. Den leitenden Angestellten der Firma war es untersagt, geschäftliche Unterlagen in privaten Räumen aufzubewahren. Faber schwieg einen Moment, seine grauen Augen wurden hart.

„Von nun an möchte ich, dass Sie und Dr. Hastings mir allein Ihre Aufzeichnungen zeigen, ausschließlich mir. Und die Unterlagen werden noch heute im Safe der Firma deponiert. Nur wir beide werden Zugang dazu haben."

Eine Weile herrschte Stille.

„Sie dürfen ab sofort mit niemandem darüber sprechen, Dr. Hún", wiederholte Faber in versöhnlichem Tonfall. „Mit niemandem! Ich wiederhole, Sie und Dr. Hastings berichten nur mir über Ihre Fortschritte. Ab sofort führen wir die Versuche mit Rebu 12 in Deutschland fort. Ich lasse in Düsseldorf alles für Ihre Ankunft vorbereiten. Wir müssen sehr vorsichtig sein."

Hún nickte und atmete erleichtert auf.

Faber dachte kurz nach. „Wen außer Dr. Hastings möchten Sie in

Deutschland noch in Ihrem Team, Dr. Hún?"

Er lächelte verschwörerisch. „Ich hätte gerne Dr. Yàn Meí dabei. Sie ist die beste Assistentin, die ich jemals hatte."

Faber errötete. „Sie vertrauen ihr?"

„Bedingungslos."

„Was weiß sie?"

„Nur, dass wir eine Entdeckung gemacht haben ... Nichts Genaues", antwortete er zögerlich. Eine Notlüge. Yàn Meí wusste viel mehr, als er bereit war zuzugeben.

„Meinetwegen", murmelte Faber. „Sagen Sie mir noch eins, Dr. Hún. Wie sind Sie auf Rebu 12 und seinen Wirkmechanismus gekommen?"

„Rebu 12 ist seinem Vorgänger vom chemischen Aufbau sehr ähnlich", erklärte er. „Ursprünglich haben Dr. Hastings und ich überlegt, wie wir die Nebenwirkungen von Rebu 11 minimieren könnten. Ich habe mich an einen Kollegen aus Cambridge erinnert, der einmal bei einem von ihm entdeckten Säureblocker ein Randmolekül ausgetauscht und eine neue Substanz entdeckt hat. Er revolutionierte damit die Therapie der Magen-Darm-Ulzera. Genau das haben wir auch gemacht: Die chemische Struktur von Rebu 11 wurde geringfügig verändert, indem wir ein Randmolekül austauschten."

Faber nickte. „Geringfügige Veränderung, große Wirkung! Unglaublich. Ich freue mich über Ihre Entscheidung, Dr. Hún Xìnrèn. Ihnen wird es in Deutschland an nichts fehlen."

Plötzlich schrillte das Telefon, und Hún griff zum Hörer. Als er wenig später auflegte und sich Faber zuwandte, war er sichtlich erfreut. Er griff zur Fernbedienung und schaltete den Fernseher an.

„Das wird Sie interessieren, Herr Faber."

Eine attraktive CNN-Reporterin kommentierte gerade eine Meldung aus Stockholm. „In diesem Jahr teilen sich die US-Forscher Elizabeth Blackburn, Carol Greider und Jack Szostak den Nobelpreis für Medizin und Physiologie zu gleichen Teilen. Die Arbeit der drei Forscher habe dem Verständnis der Zelle eine neue Dimension hinzugefügt, Licht auf Krankheitsmechanismen geworfen und die Entwicklung potenzieller neuer Therapien stimuliert, begründet das Nobelkomitee seine Entscheidung. Der Preis ist mit zehn Millionen schwedischen Kronen dotiert und wird traditionsgemäß am zehnten Dezember, dem Todestag Alfred Nobels, in Stockholm verliehen."

Hún Xìnrèn drückte die Off-Taste der Fernbedienung und lächelte geheimnisvoll. „Wir sind auf dem richtigen Weg, Herr Faber."

Der nickte zustimmend.

In der Nacht wirbelten seltsame Traumbilder hinter Húns Lidern. Er glaubte das Wimmern eines Mannes zu hören. Barfuß und mit nacktem Oberkörper ging er die Treppe hinunter in den Wohnbereich. Er rechnete damit, in Panik zu verfallen, wartete auf den eisernen Griff in der Magengrube, die Atemnot, das Herzklopfen. Kalter Schweiß trat auf seine Stirn, und jede Faser seines Körpers war angespannt, alles in ihm war in Alarmbereitschaft. Er versuchte auszumachen, was in dem Zimmer vor sich ging. Im gläsernen Kamin glühte schwach ein Feuer, an den Fenstern hingen zartrosa Seidenvorhänge, mit denen der Wind spielte. Dann sah er sie. Seine Ehefrau Xingqiú saß auf dem Boden und streckte hilfesuchend die Arme nach ihm aus, während er im Hintergrund ein leises, böses Lachen vernahm. Neben ihr lag ein Blatt Papier. Er nahm das Blatt in die Hand und erkannte seine eigene Handschrift: *Dieses Mal wird die alberne Xingqiú, diese Dummguckerin, dran glauben müssen, aber nur, wenn niemand mich dabei beobachtet. Xingqiú soll fallen.*

Schweißgebadet wachte er auf, sein Herz raste. Auf dem Rücken liegend starrte er in die Dunkelheit und lauschte dem Regen, der gegen die Fenster peitschte, und der Stille, die ihn auf der Schlafcouch in seinem Büro neben dem Labortrakt umgab.

Kapitel 3

Hongkong-Aberdeen, 3. Oktober 2011

Charis-Blue Burgess wachte schweißgebadet auf. Sie öffnete die Augen und betrachtete das Spiel der Morgensonne, die durch die seidenen Vorhänge in ihre Dschunke drang und den grasgrünen Teppich in eine gesprenkelte schottische Frühlingswiese verwandelte. Eine kurze Nacht lag hinter ihr, in der sie wieder einmal von Torrisdale Castle geträumt hatte. Im Traum hielt Calum Burgess dort ein Mädchen an der Hand und schlenderte mit ihm durch die lichtdurchflutete Halle des Hauptgebäudes, an deren Wände wertvolle Gemälde hingen. Das Mädchen betrachtete aber nur das Ophelia-Bildnis von John Everett Millais und wünschte sich, so schön zu sein wie die Frau auf dem Bild. Plötzlich drang das Flüstern des Meeres von unten über die Rasenflächen zu ihnen herauf: *Count your little fingers, my unhappy, oh, little girl, little girl blue.*

Das Mädchen lief hinaus ins gleißende Licht des Himmels, das sich vermischte mit den höllischen Farben von Feuer. Es rannte an den sommerlichen Rosengärten vorbei, über die Rasenflächen zu den Klippen und stürzte sich hinunter. Daraufhin wurde die silbrige Weite des Meeres schwarz, und Wolken verfinsterten den violettroten Himmel wie in einer dunklen Nacht. Nathan Burgess eilte hinter dem Mädchen her und rief seinen Namen, bis ihr eigener Schrei sie aufwachen ließ.

Sie fragte sich, was der Traum wohl bedeuten konnte und warum die See das Lieblingslied ihrer verstorbenen Mutter gesungen hatte: *Little Girl Blue* von Janis Joplin. Vielleicht konnte eine heiße Dusche die Dämonen der Nacht vertreiben. Charis kämpfte eine Weile mit sich, bis sie schließlich das Laken zur Seite warf und die Beine aus dem chinesischen Bett schwang. Ihre aufwendig gearbeitete und mit vielen Verzierungen versehene Schlafstatt war das Herzstück des Raums. In Kombination mit einigen Stühlen und niedrigen Tischen bildete es einen traditionellen chinesischen Wohnbereich.

Sie stand auf und öffnete die Tür zum Hinterdeck ihres Hausbootes *Chuán-osh-zuò,* Boot des kleinen Löwen. Ein vertrauter Geruch lag in der Luft. Die Frauen von Aberdeen kochten den besten Reis der Welt, fand sie. Ihr Blick schweifte fast träumerisch über die unzähligen Dschunken, die an den Molen und in den Taifunschutzhäfen vertäut lagen. Inmitten der barfüßigen Kinder, die auf den Decks umhertollten, der Frauen, die die Wäsche aufhängten oder Mah-Jongg spielten, und der Alten, die die Nachmittagssonne genossen, während Hunde und Katzen zu ihren Füßen schliefen und Singvögel in den Bambuskäfigen zwitscherten, war sie eine von vielen.

Seit über zehn Jahren genoss sie die Anonymität im Treibhaus des Kapitals: Hongkong, wo man vom sicheren Hafen der Luxushotels aus direkt in die geheimnisvolle Welt der Dschunken und Sampans, Rikschas, Pagoden und Räucherstäbchen hineinspazieren konnte. Im dichtbesiedelten Hongkong war für Aberdeen, den belebten Fischerhafen, das Wasser die Erde. Viele Chinesen lebten wegen der Wohnungsknappheit in einem Hausboot. Hongkong war Charis' zweite Heimat und Aberdeen ihr Refugium, um sich auf das Wesentliche zu besinnen, ihre Arbeit für Lux Humana.

Außerdem brauchte sie von hier aus nur zwanzig Minuten bis zur Universität im Stadtteil Mid-level.

Wie die schottischen Familienclans, zu denen die Burgess gehörten, spielte auch die Familie bei den Hongkong-Chinesen eine entscheidende Rolle, denn sie genoss innerhalb der Gesellschaft einen sehr hohen, wenn nicht sogar den höchsten Stellenwert. Die Familie schützte die uralten Bräuche und bewahrte ihre Lebensart. Vielleicht war das der wahre Grund, warum Charis sich für ein Studium in dieser quirligen Stadt entschieden hatte.

Sie liebte ihre Dschunke. Sobald sie ihr Reich betreten hatte, folgte sie jedes Mal dem gleichen Ritual. Sie warf ihre Kleidung ab und schlüpfte in einen schwarzen Seidenpyjama. Das dunkle Haar verbarg sie unter einem flachen Strohhut mit langen Volants an der Krempe. Keiner ihrer ehemaligen Kommilitonen würde diese Kleidung an ihr erwarten. Sie passte sich den Frauen von Aberdeen an und fühlte sich wohl, wenn sie mit ihnen Karten spielte oder ihnen half, den Touristen die Zukunft vorauszusagen oder ihnen Geschichten zu erzählen, die die Chinesen im Laufe der Jahre verbreitet hatten: Geschichten über Glücksgefühle, Naturgewalten, die chinesische Art zu fragen, über kleinere Erdbeben, Laternenfeste und die Mäusejagd, aber auch über die *Biànxiàng* – die fremden Gestalten, die täglich in den Hafen von Aberdeen strömten. Sie gehörte dazu und wurde deshalb *Mèimèi* genannt, eine zwanglose Bezeichnung für eine junge Frau. Nur eine Mèimèi kannte die Identität einer anderen Mèimèi, doch keine sprach die andere mit ihrem wahren Namen an.

Charis betrat das winzige Bad und warf ihre Kleidung achtlos auf den Schiffsboden. Dann schaute sie in den Spiegel. Was sie sah, gefiel ihr. Ein atemberaubender Körper, eine Sanduhrfigur mit langen, schlanken Beinen, perfekt geformten Brüsten, einer zierlichen Taille und einer pfirsichzarten Haut, die stark mit dem glatten, rabenschwarzen Haar kontrastierte. Ihr Gesicht war oval, sie besaß hohe Wangenknochen, eine hohe Stirn, eine kleine Nase, ein schmales Kinn, strahlend violettblaue Augen und sinnlich volle Lippen.

Calum Burgess hatte einmal behauptet, dass sie schlichtweg die Wiedergeburt der Schönheit sei, stark, mit einer erotischen Ausstrahlung, eine Göttin, von ihm erschaffen, eine junge Liz Taylor des einundzwanzigsten Jahrhunderts. Aber warum hatte er dann all die Jahre auf sie verzichtet und sich lediglich mit den täglichen Telefonaten begnügt?

Sie drehte den Hahn auf und stellte sich unter die Dusche. Das Wasser prasselte auf ihren makellosen Körper, und sie hing ihren Erinnerungen nach. Vor zehn Jahren hatte sie Torrisdale Castle und Schottland verlassen, um sich in Hongkong auf ihre Aufgaben für die Gemeinschaft Lux Humana vorzubereiten. Ein Studium der Biogenetik und ein einjähriges Praktikum in der Forschungsabteilung von Geno Laboratories Ltd. Kowloon lagen hinter ihr, aber auch zehn lange Jahre voller Sehnsucht nach Calum.

Ein atemloses Flüstern, eine Erinnerung. Ihre Haut prickelte sinnlich beim Gedanken an seine Berührungen, die ihr Verlangen nach Sex gesteigert und sie als junge Frau auf seinem Schoß hatten stöhnen lassen. Seine dunklen Augen hatten sie dabei immer aufmerksam gemustert. Er war der einzige Mann, der ihren Herzschlag durch eine Berührung auf hundert Schläge pro Minute beschleunigen konnte und ihren Unterleib erbeben ließ. Sie vermisste ihn, seine Stimme, seinen Atem, die schimmernden Wellen seiner Gedanken. Sein Herz barg finstere Tiefen, die nur sie allein ausloten konnte. Sie spürte noch immer das Zittern, das allein die Erwähnung seines Namens auslöste und von dem sie gehofft hatte, dass es nach all den Jahren endlich nachlassen würde. Tagtäglich während des Telefonats seine eins neunzig große, schlanke Gestalt zu sehen, mit den langen, muskulösen Armen und dem breiten Oberkörper, wenn er in seinem Büro auf und ab ging … Ihn nicht berühren zu können, ließ sie oft verzweifeln. Ihr Leben hatte erst mit Calum begonnen. An die Zeit davor erinnerte sie sich kaum noch.

Wie immer blieb sie still und tränenlos. Sie hatte ihren Verzicht auf diese Liebe und den damit verbundenen Kummer so lange in sich verschlossen, dass nichts ihre Starre aufzubrechen vermocht hatte. Aber plötzlich entwich ihrer Kehle ein klagender Laut, ein dünner, kaum hörbarer Ton. Sie schnappte nach Luft, und ein Schrei brach aus ihr hervor, in dem sich der ganze aufgestaute Schmerz Luft machte. Die Heftigkeit ihres Gefühlsausbruchs erschreckte sie. Dennoch weinte sie und schrie, bis ihre Lungen schmerzten und die zahllosen Gefühlsregungen der Vergangenheit sich auf ihren Zügen abzeichneten.

Aber irgendwann beruhigte sie sich wieder.

Nach der Dusche und einer Tasse Reistee fühlte sie sich besser und halbwegs frisch. Sie lauschte durch die offene Tür den sanften Klängen der unterschiedlich großen Mobiles, deren Bambusstäbchen durch den warmen Luftzug ständig in Bewegung waren, Klänge, die ihr sagten, dass sie Hongkong und besonders die treue Seele Mèimèi Dai vermissen würde. Dai hatte ihr in den vergangenen Jahren gute Dienste geleistet. Sie hielt nicht nur das Hausboot sauber und kochte, sie besaß auch ihr Vertrauen. Zudem unterrichtete Dai sie im Auftrag von Lux Humana mit dem Khagda-Schwert und dem Phurbu-Dolch in der chinesischen Kampfkunst. Charis besaß besonders schöne Exemplare aus einem daoistischen Kloster im Wudang-Gebirge. Dort galt das Khagda-Schwert als Schwert des Wissens, das Gefahren abhielt. Und die Dreikantklinge des Phurbu-Dolches diente zur spirituellen Tötung des Ego-Dämons *Narzissmus*. Charis verdankte Dai ihre Geschicklichkeit, Stärke und Schnelligkeit im Umgang mit dem Schwert, aber auch ihre gute Körperwahrnehmung und den hohen Grad der Entspannung nach dem Kampf.

Sie beschloss, ihren antiken chinesischen Altarschrank aufzuräumen, der ein Geschenk von Calum und Gordon zum fünfundzwanzigsten Geburtstag gewesen war und den nun Dai bekommen sollte. Der aus Ulmenholz gefertigte Schrank stammte aus dem frühen 20. Jahrhundert, war schwarz lackiert und aufwendig mit Blattgold belegt. Singvögel auf feingliedrigen Pflanzen beherrschten die reich verzierte Oberfläche. Für diese Meisterarbeit der chinesischen Lackkunst hatten die Zwillinge mehrere tausend Hongkong-Dollar bezahlen müssen. Sie blickte auf das Foto, das in einem Rahmen aus Bambus auf dem Schrank stand und eine stolze zwanzigjährige Charis, einen energiegeladenen Calum und einen selbstbewussten Gordon im Kaminzimmer auf Torrisdale Castle zeigte.

„Wir sind jetzt die Zukunft“, sagte sie und nahm das Foto in die Hand. Die Zwillinge warteten auf Torrisdale Castle auf ihre Rückkehr. Die Vorbereitungen für die Zeremonie zur Transition zum Ort der Unantastbarkeit, dem inneren Kreis von Lux Humana, liefen auf

Hochtouren. Gemeinsam würden sie dann ihr Ziel erreichen, das Elixier der ewigen Jugend entdecken und Weltruhm erlangen. Schottlands Küsten erwarteten sie. Das Licht der Morgen- und Abenddämmerung würde ihr Leben umrahmen, im sicheren Kreis der Gemeinschaft: makellos, steinern, lodernd. *Wie Calum,* dachte sie und legte das Foto beiseite.

Ihre Hand glitt für einen kurzen Moment über das Ulmenholz des kostbaren Möbelstücks. Dai würde das Altarschränkchen mit Sicherheit geschäftstüchtig einsetzen, davon war sie überzeugt. Charis drückte den Knopf unter dem Schnabel eines Singvogels und entriegelte die Schubladen ...

Alles ändert sich früher oder später.
Sie starrte auf die Zeilen. Es war ihr unangenehm, das Tagebuch, das Calum Burgess ihr einst geschenkt hatte, in der Schublade des Schränkchens wiederzufinden. Zehn Jahre nach dem Tod ihrer Eltern. Sie blickte auf und presste für einen Moment das in rotes Wildleder gebundene Tagebuch an ihre Brust. Noch immer verströmte es einen mild-herben Geruch. Sein Inhalt lag schon lange zurück. Vielleicht irrte sie sich auch in manchem, aber das war ohne Bedeutung. Sie strich mit dem Finger über den Zeitungsausschnitt der *Financial Times* von Dienstag, dem 31. Januar 1987, den Calum auf die erste Seite des Tagebuchs geklebt hatte.

Der weltweit anerkannte Entwicklungsbiologe John Burgess und seine Frau Amy kamen vor einer Woche bei einem Verkehrsunfall auf der B 801 ums Leben. Das Ehepaar hinterlässt eine sechsjährige Tochter. Die Beisetzung findet heute auf dem Friedhof Little Necropolis in Kinlochbervie statt. Die Tochter wurde in die Obhut des Bruders Nathan Burgess, Leiter der Lux-Humana-Klinik, übergeben.

Darunter ihr erster Tagebucheintrag.

Little Necropolis
Im Namen des Schweigens
Im Namen der Einsamkeit
Winter.
Leere Straßen
Am Rande ein kaltes Herz.

Plötzlich war Calum Burgess wieder allgegenwärtig. Charis spürte das Flattern ihres Pulses, und ihr Herz raste. Sie bildete sich ein, dass er sie tröstete und ihr zärtlich übers Haar strich, wie damals, in der Nacht nach der Beerdigung ihrer Eltern. Behutsam näherte sie sich der Vergangenheit, leise, um die Grabesstille nicht zu stören.

Friedhof Little Necropolis in Kinlochbervie, 31. Januar 1987

In den frühen Morgenstunden spürte sie beim lauten Klopfen an der Haustür ihres Elternhauses ein Kribbeln im Nacken und empfand beim Anblick des älteren, gutaussehenden Mannes, der sie für immer von hier fortbringen sollte, eine tiefe Unrast. Vielleicht hatte Nathan Burgess ihre Ruhelosigkeit bemerkt und deshalb den Chauffeur angewiesen, sie beide unmittelbar nach der Beisetzung nach Torrisdale Castle zu fahren, weil seine Nichte hier auf die Zwillinge treffen sollte.

Um diese Jahreszeit gingen die Bewohner von Kinlochbervie nur am Vormittag aus dem Haus. Ein stürmischer Wind jagte durch die Straßen, und Schneegestöber machte die Bürgersteige unbegehbar. In den Abendstunden brannte nur selten Licht hinter den Fenstern, mit der klirrenden Kälte ging die Stille einher und bewog die Menschen, schon früh am Abend eng aneinandergeschmiegt in ihren Betten zu liegen, immer dann, wenn ein heftiger Schneefall den Ort zu ersticken drohte.

Die Trauergäste vor dem Eingangsportal des Friedhofs Little Necropolis schützten sich mit pelzgefütterten Wintermänteln vor der Kälte. Manche von ihnen verbargen die Augen hinter dunklen Sonnenbrillen. Sie ängstigten sie, und sie hastete, den kleinen Körper in eine dicke, graue Daunenjacke gesteckt, zur Burgess-Kapelle, wobei sie tapfer durch den unberührten Schnee stapfte. Später, als die Eltern in der Burgess-Gruft beigesetzt wurden, hielt sie Nathans Hand. Sie fühlte nichts, fragte sich nur, wie kalt der Frost in der harten Wintererde war und ob ihre Eltern in der dunklen Grabstätte nicht frieren würden. Sie bemerkte nicht, wie der Priester den Segen sprach und die Trauergäste aus Kinlochbervie an ihr vorbeidefilierten. Sie lauschte nur dem Wind, der durch die kahlen Äste der Bäume fegte.

Nach der Beerdigung nahm Nathan Burgess sie auf den Arm und trug sie zum Wagen. Er fragte sie leise, ob sie nicht auch eine Auserwählte von Lux Humana sein wollte.

Obwohl sie seine Worte nicht verstand, kamen sie ihr doch bedeutungsvoll vor. Wenig später saß sie, in eine Wolldecke gehüllt, auf dem Rücksitz der Bentley-Limousine. Nathan tröstete sie und strich ihr liebevoll über den Kopf.

„Der Verlust von geliebten Menschen entzieht einem immer den Boden unter den Füßen. Du bist jetzt traurig, Kleines. Doch das Dunkel in dir wird dem Licht weichen. Irgendwann wirst du nicht mehr so schrecklich traurig sein, nur noch ein bisschen. Wir Schotten lieben das Licht mit seiner Fülle von Farben. Deshalb hat es viele Namen: Sonnenlicht, Mondlicht, Morgenrot, Dämmerung. Doch das Dunkel hat nur einen. Du bist Licht, Kleines, denn du wirst makellos, du wirst perfekt sein. Ich sehe, was sich hinter deiner gegenwärtigen Finsternis verbirgt. Ich werde es zutage bringen und dich, wenn die Zeit gekommen ist, auf deine Bestimmung vorbereiten."

Sie sah den Onkel mit großen Kinderaugen an, nickte unwissend und schaute aus dem Fenster.

Der Wagen fuhr Richtung Torrisdale Castle, vorbei am Milchladen des Bauern Fraser. Niemand war an dem bescheidenen Stand mit Fallobst zu sehen, das der Bauer im Herbst von seinem Acker aufgelesen hatte. Links daneben führte eine schneebedeckte Gasse in einen dunklen Hof, in dem einige leere Milchkannen standen, auf die Schneeflocken niederrieselten. All das nahm sie in ihrem Kummer kaum wahr, sondern dachte nur an die Dunkelheit, die ihre Eltern umgab, eine Dunkelheit, durch die kein fröhliches mütterliches Lachen mehr zu ihr dringen konnte.

Die letzten paar Kilometer fuhren sie über eine schmale Asphaltstraße entlang der Sandwood Bay durch die Hügel an der Küste von Am Buachaille. Die Straße folgte einer Schlucht mit einem der vielen ausgetrockneten Bachbetten, die sich zu einem kleinen, abgeschlossenen Tal weitete. Am Ende der Steigung angekommen, sah sie die hohe Hecke, die das Grundstück umgab. Am eisernen Tor der Einfahrt hielt Nathan an und stieg aus. Ihre Neugierde wurde geweckt, als er einen Ziegel aus einem der Mauerpfosten nahm. Dahinter verbarg sich ein Zahlenschloss. Er tippte einen Code ein, dann stieg er wieder in den Wagen und fuhr durchs Tor.

Von der langen, baumgesäumten Zufahrt blickte sie in den Innenhof von Torrisdale Castle, das aus einem Hauptflügel und zwei Seitenflügeln bestand. Durch die hohen Fenster und überall auf dem Gelände waren Lichter zu sehen. Leuchten beschienen den Fußweg vom Parkplatz her, obwohl es noch nicht dunkel war. Als der Wagen vor dem Eingang hielt, wurde die massive Holztür geöffnet. Zwei Jungen standen auf der Schwelle.

„Sie haben dich erwartet, Kleines", sagte Nathan freundlich und winkte seine Söhne Calum und Gordon herbei, die sie neugierig musterten.

Sie fing die Blicke der Zwillinge auf, und ein Schauer der

Verwunderung überfiel sie. Es war das gegenseitige Erkennen und die stille, aber spontane Übereinkunft, die Zukunft gemeinsam zu gestalten. Die Zwillinge, zwölf Jahre und das Ebenbild ihres Vaters, kamen ihr richtig erwachsen vor. Sie hatte die beiden Jungen zuvor nur ein einziges Mal gesehen und sie jünger und kleiner in Erinnerung.

Calum, der seinen Bruder Gordon um fünf Zentimeter überragte, trat näher und hielt ihr einen Schokoladenriegel hin, den sie zögerlich nahm. Für einen Moment starrten sie einander in die Augen. Als hätte jemand einen Vorhang weggerissen, sah sie in eiskalte braune Augen, deren unbeschreibliche Leere eine Trostlosigkeit jenseits der Verzweiflung ausdrückte. Doch ganz plötzlich huschte ein Lächeln über die Lippen des Jungen. Vielleicht war die Ähnlichkeit mit ihrem verstorbenen Vater der Grund dafür, dass sie sich sofort zu ihm hingezogen fühlte. Sie bemerkte nicht, dass Nathans Fingernägel sich in ihre Handballen gruben und fast die Haut aufrissen, als Calum ihre zierliche Hand ergriff.

„Willkommen auf Torrisdale Castle, Baby Blue. Ich bin Calum, und das ist mein Bruder Gordon. Darf ich dir heute Abend eine Gutenachtgeschichte erzählen?“

Sie nickte und lächelte. *Baby Blue*. Der Kosename gefiel ihr, und sie spürte, wie sich bei der Berührung ihr Herzschlag beschleunigte. Obwohl erst sechs Jahre alt, konnte sie fühlen, wie eine zarte Sehnsucht nach diesem Jungen sie erfasste.

Auf Torrisdale Castle mit seinem märchenhaften, schneegesättigten Panorama erzählte ihr zwei Stunden später der zwölfjährige Calum die Geschichte vom Sohn der grünen Insel, der das Licht Esu brachte. Den Genuss der milchigen Schokolade im Mund, nahm sie kaum wahr, wie Calums Vater unten die Geschichte mit dem Klagelied eines Dudelsacks zu übertönen versuchte.

Nathan gab ihr den Namen Charis-Blue, aber Calum nannte sie Baby Blue. Baby, weil sie als sechsjähriges Mädchen zu ihnen kam, Blue, weil sie violettblaue Augen hatte, in denen nicht die Spur eines Gefühls zu erkennen war. Er führte diese Ausdruckslosigkeit auf das Trauma zurück, das sie erlebt hatte.

In dieser Nacht schlich Charis barfuß im Nachthemd zu Calum und staunte. Er lächelte im Schlaf. Sein Gesicht wirkte weich und sympathisch. Sie stellte sich vor, wie seine Züge hart werden würden, wie am Tage. Wie er sie aus kalten Augen betrachten und sagen würde: „Geh weg. Du bist böse, und ich hasse dich. Du bist nicht mehr mein kleines Mädchen Baby Blue.“

Dann würde sie keinen Menschen mehr haben und ganz allein

sein. Die Vorstellung erschreckte sie so sehr, dass sie in Tränen ausbrach. Calum wachte davon auf.

„Was ist mit dir, Kleines? Hat dich ein schlimmer Traum erschreckt?“

Charis nickte heftig.

Er nahm sie in die Arme und bedeckte ihre nassen Wangen mit Küssen. „Ist schon gut, Baby Blue, Calum ist ja bei dir.“

Während er ihr übers Haar strich, starrte sie ihn aus großen, angsterfüllten Augen an. Sanft wiegte er sie hin und her und tröstete sie mit beruhigenden Worten.

„Was hast du denn geträumt, Baby Blue?“

Charis öffnete den Mund, machte ihn aber gleich wieder zu und schüttelte den Kopf.

„Du musst es mir nicht erzählen. Hauptsache, es ist vorbei. Ich bin bei dir, dir kann nichts passieren. Möchtest du neben mir schlafen?“, fragte er mit einer einladenden Geste.

Während sie zu ihm ins Bett kroch und die Arme um ihn schlang, zog er die Bettdecke hoch. Dann streichelte er weiter ihr Haar und summte ein Schlaflied.

Charis fragte leise: „Calum?“

„Ja?“

„Ich habe von den Toten auf dem Friedhof geträumt. Und von einem Mann mit einem schwarzen Ding.“

„Kinder träumen immer von einem Schwarzen Mann, Charis. Das hat nichts zu bedeuten. Es ist eine Metapher für unsere Ängste.“

Wieder begann er leise zu singen, und Charis staunte, wie sein Gesang den seelischen Schmerz verdrängte, ihren Körper aufleben ließ und ihrem Gesicht ein Lächeln entlockte. Die Toten von Little Necropolis lösten sich in Rauch auf.

„Calum?“

„Ja, Kleines.“

„Wird man davon krank?“

„Wovon?“

„Von einer Me…Meta…äh?“

„Metapher. Nein, davon bekommst du nur Pickel am ganzen Körper, wenn du nicht sofort einschläfst.“

„Okay“, sagte sie und stellte sich schlafend.

Kapitel 4

Faber Pharma Ltd. Hongkong, 6. Oktober 2011

In den vergangenen Tagen hatte Robert Faber am Abend immer zwei schwere Aktentaschen mit Unterlagen auf sein Hotelzimmer mitgenommen. Er sichtete manchmal bis in die frühen Morgenstunden das Rebu-12-Datenmaterial und machte sich Hún Xìnrèns Können, seine Erfahrung und die Einsichten, die er im Laufe der Zeit gewonnen hatte, zu eigen. Die beiden Wissenschaftler arbeiteten ebenfalls bis spät in die Nacht. Hún Xìnrèn dokumentierte die Forschungsergebnisse von Rebu 12, während Jonathan Hastings den Umzug nach Düsseldorf plante und das Chaos auf seinem Schreibtisch ordnete. Robert stellte wie immer viele Fragen. Auch heute hatte er den ganzen Nachmittag mit den Wissenschaftlern verbracht. Zu viel stand auf dem Spiel.

„Wer beliefert uns eigentlich mit den Proteinen für die Isolierung der DNA?“, fragte er.

„Die Prokaryo-AG. Wir schicken ihnen regelmäßig Proben unserer Chargen, die sie für die Gesundheitsbehörde zurückstellen. Im Qualitätsmanagement unterstützen sie uns bei den Zulassungsbehörden“, antwortete Hastings.

Robert nickte und erwähnte mit keinem Wort, dass er Jakob Bender, den Vorstandsvorsitzenden der Prokaryo-AG, kannte. Er hatte Dr. Bender und seine Geschäftsführerin, die schottische Biogenetikerin Kate Corvey, vor zwei Jahren auf einer Benefizveranstaltung in Düsseldorf kennengelernt und den Abend mit ihnen verbracht. Kate Corvey hatte ihn damals an die bezaubernde Elbenprinzessin Arwen aus Tolkiens *Herr der Ringe* erinnert, den er als Kind verschlungen hatte. Ihr Anblick hatte sein Blut so in Wallung gebracht, dass er nach der Veranstaltung bei einem One-Night-Stand mit einer Bar-Bekanntschaft in seinem Hotelzimmer zwischen den blumigen Beteuerungen vorgetäuschter Gefühle Dampf abgelassen hatte. Hin und wieder begegneten sie sich auf internationalen Kongressen, aber ein persönliches Wort hatte er seitdem nicht mehr mit Kate Corvey gewechselt, denn er wähnte sie in einer festen Beziehung.

Prokaryo war Europas größtes Biotech-Unternehmen und die wertvollste Marke in der Molekularbiologie. Robert zog neuerdings in Erwägung, mit dem Unternehmen einen Outsourcing-Vertrag zu schließen. Als Auftragsforschungsinstitut realisierte Prokaryo Prüfungen auf höchstem methodischem Niveau. Die Faber-Forschungsabteilung in Ratingen musste bis zur Fertigstellung des neuen Trakts entlastet werden, deshalb brauchte er in Deutschland einen vertrauenswürdigen Outsourcing-Partner. Er kritzelte „Prokaryo!“ auf seinen Notizblock.

Hún Xìnrèn und Yàn Meí betraten das Labor. Robert hatte sich mit seinen beiden Forschern darauf verständigt, dass Yàn Meí nun vollständig involviert werden sollte, denn schließlich würde auch sie zum europäischen Team gehören. Er blätterte in seinen Unterlagen.

„Weshalb wurden die In-vitro-Versuche nur an Organen von weiblichen Tieren vorgenommen?“

Hún Xìnrèn und seine Assistentin wechselten einen Blick. Yàn Meí nahm einen dicken Aktenordner zur Hand und blätterte ihn durch, als suche sie ihre Notizen. Dann beugte sie sich vor. Ihre Mandelaugen lächelten ihn an.

„Frauen sind genetisch gesehen robuster als Männer, Herr Faber. Das ist alles.“

Du Luder, dachte Robert, *das weiß ich schon. Ich habe in der Nacht das Bett mit dir geteilt.* Er sah ihr verstecktes Lächeln und wusste, dass sie ihn gerade jetzt wieder in Gedanken *Zhǔ* nannte.

„Wir verabreichten den weiblichen Mäusen Herzinfarkt auslösende Substanzen. Unmittelbar danach erhielten sie eine Injektion mit Rebu 12“, fuhr Yàn Meí fort. „Die Tiere wurden weder krank, noch gab es in Blut und Gewebe Anzeichen von Krebszellen.“

Für einen Moment herrschte Stille. Yàn Meí überprüfte, ob ihr Haar ordentlich im Pferdeschwanz steckte. Robert wusste, dass sie das immer tat, wenn sie hochkonzentriert war.

„Im chinesischen Chengyu gibt es ein altes Sprichwort“, begann sie, „das aus der Zeit der Streitenden Reiche stammt, als in China zahlreiche Königreiche und Fürstentümer um die Macht kämpften. Es wird erzählt, dass der Graf des Staates Qi während der ersten drei Jahre seiner Herrschaft ein verschwenderischer Mensch war, der sich nicht um die Regierungsgeschäfte kümmerte. Chun Yukun, einer seiner Minister, wies darauf hin, dass es da einen Vogel gebe, der drei Jahre lang weder ein Lied gesungen habe noch geflogen sei – ein indirekter Hinweis auf die Untätigkeit des Herrschers. Der Graf von Qi antwortete, dass dieser Vogel die Welt zum Staunen bringen würde, sobald er anfinge zu singen. Auch wir haben in den vergangenen Jahren große Summen für die Entwicklung von Rebu 12 ausgegeben, Herr Faber.“

Robert wurde es zu bunt. „Dr. Yàn Meí, Ihr Ausflug in die Welt der chinesischen Weisheiten in allen Ehren, aber …"

„*Yi ming jing ren,* Herr Faber. Die Welt mit einer einzigen Leistung für sich gewinnen", unterbrach Hún Xìnrèn. „Wenn eine Genanalyse vorliegt, die besagt, dass der Patient an einem Herzinfarkt sterben könnte, werden wir das Problem mit Rebu 12 beheben können. Mit anderen Worten, wir werden die Therapie revolutionieren und den Wunsch der Menschen nach Gesundheit erfüllen können."

Yàn Meí ergriff wieder das Wort, und Robert konnte die Erregung in ihrer Stimme hören. „Wir müssen noch weitere Tests durchführen, aber wir können schon jetzt behaupten, dass Rebu 12 über ein hohes therapeutisches Spektrum verfügt. Wir …"

Jonathan Hastings seufzte und unterbrach seine Kollegin. „Ist der Mensch noch leistungsfähig, wenn er nur eine Vitaminpille oder eine knappe Mahlzeit zu sich nimmt? Ich habe Herrn Faber erklärt, dass das, was uns am Leben erhält, uns auch sterben lässt. Eine Mahlzeit!"

Robert musste lachen. Er schaute Dr. Hún an, der erschöpft wirkte und völlig übernächtigt aussah, und auch er brauchte eine Pause.

„Es war ein anstrengender Tag. Meine Sekretärin hat einen Tisch im *Floating Oriental* gebucht. Wir treffen uns dort um neun Uhr. Ich lade Sie zum Essen ein."

Hongkong-Aberdeen Island, Insel Ap Lei Schau

Kurz nach acht ließ sich Robert zur Insel Ap Lei Schau bringen. Eine alte Chinesin mit breitkrempigem Strohhut lenkte geschickt ihr flaches Flussboot, den Sampan, durch die engen Wasserwege zwischen den anderen Booten, die auf riskante Weise und scheinbar ungeordnet im Hafen miteinander vertäut waren. Er gab der Alten ein großzügiges Trinkgeld und verließ den Sampan.

Die meisten Boote lagen im Dunkeln, nur hier und dort brannten einige Öllampen. Vorsichtig ging er die Bootsstege entlang. Im schwimmenden Restaurant *Oriental,* das in der Nähe der Werft vor Anker lag, hatte er einen kleinen Besprechungsraum reserviert. In Hongkong wimmelte es nur so von hervorragenden Restaurants, besonders in den Luxushotels, aber das *Oriental* eignete sich ausgezeichnet für diskrete Geschäftstreffen. Hier hatten die Wände keine Ohren. Außerdem kannte Robert den Küchenchef, der auf absolute Frische der Zutaten größten Wert legte.

Der Abend war heiß und feucht. Auf der Insel roch es überall nach Holz und Harz, Gerüche, die sich mit dem betörenden Duft des Opiums mischten. Robert verharrte einen Moment am Ufer, zündete sich eine Zigarette an, nahm einen kräftigen Zug und betrachtete den sternklaren Himmel. Nirgends rührte sich etwas, selbst der Wind hielt einen Moment inne.

Das Bild eines Herzens stieg in ihm auf. Isoliert hing es an zwei Fäden und schlug einsam in der Luft vor sich hin, ein Herz, der Brust eines Lebewesens entnommen. Vielleicht hatte es einem kleinen Mädchen gehört, das jetzt irgendwo draußen in der kalten Erde lag. Vielleicht waren seine schwarzen Haare jetzt mit Erde verklebt, und vielleicht wirkten die Blutflecke auf seinem Kleid wie gesprenkelte Blüten, die den Krater in dem kleinen Brustkorb umrahmten, ein großes Loch, dort, wo einst das Herz geschlagen hatte …

Warum habe ich bloß solch entsetzliche Gedanken?, fragte er sich. Weil ihm das isolierte Herz eines Affen, das außerhalb eines Körpers in seinem gewohnten Takt schlug, nicht aus dem Kopf ging? Oder lag es daran, dass er bis spät in die Nacht hinein die Laborberichte Wort für Wort studiert und dabei gespürt hatte, wie ihn Euphorie, aber auch Entsetzen packte? Er wusste es nicht. Alles lief bestens. Er hatte sich in den vergangenen Monaten nicht nur einmal davon überzeugen können, und dennoch … Seit seiner Ankunft fühlte er sich seltsam benommen, als würden die undefinierbaren Straßendüfte von Kowloon sein Hirn betäuben: Opiumdunst vermischte sich mit Abgasen und dem Dunst der vielen Straßenküchen, das süßliche Aroma der Räucherstäbchen mit faulendem Fischkadaver: Gerüche, die einem manchmal den Atem nehmen konnten.

Irgendetwas geht hier vor, dachte er. Ihn hatte im Labor das Gefühl beschlichen, beobachtet zu werden, doch außer Hún Xìnrèn und ihm war niemand dort gewesen.

Außerdem glaubte er, dass Hún Xìnrèn ihm etwas verschwiegen hatte. Allzu deutlich war ihm Húns Unbehagen aufgefallen, als er sich nach den Aufzeichnungen erkundigt hatte. Außerdem hielt sich sein Mitarbeiter nur noch im Labor auf. Die Schlafcouch war ihm nicht entgangen. Er dachte an Entscheidungen und Termine und an seine bevorstehende Reise nach Deutschland, als er plötzlich die Stimme einer Frau hörte.

„*Bèihài!* Er ist in Gefahr!“

Robert blieb abrupt stehen, Schweißperlen traten ihm auf die Stirn. *Es ist ein ganz gewöhnlicher Mittwochabend,* sagte er sich. Hier war alles wie immer, nur dass er zu viel schuftete und dass ihm der seltsame Traum über den Mann, der hilfesuchend die Arme nach ihm ausstreckte und Hún Xìnrèn glich, eine schlaflose Nacht bereitet hatte. Er würde einfach weitergehen. Doch dann hörte er erneut ihre Stimme.

„Die Götter sind meine Zeugen."

Robert warf einen Blick über die Schulter. Die alte Chinesin von vorhin glitt langsam auf ihrem Sampan an ihm vorüber. Ihr zerfurchtes Gesicht starrte geradeaus in die Dunkelheit. Er schüttelte den Kopf. *Die Opiumdüfte aus den Dschunken umnebeln mein Hirn,* dachte er. *Es wird Zeit, Hongkong zu verlassen.*

In diesem Moment flog ein Seevogel über das kleine Boot hinweg und stieß einen klagenden Schrei aus. Im Ruf eines Vogels liege ein Zeichen, behaupteten die alten Wahrsagerinnen in Kowloon. Sein Gekreische klang für Robert wie eine Aufforderung, endlich von hier zu verschwinden.

Rasch ging er weiter den Steg entlang und betrat wenige Minuten später den Besprechungsraum im *Oriental*. Eine junge Chinesin führte ihn zu seinem Tisch, wo Yàn Meí bereits auf ihn wartete.

Sie senkte den Kopf. „Guten Abend, *Zhŭ.*"

Er lächelte und begrüßte sie mit einem flüchtigen Kuss. „Yàn Meí, nenn mich bitte nicht *Herr*. Schließlich schlafen wir miteinander. Was sollen außerdem deine Kollegen denken?"

Ein junger Kellner reichte ihm ein heißes, feuchtes Handtuch, das nach Limonen duftete. Robert hielt es einen Moment an seine Stirn, dann reinigte er damit seine Hände.

„Es gefällt mir, Zhŭ. Aber sei beruhigt. Du wirst im Beisein von Dr. Hún und Dr. Hastings dein Gesicht nicht verlieren", flüsterte sie. „Da kommen sie schon."

Ganz wohl fühlte er sich nicht bei dem Gedanken, dass Yàn Meí die Wissenschaftler nach Deutschland begleitete. Dort würde es wesentlich schwerer sein, ihr Verhältnis geheim zu halten. Er wollte kein Gerede, das die junge Frau verletzen könnte. Es war eine rein sexuelle Beziehung, nicht mehr und nicht weniger. Er schmunzelte innerlich beim Gedanken an seine Assistentin Maja Scholler. Ihr gelang es immer wieder, sogar die kleinsten Geheimnisse der Faber-Angestellten aufzudecken, selbst die, die bereits lange der Vergangenheit angehörten.

„Ich habe gelernt, dass man durch den Verzicht auf Nahrungsmittel ein langes Leben erzwingt und dabei jung bleibt. Daher freue ich mich besonders, dass Sie mich heute Abend bei meinem Alterungsprozess unterstützen, meine Herren", sagte Robert und begrüßte Hún Xìnrèn und Jonathan Hastings mit Handschlag.

„Gănxiè yìngchóu, Herr Faber", erwiderte Hún Xìnrèn freundlich, was so viel wie *Vielen Dank für die Einladung* bedeutete.

Eine Kellnerin betrat den Raum und rief die Namen der Dim-Sum-Speisen aus, die sie auf ihrem Tablett vor sich hertrug: Frühlingsrollen, gegrillte Schweinerippchen, Fleischklößchen, gebackene Garnelen und weitere köstliche Happen, leicht und sättigend, eine harmonische Folge von süß und sauer, zart und knusprig, vom Gelb der Ananas und dem Rot des Pfeffers. Nachdem die Kellnerin sie allein gelassen hatte, begannen sie zu essen, doch Robert hatte nur mäßigen Appetit. Nach einer Weile legte er die Essstäbchen hin. Hún Xìnrèn, Hastings und Yàn Meí taten es ihm nach und sahen ihn fragend an.

Hún ergriff das Wort. „Haben Sie etwas auf dem Herzen, Herr Faber? Sie beschäftigt doch ein *téngtòngchù* – ein Problem."

„Ja, Sie haben recht. Ich habe seit geraumer Zeit das Gefühl, dass in unserer Niederlassung etwas vorgeht", vertraute er seinen Mitarbeitern an. „Ich kann es nicht erklären, es ist nur so ein Gefühl."

„Jjiàndié huódòng? Sie vermuten Betriebsspionage?", fragte Hún erstaunt.

„Vielleicht. Wir hatten schon öfter mit diesem Problem zu kämpfen. Es sind nur Kleinigkeiten, die mich irritieren: Ein mir unbekannter Mitarbeiter betritt unangemeldet mein Büro, oder Unterlagen, die beim Verlassen des Büros noch auf der rechten Seite lagen, liegen bei meiner Rückkehr plötzlich auf der linken. Vielleicht ist der Grund aber auch der, dass die Umstrukturierung des Unternehmens in Hinblick auf die neuesten Forschungsergebnisse von Rebu 12 mir Kopfschmerzen bereitet. Vielleicht bilde ich mir die Auffälligkeiten nur ein."

„Merkwürdig, dass Sie das sagen, Herr Faber. Ich hatte in den letzten Tagen ein ähnliches Gefühl. Aber ich habe diesen Gedanken beiseitegeschoben und auf mangelnden Schlaf zurückgeführt", sagte Hastings.

Das wird es wohl sein, dachte Robert.

„Unsere Daten werden besonders gesichert", fügte Hastings rasch hinzu. „Sie sind für niemanden zugänglich."

Roberts Zögern war kaum wahrnehmbar. „Das ist gut zu wissen, Dr. Hastings. Ich werde übermorgen nach Deutschland fliegen und wollte mich mit diesem Abendessen für Ihre Unterstützung bedanken. Es wurde Zeit, diese Niederlassung in eine reine Vertriebsgesellschaft umzuwandeln. Mein Vater hatte bereits vor seinem Tod ähnliche Pläne. Doch rasches Handeln ist jetzt erforderlich. Hongkong kann ein verdammt gefährlicher Ort sein, wenn uns die Hacker der Konkurrenz im Visier haben. Unsere Mitbewerber dürfen keinen Wind von Rebu 12 bekommen."

„Da stimme ich Ihnen zu. In Hongkong spürt man an jeder Ecke die Blicke der Hyänen, die darauf lauern, Betriebsgeheimnisse zu lüften", sagte Hastings. „Neulich ..." Er schwieg, als Hún Xìnrèn ihm unmerklich einen leichten Schubs gab.

„Können wir vor Ihrer Abreise noch etwas für Sie tun, Herr Faber?", fragte Hún.

„Lassen Sie uns noch mal die Eckdaten von Rebu 12 durchgehen", sagte Robert.

Die Wissenschaftler schauten ihn verschwörerisch an. „Es ist so, Herr Faber ...", begann Hastings.

Einige Zeit später verbeugte sich Robert zum Abschied. Yàn Meís Blick hielt er ein wenig länger fest. Sie würde sich in seiner Hotelsuite von ihm verabschieden.

Mitten in der Nacht

Der Regen klopfte leise an das Fenster seiner Suite. Robert weinte im Schlaf. Im Traum suchte er Halt am Geländer. Er sah ein Kind, das ihm von einer Fähre auf einem See aus zuwinkte und dann ins Wasser sprang. Die Wogen stritten sich um den vor Kälte erstarrten Körper. Weinend sprang er ins Wasser, schwamm auf das Kind zu und versuchte, es der Gefahr zu entreißen. Doch der tote Körper glitt lautlos in die vom Mond gesprenkelte Tiefe. Ein leises Klatschen, ein Gluckern, und schon war die Gestalt versunken. Einige Wellen kräuselten noch die Oberfläche, doch Sekunden später hatte sich das Wasser wieder vollkommen geglättet. In dem klaren, kalten See fiel das Mondlicht bis auf den Grund, und er erkannte den Körper. Tief unten lag er selbst, als Kind. Der vor Kälte erstarrte Leichnam schimmerte in gespenstischer Blässe. Das Wasser spielte mit den Rosenzweigen, die aus dem geöffneten Brustkorb rankten, dort, wo einst sein Herz geschlagen hatte. Eine Frau trat auf der Fähre aus dem Dunkel hervor und blickte zu ihm herüber. Ihr Schatten kam ihm bekannt vor ...

Als Yàn Meí ihn weckte, starrte er sie entsetzt an.

„Zhǔ Robert. Ich musste dich wecken. Du hast im Schlaf geschrien und geweint", erklärte sie.

„Ich hatte einen Alptraum", sagte er mit zitternder Stimme.

„Es ist die Sorge um das neue Projekt, die dir den Schlaf raubt. Du spürst eine Gefahr und glaubst beobachtet zu werden", erwiderte sie.

Wie erstarrt schaute er sie an. „Das Kind in meinem Alptraum glich mir, Yàn Meí."

„Ich weiß, Zhǔ."

„Aber woher ...?"

„Du hast deinen Namen gerufen", antwortete sie und sah ihn ernst an. „Aber das Kind in deinen Träumen hätte auch ich, deine Schwester Elisabeth oder irgendein fremdes Kind sein können. Es ist im Allgemeinen das ungute Gefühl vom Tag, das uns in der Nacht einen Alptraum beschert."

„Du glaubt, dass der Traum niemand Speziellen darstellt? Damit liegst du wohl richtig, denn es geht allen gut. Davon konnte ich mich heute überzeugen."

Yàn Meí nickte. „Wir Chinesen spüren die Gefahr. Aber den Tod in einem Traum vor Augen zu haben ist ein gutes Zeichen, das bedeutet immer einen Neuanfang. Fahr nach Hause, Zhǔ Robert. Vielleicht ist es an der Zeit."

„An der Zeit wofür?", fragte er erstaunt.

„Sich zu verabschieden", flüsterte sie. „Es ist nicht die Liebe, die uns verbindet."

Er warf ihr einen zärtlichen Blick zu. Yàn Meís feines Gespür hatte ihn schon oft in Erstaunen versetzt. „Du bist eine kluge Frau, Yàn Meí", sagte er leise, fasste sie am Kinn und drehte ihr Gesicht in seine Richtung.

Die Stille, die auf den sanften Kuss folgte, schien nicht zu enden. In ihr lag die Wahrheit, und manchmal war sie grausam. Das hatte ihm Yàn Meí einmal gesagt. Stille war ein Wort, das auch er liebte. Nur als grausam hatte er sie noch nie empfunden.

Vier Straßen von Robert Faber entfernt warf zwei Stunden später eine nervös um sich blickende Gestalt einen Umschlag in den Briefkasten. Er war an den Vorstandsvorsitzenden der Faber-AG in Düsseldorf adressiert und sollte Robert Faber erst nach seiner Rückkehr erreichen.

Kapitel 5

Hongkong-Aberdeen, 7. Oktober 2011

Gestern hatte Charis das chinesische Bett und den Altarschrank Dai geschenkt und den Transport in die Cat Street veranlasst. In der belebten Straße besaß Dai gegenüber dem Ma On Tempel ein kleines Souvenirgeschäft mit chinesischem Porzellan, Holzketten und Mao-Andenken. Ein perfekter Ort für die wertvollen Antiquitäten. In der Dschunke stand anstelle der Möbel nur noch eine mit einem Laken bedeckte Pritsche.

Gegen Abend joggte Charis durch Kowloon. Sie behielt dabei die Menschen im Auge, an denen sie vorbeilief, und schärfte ihre Sinne. Ein alter Mann stieg mit verkrampften Wadenmuskeln eine Treppe hinauf, schlurfte in eine staubige Nische und hockte sich hin. Eine junge Frau eilte einer gehbehinderten, auf die Hauptstraße zuhumpelnden Frau nach, die einen durchsichtigen Plastiksack mit sich trug, in dem ein vermutlich stinkender Fisch steckte. Charis lief die Salisbury Road entlang in Richtung Hafen und kaufte auf dem Markt frische Ginsengwurzeln.

Plötzlich entdeckte sie auf der gegenüberliegenden Straßenseite wenige Meter vor dem Werfttor von Victoria Harbour einen Stand, der sich unmittelbar unter einer Straßenlaterne befand. Ein korpulenter Chinese streifte dort einen weißen Einweghandschuh über seine rechte Hand. Sie blieb stehen und starrte fasziniert auf die linke Hand des Mannes. In seinen mit breiten Goldringen bestückten Fingern hielt der Schlachter den enthäuteten Kopf eines kleinen Affen.

Ihre Mundwinkel zuckten, als er mit der anderen ein Hackbeil umfasste und den Affenkopf aufschlug. Sie biss sich auf die Zunge, um das Zucken zu unterdrücken. *Seltsam.*

Seit Hún Xìnrèn ihr Rebu 12 in kleinen Mengen verabreicht hatte, litt sie hin und wieder unter diesem Phänomen. Gleichzeitig spürte sie ein leichtes Kribbeln in der Halsmuskulatur. Aber die Nebenwirkungen waren ihr egal, denn der Blick in den Spiegel bestätigte ihr jeden Morgen, dass Húns Wundermittel ihr Äußeres erstrahlen ließ.

Charis massierte ihren Nacken und beobachtete dabei den Schlachter, der das Gehirn aus dem Schädel nahm und sorgfältig auf weißes Fettpapier legte. Sie verharrte noch einen Moment und starrte auf den ausgeweideten Bauch eines größeren Affen, der an einem Fleischerhaken mit blutigem Kopf nach unten hing. In seiner Bauchhöhle steckten frische Kräuterzweige und Eidechsen, die Zunge klebte schlaff am blutigen Kinn. Ein eigenartiger Geruch schlug ihr von der gegenüberliegenden Straßenseite entgegen. Heiß. Animalisch. Faulig. Plötzlich schleuderte der Chinese ein Schlachtermesser auf den Boden, das zitternd in den Brettern steckenblieb. Ihre Blicke trafen sich. Charis erkannte das unausgesprochene Verständnis zwischen ihnen. Nicht der Zufall hatte sie zu diesem Stand geführt. Im Tantra wurde der abgeschlagene Kopf als Symbol für die Befreiung von der Ego-Idee und für den absoluten Gehorsam interpretiert.

Als sie in die Dschunke zurückkehrte, warf sie einen Blick auf den Bildschirm ihres Laptops. Nichts. Sie nahm eine Dose aus dem Küchenschrank, öffnete sie und löffelte die köstliche Wan-Tan-Suppe im Stehen, während sie den Monitor im Auge behielt. Der *Fu Fighter* betrat den Bildschirm und kündigte E-Mail-Post an. Die erste Nachricht stammte vom Chinesen. *21:00 Uhr. Wie immer! Wir müssen vorsichtig sein. Ich glaube, jemand beobachtet mich*. Sie verzog ihre Lippen zu einem schmalen Strich. Ein von ihr beauftragter Privatdetektiv überwachte Hún Xìnrèn rund um die Uhr, seit er ihr von der Entdeckung seines neuen Wirkstoffs berichtet hatte.

Die zweite Nachricht kam aus Schottland und bestand aus lauter Zahlen. Sie griff nach dem Codebuch und entschlüsselte die Nachricht. *Baby Blue ... nur das Schöne vereint Gedanken und Traum. Ich habe einen Traum. Erfülle ihn mir! Im Zwielicht der Dämmerung, wenn die Nacht dich zum Leben erweckt, wirst du dem Chinesen die Formel entlocken. Da bin ich mir sicher. Spiel mit ihm, und er wird dir gehorchen. C.*

Sie lächelte, als sie den letzten Satz las, und löschte beide E-Mails. Ein Blick auf die Armbanduhr sagte ihr, dass sie sich beeilen musste. Sie legte sich auf den Boden, die Hände über dem Bauch gefaltet, und lauschte den wütenden Worten aus ihrem eigenen Mund, die sich zu einer leidenschaftlichen Hasstirade steigerten. So fing sie immer an, und sie genoss es. Kalter Schweiß bildete sich auf ihrer Stirn, und das Glitzern in ihren Augen verebbte. Sie wurden leblos, versiegelt, aber ihr Hirn glühte wie vor vielen Jahren im Erziehungszimmer der Klinik von Lux Humana.

Sie ging ins Badezimmer, wischte sich den Schweiß von der Stirn und beugte sich vor. Das Spiegelbild zeigte das düstere Glimmen in ihren Augen, ein Zeichen, wie sehr sie Hún Xìnrèns Sehnsucht genoss und den Schmerz in seinen Augen, wenn sie sich unnahbar gab. Sie sei so verführerisch, wenn sie mit ihrem Versprechen auf Erleichterung und Erlösung lockte, behauptete der Chinese.

Sie hatte ihn in einem exklusiven Privatklub kennengelernt, in dem Männer sich in Käfige sperren und Frauen sich auspeitschen ließen. Ihr Partner für diesen Abend war ein Mann gewesen, den sie in einer Bar aufgelesen und der ihr nach einem teuren Abendessen eröffnet hatte, wo er den restlichen Abend verbringen wollte. Kaum waren sie in dem Klub, verschwand ihr Partner in einem Nebenraum, in dem Dealer mit Kokain handelten.

Charis konnte sich nicht über mangelnde Aufmerksamkeit beklagen. Sie war im Nu von jungen Männern umgeben, die mit ihr anstoßen oder sie auf die Tanzfläche führen wollten. Ihre Begegnung mit Hún Xìnrèn war – wie alle Begegnungen an diesem Abend – reiner Zufall gewesen. Es war der Augenkontakt quer über die Tanzfläche, die gelangweilte Lässigkeit ihrer Körper und später der samtene Ton ihrer Stimmen. Ein einziges Wort, ein kaum merkliches Nicken, ein Schulterzucken – kleine, emotional aufgeladene Gesten in einem dämmrigen Raum –, so kamen sie zusammen. Jeder von ihnen unterhielt sich gerade mit einem anderen, als sich ihre Blicke trafen. Keiner von beiden genoss sonderlich, was er tat, in einem Raum voller Aktivitäten langweilten sie sich beide. Doch sie sahen einander, und etwas Tiefes und erschreckend Beängstigendes hallte in ihnen nach. Sie erkannten unter all dem Discolärm eine geheimnisvolle Zielstrebigkeit. Inmitten der ungezügelt tanzenden Menschenmenge kam es zwischen ihnen in Gedanken zu einer exklusiven Vereinigung auf Distanz. Während Fremde mit ihnen sprachen, konnten sie die Blicke nicht voneinander lassen.

Irgendwann bahnte Hún Xìnrèn sich durch die tanzende Menge einen Weg zu ihr, und Charis staunte über seine Aggressivität. Normalerweise hielt sie sich zurück bei neuen Bekanntschaften, aber bei seinem Anblick nahmen in ihrem Inneren unkontrollierbare Bilder seiner Peinigung Gestalt an.

Charis wusste instinktiv, dass er nicht auf der Suche nach einer flüchtigen Begegnung war. Sie ließ abrupt ihren Gesprächspartner stehen, dessen plumpes Geschwafel sie ohnehin angeödet hatte und der verblüfft und verärgert zurückblieb. Sie erteilte seinen hitzigen Vorwürfen mit einem einzigen grimmigen Blick eine Abfuhr, nahm Hún Xìnrèn wie einen langjährigen Bekannten ohne große Worte bei der Hand, und sie verließen gemeinsam den Klub.

In den Wochen, die sie danach zusammen verbrachten, hatte es keinerlei Zweifel gegeben, dass sie die richtige Entscheidung getroffen hatten. Charis hatte nicht lange gebraucht, um seine dunkle, glühende Leidenschaft zu entdecken, die mit Sex allein nicht zu stillen war. Hún Xìnrèn liebte gewalttätige Exzesse, und sie selbst empfand höchsten Genuss, wenn sie seine Neigung bedienen konnte. Für Hún existierte keine Schmerzgrenze. In den vergangenen Monaten hatte Charis nie von ihm das vereinbarte Passwort „Limit" vernommen, das er aussprechen sollte, sobald der Schmerz unerträglich würde.

Durch die geöffneten Türen ihrer Dschunke drangen jetzt die Geräusche der Nacht: das Bimmeln der Trambahn, das Klappern der Mah-Jongg-Steine, die Klänge der zwitschernden Nachtvögel und das Rascheln der Palmenblätter im Wind. Die Gerüche waren ebenso berauschend wie das sanfte Plätschern des Wellengangs: Opiumdüfte aus den riesigen Pfeifen der umliegenden Dschunken mischten sich mit den asiatischen Gewürzen der Straßenküchen.

Als sie ihn kommen hörte, war ihre Dschunke in Kerzenlicht getaucht, Peitsche, Schwert und Dolch lagen bereit, ihre Kleidung hatte sie abgelegt. Lediglich ein Seidentuch verhüllte ihre Hüften. Sie drehte sich zu Hún Xìnrèn um, der im Türrahmen stand und sie anstarrte.

„Du bist zu spät", herrschte sie ihn an.

In Windeseile legte er seine Kleidung ab. Charis goss sich ein Glas eiskalten Champagner ein und betrachtete ihn, klinisch, leidenschaftslos. Seine Erektion ragte ihr entgegen.

„Es tut mir leid. Ich habe Versuche im Labor durchgeführt, Charis. Ich muss dir …"

„Schweig. Ich werde dich für deine Verspätung bestrafen!"

„Du bist so schön, eine Göttin. Was hast du heute vor?", fragte er heiser, als seine Finger ihre nasse Scham berührten. Der moschusartige Geruch, den sie verströmte, machte ihn verrückt.

Charis antwortete nicht. Sie goss den eiskalten Champagner über ihre Brüste, deren Nippel sofort hervorschossen wie kleine rosige Knospen. Sie kannte seine Gewohnheiten.

„Du kannst mir helfen", hauchte sie und hielt ihm die geöffnete Champagnerflasche hin.

„Nein. Ich kann dir die Formel nicht geben", sagte er ruhig.

Sie stellte die Flasche ab. „Nein?" Ihre Mundwinkel verzogen sich zu einem lasziven Lächeln. „Nein? Du wagst es, *nein* zu sagen! Hm?"

„Nein, Charis. Bitte, benutze mich nicht auf diese Weise. Das ist entwürdigend!"

Ihre blauen Augen glitzerten gefährlich und ließen ihn verstummen. Er schien die Gefahr zu spüren, und er kannte die Ursache. Kalt erwiderte sie seinen Blick. „Entwürdigend? Du hast doch keine Angst vor mir, oder?"

Der Klang des Wortes *Angst* ließ ihn schaudern. Das Spiel hatte begonnen. Er stand auf dem schmalen Grat zwischen Leben und Tod, und doch genoss er die Qualen und die Schmerzen, die sie ihm jeden Donnerstag zufügte, das war offensichtlich.

Sie musterte ihn abschätzig. „Nun gut, lassen wir das. Wenn dir erst einmal die Freiheit der Wahl genommen ist und du dich mir völlig ausgeliefert hast, wirst du die Schmerzen akzeptieren, die ich dir heute bereite. Dann sehen wir weiter."

Hún Xìnrèn atmete schwer.

„Ich werde heute weiter gehen als in den vergangenen Wochen."

Sein Glied wurde noch härter. „Wie weit?", fragte er heiser.

„Wenn es darauf ankommt, ist mir mein Leben wichtiger als deins!", zischte sie und wandte sich ab.

Hún Xìnrèn war so weit. Das Chaos in ihrem Kopf ließ sich nicht mehr beseitigen. Sie wollte ihn mit ihren Zähnen zerfleischen, sein Blut schmecken, bevor sie ihn ins Jenseits stürzte. Sie öffnete mit dem langen, spitzen Nagel ihres kleinen Fingers eine Opiumdose aus Elfenbein und stopfte sich eine Portion Kokain in den linken Nasenflügel. Den Rest verrieb sie auf dem Zahnfleisch und schloss einen Moment die Augen. *Heute werde ich explodieren. Und Calum wird in Gedanken bei mir sein.*

Sie biss sich auf die Lippen. Emotionslos wanderte ihr Blick zuerst zum Porträt der Zwillinge, das an der Wand über dem Tisch hing, und dann zu Hún Xìnrèn.

„Aber durch deinen Tod wäre ich vielleicht traumatisiert und würde möglicherweise nie mehr einen Orgasmus haben, *Chinese*."

Hún Xìnrèn lächelte selbstgefällig.

Ihre Oberlippe fing an zu zucken. Ihr Nacken und ihre Schultern waren schweißnass. Sie glaubte, Calums Stimme zu hören: *Du solltest ihm die Flasche in den Arsch stecken statt der Analkugeln und ihn die scharfen Kanten der Scherben spüren lassen! Lüfte endlich sein Geheimnis!*

Sie griff nach der Champagnerflasche und der neunschwänzigen Katze, dann befahl sie Hún Xìnrèn, nicht zu sprechen, sich nicht zu bewegen, nicht zu strampeln und nicht zu stöhnen.

Widerstandslos gehorchte er. Sie legte ihm Handschellen an und tat, was ihr Calums Stimme befohlen hatte. „Ich hoffe, du weißt, was dich erwartet."

Hún Xìnrèn nickte.

„Sicher?"

Wieder ein kurzes, knappes Nicken. „Ich gehöre dir. Aber vorher muss ich dir etwas über …"

Der erste Peitschenhieb ging auf ihn nieder. Er wimmerte, als seine Haut aufplatzte. Blut tropfte auf den Holzboden.

„Du bist so unglaublich schön", keuchte er. „Furchtlos, feucht und schön. Warum brauchst du mein Wissen? Sag es mir, denn ich muss dir etwas gestehen!"

Sie reagierte nicht.

„Macht dir überhaupt etwas Angst, Charis?", fragte er urplötzlich.

„Ja, Langeweile. Und jetzt halt den Mund!"

Erbarmungslos ließ sie die Peitsche auf ihn niedersausen, das Glas der Champagnerflasche zersplitterte. Hún Xìnrèn stöhnte vor Schmerz.

„Hast du deshalb eine Schwäche für Risiken?", fragte sie kalt, streifte sich Chirurgenhandschuhe über und nahm einen mit Leder bezogenen Rohrstock. „Du hast es einfach nicht begriffen, Chinese! Einfach nicht begriffen! Ich habe kein Herz in meiner Brust."

Wimmernd lag er vor ihr, als der Stock auf seine Brust prallte.

„Das Herz ist dort, wo das Wesen, das Empfinden und das Intimste weilen!", schrie sie ihn an und warf sich einen schwarzen Umhang über. „Wie lautet die Formel?"

Charis' Hirn glühte. Sie wollte Hún Xìnrèns Geheimnis um jeden Preis. Sie konnte die Flut des Bösen nicht eindämmen. In wenigen Sekunden würde es keine Trennung mehr zwischen Himmel und Erde geben. Sie hatte plötzlich ein heftiges Geflatter vor den Augen, als würde ein riesiger Kormoran aus dem Wasser schießen und sich in die Luft schwingen. Es war, als breche der Vogel mit seinen ausgefransten schwarzen Schwingen aus der Unterwelt hervor, um sie anzuspornen. Plötzlich blitzte die Dreikantklinge des Phurbu-Dolchs auf, scharf wie ein Skalpell. Mit einem entschlossenen Handgriff hielt sie Hún den Mund zu und erstickte den aufsteigenden Schrei. Dann ritzte sie seine Haut auf, erst oberflächlich, dann wurden die Schnitte tiefer.

„Bitte …" Hún Xìnrèn schluckte. „Bitte, Charis. Tu es nicht …"

Er verfiel in Hysterie, doch sie beachtete sein Flehen nicht. Der Dolch durchbohrte langsam seine Haut, und er spürte, wie die Spitze auf eine Rippe traf.

„Limit", stieß er hervor. „Limit!"

Charis zog den Dolch heraus, legte ihn beiseite und presste einige Minuten ihre flache Hand auf die klaffende Wunde. Dann nahm sie das anderthalb Kilo schwere Khagda-Schwert mit der reich verzierten Scheide, beugte sich vor und flüsterte in sein Ohr: „Glaubst du wirklich, dass ein Codewort dich retten könnte?" Sie deutete auf die Klinge des Schwertes. „Siehst du die Verfärbung? Das kommt von den Säuren im Blut der Verdammten. Ich habe mich gefragt, was dir mehr Angst einjagt: zu wissen, dass ich dich gleich abschlachten könnte, oder diese Flecken und die Erkenntnis, dass dein Blut ebenfalls diese Klinge beflecken wird."

Sie wusste, dass er diesen tiefen Klang in ihrer Stimme, der ihre diabolische Dunkelheit widerspiegelte, noch nie vernommen hatte, nicht einmal in Ekstase.

„Sag es mir, und ich lasse dich am Leben."

Sie fieberte danach, diese brennende, verzehrende Sehnsucht in sich zu stillen, das Schwert mit beiden Händen zu halten wie einen Spaten und es dann Hún Xìnrèn mit aller Kraft in den Leib zu rammen.

Sie beugte sich tief nach unten. Aus seinem Mund sickerte Blut. Sie spuckte dem winselnden Mann ins Gesicht, der die Augen für einen kurzen Moment öffnete und auf sein Jackett zeigte. Dann verlor er das Bewusstsein.

Sie entkorkte eine neue Flasche Champagner und goss sich ein Glas ein. Der Alkohol und das Kokain steigerten den Rausch ihrer enthemmten Aggressionen erneut, und sie wandte sich wieder dem Chinesen zu. Mit offenem Mund bemerkte sie, dass er wieder zu sich kam und dabei schwer keuchte. Schweiß stand auf seiner Stirn, und sein Gesicht zeigte eine unnatürliche Blässe. Wieder hob er seine Hand und zeigte auf seine Jacke.

Ich sollte ihm einen Verband anlegen, dachte sie, während sie seine Jackentaschen durchsuchte. Doch plötzlich hielt sie inne. Sie stutzte. Was war das? Sekunden später betrachtete sie die kleinen Glasampullen mit der Aufschrift *Rebu 12.* Sie rührte sich nicht von der Stelle.

„Du hast mir den Wirkstoff mitgebracht, du willst ihn mir schenken? Ach, Hún, du musst mich wirklich sehr lieben, du kleiner Chinese", sagte sie versöhnlich und drehte sich um.

Hún Xìnrèns Körper lag regungslos vor ihr. Aus seinen Wunden sickerte die dunkelrote, fast schwarze Flüssigkeit mit der Trägheit eines Toten ohne pulsierenden Blutdruck. Ihre Augen verengten sich zu Schlitzen. *Seine Blutgerinnung funktioniert also tadellos.*

Sie legte ihren Kopf auf seinen Brustkorb und horchte. Ja! Da war es, dieses schwache Pochen, tief unten: bum-bum, bum-bum. Ihre Hände glitten über seinen Körper. Der Chinese lebte noch, und sie wurde von dem überwältigenden Gefühl übermannt, den Drachen in sich besänftigt zu haben. Dann blickte sie in den schwarzen Mantel der Nacht. Sie musste sich beeilen und duschen. Das Blut auf ihrem

Körper war ein Makel, und sie konnte Calums Stimme förmlich hören. *Der Makel ist der Ort, an dem die Hoffnung auf Harmonie gebrochen wird. Regel Nummer eins des inneren Kreises: Makellos sein!*

„Ich erfülle dir einen Wunsch. Soll ich dir eine Ambulanz rufen, Hún?", sagte sie leise, fast schon zärtlich. „Möchtest du das, Hún? Sie können dich wieder zusammenflicken."

Hún Xìnrèn wehrte wimmernd ab.

„Nein …?" Charis hielt erstaunt einen Moment inne und lachte dann laut auf. Der Chinese genoss wohl seine Qualen.

„I-ich …", stammelte Hún Xìnrèn, „… habe mein Gesicht verloren."

Sie sah ihn erstaunt an, bemerkte die Tränen in seinen Augen und zuckte mit den Schultern. Dann schaute sie auf ihre Armbanduhr. Sie hatte die Zeit vergessen und musste sich beeilen.

Sie schnupperte wie eine Katze die Luft. In der Dschunke roch es nach Tod, der sich auf leisen Sohlen anschlich.

Gegen Mitternacht stand sie auf der Terrasse ihrer Hotelsuite. Der rauschhafte Frieden, den sie empfand, nachdem sie Hún gefoltert hatte, verstärkte in jeder Zelle ihres Gehirns die Gier nach der verstörenden Lust. Sie würde jetzt gerne mit Calum sprechen über die Art, in der sich das schöne Gefüge der Welt manchmal mit schockierender Plötzlichkeit auflöste. Auch sie konnte wie er einfach nicht damit aufhören, den Schmerz zu genießen. Ihr innerer Drache hatte sie dabei über all die Jahre begleitet. Anfangs hatte sie seine Stimme nicht gemocht, doch heute waren sie dicke Freunde. *Nathans Erbe,* dachte sie.

Im Hafen von Aberdeen brannte eine Dschunke lichterloh. Charis beobachtete das Spektakel aus der Ferne, während ihre Gedanken bei den Ampullen mit Rebu 12 weilten, die sie im Wandsafe ihrer Hotelsuite deponiert hatte.

Kapitel 6

Hongkong Airport, 7. Oktober 2011

Die Royal Orchid Lounge diente einem ausgewählten Kreis von VIP-Reisenden zur Überbrückung der Wartezeiten. Der Kontrast zur quirligen Innenstadt Hongkongs konnte kaum größer sein. Die Lounge setzte auf avantgardistisches Design in Granit, aufgelockert durch rote Ledersofas, und bot eine geruhsame Rückzugsmöglichkeit für jede Stimmung. Sanfte Wasserelemente und Pflanzen rundeten die harmonische Atmosphäre und das Gefühl des Wohlbefindens ab. Das Buffet lockte mit einer umfangreichen Auswahl an warmen und kalten internationalen Köstlichkeiten.

Robert Faber blieben noch zwei Stunden bis zu seinem Abflug nach Frankfurt. Er machte es sich in einem der Polstersessel bequem und lehnte sich zurück. Sehr bald übermannte ihn eine bleierne Müdigkeit, und die leise vor sich hin plätschernde, sprudelnde Vielfalt der kleinen Springbrunnen tat ein Übriges. Er nickte ein.

Sekunden später, so glaubte er, holte ihn das Geräusch einer Kaffeetasse, die eine junge Bedienstete lächelnd auf den Glastisch stellte, in die Gegenwart zurück. Ein Blick auf die Swarovski-Digitaluhr der Lounge sagte ihm jedoch, dass bereits eine halbe Stunde vergangen war. Das belebende Aroma des frisch gebrühten Kaffees stieg ihm in die Nase. Rasch nahm er einen Schluck. Die Müdigkeit ließ nach, und allmählich verspürte er ein Wohlgefühl. Sein Blick schweifte zum Buffet, an dem Köche asiatische Spezialitäten zubereiteten und die Gäste per Pager zu Tisch baten. Das Rundum-Wohlfühlpaket komplettierte eine attraktive Mitarbeiterin der Cathay Pacific Airlines, die den Gästen ein Glas Champagner reichte. Robert entdeckte Kate Corvey, als sie ihre Zeitung beiseitelegte und ein Glas entgegennahm.

Er hätte sie überall wiedererkannt. Ihr Haar war wie sanftes Feuer, das sich in wilden Locken über ihre Schultern ergoss, ihr Gesicht herzförmig. Ihre Haut war blass, der Mund rostrot und voll, mit einer winzigen Narbe über den Lippen, die ihm schon bei ihrer ersten Begegnung aufgefallen war, die Nase leicht aufwärts gebogen, die Augen mit den dunklen Wimpern so grau, dass sie fast schon schmutzig wirkten. Eigentlich wollte das alles nicht so recht harmonieren, denn jede Gesichtspartie schien ein Eigenleben zu führen. Und doch bot ihr Anblick auf wundersame Weise eine perfekte Gesamterscheinung.

Kate stand auf, ging zum Buffet und legte einige Häppchen auf ihren Teller. Wie ein Teenager folgte er mit den Augen jeder ihrer Bewegungen. Sie wirkte zierlich, fast zerbrechlich, und trug ein eng anliegendes graues Kleid, das ihre schlanke Figur gut zur Geltung brachte. *Sie hat sich kein bisschen verändert.* Schon bei der ersten Begegnung vor zwei Jahren war er von ihr fasziniert gewesen, und nun verwirrte Kate Corvey ihn von neuem.

Die rechte Hand von Dr. Jakob Bender und Geschäftsführerin der Prokaryo-AG machte zurzeit Schlagzeilen. Er wusste, dass die Mitglieder des Aufsichtsrats einer Übernahme des US-Konkurrenten Amocell für etwa 1,2 Milliarden Euro zugestimmt hatten. Der Kauf sollte im kommenden Januar abgeschlossen sein. Prokaryo sicherte sich damit den in den USA produzierten DNA-Test zum Nachweis von humanen Papillomaviren, die den Gebärmutterhalskrebs verursachten, der bei Frauen eine der häufigsten Krebsformen darstellte. Das Managermagazin lobte die sechsunddreißigjährige Unternehmerin in einem ausführlichen Artikel, nachdem sie zur Managerin des Jahres gewählt worden war. Das Unternehmen selbst war in Deutschland sowohl im vergangenen als auch in diesem Jahr als einer der besten Arbeitgeber ausgezeichnet worden.

Ohne lange zu überlegen, stand Robert auf und ging auf sie zu.

„Frau Corvey?", begrüßte er sie freundlich. „Das ist aber eine angenehme Überraschung."

Ihre Blicke trafen sich, und ihr Lächeln ließ sein Herz noch schneller schlagen. *Ein schönes Lächeln,* dachte er, ein Lächeln, das an ferne Erinnerungen eines gemeinsamen Abends in Düsseldorf rührte. Sie reichte ihm die Hand, die er für flüchtige Sekunden fest umschlossen hielt, nicht ohne dabei ihre leicht geröteten Wangen zu bemerken.

„Herr Faber! Wie schön, Sie hier am anderen Ende der Welt wiederzusehen. So ein Zufall." Sie zeigte einladend auf den freien Sessel neben sich. „Bitte, nehmen Sie doch Platz."

Die Stewardess der Cathay Pacific eilte herbei und reichte ihm ein Glas Champagner.

„Ich glaube nicht an Zufälle. Ich nenne es höhere Gewalt, die mir übrigens sehr entgegenkommt."

Kate neigte den Kopf zur Seite und lächelte. In ihren Augenwinkeln bildeten sich feine Fältchen. Scheinbar unbewusst begann sie, das Glas in ihren Händen zu drehen.

„Höhere Gewalt, Schicksal, hm ... starke Worte für ein zufälliges Zusammentreffen. Wann haben wir denn das letzte Mal miteinander geplaudert?" Sie strich sich eine Haarsträhne aus dem Gesicht. „Vor zwei Jahren, glaube ich, oder?"

„Ja, das könnte stimmen", bestätigte er lächelnd.

„Hatten Sie geschäftlich in Hongkong zu tun?", fragte sie und schlug die Beine übereinander.

Er nickte. „Ja, fast zwei Wochen. Wir planen eine Umstrukturierung der hiesigen Forschungsabteilung. Es nahm mehr Zeit in Anspruch, als ich eingeplant hatte. Und Sie? Was macht denn die berühmteste Gen-Detektivin in der Stadt der Produktpiraterie?"

„Wir haben in Hongkong eine Niederlassung." Sie schmunzelte. „Gen-Detektivin?"

„Die Branche nennt Sie so hinter vorgehaltener Hand." Er hob sein Glas und prostete ihr zu. „Übrigens, herzlichen Glückwunsch zu Amocell. Eine sehr gute Entscheidung."

„Ja, das finden Dr. Bender und ich auch", bemerkte sie. „Wir leisten durch die Übernahme des Unternehmens einen Beitrag für die Gesellschaft, das ist sehr befriedigend. Wie bei Ihnen stehen der Mensch und seine Gesundheit im Zentrum unserer Forschung. Natürlich geht es bei Prokaryo und Amocell auch darum, als Wirtschaftsunternehmen Erfolg zu haben. Beide Unternehmen hätten für sich allein niemals den Impfstoffmarkt erschließen können. Wir stehen allerdings erst am Anfang einer Revolution, ähnlich wie vor dreißig Jahren bei der Informationstechnologie. Gebärmutterhalskrebs vorbeugen zu können ist ein enormer Fortschritt."

Robert nickte zustimmend. Experten teilten die Ansicht, dass Prokaryo eine gute Zukunft bevorstand. Branchenkenner aus dem Bankenmilieu gingen davon aus, dass sich der Umsatz bis 2014 auf rund 1,5 Milliarden Euro Umsatz verdoppeln würde.

„Wären wir uns nicht zufällig hier begegnet, hätte ich Sie spätestens in Deutschland aufgesucht. Dr. Jonathan Hastings, einer unserer Biogenetiker, erwähnte, dass Prokaryo Faber mit Proteinen zur DNA-Isolierung beliefert. In diesem Zusammenhang fiel vor zwei Tagen Ihr Name", begann er ohne Umschweife.

Kate hob neugierig eine Augenbraue. „Sie wollten uns aufsuchen? Worum geht es denn?"

Er begegnete neuen Geschäftspartnern immer mit Vorsicht, aber seine innere Stimme sagte ihm, dass sie absolut integer war und dass er ihr vertrauen konnte. In groben Zügen informierte er sie über das neue Herztherapeutikum Rebu 12, verschwieg aber dessen Besonderheiten. Eine Stunde später begleitete er sie zum Flugsteig der Maschine nach Kuala Lumpur. Die Passagiere gingen bereits an

Bord.

Kate blieb stehen und stellte ihre Reisetasche auf den Boden. „Rufen Sie mich bitte an“, sagte sie und gab ihm ihre Visitenkarte. Ihre Stimme klang wenig geschäftsmäßig, vielmehr hatte sie einen warmen Unterton, als würden sie sich zu einem Abendessen verabreden. „Dr. Bender und ich sind in zwei Tagen wieder in Berlin.“ Sie sah ihn erwartungsvoll an.

Robert erwiderte lächelnd ihren Blick. „Das werde ich!“, versicherte er ihr.

Kate Corvey reichte ihm die Hand, griff nach ihrem Gepäck und verschwand in der Fluggastbrücke, die zu den Maschinen führte, ohne sich nochmals umzudrehen.

Robert spürte, wie der Druck auf seinem Unterarm immer stärker, schwerer, fast unerträglich wurde. Er wollte sich nach vorn beugen, damit das Gewicht von ihm abfiel. Kate kam auf ihn zu, in der rechten Hand hielt sie ein Glas Champagner, mit dem linken Arm zog sie ihn an sich. Er küsste sie, lange, sehr lange, und fühlte sich frei, der Sonne und dem Glück so nah wie nie.

Der Druck auf seinem Arm wurde stärker.

„Herr Faber? Es tut mir leid, Sie aufwecken zu müssen“, sagte eine weibliche Stimme. „Aber wir landen in wenigen Minuten.“

Für einige Sekunden schwebte er im Zwischenreich von Schlaf und Wachen, und er wollte weiterschweben. Doch langsam dämmerte ihm, dass er träumte. Er öffnete die Augen und sah aus dem Fenster in einen wolkenlos blauen Himmel. Die Landschaft zweitausend Meter unter ihnen war rostbraun gefärbt. Der Herbst zeigte sich von seiner schönsten Seite.

„Bitte stellen Sie Ihre Rückenlehne senkrecht.“

Diesmal klang es wie ein Befehl. Er gehorchte und dachte: *Lass mich in Ruhe. Du hast meinen Traum gestört.*

Er freute sich auf ein Wiedersehen mit Kate, glaubte er doch beim Abschied in ihren Augen gelesen zu haben, dass da mehr war als nur die Verabredung zu einem Geschäftstermin, in dem die Einzelheiten einer Zusammenarbeit sowie ein *Letter of Intent* mit seinen ausführlichen Geheimhaltungsklauseln erörtert werden sollten. Sein Entschluss, Teile des Forschungsauftrags Rebu 12 an Prokaryo zu vergeben, hielt er für eine gute Entscheidung. Seit sie sich in Düsseldorf zum ersten Mal begegnet waren, hatte er jeden Artikel über sie gelesen.

Prokaryo war der Star einer Branche, die in Deutschland selten gute Schlagzeilen machte. Das Unternehmen profilierte sich als DNA-

Dienstleister: Mit seinen Verfahren ließ sich einerseits Erbgut so aufbereiten, dass Experten in Laboratorien damit arbeiten konnten, andererseits vereinfachten die Produkte der Firma den Nachweis von Krankheiten. Kate Corvey und ihre Mitarbeiter waren Gen-Detektive, und sie waren verdammt gut in ihrem Metier. Kate hatte sich ihr unprätentiöses Auftreten bewahrt, trotz der Bilderbuchkarriere, mit der sie die Firma zum erfolgreichsten Biotech-Unternehmen Europas geformt hatte.

Fast überall auf der Welt, wo DNA-Tests eingesetzt wurden, war Prokaryo-Technik enthalten: wenn Forscher nach neuen Therapien suchten, Historiker die Eltern des ägyptischen Pharaos Tutanchamun bestimmten, Kriminalisten den Ehemann des Mordes an seiner Frau überführten. Auch bei der Identifikation der Opfer vom 11. September 2001 und des Absturzes der Air-France-Maschine waren die Tests „Made in Germany" beteiligt gewesen. Mit seiner dominierenden Stellung hatte Prokaryo seinen Umsatz in den vergangenen zehn Jahren verfünffacht, der Gewinn war sogar um den Faktor zehn angestiegen. Seit neuestem erwirtschafteten die 2000 Mitarbeiter rund 750 Millionen Euro jährlich. Obwohl die Rendite bei rund 30 Prozent lag, schütteten Jakob Bender und Kate Corvey das satte Plus nicht an die Aktionäre aus, sondern investierten es ins weitere Wachstum.

Sie ist eine verdammt kluge Frau, dachte Robert Faber. *Verdammt klug und verdammt attraktiv.*

Das Flugzeug flog eine Schleife und ging in einen stetigen Sinkflug über. Er hörte das Summen der Hydraulik, das Fahrgestell wurde ausgefahren. Die Maschine setzte weich auf und rollte zu dem Teil des Vorfelds, wo zwei Busse die Passagiere aus Hongkong empfingen. Robert schaltete sein Handy ein. Unmittelbar danach erklang ein dezenter Signalton, der eine Flut an SMS-Mitteilungen ankündigte.

Die erste Nachricht stammte von Hún Xìnrèns Ehefrau Xingqiú und lautete: *Hún wurde gestern ermordet! Xingqiú Xìnrèn.*

Kapitel 7

Klinik Na Stacain, 2. Februar 1989

Die schottische Lux-Humana-Klinik auf den Klippen von Na Stacain lag neun Kilometer von Torrisdale Castle entfernt und war früher einmal ein sehr vornehmes Wohnhaus. Die weißgekalkte Jugendstilvilla mit den schwarzen Dachziegeln glich ein wenig ihrem Elternhaus in Droman, fand Charis. Die Klinik war drei Stockwerke hoch und hatte einen großen, abgeschlossenen Innenhof mit kleinen Rosensträuchern und einem Springbrunnen. Das ganze Anwesen machte einen sehr gepflegten Eindruck. Auf dem frisch asphaltierten Parkplatz standen ein Dutzend Fahrzeuge. Im Inneren war die ursprüngliche Architektur weitestgehend erhalten. Die hohe Stuckdecke ruhte auf flachen, kannelierten Wandpfeilern, und die vielfach unterteilten Fenster reichten vom Boden bis fast zur Decke. Von dieser hing ein riesiger Kronleuchter herab, obwohl der Raum indirekt beleuchtet wurde. Das Licht hatte einen warmen Ton, der dem Teint schmeichelte. Eine majestätische Treppe mit Balustrade und ein gläserner Aufzug führten in die oberen Stockwerke.

Nach der Beisetzung ihrer Eltern verbrachte Charis die darauffolgenden Tage in der Klinik, in einem Zimmer mit weißen Wänden und einem Bett mit weißen Bezügen. Selbst der Schrank, in dem eine junge Schwester ihren Rucksack verstaut hatte, war weiß gestrichen. Sie solle sich setzen, auf den weißen Stuhl, und still sein, hatte die Schwester gesagt. Bald würde jemand kommen und sich um sie kümmern. Charis gehorchte, doch niemand kam, und irgendwann musste sie aufs Klo. Sie schrie, und die Schwester, die aussah wie die Barbiepuppe in ihrem Rucksack, kam wieder ins Zimmer und strich ihr über den Kopf.

Am liebsten wollte Charis ihre Hand wegschlagen, Schwester Barbiepuppe sollte sie nicht anfassen, aber trotzdem hielt sie still. Barbie zeigte im Korridor auf eine Tür und sprach dabei kein Wort. Überhaupt sprach niemand mit ihr, auch die Frauen, die ihr auf dem Gang entgegenkamen, gingen wortlos an ihr vorbei.

Dann ließ Schwester Barbie sie allein, und Charis war froh darüber. Sie wollte bei Papi und Mami sein, aber dann müsste sie wieder zurück in das alte Haus nach Droman. Das ging jedoch nicht, weil dort niemand mehr war. Deshalb wollte sie jetzt auch niemanden sehen. Sie legte sich ins Bett, starrte an die weiße Decke und dachte dabei an Nathan, der immer Tränen in den Augen hatte, wenn er von ihrer Mami sprach. Ihren Papi erwähnte er gar nicht, obwohl er doch mit ihm in der Klinik gearbeitet hatte. Das fand sie komisch, wie vieles andere auch.

„Ich sorge mich um dich, Kleines", hatte er nach der Beerdigung gesagt. Deshalb war sie tagsüber hier, in dieser komischen Klinik mit den komischen Barbiepuppen, die in Nathans Zimmer ein und aus gingen und die ihn mit ihren komischen Augen anstarrten. Diese Augen waren wie die toten Augen ihrer Mami, in die sie geblickt hatte, als sie neben ihr in dem kaputten Auto wieder zu sich gekommen war. So wie diese komischen Frauen hatte ihre Mami nach dem Unfall auch geguckt.

Charis langweilte sich, stand wieder auf und äffte die Barbies nach. Sie versuchte in ihrem weißen Zimmer auf Zehenspitzen zu stolzieren oder im Badezimmer wie die Barbies in den Spiegel zu schauen, aber es gelang ihr nicht. Sie war ja auch nicht tot. Irgendwann legte sie sich wieder aufs Bett und schlief ein.

Am nächsten Morgen durfte sie das erste Mal mit Nathan über eine schöne Wiese gehen, die er „Charis' Traumwiese" nannte. Von dem Tag an war sie gerne in dem weißen Zimmer.

Ein paar Tage später saß sie Nathan gegenüber, der sie wie immer liebevoll ansah. Sie fragte sich, was er wohl heute mit ihr machen würde. Vielleicht durfte sie wie in den vergangenen Tagen in eine bunte Lampe schauen oder über die Wiese gehen und Blumen pflücken. Das machte sie am liebsten. Nathan stand auf und kam um den Schreibtisch herum.

„Du hast ein bisschen Farbe bekommen. Das steht dir gut, Kleines", sagte er und gab ihr einen Kuss auf die Wange. „Aber du hast etwas auf dem Herzen. Du scheinst dich über irgendetwas zu wundern."

Charis nickte heftig. „Wer ist Kate?", fragte sie hastig.

„Kate Corvey ist eine Schülerin des Internats von Lux Humana, die oft mit den Zwillingen herumhängt", antwortete Nathan.

„Herumhängt?"

„So nennt Calum das, wenn sie zusammen sind. Was ist denn los, Kleines?"

Sie sprang auf. „Calum hat seine Zunge in Kates Mund gesteckt", sagte sie aufgewühlt. „Im Garten von Torrisdale Castle. Ich habe es gesehen. Ist das gut?"

„Das hängt davon ab", antwortete Nathan und runzelte die Stirn.

„Wovon?"

„Was man für den anderen empfindet."

Charis setzte sich kerzengerade auf. „Und dann steckt man ihm die

Zunge in den Mund?"

„Ja", antwortete Nathan leise. „Dein Papa hat deine Mama doch auch geküsst. Sie haben sich geliebt. Dann macht man solche Sachen."

Charis schüttelte ihre blauschwarzen Locken. „Igittigitt", sagte sie und kicherte. „Wolltest du Liebe machen mit meiner Mami?", fragte sie urplötzlich.

Nathan sah sie erschrocken an. „Wie kommst du denn darauf?"

Sie zeigte mit dem Finger auf ihn. „Mami hat nicht nur Papi liebgehabt, sondern auch dich!"

„Hat Mami dir das erzählt, Charis?"

„Nein."

„Woher weißt du das denn?"

„Ich weiß es. Wenn Papi früher etwas nicht genau gewusst hat, hat er immer gesagt: *Ich habe so eine Ahnung.* Papi war klug, und ich bin auch klug."

„Aha."

„Haben Calum und Gordon keine Mami?", bohrte sie weiter.

Nathans Blick verfinsterte sich. „Nein, Charis. Sie starb bei ihrer Geburt."

„Warst du damals auch so traurig wie über Mamis Tod?"

„Ja", antwortete er leise.

„Papi hat gesagt, dass du mit Mami bumsen wolltest. Was ist bumsen, Nathan?"

„Das ist, wenn man laut an eine Tür klopft", sagte er und errötete.

Charis sprang auf. „Ich glaube, du bist ein Lügenbaron."

Er hob die Augenbrauen und strich sich mit der Hand durchs Haar. „Lügenbaron? ... Ah, ich verstehe, da steckt Calum dahinter."

Charis nickte. „Calum hat gesagt, du erzählst Geschichten wie ein Lügenbaron."

„Er meint damit, dass ich gerne Märchen erzähle, Charis."

Sie schaute nachdenklich aus dem Fenster. „Ach so." Dann sah sie ihn mit großen Augen an. „Mami kommt nicht mehr nach Hause?"

„Nein, Kleines."

Eine Träne kullerte über ihre Wange. „Ich wusste, dass du kein Lügenbaron bist", sagte sie, ging auf ihn zu und schlang ihre dünnen Arme um seinen Hals. „Jetzt möchte ich über die Wiese gehen."

Nathan hob sie hoch, setzte sie auf die Couch und streifte ihr die Schuhe ab. „Du sitzt jetzt auf der Couch des Glücks, Charis."

Er deckte sie mit einer Wolldecke zu und schaltete die Wandleuchte ein. Sofort wurde der Raum von warmen Goldtönen überflutet.

Sie sah Nathan mit ernster Miene an. „Das Licht ist schön", sagte sie, „davon werde ich immer so müde. Du darfst aber meine Hand nicht loslassen, wenn wir über die Wiese gehen."

„Sorge dich nicht, Kleines. Ich werde auf dich aufpassen."

Sie nickte und schloss die Augen.

„Entspann dich und achte auf meine Stimme", begann Nathan. „Ich möchte, dass du jetzt tief einatmest und dann die Luft herauslässt. Die Luft wirbelt rund um deine Lunge, und dann bläst du sie raus wie einen tiefen Seufzer. Und all deine Ängste und Sorgen entweichen in einer dichten Wolke aus schwarzem Rauch. Siehst du, wie der Rauch langsam von dir wegschwebt? Spürst du die sanfte Meeresbrise, die dich umgibt?"

Charis lag entspannt auf dem Rücken, mit schlaffen Gliedmaßen, geschlossenen Augen und ausdrucksloser Miene.

„Wir gehen zurück, weiter, immer weiter. Du bist auf einem weichen Pfad neben einem kühlen Bach und bleibst ein Weilchen stehen, um dem Wasser zu lauschen. Du fühlst dich frei und leicht. Du gehst weiter, ganz langsam. Du siehst ein Blatt, das wie ein Schiffchen auf dem Wasser treibt, und verfolgst mit den Augen, wie es mit der Strömung segelt. Das Blatt begleitet dich. Bei jedem Schritt lässt du mehr los, und bei jedem Schritt, den du den Pfad entlanggehst, fühlst du dich wohl und sicher, du bist ruhig und gelassen, in deinem Geist, deinem Körper und in deiner Seele."

Charis runzelte die Stirn, als Nathan sie von dem Bach wegführte, und verzog leicht das Gesicht.

„Du kommst zu einer zartgrünen Sommerwiese mit Blumen, du riechst den Duft der Blumen, es ist warm, die Sonne scheint, der Himmel ist blau, du spürst eine leichte Brise auf den Wangen, und du gehst auf einen Wald zu und siehst einen Weg, der durch den Wald führt."

Als sie die Wiese überquerte, kehrte Charis' schwaches, aber friedliches Lächeln zurück. Sie lief auf weichem Waldboden und spürte die angenehme Kühle des Waldes. Am Ende sah sie ein Licht. Als sie aus dem Wald trat, kam sie an einen Bergsee mit kristallklarem Wasser, und sie konnte bis auf den Grund schauen. Langsam ging sie ins Wasser, es hatte eine angenehme Temperatur. Hier fühlte sie sich sicher. Sie tauchte tiefer und tiefer, bis auf den Grund des Sees, und sah, wie eine Quelle aus einem Felsen sprudelte. Sie spürte die Kraft, die davon ausging. Als sie die Quelle durchschritt, öffnete sich der Felsen.

„Und wieder läuft die Zeit zurück, weiter und weiter in die Vergangenheit. Immer weiter ... weiter. Du bist ein Baby, auf dem Schoß deiner Mutter. Du bist ein Jahr alt."

Charis begann zu weinen. „Ich habe Hunger."

„Bist du sicher?", fragte Nathan vorsichtig. „Gibt dir deine Mami etwas zu essen, Charis?"

Sie bewegte sich unbehaglich auf der Couch hin und her und zuckte mit den Schultern. „Ich weiß nicht." Ihre Abwehr verlor sich in einer Mischung aus Furcht und Elend.

„Was siehst du, Charis?", hörte sie seine Stimme aus der Ferne.

Sie schilderte ihre Empfindungen. „Da ist eine Flasche mit Milch und etwas Blaues, es wird immer größer, es ist ein Mann, ein großer blauer Mann, er steht vor mir." Sie schüttelte den Kopf. „Nein, nicht Papa John, es ist nicht Papa John. Aber ..."

„Charis, sieh genau hin. Wer gibt dir die Flasche?"

Plötzlich setzte sie sich kerzengerade hin und blickte Nathan an, der vorgebeugt in einem Ohrensessel saß, etwa anderthalb Meter von ihr entfernt. Sie staunte über die Veränderung, die sie erfasste, staunte darüber, wie ihre Trauer einem Gefühl von Leichtigkeit und Freude wich.

„Aber Nathan, *du* gibst mir doch die Flasche – wie immer."

„Wo bist du, Charis?", fragte er leise.

„Nicht weinen, Nathan. Ich bin doch bei dir, wie immer – ich bin auf Torrisdale Castle", antwortete Charis und wurde vom Nebel umschlossen.

Sie hörte aus der Ferne, wie Nathan mit leiser Stimme sprach, und Hand in Hand gingen sie den Weg durch die magische Landschaft zurück, den sie gekommen waren. Da waren die Wiese, der Wald, der Bach.

„Atme tief durch, Kleines", wies er sie an. „Die Luft ist köstlich, so süß und frisch und kühl."

Ihr Brustkorb hob und senkte sich.

„Wenn ich bis fünf zähle, wirst du aufwachen und dich entspannt und erfrischt fühlen, okay?"

Ohne auf ihre Antwort zu warten, begann er zu zählen. „Eins ... zwei ... drei ..."

Charis' Lider zuckten, dann öffnete sie langsam die Augen. Sie blinzelte hektisch ins Licht, bis Nathan klar zu erkennen war. Dann hob sie schwungvoll die kleinen Füße von der Couch und stand auf. Ihr Gesicht fühlte sich heiß an.

„Du hast sehr gut mitgemacht, Charis. Ich bin stolz auf dich! Bernhard wird dich nach Torrisdale Castle bringen, und heute Abend lese ich dir eine Geschichte vor."

„Die mit dem schwarzen Auto?"

„Ja. Warum?"

„Ich mag schwarze Autos. Sie sind so schön gruselig", antwortete sie und sah ihn mit einem seltsamen Blick an, der hohl und leer wirkte.

Am Abend kam Nathan auf Torrisdale Castle in ihr Zimmer und schaute sich ihre Zeichnungen an. Ein Bild zeigte einen großen, schwarzen Schwan.

„Was malst du denn da, Kleines?", fragte er.

„Das ist ein böser ... sehr böser Wolf."

„Ein Wolf? Hm ... Okay, ein Wolf."

Charis nahm ein anderes Blatt.

„Und was ist das?", fragte Nathan.

Sie wurde zornig. „Das ist eine Kuh."

„Ich sehe aber nur eine halbe Kuh", bemerkte er trocken.

„Nathan! Die Kuh geht langsam, deshalb siehst du nur den Popo. Kühe dürfen nicht schnell laufen, sonst verschütten sie doch ihre Milch!"

Nathan schmunzelte. „Aha. Hat Calum das gesagt?"

„Nein! Gordon. Calum hasst Tiere." Charis plapperte munter drauflos. „Morgen male ich viele Tierbilder, genauso viele wie Gordon. Gordon möchte, wenn er erwachsen ist, nicht arbeiten. Lieber wird er Bauer. Dann werden wir unsere Eier bei Gordon kaufen ..." Sie hielt einen Moment inne. „Hast du Papi auch liebgehabt, Nathan?", fragte sie urplötzlich.

„Aber sicher, Charis. Er war doch mein Bruder und mein Partner in der Klinik."

Sie nickte und schob die Buntstifte und ihre Zeichnungen beiseite. Als sie sich ins Bett legte, fragte sie: „Wo ist Calum?"

„Er muss Hausaufgaben machen."

„Mit Gordon?" Plötzlich wurde sie traurig. „Oder steckt er seine Zunge in Kates Mund?"

„Ja, auch", antwortete Nathan.

Sie gab ihm einen Gutenachtkuss, doch plötzlich richtete sie sich auf. „Nathan?"

„Ja, was ist denn noch, Charis?"

„Was passiert jetzt mit Papis Haus?"

„Das gehört nun dir, Schätzchen."

Sie überlegte kurz, legte sich aber dann wieder hin. „Gute Nacht, Nathan."

„Gute Nacht, Kleines", sagte er und löschte das Licht.

In dieser Nacht schlafwandelte Charis durch den Garten bis zum

Schwanensee und warf ihre Barbiepuppe hinein. Ein leises Klatschen, ein Gluckern, dann war die Puppe weg.

Sie stand barfuß im Dunkeln, wartete und starrte in die Schwärze. Plötzlich hörte sie ein Geräusch. Ein leises, schabendes Geräusch. Es verebbte, dann setzte es mit einem leichten, kaum merklichen Geraschel wieder ein. Sie glaubte, etwas Weiches und Schleimiges packe sie am Knöchel.

„Barbie, lass das", flüsterte sie, „ich darf dich nicht behalten. Du musst tot sein, wie Mami. Geh zu ihr und sag ihr, dass ich sie liebhab." Sie zitterte am ganzen Körper, und ihr Herz hämmerte in der Brust. „Ich dachte, ich kann auch aufhören zu leben und sie besuchen, aber es hat nicht funktioniert mit dem Luftanhalten. Sag das bitte meiner Mami."

Irgendetwas befahl ihren kleinen Beinen, sich vorwärtszubewegen, und sie lief auf den dünnen Lichtstreifen hinter der Terrassentür zu. Ihr weißes Nachthemd flatterte dabei im Wind. In ihrem Zimmer wachte sie auf dem Fußboden liegend auf, heulte und schrie heiser und fordernd nach Nathan, als wäre sie plötzlich wieder ein Jahr alt. Ihre Oberlippe war mit Rotz beschmiert.

Nathan kam ins Zimmer gestürzt, legte den Arm um sie und versuchte sie zu beruhigen. Er setzte sich aufs Bett, nahm sie auf den Schoß, und sie drückte ihr kleines Gesicht an seine Brust. Er wiegte sie hin und her und redete leise auf sie ein, während sie aus den Augenwinkeln Calums Schatten im Türrahmen bemerkte.

Wenn ich groß bin, werde ich in meinem Haus mit dir herumhängen und meine Zunge in deinen Mund stecken, Calum! Ja, das werde ich tun! Sie schloss für einen Moment die Augen, und als sie sie wieder öffnete, war Calum nirgendwo zu sehen. Irgendwann ging auch Nathan.

Die Euphorie, die sie als Kind nach jeder Sitzung empfand, verebbte immer kurz danach. Das Gefühl der Leere und des Verlassenseins blieb zurück. Die lange Reise ins Zentrum von Lux Humana setzte in ihrem Gehirn einen Prozess in Gang, den Nathan – wie er einmal behauptet hatte – in seinen kühnsten Träumen nicht für möglich gehalten hätte. Die Tochter von John und Amy Burgess starb und mit ihr die Erinnerung an ihre Eltern. Charis-Blue wurde von einem Ungeheuer neu erschaffen. Nathan Burgess wurde ihre Vergangenheit, ihre Gegenwart und ihre Zukunft.

Sie brauchte als Kind seine väterliche Zuneigung und seine Stärke und tat alles, um ihm zu gefallen, unterdrückte selbst ihre Trauer und ihre Tränen und dachte: *Wenn ich meine Tränen loslasse, werde ich nie wieder aufhören zu weinen.* Niemand durfte sie trösten, niemand ihr übers Haar streichen und niemand sie umarmen. Niemand außer Nathan, Calum und Gordon. Sie lernte schnell, sich auf Nathans Erwartungen und Wünsche einzustellen, und legte eine freundliche, offene Zugewandtheit an den Tag, bis sie sogar begann, ihren Adoptivvater als ein idealisiertes Selbst zu betrachten.

Als kleines Mädchen war es für Charis nicht anstrengend, Nathans Anerkennung zu erlangen und ihre Schwächen durch Leistung zu überspielen. Er erwartete von ihr die besten Schulnoten, absolute Disziplin, Gehorsam und Pünktlichkeit. Niemals durfte sie im Haus herumtollen oder laut schreien, ihm in einer verschmutzten Latzhose oder einem zerrissenen Kleid entgegentreten. Die Haare mussten gestriegelt werden, bis sie glänzten, die Hände wurden wöchentlich manikürt, und immer trug sie makellos weiße Söckchen. Nathan liebte die Farbe Weiß, die er als „Heimat des Lichts" bezeichnete. Sie war die Farbe von Lux Humana.

Auch Charis trug Weiß und glaubte bereits mit acht Jahren, für Lux Humana bereit zu sein. Und so stellte sie ihre erste Forderung.

„Hast du Kate auch adoptiert, Nathan?", wollte sie eines Tages wissen.

Nathan hob die Augenbrauen. „Wie kommst du denn darauf?"

Charis hob die Schultern. „Nur so."

„Kate lebt nicht auf Torrisdale Castle. Sie wohnt mit ihren Eltern in Droman und besucht nur unser Internat."

„Woher kommen denn die anderen Kinder für das Internat?", fragte sie neugierig.

„Einige Kinder kommen aus Bettyhill. Auf Torrisdale Castle bekommen sie eine gute Schulausbildung, die sie sonst nicht erhalten würden."

Er verschwieg, dass er aus diesen Schülern die zukünftigen Mitglieder für Lux Humana und seinen inneren Kreis erkor.

Der innere Kreis war das wohlbehütete Zentrum der Macht. In Na Stacain und Torrisdale Castle wurden die Mädchen und Jungen entweder in die Gemeinschaft hineingeboren oder vom Kinderheim in Bettyhill der Gemeinschaft zugeführt. Sie erhielten in dem in Torrisdale Castle integrierten Eliteinternat eine hervorragende Schulausbildung, und sobald sich ihr siebzehnter Geburtstag näherte, suchte Nathan unter den Mädchen und Jungen jene aus, die seiner Meinung nach den Herausforderungen einer Behandlung in Na Stacain standhalten würden. Die anderen entließ Lux Humana in ein normales Leben.

Die neuen Mitglieder lebten zunächst in einem Nebengebäude der

Klinik in Na Stacain. Nach ihrer Rückkehr auf Torrisdale Castle wurden sie in einem eigenen Gebäude strikt von den Internatsschülern getrennt. Das Gebäude, ein Zeugnis viktorianischer Romantik, war von hohen Mauern umgeben und lag im hinteren Teil des Schlossparks. Lediglich vier Türme überragten die Mauer. Offiziell galt es als privates Domizil der Burgess-Familie. Ein Internatsschüler bekam niemals einen der Neophyten zu Gesicht.

„Ist das so, als ob man ein Kind adoptiert?"

„Nein, wohl eher, als würde man eins in Pflege nehmen", sagte Nathan.

„Werden sie später dann auch so komisch gucken wie die Barbiepuppen von Lux Humana?"

Nathan lachte laut auf. „Wie gucken sie denn, die Barbiepuppen?"

„Komisch eben", sagte sie trotzig.

„Manche Patienten bekommen in der Klinik Medikamente gegen ihre Schmerzen. Sie gucken nur so, wenn sie müde werden. Zufrieden?"

Er ist doch ein Lügenbaron! „Kannst du Kate auch so komisch schauen lassen?"

„Wieso?"

„Dann findet Calum sie bestimmt nicht mehr nett. Und seine Zunge steckt er dann vielleicht in meinen Mund!"

Nathan lief rot an. „Möchtest du das denn, Charis, dass Calum seine Zunge in deinen Mund schiebt?", fragte er hinterlistig.

Sie antwortete nicht, sondern setzte sich an den Tisch und kritzelte auf ihrem Zeichenblock herum, mit links, genau wie ihre Mutter. Gordon zeichnete auch mit der linken Hand. Calum hatte einmal gesagt, wer mit links schreibe, stelle sich auch im Leben quer und versperre sich den Weg, weil man sich selbst das Licht nähme, aber das gelte nur für die linke Hand und die Buchstaben, die man schrieb. Die rechte Hand greife immer nach dem Glück.

„Nein, Nathan. Ich hätte viel lieber deine Zunge in meinen Mund", sagte sie und gab ihm einen Schmatzer auf die Wange.

Jetzt bin ich auch eine Lügenbaronin, dachte sie.

Nathan lächelte selbstgefällig, als sie sein Büro verließ. Dennoch wurde er nicht schlau aus dem Mädchen. *Äußerlich wird sie ihrer Mutter immer ähnlicher,* dachte er. Eine Tatsache, die ihn oft irritierte. Dennoch hätten Mutter und Tochter nicht unterschiedlicher sein können. Charis schien stärker als Amy zu sein, und sie war hochintelligent. Schon jetzt strebte das Mädchen nach Besitz und Macht. Amy war ganz anders gewesen, eine Träumerin, die sich immer Zeit gelassen hatte und ihren eigenen, natürlichen Rhythmus finden wollte, ein sinnlicher Mensch und wie er allen schönen Dingen des Lebens zugetan. Geduld war ihre Stärke gewesen, doch manchmal hatte sie bei ihr auch in Sturheit ausarten können. Er hatte Amy immer sein Eigen nennen wollen und hatte ihr immer mal wieder am Eingangstor ihres Anwesens aufgelauert. Auch war er eines Nachts über die Terrasse in ihr Zimmer eingedrungen und hatte ein Halstuch an sich genommen, um ihren Duft zu konservieren. Aber sie war nur für seinen Bruder „ein Fels in der Brandung“ gewesen. Ihn hatte sie verachtet. Wenn seine Gedanken Charis’ Mutter umkreisten, lag der Hass wie ein schweres Tuch auf ihm.

Kapitel 8

Faber Pharma Ltd. Hongkong, 10. Oktober 2011

Seit einigen Wochen war Jonathan Hastings für sein Alter viel zu verrückt nach einer schönen, sehr jungen Frau, die ihren Unterhalt mit dem Verkauf von Skizzen in ostindischer Tinte bestritt. Er hatte sie zufällig gegen Mitternacht in einem finsteren Lokal in Kowloon getroffen, wo er in regelmäßigen Abständen seinen Trennungsschmerz mit Whisky hinunterspülte. Auf einmal hatte Liǎng neben ihm gestanden, und irgendwie hatte er mit ihr die Zeit bis zum nächsten Nachmittag verbracht. Jonathan hatte sich in dieser Nacht wie nie zuvor sexuellen Genüssen hingegeben und sich durch ihren märchenhaften Anblick zu Schwüren hinreißen lassen. Eine frierende Seele, glaubte er anfangs, die sich vergeblich an ihm zu wärmen versuchte. Er täuschte sich und schätzte sie völlig falsch ein.

Liǎng, das zauberhafte Wesen aus Schweden, dessen richtiger Name Karena Akinson war. In Hongkong nannten ihre Freunde sie Liǎng. Eine zauberhafte Fee, klein und zierlich, mit einem Gesicht, in dem die Augen klar wie ein Bergsee glänzten. Zartheit, umrandet von langen blonden Locken, eine Venus in einer Stadt, die alles zu verschlingen drohte. Sie führte ihn behutsam in eine ihm völlig fremde Welt ein und entblößte sein Wesen innerhalb von nur einer Stunde.

Am Tag ihrer ersten Begegnung entstand auf einer Leinwand seine verwahrloste Seele in ostindischer Tinte. Verletzbar, traurig und einsam, ausbeuterisch auf der Jagd und voller Sehnsucht nach der wahren Liebe. Sie durchschaute ihn von Anfang an, während er bei ihr völlig im Dunkeln tappte.

Er wollte sie anfangs – wie all die anderen vor ihr – nur benutzen, um die Blessuren seiner gescheiterten Ehe zu heilen. Stattdessen führte sie ihn in eine unbekannte erotische Welt. Er hatte ihr nach den heißen Liebesspielen der ersten gemeinsamen Nacht sogar einen Heiratsantrag gemacht. Aber Liǎng hatte nur leise gelächelt und ihm noch mehr Ekstase beschert. Vor drei Tagen war sie nun in seiner Wohnung aufgetaucht und hatte ihm mit sanfter Stimme erklärt, dass ihre Begegnung ein Versehen sei, zukunftslos, eher einem Zweck dienend. Ihr fehle das Besondere, eine Magie, die wahre Intimität bedeutete.

„Außerdem engst du mich ein", hatte sie mit fester Stimme gesagt. „Einen kreativen Menschen darf man nicht einengen, man muss ihn loslassen können, nur dann kommt er zurück."

Daraufhin war Jonathan explodiert, und es hatte einen furchtbar lauten und sinnlosen Streit gegeben. Er hatte Liăng seitdem nicht mehr gesehen. Selbst über ihr Handy, das sie immer bei sich trug, konnte er sie nicht erreichen.

Sein Schädel brummte vom Sake am Vorabend. Er hatte Liăng verloren und vermutete, dass ein anderer Mann ins Spiel gekommen war. Nur so konnte er sich ihren plötzlichen Sinneswandel erklären. In den letzten Tagen hatte er sich immer wieder bei dem Gedanken ertappt, wie er diese sinnliche junge Frau aus den Fängen des Konkurrenten zurückerobern könnte, wie er sie dazu bringen könnte, ihn und keinen anderen zu wollen. In seinen albernen Tagträumen war er der unwiderstehliche Don Juan, der Mann, der ihrer Jugend und ihrem ungestümen Wesen alle erdenklichen Freiheiten ließ. Ein aufmerksamer und weiser Zuhörer, der ihre überdurchschnittliche Intelligenz geduldig förderte. Ein uneigennütziger und lebenserfahrener Mittvierziger, der alles unternahm, damit sie ihre jugendlichen Begierden ausleben konnte.

Doch die Realität an diesem Montag sah ganz anders aus. Die Vorstellung, Liăng für immer verloren zu haben, war eines von vielen Dingen, die ihm heute besonders schwer zu schaffen machten. Ebenso die Tatsache, fortan täglich die Hongkong Police Force in der Firma zu sehen oder zu erleben, wie ein Chief Inspector der Mordkommission *Columbo* spielte und seine Besprechungen störte.

Jonathan konnte es immer noch nicht fassen, dass Hún Xìnrèn einem brutalen Verbrechen zum Opfer gefallen sein sollte und nicht mehr lebte. Vieles sprach aber auch für das Dahinscheiden während eines sadomasochistischen Liebesspiels, hatte ihm ein Polizist anvertraut. Húns Leichnam lag in der Gerichtsmedizin, und die ersten Gerüchte über die mögliche Todesursache des weltbekannten Wissenschaftlers waren bereits im Umlauf. Da das Feuer auf der Dschunke rechtzeitig hatte gelöscht werden können, war Húns Leiche von den Flammen verschont geblieben.

Hún Xìnrèn und Sadomasochismus? Das passte nicht zu dem Bild, das er sich von dem sanften Mann gemacht hatte. *Hún Xìnrèn und Folter? Unvorstellbar!*

Und wenn es nun doch Mord war?, fragte er sich. Aber weswegen sollte jemand Hún umbringen wollen? Blödsinn! Die Obduktion der Leiche würde die Todesursache ans Tageslicht bringen, und das sehr schnell. *Diesen Gerüchten muss man Einhalt gebieten.*

In diesem Punkt waren sich die ermittelnden Beamten einig. Ein Chinese wie Dr. Hún Xìnrèn stand für den Fortschritt der Volksrepublik China, und die chinesische Regierung würde niemals zulassen, dass Hún als ihr Repräsentant sein Gesicht verlor. Die Zensurbehörde Chinas mochte zwar das weltweit ausgeklügeltste Zensur- und Überwachungssystem des Internets besitzen, aber es stieß hier in Hongkong an seine Grenzen. Hier tauschte man verbal Neuigkeiten aus, die dann über den Jachtklub oder den Golfklub, in dem der Polizeipräsident Mitglied war, zunächst die Dschunkenwelt von Aberdeen erreichten und von dort aus in die weite Welt verstreut wurden. Doch ein Verbrechen mitten in Aberdeen verbreitete sich ohne Zwischenstationen wie ein Lauffeuer in alle Windrichtungen. Davon war Jonathan überzeugt. Auch tat ihm die Frau seines Kollegen leid, obwohl die Ehe offenbar nicht die beste gewesen war. Hún hatte ihm einmal im Alkoholrausch von Problemen mit Xingqiú erzählt. Aber seinen Ehepartner auf diese Weise zu verlieren … Jonathan hasste den Gedanken, sich mit seinem Kollegen nie mehr austauschen zu können. Nichts würde wieder so sein, wie es einmal gewesen war. Es gab nur noch ein Danach.

Schluss jetzt! Du kannst dir später über Húns Tod und über Liǎng den Kopf zerbrechen, dachte er und schaute in die Runde. Zwei seiner engsten Mitarbeiter waren inzwischen in seinem Büro eingetroffen und saßen am Besprechungstisch. Ungeduldig blätterten sie in ihren Unterlagen. Faber bestand auf einem detaillierten Bericht von Wilkins, der auch Húns wissenschaftliche Dokumentation, das Rebugen-Datenmaterial zu Rebu 12 und die Laborbücher nach Ratingen bringen würde. Die wöchentliche Montagsrunde fand wie immer um zehn Uhr dreißig statt. Es war bereits zwanzig vor elf. Sie warteten auf Kasper Wilkins, Fabers rechte Hand, der gestern aus Deutschland angereist war.

Jonathan schaute auf seine Armbanduhr. *Ob Wilkins mit der Zeitverschiebung Probleme hat?,* fragte er sich und begann an seinem aufgeräumten Schreibtisch einige Laborbücher durchzusehen.

Sie mussten wieder zur Tagesordnung übergehen. Die Spurensicherung hatte am Samstag und Sonntag ihre Arbeit erledigt und dabei in den Räumen seines Kollegen ein regelrechtes Chaos veranstaltet. Die Polizei hatte viele Fragen gestellt und ihnen die Fotos von Hún Xìnrèns entstelltem Leichnam vorgelegt. Doch niemand wusste etwas anderes zu berichten, als dass Hún ein hervorragender Wissenschaftler und ein liebenswerter, sympathischer Kollege gewesen war.

Natürlich verlor Jonathan gegenüber den Ermittlungsbeamten

kein Wort über Rebu 12. Spitzel der Konkurrenz fanden sich überall, auch unter den Gesetzeshütern dieser Stadt. Er hatte sich wieder in die Arbeit gestürzt und sich bis tief in die Nacht darin vertieft, um die grausamen Bilder von Húns geschändetem Körper zu verdrängen. Wieder blickte er verstohlen auf seine Mitarbeiter. Ob einer von ihnen vielleicht mehr wusste, als er zugab? Irgendetwas war hier oberfaul. Er konnte es förmlich spüren.

Ohne dass vorher ein Klopfen zu hören gewesen war, flog die Bürotür auf, und alle Augen richteten sich auf Kasper Wilkins und Yàn Meí. Gehüllt in einen hautengen Lederrock und eine schwarze Seidenbluse betrat sie den Raum und glitt an der Wand entlang zu einem freien Stuhl, den sie umständlich zurechtrückte, bevor sie sich mit unschuldig fragendem Blick in die Runde setzte. Die beiden Biologen, zwischen denen sie Platz genommen hatte, musterten sie staunend. Es war ein Vergnügen, sie bei der Montagsrunde zu beobachten, nicht nur wegen ihres Auftretens und ihres erstaunlichen Wissens, sondern auch wegen ihrer makellosen Beine und der auffälligen Kleidung. Das lange, glatte Haar reichte ihr bis zu den Hüften. Eine vollendete Verführung. Man brauchte keine Phantasie, um sich vorzustellen zu können, dass sich unter dem teuren Designer-Outfit eine makellose Figur verbarg. Und Yàn Meí wusste, wie sie damit umgehen musste. Trotz ihrer Extravaganz war sie zu keinem Zeitpunkt eine Außenseiterin gewesen. Seit dem Tag, an dem sie die Firma zum ersten Mal betreten hatte, gehörte sie einfach dazu. Wenn sie die Kollegen anlächelte, war die schlechte Laune wie weggeblasen.

Jonathan blickte kurz auf und wandte sich wieder wortlos den Aufzeichnungen zu. Selbst wenn er einen sehr lockeren Umgang mit seinen Mitarbeitern pflegte, hasste er jede Art von Verspätung, auch die eines Kollegen aus der Zentrale. Wäre Yàn Meí nicht in Begleitung dieses Wilkins gewesen, hätte er sie in seiner unnachahmlich süffisanten Art gefragt, ob er künftig die Montagsrunde vielleicht auf einen späteren, ihr genehmeren Zeitpunkt verlegen sollte.

„Wer ist für die Sicherung der Projektdaten von Rebu 12 zuständig?“, warf Wilkins ohne Umschweife in die Runde.

Alle hoben überrascht die Köpfe und sahen ihn erstaunt an. Es gab keinen Zweifel, dass Wilkins, der nicht nur einer der Geschäftsführer bei Faber-Pharma, sondern auch Biogenetiker war, nur mühsam seinen Zorn unterdrückte. Wenn jemand die Sitzung mit Zuständigkeiten oder der Zuteilung von Aufgaben einleitete, gab es zweifellos Ärger.

Niemand sagte etwas.

„Ich frage noch einmal: Wer von Ihnen ist für die Datensicherung von Rebu 12 zuständig?", sagte Wilkins mit deutlicher Schärfe in der Stimme.

Jonathan verstand die Frage nicht. Was sollte das? Jeder hier im Raum hatte auf irgendeine Weise mit der Substanz zu tun. Kaum ein Tag verging, an dem zwischen den Laboratorien keine Daten ausgetauscht wurden. Lars Olsen, einer der beiden Biologen und der jüngste Projektleiter, der neben Yàn Meí saß, schien durch Wilkins' Frage auch überrascht zu sein.

„Dr. Hún Xìnrèn war für die generelle Datensicherheit bei uns verantwortlich. Soviel ich weiß, liegen für Rebu 12 auch neue Anweisungen von Herrn Faber vor. Ansonsten halten wir uns genau an die hausinternen Sicherheitsstandards."

Wilkins runzelte die Stirn. „Das beantwortet nicht meine Frage. Noch einmal! Wer hat in den letzten Tagen die Daten gesichert?"

Die Stimmung im Raum war auf dem Nullpunkt. Etwas musste verdammt schiefgelaufen sein. Oder es war wieder einmal eine jener Fragen, mit denen ein Kollege feststellen wollte, ob die Datensicherheit bei Faber-Hongkong nach wie vor gewährleistet war. Dafür war allerdings eher Jonathan Hastings bekannt, der damit seine Leute ständig nervte. Seine Vorkehrungen in Sachen Sicherheit waren schon fast krankhaft. Neben zwei identischen und parallel laufenden Hardwaresystemen waren sämtliche gentechnischen Forschungsdaten auf den Servern mehrfach durch eine Verschlüsselungssoftware sowie einen Kopierschutz abgesichert. Nur er selbst und Hún Xìnrèn hatten Zugriff auf sämtliche Daten. Während der laufenden Projektarbeit regelten komplizierte Verfahren die Zugriffsrechte der Mitarbeiter, die jeweils nur mit einem kleinen Ausschnitt der brisanten Forschungsergebnisse arbeiten konnten. Diese Daten analysierten sie mit Rebugen, einer im Unternehmen selbst entwickelten Software. Damit waren sie weltweit marktführend. Es gab kein anderes Programm, das die ungeheuren Datenmengen, die bei der Genforschung anfielen, besser bearbeiten konnte.

„Dr. Goldin, Sie haben doch das jüngste Projekt von Rebu 12 betreut. Das wurde durch den Mord für achtundvierzig Stunden auf Eis gelegt. Was ist in der Zwischenzeit mit dem Datenmaterial passiert?", fragte Jonathan.

Mischa Goldin, groß, mager, fünfunddreißig Jahre alt, warf einen Blick auf den Papierstapel vor sich. „Dazu gibt es eigentlich nichts Außergewöhnliches zu berichten", antwortete er unsicher. „Wie Sie sagten, unser Projekt ruhte zwei Tage. Alle Daten sind, soweit ich weiß, wie üblich an Dr. Hún Xìnrèns Abteilung gegangen."

„Was soll das? Soweit ich weiß ... wie üblich! Soll das heißen, Sie wissen als Projektleiter nicht, was mit unseren wertvollsten Ressourcen passiert, wenn Sie Feierabend haben?", schnauzte Wilkins.

„Die Rebugen-Software ist so programmiert, dass die Daten an Dr. Hún Xìnrèn übermittelt werden", sagte Goldin achselzuckend.

„Wer hat den Transfer überprüft?" Wilkins schien jeden Einzelnen mit seinen Blicken durchbohren zu wollen. Schweigen. „So viel zum Qualitätsmanagement", sagte er.

Jonathan blickte zornig in die Runde. „Bin ich denn von lauter Idioten umgeben?"

„Wo ist das Protokoll für die Entgegennahme des Laborbuchs C-13 vom vergangenen Freitag?", wollte Wilkins wissen, der sich inzwischen gesetzt hatte und in seinen Unterlagen blätterte.

Jonathan funkelte Goldin und Olsen an, die hilflos mit den Schultern zuckten.

„Verdammt noch mal!", brüllte er los. „Hinter diesen Daten stehen Millionen von Forschungsgeldern! Und keiner von Ihnen weiß, was vergangene Woche mit den Daten und dem Laborbuch C-13 passiert ist? Das wird Konsequenzen haben!"

„Dr. Hún Xìnrèn hat vergangenen Freitag sämtliche Laborbücher von unserem Sicherheitsdienst ordnungsgemäß zurückerhalten und den Empfang quittiert. Damit war für mich alles erledigt", antwortete Goldin.

„Warum haben Sie mir das nicht letzten Samstag gesagt?", brüllte Hastings. „Hún Xìnrèn konnte vergangenen Freitag gar nichts entgegennehmen und schon gar nicht quittieren. Da war er bereits tot!"

Goldin starrte vor sich auf die Tischplatte. Tiefe Röte überzog sein Gesicht.

„Also noch einmal", unterbrach Wilkins das eingetretene Schweigen. „Was ist mit den Arbeitsdaten auf unseren Rechnern?"

„Das ist die Aufgabe der Technik. Darum können wir uns nicht auch noch kümmern", antwortete Goldin gekränkt.

„Das ist schlecht, Dr. Goldin", fuhr Jonathan ihn an, „ganz schlecht! Ein Projektleiter ist für sämtliche Vorgänge, die sein Projekt betreffen, verantwortlich. Selbstverständlich auch für den ordnungsgemäßen Datentransfer nach Projektende. Oder sehen Sie das anders?"

Goldin schwieg.

„Aber vielleicht ist Ihnen diese Arbeit ja zu simpel?"

Goldin rutschte unruhig auf seinem Stuhl herum. „Natürlich nicht, Dr. Hastings, aber ich dachte, dafür hätten wir unsere Fachleute."

Jonathan zog seine Augenbrauen hoch und mimte den Überraschten.

„Aha. Und was ist mit Ihnen, Dr. Olsen? Sie sind ja erst kurze Zeit bei uns und deswegen in diesen Dingen noch völlig unverbraucht. Teilen Sie Dr. Goldins Ansichten?", insistierte Wilkins.

Olsen zögerte. „Ich bin jetzt seit einem Jahr dabei. Dass ich für die Sicherung der Daten von Rebu 12 nach jeweiliger Beendigung des Projekts zuständig sein soll, ist mir neu", sagte er zögerlich. „Ich bin überfragt."

„Ah, Sie sind überfragt? Worüber können Sie denn Auskunft geben? Über das richtige Restaurant für ein Projektabschlussessen?"

Niemand lachte. Goldin und Olsen schauten betreten vor sich hin. Jonathan musterte die beiden eisig. „Es kostet Faber-Pharma ein Vermögen, wenn seine Projektleiter nachlässig sind. Dr. Goldin, Dr. Olsen, Sie sollten sich darüber Gedanken machen, ob Faber-Pharma der richtige Arbeitgeber für Sie ist! Wir werden uns später darüber unterhalten." Er wandte sich an Yàn Meí, die sich bislang noch nicht zu Wort gemeldet hatte. „Yàn, erklären Sie bitte unseren Experten, wie bei uns die Projektdaten gesichert werden."

Yàn Meí nickte. „Nach Projektende werden sämtliche Datenträger in unserem Haus nach DIN 32757 auf einem Mikrofilm festgehalten. Das fiel in den Aufgabenbereich von Dr. Hún Xìnrèn, der ...", sagte sie, stockte aber dann. Die bloße Erwähnung von Húns Namen ließ sie schaudern. Dennoch war sie immer darauf bedacht, sich ihrer Umgebung anzupassen. Sie war sichtlich erstaunt über die Reaktion ihrer Kollegen, die soeben ihr Gesicht verloren hatten. Sie würde es niemandem erlauben, sie in einer Art und Weise anzusprechen, wie es Kasper Wilkins tat.

„... der seit vergangenem Freitag in einem Kühlfach der Gerichtspathologie liegt und nichts quittieren konnte!", ergänzte Wilkins zynisch. Dann wandte er sich an Jonathan. „Wir werden die Herren über unsere Situation aufklären müssen, damit sie begreifen, wonach sie schleunigst suchen sollten."

Jonathan nickte. Ein Datenverlust wäre eine Katastrophe.

Dass es ihm und Hún Xìnrèn noch einmal gelingen würde, etwas bahnbrechend Neues zu entdecken, hatte er nicht zu hoffen gewagt. Wieder einmal schienen jahrzehntelange Erfahrung und Intuition die entscheidenden Voraussetzungen dafür gewesen zu sein, echten Fortschritt zu schaffen. Heute wollte keiner mehr altern. Zuweilen war es grotesk anzusehen, mit welchen Hilfsmitteln versucht wurde, unvermeidbare Alterungsprozesse aufzuhalten. Die vom Jugendwahn beherrschte Welt war eine verrückte Welt, und die Genforschung hatte dazu beigetragen, den Irrglauben an die menschliche Unsterblichkeit weiter zu nähren. Es musste eine Verbindung zwischen Rebu 12 und Hún Xìnrèns Ermordung geben. Wenn Datenmaterial nicht auffindbar war, lag das auf der Hand. Die Auswertungen zu Rebu 12 waren mehr als erfreulich gewesen, doch sie rechtfertigten keineswegs den Tod seines Kollegen, zumal sie erst am Anfang ihrer Forschungsergebnisse standen. Der Tod war ein zu hoher Preis für die Entdeckung eines Wirkstoffs, von dem seit Freitag mehrere Ampullen im Kühlfach fehlten.

„Bullshit, Hún", murmelte er vor sich hin und fügte in Gedanken hinzu: *Was hast du mit den verdammten Ampullen gemacht, mein Freund?*

„Was meinen Sie, Dr. Hastings?", fragte Wilkins.

Jonathan fuhr sich durchs Haar und seufzte. Er durfte Kasper Wilkins die Tatsache nicht vorenthalten, dass nicht nur das Laborbuch C-13, sondern auch Rebu-12-Ampullen fehlten. Doch vorher wollte er das Labor noch einmal auf den Kopf stellen.

Kapitel 9

Faber-Pharma-AG, Ratingen, 13. Oktober 2011

Eine dichte Regenwand schob sich langsam durch das nordwestliche Vorland des Bergischen Landes. Der Wind trieb die grauen Schleier zur Zentrale der Faber-Pharma-AG im Westen von Ratingen, wo sie über einer Zeile dicht stehender Platanen niedergingen. Unter den kahlen Bäumen stand eine durchnässte, düster dreinblickende Frau. Die nassen Haare klebten wie eine zweite Haut an ihrem Kopf, der Mantel war tropfnass. Sie bemerkte es nicht einmal.

Das Verwaltungsgebäude, ein moderner Glaspalast, überragte die danebenstehenden Fabrikationsanlagen und Forschungslaboratorien. Etwas abseits stand ein flacher Bau mit den Abteilungen Vertrieb und Versand. Den Eingang zu Faber-Pharma erleuchteten mehrere Lichterketten und das Blitzlichtgewitter zahlreicher Kameras. Drinnen war es warm, trocken und behaglich, doch vor dem Eingang musste eine kurze Strecke nasser Asphalt überwunden werden. Leute vom Wachdienst standen mit Regenschirmen bereit, während unentwegt Limousinen vorfuhren. Sobald ein Wagen vor dem überdachten Eingangsportal hielt, eilte ein Wachmann herbei und hielt seinen Regenschirm über die Männer, die ausstiegen und mit gesenktem Kopf zum Eingang liefen. Erst im Eingangsbereich richteten sie sich auf und lächelten freundlich in die Kamera. So hatte es Robert Faber angeordnet. Berichterstatter der Fernsehsender sowie Journalisten diverser Zeitungen hielten den Ankommenden ihre Mikrofone hin. Die Fotografen versuchten so gut wie möglich ihre wertvolle Ausrüstung vor dem Regen zu schützen.

„Können Sie uns Näheres über den Mord an Dr. Hún Xìnrèn sagen? Warum diese plötzliche Zusammenkunft? Hat sein Tod Folgen für Faber-Pharma? Die Forschung ...? Es gibt Gerüchte über die Todesursache und ..."

Die Männer ignorierten die Fragen der Journalisten. Faber hatte allen strengstens untersagt, auch nur einen Ton von sich zu geben. Die weiträumige, in Marmor gehaltene Eingangshalle mit den luxuriösen Empfangsbüros spiegelte die neuzeitliche Architektur wider, in Weiß und Schwarz, aus Glas und Stahl. Rechts vom Pförtner lagen die Fahrstühle, hinter deren lautlos gleitenden Türen die aus verschiedenen Ländern Europas herbeigeeilten Männer verschwanden.

Die zierliche Frau unter den Bäumen beobachtete alles mit kalter Gleichgültigkeit. Es gab nur einen einzigen Augenblick, in dem ihr Herz lauter pochte. Calum Burgess war mit seiner Limousine vorgefahren und blickte beim Aussteigen für eine Sekunde in ihre Richtung. Im nächsten Moment wandte er sich seinem Freund Eørgy Pasternek zu, wechselte mit ihm ein paar Worte, stieg wieder in den Wagen und fuhr zum Flughafen Düsseldorf, wo ein Privatjet nach Berlin auf ihn wartete. Obwohl sie das gewusst hatte, hatte sie sich insgeheim auf ein Wiedersehen mit ihm gefreut, aber vergeblich. Calum nach endlosen Jahren des Wartens endlich wiederzusehen und ihn nicht umarmen zu können ließ sie verzweifeln. Prompt spürte sie das vertraute Ziehen im Unterleib, die elektrische Spannung, die sich unter ihrer Haut ausbreitete und ihren ganzen Körper zum Pulsieren brachte, das Flattern Tausender Schmetterlinge im Bauch. *Mein Körper erinnert sich,* dachte sie.

Wie gerne hätte sie eine Angestellte vom Catering-Service gemimt, an der Calum vorbeiging, oder als Mitarbeiterin des Wachdienstes unbeweglich – wenige Schritte von ihm entfernt – einen Regenschirm gehalten, nur um ihm sekundenlang in die Augen blicken zu können und Erregung darin aufblitzen zu sehen. *Er sieht so verdammt gut aus und ist so verdammt verdorben,* dachte sie.

Mit seinen siebenunddreißig Jahren war Calum körperlich in Topform. Seine unverwechselbaren Gesichtszüge verrieten heute mehr denn je Charisma und Selbstvertrauen – seine hohen Wangenknochen, seine ausgeprägte Stirn, sein markantes Kinn mit dem kleinen Grübchen. Seine braunen Augen passten perfekt zu seinem gewellten, dunkelbraunen Haar, das kurz geschnitten war. Sie hatte seinen Anblick so sehr vermisst. Ganz nahe wäre sie ihm gekommen, wenn er es ihr erlaubt hätte. Sie hätte jede Rolle absolut überzeugend gespielt, denn sie war eine perfekte Verwandlungskünstlerin. Aber Calum liebte das Spiel des Verzichts.

„Nein", hatte er am Telefon gesagt. „Wir werden den Rest unseres Lebens miteinander verbringen. Jetzt gibt es Wichtigeres für dich zu tun. Du wirst in der Putzkolonne arbeiten. Nur so kannst du unbemerkt die Räume durchsuchen. Wir brauchen die Zugangscodes für die Rebugen-Software und müssen vorsichtig sein." Sie hörte sein hämisches Lachen. „Und keine Hotelsuite. Du mietest unter falschem Namen ein kleines Appartement in Ratingen und zahlst bar. Schließlich bist du es gewesen, die Faber-Pharma in eine schwere Krise gestürzt hat. Es ist besser, wenn uns niemand zusammen sieht."

„Ich bin nicht für Hún Xìnrèns Tod verantwortlich, Calum",

protestierte sie, doch er hatte bereits aufgelegt.

Er hatte am Flughafen Düsseldorf in einem Schließfach falsche Ausweispapiere für sie deponiert und den Schlüssel am Informationsstand in einem Umschlag hinterlegt. Sie seufzte bei dem Gedanken, erneut ihre Loyalität unter Beweis stellen zu müssen.

Urplötzlich hatte sie das Armband von Lux Humana vor Augen, das sich um Calums rechten Unterarm wand und Funken sprühte.

Blitzartig erfasste der Kopfschmerz die rechte Schläfenseite, stach mitten ins Hirn und sandte grelle Signale. Er war einfach unerträglich: bohrend, hämmernd, pulsierend. Ihr wurde übel, und sie musste sich übergeben.

Robert Faber starrte auf die dicht beschriebenen Zeilen seines Terminkalenders. In der kommenden Woche jagte ein Termin den nächsten: Einzelgespräche oder Meetings mit den Abteilungsleitern von Marketing, Vertrieb, Personal, Verwaltung und Finanzen. Er seufzte. Das alles musste jetzt warten, seit die Polizeibehörde in Hongkong ihm mitgeteilt hatte, dass Hún wahrscheinlich ermordet worden war.

Frustrierende Tage lagen hinter ihm. Er hatte es nicht geschafft, die Verbreitung der Nachricht um ein paar Tage hinauszuschieben. Die Polizei in Hongkong ermittelte auf Hochtouren. Die Journalistenmeute stürzte sich auf alles, was die Auflage ihrer morgigen Ausgabe oder die Einschaltquote der Fernsehsender erhöhte. Medienberichte konnten einem Unternehmen wie Faber-Pharma großen Schaden zufügen, vermittelt durch die Emotionen, die das subtile Horrorszenario eines Mordes hervorrief. Und von außen wahrgenommene Irritationen durch eine Berichterstattung hatten in der Regel einen empfindlichen Einfluss auf die Aktienkurse. Majas Vorschlag, die Pressekonferenz vorzuverlegen und einige geladene Journalisten anschließend zu einem Kantinenbesuch einzuladen, war ein kluger Schachzug. Ihr Gespür für Medienrummel bewährte sich wieder einmal. Sie hatte alles perfekt organisiert.

Das sanfte Licht der Schreibtischlampe gab dem Büro eine behagliche Atmosphäre, trotzdem konnte Robert ein Frösteln nicht unterdrücken. Seit Xingqiú völlig aufgelöst aus Hongkong angerufen und ihm weinend Einzelheiten über ihren Mann berichtet hatte, litt er unter starken Kopfschmerzen. Húns Tod ging ihm nahe, und ein Blick aus dem Fenster sagte ihm, dass selbst die Natur zu trauern schien. Es goss in Strömen. Er rieb sich heftig die Schläfen, aber die Migräne ließ sich nicht einfach wegmassieren. Er schenkte sich ein Glas Wasser ein und schluckte zum wiederholten Mal ein starkes

Schmerzmittel.

Auf dem schweren Schreibtisch aus schwarzem Palisander, an dem schon sein Vater wichtige Entscheidungen getroffen hatte, stapelten sich die Pläne des Architekturbüros für die Erweiterung von Haus Nummer sieben, in dem die Abteilung Entwicklung untergebracht war. Er hatte sie in den vergangenen Wochen schon mit größter Sorgfalt studiert und entschieden, diesen Gebäudekomplex um einen Sicherheitstrakt – die neue Forschungsabteilung – zu erweitern.

Jonathan Hastings war froh, seine Zelte in Hongkong abbrechen zu können, hatte er ihm am Telefon gestanden, und würde in wenigen Tagen Kasper Wilkins nach Düsseldorf begleiten. Yàn Meí blieb vorerst in Hongkong und kümmerte sich um die Schließung der Forschungsabteilung.

Robert stand auf und ging zum Fenster. Als sein Vater Nikolas die Firma vor vierzig Jahren in Korschenbroich gegründet hatte, hatte er die Vision gehabt, einmal Großes in der Forschung zu leisten. Die ersten Büro- und Produktionsräume waren im ersten Stock der Kneipe *Die Blaue Forelle* in einem Tanzsaal entstanden. Das bis heute geltende Grundprinzip des Unternehmens, jederzeit auf Transparenz nach außen, Kundennähe und eine solide Forschungsabteilung zu achten, hatte sich schon sehr früh bewährt. Nach dem Zweiten Weltkrieg waren Verwaltungs-, Forschungs- und Produktionsgebäude entstanden. 1947 hatte das Sortiment bereits mehrere Indikationsgebiete abgedeckt. Innovative Medikamente waren die Grundlage des steten Wachstums. Der Erfolg von Rebu 11 hatte die Apotheke seines Vaters schließlich in ein weltweit florierendes Pharmaunternehmen verwandelt.

Die Tabletten betäubten allmählich den Kopfschmerz. Robert nahm die Fernbedienung des Fernsehers, drückte die On-Taste und sah sich das Treiben vor dem Eingang an. Ein dezentes Klopfen ließ ihn hochschrecken. Die schwere Bürotür wurde leise geöffnet. Er blickte auf.

„Darf ich?“, fragte Maja Scholler.

Er nickte und zeigte auf den Bildschirm. Doch wie immer war seine Assistentin nüchtern, sachlich und souverän, was den Presserummel anging. Robert kannte Maja, die seit fünf Jahren für ihn arbeitete, mittlerweile genau. Hätte sie nicht gestern, während sie gebannt auf den Bildschirm starrte, als die Sender einen Bericht über den Leichenfund in Aberdeen und die Gerüchte über sadomasochistische Neigungen gebracht hatten, hektisch eine Tüte mit Lakritze aufgerissen, eine Schnecke auseinandergerollt und das schwarze Zeug gelutscht, wäre ihm nie in den Sinn gekommen, dass sie über diese grausame Tat genauso fassungslos war wie er selbst. Sie griff nur zu Süßigkeiten, wenn sie erschüttert war.

Maja Scholler war zweiunddreißig Jahre alt und bestach durch ihre freundliche, diplomatische Art und ihren analytischen Verstand. Sie war schlank, hatte dunkelblondes Haar, große, intelligente graue Augen und ein ovales Gesicht, das durchaus als hübsch zu bezeichnen war. Er hatte sie nicht nur aufgrund ihrer herausragenden fachlichen Qualifikationen, sondern auch wegen ihres humanitären Engagements – ein freiwilliges soziales Jahr in Afrika – aus einer Fülle von Bewerbern ausgewählt. Ihre hohe Sozialkompetenz ließ sich gut mit seinen ethischen Prinzipien vereinbaren, hatte er befunden, und sie hatte ihn bisher niemals enttäuscht.

„Maja, das hier ist eine einzige Katastrophe“, klagte er und suchte ihren aufmunternden Blick. „Man bewirft unseren Freund mit Dreck.“

Er fragte sich, wie sich wohl sein Vater in dieser Situation verhalten hätte. *Probleme sind dazu da, dass sie mit kompetentem Sachverstand gelöst werden, mein Junge. Und zwar unverzüglich.* Ob Nikolas Faber mit seiner Entscheidung einverstanden gewesen wäre? Robert hatte Maja Scholler vergangenen Sonntag beauftragt, die Geschäftsführer der ausländischen Faber-Niederlassungen für heute zu einem Meeting nach Ratingen einzuladen. So hätte auch sein Vater gehandelt.

„Die Herren erwarten Sie bereits, Herr Faber“, rief ihm seine Assistentin ins Gedächtnis.

„Danke, Maja. Ist Dr. Corvey schon eingetroffen?“

„Dr. Corvey hat sich über Handy gemeldet. Die Maschine hatte Verspätung, aber sie wird in etwa zwanzig Minuten eintreffen.“

„Gutes Timing. Bis dahin haben wir hoffentlich die Pressemeute vom Hals. Was glauben Sie, Maja, wie werden unsere Herren Geschäftsführer die Neuigkeiten aufnehmen?“

„Sie sind spät dran, Herr Faber“, sagte sie statt einer Antwort.

Während sie sich zum Presseraum begaben, dachte er an seine Begegnung mit Kate Corvey in der Airportlounge in Hongkong. *Was für ein Zufall,* dachte er. Er brauchte jetzt die Unterstützung und das Know-how der Prokaryo. Jakob Bender nach seiner Rückkehr aus Jakarta anzurufen und ihm die momentane Sachlage zu schildern war eine gute Entscheidung gewesen. Ebenso die Idee, ihn und Kate nach Düsseldorf einzuladen, um den Geschäftsführern der ausländischen Niederlassungen einen Einblick in die Aktivitäten von

Prokaryo zu vermitteln.

Jakob Bender würde morgen zu ihnen stoßen, aber Kate würde er in wenigen Minuten schon wiedersehen. Die Erinnerung an ihr sinnliches Lächeln holte ihn für einen Moment aus seinen sorgenvollen Gedanken. Mit ihr und Bender an seiner Seite hoffte er, seine Probleme lösen zu können.

Auch die Presse wollte er über die künftige Zusammenarbeit mit Prokaryo informieren. Hún Xìnrèns Tod war dafür eine akzeptable Begründung, und es würde von den Gerüchten um Húns Vorlieben ablenken. Informationen über Rebu 12 durften auf keinen Fall nach außen dringen.

Vor dem Presseraum wandte er sich an seine Assistentin. „Maja, Sie haben meine Frage noch nicht beantwortet."

Ihr Blick wirkte leicht gequält. „Möchten Sie wirklich, dass ich Ihnen diese Frage beantworte, Herr Faber?"

„Ja."

„Sie werden ein Problem lösen müssen", sagte sie ernst.

Er runzelte die Stirn. „Und wie lautet der Name des Problems?"

„Eørgy Pasternek."

Robert hob die Augenbrauen. „Warum gerade unser polnischer Geschäftsführer?"

„Es ist nur so ein Gefühl. Nichts Konkretes."

„Haben Sie dieses, äh … diese Bedenken schon länger, Maja?"

Eine leichte Röte stieg in ihre Wangen.

„Maja?"

„Wenn Sie beide sich unterhalten, kann er Ihnen nicht in die Augen schauen. Vielleicht verschweigt er Ihnen etwas."

„Nicht viele Menschen können mich noch überraschen, Maja. Sie tun es."

Sie lächelte. „Mich erschrecken die meisten Menschen, Herr Faber."

„Warum?"

„Es gibt zu viele Pasterneks auf dieser Welt."

Er schaute sie nachdenklich an. „Sie haben eine bemerkenswerte Beobachtungsgabe", sagte er, und nach einer kurzen Pause fügte er hinzu: „Ich teile Ihre Meinung."

Er drückte die Türklinke, und sie betraten den Presseraum.

Charis stand immer noch im Regen, während Calum Burgess in einen Nachmittag voller Geheimnisse entschwebte. Als alle längst das Gebäude der Faber-AG betreten hatten und die Blitzlichter der Pressefotografen nach und nach abgeebbt waren, ging sie durch den

Regen zum Taxistand, wo ein einziges Taxi auf seinen Fahrgast wartete, und stieg ein. Nördlich des Ratinger Zentrums direkt am Ufer der Anger hatte sie vor wenigen Tagen ein Appartement gemietet. Dort angekommen, zog sie die nassen Sachen aus, wickelte sich in einen flauschigen blauen Bademantel des *Oriental Hotel* Hongkong, in dem sie ihre letzte Nacht auf dem asiatischen Kontinent verbracht hatte. Dann schaltete sie das elektrische Kaminfeuer an und legte ihre feuchten Kleider über den Stuhl vor dem Kamin.

Sie saß da und wartete und beobachtete die Regentropfen, die wie Tränen auf die Fensterscheibe platschten, das einzige Geräusch, das neben dem knisternden Kaminfeuer die Stille im Raum durchbrach. Seit sie sich in Deutschland aufhielt, wartete sie. Warten war ihr Schicksal, seit Nathan, Calum und Gordon sie auf ihre Aufnahme in den inneren Kreis vorbereitet hatten. Und wenn die Geduld sie die letzten Tage zu verlassen drohte, war sie mit dem Taxi zum Blauen See gefahren und hatte stundenlang am Ufer gesessen. Hier war die Natur von einer ergreifenden Reglosigkeit, und die Steine, die sie in den See warf, besaßen in der Tiefe die Geduld der Ewigkeit. Sie träumte von den Seen Schottlands, von der Ankunft des Frühlings mit seinen leuchtenden Farben und von Calum, ihrer Lebensader. Er bewunderte sie bedingungslos, und sie genoss es, weil er damit ihr Selbstwertgefühl stärkte. Niemals würde er sich von ihr lösen. Er konnte nicht ohne sie sein. Ohne sie würde er vergehen und sterben. Genauso wie sie.

Sie trat ans Fenster und wartete auf ihr Spiegelbild, um es mit ihrer Hand zu berühren.

„Hallo! Charis ... Baby Blue ..." Ein Flüstern.

Sie lächelte. Hatte sie soeben seine Stimme gehört? Sie schloss die Lider. Vor ihrem inneren Auge eilte ein Mann durch das Moor auf sie zu. Sein Haar fiel ihm in dunklen Locken über die Schultern. Der letzte rötliche Schimmer der Sonne warf Licht auf sein Gesicht. Er packte sie an den Armen und zerrte sie fort. Fort, immer nur fort ...

Einbildung. Bilder in ihrem Kopf. Seit ihrer Abreise nach Hongkong war sie in ihren Träumen von dichten grünen Schatten umgeben, die auf das Wasser starrten. Die Nacht braute sich über ihr zusammen. Sie brauchte Calums Anerkennung, seine Bewunderung. Ohne sie fühlte sie sich leer und verlassen.

Immer wieder wanderte sie im Traum durch die schottischen Moorlandschaften. Immer wieder hoffte sie, an den schäumenden Wasserfällen, den Falls of Kirkaig, wo Birken, Espen und Ebereschen die Landschaft dominierten, Calum zu begegnen. Sie würde ihn anlächeln und die Hand nach ihm ausstrecken, nur um seine Worte zu hören: „Du bist so schön."

Sie fürchtete, wahnsinnig zu werden, wenn sie noch länger auf ihn warten musste. Wie sonst ließ sich erklären, dass sie in der vergangenen Nacht sein Flüstern gehört hatte? In ihren Träumen sah sie einen blauen Eisvogel von makelloser Schönheit aus dem Riedgras aufsteigen, über das teefarbene Wasser der Falls of Kirkaig segeln und in die Baumwipfel gleiten. Weg von ihr, immer weg von ihr. In den vergangenen Jahren hatte Calum versucht davonzufliegen, wie der Eisvogel. Sie malte sich aus, wie er sich im Erziehungszimmer einem unbedeutenden, wunderschönen Nichts widmete, ohne dabei nur einen Gedanken an sie zu verschwenden. Ein wahrer Alptraum. Ihre Stimmung schlug in Zorn um. Sie spürte, wie ihre Augenmuskulatur verrücktspielte und ihre Mundwinkel zuckten. Neuerdings geschah das immer öfter, wenn die Wut sie übermannte.

Ihr Gesicht schimmerte in der Fensterscheibe geisterhaft weiß, ihre Augen waren dunkle Krater. *O ja,* dachte sie. *Ich weiß nur allzu gut, was du mit ihnen da in dem Zimmer machst. Aber sie bringen dir nicht den Genuss, den ich dir biete, Liebster.*

Sie blickte einen Moment auf, als sie glaubte, ein Geräusch gehört zu haben. Nichts. Nur der Wind spielte draußen auf dem Balkon mit den Bambusstäbchen aus dem fernen Hongkong.

Kapitel 10

Torrisdale Castle, Sommer 1990

Bis zu dem Tag, als es passierte, hatte Charis keine Ahnung gehabt, dass Gordon krank war. Es hatte für sie keine erkennbaren Anzeichen gegeben. Calum hatte Gordon mitten in der Nacht nach Torrisdale gebracht. Zwar hatte er danach zwei Tage lang über Müdigkeit geklagt, aber das war nicht ungewöhnlich. Sie wusste von Calum, dass er oft schlecht schlief. Und falls er stiller war als sonst, fiel das auch nicht weiter auf, weil Calum und Kate schon immer die Temperamentvolleren gewesen waren. Nur seine Augen waren seit gestern anders als sonst, so wie die eines verwundeten Tieres, fand Charis. Am Abend zuvor, als die Gläser beim Abendessen klirrten, hatte sie noch interessiert die Diskussion zwischen Nathan, Gordon und Calum verfolgt, obwohl sie kaum ein Wort von dem verstanden hatte, worüber da gesprochen wurde. Alles war wie sonst auch gewesen. *Nein*, dachte sie, *nicht alles*.

„Wir diskutieren momentan im Unterricht darüber, dass es überall Gesetzmäßigkeiten gibt, auch bei der kunstgerechten Ausführung des Tötens", hatte Calum gesagt.

Nathan wehrte ab. „Moment. Diese Feststellung bezieht sich doch vor allem auf den richtigen Umgang mit dem Mord. Zunächst macht ein Mörder Fehler in der Selbstbehandlung, dann bei der Ausübung seiner Tat."

Calum nickte zustimmend. „Ob man Hemmungen hat oder nicht, Vater, ob wir verblendet sind, über den Dingen stehen oder von ihnen beherrscht werden, liegt doch wohl allein an der richtigen oder falschen Selbstbehandlung."

„Wie meinst du das, Calum?", fragte Gordon neugierig.

„Mensch, Bruderherz, ob wir überhaupt Tatmenschen sind und positive Fähigkeiten wie Warmherzigkeit oder Mitgefühl haben, hängt immer davon ab, wie wir mit uns selbst umgehen."

Nathan verfolgte mit Interesse die Diskussion. „Ob man einen Willen hat oder keinen, ob man feige ist oder mutig, ein Draufgänger oder ein Schwächling, ist oft nur das Resultat der positiven oder negativen Selbstbehandlung", warf er ein. „Wer Achtung vor sich selbst hat, weil er weiß, dass er sich vertrauen kann, wird ein anderer Mensch sein als jemand, der sich selbst gering einschätzt. An sich wäre das Problem gar nicht so ernst, wenn wir uns nicht unbewusst falsch behandeln würden."

Calum wurde hellhörig. „Wieso, Vater?"

„Allein aus unbewusster Zwangsläufigkeit erwachsen viele negative Einflüsse auf unser Inneres. Arbeitet die innere Maschine falsch, werden wir das Opfer negativer Einflüsse", antwortete Nathan.

Calum und Gordon wechselten einen Blick. Gordon kicherte. „Ist das ein Kochrezept für ‚Wie werde ich ein Psychopath'?", fragte er.

Calum wurde es zu bunt. „Wir Menschen unterscheiden uns nicht so sehr durch die Gehirnkapazität als vielmehr dadurch, wie wir unser Gehirn nutzen. Ist es das, was du uns sagen willst, Vater?"

Nathan schmunzelte selbstgefällig. „Du hast es erfasst, mein Junge. Meine Söhne sind kluge Köpfe. Findest du das nicht auch, Charis?"

Charis, die bis dahin ihre Puppe fest an sich gedrückt hatte, blickte plötzlich auf. Ihre Blicke begegneten sich. Sie wandte sich nicht verlegen ab, sondern hielt seinen Blick fest, als hätte sich über seinem Kopf eine Art Sprechblase gebildet, in der sie seine Gedanken lesen konnte. Sie zog ein wenig die Stirn in Falten, und Nathan, dem es nicht behagte, dass sie ihm mit ihren blauen Augen so ungeschützt ins Gehirn schauen konnte, schenkte ihr ein kurzes Lächeln. Charis grinste und tippte sich an die Stirn.

„Ja, das finde ich auch. Aber ..."

Nathan runzelte die Stirn und fragte: „Aber was, Charis?"

„Mein Papa hat immer gesagt, Nathan, dass deine Maschine manchmal nicht richtig tickt!"

Eisige Stille.

„Ich habe dich wohl völlig unterschätzt, Charis", sagte Nathan und blickte auf seine Hände. „Übrigens wirst du die nächsten Schuljahre in unserem Internat verbringen."

Gordon sah zuerst Charis und dann seinen Vater entsetzt an. „Damit du sie besser im Auge behalten kannst?", fragte er und sprang auf. Er warf seine Serviette auf den Teller und verließ fluchtartig das Esszimmer.

„Was hat er?", fragte Charis erschrocken. „Habe ich etwas Falsches gesagt? Das war doch nur ein Scherz!"

Calum streichelte ihr über den Kopf. „Alles in Ordnung, Charis. Iss weiter. Gordon geht es im Moment nicht so gut. Das ist alles."

„Ach so", sagte sie. „Wandert er darum nachts im Moor herum?"

Nathan lächelte. Charis schaute ihn an und blickte in seine Augen, die einen eigenartigen Glanz hatten. Augen, die durch das Schlafzimmerfenster eines Kindes schauten, wenn alle anderen im

Haus schliefen. Es war das Lächeln, das sie mitten in der Nacht aus ihren Alpträumen aufschrecken ließ. Es kam ihr seltsam vertraut vor, aber wieso? Sie zuckte mit den schmalen Schultern, kicherte und täuschte Gleichgültigkeit vor. Doch auch in der Nacht ließ dieser Blick sie nicht einschlafen. Wenn sie ihre Augen schloss, konnte sie Nathans Energie förmlich spüren. Sie sah einen Feuerball am blutroten Himmel, darunter das Meer, verschlingend schön, und sie sah Nathan, der seine Hand nach ihr ausstreckte, um sie in die Tiefe zu stoßen. Schemenhaft blendete sie dann Calums Umriss. Er bewegte seine Lippen und lächelte, doch wie man einen Stein ins Wasser wirft, löste sich sein Gesicht in den Wellen auf, bis das Wasser spiegelglatt gestrichen war und unter der Oberfläche das blasse Antlitz ihrer Mutter zu ihr emporschimmerte. Dann hörte sie Schreie und öffnete ihre Augen. Calum saß an ihrem Bett und versuchte sie wie immer zu beruhigen.

Es geschah an einem Mittwoch, einem heißen, schönen Nachmittag zwei Tage vor Beginn der Schulferien. Während Charis mit dem Schulranzen durch den Garten von Torrisdale auf das Haupthaus zuging, schmiedete sie Pläne für den Sommer. *Gordon soll mir beibringen, wie man springende Lachse fängt,* dachte sie. Das wäre lustig. Danach könnten sie vielleicht zusammen zelten gehen und ein Lagerfeuer machen und dann die Fische grillen. *Calum hat nie Zeit,* dachte sie. *Der steckt bestimmt den ganzen Sommer seine Zunge in Kates Mund.* Sie spürte, wie die Eifersucht einen Schatten über ihre junge Seele legte.

Die Liebe, so glaubte sie, hatte sie hinterrücks überfallen. Sie liebte wie ein Kind, glotzte Calum ständig an, studierte die Bewegungen seines jungen Körpers und lief hinter ihm her. Sie wollte in seiner Nähe sein, während sich sein Interesse lediglich darauf beschränkte, mit ihr zu spielen oder spazieren zu gehen oder sie mitunter von der Grundschule in Kinlochbervie nach Torrisdale Castle zu begleiten. Doch manchmal war etwas in seinen Augen, das sie veranlasste, sich an ihn zu schmiegen, sanft und vorsichtig. Er nannte sie dann „Baby Blue“ und drückte mit seinem Zeigefinger ihre schwarzen Wimpern hoch. Es kam ihr vor, als wolle er das ganze Blau ihrer Augen in sich aufsaugen. Denn sobald sie später im Schutz ihres Zimmers in den Spiegel schaute, schimmerten ihre Augen dunkel wie die Nacht, und sie fragte sich, wie das möglich war. In ihrer kleinen Welt der Liebe drehte sich alles um Calum.

Gordon hingegen war ihr Freund, der sie gegen die Untoten von Little Necropolis beschützte und den sie alles fragen konnte. Wie neulich, als er sie von der Schule abgeholt hatte.

„Hast du was auf dem Herzen, Charis?"

„Findest du, dass ich komisch bin? Die Mädchen in der Schule denken, ich sei komisch, weil ich manchmal abwesend bin."

„Wann bist du abwesend?", fragte er. „Wenn du zeichnest?"

„Ja, aber auch sonst manchmal. Die Lehrerin hat heute meinetwegen häufiger mit den Fingern schnipsen müssen, und alle haben gelacht. Sie glauben alle, ich sei verrückt."

„Lass sie das doch glauben. Dann hast du Narrenfreiheit und kannst machen, was du für richtig hältst."

Sie sah ihn mit großen Augen an. „Echt?"

„Ja! Du könntest sie dann alle in die Gruft einsperren, und keiner würde dich deswegen bestrafen."

„Okay, aber ich werde diese Mädchen sowieso nicht mehr sehen."

Ab dem kommenden Schuljahr würde sie das Internat auf Torrisdale Castle besuchen, hatte Nathan gestern beim Abendessen gesagt. Das Internat lag unmittelbar neben dem Haupthaus und war ein quadratischer, viktorianischer Kasten aus grauen Steinen, der die Sonne aussperrte und den angrenzenden Schulhof in Schatten tauchte. Hinter dem Schulhof fiel der Garten ab bis zu jenem zweiten Gebäude, das allerdings von einer hohen Mauer umgeben war, die zusätzlich durch Stacheldraht gesichert wurde. Man sah nur die vier spitzen Türme, die die Mauer überragten. Diesen Teil von Torrisdale Castle fand Charis unheimlich. Er erinnerte sie an eine Festung, denn man gelangte nur durch ein massives Holztor auf die andere Seite der Mauer. Auch dieses Tor war elektronisch gesichert, und das Sicherheitspersonal ging täglich mehrmals mit seinen Hunden an der Mauer entlang. Nathan hatte ihr einmal erklärt, dass dieser Komplex das Herz von Torrisdale sei. Dort erforschten Wissenschaftler neue Substanzen, und deshalb sei das Gebäude umzäunt und elektronisch gesichert. Spione gab es auf der ganzen Welt, hatte er anschließend noch behauptet. Niemand durfte diesen Bereich betreten.

Gordon nickte. „Stimmt. Das Internat! Ich hatte fast schon vergessen, dass du dort die nächsten Schuljahre verbringen wirst."

Plötzlich blieb sie stehen. „Warum darf keiner das Haus mit den Türmen betreten, Gordon?"

„Weil dort die Initiation stattfindet, Charis."

„Die Ini… was?"

„Dort werden die Geheimnisse von Lux Humana bewahrt. Deshalb darf niemand das Haus betreten."

Du lügst, Gordon.

Im vergangenen Jahr war sie einmal mitten in der Nacht aufgewacht und ans Fenster getreten. Fackeln hatten das Tor hell erleuchtet, und sie hatte Herren mit ihren schwarzen Limousinen durch das Holztor fahren sehen.

Ihre Neugierde war noch nicht befriedigt. „Und was machst du dann da?“

Gordon grinste. „Du möchtest aber heute alles ganz genau wissen. Was soll’s. Ich führe dort Experimente durch“, antwortete er.

„Ach so. Äh… mit Tieren?“

Gordon hob eine Augenbraue. „Ja.“

Sie nahm seine Hand. „Und James Bond?“, wollte sie wissen. „Darf er dort auch nicht hinein?“

Gordon lachte laut. „Du hast dir heimlich mein neues Video angesehen. Hat dir *Lizenz zum Töten* gefallen?“

Charis nickte.

„Aber um deine Frage zu beantworten: Nicht einmal James Bond darf dieses Haus betreten.“

„Hm.“

Er hob sie hoch und gab ihr einen Kuss auf die Wange. „Ich werde immer auf dich aufpassen, Kleines. Du bist meine Sonne!“, sagte er leise.

Da endlich erhellte sich ihr Gesicht. *Ja,* dachte Charis, *Gordon ist mein großer Beschützer, aber er ist auch ein Lügenbaron.*

Sie zuckte mit den Schultern. Es war ihr egal.

Als sie im Haupthaus ankam, ging sie zu sofort zu Gordon und klopfte an seine Tür.

Die Tür blieb verschlossen. Sie zählte bis zwanzig und klopfte dann noch einmal. Keine Reaktion. Dann spähte sie durch das Schlüsselloch.

„Gordon, ich bin es, Charis. Lass mich rein!“

Im Hintergrund lief das Radio, also musste er im Zimmer sein. Aber warum machte er nicht auf?

Ratlos blickte sie sich um. In diesem Moment ging die Tür auf, wenn auch nur einen Spalt. Dahinter hörte sie Schritte, die sich entfernten. Sie klangen überhaupt nicht wie Gordons Schritte, sondern langsam und schwerfällig, wie die einer alten Frau. Ein erster Anflug von Angst ließ sie einen Moment zögern, ehe sie die Tür aufschob. Im Zimmer hörte sie ein Geräusch, und sie ging hinüber. Gordon saß barfuß und in seiner Unterwäsche auf dem Sofa und zupfte nervös an einer seiner Locken herum. Vor ihm auf dem Couchtisch standen eine Bierflasche und zwei leere Gläser sowie ein großer Teller mit Sandwiches. Daneben lagen ein Löffel, ein Apfel mit einer brennenden Kerze in der Mitte und mehrere Plastiktütchen mit weißem Pulver.

„Gordon?", sagte Charis leise und schaute ihn mit großen Augen an.

Sie bekam keine Antwort. Im Radio lief ein Ratespiel, in dem es um Königshäuser ging. Als sie sich in Bewegung setzte, wandte er sich zu ihr um. Einen Moment lang wirkte sein Blick völlig leer, als hätte er sie noch nie zuvor gesehen, dann blitzte in seinen Augen doch so etwas wie Erkennen auf, aber nur ganz schwach, wie bei einer flackernden Glühbirne.

„Setz dich und iss, Mädchen."

Seine Stimme klang ganz anders als sonst, völlig ausdruckslos. Noch immer zupfte er an seinem Haar. Charis' Blick wanderte zum Tisch. Die Sandwiches waren nicht belegt, auf dem Teller türmten sich nur unordentlich zugeschnittene Stücke trockenen Brots, deren Ränder sich in der Wärme des Raums bereits nach oben zu biegen begannen. Von der Kerze lief Wachs auf den Apfel und weiter auf den Tisch. Charis bekam es immer mehr mit der Angst zu tun. Sie verstand das nicht. Was war passiert? Warum benahm sich Gordon so seltsam?

Er deutete auf den Apfel. „Du hast einen Wunsch frei, Mädchen."

„Gordon?", fragte sie jetzt ängstlich. „Warum sagst du Mädchen zu mir? Ich bin es. Charis."

Er verdrehte die Augen. „Du hast einen Wunsch frei, Charis-Baby. Wünsch dir was Schönes ..." Er schluckte heftig. „Ich habe sie gesehen, Charis. Ich habe sie gesehen. Ich habe mir das nicht eingebildet. Und ich kenne sie. Ich habe Aileen im Wasser gesehen ..." Er verstummte. Sein Haar war mittlerweile völlig zerzaust. Das Radio lief unbeachtet weiter. Draußen fuhren ein paar Kinder lachend und wild klingelnd mit ihren Rädern vorüber.

„Gordon, ich verstehe das nicht. Wer ist Aileen?", erkundigte sie sich und setzte sich auf seinen Schoß.

Plötzlich begann er zu weinen. Es klang wie das leise Wimmern eines verwundeten Tieres. Charis umklammerte ihn so fest mit beiden Armen, wie sie nur konnte, und fing ebenfalls an zu weinen. Auf dem Schreibtisch klingelte das Telefon. Sie sprang auf, rannte hin, nahm den Hörer ab und hörte die Stimme von Calum.

„Calum, mit Gordon stimmt etwas nicht. Komm bitte sofort, bitte, komm schnell!"

Der Rest des Tages rauschte irgendwie an ihr vorbei. Calum schickte sie zum Spielen in ihr Zimmer, dann erschien ein Arzt und nahm Gordon mit. Eine Ambulanz brachte ihn mit Blaulicht nach Na Stacain.

„Mach dir keine Sorgen, Charis. Das kommt schon wieder in Ordnung“, sagte Calum später, als er in ihr Zimmer kam, um ihr einen Gutenachtkuss zu geben. Charis mochte seine Gutenachtküsse. Die Bartstoppeln kratzten über ihr Kindergesicht und kitzelten angenehm. Und er roch gut. *Ja,* dachte sie, *Calum riecht richtig gut, viel besser als Gordon.*

Am Ende blieb Gordon fast zwölf Monate in der Klinik. Wenn sie Calum oder Nathan nach ihm fragte, bekam sie zur Antwort, sie solle sich keine Sorgen machen. Er sei in Urlaub, aber er käme bald wieder nach Torrisdale.

„Bestimmt wird er dann ganz genau wissen wollen, was du inzwischen alles erlebt hast, Baby Blue.“

Diese Erklärung klang immer eine Spur zu fröhlich und verriet ihr, dass sie angelogen wurde. Manchmal, wenn sie nicht schlafen konnte, schlich sie sich nach unten in das Kaminzimmer und belauschte die Erwachsenen von Torrisdale Castle. Da waren Nathan, der am Abend immer dicke Zigarren rauchte und mit Calum Karten spielte, und Dr. Merrick, der sich um die kranken Kinder auf Torrisdale Castle kümmerte. Nathan traf sich jeden ersten Sonntag im Monat mit den geheimnisvollen, altehrwürdigen Männern. Der Parkplatz war bei ihrer Ankunft immer hell erleuchtet, und die schwarzen Limousinen schimmerten im Licht der Laternen. Aus ihren Gesprächen erfuhr Charis, dass Gordon einen Zusammenbruch gehabt hatte und sich deshalb in Na Stacain aufhielt und dass alle sich seinetwegen große Sorgen machten. Sein Hirn hätte von den vielen Drogen einen Schaden bekommen, erzählten sich die Erwachsenen. Und dass das schlimm sei, weil er doch erst achtzehn Jahre alt sei.

Charis erwähnte mit keinem Wort, was sie gehört hatte, weil sie wusste, dass sie es vor ihr geheim halten wollten. Vor ihr und allen anderen Kindern des Torrisdale-Internats. Aber natürlich erfuhren sie trotzdem davon. Die Kinder flüsterten hinter vorgehaltener Hand: „Gordon ist im Irrenhaus.“ Irgendwann würde sie Nathan mal fragen, warum diese Herren auf Torrisdale ein und aus gingen.

Doch eines Tages stand Gordon wieder vor ihr. Charis freute sich und lachte, und die anderen Erwachsenen stimmten mit ein. Sie nahm ihn an die Hand und ging mit ihm zum See. Dort setzten sie sich auf die Bank und fütterten die Schwäne. Das war schön, obwohl Gordon dabei ein grimmiges Gesicht machte. Warum, das wusste Charis nicht. Sie schmiegte den Kopf an seine Brust, dabei fiel ihr

Blick auf das Schlangenarmband, das sich um sein Handgelenk wand. Sie drehte es hin und her und beobachtete einen Moment, wie die grünen Steine das Licht reflektierten. *Irgendwann bekomme ich vielleicht auch so ein schönes Armband,* dachte sie, fragte aber mit ernster Miene: „Was ist ein Zusammenbruch, Gordon?"

„Nichts Schlimmes. Das musst du mir glauben, egal, was die anderen sagen." Er schwieg. Sein Blick wirkte nachdenklich. Sie wartete gespannt.

„Bei einem Streit mit Nathan ... hattest du dabei mal Angst, Charis?"

Sie staunte über seine Frage. „Nein. Ich habe keine Angst vor Nathan."

„Tatsächlich?"

Sie nickte. „Tatsächlich."

„Das ist gut", sagte er und lächelte. „Wenn jemand einen Zusammenbruch hat, dann bedeutet das, dass man plötzlich große Angst hat. Vor allem und jedem. Genau das ist mir passiert. Und es ist mir passiert, weil ich Drogen genommen habe. Mein Hirn hat nicht mehr richtig reagiert. Und dann sieht man Dinge, die es gar nicht gibt. Und um zu lernen, mich wieder stark zu fühlen, wurde ich in eine Klinik gebracht. Ich habe es geschafft, und es geht mir wieder gut."

Er lächelte sie erneut an, weil er hoffte, sie auf diese Weise beruhigen zu können, aber sie erwiderte sein Lächeln nicht.

„Was ist, wenn du wieder Angst bekommst und dummes Zeug redest?"

„Das wird nicht mehr passieren", antwortete er. „Was habe ich denn gesagt?"

„Eben dummes Zeug. Von einer toten Frau im See und so."

Er sah sie erschrocken an. „Hast du jemandem davon erzählt, Kleines?"

„Nein. Du warst doch ein bisschen verrückt im Kopf. Das erzähle ich niemandem. Niemand muss wissen, wie gaga du warst. Aber was, wenn du doch wieder Angst hast und tote Frauen im Wasser liegen siehst?"

„Ich werde nicht wieder Angst bekommen, das verspreche ich dir, Charis!" Dann reichte er ihr ein Buch. „Ich habe hier etwas für dich. Das ist mein Lieblingsbuch. Calum hat mich so lange damit verprügelt, bis ich es gelesen habe. Es handelt von all den Göttern, die ständig eifersüchtig, engstirnig und gemein und ansonsten wie ganz gewöhnliche Menschen sind. Du magst doch Cartoons, und die Zeichnungen sind echt cool."

Charis nahm das Buch in die Hand und blätterte darin. „Ja, sie sind cool", stimmte sie zu und bedankte sich mit einer Umarmung und einem Schmatzer auf die Wange. „Danke, Gordon."

„Gern geschehen, Kleines."

Dann machte sie eine ernste Miene. „Wer sind die Männer mit den schwarzen Autos?"

„Sie sind das Kuratorium von Lux Humana und sehr wichtig."

„Sie sind alt und hässlich", sagte sie. „Ich habe diese Männer und Nathan in der Bibliothek belauscht. Sie haben gesagt, dass du sehr klug bist und dass sie auf dich angewiesen sind. Aber was, wenn du wieder einen Zusammenbruch hast? Ich möchte nicht, dass du mich noch einmal alleinlässt. Du darfst nie wieder von hier weggehen. Ich möchte, dass du mich beschützt. Du darfst mich nicht im Stich lassen."

„Das werde ich nicht, Charis, und weißt du auch, warum?"

„Warum?"

„Weil du auf mich aufpassen wirst. Du wirst dafür sorgen, dass ich nie wieder Angst habe. Du wirst mich beschützen, so wie ich dich beschützen werde."

Sie nickte. „Auch vor Nathan und Calum?"

Gordon hob erstaunt die Augenbrauen, sagte aber dann nur: „Vor der ganzen Welt, Charis."

Sie umarmte ihn. *Ja,* dachte sie. Das würde sie tun. Sie würde alles tun, was nötig war, um ihn zu beschützen, und sie würde auch wieder brav sein.

Aber sie war nicht immer brav. Gordon brauchte kleine Tiere für sein Labor, hatte er ihr eines Tages erzählt, und deshalb fing sie kleine Tiere für ihn – mit der Schleuder. Sie wollte, dass Gordon deswegen stolz auf sie war und sie lobte, aber schon bei der geringsten Andeutung in diese Richtung war er geschockt, weil seine kleine Charis niemals etwas Schlimmes tat. Seine kleine Freundin hatte nicht einmal schlimme Gedanken, sagte er dann. Sie versprach ihm, nicht mehr auf kleine Tiere zu schießen, und hielt ihr Wort.

Kapitel 11

Faber-Pharma-AG, Ratingen, 13. Oktober 2011

Nach der Pressekonferenz begrüßte Robert Faber im Konferenzraum die Geschäftsführer der ausländischen Niederlassungen. Die Männer nahmen am Konferenztisch Platz. Die Atmosphäre war angespannt, jeder hing seinen Gedanken nach.

„Meine Herren", begann Robert, „ich habe dieses Meeting anberaumt, weil wir uns auf eine einheitliche Sprache verständigen müssen, wenn wir auf Hún Xìnrèns Tod angesprochen werden. Ich wünsche, dass so wenig wie möglich nach außen dringt. Dr. Hún Xìnrèns Ermordung hat mich nicht nur persönlich schwer getroffen, sein Tod konfrontiert uns außerdem mit der Frage, wie es mit den von ihm betreuten Projekten weitergehen soll. Wir haben mit ihm nicht nur einen hervorragenden Wissenschaftler verloren ...", Robert atmete tief durch, „... es gibt außerdem Gründe zur Annahme, dass sein Tod in direktem Zusammenhang mit seinen Forschungen steht. Unsere Computerspezialisten in Hongkong wissen schon jetzt, dass Hacker versucht haben, in seinen Computer einzudringen."

Ein Raunen ging durch den Raum. Einen Augenblick lang hätte man eine Stecknadel fallen hören können.

Joss Traydor brach das Schweigen. „Mein Gott." Der sonst so selbstbewusste Engländer wirkte fassungslos. „Das spricht doch eindeutig dafür, dass seine Ermordung mit unserer Forschung zusammenhängt. Wir sind Marktführer auf dem Gebiet der Herztherapeutika!"

Traydor, Geschäftsführer von Faber-Großbritannien, war ein persönlicher Freund von Hún Xìnrèn gewesen. Robert nahm sich vor, nach der Sitzung einige private Worte mit ihm zu wechseln. Er schaute in die Runde und fragte sich, ob es sinnvoll wäre, seine Führungskräfte schon jetzt über Rebu 12 aufzuklären, als plötzlich die Tür des Konferenzraums geöffnet wurde. Maja Scholler nahm eine Nachricht entgegen. Sie las kurz und reichte sie dann mit ernster Miene an ihren Vorgesetzten weiter. Robert überflog die Zeilen und stand auf.

„In Hongkong sind Hacker vergangenen Samstag nochmals in unser System eingedrungen und haben versucht, die Rebu-Dateien zu kopieren und die Rebugen-Software zu manipulieren", sagte er erschüttert. „Das wurde mir soeben von Kasper Wilkins bestätigt."

Plötzlich redeten alle durcheinander.

„Kasper ist in Hongkong? Was macht er denn da?“, fragte Eørgy Pasternek erstaunt und wischte sich mit einem Taschentuch den Schweiß von der Stirn. Der korpulente Geschäftsführer der Niederlassung Polen war in der Runde nicht besonders beliebt.

„Welche Daten? Weiß man schon Genaues?“, warf Peer Lamsfuß ein. Der Geschäftsführer aus Stockholm galt als Kenner des Aktienmarkts und hatte bereits eine Baisse vor Augen.

Robert setzte sich wieder. „Das ist aber leider nicht alles. Dr. Húns letzte Aufzeichnungen, die die Eckdaten einer neuen, vielversprechenden Substanz enthielten, sind unauffindbar“, antwortete er.

Eørgy Pasternek trommelte nervös mit den Fingern auf der Tischplatte. „Ich verstehe nicht. Welche neue Substanz? Hier geht es doch anscheinend um viel mehr als um die Optimierung von Rebu 11“, bohrte er weiter.

Schweigen trat ein.

„Das ist richtig. Es geht um eine Weiterentwicklung von Rebu 11. Dr. Hastings wird morgen zu uns stoßen und Ihnen das Projekt Rebu 12 erläutern. Er bat mich außerdem, eine engere Zusammenarbeit mit Prokaryo in Erwägung zu ziehen, weil unser neuer Forschungstrakt noch nicht fertiggestellt ist. Ich habe dem bereits zugestimmt. Wir werden einen Outsourcing-Vertrag mit Prokaryo abschließen. Sie unterstützen seit Jahren die Forschungsprojekte pharmazeutischer Unternehmen, insbesondere mit tierexperimentellen Versuchen. Die Öffentlichkeit besitzt von diesem hochsensiblen Bereich kaum Kenntnis.“

„Kein Wunder“, brummte Peer Lamsfuß. Er war ein Verfechter des Tierversuchs.

„Dr. Jakob Bender und Dr. Kate Corvey von Prokaryo werden zu uns stoßen und Ihnen später einiges über die DNA-Technologien des Unternehmens erzählen.“

Eørgy Pasternek stieg die Röte ins Gesicht. „Moment mal“, unterbrach er. „Das scheint beschlossene Sache zu sein, und wir wurden nicht informiert.“ Er lehnte sich in seinem Sessel zurück. „Outsourcing? Was ist das für eine neue Substanz, dass derartige Maßnahmen getroffen werden. Wir sollen die Schulbank drücken wegen einer DNA-Technologie? Wir vertreiben Herztherapeutika und keine Lebenselixiere“, fügte er schroff hinzu.

Robert war über diese Reaktion erstaunt. *Was ist los mit ihm?* Er spürte Pasterneks Ablehnung gegenüber Prokaryo. *Nein,* dachte er, *das ist es nicht. Pasternek hat Angst!*

„Der Ausflug in die Welt der DNA wird verständlich, wenn Dr. Hastings Ihnen morgen seine Rebu-12-Ergebnisse präsentiert. Diese lassen den Rückschluss zu, dass Rebu 12 altersbedingte Erkrankungen bekämpfen könnte."

Ablehnung und Ärger wichen der Neugierde.

„Für heute nur so viel: Hún Xìnrèn und Jonathan Hastings haben entdeckt, dass Rebu 12 nicht nur die koronare Herzerkrankung erfolgreich behandelt, sondern durch seinen speziellen Wirkmechanismus den Untergang dieser Herzzellen aufhält. Der Wirkstoff kompensiert ein defektes Enzym und nimmt dessen Funktion an. Hún Xìnrèn hat auch postuliert, dass Rebu 12 gleichzeitig den zellulären Schutzmechanismus gegen oxidativen Stress in Gang setzt."

„Das ist unmöglich! Spekulativer Unsinn!", nörgelte Pasternek. „Ich erinnere mich, in einem Artikel gelesen zu haben, dass Wissenschaftler in den USA vor einigen Jahren schon einmal einen ähnlichen Versuch starteten und kläglich gescheitert sind. Die Zellen entarteten."

„Das ist richtig", antwortete Robert. „Doch hier sieht es anders aus. Die Zellen sind im Versuch nicht entartet."

„Das ist unmöglich", erwiderte Pasternek barsch.

Peer Lamsfuß wandte sich an seinen polnischen Kollegen. „Eørgy, halt endlich deine Klappe, du gehst uns allen auf die Nerven! Wir sollten die Ausführungen von Dr. Hastings ..."

Robert hörte nicht mehr zu. Ihm drängte sich ein ungeheuerlicher Verdacht auf. Gab es in diesem Raum einen Verräter? Pasternek? Saß Hún Xìnrèns Mörder unter ihnen? Diese Vorstellung stellte selbst das Verschwinden der Daten in den Hintergrund. Er blickte in die Runde und versuchte, sich ein Lächeln abzuringen. Er selbst fürchtete sich nicht vor dem Sterben, doch für viele Menschen waren Alter und Tod die größte Quelle ihrer Angst. Für die Menschen von heute bedeutete Gesundheit die Abwesenheit von Krankheit in einem makellos jungen Körper. Hún Xìnrèn und Jonathan Hastings waren diesem Traum ein Stück nähergekommen.

„Wie viel Geld werden wir für die Weiterentwicklung und die erste klinische Erprobung von Rebu 12 brauchen, Robert?", fragte Pieter van der Hulst.

Der selbstbewusste Geschäftsführer von Faber Nederland B.V. war ein Finanzgenie. Robert holte sich oft Rat bei seinem Freund und Vertrauten. Van der Hulst zog sich nach einem Misserfolg nicht zurück, um auf dem Ijsselmeer zu segeln, wie so manch anderer in dieser Runde. Dieser Mann minimierte Probleme und löste sie.

„Siebzig Millionen Euro an Laborkosten und zehn Millionen Euro pro Niederlassung für Probandentests, grob geschätzt."

Pasterneks Stirn glänzte schweißnass. „Ich kann ein Outsourcing für Polen nicht akzeptieren", sagte er. „Unsere Vertragsverpflichtungen lassen das nicht zu."

Robert spürte, wie sich seine Nackenhaare aufstellten. Seine Assistentin hatte ja vorausgesagt, dass der Pole Schwierigkeiten machen würde. Pasternek verzögerte seit Wochen die Übergabe der Ertragszahlen für das vergangene Quartal. Seine Kollegen am Konferenztisch wollten keine Feuerstürme, die den Irrsinn eines Mörders entfachten. Sie verfolgten ganz andere Ziele: die Stabilität der Faber-Aktie zu erhalten und neue Märkte zu erschließen. Dafür standen sie. Aber vielleicht doch nicht alle?

Kalt blickte er in die Runde. „Gibt es noch jemanden, der Rücksprache halten muss, weil er Verpflichtungen mit ausländischen Firmen eingegangen ist, von denen ich nichts weiß?"

Eørgy Pasternek lief hochrot an. „Es ist nicht nur unser System in Polen, sondern die extrem schwierige ..."

„Was willst du uns da weismachen, Eørgy?", mischte sich van der Hulst ein.

Als ehemaliger Geschäftsführer der Bayer-Polen besaß er Insiderwissen über die polnische Arzneimittellandschaft. Polen war für das Outsourcing einer der vier sichersten Orte der Welt und zudem ein attraktiver Wirtschaftsstandort mit wettbewerbsfähigen Löhnen, Mieten und Immobilienpreisen. Auch steuerrechtlich bot das Land attraktive Anreize. Die Gewinne von Faber-Pharma-Warschau hatten sich im vergangenen Jahr auf 56 Millionen Euro belaufen. Er wusste, dass Pasterneks Argumente aus der Luft gegriffen waren. Die Firma, die Pasternek jedoch für die Endfreigabezertifikate der in Polen produzierten Arzneimittel in Anspruch nahm, hatte einen zweifelhaften Ruf.

„Die Niederlassungen können diese Summen ohne weiteres zur Verfügung stellen, wenn es zur klinischen Erprobung kommen sollte. Was soll also dieser Unsinn, Eørgy?", fragte van der Hulst.

„Blödsinn!", brüllte Pasternek los. „Es bereitet dir wohl ein unbändiges Vergnügen, mich ständig an den Pranger zu stellen, Pieter. Die Wahrheit, mein Lieber ..."

Die feindselige Atmosphäre im Raum wurde durch ein Klopfen an der Tür unterbrochen. Dr. Kate Corvey betrat den Raum.

Rasch stellte Robert das Wasserglas ab und stand auf. Er reichte ihr die Hand, und als ihre Finger sich berührten, zuckte er unwillkürlich zusammen. Er machte sie mit jedem Einzelnen bekannt. Um die Gemüter zu beruhigen, entschloss er sich, die Tagung zu beenden.

„Meine Herren, es ist schon spät. Lassen Sie uns morgen über die Einzelheiten diskutieren. Maja hat für Sie im *Steigenberger Parkhotel* in Düsseldorf Zimmer gebucht. Wir treffen uns dort ...", er schaute auf seine Armbanduhr, „... in anderthalb Stunden in der *Etoile Bar*. Das ist der ideale Ort, um sich zurückzuziehen und bei Pianomusik kühle Drinks zu sich zu nehmen, damit sich die erhitzten Gemüter abkühlen können. Später werden wir im Restaurant *Menuett* zu Abend essen. Der Koch dort hat sich zum Ziel gesetzt, seine Gäste rund um die Uhr mit kulinarischen Köstlichkeiten vom Feinsten zu verwöhnen."

Er verabschiedete sich von seinen Niederlassungsleitern und war überzeugt, dass jeder von ihnen ab sofort auf der Hut sein würde. Es gab zu viele Dinge, worüber sie sich Gedanken machen mussten. Über Rebu 12 – den neuen Blockbuster; ein Milliardengeschäft; den Anstieg der Aktienkurse; hohe Boni-Erträge und vielleicht, ob unter ihnen ein Mörder weilte.

Nachdem die Männer gegangen waren, begleitete Kate Corvey ihn in sein Büro. Er deutete auf die Bar, wo Maja Kaffee bereitgestellt hatte. Kate erschien ihm in dem dunkelblauen Hosenanzug noch eleganter als vor einer Woche in Hongkong. Ein Haarknoten im Nacken bändigte das kräftige rote Haar, von dem ein magnolienähnlicher Duft ausging. Er hatte Lust, ihn auf der Stelle zu lösen.

„Möchten Sie etwas trinken?", fragte er.

„Kaffee wäre nicht schlecht."

Er fragte sich, was ihr wohl jetzt in diesem Moment durch den Kopf ging. In Hongkong hätte er sie fast umarmt. Er schüttelte den Kopf, beunruhigt über die Richtung, die seine Gedanken nahmen, dennoch konnte er nur mit Mühe ein Lächeln unterdrücken. Er musste sich ermahnen: *Behalte deinen klaren Kopf.*

„Ich muss gestehen, dass ich ein wenig neugierig bin. Wer war denn der Mann, dessen Stimme ich bis auf den Gang hören konnte?", fragte sie unverhofft.

Robert lachte freudlos auf. „Das war Pasternek. Er ist mal jähzornig, dann geht er wieder auf Distanz, die er dann kalte Förmlichkeit nennt."

Sie nippte stirnrunzelnd an ihrem Kaffee. „Kalte Förmlichkeit? Sympathischer Mann, wirklich reizend."

„Pasternek ist vom Naturell her eher ein reservierter Typ. Heute hat er sich jedoch zu weit aus dem Fenster gelehnt. Ich besitze normalerweise einen gesunden Instinkt, mit dem ich fähige Leute erkenne. Die Niederlassungen werden von hervorragenden Geschäftsführern geleitet. Aber Pasternek hat neuerdings ..." Sein Puls beschleunigte sich. *Was mache ich hier?,* fragte er sich. Er kannte Kate Corvey doch kaum.

„Neuerdings?", hakte sie nach.

Er hob eine Augenbraue. „Pasternek hat Probleme. Seine Frau scheint das Geld aus dem Fenster zu werfen, und sein Sohn ist ein Junkie. Was erzähle ich Ihnen da? Ach, lassen wir das."

„Ja, Sie haben recht. Es geht mich nichts an." Kate schien einen Moment in Gedanken versunken. „Ich wollte nicht indiskret sein."

Faber deutete auf eine Fotografie an der Wand, die ihn mit einer jungen Frau beim Skifahren zeigte. „Das ist meine Schwester Elisabeth. Sie arbeitet im Controlling und prüft derzeit die Bücher unserer polnischen Niederlassung."

„Vermuten Sie eine Manipulation?", fragte sie überrascht.

„Pasternek fliegt in letzter Zeit sehr oft nach Oslo. Ich habe keine Ahnung, was er dort macht."

„Woher wissen Sie denn von den Flügen?"

„Wir haben demnächst eine Sitzung, an dem auch Persönlichkeiten aus der Politik teilnehmen. Norwegen gehört nicht zur EU und versieht die Pässe mit einem Einreisestempel. Meine Sekretärin hat zwecks Sicherheitsüberprüfung die Pässe der Geschäftsführer kopiert und sie den Behörden gefaxt. Dabei fiel Frau Scholler Pasterneks Reisefreudigkeit auf. Sie spielt gern hin und wieder Sherlock Holmes."

Kate schmunzelte. „Vertritt Ihre Assistentin ebenfalls die Meinung, dass jemand in Ihrem Unternehmen seine ganze Kraft aufwendet, um Faber-Pharma zu schaden?"

Robert krauste die Stirn und nickte. „Húns Ermordung hat uns schwer getroffen. Ich darf gar nicht daran denken, dass noch jemand Schaden nehmen könnte."

„Es tut mir leid, Robert", sagte sie mitfühlend.

Überrascht drehte er sich um. *Robert.* Sie hatte ihn beim Vornamen genannt. Plötzlich stand er ganz nah vor ihr und spürte, wie sehr er sich beherrschen musste, sie nicht in die Arme zu nehmen.

„Ich frage mich schon die ganze Zeit, was mich nach unserem ersten Treffen vor zwei Jahren davon abgehalten hat, Sie anzurufen. Das war doch ein schöner Abend." Er sah ihr direkt in die grauen Augen, die unter seinem Blick einen Ausdruck annahmen, der seinen Puls beschleunigte.

„Stimmt, und Sie haben sich seitdem kaum verändert", sagte sie und errötete. „Mir waren damals die Hände gebunden. Privat natürlich."

Er strich sich mit der Hand durchs Haar. „Das habe ich vermutet. Ich empfinde es als ungemein beruhigend, Sie in meiner Nähe zu haben, und bitte Sie und Dr. Bender, uns bei der Durchsicht von Hún Xìnrèns Laborbüchern behilflich zu sein", sagte er und deutete auf einen vor ihm ausgebreiteten Stapel Papiere. „Vielleicht können wir anhand der Unterlagen das fehlende Exemplar rekonstruieren und die Testreihe nachträglich vervollständigen. Ich vertraue Ihnen."

Nein, dachte er. Es war mehr, viel mehr. Er war auf dem besten Wege, sich in diese Frau zu verlieben, und war sich nicht im Klaren darüber, ob das gut oder schlecht war. An einer Affäre ohne Zukunft hatte er kein Interesse. Aber hatte sie soeben nicht gesagt, dass ihr damals die Hände gebunden waren?

Kate fuhr sich mit der Zungenspitze leicht über die Lippen. „Vielen Dank. Vielleicht kann ich helfen", sagte sie und löste sich von seinem durchdringenden Blick. „Ich bin die Unterlagen durchgegangen, die Sie mir per Fax geschickt haben. Wollen Sie ein kurzes oder ein langes Resümee?"

„Die kürzere Variante, bitte. Der morgige Tag hält einen langen Vortrag für uns bereit."

„Wissenschaftler können furchtbar ausschweifen. Entweder schläft das Auditorium am Ende eines Vortrags, oder die Zuhörer sind völlig irritiert, weil sie nichts mehr begreifen, obwohl sie vorher glaubten, es begriffen zu haben", sagte sie lächelnd. „Ich versuche es mal. Die chromosomalen Telomere sind das Endstück einer DNA. Mit jedem Zellzyklus geht ein Stück dieser Telomere verloren. Das nennt man auch Alterung. Durch das Enzym Telomerase werden die Telomere regeneriert. Wenn ich Sie richtig verstanden habe, glaubte Dr. Hún, mit Rebu 12 einen Wirkstoff entdeckt zu haben, der die Fähigkeit dieses Enzyms besitzt."

„Er hat es jedenfalls behauptet."

Kate konnte ihren Überschwang kaum unterdrücken. „Unfassbar ... Wenn sich das bestätigt, halten Sie die Innovation der Forschung in Händen, Herr Faber. Mich würde allerdings interessieren, welche Zellen Dr. Hún für diese spezielle Untersuchung verwendet hat. Es muss eine äußerst ungewöhnliche Testreihe gewesen sein."

Robert lächelte. „Das kann Ihnen Dr. Hastings wohl besser erklären", sagte er und wechselte das Thema. „Kommen Sie, ich bringe Sie ins Hotel. Dort wartet ein hervorragendes Essen auf uns."

Er freute sich auf den gemeinsamen Abend und bedauerte schon jetzt, dass sie nach der morgigen Vertragsunterzeichnung nach

Berlin zurückkehren würde. Der Klang ihrer Stimme berührte ihn, und die immer länger werdenden Schatten über Faber-Pharma schienen sich bei ihrem Anblick zu verflüchtigen.

Kapitel 12

Faber-Pharma-AG, Ratingen, 13. Oktober 2011

Die Nachmittagssonne fiel durch das Appartementfenster auf träge durch die Luft schwebende Staubpartikel, die auf Charis' Tagebuch niedersanken. Sie zog rasch den Vorhang zu und kramte in ihrer Tasche nach der Pillendose. Heute lächelten sie die blauen Pillen an. Sie spülte drei mit einem Schluck Wasser hinunter und setzte in der Küche Wasser für Tee auf. Die Vorboten ihrer neuerdings immer häufiger auftretenden Migräneattacken hatten sich bereits vor zwei Tagen angekündigt. Sie hatte seitdem Gerüche intensiver wahrgenommen, und auch die Musik aus dem Radio erschien ihr lauter als sonst. Hinzu kamen erste Sehstörungen. Am Abend hatte es vor ihren Augen geflimmert und geblitzt wie bei einem Gewitter, begleitet von heftigen Kopfschmerzen und Übelkeit. Aber allmählich ließen der Schmerz und das Taubheitsgefühl in Gesicht und Armen nach. Der Kessel pfiff. Charis nahm einen Teebeutel aus der Packung, goss den Tee auf, setzte sich mit der Tasse an den Esstisch und dachte an Calum.

Seitdem sie ihn wiedergesehen hatte, führten ihre Gedanken sie immer wieder in die Vergangenheit. Der Armreif, den sie heute an seinem Handgelenk gesehen zu haben glaubte, war auch ein Teil ihrer Geschichte. Die Migräne hatte ihr diese Sinnestäuschung beschert, und der träge Gedankenfluss hatte das Übrige dazu beigetragen. Mitunter behauptete ihr innerer Drache, dass Calum sich ihr entzog.

„Bestrafe ihn", zischte er dann. „Durchlöchere jede einzelne seiner Rippen mit rostigen Nägeln, bis er dir gehorcht!"

Liebend gern hätte sie ihm das Maul gestopft. Wie in Trance schleppte sie sich nach solchen Augenblicken durch den Tag. Wenn sie die Fotos ansah, die Calum in Na Stacain und auf Torrisdale Castle von ihr gemacht hatte, überkam sie unsäglicher Zorn. Das Monster in ihrem Gehirn, geboren unter Nathans Folter, dieser dunkle, verborgene Teil in ihr, der Nathan am liebsten die Fäuste ins Gesicht geschlagen hätte, wartete auf seinen Einsatz. Sie glaubte manchmal, in einem Meer des Zorns zu ertrinken, besonders, wenn ihr „Gefängnis" offensichtlich wurde: jene Tage, in denen ihre Sehnsucht nach Calum nicht verstummen wollte und sie sich fragte, ob er sich tatsächlich von ihr entfernen könnte.

Wenn seine Stimme ihr schmeichelte, seine Augen sie voller Bewunderung anschauten, seine Hände sie streichelten, er sie küsste – nur dann würden die Stimmen schweigen.

Charis trat ans Fenster. Der immer stärker werdende Wind übertönte das knisternde Kaminfeuer und ließ den Vorhang flattern. Sie schloss das Fenster und betrachtete sich voller Bewunderung in der Scheibe, immer und immer wieder.

Berlin, Hotel Adlon

Ich muss lernen, der Wahrheit ins Gesicht zu sehen, dachte Calum.

Charis ... *Baby Blue.* Er hatte sie im Regen stehen sehen, und seitdem ging sie ihm nicht mehr aus dem Kopf. Er wollte sie, die Schamlosigkeit ihrer Existenz, vergessen, hatte er ihr einmal gesagt. Stattdessen hatte er sie aus dem hintersten Winkel Schottlands beobachtet.

Manchmal träumte er von ihr. Vergangene Nacht hatten ihre Lippen im Traum seinen Hals berührt, ihr zarter Duft war ihm in die Nase gestiegen, ein Hauch von Flieder, sinnlich, erotisch. Sie küsste ihn, und es waren die blutroten Lippen einer Göttin, gesandt vom Olymp, wo man seine fiebrigen Gebete erhört hatte: Leidenschaft, das feine Leder einer Peitsche, die ihre Haut streichelte, ihr Zorn, und er selbst am Rande des Abgrunds.

Er kannte die zwei Gesichter der Charis Burgess. Er kannte die Person, die Nathan geschaffen hatte: Charis-Blue, eine Frau ohne Einfühlungsvermögen, die ihre Überempfindlichkeit gegenüber Kritik mit einem hart erarbeiteten, hinterlistigen Verhalten kompensierte. Niemand verstand es so gut, sich auf Kosten anderer ins rechte Licht zu rücken, wie diese Charis. Wenn Gordon ihr einen Rat gab, der ihr nicht behagte, dann hieß es: „Gordon hat gesagt ...“ Wenn sein Rat ihr hingegen gefiel, gab sie ihn als ihre Idee aus. Sie benutzte die Menschen, war eine verweste Seele, eine eiskalte Intrigantin, die glaubte, besonders und einzigartig zu sein, und deshalb immer neue Bewunderung forderte.

Er liebte jedoch das Mädchen, das sein Vater nach Torrisdale Castle gebracht hatte. Er liebte diese Charis, die er zärtlich „Baby Blue“ nannte und deren wahres Ich sich nur selten an die Oberfläche wagte. Sie war wie die schottischen Elfen, die ihrem Ursprung nach Engel und Wesen des Lichts waren, die aber, weil sie sich vom Teufel verführen ließen, aus dem Himmel verstoßen wurden. Sie mussten bis zum Jüngsten Tag über Berge und Seen wandern, wussten nicht, wie ihr Urteil lauten würde, ob sie begnadigt oder verdammt würden, fürchteten aber das Schlimmste. Wie sein Mädchen Baby Blue.

Charis war Erinnerung, Gegenwart und lodernde Leidenschaft in einem, subtil und überraschend, wild wie die schottische Landschaft, die das Licht der Schönheit erleuchten ließ und Farbenpracht gebar. Sie war wie er. Erschaffen in Schönheit und Schmerz. Sie war die einzige Frau in seinem Leben, die ihn faszinierte. Verlangen durchströmte ihn heiß, und Macht pochte in seinem Schädel, wenn er an sie dachte.

Morgen Abend, in der Dunkelheit einer kühlen Herbstnacht, würde er sie in seine Arme schließen.

Kapitel 13

Torrisdale Castle, 1994–1995

Charis begann schon früh, Bedürfnisse und Empfindungen zu unterdrücken, die Nathan nicht angemessen erschienen. Es gab kein Singen, keine laute Musik, keine Geburtstage mit den Kindern aus der Nachbarschaft oder ihrer alten Schule, keine phantasievollen Verkleidungen als Blumenmädchen, schottische Elfe, Meerjungfrau oder Sturmhexe. Irgendwann ging sie auch nicht mehr in die Küche, um mit der Köchin Betsy Kekse zu backen; lieber fuhr sie mit Nathan nach Bettyhill, wo sie Kräuter für seine Tinkturen sammelten. Sie konnte ihn um den Finger wickeln, wenn sie einen Wunsch hatte, oder sich an ihn schmiegen, wenn sie sich beim Spielen verletzte, sich aber auch von ihm abwenden, wenn Calum und Gordon sie zu einer Wanderung durch die Highlands überredeten. Und sie konnte den stechenden Schmerz der Eifersucht in seiner Brust fühlen, wenn Calum sie liebevoll musterte.

Nathan stellte unablässig Forderungen an sie. Ihre Psyche und ihr Körper suchten sich einen Weg, um sich zumindest zeitweise von dieser Überforderung zu befreien. Sie zog sich in ihr Zimmer zurück und spielte einfach nur mit ihren Stofftieren oder verkroch sich ins Bett, weil ein bellender Husten sie quälte. Sie nörgelte und war tagelang nicht ansprechbar. Diese Tage bedeuteten für sie, allein zu sein, aber auch die Kontrolle über ihre Beziehung zu Nathan. Immer wieder klopfte er an ihre Zimmertür und versuchte, sie herauszulocken. Sobald sie seine Schritte hörte, signalisierte ihr Körper Kopfschmerzen und Rückenschmerzen, oder ein quälender Husten erfasste sie. Manchmal schrie sie sich so laut den Druck von der Seele, dass sogar die Hunde draußen anfingen zu jaulen. Sie brauchte den Rückzug, musste Kraft tanken, um der schweren Last auf ihren Schultern, der erdrückenden Erwartungshaltung durch Nathan gerecht zu werden. Der Trick des Abtauchens diente dem Selbstschutz und ließ ihre Phantasie gedeihen. Charis ging mitunter völlig in einer Traumwelt auf und tanzte stundenlang verloren zu den Klängen von *Little Girl Blue,* bis Nathans Stimme sie in die Wirklichkeit zurückholte. Aber es gab auch Momente, in denen sie sich in ihrem Refugium verlassen vorkam und Depressionen sie plagten. Sie starrte dann aus dem Fenster in die Dunkelheit. In ihr herrschte Finsternis, und alles bedeckte ein Leichentuch wie der winterliche Schnee den Boden des Friedhofs Little Necropolis. Wenn sie jedoch befürchtete, dass Nathan sich von ihr abwenden könnte, erstickte sie ihre Ängste, war besonders liebevoll und gab sich noch angepasster.

Während der Pubertät verfolgte Nathan sie auf Schritt und Tritt und belauschte sogar ihre Telefonate. Immer wieder versicherte er ihr, dass sie einzigartig sei, die Liebste, die Schönste. Stolz ergriff sie, denn schließlich veranschaulichte er ihr nur, wie einmalig sie war. Nach außen hin wirkte sie aufgeweckt, war hübsch und ihren Altersgenossen weit voraus. Doch im Laufe der Jahre fühlte sie eine Fäulnis in sich aufsteigen, die einer innerlichen Verwesung glich, bis schließlich auch diese Empfindung verstummte und einer eisigen Kälte Platz machte. Gefühle wie Schmerz, Freude oder Angst spaltete sie einfach ab. Sie fand Gefallen an Wut und Aggression, an Gewalt.

Mit zwölf begann sie, kleine Tiere zu quälen, statt sie zu töten. Das machte ihr mehr Spaß. Wann der Gedanke zum ersten Mal in ihr Gehirn drang, konnte sie nicht sagen. Doch nachdem er einmal da war, verfolgte er sie Tag und Nacht. Warum, wusste sie nicht. Eine Absicht stand nicht dahinter, auch keine Leidenschaft. Sie mochte das Kaninchen, hatte sogar gern mit ihm gespielt. Es war das linke Auge des Tiers, das sie störte und das ihr trübe und ein wenig asymmetrisch vorkam. Sie entfernte sein Auge und schaute ihm – wie den darauffolgenden Tieren – beim Sterben zu. Dabei machte sie ihre Schulaufgaben und notierte die Todeszeitpunkte der Tiere in ihrem Heft. Ihre Notizen waren mit Greuelbildern verziert und wirkten besonders unappetitlich.

Manchmal fragte sie sich, ob sie ein Monster war. Das waren jene Momente, in denen sie das gequälte Tier nahm und es zu Gordon brachte, der die Maus, die Katze oder das Kaninchen wieder zusammenflickte. Wenn eines der Tiere überlebte, spendierte Gordon immer ein Eis, das sie beide dann genüsslich schleckten. Er wusste, was sie tat, verurteilte sie aber nicht mehr. Er glaubte, dass auch sie – wie er – ein Ventil brauchte.

Eines Tages hatte Charis das Heft in ihrem Pult vergessen. Miss Adelaire, eine kleine, unansehnliche Lehrerin mit Hakennase und Brille, die den Internatsschülern die physikalischen Gesetze der Natur vermittelte, hatte das Heft gefunden und sie gebeten, vor Beginn des Unterrichts bei ihr in Zimmer siebzehn vorbeizuschauen. Der Raum war nicht für den Unterricht geeignet, denn er war klein und düster, und Licht drang kaum herein. Die Lehrer des Internats saßen hier manchmal, um ihre Klassenarbeiten zu korrigieren oder den Unterricht vorzubereiten.

Charis betrat gegen neun Uhr das Zimmer, in der Annahme, dass sie heute in Nathans Beisein gehörig gerügt werden würde. Doch das „Krähengesicht“, wie die Lehrerin von den Schülern hinter vorgehaltener Hand genannt wurde, war allein im hinteren, von einer Neonröhre grell beleuchteten Teil des Raums. Charis sah, dass mehrere lose Blätter ihres Hefts auf dem Tisch ausgebreitet lagen.

Miss Adelaire stand konzentriert vorgebeugt, die Stirn tief gesenkt, die eine Hand aufgestützt, während die andere ein Blatt Papier mit wütenden Bleistiftstrichen zuschmierte. Charis sah, dass unter den dicken schwarzen Strichen ihre eigene Handschrift zu erkennen war. Krähengesicht zeigte ein Wechselbad der Gefühle: Fassungslosigkeit wich Zorn, Ekel dem Entsetzen. Ihre Gesten waren unvergleichlich heftig, als wäre es ihr egal, dass die Spitze das Papier aufschlitzte. Die Lehrerin war so sehr in ihr Tun vertieft, dass sie eine ganze Weile brauchte, um Charis’ Anwesenheit zu bemerken. Sie hob erschrocken den Kopf, und ihr Gesicht war leicht gerötet. Im selben Moment begriff Charis, dass Miss Adelaire Nathan das Schulheft geben würde und dass sie das nicht verhindern konnte. Die Lehrerin starrte sie an und legte den Bleistift aus der Hand.

„Hallo, junge Dame“, sagte sie, holte tief Luft und hielt ein Blatt Papier hoch. „Das wirst du mir erklären müssen, Charis!“

„Ich werde Ihnen gar nichts erklären müssen“, zischte sie. „Ich muss niemandem etwas erklären, denn ich bin eine Burgess!“

Miss Adelaire lief hochrot an. „Das klärende Gespräch werden wir jedenfalls nicht hier führen. Ich werde deinen Vater kontaktieren, und dann sehen wir weiter“, antwortete sie kalt.

„Sie werden gar nichts von alldem tun. Wie kommen Sie dazu, in meinen Aufzeichnungen herumzuschnüffeln? Mich bei meinem Vater anzuschwärzen wäre nicht unbedingt zu Ihrem Vorteil. Ich würde sagen, es wäre das Dümmste, was Sie tun könnten, denn Sie haben doch gelesen, wozu ich fähig bin. Also überlegen Sie sich das gut!“

Die Lehrerin starrte sie entsetzt an. „Was würdest du denn mit mir anstellen? Zum Beispiel mir den Arm brechen, und Gordon könnte ihn danach schienen?“

Charis’ Augen bekamen einen gefährlichen Glanz. „Ja. Und stell dir vor, Krähengesicht, wie sauer ich wäre, wenn deine Knochen dabei nicht zersplittern und herausspringen und deine Haut durchbohren würden. Wag es nicht noch einmal, mir zu drohen!“

„Ich drohe dir nicht, mein Leben wäre dann in Gefahr“, schrie die Lehrerin.

Charis lächelte. „Ach …“, erwiderte sie kalt. „Na, dann haben wir uns wohl verstanden, Miss Adelaire!"

Sie drehte sich um und verließ mit erhobenem Haupt Zimmer siebzehn, halb in der Erwartung, zurückgerufen zu werden. Aber das geschah nicht. Darüber war sie später äußerst irritiert, und das war der Grund, weshalb sie den Vorfall im Familienkreis nicht erwähnte. Nach diesem Erlebnis war sie ständig überzeugt, dass irgendwo in der Nähe, hinter der nächsten Ecke, Krähengesicht lauerte. Sie blieb wachsam und auf der Hut.

Vierzehn Tage später geschah etwas Merkwürdiges. Miss Adelaire wurde entlassen. Nathan forderte die Lehrerin mitten in der Nacht auf, ihre Koffer zu packen, und sie kehrte dem Internat Torrisdale für immer den Rücken. Wenn solche seltsamen Dinge geschahen, die Charis sich nicht erklären konnte, stand sie immer am Fenster und starrte in die Dunkelheit auf das Gebäude mit den vier Türmen, als würde sie dort Antworten auf ihre Fragen erhalten.

Gordon konnte mittlerweile die Welt ohne seine „Smarties" und sein Kokain nicht mehr ertragen und machte sich rar. Mittlerweile machte sie sich ernsthafte Sorgen, er könnte wieder zu dem linken, launischen Wesen werden, das er ein paar Jahre zuvor gewesen war. Aber er war ihr Freund, und sie hatte sich immer auf ihn verlassen können, bis auf dieses eine Mal im Sommer 1995, als sie die Tierquälerei zu langweilen begann. Sie hatte ein neues Opfer gefunden.

Ein Uhr. Auf Torrisdale Castle war es dunkel. Das einzige Licht kam aus dem Klassenzimmer der Untertertia, hinter dem Haupthaus des Internats. Charis lehnte an der Tür, flankiert von einem bekifften Gordon. Kate stand allein vor der Schultafel und wirkte wehrlos und ängstlich.

Genau wie beim letzten Mal, dachte Charis. Da waren sie und einige Internatsschüler auf dem Weg zur Sporthalle gewesen, als sie auf Calum und Kate und ein paar andere Jungen trafen. Bis zu diesem Zeitpunkt war Charis bestens gelaunt gewesen. Es war Kates Herumalbern, das ihr das Stichwort gab. Anscheinend hatte Kate kurz zuvor auf dem Boden gesessen, denn am unteren Rand ihrer Jacke klebte braune Erde. Sie wusste offensichtlich nichts davon, und Calum hatte wohl auch nichts bemerkt. Charis rief etwas wie: „Kate, du hast Kacka am Hintern! Hast du dir in die Hosen gemacht?" Es war ein harmloser Scherz, begleitet von ein wenig Geplänkel der anderen Schüler.

Kate reagierte jedoch ziemlich schockiert, blieb jäh stehen, drehte sich um und starrte sie wütend an.

„Es macht dir doch so verdammt viel Spaß, andere zu quälen. Immer auf Kosten anderer, sonst bist du gar nicht zu gebrauchen, du Monster!", schnaubte sie.

Die anderen blieben stehen. Die Jungen waren ebenso verblüfft und befremdet wie die Mädchen, stellte Charis selbstgefällig fest, und ein paar Sekunden lang fürchteten alle, Kate würde gleich explodieren. Aber sie wandte sich abrupt ab und stapfte davon, während die anderen fragende Blicke wechselten und mit den Achseln zuckten.

Diesmal würde es anders sein. Charis hatte alles genau geplant. Diese letzte Demütigung war nichts im Vergleich zu dem, was sie sich für heute Nacht ausgedacht hatte. In der einen Hand hielt sie eine Kerze, in der anderen einen Lederriemen. Kates Blick schweifte immer wieder zu der Kerze.

Sie ahnt, was ihr bevorsteht, dachte Charis. Sie ließ den Gürtel zu Boden gleiten, die Kerze von einer Hand in die andere wandern und starrte auf ihre Rivalin, die sie verabscheute, seit sie Calum und der damals elfjährigen Kate heimlich beim Küssen zugesehen hatte. Heute war Kate neunzehn und keinen Deut besser als vor acht Jahren. Sie war noch immer hinter Calum her.

„Wo ist denn dein Freund?", fragte sie langsam. „Ich kann ihn nirgendwo entdecken. Gleich werden wir dir zeigen, was wir auf Torrisdale Castle mit Mädchen wie dir machen." Sie wartete, ob sich das vertraute Hochgefühl auch wirklich einstellte oder nicht. „Wieso lässt du auch deine benutzten Tampons einfach so herumliegen? Das ist doch eklig!"

„Ich hasse dich", sagte Kate so leise, dass ihre Stimme wie ein Seufzen klang. „Ich hasse alles an dir."

Charis trat einen Schritt auf sie zu. „Oh ... Hast du das gehört, Gordon? Sie hasst mich! Sie benimmt sich wie ein Schwein, und mich hasst sie", sagte sie und grunzte. „Von deinem Gewinsel wird uns ganz schlecht."

„Ich hasse euch beide!", schrie Kate.

Charis hielt mitten in der Bewegung inne. Ihr stand plötzlich wieder die Szene vor Augen, als Calum seine Zunge in Kates Mund steckte. Sie schnaubte vor Wut. Gordon sah sie mit großen Pupillen an, dann torkelte er langsam auf Kate zu und packte ihren Arm.

„Wie kannst du es wagen, von Hass zu sprechen? Wenn du sie hasst, dann hasst du Lux Humana, Calum, Nathan und mich. Ist dir das klar, du blöde Kuh?" Er kicherte und zerriss Kates Nachthemd. „Ich befehle dir, mir jetzt einen zu blasen! Worauf wartest du noch?"

„Nein! Du ekelst mich an, Junkie", schrie Kate. Ihr Nachthemd hing ihr in Fetzen von den Schultern. Sie hielt die Arme vor der Brust gekreuzt und rieb sich mit den Händen die Seiten, während sie ihre nackten Füße abwechselnd hochhob, um die Berührung mit dem kalten Steinboden zu vermeiden.

Charis schlug ihr ins Gesicht. „Du ignorierst eine Anweisung von Gordon, einem Mitglied von Lux Humana?“ Sie hob den Ledergürtel vom Boden auf.

„Tu es nicht!“, flehte Kate sie an.

„Warum nicht? Wer oder was sollte mich davon abhalten?“

„Du wirst schon sehen, was du davon hast. Gordon macht sich doch vor Angst fast in die Hose. Er hat auch allen Grund dazu. Ich werde Nathan alles erzählen!“

„Oh ... Hast du das gehört? Sie ist nicht nur ein Schwein, sondern auch noch eine alte Petze.“ Sie spuckte Kate ins Gesicht. „Du kannst mich mal.“ Dann drehte sie sich zu Gordon um. „Los, lass uns anfangen. Halt sie fest. Los jetzt! Das ist doch genau das, was du wolltest. Wovor hast du plötzlich Angst?“

„Vor gar nichts“, antwortete Gordon ein bisschen zu schnell.

„Er lügt“, schrie Kate. „Er hat Angst, dass ich ihm sein schönes Teil abbeißen könnte!“

„Halt bloß dein Maul“, zischte Charis.

Sie hielt den Gürtel und schwang das freie Ende durch die Luft. Dann legte sie Kate das Leder um den Hals. Gordons weit aufgerissene Augen folgten der Bewegung, ehe er auf den Boden starrte.

„Charis, am Ende wird uns noch jemand hören“, lallte er. „Wir können hier nicht so lange herumhängen. Wir sollten das lieber seinlassen.“

„Was ist bloß los mit dir?“, rief sie bissig. „Ich erwürge sie, wenn sie es dir nicht richtig besorgt. Das kann doch nicht wahr sein, dass du Angst vor ihr hast!“

„Nein, natürlich nicht. Es ist bloß ... ich ... ich möchte da einfach nicht mitmachen.“

Charis kochte vor Wut. „Dann hau doch ab! Los, verschwinde!“

Gordon wandte sich kichernd zum Gehen und ließ Kate los.

„Na, das war’s dann wohl“, sagte Charis und blickte voller Verachtung auf Kate. „Du hast heute Glück gehabt, Schätzchen. Allein kann ich dich nicht festhalten.“

„Komm, Charis“, murmelte Gordon devot. „Wir sollten besser abhauen, bevor einer der Lehrer auftaucht.“ Die Klassenzimmer waren in den Nachtstunden für die Schüler offiziell tabu, ebenso der Schulhof, weil man sicher sein konnte, dass man Zuschauer hätte, die im Haupthaus am Fenster standen und sich das Fernglas weiterreichten. Sie würden ziemlichen Ärger bekommen, wenn sie ein Internatslehrer bei ihrem Vorhaben erwischte.

Kate riss sich den Gürtel vom Hals und zeigte mit dem Zeigefinger auf Charis. „Das wirst du mir büßen. Du wirst eine Abreibung bekommen, du mieses Stück Scheiße!"

Plötzlich stand Gordon neben Kate, und nach einem Kinnhaken lag sie bewusstlos auf dem Boden.

„Niemand beleidigt meine Schwester", zischte er.

Charis gab ihm ein Zeichen zu verschwinden. Sie selbst zündete die Wachskerze an und setzte sich auf den Boden, als Kate wieder zu sich kam.

„Spürst du es nicht, Kate?", sagte sie kalt. „Alles beginnt sich zu verändern. Ohne Calum bist du gar nichts."

„Ich hasse dich", wimmerte Kate. „Ich hasse dich für das, was du mir und den anderen antust. Und eines Tages, wenn du ganz allein bist, wirst du merken, wie viele Leute dich sonst noch hassen. Du treibst Spielchen mit Menschen. Vielleicht ist es an der Zeit, dass andere Spielchen mit dir treiben."

Charis hielt die brennende Kerze dicht an Kates Gesicht, während sich auf ihrem ein Lächeln ausbreitete. Sie starrten einander an.

„Ach, Kate. Lass uns ein neues Spiel spielen."

Kate schrie, aber niemand hörte sie.

Im Gehen schaltete Charis das Licht aus, so dass der Raum in Dunkelheit getaucht wurde, und ließ Kate zurück. Als sie in ihrem Zimmer war, hatte sie das Gefühl, sich übergeben zu müssen. Ihre Beine drohten ihr den Dienst zu versagen. Rasch stürzte sie durch die Dunkelheit zur Toilette. Nachdem sie eine Weile neben der Schüssel gekniet hatte, ließ die Übelkeit nach.

Sie setzte sich auf den Klodeckel und starrte zur Decke. Sie zitterte am ganzen Körper, und ihr Herz klopfte wie verrückt, trotzdem fühlte sie sich von einem Hochgefühl durchdrungen. Sie hatte es getan, und es hatte funktioniert. Sie wünschte, Nathan wäre hier. Sie wollte ihm von ihrer Heldentat erzählen und seine Meinung dazu hören. Aber als sie die Augen schloss und sich sein Gesicht vorzustellen versuchte, sah sie stattdessen das von Calum.

Am darauffolgenden Abend stand Nathan hinter dem Schreibtisch in seinem Arbeitszimmer, ihr genau gegenüber. Charis konnte an seinem Brustkorb, der sich etwas zu schnell hob und senkte, erkennen, dass es in ihm brodelte. Er atmete langsam und tief durch.

„Ich habe drei Stunden damit verbracht, eine erzürnte Kate im

Krankenzimmer zu beruhigen, und konnte sie dann endlich davon abhalten, das Internat zu verlassen."

Charis musterte ihn mit einer fast an Verachtung grenzenden Gleichgültigkeit. „Kate hat angefangen. Sie sagte, dass sie mich verachtet. Sie sagte: ‚Ich verachte dich. Ich verachte alles, wofür du stehst, Charis.' Wenn sie mich verachtet, verachtet sie Lux Humana. Und dich und Gordon und Calum. Das geht einfach zu weit. Wir haben sie aus dem Zimmer geholt. Gordon musste ihr deutlich vor Augen führen, dass ihr Verhalten inakzeptabel war."

„Man kann sich bei Lux Humana die Regeln nicht selbst machen, Charis. Auch wenn es bekanntlich zu jeder Regel eine Ausnahme gibt. Du weißt noch nicht allzu viel von Lux Humana."

Ihre kalten Augen weiteten sich. Sie öffnete den Mund, aber es kamen keine Worte heraus. Dann ließ sie den Kopf sinken und starrte auf den Boden.

„Hast du mir etwas zu sagen, Charis?"

„Nein. Wieso fragst du?"

„Du weißt genau, was ich meine."

Sie fixierte ihn kalt. „Wenn ich mich richtig erinnere, hast du mir beigebracht, dass man jedem angehenden Mitglied von Lux Humana, das sich weigert ...", sie legte eine Pause ein, „... die Regeln der Gemeinschaft zu befolgen, Gehorsam beibringen muss. Kate war nicht im Entferntesten daran interessiert, zu gehorchen."

Nathan atmete schwer, versuchte sich aber zu beherrschen.

„Ein Wutanfall ist keine Lösung, Nathan", sagte sie. Ihre Stimme war eine höchst provokante Mischung aus extremer Höflichkeit und einem Schuss Kälte und Verachtung.

„Welche Regel hat Kate denn nicht befolgt?", wollte er wissen. „Du bist vierzehn und darfst noch keine Anweisungen im Namen von Lux Humana erteilen."

Charis erkannte, dass er sich nicht provozieren ließ. Sie überlegte kurz. „Das habe ich auch nicht, das war Gordon!"

„Gordon ... So, so. Welche Regel, Charis?"

„Regel Nummer zwei!"

Nathan hob die Augenbrauen. „Du meinst, im Abgrund des Nichts geduldig dem Flüstern der Schönheit unter Qualen zu lauschen und danach zu sterben oder neu zu erblühen?", zitierte er langsam und betonte jedes Wort. „Welche Anweisung hat Gordon ihr denn erteilt?"

„Sie sollte ihm einen blasen!"

„Hat sie es getan?"

„Nein."

„Und dann?"

„Dann hat Gordon ihr eine runtergehauen, und ich habe ihr eine brennende Kerze ins Maul gestopft!"

Sie bemerkte das leichte Flackern in seinen dunklen Augen. „Schämst du dich denn gar nicht?", fragte er.

„Nein."

„Kate ist seit vielen Jahren bei uns. Sie hat es nicht verdient, mit einem solchen Mangel an Respekt behandelt zu werden, wie du ihn heute Nacht gezeigt hast."

„Wenn du das sagst, Nathan."

„Was hast du dabei empfunden?", fragte er plötzlich.

Nein, dachte Charis, sie würde die Beherrschung nicht verlieren. Langsam hob sie den Kopf. Sie spürte dennoch die Wut, die aus ihren Pupillen hervorzubrechen drohte, um ihn zu durchbohren.

„Du möchtest wissen, wie ich mich dabei gefühlt habe? Ich habe mich über ihr Leiden gefreut, und ich würde mich über ihren Tod freuen!"

Einen Moment lang stockte ihr Körper, als würden sie die heftigen Emotionen, die in ihr wüteten, gleich in Stücke reißen. Aber genauso schnell, wie sie die Beherrschung verloren hatte, fand sie sie auch wieder, und ihr Körper beruhigte sich. Ihre Augen, die sich plötzlich wieder kühl und klar anfühlten, richteten sich auf ihn. Sie bemerkte, dass er gegen den Drang ankämpfte, einen Schritt auf sie zuzugehen. Ein Gedanke schoss ihr durch den Kopf: *Er begehrt mich.* Sie schaute nach unten und staunte über die Wölbung, die sich in seiner Hose abzeichnete.

„Ihr den Mund und die Zunge zu verbrennen war dein Ziel", sagte er. „Von Anfang an! Du hast dieses Ziel angestrebt, nicht weil Kate die Regeln nicht befolgt hat. Du hast sie genau an dieser Stelle verstümmelt, damit sie ihre Zunge nicht mehr in Calums Mund stecken kann."

Sie spürte den Hass wie Eiseskälte aus der Tiefe ihres Magens durch ihren ganzen Körper strömen. Wie ein Gift betäubte er alle anderen, komplizierteren Emotionen, in welchem Winkel sie auch lauern mochten, und spülte sie fort. Den Blick starr geradeaus gerichtet, atmete sie langsam und tief durch.

Nathan lachte spöttisch. „Es geht nicht darum, was du gemacht hast, sondern dass du – seit acht Jahren – ohne Rücksicht auf Verluste dein Ziel klar vor Augen hattest. Du machst Fortschritte, Charis, und ich bin stolz auf dich. Du bist das Beste, was Lux Humana jemals beherbergt hat. Du kannst jetzt gehen."

Sie spürte, wie ihr inneres Gleichgewicht zurückkehrte. Der Moment der Schwäche war vorüber. Sie hatte sich wieder im Griff.

Sie ging auf Nathan zu, stellte sich auf die Zehenspitzen und küsste ihn flüchtig auf den Mund. Dann verließ sie das Büro, ohne ihn eines weiteren Blicks zu würdigen. Sie war auf dem besten Weg, ein böses Mädchen zu werden. Das verdankte sie Gordon, der sein Versprechen gebrochen und sie nicht beschützt hatte, weder vor Nathan noch vor Calum. *Gordon trägt die Verantwortung!*

Sie schlenderte lässig und selbstsicher, den Kopf hoch erhoben, die Schultern gestrafft, den Blick geradeaus gerichtet, durch den Garten auf den See zu. Dort setzte sie sich auf die Bank und sah sich für ein neues Spiel nach einem geeigneten Schwan um, den sie nur anderthalb Meter entfernt im Gestrüpp entdeckte. Nur die weißen Federn, die hin und wieder in der Dunkelheit aufblitzten, verrieten ihn. Mit Sicherheit hätte Nathan sie gerügt, wenn er gewusst hätte, dass sie im Winter zuvor einen Schwan im Gewässer hatte festfrieren lassen, nur um seine durchdringenden Schreie zu hören.

„Nathan hat einen Blick für das Besondere, das Leistungsstarke, und ich erfülle beide Kriterien. Bist du nicht auch dieser Meinung, Schwan?“, flüsterte sie in die Nacht hinein.

Sie hob ihren Rock hoch und zog den Schlüpfer aus. Dann spreizte sie ihre Beine und präsentierte dem Schwan ihre Weiblichkeit, nackt und schamlos. Ein leichter Wind fuhr ihr zwischen die Beine. Ihre Finger fanden den Weg und rieben fest ihre Knospe. Sie spürte, wie sich die pure Lust zwischen ihren Schenkeln ausbreitete, und geriet in Ekstase.

Plötzlich hörte sie ihr eigenes Lachen. Es wurde lauter und lauter und schwirrte durch ihren Kopf wie eine Motte.

Kapitel 14

Faber-Pharma-AG, Ratingen, 14. Oktober 2011

Hastings war mit Kasper Wilkins in den frühen Morgenstunden in Düsseldorf gelandet. Während Wilkins es vorgezogen hatte, ein paar Stunden Schlaf nachzuholen, war Hastings direkt zu Faber nach Ratingen gefahren und hatte sich in sein neues Büro, das unmittelbar neben den Räumen der Geschäftsleitung lag, zurückgezogen. Robert fand ihn dort, über einen Stapel Formulare gebeugt.

„Haben Sie einen Moment Zeit, Dr. Hastings?“

Jonathan Hastings murmelte etwas Unverständliches und zeigte mit einer jovialen Handbewegung auf einen Bürostuhl, auf dem ein Stapel Fachzeitschriften lag. Robert nahm den Stapel und legte ihn auf den Schreibtisch.

„Sie haben mir in Hongkong einiges über die verschiedenen Zellen der Versuchsreihe erzählt. Aber der Durchbruch kam doch wohl mit den Versuchen, die das fehlende Laborbuch C-13 dokumentierte. Welche speziellen Zellen wurden für diese Testreihe verwendet?“

„Ich habe die Reihe nicht näher erläutert, weil sie sehr kompliziert ist“, erklärte Hastings. „An der Reparatur unserer Zellen sind in etwa fünftausend von den dreißigtausend Genen beteiligt, über die wir Menschen verfügen“, fuhr er fort. „Gene sind keineswegs so starr, wie man früher annahm. Durch das, was wir tun, das, was wir essen, kann dieses Genom verändert werden. Das geschieht *nicht* durch einen Prozess in den Genen, sondern dadurch, dass diese Gene an- und abgeschaltet werden. Man spricht dabei von epigenetischen Faktoren. Welche Gene ab- und angeschaltet werden, hängt somit von äußeren Einflüssen ab.“

„Ich verstehe. Wenn Rebu 12 den Schalter betätigen kann und dadurch diese epigenetischen Faktoren beeinflusst, wären wir mit dem Wirkstoff dann nicht auch in der Lage, genetisch bedingte Erkrankungen zu behandeln?“, wollte er wissen.

„So ist es, Herr Faber. Und um Ihre Eingangsfrage zu beantworten: Hún Xìnrèn hat diese In-vitro-Versuche, also die Untersuchungen im Labor, mit den Zellen von Hutchinson-Gilford-Patienten durchgeführt.“ Er zog eine blaue Mappe aus einem Stapel Unterlagen hervor und reichte Faber eine Fotografie. „Die Eltern dieser Kinder hoffen darauf, dass ihnen eines Tages unsere Forschung eine Lösung präsentiert und sie sie länger als nur zehn oder elf Jahre um sich haben. Es sind wunderbare Kinder, die ihr Schicksal mit Würde tragen. Die Jungen und Mädchen, die ich kennengelernt habe, sind intelligent, liebenswert und immer gut gelaunt. Ich habe den Eltern keine Hoffnung gemacht, sie nur gebeten, uns zu helfen, weil wir hoffen, mit Rebu 12 den Verlauf der Progerie-Erkrankung beeinflussen zu können."

Robert hatte sich vor vielen Jahren im Rahmen einer Fortbildungsveranstaltung mit den Fakten dieser seltsamen Erkrankung vertraut gemacht, soweit erforderlich, aber selbst der trockene, sachliche Ton des Biogenetikers konnte seine Erschütterung beim Anblick des Kindes nicht verhindern. Wie schon einmal zeigte ihm Hastings den Kreislauf des Lebens. Eine Reise durch den DNA-Strang eines Kindes, das an frühzeitiger Vergreisung litt. Er geriet völlig in den Bann einer für ihn noch immer völlig unverständlichen Erkrankung.

„Wer außer Ihnen weiß noch etwas über diesen Schaltereffekt von Rebu 12 ... hm ... diesen unglaublichen Nebeneffekt?"

„Nur Hún Xìnrèn. Die Versuchsreihe unterliegt der höchsten Geheimhaltungsstufe. Niemand hat die gesamte Dokumentation gesehen. Eine Testreihe stand noch aus. Hún hat im Laborbuch C-13 seinen letzten Versuch an fünfzig Mäusen dokumentiert."

„Das ist unglaublich, Dr. Hastings!"

Hastings grinste verlegen.

„Was ist denn das für eine entsetzliche Erkrankung?", fragte Pieter van der Hulst, als Jonathan Hastings das erste Dia auf die Leinwand projizierte.

Robert schaute in die Runde. Im Moment präsentierte Hastings dem Auditorium das Bild des Kindes und besaß die volle Aufmerksamkeit der Männer. Auch Kate hörte konzentriert zu.

„Das Dia zeigt ein Mädchen mit den typischen Kennzeichen der Progerie-Erkrankung. Progerie ist eine sehr seltene, aber umso eindrucksvollere Erkrankung, bei denen gesund geborene Kinder eine schnelle und vorzeitige Alterung im Zeitraffertempo durchleben. Seit der Entdeckung des Gens zur frühkindlichen Vergreisung wollen Wissenschaftler auf der ganzen Welt der rätselhaften Krankheit auf die Spur kommen."

Die Konferenztür wurde leise geöffnet. *Das muss Dr. Bender sein,* dachte Robert. Die Lufthansa-Maschine aus Berlin war mit einer halbstündigen Verspätung gelandet.

„Die Krankheit wurde erstmals 1886 von Hutchinson und Gilford beschrieben und nach ihren Entdeckern benannt", erläuterte

Hastings, der sich nicht ablenken ließ.

„Schön, dass Sie kommen konnten, Dr. Bender“, flüsterte Robert und zeigte dem Vorstandsvorsitzenden der Prokaryo den freien Platz neben Kate Corvey.

Bender setzte sich und flüsterte Kate etwas ins Ohr. Sie nickte kurz, konzentrierte sich dann aber wieder auf den Vortrag.

„Die ersten Symptome zeigen sich bereits im Säuglingsalter; Längen- und Gewichtswachstum bleiben zurück, die Haut wird dünn und brüchig, die Haare fallen aus. Das Unterhautfettgewebe schwindet, die Muskulatur verkümmert, die Gelenke versteifen frühzeitig“, fuhr Hastings fort. „Das Gesicht wird greisenhaft, ist klein und geschrumpft, die Nase steht schnabelförmig vor, die Augenbrauen verschwinden, die Augen liegen tief in den Höhlen, die Schädelvenen springen deutlich hervor. Das Gebiss verkümmert, Finger- und Fußnägel unterliegen dem Gewebeabbau. Hinzu kommen Arterienverkalkung und Osteoporose, die den Bewegungsapparat der Kinder schon früh einschränken und das Gehen erschweren. Die häufigsten Todesursachen sind Herzinfarkt und Schlaganfall, die bereits im Kindes- oder Jugendalter auftreten. Der Alterungsprozess verläuft fünf- bis zehnmal schneller als beim gesunden Menschen. Viele Phänomene des normalen Alterns treten bei Progerie-Kindern jedoch nicht auf; so ist das Tumorrisiko nicht relevant erhöht, und auch neurodegenerative Erkrankungen wie Alzheimer kommen kaum vor. Progerie ist damit also keine exakte Kopie des üblichen Alterungsprozesses.“

„Was ist denn die Ursache für das rasche Altern?“, fragte Pasternek mürrisch.

„LMNA – ein nüchterner Name für einen unheimlichen Übeltäter, der die Zellen der Kinder zerstört. Als einzelnes Gen weist es bis zu zehn verschiedene Ausprägungen auf. Die Veränderung der Erbsubstanz wird durch einen Störimpuls hervorgerufen. Wo dieser Impuls auftritt, erkranken die Organe. Die Ursache ist eine sogenannte Punktmutation, die zu einem veränderten Splicing führt …“

„Splicing? Was ist das denn schon wieder?“, unterbrach Pasternek.

Dr. Hastings schaltete den Diaprojektor aus. „Sie können es auch Weiterverarbeitung nennen. Das veränderte Splicing des Lamin-A-Gens führt zu einem verkürzten Protein Lamin A. Lamin A wiederum ist ein regulatorisches Protein. Wenn Rebu 12 die Punktmutation kuriert, bedeutet das, Rebu 12 übernimmt die Funktion des defekten Lamin A.“

Pieter van der Hulst hob die Hand. „Für mich sind das böhmische

Dörfer. Ich verstehe nicht viel von Lamin A und all diesen Dingen."

Jonathan Hastings nickte. Er ging an die Tafel, nahm ein Stück Kreide und schrieb: *ICH MAG NUR EIS.*

„Wenn wir diesen Satz betrachten", fuhr er fort, „ergibt er einen Sinn. Jedes Wort besteht aus drei Buchstaben. Ähnlich liegt die Information auch auf einem Gen vor, im sogenannten Triplett-Codon zusammengefasst. Wenn wir nun einen Buchstaben hinzufügen, aber immer noch darauf achten, dass wir Drei-Buchstaben-Wörter bilden wollen, verschwindet die Information des Satzes. In diesem Beispiel füge ich hinter dem Wort ICH den Buchstaben X hinzu: ICH XMA GNU REI S." Die gebannte Aufmerksamkeit aller Anwesenden war nun auf Hastings gerichtet.

„Wenn wir im Ursprungssatz nach dem Wort ICH den Buchstaben M löschen, aber die Drei-Buchstaben-Regel beibehalten, ergibt der Satz ebenfalls keinen Sinn mehr: ICH AGN URE IS." Hastings wandte sich an das kleine Auditorium. „Ähnlich verhält es sich, wenn in einem Gen eine Base, ein Baustein der DNA, hinzufügt wird. Die genetische Information kann nicht mehr sinnvoll abgelesen werden. Rebu 12 greift dort ein, wo sich eine der möglichen Ausprägungen eines Gens auf einem Chromosom befindet. Diese Ausprägung nennt man Allel. Bereits ein einziges defektes Allel reicht aus, um die Krankheit zu verursachen. Rebu 12 repariert den Schaden und verhindert somit den Ausbruch der Erkrankung. Die Base wird dem Gen nicht zugefügt, oder noch einfacher ausgedrückt: Die Drei-Buchstaben-Wort-Regel wird beibehalten."

Ein Raunen ging durch den Konferenzraum.

„Das verschlägt mir die Sprache, Dr. Hastings. Wenn das alles auf Rebu 12 zutrifft, ist der Wirkstoff eine revolutionäre Entwicklung", sagte van der Hulst. „Hún Xìnrèn hat das Unsterblichkeitsenzym entschlüsselt. Die Gründe für seine Ermordung liegen somit auf der Hand. Gier, Habsucht, Milliardenumsätze, der Missbrauch von Macht, um nur einige zu nennen." Mit einem Mal grinste er. „Ich glaube es nicht. Das Unsterblichkeitsenzym!"

Augenblicklich wurde Robert klar, was ihn so eigenartig berührte, seit er den Raum betreten hatte. Alle hatten ihr Bedauern bekundet, Entsetzen und Schock über Hún Xìnrèns Ermordung gezeigt, gleichzeitig war aber eine Atmosphäre von unterdrückter Erregung zu spüren, etwas wie – Robert fand kein anderes Wort dafür – Gier. Alle hatten sie fein säuberlich Hastings' Erläuterungen ausgebreitet, daneben einen Ausdruck der aktuellen Aktienkurse diverser gentechnologischer Unternehmen und den aktuellen Tageskurs der Faber-Aktie. Eine Firma mit einer Substanz, die das Altern aufhalten konnte und gleichzeitig einen hohen therapeutischen Nutzen aufwies, brauchte dringend das Vertrauen der Banken. Aber wenn diese Tafelrunde das Richtige im Sinn hatte, weshalb sträubten sich ihm die Haare, wenn er sie nur ansah? Sie standen alle unter Schock, aber nicht wegen Húns Ermordung. Diese Männer sahen die Aktienkurse fallen und wegen der Hongkonger Diebstähle das eigene investierte Kapital schrumpfen. Nach der Sitzung würde jeder in sein Leben zurückkehren, unter ihnen Pasternek, der nach Hastings' Vortrag mit mürrischem Gesichtsausdruck der Vertragsunterzeichnung mit Prokaryo für Polen zustimmte. Seine Augen verrieten nichts als kalte Habgier.

In Fabers Büro unterzeichneten nach der Konferenz Jakob Bender und Kate Corvey den Letter of Intent mit seinen Geheimhaltungsklauseln und danach die Outsourcing-Verträge. Robert legte seinen Füller beiseite.

„Eine Zusammenarbeit könnte vielleicht gefährlich werden", sagte Robert mit ernster Miene. „Ich muss Ihnen das sagen, damit Sie wissen, worauf Sie sich einlassen."

„Wir sind nicht besonders ängstlich veranlagt, Herr Faber", erwiderte Jakob Bender gelassen. Er nahm seine rot geränderte Brille ab und säuberte sie mit einem karierten Taschentuch. „Eines verstehe ich allerdings nicht. Irgendetwas sagt mir, dass Hún Xìnrèn nicht wegen einer Rebu-12-Testreihe getötet wurde, die sich mit der koronaren Herzerkrankung befasste. Das ist Blödsinn. Das Herz spielt in diesem Fall als Organ doch wohl eher eine untergeordnete Rolle, wenn man bedenkt, welche Vorlieben Ihr Freund hatte", ergänzte er trocken.

„Dr. Bender! Bitte!" Kate Corvey war empört über diese Dreistigkeit.

Robert lächelte gequält. Er schätzte Jakob Bender auf ungefähr vierzig Jahre. Er war nicht besonders groß, eher schmächtig und hatte eine wohlklingende Stimme. Die kastanienbraunen Haare, die ohne erkennbaren Schnitt und viel zu lang in sein schmales Gesicht hingen, und seine große, rot geränderte Brille irritierten Robert ein wenig. Benders Wangen und sein Kinn bedeckte ein dunkler Dreitagebart. Der Vorstandsvorsitzende schien keinen sonderlichen Wert auf sein Äußeres zu legen und erinnerte an Jonathan Hastings. Die schlecht sitzende Kleidung tat ein Übriges. Das weiße Hemd hing ihm lose am Körper, die schmale lilafarbene Krawatte war nachlässig gebunden, die Hose, grau mit breiten schwarzen Streifen, mochte vor fünfzehn Jahren modern gewesen sein. Dazu trug er graue Cowboystiefel. Doch Faber ließ sich nicht von Äußerlichkeiten beeinflussen.

Bender hob die Augenbrauen, setzte seine Brille wieder auf und kratzte sich die Wange. „Sorry, Herr Faber. Mein Temperament geht manchmal mit mir durch, und meine liebe Kate bringt mich wieder zur Räson. Vielleicht liege ich mit meiner These vollkommen daneben. Können Sie den Kreis der Verdächtigen nicht einschränken? Wer wusste von Rebu 12 und seinem besonderen Wirkmechanismus?"

„Zwei Mitarbeiter von Hún Xìnrèn in Hongkong, Dr. Yàn Meí und Dr. Hastings. Das Gesamtprojekt kennt jeder, der im Labor arbeitet, aber dort wurde es als Herztherapeutikum lanciert. Hinzu käme noch unser Rebugen-Spezialist."

„Rebugen?", fragte Bender.

„Rebugen ist eine spezielle, auf unsere Forschungsprojekte abgestimmte Software. In Hongkong wurde die Datensicherung manipuliert, und somit ist auch dieser Mitarbeiter verdächtig. Alle Angestellten werden derzeit vom Hongkong Police Department überprüft", antwortete Faber.

Bender zuckte mit den Schultern und nickte. Er stand auf und glättete mit den Händen sein Hemd. „Unschöne Geschichte", murmelte er. „Ich muss mal an die frische Luft, Herr Faber. Wir sehen uns dann in Berlin."

Kate sah Bender erstaunt an. „Wir fliegen mit der gleichen Maschine, Jakob. Wollen wir nicht zusammen zum Flughafen fahren?"

„Ich fahre mit dem Bus. Ist lustiger, Kate." Er nahm seine Aktentasche. „Auf Wiedersehen, Herr Faber", verabschiedete er sich und reichte Robert die Hand.

„Ich wünsche Ihnen einen guten Flug, Dr. Bender", sagte Robert.

Dann nickte Bender Kate zu. „Wir sehen uns am Flughafen."

Robert runzelte die Stirn. „Was für ein Mann", stellte er fest, nachdem Bender gegangen war. „Kann ihn überhaupt irgendwas erschüttern?"

Kate lächelte. „Dr. Bender ist zwar ein bisschen schrullig, aber auf seinem Gebiet eine Koryphäe. Man kann sich auf ihn verlassen." Sie schaute auf ihre Armbanduhr. „Könnten Sie ein Taxi ..."

„Ich werde Sie zum Flughafen begleiten", unterbrach er sie und drückte den Knopf der Sprechanlage. „Maja, würden Sie bitte den Wagen vorfahren lassen?"

„Ein Wagen zum Flughafen wäre schön, aber Sie müssen mich nicht begleiten. Ich will Ihnen einen Vorschlag machen. Haben Sie kommendes Wochenende schon etwas vor?"

Robert schaute rasch in seinen Terminkalender. „Nein."

Sie nahm ein leichtes Zittern in seiner Stimme wahr. „Was halten Sie davon, wenn Sie und Dr. Hastings nächsten Freitag nach Berlin kommen? Dr. Bender und ich haben bis dahin sicher die wichtigsten Vorbereitungen getroffen. Dr. Hastings wird überrascht sein, wie effektiv unsere Laborroboter arbeiten. Dann könnten wir Hún Xìnrèns Unterlagen gemeinsam durchsehen."

„Ich nehme Ihre Einladung gerne an, Frau Corvey, zumal ich gerne in Berlin bin. Es ist eine interessante Stadt."

„Ja, das finde ich auch. Dann wäre das geklärt. Wenn die Forschungsergebnisse das halten, was sie versprechen, ist die Bandbreite der therapeutischen Möglichkeiten unermesslich. Das kann ich Ihnen schon jetzt versichern. Jonathan Hastings' Vortrag war beeindruckend", sagte sie nachdenklich und strich sich mit dem Zeigefinger über die Nase.

Robert nickte. „Was wirklich in den Zellen dieser kranken Kinder passiert, dass sie so schnell altern, können wohl nur Wissenschaftler richtig deuten", meinte er ein wenig ratlos.

„Forscher überall auf der Welt haben sich bislang vergeblich um die Lösung dieses Problems bemüht. Sogar unsere diesjährigen Nobelpreisträger sind der Wahrheit nur geringfügig nähergekommen. Um die Erkrankung zu verstehen, muss man sich die Zellteilung ansehen. Zu Beginn muss der Doppelstrang der DNA aufgespalten werden. Die Trennung geschieht durch ein Enzym. Beim Progerie-Erkrankten funktioniert dieses Enzym nicht richtig. Es entstehen Brüche und Lücken, die DNA kann nicht mehr richtig abgelesen werden, und weitere Zellteilungen sind nicht mehr möglich. Fazit: Der Körper altert."

„Das war für mich eine viel verständlichere Erläuterung als die Drei-Buchstaben-Wort-Regel von Jonathan Hastings", meinte er lächelnd. „Kommen Sie, ich werde Sie noch zum Wagen begleiten."

Zu dieser Stunde wartete kein Journalist mehr vor dem Konzerngebäude.

„Ich danke Ihnen, dass Sie dieses kurzfristige Treffen möglich machen konnten", sagte Robert und verabschiedete sich mit einem Händedruck und einem warmen Lächeln. „Und ich freue mich auf ein gemeinsames Glas Wein."

Kate stieg ein. „Oder auch zwei. Bis nächstes Wochenende."

„Auf Wiedersehen, Kate."

Während die Limousine lautlos mit majestätischer Selbstverständlichkeit die Auffahrt in Richtung Flughafen Düsseldorf verließ, schaute Kate sich noch einmal um.

Robert sah das Lächeln, das ihre Mundwinkel umspielte, und winkte ihr zu. Dann ging er wieder hinein. Im Büro warf er sein Jackett ab, lockerte seine Krawatte und goss sich einen Jim Beam ein. Wie flüssige Seide rann der erste Schluck hinunter und löste die Anspannungen der letzten Tage. Er betrachtete durch das große Fenster seines Büros den sich neigenden Tag. Der Blick in die Gartenanlage der Faber AG verdrängte für den Bruchteil einer Sekunde seine augenblickliche Gemütsverfassung, die dem Tiefgang eines U-Boots glich. Es war ein milder Herbsttag, der Rasen glich noch immer einem zartgrünen Teppich. Der Gartenteich war ein Traum aus trübem Wasser und geschlossenen Seerosen. Birken umrahmten einen Teil des Teichs und schimmerten als dunkles Spiegelbild auf der Oberfläche.

Plötzlich wurde er sich der ungeheuren Verantwortung bewusst, die die Entdeckung von Rebu 12 mit sich brachte. Er konnte nicht einfach zur Tagesordnung übergehen. Es half nicht, über den Zusammenhang zwischen Wissenschaft und Mord zu reden, wenn bei der Forschung die Macht dieser neuen Substanz ethisch-moralische Grundsätze verdrängte. Er blickte zum Himmel und sah einen Vogel mit roten Flügeln in der Luft schweben. Normalerweise hätte er diesen Kontrast als schlechtes Omen gedeutet, doch heute sah er nur das sanfte Rot der Flügel, das ihn an Kates Haar erinnerte.

Kate. Er glaubte, dass er mit einer Frau wie ihr an seiner Seite ein beneidenswert glücklicher Mann werden könnte. Schon seit ihrer ersten Begegnung spürte er Zugehörigkeit. Das war das natürliche Gleichgewicht des Lebens: Zugehörigkeit bedeutete Wärme, Verständnis und Angenommensein. Er hatte sich verliebt und … vermisste sie schon jetzt.

Kapitel 15

Charité Berlin, 15. Oktober 2011

Zum Glück kennt der Pförtner den Weg, dachte Dr. Bernhard Merrick. Zwischen den großen Plakaten, die den Ärztestreik an der Charité begleiteten, fiel das kleine Schild, das zum Multimediaraum wies, kaum auf. Calum würde ihm einen Platz freihalten.

Merrick sah auf seine Armbanduhr. Kurz vor vier. Die Pressekonferenz der Global Gen war eine Stunde zuvor einberufen worden. Nur eine Handvoll Journalisten hatte es in der kurzen Zeit geschafft, rechtzeitig zu erscheinen.

Als Mitglied des Kuratoriums von Lux Humana wurde Bernhard Merrick von seinen Informanten über jede Neuigkeit aus der Genforschung auf dem Laufenden gehalten. Er wunderte sich, dass der Raum so voll war. In den hinteren Reihen drängten sich Damen und Herren in weißen Kitteln. Die Ärzte des Klinikums wollten dabei sein, wenn ihre Kollegen das bekanntgaben, was ein echter „Durchbruch" in der Stammzellforschung werden könnte. Eigentlich sollte das erst in einer Woche publik werden, denn die Veröffentlichung in der *Medical Tribune* war für kommenden Mittwoch geplant. Doch dann war ein von Global Gen lancierter Bericht in der *Frankfurter Allgemeinen Zeitung* erschienen, der das verhängte Embargo brach, und die Redaktion der *Medical Tribune* gab die Ergebnisse vorzeitig frei. Wissenschaftler und Journalisten in aller Welt rätselten seit Freitagmittag, wer denn wohl Dr. Karl-Friedrich Mahler sei.

Vom Leiter des Berliner Teams, dem Direktor der kardiologischen Abteilung, hatten selbst Stammzellexperten noch nichts gehört. Und schon gar nicht von der jungen Niederländerin Swantje de Moor, die am Rednerpult die Fragen der Journalisten beantwortete.

Merrick entdeckte Calum in der vordersten Reihe und setzte sich neben ihn. Sie musterten die niederländische Biogenetikerin, die Merrick in ihrem dunkelgrauen Kostüm eher langweilig erschien.

„Sei nett zu ihr", sagte Calum hinter vorgehaltener Hand. „Du wirst dich wohl oder übel mit ihr amüsieren müssen. Wir wollen herausfinden, wie weit ihre Forschungen gediehen sind und ob sie uns etwas bringen."

Merrick nickte gequält. Swantje de Moor war sichtlich gut gelaunt und schenkte den Fotografen der *Bild*-Zeitung immer wieder ein

Lächeln. *Ein grässlicher Anblick, wenn sie den Kameras ihren Überbiss zeigt,* dachte Merrick. Am Ende gab es Blumen für sie. Dann stürmte das Fernsehen den Raum, und man war auf Sendung. Calum nickte, und Bernhard Merrick schaltete sein Aufzeichnungsgerät ein.

„Herr Professor Mahler, wie kommt ein Herzspezialist auf die Idee, in Hoden von Mäusen nach Stammzellen zu suchen?", fragte der Berichterstatter der ARD.

„Wir beschäftigen uns eigentlich mit der Herzregeneration. Wir versuchen Zellen zu züchten, mit denen Herzschwächen behandelt werden können. Weil Keimzellen im Hoden grundsätzlich alle Zelltypen des Körpers bilden können, entstand die Idee, aus diesem Gewebe Spermienvorläufer zu isolieren. Mit Swantje de Moor haben wir eine exzellente Stammzellbiologin. Im Januar vergangenen Jahres hat Dr. de Moor beobachtet, wie sich Zellen entwickelten, die aussahen wie die von embryonalen Stammzellkulturen der Maus. An denen hat sie die ‚Methode der hängenden Tropfen' angewandt. Die Zellen zeigten dabei ihr unglaubliches Potenzial: Sie verwandelten sich in schlagende Herzzellen, in Nerven-, Haut- und Leberzellen."

„Die *Medical Tribune* hat Ihre Veröffentlichung sicher besonders kritisch beäugt. Denn Ihre Arbeit landete just zu dem Zeitpunkt in der Redaktion, als Dr. Hún Xìnrèn in Hongkong ermordet wurde."

Mahlers Kieferknochen arbeiteten kaum sichtbar. „Ja, das ist eine schlimme Geschichte. Ich habe allerdings kaum Kenntnis von seinem Forschungsstand. Unser Glück war, dass unlängst einer unserer koreanischen Kollegen als Fälscher enttarnt wurde und die Gutachter deswegen alles ganz genau überprüft haben. Keimzellen aus dem Hoden haben ein unglaubliches Potenzial."

Der Journalist hob die Augenbrauen und sah Mahler durch die Brillengläser provozierend an. „Maus ist Maus! Lässt sich das Verfahren auf den Menschen übertragen, sind Embryonenversuche überflüssig, Professor Mahler? Wäre eine Entnahme von Spermienvorläuferzellen aus den Hoden von Männern überhaupt machbar?"

Mahler kam in Fahrt. „Absolut. Wir haben schon erste Proben isoliert und sind derzeit dabei, die Zellen zu kultivieren. Das Rezept ist ja nun öffentlich und von jedem Forscher auf der Welt nachzuvollziehen."

„Haben Sie das Verfahren schon patentiert?"

„Ja, das Patent ist angemeldet."

„Was sind die nächsten Schritte?"

Calum und Merrick hatten genug gehört. Sie wussten, dass Mahler und de Moor der Presse nur Appetithäppchen präsentierten.

Männliche Hoden als Quelle für Stammzellen. Dahinter steckte viel mehr. In der Klinik Na Stacain waren sie schon viel weiter gediehen. Sie hatten eine siebzehnjährige, todkranke Herzschock-Patientin erfolgreich mit Stammzellen aus ihrem eigenen Knochenmark behandelt, nachdem Gordons Forever-Injektion einen schweren Herzinfarkt ausgelöst hatte. Jetzt war das Mädchen wieder auf Torrisdale Castle und tanzte zu den Klängen von Astor Piazzola leidenschaftlich Tango.

„Knöpf sie dir vor, Bernhard. Finde heraus, was sie tatsächlich weiß. Ich muss los. Charis wartet in Düsseldorf", raunte Calum.

Bernhard runzelte die Stirn. „Charis ist in Düsseldorf? Wie geht es ihr denn?"

„Lass das! Ich weiß, dass du sie nicht ausstehen kannst. Sag mir lieber, was meine kleine Mairead macht."

Merrick entging das leichte Vibrieren in Calums Stimme nicht. Er liebte dieses Kind, das seit neun Jahren seine Patientin war. Gefühle der Hingabe, Herzenswärme und Zärtlichkeit erfassten ihn, wenn Mairead sich in seiner Nähe aufhielt.

„Sie lässt dich grüßen und freut sich auf deine Heimkehr. Ich soll dir sagen, dass du ihr fehlst. Und ..."

„Sorry, aber ich bin wirklich spät dran", unterbrach Calum und verabschiedete sich. „Ich muss wirklich los."

Mistkerl, dachte Merrick. *Du glaubst wohl, du kannst mich für dumm verkaufen, wie damals vor zehn Jahren.* Mitunter führte ihm – sobald er an die Vorfälle von damals dachte – ein unkontrollierbarer Teil seines Gehirns das Bild einer schwangeren Frau vor Augen, die vor zehn Jahren zufällig die Klinik Na Stacain betreten hatte, eine sinnliche junge Frau kurz vor der Entbindung, weit offen für sein hämmerndes, stoßendes Begehren: Kate Corvey.

Schon als sie die Stufen zum Eingangsportal der Klinik hinaufgeschritten war, hatte er überlegt, wie er ihren Leib entleeren könnte. Neunzig Prozent aller Schnitte waren Dammschnitte. Die Schnittführung sollte möglichst gerade sein. Aber ihr Körper hätte bei der Geburt an Makellosigkeit eingebüßt, hätte er nicht alles getan, um die Schönheit dort unten zu erhalten. Damals war er Feuer und Flamme für sie gewesen. Noch einmal rief er sich nach all den Jahren Kates Körperbau ins Gedächtnis. Sie hatte einen ausgesprochen engen Geburtskanal gehabt.

Zu Nirvanas *Come as you are* umfassten seine Hände ihre Knöchel, spreizten die Beine und berührten ihre intimsten Stellen. Er führte seine Zunge tief in sie hinein, biss in ihre Brustwarzen und Brüste, aus denen bald die Milch fließen sollte. Seine Zähne hinterließen Spuren. Sie bekam nichts von alldem mit.

Offiziell leitete er die Narkose aber erst ein, als Sally den OP betrat, um ihm zu assistieren. Er injizierte der jungen Schwangeren einen Arzneicocktail, der sie in einen tiefen Schlaf versetzte. Dann führte er das Skalpell an die Bauchunterseite und machte einen halbmondförmigen Schnitt. Die Eröffnung der Bauchdecke, der Bauchhöhle und der Gebärmutter führte er stumpf mit den Fingern durch, damit Gefäße und Nerven geschont wurden. *Come as you are. As I want you to be,* sang Kurt Cobain im Hintergrund.

Nur wenige Minuten später hielt er ein Mädchen in seinen Händen. Er ließ Sally, die sich im OP II um Ashley kümmerte, am ersten Schrei des Kindes teilhaben, der ungeahnte Glücksgefühle in ihm auslöste. Ein zusätzliches Trauma des Beckenbodens hatte er nicht verhindern können, weil er die im Dammbereich verlaufenden Blutgefäße und Nervenbahnen durchtrennen musste. Es war zu einer unbeabsichtigten Blutung und Störungen der Nervenbahnen gekommen.

„Achtung, Blutung! Scheiße“, hörte er Sally sagen.

Dann hatte bei Kate Kammerflimmern eingesetzt.

„Adrenalin eins zu zehn. Schnell.“ Merrick schaute auf die Uhr. Präzise setzte er die Nadel an und injizierte das Adrenalin. „Keine Reaktion!“

„Herzmassage einleiten!“, herrschte Sally ihn an.

Er führte die Herzdruckmassage durch, wobei sein dunkles Haar mit jedem Stoß nach vorn schnellte. „Eins ... zwei ... drei. Vier ... fünf. Eins ... zwei ... drei. Vier ... fünf. Eins ... zwei ... drei. Vier ... fünf.“

Keine Reaktion.

„Verdammt noch mal, das darf doch nicht wahr sein!“ Sally war außer sich. „Das Narkotikum. Das ist eine Spätreaktion auf das Narkotikum. Wieso hast du das nicht früher bemerkt?“

Merrick zuckte mit den Schultern.

„Du Vollidiot!“, schrie Sally. Ihre dunklen Augen starrten ihn wutentbrannt an. „Wenn sie stirbt, hast du das zu verantworten! Hol Calum! Er soll dir assistieren“, schnauzte sie, rümpfte die schmale Nase und warf ihre blonden Kräusellocken in den Nacken.

Während Merrick Kate weiter mit dem Skalpell bearbeitete, beobachtete Calum durch die große Fensterscheibe das blutige Spektakel. Er zog sich rasch um und betrat den OP.

„Verschwinde, Merrick!“, herrschte Calum ihn an, worauf er wütend das Skalpell auf den Boden warf und den OP verließ.

Als Sally zwei Stunden später aus dem OP kam und ihm eröffnete, dass auch das Baby in Gefahr sei, hatte Merrick zum ersten Mal in seinem Leben so etwas wie Bedauern empfunden, den Fehler, der die massiven Blutungen bei Mutter und Kind verursacht hatte, nicht rechtzeitig erkannt zu haben. Diese Bilder hatten sich in seine Erinnerung gebrannt, wie Sallys Schreie, deren Klänge sich seit jener Nacht mit seinem pochenden Herzschlag verbanden.

In derselben Nacht wurde ein zweites Kind entbunden, nur einige Räume weiter. Die Umstände waren nicht weniger unglücklich gewesen.

„Sind wir uns schon einmal begegnet?"

Eine weibliche Stimme holte Bernhard in die Gegenwart und in den Multimediaraum zurück. Swantje de Moor stand nervös lächelnd vor ihm. Bei ihrem Anblick wurde ihm fast übel. Er erhob sich von seinem Platz. *En garde!*

„Nein", antwortete er mit rauchig sanfter Stimme. „Und das bedauere ich zutiefst. Mein Name ist Bernhard Merrick, und ich bin schon jetzt ein Fan von Ihnen."

Er reichte ihr die Hand, sah ihr tief in die Augen und dachte: *Sie wird meinem Charme erliegen.*

Als Kind sei er schon charmant, putzig, zum Knutschen gewesen, hatte seine Mutter einmal behauptet. Er bezauberte seither die Menschen mit seinem Lächeln. Selbst wenn er als Kind schrie und quengelte, ärgerten sich die Erwachsenen nicht. Die Freundinnen seiner Mutter nahmen ihn dann auf den Schoß und drückten ihn tröstend an ihre Brust. Wenn er dann auch noch über die Wölbung eines üppigen Busens den besonderen Duft einer Frau wahrnahm – vielleicht leicht pudrig oder blumig, fruchtig, süß, warm –, wickelte er sie mit sommersprossigem Gesicht und riesigen Vergissmeinnichtaugen um den Finger. Noch mehr Zuneigung erhielten die Frauen, wenn ihr Hals eine Perlenkette schmückte. Seine Mutter hatte immer eine Perlenkette getragen, mit der seine Finger unentwegt spielen mussten, wenn er auf ihrem Schoß saß. In der Pubertät litt er wie jeder Teenager an dem Ungenügen der Welt, hielt es nur in seinem Traum vom großen Glück aus und war für seine Umwelt meist schwer erträglich. Aber die Mädchen seines Alters liebten ihn dennoch.

Heute konnte er der unansehnlichsten Frau das Gefühl geben, sie sei eine Göttin. Er nannte sie mit einem jungenhaften Lächeln „meine Orchidee", „meine duftende Rose", „mein Lichtschein" oder „mein Sonnenaufgang". Das waren Worte, die sich sofort wie kleine Raupen in der Bauchgegend seiner Opfer einnisteten und zu Schmetterlingen wurden. Er liebte die Frauen, aber Swantje de Moor war einfach nur ein Brechmittel, kein Busen, keine Perlenkette.

Merrick sprach einige Worte mit der blonden Wissenschaftlerin und gab ihr seine Visitenkarte. Eine Fernsehkamera wurde auf ihn gerichtet. Er schenkte dem roten Lämpchen der Linse sein schönstes Lächeln und verließ erhobenen Hauptes den Multimediaraum. Am Ausgang drehte er sich noch einmal um und winkte Swantje de Moor zu. Vor dem Klinikgelände stieg er in ein Taxi, das ihn zum Flughafen Tegel bringen sollte. Plötzlich machte ihm sein Herz Probleme. Es raste. Der Druck in der Brust wurde unerträglich, und er spürte einen stechenden Schmerz, der vom Brustkorb in den linken Arm ausstrahlte. Rasch legte er eine Nitrolingualtablette unter die Zunge, und nach einigen Minuten fiel die Beklemmung von ihm ab. Seit Wochen drängte ihn Sally, einen Kardiologen aufzusuchen. Wozu? Als Arzt wusste er, wann eine Bypassoperation fällig war. Ihm blieb noch eine knappe Stunde bis zum Abflug nach Edinburgh. Er ruhte sich in der Senator-Lounge aus und rief Swantje de Moor an.

„Ich habe es genossen, in Ihrer Nähe zu sein. Ich wusste es schon immer, Swantje. Man muss viele Raupen kennenlernen, bevor man auf einen Schmetterling trifft", hauchte er ins Telefon und vereinbarte mit ihr ein Treffen in Amsterdam.

Kapitel 16

Steigenberger Parkhotel, Düsseldorf, 15. Oktober 2011

Die Abenddämmerung war der Nacht gewichen. Das Mondlicht brach sich in dem dichten Baumbestand, der sich über die gesamte Königsallee erstreckte. Um diese Zeit war die Hotelbar fast leer. Der Barkeeper hielt sich diskret im Hintergrund.

„Du hast eine Menge zu verbergen, Eørgy", sagte Calum leise und betrachtete, wie die Farbe des schottischen Whiskys im gedämpften Licht der Hotelbar goldene Funken sprühte.

„Es ist kompliziert, viel komplizierter, als ich gedacht habe. Die Behörden sind auf uns aufmerksam geworden. Man ermittelt bereits in Polen gegen die Organisation, die für das Kuratorium die Organe besorgt", flüsterte Pasternek. „Wofür brauchst du eigentlich diese Kinderherzen?"

Calum seufzte. „Das geht dich einen verdammten Scheißdreck an. Für neugierige Fragen wirst du nicht bezahlt", zischte er. „Du hast meinen Ausführungen zwar zugehört, Eørgy, sie aber anscheinend nicht verstanden. Lux Humana ist die Schaltzentrale der Wissenschaft. Wir wissen über die Vorkommnisse in Hongkong Bescheid, besitzen Insiderwissen über die Faber-AG, wir haben Einblick in Hún Xìnrèns Forschungsergebnisse, in das Projekt Rebu 12 und die wissenschaftlichen Versuche mit ... Ach, lassen wir das. Glaub mir, wir kennen Freund und Feind besser, als sie sich selbst kennen. Das kostet uns verdammt viel. Das Kuratorium ist deshalb auf die Unterstützung seiner Mitglieder und auf ihre Zuverlässigkeit angewiesen. Du kassierst für deine Dienste außerordentlich und willst doch sicher auch in den Genuss von Forever kommen."

„Reg dich ab. Ich habe für die Organbeschaffung eine andere Quelle aufgetan. Aber das wird teuer. Du musst die Verhandlungen selbst führen. Ich habe auch keine Lust mehr, ständig nach Oslo zu fliegen, wenn wir etwas besprechen müssen."

Calum lächelte. *Selbst die Verhandlungen führen. Du hast sie wohl nicht alle, du verdammter Idiot.* Pasternek würde dem Druck einer polizeilichen Ermittlung nicht standhalten und umkippen. Im Drogenbunker fehlten Rohstoffe für die Herstellung der Arzneimittel, die dem polnischen BtMG unterlagen. Das Betäubungsmittelgesetz schrieb dort für die Entnahme der Opiate eine ordnungsgemäß geführte Dokumentation vor. Jeder Verstoß wurde mit hohen Bußgeldern bestraft. Die polnische Überwachungsbehörde kontrollierte regelmäßig die Drogenbestände der Unternehmen, und sie würde Pasternek in die Mangel nehmen.

Pasternek ließ sein Vermögen im Casino und war ein notorischer Spieler, wusste Calum, denn dem Polen war einmal in Edinburgh die Kopie eines Schuldscheins, ausgestellt von einem illegalen Spielcasino in Warschau, aus der Jackentasche gefallen. Er hatte ihn darauf angesprochen, und noch am selben Abend hatten sie eine Übereinkunft getroffen. Er hatte Pasterneks Schulden bezahlt und die Schuldscheine behalten, als Gegenleistung ging der Pole bereitwillig auf seine Forderungen ein und beschaffte für die Laboratorien in Na Stacain Kinderherzen. Woher sie kamen, interessierte Calum nicht.

Eine Zeitlang trafen die Lieferungen pünktlich ein, bis er vor zwei Monaten entdeckte, dass Pasternek mit dem Glücksspiel nicht aufgehört und begonnen hatte, Firmengelder zu unterschlagen. Er schuldete dem Faber-Konzern mittlerweile fünfhunderttausend Euro. Das illegale Spiel und ein heroinabhängiger Sohn machten ihn zum Risikofaktor. Calum leerte sein Glas.

„Komm, Eørgy. Wir machen einen Spaziergang. Hier haben die Wände Ohren."

Ratingen, in der Nacht

Es stand schlecht um sie. Genau genommen konnte es nicht mehr schlechter werden.

„Es ist unvernünftig von dir zu erwarten, dass ich sofort zu dir eile, nur weil du es möchtest. Mit dieser Einstellung gefährdest du unser Ziel, Charis", hatte Calum vor zwei Tagen am Telefon gesagt. „Willst du das? Denk an Regel Nummer sechs: Sind unsere Lieben und Gedanken nicht eins, so lässt einer nach, und uns trifft die Stille und Bewegungslosigkeit, die Mutter der Schönheit, der Tod!"

Wie konnte er es wagen, Regel sechs auch nur zu erwähnen? Wusste er denn nicht, dass seine unmittelbare Nähe sie schier verzweifeln ließ, weil die Obsession sie ausgesucht hatte – und nicht umgekehrt. Ihr Körper und ihre Seele gehörten allein ihm. Er konnte mit ihr machen, was er wollte.

Charis warf ihr Haar nach hinten und betrachtete sich im Badezimmerspiegel. Das fliehende Kinn und die ausgeprägten Nasenlöcher hatte er vor Jahren korrigiert. Er hatte Knorpel vom

Sockel der Nasenlöcher entfernt und sie enger zusammengefügt. Der Unterkiefer hatte ein Implantat bekommen. Später, auf Torrisdale Castle, kamen die Schmerzen, und sie hatte sich wie ein waidwundes Tier gefühlt, das sich in seine Höhle verkroch und panische Angst hatte, auch nur einen Schritt in die Nacht hinauszutun.

Ihr Körper schmerzte. Sie ging ins Wohnzimmer, die blauen Pillen auf dem Glastisch schienen sie anzugrinsen. Sie überdeckten nur den Schmerz, waren ein kalter Trost. Schweißtropfen rannen ihr den Rücken herunter.

Sie kauerte sich auf der Couch zusammen, die Arme an die Brust gepresst wie ein zusammengerollter Igel, ein Versuch, sich gegen die innere Dunkelheit abzuschotten. Dann richtete sie sich wieder mit Mühe auf, ging zum Fenster und blieb stehen. Sie verweilte dort, eingerahmt von einem Rechteck aus Licht. Plötzlich griff sie durch die Vorhänge, öffnete das Fenster und atmete gierig die frische Luft ein.

Nichts erregt den Jäger so wie die Witterung der verwundeten Beute, dachte sie. Calum war eine verwundete Kreatur, die sich nach dem Bösen sehnte. Die Nachtluft verströmte seinen Geruch. Sie konnte ihn riechen. Sie blickte zur Wand mit dem buddhistischen Wandteppich, den sie vor Jahren auf Torrisdale Castle geknüpft hatte und der den Kreislauf der Wiedergeburten darstellte. Calum war Feuer und Flamme für diese symbolträchtige Darstellung der sechs Daseinsbereiche.

Der Wandteppich entsprach nicht ganz dem Original des buddhistischen Rads des Lebens. Sie hatte in ihrer Darstellung auf die höheren Bereiche verzichtet. Ihr Gott hieß nicht Yama, sondern Calum. Sie lag ihm zu Füßen und war blau dargestellt. Ihre Sichel war kein Symbol des Todes, denn sie erweckte mit den Zwillingen das Leben in Schönheit. Auch sie verfügte nun über fundierte biogenetische Kenntnisse, um die Forschung von Lux Humana zu unterstützen. Und sie war im Besitz von drei Ampullen Rebu 12, die Hún Xìnrèn am Tag seines Todes bei sich getragen hatte. Niemand wusste davon, nicht einmal Calum.

Ursprünglich waren es vier gewesen, aber eine Ampulle hatte sie sich noch in der Nacht vor ihrem Abflug in Hongkong injiziert. Ihre Haut hatte sofort reagiert, war straff und leuchtete. Rebu 12 war die Antwort auf die Frage des Kuratoriums: Wann präsentiert Gordon uns den ersehnten Wirkstoff? Rebu 12 würde sie zu ihrem Ziel führen und Calum auf ewig an sie binden.

Hún Xìnrèn hatte einmal gesagt: „Wenn ich dir heute Rebu 12 injiziere, bist du ab morgen schön." Charis lachte. Der Chinese hatte recht behalten.

Plötzlich hörte sie vor dem Appartement Schritte. *Er kommt,* dachte sie. Die trostlose, auszehrende Zeit war zu Ende. Ihr Spiel würde ihn in Rage versetzen, der Schmerz ihn aufschreien lassen. *Dum spiro, spero – solange ich atme, hoffe ich.*

Sie öffnete die Wohnungstür. Ihr Herz wurde erfrischt durch seinen Anblick. Stark würde sie sein, stark und hart, unnachgiebig, fordernd und kalt, die Augen demütig gesenkt.

„Anam Cara“, flüsterte sie heiser, als seine Lippen sie liebkosten. „Mein Seelenfreund.“

Sie hörte das Klicken einer Gürtelschnalle, das Surren des sich öffnenden Reißverschlusses, das Herabfallen der Hose, ein scharrendes Geräusch, als Calum aus der Unterhose stieg und ihr mit einem Ruck das Kleid vom Körper riss. Sie öffnete die Augen.

Er wartete, dynamisch und sexuell aufgeladen. Sein Lachen war ein frivoles Versprechen. Zärtlich streichelte er ihren Rücken.

„Wo warst du all die Jahre, Baby Blue?“

Die Ironie seiner Worte entging ihr nicht.

„Hättest du die Arme ausgebreitet, wäre ich nach Schottland gekommen, Calum“, hauchte sie.

Er wandte sich ihrem Bauch zu, seine Zunge umkreiste ihren Nabel, folgte dem Weg der feinen Narbenlinie, immer weiter abwärts. Plötzlich hielt er inne. Er drehte sie um, legte die Hand auf ihren Rücken und drückte sie nach unten. Kein Laut kam dabei über seine Lippen. Die Spannung war schier unerträglich, sie war rettungslos verloren, versunken in einer wollüstigen Begierde. Als er in sie eindrang, schossen ihr die Tränen in die Augen.

„Willkommen zu Hause, Calum“, sagte sie leise.

Kapitel 17

Torrisdale Castle, 1996–1998

Charis wollte schlimme Dinge tun und tat sie auch. Und darauf war sie stolz. Sie zielte mit der Schleuder auf Kate. Der Stein traf ihre Schläfe, und Kate fiel einfach um. Das war schön, aber es war auch böse. Dabei wollte sie nicht mehr böse sein, weil sie es Gordon versprochen hatte und er sie dafür beschützen wollte, aber weder Junkie Gordon noch sonst jemand konnte sie vor Nathan beschützen. Nur ihre innere Stimme, die sie „ihr innerer Drache" nannte, sandte Signale, wenn sie auf der Hut sein musste. Er war ihr neuer Freund.

Wenn Gordon wüsste, dass sie Kate mit der Schleuder schwer verletzt hatte oder was sie manchmal dachte und tat, wäre er ihr wohl nicht mehr wohlgesinnt und würde sie womöglich nicht mehr liebhaben. Aber sie war eifersüchtig auf Kate gewesen, weil die Calum unter der Dusche verführt hatte.

Sie hatte sich in Calums Schlafzimmerschrank versteckt und wollte ihn nach seiner Rückkehr von der Uni überraschen, als die beiden plötzlich das Schlafzimmer betreten hatten. Wie gelähmt hatte sie dagestanden und durch die Türsprossen beobachtet, wie er sich Kate genähert hatte …

Calum sah Kate in die Augen, als er sich das Jackett von den Schultern streifte, seine Krawatte löste und beides auf die Couch warf, ohne seinen Blick von der jungen Frau abzuwenden. Er schlang die Arme um sie und zog sie an sich, wild und ungestüm. Er packte ihre roten Haare und zog ihren Kopf nach hinten, um sie mit einer Leidenschaft zu küssen, als hinge sein Leben davon ab. Sein Kuss hatte etwas Verzweifeltes und Ursprüngliches, und dennoch war er sinnlich.

„Du gehst jetzt mit mir duschen", sagte er.

Kate war sich nicht sicher, ob es sich um eine Bitte oder um einen Befehl handelte. „Ja", flüsterte sie.

Er nahm ihre Hand und führte sie aus dem Wohnzimmer quer durch sein Schlafzimmer ins Bad. Er drehte den Wasserhahn auf, dann wandte er sich wie in Zeitlupe zu ihr um und musterte sie. Sein Blick war verschleiert vor Gier.

„Dein Rock gefällt mir. Sehr kurz. Du hast tolle Beine."

Sie streifte sich die flachen Sandalen von den Füßen, während er aus seinen Schuhen schlüpfte und sich duckte, um sich die Socken von den Füßen zu ziehen, ohne den Blick von ihr zu wenden. Der hungrige Ausdruck in seinen Augen raubte ihr den Atem. Dann streifte er seine Hose und die Boxershorts ab und trat beides zur Seite. Seine Hände wanderten zu ihren Schenkeln und zogen ihren Rock hoch. Er schob beide Daumen unter den Saum ihres weißen Baumwollhöschens, dann ließ er sich auf die Knie sinken und zog es nach unten. Der Rock bauschte sich in ihrer Taille, so dass sie von den Hüften abwärts nackt war. Dann machte er sich an den Knöpfen ihrer Bluse zu schaffen.

Sie lächelte ihn an.

Er öffnete den letzten Knopf, streifte ihr die Bluse über die Arme und warf sie zu den anderen Sachen auf dem Haufen. Unvermittelt streckte er die Hände nach ihr aus, drückte sie mit dem Rücken gegen die Wand und küsste ihr Gesicht, ihren Hals, ihren Mund.

Kate spürte die Fliesen im Rücken, als er sich gegen sie presste, eingezwängt zwischen der Hitze seines Körpers und der Kühle der Keramik. Zögernd legte sie ihre Finger um seine Oberarme und drückte leicht zu.

Ein Stöhnen entfuhr ihm. „Ich will dich. Jetzt. Hier. Schnell, hart“, stieß er hervor.

Schwer atmend stand sie da und wartete. Er drückte sich erneut gegen die Wand und begann, die Innenseite ihrer Schenkel zu küssen, während er mit einer Hand ihre Beine spreizte. Ein weiteres Stöhnen drang aus ihrer Kehle. Ihre Finger krallten sich in sein Haar. Seine Zunge kannte kein Erbarmen. Wieder und wieder umkreiste sie beharrlich die empfindsamsten Stellen ihres Körpers. Sie spannte sich an, und unvermittelt ließ Calum von ihr ab. Ihr Atem ging stoßweise.

Sie blickte auf ihn herab, konnte es kaum noch erwarten. Er stand auf, umfasste ihre Schenkel und hob sie hoch.

Sie gehorchte und legte ihre Arme um seinen Hals. Mit einer heftigen Bewegung bohrte er sich in sie. Seine Finger krallten in ihr weißes Fleisch, und sie begann sich langsam zu bewegen, in einem bedächtigen, stetigen Rhythmus, und sie spürte, wie ihr Körper sich aufbäumte und in einem Orgasmus explodierte.

Mit einem dumpfen Stöhnen fand auch er seine Erlösung. Schwer atmend küsste er sie, noch immer in ihr, während sie ihm blinzelnd in die Augen sah.

Als es ihr endlich gelang, seine Züge auszumachen, zog er sich behutsam aus ihr zurück und stellte sich vorsichtig auf die Füße. Inzwischen war das Badezimmer von heißem Dunst erfüllt.

„Du scheinst dich ja mächtig zu freuen, mich zu sehen“, sagte Kate und lächelte verschämt.

„Ja. Ich glaube, meine Freude ist unübersehbar. Und jetzt ab unter die Dusche", sagte er und schmunzelte. Der Ausdruck in seinen Augen war warm und weich. „Geht es dir gut, Kate?"

„Ich möchte alles von dir, Calum. Alles", antwortete sie.

Ihre Antwort brachte ihn ein wenig aus dem Konzept. „Niemand bekommt alles von mir, aber du berauschst mich, betörst mich."

Er ergriff ihre Hand, zog sie unter die Dusche und grinste, als der Strahl auf sie niederprasselte. Es fühlte sich herrlich an.

„Dreh dich um", sagte er und drehte sie mit dem Gesicht zur Wand. „Ich will dich waschen!" Er nahm das Duschgel und drückte einen kleinen Klecks in seine Hand.

„Ich musste dir noch etwas sagen", murmelte sie, als seine Hände über ihre Schultern glitten. Sie holte tief Luft und wappnete sich.

Calum hielt inne. Einen kurzen Moment verharrten seine Hände auf ihren Brüsten.

„Ich wünsche mir so sehr, dass wir ein Paar werden. Ich liebe dich", sagte sie leise.

„Nein, Kate. Du glaubst, mich zu lieben. Was uns verbindet, sind die Teenagerjahre und ein bisschen Sex."

Er küsste ihren Nacken, um dem Gesagten etwas von seiner Schärfe zu nehmen.

Schmollend starrte sie die geflieste Wand vor sich an, während Calum ihren Rücken einseifte. „Gibt es eine andere Frau in deinem Leben?"

Wieder verharrten seine Hände für einen kurzen Moment auf ihrem Körper.

„Nein. Und jetzt stütze dich an der Wand ab. Ich werde dich noch einmal nehmen", murmelte er in ihr Ohr und umfasste ihre Hüften – ein unmissverständliches Signal, dass die Diskussion damit beendet war.

Charis konnte nicht glauben, dass *ihr* Calum Kate umarmt, mit ihr Liebe gemacht und danach mit ihr geduscht hatte. Sie wollte nichts mehr sehen und nichts mehr hören und hielt sich mit den Händen abwechselnd die Augen und die Ohren zu.

Später schlief sie in Calums Kleiderschrank ein und wachte erst wieder von den Stimmen auf, die nach ihr riefen. Gordon und Nathan suchten im ganzen Haus nach ihr.

Ich benehme mich wie ein kleines, verstörtes Kind, das unartig war und sich deshalb im Schrank versteckt, dachte sie. „Was soll das, Charis!", murrte ihr innerer Drache.

Sie kroch aus dem Schrank, und auf dem Weg zur Bibliothek beschlich sie eine seltsame Unruhe. Sie öffnete die schwere Holztür.

„Wo zum Teufel hast du verdammt noch mal gesteckt, Charis?“, sagte Gordon und kam auf sie zu. Seine Augen funkelten zornig.

Sie setzte eine Unschuldsmiene auf. „Ich habe eure Stimmen gehört. Was ist denn los?“

„Charis ...“, begann Nathan und hielt inne.

Urplötzlich begriff sie, dass nicht sie die Hauptperson in diesem Zimmer war. Die blöde Kuh Kate flennte und war in Tränen aufgelöst, Nathan war kreidebleich und Gordon zornig oder vollgedröhnt. Das wusste man nie so genau.

„Calum hatte einen schweren Autounfall. Er liegt auf der Intensivstation und schwebt in Lebensgefahr“, antwortete Nathan.

Ihr Mund wurde trocken. Die Dörre verbreitete sich wie ein Lauffeuer durch den ganzen Körper. Ihr Magen rebellierte, kribbelnde Stiche übernahmen das Kommando und besetzten Hände und Füße, dann Arme und Beine, die sie nicht mehr tragen konnten. Dann kam die Dunkelheit.

Kapitel 18

Prokaryo-AG, Berlin, 15. Oktober 2011

Kate Corvey verfolgte in ihrem Büro mit Interesse die ARD-Sendung. Es ging um die Genforschung; der Moderator zeigte gerade eine Aufzeichnung der Global-Gen-Pressekonferenz mit dem Herzspezialisten Mahler und der niederländischen Stammzellbiologin Dr. Swantje de Moor. Biogenetiker aus aller Welt waren von der Publikation aus Berlin überrascht worden. Die ersten Reaktionen gaben ein überwiegend positives Feedback.

Kate wusste seit geraumer Zeit von den Aktivitäten des wissenschaftlichen Teams der Charité. Die Welt der Biogenetiker war überschaubar und nicht immer verschwiegen. Nach dem Staatsexamen der Biochemie in St. Andrews hatte Jakob Bender ein kleines Labor in Berlin erworben, und sie hatte sich mit den zweihunderttausend Euro, die ihre Mutter ihr hinterlassen hatte, daran beteiligt. Seitdem arbeiteten Jakob und sie Seite an Seite an der Aufbereitung von menschlichem Erbgut. Sie war seitdem eine andere geworden, die nichts, aber auch gar nichts mehr mit der jungen Frau, die sie vor ihrem Studienabschluss gewesen war, gemein hatte. Sie war eine erfolgreiche Biochemikerin und Unternehmerin geworden.

Schottland und die Erinnerung an die Zeit im Internat von Torrisdale Castle gehörten der Vergangenheit an. Auch die Tatsache, dass sie einst Calum zuliebe in Erwägung gezogen hatte, der Sekte Lux Humana beizutreten, hatte sie aus ihrem Gedächtnis verbannt. Sie hatte sich für St. Andrews entschieden, obwohl Calum ihr 2002 ein lukratives Angebot unterbreitet hatte. Seit ihrer Absage hatte sie den Kontakt zu ihm abgebrochen und ihn auch nicht wiedergesehen. Calum duldete kein Nein.

Dennoch flackerte die Erinnerung hin und wieder auf, besonders dann, wenn sie die kleine Narbe über ihren Lippen sorgfältig überschminkte. Sie hätte sie mit einer Lasertherapie entfernen lassen können, aber sie brauchte das Kainsmal, das Charis ihr einst zugefügt hatte. Es schützte sie davor, niemals so zu werden wie der Burgess-Clan, der die Biogenetik im Dienste der Schönheit als Kultur verkaufte, ohne dabei die Regeln der Ethik zu beachten. Nathan Burgess und seine Söhne Gordon und Calum gehörten zu den Schatten der Vergangenheit. Die Zwillinge waren im Kreis der Genforscher heute sehr umstritten. Der brillante Kopf war wohl

Gordon, doch der zeigte sich kaum in der Öffentlichkeit. Calum trat hin und wieder vor die Kamera, wenn Gordons Forschungsergebnisse Furore machten, hatten Kollegen einmal erwähnt. Sie selbst hatte noch kein Interview mit ihm im Fernsehen gesehen. Ihre Kindheit in Kinlochbervie hingegen und die Zeit, die sie dort mit ihren Eltern verbracht hatte, hütete sie wie ihren Augapfel, diese Erinnerung ließ sie gerne zu.

Heute Abend geriet ihre Welt allerdings ins Wanken. Schon als die ersten Fernsehbilder der Pressekonferenz das Auditorium zeigten, glaubte sie, *ihn* gesehen zu haben. Nein, dachte sie, das konnte nicht sein. Sie hatte sich bestimmt geirrt. Weshalb sollte dieser Mann, dieser Arzt, sich für ein derartig komplexes Fachgebiet interessieren? Sie schaltete den Fernseher aus, löschte das Licht und verließ das Büro.

Ein paar Stunden später zweifelte sie nicht mehr. Die Wiederholung der Talkshow hatte ihr sein Gesicht gezeigt, sein Lächeln, wie er dort neben der holländischen Stammzellforscherin stand – eine unauslöschliche Erinnerung. Kate starrte ihm direkt ins Gesicht, ein schwarzes Loch, das ihr die Hoffnung auf einen erholsamen Schlaf raubte. Ihre Hand fuhr zu ihrer Kehle, als seine Augen sie über den Bildschirm anlächelten. Sie goss einen Rémy Martin in ein Cognacglas und kippte den Inhalt mit einem Schluck hinunter. Die goldene Flüssigkeit wärmte sie und beruhigte ihren nervösen Magen, der schon beim Abendessen mit Jakob rebelliert hatte.

Ich werde meinen Therapeuten anrufen, falls meine Nerven verrücktspielen, dachte sie. Vielleicht war es an der Zeit, sich der Vergangenheit zu stellen und endlich damit abzuschließen. Sie konnte sich niemandem anvertrauen, nicht einmal ihrem engsten Vertrauten und Freund Jakob. Das verbot ihre Stellung, ihre Position erforderte höchste Wachsamkeit. Nur so erntete sie Achtung und Respekt.

Aber in Schottland war damals etwas geschehen, das in ihrem Erinnerungskarussell keinen Platz fand. Denn manchmal, mitten in der Nacht, erforschte sie die abgelegenen Winkel ihrer Seele und hielt jäh inne, wenn die Schatten der Vergangenheit ein schwaches, aber noch immer furchterregendes Licht ausstrahlten. Dann öffnete sich die Damals-Tür und ließen die Tages- und Nachtzeiten in diesem Raum wieder aufleben, einem Raum ohne Ecken, in die man hätte sinken können.

Sie erkannte den Raum wieder. Er lag im obersten Stockwerk der schottischen Klinik von Lux Humana, auf den Klippen Na Stacains, hoch über dem Meer. In der Morgenstille waren dort unaufhörlich Schritte vernehmbar. Nachts rollte ein Wagen, mit Infusionen, Überwachungsmonitoren und chirurgischen Instrumenten bepackt, schwerfällig über den Korridor in den Raum, während sich das Gesicht einer Frau im Fensterglas spiegelte, glatt und emotionslos. An mehr erinnerte Kate sich nicht. Die Damals-Tür hatte sich nicht öffnen lassen, verweigerte sich ihr wie ein Alptraum, der im Dunkel vergraben blieb. Aber heute Abend, nach dem Blick in dieses Gesicht, kamen Erinnerungen und Empfindungen zurück, stoßweise und diffus ...

Klinik von Lux Humana in Na Stacain, 1. Juli 2001

Draußen begann es bereits zu dämmern. Am Hauptportal der weißgekalkten Jugendstilvilla drückte Kate Corvey die massive Mahagonitür auf und trat ein. Das Licht in der Empfangshalle hatte einen warmen Ton, den sie als angenehm empfand. Im Mittelpunkt der Eingangshalle stand ein großer Empfangstisch aus poliertem Wurzelholz.

Eine junge, dunkelhaarige Empfangsdame begrüßte sie mit einem freundlichen Lächeln. „Wie kann ich Ihnen behilflich sein?"

„Ich bin zu Besuch in der Gegend. Mein Baby kommt zu früh. Könnten Sie bitte rasch den diensthabenden Arzt anrufen", antwortete sie und versuchte die Fassung nicht zu verlieren. „Die Wehen haben eingesetzt."

Die junge Frau fuhr erschrocken hoch und kam auf Kate zu. *Sie ist höchstens achtzehn Jahre alt,* dachte Kate.

„O mein Gott. Kommen Sie, Sie müssen in den dritten Stock. Die zwei Stockwerke fahren wir mit dem Aufzug. Ich werde Sie begleiten", sagte sie sichtlich nervös. „Ist alles in Ordnung? Geht es? Wir sind gleich da."

Der gläserne Aufzug fuhr an weißen Wänden hoch, die Kate endlos vorkamen. *Ich hasse Weiß,* dachte sie. *Es ist steril und ohne jegliche Wärme.*

Ihre Mutter war vor zwei Wochen im Alter von sechsundfünfzig Jahren gestorben. Kate war von St. Andrews hierhergereist, an diesen Ort von Kindheit und Jugend, um die Dinge zu regeln. Nach der Beerdigung hatte sie sich entschieden, das Haus zu verkaufen. Ein Transportunternehmen hatte einige alte Erinnerungsstücke aufgeladen und nach Berlin verfrachtet. Danach hatte sie sich eine Woche mit diversen Interessenten herumgeschlagen. Das Haus fand rasch einen Käufer, und ein Händler aus dem benachbarten Droman hatte es heute entrümpelt.

Sie hatte ihre Rückreise nach St. Andrews für morgen eingeplant, als während ihres Spaziergangs entlang der atemberaubenden Klippen an der Küste Na Stacains die Fruchtblase geplatzt war. Sechs Wochen zu früh. Sie fühlte sich elend, sie hatte Angst, und ihr blieb nichts anderes übrig, als die benachbarte Klinik aufzusuchen, obwohl irgendetwas aus ihrer Erinnerung ihr sagte, dass sie diesen Ort unbedingt meiden sollte. Aber es gab sonst keine Klinik in erreichbarer Nähe. Wie sehr wünschte sie sich jetzt einen vertrauten Partner an ihrer Seite, stattdessen hielt eine fremde Frau im Aufzug ihre Hand. Der Vater des Kindes wusste nichts von der Schwangerschaft. Sie wollte dieses Kind, aber nicht seinen Erzeuger.

Der Aufzug hielt im dritten Stock. Eine junge Schwester, zierlich und bildschön, erwartete sie bereits und führte sie in ein Behandlungszimmer, einen Raum mit einem Kamin und einer Wandleuchte, die die mystische Kraft ihrer sprudelnden Farben auf den Betrachter übertrug. Ein sinnliches Rot, ein beruhigendes Blau und ein stärkendes Orange, eine schützende Lichtinsel inmitten einer dunkel drohenden Umwelt. Die Stationsschwester half Kate, sich auf die Liege zu legen.

„Ich bin Sally", sagte sie freundlich und tätschelte ihre Hand. „Der diensthabende Arzt ist noch bei einer Entbindung, aber das dauert nicht mehr lange."

Dann verließ sie das Zimmer und ließ Kate allein zurück. Sie schaute sich um. Neben ihr stand ein Schreibtisch, vor ihr eine Liege mit einem Ultraschallgerät. An der Wand des Zimmers fielen ihr jetzt ein kleiner OP-Tisch und ein Beistelltisch auf, auf dem Instrumente säuberlich sortiert lagen. Sie hörte Stimmen, Schritte. Sally kam wieder herein und nahm ihre Hand.

Kate erzählte ihr von den vielen Schwierigkeiten, die mit dieser Schwangerschaft einhergingen. Die andauernde Übelkeit, die Blutungen, die Steißlage des Kindes und die Angst vor einer Fehlgeburt. Sie nannte den Namen des Vaters nicht, er sei nett, einfach nur nett, ein Student, ein One-Night-Stand.

„Ich liebe ihn nicht. Er weiß nichts von der Schwangerschaft."

Es war, als würde sie alles einer alten Freundin erzählen. Sally machte auf sie einen vertrauenerweckenden Eindruck, und Kate mochte sie auf Anhieb. Sie war froh, dass sie mit jemandem ihres Alters reden konnte, dennoch spürte sie eine tiefe Unruhe. Diese Klinik war anders als das Krankenhaus in St. Andrews. Vielleicht weil es eine Privatklinik war? Wohl kaum. Sie schauderte. Ihr war kalt, und sie wusste nicht, ob es die Angst, die Wehe, die sie erfasste, oder die Kälte war, die sie erschauern ließ. Sie klammerte sich an die Hoffnung, dass der Gynäkologe tatsächlich so kompetent und nett war, wie Sally behauptete.

Als er das Zimmer betrat, blieb ihr fast das Herz stehen, und ein Schreck durchfuhr ihre Glieder. Vor ihr stand ein Mann wie ein Hüne, mit schwarzem Haar und dunklen Augen, reglos wie Steine, die allen Wünschen gegenüber immun waren. Er begrüßte sie, als würde er sie schon lange kennen. Seinen Namen nannte er jedoch nicht. *Er muss der Chefarzt sein,* dachte sie. Er forderte sie auf, sich auszuziehen, dann untersuchte er sie. Er redete und redete, doch sie registrierte nur zwei Worte: drohende Frühgeburt!

Ab und an stellte er ihr eine Frage. Er erklärte, dass die Cerclage, die man ihr in St. Andrews eingesetzt hatte, in seiner Klinik schon lange nicht mehr gemacht wurde, weil das Kunstbändchen, das um den Gebärmutterhals gebunden wurde, nicht den angestrebten Nutzen brachte. Das Verfahren konnte nicht in jedem Fall eine ausreichende Verlängerung der Schwangerschaftsdauer gewährleisten.

„Ihre Chancen stehen nicht gut, Frau Corvey. Ich schlage vor, wir warten noch ab. Die restliche Zeit der Schwangerschaft müssen Sie allerdings hierbleiben. Viel liegen, keine Anstrengungen!“

„Meine Ärztin in St. Andrews hat mir versichert, dass eine Cerclage für mich und das Baby das Richtige sei. Und jetzt das. Vier Wochen zu früh! Warum?“, fragte sie den Arzt.

„Sie haben bis heute verdammtes Glück gehabt. Sie müssen vernünftig sein, wenn Sie Ihr Kind retten wollen.“

Seine Worte trafen sie wie Schläge. *Retten wollen!* Es fiel ihr schwer, ihm gedanklich zu folgen. Und dann dieses seltsame, süffisante Lächeln hinter der Schutzbrille.

„Warum soll alles falsch sein, was meine Ärztin und ich bisher getan haben?“

„Die Natur verabscheut das Unvollkommene und leidet nicht unter einer Trennung. Wenn Ihr Baby nicht lebensfähig ist, distanziert die Natur sich davon. Sie hat ihre eigenen Regeln“, antwortete er kalt.

Wie ein Häufchen Unglück versuchte sie die aufkommenden Tränen hinunterzuschlucken. Auch wenn dieser Mann im Vergleich zu den Ärzten des Krankenhauses von St. Andrews einen eher engagierten Eindruck machte, auch wenn alles wahr wäre, was er ihr erzählte, Kate wollte es nicht hören. Sie war müde, erschöpft, am Ende ihrer Kräfte. Bevor er das Untersuchungszimmer verließ, schaute er sie noch einmal an und sagte einen Satz, den sie von ihm während der nächsten Stunden noch oft zu hören bekam: „Sie müssen sich schonen. Nehmen Sie die Dinge nicht auf die leichte Schulter!“

Kate wusste nicht, was sie erwidern sollte. Sie wurde nicht schlau aus diesem seltsamen Mann. Sally legte ihr einen Tropf mit einem wehenhemmenden Mittel an, setzte sie in einen Rollstuhl und fuhr sie in ein Zweibettzimmer, das nun für einige Wochen ihr Zuhause werden sollte.

„Wenn ein Baby vier Wochen zu früh auf die Welt kommt, ist es doch in der Regel lebensfähig, oder, Sally?“

„Ja, aber es ist schon besser, wenn es noch ein bisschen im Bauch bleibt“, antwortete Sally und tätschelte sanft Kates gewölbten Bauch. Dann half sie ihr beim Entkleiden und reichte ihr ein Nachthemd. Kate legte sich hin. Die zweite Patientin im Zimmer war eine junge Frau, die vor ein paar Stunden von einem Mädchen entbunden worden war und erschöpft schlief. *Die Glückliche!*

Tränen liefen Kate über die Wangen. Sie schluchzte. Sie war wütend auf alles, sogar auf das Baby in ihrem Bauch. *Das ist mir alles zu viel. Wie lange werde ich es ertragen? Wie lange kann ein Mensch so etwas ertragen?*

Sally hielt ihre Hand und streichelte sie. „Ruhen Sie sich aus, Kate. Sie sind erschöpft.“

„Der Arzt hat mir seinen Namen nicht genannt, Sally. Wie ist sein Name?“

„Merrick. Dr. Bernhard Merrick.“

Irgendwann schlief sie ein.

Stunden später

Langsam lichtete sich der Schleier vor ihren Augen. Kate fühlte sich wie ans Bett gefesselt. Sie nahm schemenhaft die blauen Gestalten wahr. Sie flog davon, fiel ins Bodenlose. Sie sah Dr. Merrick, der sich von ihr abwandte, sah Sally, die ihr die Hand reichte. Eine junge Frau im Bett neben ihr weinte. Ein zarter Rosenduft ging von ihr aus. Ihr langes blondes Haar klebte an ihrer Kopfhaut. Braune Augen blickten sie traurig an, als sie ihren Namen nannte, Ashley. Sie hatte eine Fehlgeburt in der achten Schwangerschaftswoche erlitten.

Kate hörte ein leises Summen, nein, es waren verschiedene Summtöne. Sie sah die vielen Geräte um sich herum, die Kanüle in ihrem Arm, die vielen Infusionsflaschen am Ständer, daneben einen Beutel mit einer roten Flüssigkeit. An ihrem rechten Arm war ein automatischer Blutdruckmesser angebracht, der sich in Abständen aufpumpte, anhielt und mit einem pustenden Geräusch die Luft wieder herausließ. Durch die Nase erhielt sie Sauerstoff. Ihr Unterleib fühlte sich wie ein Zementsack an, aber sie spürte überhaupt keinen Schmerz. Ihre Hand berührte den Bauch. Er war flach. Kaiserschnitt!

Mein Baby ist da, dachte sie. *Ein Mädchen, da bin ich mir sicher. Ich habe eine Tochter. Aber niemand kommt und beglückwünscht mich zu meinem Kind. Egal, gleich bringt Sally mir meine Kleine.* War es Dr. Merrick, der an ihrem Bett stand und sie still betrachtete? Kate hörte die Stimmen zweier Männer. Sie kümmerten sich um Ashley, die um den kleinen Fötus trauerte.

Der Mann in Blau lächelte. Er sagte, es täte ihm leid, aber sie könne in einigen Wochen wieder schwanger werden. Alles sei in Ordnung. Seine Augen über dem Mundschutz waren schön. Sie sehnte sich nach einer zärtlichen Geste, einer Umarmung, und wünschte sich so sehr, dass er sie von diesem Ort fortbrächte. Neben ihm stand ein älterer Mann in einem Arztkittel. Seine Blicke durchbohrten ihr Gehirn wie kleine Stahlsplitter. Wenn sie ihre Augen schloss, konnte sie seine Energie förmlich spüren. Sie sah den Feuerball am blutroten Himmel, darunter das rauschende Meer, verschlingend schön, und die Klippen von Na Stacain. Sie spürte die Spannung zwischen Erde und Geist und die Quelle des Bösen.

Schemenhaft blendeten sich plötzlich die Umrisse von Dr. Merrick und Sally ein. Sally bewegte ihre Lippen und lächelte. Jemand streichelte sie. Es war Merrick. Er beugte sich zu ihr herab und flüsterte ihr etwas ins Ohr. Seine Worte lösten einen Schmerz aus, einen stechenden, bohrenden Schmerz, an dem sie zu ersticken drohte. Sie hörte Schreie. War es ein Traum, den sie träumte? Oder doch kein Traum? Eine Nadel durchbohrte ihre Haut, und die Flüssigkeit, die durch ihre Venen floss, wärmte ihren Körper. Ihre Augenlider wurden schwer. Sally stand vor ihr, nahm sie bei der Hand und führte sie hinunter in die Dunkelheit, hinunter in die Stille.

Der Schrei explodierte in Kates Kopf. Sie kämpfte gegen die Bewusstlosigkeit an und rang sich dazu durch, die Lider zu heben. Zuerst sah sie nur verwischtes grelles Licht und Farben, so scharf, dass ihr ein Stich von den Augen bis ins Gehirn fuhr. Allmählich schälten sich Gesichter heraus. Fremde in Blau, die auf sie herabblickten. Kate blinzelte. Sie spürte, dass jemand eine Hand auf ihre Stirn legte, und schreckte hoch. Ihr wurde schwindelig. Eine männliche Stimme sagte: „Ruhig, ganz ruhig, Kate. Diazepam, zehn Milligramm, Schwester."

Jemand berührte ihren Arm.

„Nein! Nur fünf Milligramm", sagte eine andere, eine sanftere Stimme.

Sie öffnete die Augen.

„Ganz ruhig, Kate, ganz ruhig."

Verwirrt blickte sie um sich. Der Mann in dem weißen Kittel schaute mit einer kleinen Lampe in ihre Augen.

„Sie hatten einen Alptraum. Lassen Sie los. Ganz gleich, was es war, lassen Sie los", sagte er leise.

Sie blickte verwirrt auf die Schläuche, die an ihren Armen befestigt und mit diversen Flaschen oberhalb des Betts verbunden waren. „Wo bin ich?"

„Sie sind in der Klinik Na Stacain. Mein Name ist Dr. Bernhard Merrick. Ich bin der Chefarzt der Gynäkologie und freue mich, dass Sie wieder bei sich sind."

Sie versuchte, den Arzt an ihrem Bett klar zu erkennen, doch ihr Kopf rebellierte. Sie hatte den diensthabenden Arzt, der sie untersucht hatte, anders in Erinnerung.

Dr. Merrick blätterte in einer Krankenakte. „Sie kamen vor vier Tagen zu uns. Erinnern Sie sich nicht mehr?"

Kate schaute ihn unsicher an.

„Ist schon in Ordnung", versuchte der Arzt sie zu beruhigen. „Das ist völlig normal nach einem solchen Trauma."

Sie sah ihn flehend an. „Was für ein Trauma? Wo ist mein Baby?"

Erneut blätterte er in der Akte.

„Mein Baby liegt auf der Frühgeburtenstation, warm und gut aufgehoben in einem Inkubator, nicht wahr? Warum ist mir das nicht gleich eingefallen. Aber warum sagen Sie denn nichts? Ist es ein Mädchen? Ich wollte immer ein Mädchen ..."

Der Arzt nahm einen Stuhl und setzte sich an ihr Bett. „In den nächsten Tagen werden wir einige Tests durchführen müssen."

Kate versuchte, sich aufzurichten. „Wo ist mein Baby ...?" Sie verstummte. Plötzlich verschwand der Raum vor ihren Augen. Bernhard Merrick warf einen Blick auf den Monitor und nickte der Schwester zu, sprach einige Worte mit ihr. Sie war unfähig, sich zu bewegen, und auch ihre Stimme versagte. Aus den Augenwinkeln beobachtete sie die beiden eine Weile, schlief aber dann wieder ein.

In den frühen Abendstunden wachte sie erneut auf und drückte die Klingel.

„Haben Sie Schmerzen?", fragte Sally.

Das Sprechen fiel ihr schwer. „Wieso haben Sie mich angelogen? Nein, ich ... ich möchte nur Dr. Merrick sprechen, warum kommt er nicht?“ Wieder spürte sie, dass jemand eine Hand auf ihre Stirn legte.

„Ruhig, Kate.“

Sie öffnete die Augen und blickte verwirrt um sich. Ihr gegenüber standen jetzt zwei Betten. Die Gesichter der beiden Frauen, die darin lagen, waren bandagiert, die Betten von Apparaten umgeben.

Wo bin ich? Wo ist Ashley? Was ist das für ein seltsames Zimmer? Warum bin ich wie gelähmt?

„Ganz ruhig, Kate, ganz ruhig!“

Es war Sally, die Dr. Merricks Worte benutzte, und gleich würde die Krankenschwester mit einer kleinen Lampe in ihre Augen schauen und sagen: „Sie hatten einen Alptraum, Kate. Lassen Sie los. Ganz gleich, was es war, lassen Sie los.“

„Sie waren schon einmal bei mir“, sagte Kate leise.

Sally nickte.

„Man kann mir mein Baby ja gar nicht bringen, weil es viel zu früh auf die Welt kam. Sie liegt ganz bestimmt auf der Frühgeburtenstation, warm und gut aufgehoben in einem Inkubator“, wiederholte sie und schaute Sally verzweifelt an. „Ja, Sally? Das ist doch so! Warum lässt man mich so lange warten? Wann kommt Dr. Merrick, um mir von meinem Baby, meinem kleinen Mädchen, zu berichten? Warum spricht überhaupt niemand mit mir?“

Eine Ärztin im weißen Kittel betrat das Zimmer und kam auf ihr Bett zu. Sie beugte sich zu ihr herunter, um nicht laut sprechen zu müssen. Sie hätte eine traurige Nachricht für sie. Ihr Baby, ein kleines Mädchen, sei tot. Es täte ihr leid. Und Kate müsse sich entscheiden, ob sie ihr Baby sehen wollte und ob sie eine Obduktion wünschte.

Nein! Mein kleines Mädchen ist nicht tot. Es lebt. Ganz bestimmt lebt es und liegt auf der Frühgeburtenstation. Noch vor ein paar Stunden hat es in meinem Bauch gestrampelt. Ich habe die Herztöne laut und deutlich gehört. Die Ärztin muss sich irren. Mein Baby lebt!

Dann spürte sie den Einstich einer Nadel, und so leise, wie die Ärztin zu ihr ans Bett gekommen war, verließ sie den seltsamen Raum wieder. Kate lehnte sich erschöpft in die Kissen zurück. Seltsame Bilder von bunten Bäumen und riesigen Vögeln wirbelten in ihrem Kopf. Ihr Herz schmerzte, das Atmen fiel ihr schwer. Quetschte jemand ihren Brustkorb? Hatte sie geträumt, dass ihr Baby tot war? Wo war Dr. Merrick? Eine junge Frau kam an ihr Bett. Sie sagte, sie wäre die Hebamme, und drückte ihr Beileid aus. Es täte ihr sehr leid. Aber auch wenn ihr kleines Baby nicht überlebt hätte, würde sie gern den Namen wissen.

Kate starrte sie erschrocken an. Plötzlich wurde ihr bewusst, dass das alles kein Traum war. Halluzinationen hatten sie heimgesucht.

Ihr Mädchen war tot. Ihr kleines Mädchen lag nicht wohlbehütet auf der Frühgeburtenstation. Sie hauchte der jungen Frau neben ihrem Bett den Namen entgegen. Die Hebamme drückte ihre Hand, dann war sie wieder fort. Ihr Mädchen war tot! Nein!

Sie fühlte sich plötzlich leer. Müsste sie nicht laut losschreien? Müsste sie nicht weinen? Beides gelang ihr nicht. Nicht eine Träne kullerte ihre Wangen herab. Wenn es doch nur ein böser Alptraum wäre, dann würde sie irgendwann schweißgebadet aufwachen und sich freuen, dass sie alles nur geträumt hatte. Aber das hier war die Wirklichkeit. Ihr Mädchen hatte doch vor ein paar Stunden noch gelebt? Nicht ihr Mädchen war tot. Es war ein anderes, ganz bestimmt. Sie war so furchtbar müde. Sie wollte nur schlafen. Schlafen. Schlafen. Sie blickte durch das Fenster in den regenverhangenen Garten. Dann hörte sie, wie die Tür geöffnet wurde, und drehte sich um. Als sie in Bernhard Merricks Gesicht blickte, wusste sie, es war kein Traum. Auch sie hatte, wie Ashley, ihr Baby verloren.

Kate trat ans Fenster ihres Schlafzimmers und betrachtete den Garten. Die Abenddämmerung versprühte noch immer ihr schwaches Licht. *Warum erinnere ich mich an jedes Detail und habe trotzdem das Gefühl, dass mein Erinnerungsvermögen trügt?,* fragte sie sich. Sie durfte jetzt keine Fehler machen. Sie musste stark sein. Sie durfte sich keinen Zusammenbruch leisten. Mühsam bekämpfte sie die Tränen. Sie war im Schutz einer fürsorglichen Familie aufgewachsen, sie war stark. Doch ihr Herz raste, Adrenalin schoss ihr ins Blut. Sie atmete tief durch, schaltete den Fernseher aus und versuchte die schmerzlichen Erinnerungen an Bernhard Merrick zu verdrängen.

In der Nacht träumte sie einen wunderschönen Traum. Ihre Tochter stand im Garten und hielt einen kleinen Blumenstrauß. Sie trug weiße Strumpfhosen an ihren zarten Beinen und darüber ein wunderschönes weißes Spitzenkleid. Diesmal hatte das Mädchen ein Gesicht, und der kleine Mund lächelte. Es war Kates eigenes Gesicht, ihr eigenes Lächeln, das sie von Fotos aus ihrer Kindheit kannte. Sie nahm ihr Mädchen in die Arme, sie drehten sich im Kreis, dabei flogen die Beine ihrer Tochter in die Höhe, und sie jauchzte vor Freude.

Dann urplötzlich stand sie an einem grauen Morgen mit demselben Blumenstrauß vor dem Grab ihrer Tochter. Sie fühlte sich völlig kraftlos. Tränen rannen über ihre Wangen, und Dr. Merrick versuchte sie zu trösten. Da begann ihr Unterleib zu schmerzen, als öffnete sich eine große, klaffende Wunde. Um Jahre gealtert verließ sie den Friedhof ...

Kate schrak aus dem Schlaf hoch. Sie sprang aus dem Bett, ging zum Fenster und blickte in die dunkle Nacht, lauschend, prüfend, ob sich etwas Ungewöhnliches rührte. Doch da war nichts. Müsste sie jetzt nicht laut losschreien? Müsste sie nicht weinen? Beides gelang ihr nicht. Noch immer nicht. Sie hatte seit zehn Jahren keine Träne mehr vergossen, nicht einmal am Grab ihres Babys. Und auch jetzt lief nicht eine einzige Träne über ihre Wangen. Na Stacain war wie ein böser Alptraum. *Wenn es doch nur einer wäre,* dachte sie. Dann würde sie irgendwann schweißgebadet aufwachen und sich freuen, dass sie alles nur geträumt hatte. Aber ihre Vergangenheit war so real wie diese dunkle Nacht und ihre Trauer. In Robert Fabers Armen hätte sie jetzt vielleicht geweint.

Kapitel 19

Faber-Pharma-AG, Ratingen, 21. Oktober 2011

Charis erwartete nicht, dass diese Nacht anders verlaufen würde als die bisherigen. Die Aufgaben der Putzkolonne im Gebäude der Faber AG beschränkten sich auf langweilige Wischprozesse mit einem feuchten, in Spezialreiniger getränkten Mopp. Sie zog durch die Forschungslabors und Büros, die von den Mitarbeitern, Analysten, Technikern und Führungskräften pünktlich verlassen wurden, sobald der Abend kam. In einem Gebäudekomplex mit offenen Übergängen wie diesem wurde die Kälte des Novembernachmittags noch durch den Wind verstärkt, der von Osten her kam. Und der Himmel, der sich hochrot färbte, während die fahle Sonne hinter dem Horizont versank, ließ eine dieser ungemütlichen Nächte erahnen, in denen der Atem zur nebligen Dampfwolke wurde.

Trotz ihrer Größe waren die Innenräume der Faber-AG ziemlich einfach zu reinigen. Die weiträumige, in Marmor gehaltene Eingangshalle mit dem luxuriösen Empfangsbereich führte zu einer Treppe mit breiten Stufen. Über sie gelangte man in die angrenzenden Gebäudekomplexe, wo die Flure zu den Labors abzweigten. *Schöne, glatte Stufen und Böden,* dachte sie. Ihre Kolleginnen verteilten sich jeden Abend gegen zwanzig Uhr auf den Haupteingang und die verschiedenen Stockwerke, bereit für den vierstündigen Reinigungsprozess durch die inneren Einrichtungen. Länger als vier Stunden durfte die Bodenpflege nicht dauern. Sie bekamen nicht mehr bezahlt, auch wenn eine Kollegin mal länger brauchte.

Seit fünf Tagen gehörte sie dazu. Seit fünf Tagen mischte sie sich unter die Putzkolonne, und seit zwei Tagen wartete sie auf den richtigen Augenblick. Heute war Robert Faber in Berlin. Sie konnte also in Ruhe die Büros der Vorstandsetage durchsuchen.

Sie stieg aus dem Aufzug und schob ihren Putzwagen an die Fensterfassade des dritten Stockwerks. Ihr Blick wanderte nach unten bis zu dem Baum, der seine kahlen Äste dem leicht bewölkten Herbsthimmel entgegenstreckte. Sie war erstaunt, kein leuchtendes Herbstblatt war zu sehen, lediglich ein kleines Eichhörnchen, das munter den Winter erwartend den Baum emporkletterte und sie – so glaubte sie – ansah, um ihr zu sagen: Ich habe viele Winter überstanden, warum solltest du den Krebs deiner Seele nicht überstehen? Manchmal fühlte sie sich so, als existiere sie nicht in diesem gewöhnlichen, alltäglichen Leben, sondern nur als Erfindung von Nathan, Gordon und Calum.

Charis schob ihren Putzwagen in den Kopierraum neben dem Sekretariat des Vorstandsvorsitzenden. Sie entfernte die Abdeckung vom Wagen und versteckte den am Wachpersonal vorbeigeschmuggelten Mikrosender zwischen einem Stapel Kopierpapier. Hier sollte das Signal des Wachdienstes deutlich zu hören sein, wenn ein Wachmann den Raum überprüft, hatte Calum gemeint. Den Empfänger steckte sie in ihre Kitteltasche.

Charis wartete. Als sich ihre Kolleginnen auf den Weg in das Nebengebäude machten, verließ sie ihr Versteck. Ihr blieb noch viel Zeit. Die Wachleute würden erst in zwei Stunden ihren Dienst antreten, bis dahin konnte sie ungestört die Büros der Vorstandsetage durchsuchen. Ihre Kolleginnen würden sie erst in zwei Stunden in der Personalkantine erwarten. Sie warf einen letzten Blick auf den Stapel Kopierpapier. Der Sender war nicht zu sehen. Dann machte sie sich in aller Ruhe in Fabers Büro an den Safe heran und knackte ihn innerhalb von zwanzig Minuten. In Hongkong hatte man ihr nicht nur die Kampfkunst beigebracht. Sie entnahm dem Safe diverse Akten mit der Aufschrift *Rebu 12,* wohlwissend, dass ihr kleiner Wächter im Kopierraum sie warnen würde.

Die Wachleute verteilten sich wie jede Nacht auf den Haupteingang und die Einfahrt zum Parkplatz der Faber-AG und organisierten die zweistündigen Rundgänge durch die Innenräume. Auf einem dieser Rundgänge im dritten Stockwerk blieb Freddi Kroll stehen, als er etwas Ungewöhnliches bemerkte, das das kaum vernehmbare Summen der Sicherheitsbeleuchtung störte. Er wartete einige Sekunden und benachrichtigte über sein Funkgerät die Kollegen an der Rezeption.

„Hier Checki eins, ich bin im dritten Stock. Es ist jetzt Punkt ein Uhr. Ich höre Geräusche, kann sie aber nicht identifizieren."

„Verstanden, Checki. Wo kommen sie her?"

„Keine Ahnung. Vielleicht aus einem der Büros."

„Schau mal nach. Wahrscheinlich ist irgendeine Sicherung durchgebrannt wie vor einigen Tagen."

Freddi Kroll, von allen nur Checki eins genannt, ging weiter und blieb erneut stehen. In dem Raum neben dem Sekretariat war es bei einer solchen Heerschar von Computern und den Servern der Computeranlage mit ihren Gebläsen nie ganz still. Freddi versuchte, das, was er vermeintlich gehört hatte, aus dem Surren der Geräte herauszufiltern, zischende Geräusche wie von einer Leitung, die gerade einen Kurzschluss hatte.

„Ich glaube, ich hab's. Das muss die verdammte Elektrizität sein. Kurzschluss, glaube ich", meldete er seinem Kollegen an der Zentrale.

„Verstanden. Wo bist du?"

„Vor dem Kopierraum neben dem Sekretariat vom Big Boss."

Während er auf die Tür zuging, sah er auf seine Uhr und nahm erneut das Funkgerät zur Hand, das er über die Schulter gehängt trug. „Ich sehe mal nach."

„Okay, aber sei vorsichtig."

Freddi wischte sich mit einem Taschentuch den Schweiß von der Stirn, dann öffnete er mit seiner Magnetkarte die Tür. „Alles in Ordnung. Ein Kopierer ist noch an."

Die Stimme am anderen Ende des Sprechfunks krächzte: „Verstanden!"

Freddi Kroll schaltete sein Funkgerät aus und öffnete die Tür, um den Kopierer auszuschalten. Im Lichtkegel der Handlampe blitzten bläuliche Glassplitter auf. Er sah sich nicht zum ersten Mal einer brenzligen Situation ausgesetzt, das hatte er schon an früheren Arbeitsstellen erlebt, bevor er beim Sicherheitsdienst von Faber angefangen hatte. Scheiße. Die Tür zu Robert Fabers Büro war aufgebrochen worden. Er spürte, wie sein Herz schneller schlug und schmerzte. Durch die kaputte Scheibe fiel das Licht der Handlampe auf eine huschende Bewegung. *Ganz ruhig, Freddi,* dachte er.

Er wollte gerade durch die offen stehende Tür des Sekretariats gehen, da kam ein wunderschöner dunkelhaariger Engel auf ihn zu, Freddi taumelte überrascht rückwärts und fiel. Und dann kam die Dunkelheit.

Niemand konnte Charis in der Dunkelheit sehen, als sie gegen ein Uhr dreißig das Verwaltungsgebäude durch die Tiefgarage der Faber-AG verließ, eine Akte mit der Aufschrift *Rebu 12* in der braunen Umhängetasche. Sie kannte den Weg, sie war ihn schon oft gegangen, auch in Gedanken, wenn sie in ihrem Appartement auf dem Sofa saß und auf Calum wartete. Sie wusste, wo der Weg zum Parkplatz Nummer drei eine Kurve machte, jeden Schritt auf den Millimeter genau ausgemessen. Dort konnte sie durch eine unbewachte Tür die Garage verlassen.

Kapitel 20

Torrisdale Castle, 1998–2000

Calum erholte sich erstaunlich schnell von seinen Verletzungen, die er sich bei dem Autounfall zugezogen hatte, und wurde drei Wochen später wieder entlassen. Danach war alles wie vorher.

Nachdem Charis in der Bibliothek wieder zu sich gekommen war, hatte sie erfahren, dass Calum und Kate sich vor dem Unfall gestritten hatten und Calum daraufhin wutentbrannt in seinem Porsche davongerast war. Dieses Miststück war also verantwortlich für seine schwere Gehirnerschütterung und sein gebrochenes Schulterblatt.

Nach dieser Erkenntnis hatte Charis ein zweites Mal die Schleuder eingesetzt. Der Stein hatte das rechte Knie getroffen. Es musste höllisch weh getan haben, denn Kate hatte ununterbrochen geschrien und zehn Tage im Krankenhaus verbracht.

In den darauffolgenden Jahren saß Charis oft am See von Torrisdale Castle und bestaunte die selbstbewusste Haltung der Schwäne. Sie kamen ihr arrogant beherrscht vor, ihrer selbst sicher. Und, wie sie, allein. Die Zwillinge besuchten die Universität von Oxford, und Kate war nach dem Krankenhausaufenthalt während der Semesterferien Torrisdale Castle ferngeblieben. Es wurden auch keine Nachforschungen angestellt, wer sie verletzt haben könnte.

„Ich hoffe nicht, dass eines Tages ein Stein aus deiner Schleuder meine Kniescheibe zertrümmert, Charis", hatte Nathan lediglich gesagt. Damit war die Angelegenheit erledigt.

Manchmal begleitete er sie zum See. Einmal legte er dabei seine Hand auf ihr Knie. Es war eine unbeabsichtigte Berührung, die ihn jedoch erröten und verlegen lächeln ließ. Danach sprang er auf und nannte sie „Schönheit des Unvollendeten", und sie wurde von Stolz ergriffen.

Anfangs war sie verrückt nach seinen verbalen Liebkosungen, aber dann kam der Zeitpunkt, an dem sie seine Berührung herbeisehnte, nur um Calums Eifersucht zu schüren. Kate war zwar abgemeldet, aber nun vergnügte er sich mit den hirnlosen Studentinnen seines Semesters, von denen er in den Ferien hin und wieder eine nach Torrisdale mitbrachte.

Charis litt darunter wie ein Hund und war wütend über sich selbst, konnte aber nichts dagegen ausrichten. Doch dann kam ihr die Idee, Nathan zu verführen.

Sie ging in sein Schlafzimmer und liebkoste mit ihrer Zunge sein Ohr. Er wies sie jedoch zurück, worauf sie ihn wochenlang mit Missachtung strafte. Sie ging ihm aus dem Weg und sprach nicht mit ihm. Doch zwei Monate vor ihrem achtzehnten Geburtstag gab er nach.

Sie erinnerte sich an den Lärm an jenem Abend, der durch die große Eingangshalle des Haupthauses hallte, als Calum wieder mit einem kichernden dummen Ding die Treppe hinunterrannte. Er blieb auf der Treppe stehen, als er sie bemerkte, und verstellte ihr den Weg.

„Was hast du vor, Charis?“, fragte er schelmisch.

Sein breites, offenes Grinsen störte sie. Sie kam sich unbedeutend und klein vor. „Mach Platz. Ich möchte zu Nathan.“

Calum blickte nach oben zu Nathans Schlafzimmertür. Erschrocken drückte er sie neben sich an die Wand, so dass sie sich nur mit Mühe an ihm vorbeizwängen konnte.

„Ich weiß, Charis. Ich hatte dir versprochen, die Mädchen von dir fernzuhalten“, sagte er. „Tut mir schrecklich leid, dass ich es verpatzt habe.“ Sein Gesichtsausdruck verriet weder Zweifel noch Reue.

Charis schäumte innerlich vor Wut, dennoch lächelte sie ihn kurz an und zeigte mit dem Finger auf seine Freundin, die unten an der Treppe stumm auf ihn wartete. „Die da ist blond. Ich dachte, du kannst blonde Frauen nicht leiden.“

Er zuckte mit den Schultern. „Bitte, Charis, geh nicht zu Nathan.“

Sie klopfte ihm auf die Schulter. „Komm, lass mich vorbei. Wir haben doch beide heute noch etwas Schönes vor“, sagte sie und zwinkerte dem blonden Mädchen verschwörerisch zu. „Ich habe das dringende Bedürfnis, meiner Jungfräulichkeit ein Ende zu setzen, obszöne Worte zu sprechen, meine Brüste aus der Bluse hervorquellen zu lassen und ...“, sie öffnete leicht den Mund und ließ ihre Zungenspitze über die Lippen gleiten, „... Nathans Schwanz zu lutschen und ihn zum Orgasmus zu bringen.“

Für einen kurzen Moment flackerte Schmerz in seinen Augen auf. „Mach doch, was du willst!“, schnauzte er und ging die Treppe hinunter.

Charis kochte vor Wut. „Ich werde weit gespreizt auf dem Rücken liegen, und Nathan wird meine Nippel steif werden lassen und meine feuchte, zuckende Muschi streicheln“, schrie sie hinter ihm her.

Calum blieb abrupt stehen und drehte sich noch einmal um. „Du wirst für Nathan nichts anderes sein als ein weiteres Frauenhäppchen“, brüllte er durch die Halle. Dann knallte er die

Haustür hinter sich zu und begrüßte lauthals seinen Bruder, der auf ihn wartete.

Seine Worte bohrten sich in ihr Hirn. *Frauenhäppchen. Das werden wir sehen!* Sie lief ihm hinterher, entschied sich aber dann anders. Sie betrat die Gartenterrasse und hörte Calum und Gordon lachen. Sie schlich sich so nah an sie heran, dass sie jedes Wort ihrer Unterhaltung verstehen konnte.

„Ich habe deiner Freundin deine Zahnbürste verkauft“, sagte Gordon lauthals.

„Du hast meiner Freundin, was ...?“ Calum stutzte. „Wem? Welcher Freundin?“

„Dieser reizenden, üppigen, begriffsstutzigen Blondine, die du gestern im Bett vergessen hast. Ich habe ihr deine Zahnbürste verkauft. Für drei Euro!“

„Gratuliere, Bruderherz.“

Gordon krümmte sich vor Lachen. „Zu Recht, denn dabei kam mir eine neue Geschäftsidee.“

„Eine Geschäftsidee? Hast du wieder gekifft?“

„Hör zu. Ich nenne es die Luderbox. Sie enthält die lebenswichtigen Utensilien einer Erotomanin. Das One-Night-Stand-Reisezubehör für alleinstehende junge Damen. Wir packen Make-up, Toilettenartikel, Ladekabel fürs Handy und die Telefonnummern von Taxizentralen hinein.“

„Und du glaubst echt, dass Frauen so etwas kaufen? Für Geld?“

„Verstehe. Schon in Ordnung, sei nur zynisch. Irgendwann hatten Steve Jobs oder Bill Gates auch mal eine Idee, und sie wurden damit reich und berühmt.“

„Wir sind bereits steinreich, und berühmt werden wir später.“

„Ach so. Du glaubst, ich bin irre“, sagte Gordon und tippte mit dem Zeigefinger gegen seine Stirn.

„Ja, ein bisschen, Bruderherz.“

Gordon kicherte. „Was machen wir jetzt?“

„Wir könnten nach Droman fahren und die Sau rauslassen.“

„Okay. Ruf die Zahnbürstenbräute an.“

„Bevor ich das mache, stecke ich mir die Zahnbürste hinten rein.“ Calum grinste.

„Wenn du das magst. Wegen so etwas stehen die Weiber auf dich. Die lieben diesen kranken Mist. Also, du hast dich in letzter Zeit nirgendwo blicken lassen. Hockst du nur noch in deiner Bude rum? Trauerst du um Kate, oder was ist los? Ich habe genug von dieser introvertierten Scheiße. Ich bin bereit zu intervenieren.“

Calum lachte laut auf. „Ich trauere nicht um Kate. Sie war nur ein guter Fick. Also gut. Wir knallen jetzt begriffsstutzige Blondinen durch, bis sie *Daddy* schreien. Danach kannst du ihnen Zahnbürsten verkaufen."

„Gute Idee. Und danach rauchen wir gemeinsam einen Joint."

„Ist dir klar, Bruderherz, dass Intervention gewöhnlich nicht mit Kiffen einhergeht."

„Nur einen Joint", flehte Gordon.

„Wann hast du das letzte Mal nach einem Joint aufgehört, Gordon?"

Gordon überlegte kurz und lächelte. „Bei meiner Kommunion."

Die Stimmen entfernten sich, und wenig später hörte Charis, wie Calums Porsche mit quietschenden Reifen die Auffahrt von Torrisdale Castle verließ. Sie kochte vor Wut. Noch immer schwirrten seine Worte in ihrem Kopf herum. *Frauenhäppchen. Begriffsstutzige Blondinen durchknallen.*

Ich werde es dir zeigen, Calum Burgess, dachte sie. *Und zwar bald.* Sie strich über ihren Bauch, um den Zorn des Drachen zu besänftigen.

Torrisdale Castle, August 1999

Draußen erhellte der fahle Mond den nächtlichen Himmel. Sein Licht sickerte durch die Äste der alten Eiche, die ihre Schatten an die Wände des Schlafzimmers warf und die goldenen Farbpigmente der schwarzen Tapete schimmern ließ. Im Spiegel über dem Bett wirkten die Äste wie die knöchernen Finger einer alten Frau. Sie schaute sich um, doch sie konnte kaum etwas erkennen.

„Die Dunkelheit stört dich, nicht wahr?", hörte sie Nathan flüstern, dann ein scharfes Klicken. Die Deckenlampe flammte auf und tauchte alles in sanftes Licht.

Nathan saß auf einem Stuhl, hatte die Füße auf den Couchtisch gelegt und sich mit verschränkten Armen im Sessel zurückgelehnt. Ein spöttisches Lächeln umspielte seine Mundwinkel.

Sie bemerkte den Tisch, über dem ein Tragriemen und zwei Ketten hingen, die an der Decke befestigt waren. Nathan beobachtete sie mit hochgezogener Augenbraue und fragendem Blick, dann schwang er die Füße vom Tisch, erhob sich und kam auf sie zu. Sie spürte ein seltsames Knistern zwischen ihnen, als er seine Hand auf ihren Arm legte und sie entkleidete.

„Macht dir dieser Ort hier Angst?", fragte er. „Oder bin ich es?"

Sie schauderte. Nathan reichte ihr ein blaues Dragee, und wenig später war die Welt voller bunter Farben. Ihr Unterleib verkrampfte sich. *Noch ist Zeit*, ging es ihr durch den Kopf. *Du kannst nein sagen. Aber du willst es doch ... Oder?*

Nathan sah sie eine Weile nachdenklich an, dann führte er sie zu dem Tragriemen. Er hob sie hoch und legte sie mit dem Rücken auf den Tisch. Ihr Herz schlug schnell, der Raum schwelgte in tanzenden Farben. Er legte Ledermanschetten um ihre Handgelenke und befestigte sie an den oberen Ketten neben ihrem Kopf.

„Heb deine Beine an", sagte er. „Zieh sie hoch."

Er versah nun auch ihre Knöchel mit Manschetten und hakte sie außen an den unteren Ketten fest.

„Ist es bequem?", fragte er leise.

Sie nicke.

„Gut. Du wirst so eine Weile ausharren müssen", hauchte er ihr ins Ohr.

Dann legte er seine Kleider ab.

„Ich werde dir heute zeigen, wozu dein Körper fähig ist. Ich werde dir Schmerzen zufügen, Charis, aber du wirst große Lust dabei empfinden."

Er streichelte über die Innenseite ihrer Oberschenkel, und sofort durchfuhr sie Erregung. Sie war weit offen und ihm hilflos ausgeliefert. Sie wollte sprechen, aber aus ihrem Mund kamen keine Worte. Ihre Lippen zitterten, als er ihr seinen erigierten Penis in den Mund schob. Tränen sammelten sich in ihren Augen. Nathan seufzte, diesmal fast mitfühlend. Er legte den Kopf auf ihre Brust.

„Atme mit mir", flüsterte er.

Sie horchte auf den gleichmäßigen Rhythmus seines Atems, versuche sich zu entspannen, den Atem zu verlangsamen und ihn seinem anzupassen. Nathans Haar fühlte sich weich an auf ihrer Haut, und sein Atem war warm. Minutenlang verharrte sie so und musterte ihn. Seine Haut war alt, aber gepflegt, nicht faltig, sondern von Cremes und OPs gestrafft, sein Körper durchtrainiert, und sein Rücken zierte ein Tattoo: ein schlangenförmiges Gebilde, das Zeichen von Lux Humana.

„Beweise mir heute Nacht deinen Gehorsam, Charis. Ich verlange es", sagte er mit ruhiger Stimme.

Sie nickte, schaute für einen Moment zur Seite – und direkt in Calums Augen. Er stand dort und beobachtete sie durch das offene Fenster. Sie genoss seine Qual. Nathan küsste ihren Hals und berührte mit den Lippen ihre Augenlider. Plötzlich hob er den Kopf und sah sie an.

„Ich halte nichts von Mittelmäßigkeiten, Charis-Blue. Du musst den ganzen Weg gehen oder aufhören", sagte er leise.

Wiederum nickte sie, obwohl sie das Skalpell in seiner Hand bemerkte.

„Es tut mir leid, dass ich mich dir widersetzt habe“, flüsterte sie.

Eine schwarze Locke fiel ihm über die breite Stirn, als er mit dem Skalpell über ihr Schambein ritzte. Dann leckte er ihre Schamlippen und schmeckte ihr Blut. Als er in sie eindrang, traten wieder Tränen in ihre Augen. Sie war unfähig zu sprechen. Der Druck verringerte sich, und eine neue Empfindung trat an seine Stelle. Es ähnelte nichts, was sie je empfunden hatte – es war das Gefühl kompletter Fülle und Durchdrungenheit, die Verschmelzung mit Nathan, dessen Energie unfassbar war. Er lächelte, und ihr wurde bewusst, dass er ihr gehörte – oder eher sie ihm –, und sie wurde von Stolz ergriffen. Ihre Hand glitt über seine Haut, und sie spürte die Unebenheiten des Alters. Nichts an seinem Körper war glatt und zart.

Später lehnte er sich an ihren Oberschenkel und ruhte seinen schweißnassen Körper aus. Seine Finger spreizten und bogen sich in ihr. Er konnte nicht aufhören, sie zu berühren.

„Wenn ich nicht aufpasse, könnte ich dir weh tun ...“ Er hielt inne. „Ich könnte dich sogar töten.“ Jetzt lächelte er. „Mit Leichtigkeit. Beim nächsten Mal ... wenn du es nicht sofort sagst“, befahl er.

„Ich werde alles tun, was du möchtest“, wiederholte sie leise. „Ich möchte, dass du deine Zunge in meinen Mund steckst, mich spreizt und mich fickst!“

Nach einer Weile blickte sie zum Fenster. Calum beobachtete sie noch immer. Sie zwinkerte ihm zu. Die Qual in seinen Augen sagte ihr, dass er sie zum ersten Mal als Frau wahrnahm und sie begehrte.

Seit jener Nacht war Charis süchtig nach Nathans Berührung und nach dem sanften Klang seiner Stimme. Die kommenden Monate bezeichnete sie später als „die purpurne Phase“, weil die Nymphe Charis in der Sage Herakles erst wieder empfangen wollte, wenn er sie purpurn leuchten ließ.

Ihr Körper passte sich jedem seiner sexuellen Wünsche an und stellte sich vollkommen auf seinen Körper ein. Wenn sie sich aus seiner Umklammerung befreite, gab es jedes Mal einen Moment, in dem sich ihr Geist absolut rein anfühlte. Im Spiegel seines Badezimmers leuchtete ihr nach jeder Nacht die Nymphe Charis entgegen.

Ich habe gesiegt, gesiegt über Nathan und über Calum. Nun gehören beide mir, dachte sie dann. Das wog den körperlichen Schmerz auf, den er ihr zufügte, um ihr seine Dominanz zu zeigen.

Wenn sie auch nur halbwegs bei Verstand gewesen wäre, hätte sie erraten, dass Calums launenhafte Stimmung in dieser Zeit mit ihr zu tun gehabt hatte. Aber es ereignete sich so viel in diesen Jahren, dass sie überhaupt nicht auf die Idee kam. Sie war sich sicher, dass er mit seiner Eifersucht auf Nathan irgendwann seine Schwierigkeiten mit ihr überwinden würde. Wenn sie zurückblickte, erkannte sie, dass alles, was mit ihr und Nathan und Calum zu tun hatte, sie ziemlich verwirrte. Kein Wunder, sie war ja gerade erst siebzehn Jahre alt.

Der Verlust ihrer Jungfräulichkeit war nur so etwas wie ein kleiner Wechsel in der Gefühlskulisse gewesen. Sich Nathan hinzugeben bedeutete einfach, zu einer anderen Frau zu werden.

Manchmal schlich sie sich in der Nacht aus dem Bett, wickelte ein Laken um ihren nackten Körper, ging barfuß zu den Überwachungsmonitoren und sah zu, wie die Mitglieder von Lux Humana sich hemmungslosen Sexspielen hingaben. Dabei schlug ihr Herz heftig.

Es war eine andere Form der Intimität. Sie wurde in einer Weise erregt, die sie niemals erreichte, wenn Nathan und sie sich liebten. Ihr Atem ging dann keuchend. Sie hatte den glühenden Wunsch, sich selbst zu berühren, und ihre Erregung steigerte sich noch, indem sie es sich versagte. Sie übte Verzicht, damit es, wenn sie sich Nathan hingab, noch leidenschaftlicher war. Sie wusste, dass sie ihn mit dieser Hemmungslosigkeit immer wieder überraschte, doch er sagte nichts und gab ihr, was sie brauchte. Doch dann kam der Tag, an dem er ihr sein wahres Gesicht zeigte.

Er zeigte ihr die Hölle.

Kapitel 21

Prokaryo-AG, Berlin, 21. Oktober 2011

Kate Corvey schaute aus dem Fenster des großen Konferenzraums im obersten Stockwerk der Prokaryo-AG, die sich im Sony-Gebäude befand, zweihundert Meter Luftlinie vom Bundeskanzleramt entfernt, und ließ den Blick über Berlins Panoramalandschaft schweifen. Ein feines Lächeln umspielte ihre Mundwinkel, während sie ihren Gedanken nachhing. Als Geschäftsführerin eines weltweit operierenden Unternehmens war sie frei. Ihre Position war eine Institution, ihr Leben lag nicht hinter oder vor ihr, sondern war endlich *mit* ihr, vollständig in seiner beeindruckenden Gewöhnlichkeit.

Dass Prokaryo einmal so erfolgreich sein würde, hatten weder Jakob noch sie absehen können. Ihre Überlebenschancen waren übersichtlich gewesen. Fünf Leute hatten sich mehr schlecht als recht an der Aufbereitung von menschlichem Erbgut versucht und dabei vor allem Geld verbrannt. Nachdem Kate Jakob vorgeschlagen hatte, die Firma im Rausch der New Economy an die Börse zu bringen, gelang ihnen mit den Gewinnen der Forschungsdurchbruch, und sie bauten die Firma durch Milliardenzukäufe zu einem Gen-Allrounder aus. Die Verfahren, mit denen Krankheiten von Aids über Krebs bis hin zur Schweinegrippe anhand eines Gentests nachgewiesen werden konnten, eröffneten große Wachstumschancen. Der Markt legte um bis zu zwanzig Prozent pro Jahr zu.

Inzwischen stammte fast die Hälfte des Prokaryo-Umsatzes aus der molekularen Diagnostik, die zu einer Dreifach-Revolution in der Medizin führen könnte. Chemiker, Biogenetiker, Biologen und Mediziner arbeiteten in den Laboratorien; bis zu vierhunderttausend Testampullen wurden im Monat unter strenger hygienischer Überwachung abgefüllt und gingen weltweit an etwa achtzigtausend Kunden. Jeder Hausarzt konnte durch Prokaryo in seinem Labor DNA-Untersuchungen durchführen. Sie hatten zudem den US-Wettbewerber Amocell aufgekauft und damit ihre Testpalette weiter ausgebaut. Somit stand ihnen ergänzend ein Test zur Verfügung, mit dem bei Frauen das Risiko für Gebärmutterhalskrebs festgestellt werden konnte.

Kates Herz hing jedoch an der Abteilung Forschung und Entwicklung. Sie nahm damit die Herausforderung eines sich dynamisch verändernden Gesundheitswesens an, in dem Prokaryo auch ein Gesamtkonzept für die klinische Forschung anbot. Unkomplizierte Gentests würden die Krankheitsprävention erleichtern, Diagnosen verbessern und die Behandlung von Patienten effizienter gestalten.

Jakob und sie hatten als Hauptaktionäre die oberste Etage des gläsernen Prokaryo-Gebäudes besetzt und würden ihre Positionen mit niemandem teilen. Die Firma gehörte nur ihnen, und sie vertrauten nur sich selbst, denn alles verdankten sie allein ihrem Können. Kate war seitdem eine andere geworden.

Das Geräusch des fahrenden Express-Aufzugs ließ sie aufschrecken. Er diente nur dem Vorstand und fuhr unmittelbar in das oberste Stockwerk. An diesem Abend hatte sie den Sicherheitsdienst gebeten, einen Gast direkt mit dem Lift ins oberste Stockwerk zu bringen.

Noch einmal schaute sie aus dem Fenster und blickte auf das ausdrucksstarke Gebäudeensemble im Berliner Spreebogen, sehr modern mit seinen weitgehend verglasten Außenflächen, und mit einer Höhe von sechsunddreißig Metern übertraf es die Berliner Traufhöhe von zweiundzwanzig Metern deutlich. Die Bundeskanzlerin war Verfassungsorgan, und ihr Gebäude sollte nicht weniger hoch als das gegenüberliegende Reichstagsgebäude sein, der Sitz des Bundestags. *Dort geht es immer nur um die Visionen einer demokratischen Identität der Deutschen,* dachte sie, doch die wahre Macht operierte im Büro der Bundeskanzlerin. Manchmal erhaschte sie im oberen Stockwerk des Kanzleramts einen Blick auf die mächtigste Frau des Landes, bevor diese ihr Büro verließ. Das waren jene Momente, in denen Kate sich ihr seltsam nahe fühlte, denn auch diese Frau verdankte alles ihrem eigenen Können.

Wahre Macht ... Auch sie operierte in der oberen Etage eines Gebäudes, in diesem Raum am großen Konferenztisch. Hier wurden die Abschlüsse für bahnbrechende Forschungsprojekte getätigt und Entscheidungen getroffen, die für die Natur, für die Menschen, für alles Leben von größter Bedeutung waren.

Den Vertrag für den brisantesten Forschungsauftrag der Firmengeschichte hatte sie aber bei der Faber-AG unterschrieben, und sie war gespannt, wie sie diesmal auf Robert reagieren würde. Vor einigen Tagen hatte sie das Bedürfnis gespürt, über sein Haar zu streichen, sein schmales, markantes Gesicht mit den dichten Augenbrauen über von dunklen Wimpern umrandeten grauen Augen mit Küssen zu bedecken und seine vollen Lippen auf ihrem Mund zu spüren. Sie lächelte und drehte sich um.

Das erste Meeting in Berlin, und ich werde mich verspäten, dachte Robert Faber. Verdammt noch mal! Warum hatte er sich auch einen Leihwagen statt ein Taxi nehmen müssen? Er lenkte das Fahrzeug auf den Parkplatz der Prokaryo-AG und fragte sich, ob Hastings, der mit dem Firmenwagen anreisen wollte, bereits eingetroffen war. Robert stieg aus und ging auf das Gebäude zu. Nur der Eingangsbereich und einige Fenster im obersten Stock waren erleuchtet. Er zeigte dem Wachmann an der Pforte seinen Ausweis.

„Dr. Corvey erwartet Sie bereits, Herr Faber. Nehmen Sie bitte den linken Aufzug. Er bringt Sie ins fünfzehnte Stockwerk."

Robert passierte das massive Stahltor. Ihm fiel auf, wie hervorragend das Unternehmen überwacht wurde. Mehrere Videokameras hielten seine Schritte fest. Obwohl sie sich diskret im Hintergrund hielten, bemerkte er die vier Männer vom Wachdienst und spürte ihre Blicke. Wenige Minuten später betrat er die Vorstandsetage, die in sanften Ockertönen erleuchtet war. Er hielt einen Moment lang inne, während auch hier eine Videokamera ihre Linse unerbittlich auf ihn gerichtet hielt. Vor einer Tafel blieb er stehen:

Herzlich willkommen bei Prokaryo-AG

Als Unternehmen streben wir beständig nach Innovation neuer Produkte, Verbesserung unserer Leistungen für unsere Kunden und nachhaltiger Wertsteigerung für unsere Investoren.

Wir vertrauen auf unsere Kompetenz, sind unseren Zielen verpflichtet und stehen zueinander.

Wir haben die Freiheit, unternehmerisch zu handeln und zu entscheiden.

Wir übernehmen die Verantwortung für unser Handeln.

Wir stehen zu unseren Fehlern und lernen daraus.

Dr. Jakob Bender

Prokaryo-AG

Seine Sorgen waren mit einem Mal verflogen, als er die vertraute Gestalt bemerkte. Er sah das strahlende Lächeln, den kirschroten Mund, das lange rote Haar, noch immer umgeben von zartem Magnolienduft, ein atemberaubender Anblick in der kalten Geschäftswelt.

„Es ist schön, Sie wiederzusehen, Robert", sagte sie.

Als sie ihm die Hand reichte, pochte sein Herz.

Kate fielen in seinem Gesicht die Zeichen einer anstrengenden Woche auf: Die dunklen Ränder unter den Augen waren nicht zu übersehen, auch die Falten um den Mund schienen sich vertieft zu haben. „Sie sehen müde aus", sagte sie und reichte ihm einen Kaffee. „Der hier wird Sie aufmuntern!"

„Vielen Dank. Es war tatsächlich eine verdammt anstrengende Woche. Der ganze Presserummel und dann noch die Polizei im Haus. Das LKA hat sich eingeschaltet. Sie stellen Fragen, und die Art, wie sie es tun ..." Er hielt einen Moment inne. „Man könnte glatt auf die Idee kommen, dass sie sogar mich verdächtigen. Gott sei Dank habe ich ein Alibi. Nämlich Sie!"

Kate hob die Augenbrauen und lächelte fragend. „Ich?"

„Ja. Zur Tatzeit haben wir beide auf dem Flughafen Hongkong miteinander geplaudert."

„Verstehe. Ich habe einen guten Freund bei der Kripo, der diese spezielle Fragetechnik der ermittelnden Beamten einmal erwähnte. Sie treibt sogar den Unschuldigsten in die Ecke, behauptet er."

Sie nippte an ihrem Kaffee. „Weiß man schon, wer Hún Xìnrèn ermordet hat?"

„Es gibt neue Erkenntnisse, die belegen, dass Hún nicht ermordet wurde, sondern die Dschunke selbst angezündet hat. Sie gehört einem Chinesen, der einen zwielichtigen Club in Hongkong betreibt. Hún Xìnrèn war dort Stammgast, und ..." Robert hielt inne. „Er war dort immer auf der Suche nach geeigneten Partnerinnen für seine speziellen Neigungen."

Kate hob die Augenbrauen und brachte nur ein kurzes „Oh" heraus. Er stellte die Kaffeetasse auf den Tisch. „Wenn die Presse Wind davon bekommt, ist Hún Xìnrèns Reputation hinüber. Dann geht es nicht mehr darum, was dieser Mann als Wissenschaftler geleistet hat, sondern dass er seinen perversen Neigungen nachging."

„Ich glaube, dass Sie die chinesische Regierung unterschätzen, Robert. Sie wird die Zensurmaschine anwerfen, um den Ruf ihres Zöglings zu schützen."

Robert runzelte die Stirn. „Zögling?"

„Ich spreche Mandarin, und das chinesische Fernsehen hat immer voller Stolz von Hún Xìnrèn, dem *Sohn Chinas,* berichtet. Sie werden erleben, dass der Staat nicht zulässt, dass Hún sein Gesicht verliert und dass Schande über die Familie gebracht wird."

„Sie könnten recht haben. Jetzt geht es mir schon besser." Er lächelte. „Das habe ich Ihnen zu verdanken. Die Behörden überprüfen die Videoaufnahmen der vergangenen Monate und hoffen dort einen Anhaltspunkt für die Betriebsspionage zu finden. Sie suchen nach einer Frau, mit der sich Hún Xìnrèn häufiger getroffen haben soll. Sie scheint aber unauffindbar zu sein", fuhr er fort. „Húns Tod hat mich nachdenklich gestimmt. Was treibt die menschliche Sehnsucht nach längerem Leben an, an deren Erfüllung Wissenschaftler so fieberhaft arbeiten? Haben Sie sich je gefragt, warum es im Herzen der Menschen *unsterbliche Sehnsüchte* gibt, wie William Shakespeare es ausdrückte?"

Sie verstand, was ihn beschäftigte. „Die Verlängerung des Lebens ist seit Urzeiten ein menschliches Anliegen. Einige würden sagen, der Grund sei die Angst vor dem Tod, der Wunsch nach besseren Chancen oder einfach danach, noch die eigenen Enkel und Urenkel zu erleben. Doch die Arbeit unserer Biogenetiker verfolgt ein einziges Ziel, eine bessere Lebensqualität für Menschen mit Erbkrankheiten, die das Leben verkürzen oder seine Qualität beeinträchtigen. Oder die Entstehung dieser Erkrankung zu verhindern. Diesen primären Faktoren sollten Wissenschaftler durch ihre Arbeit gerecht werden. Die Entschlüsselung des Unsterblichkeitsenzyms kann dabei weiterhelfen."

„Da stimme ich Ihnen zu. Hún Xìnrèn glaubte, dass dem Menschen die übliche Länge des Lebens allein nicht ausreicht und er als Wissenschaftler schon deshalb zum Thema ‚jung und fit bis ins hohe Alter' etwas beitragen müsste." Seine Stimme hatte einen traurigen Klang.

„Ist Ihnen je aufgefallen, Robert, dass die zufriedensten älteren Menschen einen Sinn darin sehen, weiterzuleben? Sie haben persönliche Ziele oder noch etwas zu erledigen. Sie sind entschlossen, sich nicht hinzulegen und zu sterben, sondern weiter in Beziehungen und Leistungen zu wachsen. Ohne Beziehungen und Leistungen, die uns erfüllen, kann das Leben nur ein flüchtiger Schatten sein. Ich zweifle mittlerweile daran, ob die Verlängerung des irdischen Lebens durch den modernen Jungbrunnen – Regeneration, Transplantation und Reparatur – ein erstrebenswertes Ziel ist."

Unter Wissenschaftlern gibt es immer schwarze Schafe, dachte sie, *die ihr Wissen missbrauchen*. Aber das waren Einzelfälle. Das Potenzial der Menschheit für ewiges Leben war auch das zentrale Thema der Bibel.

„Die Bibel sagt", fuhr sie fort, „dass Gott ein Ziel für die Menschheit hat und dass er allen – nicht nur denen, die wohlhabend genug sind, es zu bezahlen – das ewige Leben anbietet. Gott hat allerdings sicher nicht damit gemeint, dass ein Hundertjähriger wie dreißig aussehen sollte. Aber Hún Xìnrèns Entdeckung kann dazu führen, die Progerie-Erkrankung einzudämmen. Das sind wichtige Gründe, um mit Rebu 12 weiterzumachen."

„Sie haben die Dinge auf den Punkt gebracht", sagte er. „Unsere Arbeit mit Rebu 12 darf sich nur auf genetisch bedingte Defekte konzentrieren."

Sie lächelte. „Die Entdeckung ist nobelpreisverdächtig. Das kann ich Ihnen schon jetzt versichern. Aber können wir das für heute Abend nicht hinter uns lassen? Dr. Bender trifft erst morgen früh auf Dr. Hastings. Wäre es okay für Sie, wenn wir dann mit der Arbeit beginnen? Sie hatten einen anstrengenden Tag, und ich würde Sie gerne zum Essen einladen."

„Gerne", antwortete er.

Ihr Herz klopfte wie wild. Kein Mann hatte je eine solche Wirkung auf sie ausgeübt. *Verdammt,* dachte sie. *Er hat noch immer Lachfältchen um die grauen Augen, das gewellte braune Haar, der sinnliche Mund, noch immer hat er diesen durchtrainierten Körper, muskulös und geschmeidig. Und noch immer umgibt ihn diese geheimnisvolle Aura. Er ist der einzige Mann, den ich kenne, der sich seiner erotischen Ausstrahlung nicht bewusst ist.*

„Favorisieren Sie irgendeine Küche?"

„Ja, die italienische, aber ich lade Sie ein! Keine Widerrede."

Sie bemerkte seine Nervosität und schmunzelte innerlich. *Du magst mich, Robert Faber. Ja,* dachte sie. *Es kommt darauf an, auf das Wann und Wo, auf das Verlangen und auf das Jetzt.* Jetzt wäre phantastisch. Sie stand plötzlich auf, ging mit Schmetterlingen im Bauch auf ihn zu, stellte sich balancierend auf die Zehenspitzen und streifte flüchtig seine Lippen.

„Das wollte ich schon in Hongkong", flüsterte sie und lächelte.

„Warum hast du es nicht getan?", fragte Robert.

„Ich habe mich nicht getraut. Vielleicht hatte ich Angst, dass du es falsch verstehen könntest", antwortete sie.

„Inwiefern?"

„Ganz oben kann es manchmal verdammt einsam sein. Wenn man mit solchen Abscheulichkeiten konfrontiert wird, braucht man einen Menschen, auf den man sich verlassen kann", sagte sie leise. „Ich habe gesehen, dass es dir nicht gutging. Ich wollte nicht, dass der Eindruck entsteht, ich würde dich aus Mitleid küssen. Ich bedaure das alles sehr und möchte dir helfen, so gut ich kann."

Robert stand auf. „Warum?"

Kate wirkte plötzlich verunsichert. „Ich weiß nicht. Es ist so ein Gefühl … Es ist …"

Er stand ganz dicht vor ihr. Das rote Haar, die hohen Wangenknochen, die Pfirsichhaut. „Weil du mich magst? Ist es das, was du mir zu sagen versuchst?"

„Vielleicht. Damals auf der Benefizveranstaltung ..."

Ein schräges Lächeln schlich sich über seine Gesichtszüge.

„... hast du mich schon fasziniert", beendete er den Satz.

„Komm, wir gehen essen und reden dann weiter. Ich kenne ein kleines Restaurant am Kudamm."

Es zog ihr den Boden unter den Füßen weg. Als wäre sie auf festem Grund gegangen, der sich plötzlich in Wasser verwandelte. Es war ein tiefer, steiler Absturz, und tausend Eindrücke jagten ihr durch die Sinne. Sie stand ganz nah vor ihm und spürte förmlich, wie sehr er sich beherrschen musste, sie nicht zu umarmen. Sie spürte seine Hitze, schaute verstohlen nach unten und sah, was sie mit ihrem flüchtigen Kuss angerichtet hatte. Sie verließen ihr Büro und nahmen den Aufzug. *Verdammt, ich bin eine erwachsene Frau. Warum ergreife ich nicht einfach die Initiative? Aber habe ich das nicht schon den ganzen Abend gemacht?*

Als die Türen zuglitten, packte Robert sie, drückte sie behutsam, aber ebenso bestimmt gegen die Wand des Aufzugs und hob ihre Hände in schraubzwingenähnlichem Griff über ihren Kopf und presste ihre Hüfte gegen seine. Mit der freien Hand packte er ihre Haare und zog ihren Kopf hoch, und schon berührten seine Lippen ihre. Sie stöhnte auf, als seine Zunge ihren Mund erforschte und einen langsamen, erotischen Tango begann. Noch nie hatte sie sich so begehrt gefühlt. Als die Lifttüren sich wieder öffneten, löste er sich von ihr. Sie legte ihre Hand auf seinen Arm.

„Würdest du allen Respekt vor mir verlieren, wenn ich dich bitte, mit mir nach Hause zu gehen und mit mir zu schlafen?", brachte sie keuchend hervor.

„Jeglichen. Ohne Zweifel."

Sie lachte. „Du bist gemein!"

Sie traten aus dem Fahrstuhl, gingen grüßend am Wachdienst vorbei und verließen das Gebäude. Bis zu ihrem Wagen sprachen sie kein Wort. Als sie einsteigen wollte, hielt Robert sie plötzlich zurück.

„Was ist los?", fragte sie ihn.

„Ich kann mich nicht beherrschen, bis wir bei dir zu Hause sind, Kate", antwortete er.

Sanft nahm er sie in den Arm und küsste sie. Das seidige Gleiten ihrer Lippen und ihrer Zunge, die warme Berührung ihrer Haut, der betäubende Duft ihre Haare. Als er anfing, ihre Lippen zu teilen, löste sie sich von ihm.

„O nein! Ich bin darauf eingestellt, dich auf einem langen Heimweg mit meinem Witz und meinem Charme zu verführen", hauchte sie.

Erstaunlich, wie einfach das Leben sein konnte, dachte sie.

In der Nacht kam ihr die Erkenntnis wie ein kaum hörbares Flüstern: Sie hatte sich eindeutig in Robert Faber verliebt.

Kapitel 22

Düsseldorf, 22. Oktober 2011

Thomas Borbek wurde durch das schrille Läuten des Telefons unsanft aus dem Schlaf gerissen. Er griff zum Hörer und lauschte den Worten des Anrufers. Er blieb noch einen Moment liegen. Das Ziffernblatt des Weckers zeigte Viertel nach drei.

Er blickte kurz auf seine Frau Cora, die sich im Schlaf umdrehte, und küsste sie auf die Stirn. Dann schwang er sich aus dem Bett.

„Bleib liegen, mein Schatz", flüsterte er.

Die vergangene Nacht hatte ihm nur drei Stunden Schlaf beschert. Borbek nahm alle Kraft zusammen, und nach einer Katzenwäsche im Badezimmer und zwei Tassen Kaffee zog er sich an. Vom Koffein inzwischen hellwach, fand er die Wagenschlüssel in seiner Aktentasche. Mit Blaulicht fuhr er zum Tatort nach Ratingen und parkte seinen Wagen unmittelbar vor dem Verwaltungsbau der Faber-Pharma-AG, der hell erleuchtet war.

Polo Klasen wartete bereits in seinem Fahrzeug auf ihn. Borbek nahm seinen Schirm und lief durch den peitschenden Regen auf seinen Kollegen zu. Klasen kurbelte das Wagenfenster seines alten Ford Mustang herunter. Borbek beugte sich durchs offene Fenster.

„Und?", fragte er.

„*Und* ist ein Bindewort, Chef, kein Fragewort."

„Und Sie hätten Lehrer werden sollen."

Klasen ignorierte die üble Laune seines Vorgesetzten. „Wurde auch Zeit, dass Sie endlich kommen. Ich hoffe, Sie sind wie immer in einer guten Verfassung." Klasen zeigte auf den Eingang der Faber-AG.

Borbek trat zurück, als sein Kollege aus dem Wagen stieg. „Toll. Genau das wollte ich hören. Was haben wir denn?", fragte er.

„Eine Leiche im Sekretariat der Vorstandsetage", antwortete Klasen. „Die Leute vom Faber-Wachdienst haben sie vor gut einer Stunde gefunden. Es ist einer der Wachleute. Als Freddi Kroll - so heißt der Wachmann - nicht auf ein Anpiepsen reagierte, glaubten seine Kollegen, er hätte eine Herzattacke. Der Wachmann hatte schon seit geraumer Zeit Probleme mit seiner Pumpe. Nun, was man vorfand ... Das Personal steht ziemlich unter Schock, was ich verstehen kann", berichtete Klasen. „Die Spurensicherung und die Gerichtsmedizin sind auch schon da. Ich gehe da nicht noch mal rein."

Borbek schmunzelte. Warum Klasen sich für eine Karriere bei der

Mordkommission entschieden hatte, war ihm ein Rätsel. Sein Kollege konnte keine Leichen sehen.

„Das Lachen wird Ihnen gleich vergehen, Chef. Haben Sie mal eine Zigarette?"

„Hatten Sie nicht wieder mal aufgehört zu rauchen?"

Klasen zündete sich mit zitternden Händen die angebotene Zigarette an. „Der Bürosafe wurde auch geknackt. Dort kommt Ihr Hüne von der Pathologie. O Gott, dieser Riese von Leichenfledderer hat mir gerade noch gefehlt."

Vinzenz Lukowski kam mit energischen Schritten auf sie zu. Der Pathologe trug einen Schutzanzug sowie Handschuhe und Schutzbrille.

„Schwierige Sache, Thomas", brummte er und nahm seine Schutzbrille ab. „Er ist mit dem Kopf aufgeschlagen, und das Gesicht … Sieh es dir selbst an."

Lukowski reichte Borbek eine Schutzmaske. „Das ist nichts für zarte Gemüter, nicht wahr, Herr Klasen?"

Klasen murmelte etwas Unverständliches. Lukowski zuckte mit den Schultern, dann drehte er sich noch einmal zu Borbek um. „Auf das Flipchart im Sekretariat wurde übrigens etwas mit Blut gekritzelt."

Klasen riss die Augen auf, als würde er gerade einen Belichtungstest durchführen, und pfiff durch die Zähne. „Ach, was gibt unser Täter denn so von sich?"

„Klasen, bitte", mahnte ihn Borbek.

„Lass mal, Thomas. Der Junge ist gar nicht so übel. Es ist irgendein Hinweis, vielleicht sogar vom Wachmann selbst. Ich tippe auf den Anfang eines Wortes. Es sieht wie ein *b* und ein *F* aus. Vielleicht das *b* von brutal, blau, blass, das *F* für fies, frech, fein, faul, Frau? Aber vielleicht irre ich mich und es ist nur simples Geschmiere", meinte Lukowski.

Borbek runzelte die Stirn. „Nein, nein. Derartige Hinweise lassen nichts Gutes ahnen. Die Irren dieser Welt hinterlassen immer Botschaften, um uns ihre uneingeschränkte Macht zu demonstrieren."

„Uneingeschränkte Macht?", hakte der Pathologe nach.

„Dem Opfer gegenüber", antwortete Borbek. „Du kannst es auch Größenwahn nennen."

Lukowski nickte. „Ich beneide dich nicht um deinen Job. Dann macht's mal gut!" Plötzlich drehte er sich noch einmal um. „Könntest du so …", Lukowski schaute auf seine Armbanduhr, „… gegen elf Uhr bei mir vorbeischauen? Dann gibt's die ersten Ergebnisse."

Borbek nickte.

Vinzenz Lukowski wechselte das Thema. „Was macht denn mein Patenkind, Thomas?"

Der Pathologe erkundigte sich häufig nach Borbeks Sohn Kasper, der vor sieben Monaten auf die Welt gekommen war.

Polo Klasen schaute zuerst Lukowski und dann Borbek sprachlos an. „Ich glaub, mir wird schlecht! Leiche und Baby. Wunderbar!"

Borbek setzte sich den Mundschutz auf und sah Klasen fragend an.

„Ich hab keine Lust, mir das noch mal anzusehen, Chef."

„Bravo! Na, dann wollen wir mal!", knurrte Borbek und betrat das Firmengebäude.

Drinnen war es warm, trocken und behaglich. Er lief durch die in Marmor gehaltene Eingangshalle zum Fahrstuhl und fuhr in den sechsten Stock. Am Tatort nickten ihm zwei Mitarbeiter der Spurensicherung zu. Ein penetranter Geruch von Blut, Urin und Schweiß schlug ihm entgegen. Er warf einen Blick auf das Opfer. Freddi Kroll lag lang ausgestreckt wie ein gestrandeter Wal auf dem Boden, sein behaarter weißer Bauch ragte aus dem offenen Hemd hervor, ein Fuß lag seitlich in einer dunklen, übelriechenden Blutlache. Sein Gürtel war offen, seine Hose mit Blut befleckt. Ein heftiger Hieb mit einem schweren Totschläger oder ein schwerer Sturz musste den Mann ins Jenseits befördert haben. Sein Gesicht war blutverschmiert und regelrecht zertrümmert. Neben der Leiche lagen drei geschärfte Schraubenzieher, zwei Kneifzangen, Elektrokabel, ein Hammer, eine Bügelsäge, ein kleiner Elektrobohrer. Die Hinterlassenschaften eines Einbrechers.

Borbek hatte durch seine langjährige Erfahrung im Morddezernat den Ablauf schon fast vor Augen. *Der Wachmann hat jemanden überrascht,* dachte er. Ihm wurde von dem Geruch übel, und er wandte sich abrupt ab. Zunächst galt es, die Zeugen zu vernehmen, darum konnte sich aber Polo Klasen kümmern.

Borbek fuhr mit dem Aufzug nach unten und schaute sich um. Links vom Empfang führte eine breite Treppe in die Ausstellungsräume der Faber-AG. Dort verschaffte er sich einen historischen Überblick über den Konzern. Die Porträts an den Wänden blickten würdevoll auf ihn herab. Er fragte sich, wie sich wohl die Vorfahren von Robert Faber zu dem Mordspektakel im sechsten Stock äußern würden. Er sah erwartungsvoll der Obduktion entgegen. Bis dahin hoffte er den Ekel überwunden zu haben.

Kapitel 23

Torrisdale Castle, September 2000

Im Hintergrund ertönte Bachs *Matthäus-Passion, BWV 244e* aus der Stereoanlage und erfüllt Nathans Schlafzimmer mit finsteren Klängen. Sie knabberte an seinem Ohr.

„Erfüllst du mir einen Wunsch. Sag, dass ich die wunderbarste Frau bin. Danach werde ich zu allem bereit sein."

Plötzlich hielt sie inne. Etwas lag in Nathans Augen, das sie nicht deuten konnte. Sie fragte sich, warum er sie nicht liebkoste. Ihre Gedanken wanderten zu Calum, der irgendwo im Haus eine Blondine vernaschte.

„Ich werde dir heute weh tun, Charis", sagte Nathan. „Vielleicht sogar mehr, als du ertragen kannst."

Plötzlich roch es nach Feuchtigkeit, Schimmel und Fäulnis, und ihr wurde bewusst, dass er die Fenster seines Schlafzimmers in dieser Nacht geschlossen hielt, damit niemand ihre Schreie hören konnte. Er zog seine Hose aus, ohne eine Spur von Leidenschaft, ohne Langsamkeit, ohne die Trägheit einer Ouvertüre, sondern mit der Gleichgültigkeit der Gewohnheit. Und plötzlich sah sie das schwarze Ding auf dem Bett: eine mit Nieten besetzte Paddelpeitsche. Sie hatte sie schon einmal gesehen, ganz früher, als sie klein war. Und sie begriff, dass ihre Traumsequenzen mit einem Mal einen Sinn ergaben und dass das schwarze Monster einer Erinnerung aus ihren Kindheitstagen entstammte. Ein Film lief vor ihren Augen ab: Sie sah ihre Mutter Amy, die mit Nathan kämpfte, als würde ihr Leben davon abhängen, sie sah ein dreijähriges Mädchen auf der Schwelle zum Schlafzimmer, das nach seiner Mutter schrie.

Sie erinnerte sich wieder. Sie war von den Hilferufen ihrer Mutter aufgewacht und ins Schlafzimmer gerannt. Dort hatte Nathan sich über sie gebeugt und die zarte Gestalt mit den Händen festgehalten. Ihre Mutter hat sich heftig gewehrt, doch Nathan hatte ihr Nachthemd in Stücke gerissen und ihren nackten Körper angestarrt. Damals hatte sie nicht gewusst, was dieses Ding, das er in seiner Hand hielt, ausrichten konnte. Sie hatte fassungslos zugesehen, wie das schwarze Monster über den Körper ihrer Mutter glitt, und lauthals angefangen zu schreien, und das Ding hatte aufgehört, ihre Mutter zu zerstören.

Die Erinnerung brachte sie zum Zittern. „Was hast du vor,

Nathan?", fragte sie heiser.

Er ließ die Peitsche in einem langsamen, steten Rhythmus gegen seine Handfläche schnellen. Ein bösartiges Lächeln umspielte seine Lippen. „Ich werde endlich das vollenden, wobei du mich als dreijähriges Kind gestört hast. Kapierst du es endlich? Ich wollte immer nur sie, aber jetzt habe ich dich, und es ist, als würde ich deine Mutter in den Arsch ficken. Amy wollte mich nicht. Sie wollte immer nur meinen Bruder. Heute werde ich mich rächen, vielleicht werde ich dich sogar töten. Ich werde bei jedem einzelnen Schrei, den du in dieser Nacht von dir gibst, höchsten Genuss empfinden und Amy vor Augen haben."

Sie spürte, wie ihr Tränen in die Augen schossen. Die schweren Töne des Chorgesangs flogen durch den Raum, langsam und voller Trauer hallten sie von den Wänden wider.

„Warum?", schluchzte sie.

„Warum, warum. Du dummes Ding! Weil ich dich hasse. Du siehst deiner Mutter so verdammt ähnlich. Ich hasse dich, weil du nicht Amy bist!"

Funken reinen Wahnsinns glommen in seinen Augen. Trauer wich Panik. Ihr Herz schlug so laut und kräftig, dass es zerbersten konnte. *Vorsicht,* warnte sie ihr innerer Drache. Zu spät.

Mit aller Härte gingen die Peitschenhiebe auf sie nieder. Das Leder und die Nieten schnitten in ihre Haut, ließen sie aufplatzen. Sie schrie, wollte davonlaufen, aber Nathan war schneller. Er holte sie ein, warf sie aufs Bett und schlug erbarmungslos auf sie ein. Als das schwarze Monster in sie eindrang, war ihr Schrei nur noch ein ersticktes Schluchzen. Sie schrie lange, flehte Gott an, rief nach Gordon, nach Calum, nach ihrer Mama, bis eine tiefe Ohnmacht sie erlöste.

Als sie wieder zu sich kam, hörte sie Stimmengewirr. Schwach erkannte sie die Gestalten im Zimmer. Ihre Schmerzen waren unerträglich.

„Verschwinde", fauchte Nathan seinen Sohn an. „Ich bin fertig mit ihr. Nimm sie mit und verschwinde! Merrick wartet unten. Verschwinde!"

„Du Schwein, du widerlicher Drecksack", schrie Calum aus weiter Ferne. „Wie konntest du ihr das antun? Du bist eine Bestie!"

„Solange ich lebe, wirst du sie nicht berühren. Eher bringe ich euch beide um."

„Wenn Charis das hier nicht überlebt, bringe ich *dich* um, Vater!", hörte sie Calum brüllen.

Vage nahm sie wahr, dass jemand sie hochhob und eine Treppe hinuntertrug. Dabei drangen pochende Schmerzen in ihr Hirn, und ihr Bewusstsein drohte sie im Stich zu lassen. Ihr war kalt. Sie öffnete die Augen. Merrick?

„Dieser verdammte Regen", rief Merrick. „Der Hubschrauber landet in wenigen Minuten, Calum."

„Wach bleiben!", schrie Calum in der Dunkelheit. Seine Hand klatschte ihr ins Gesicht. „Wach bleiben, Charis!"

Ich sterbe. Calum. Mir ist kalt.

„Alles okay, Calum?", fragte eine andere Stimme. „In Na Stacain ist alles vorbereitet ..."

Stille.

„Hallo!"

Erneut klatschte ihr jemand ins Gesicht.

„Wir machen jetzt eine kleine Reise, Charis. Mensch, Mädchen, halt durch. Es dauert nicht lange."

Merricks Stimme?

Vage nahm sie die Dunkelheit, das Blaulicht, den Regen und das Rotorenflattern wahr, danach einen Korridor, das blaue Licht, ein Schild *Notaufnahme,* eine Trage, wieder Korridore, grelles Licht. Eine Glastür mit den Buchstaben OP wurde geöffnet, eine Gestalt, grün gekleidet, hob ihre Augenlider, und ein Lichtstrahl blendete sie.

„Alles wird gut, Charis ..."

Sie flog davon, fiel ins Bodenlose. Sie sah Calum, der ihr die Hand reichte und lächelte. Ihre Mutter winkte ihr zu, ihre Lippen formten zärtlich: „Komm, Charis, komm ..."

Da war es wieder, dieses kleine Mädchen mit den langen, wehenden Haaren.

„Mama ...?" Sie breitete die Arme aus, lief ihrer Mutter entgegen. Der Boden unter ihren nackten Füßen war warm, und die Luft duftete nach den Rosen von Torrisdale Castle und nach Meer. Das Tor vor ihr stand weit offen.

Licht.

Sie blinzelte.

Dann nur noch Dunkelheit.

Stunden später

„Ich möchte das jetzt wirklich nicht vertiefen, Calum. Was ich jetzt brauche, ist ein starker Kaffee", antwortete Merrick gereizt und streifte die Einweghandschuhe ab. „Ich bin seit zwölf Stunden auf den Beinen."

„Ich will, dass Charis überlebt, verstanden! Also streng dich gefälligst an!" Sein Ton duldete keinen Widerspruch.

„Sag das Nathan. Was hat er sich bloß dabei gedacht? Schweres Beckentrauma, innere Verletzungen des Brustkorbs, ihre Haut ..."

Calum wurde blass und drohte sein Gleichgewicht zu verlieren. „Halt den Mund!"

„Sie ist mehr tot als lebendig, aber ..." Merrick stockte. „Morgen wissen wir mehr. Ich glaube allerdings nicht, dass sie die Nacht überleben wird."

Calum runzelte die Stirn. „Bernhard, ich sage dir jetzt Folgendes ...", herrschte er Merrick an und musterte ihn mit kaltem Blick. „Wenn du als Mediziner eine Meinung hast, dann spuck sie aus, aber laut und deutlich." Er beugte sich ein wenig vor. „Aber wenn du mir noch einmal sagen solltest, dass Charis oder ein anderer Patient in Na Stacain nicht überleben wird, dann werde ich dich ins Jenseits befördern. *Hast du mich verstanden?*"

Merrick lief feuerrot an. „Ich ... Ich glaube, wir werden wohl die nächsten Tage nicht miteinander auskommen. Ich verschwinde."

„Mach dich doch nicht lächerlich. Jeder kommt mit mir aus", sagte Calum, streifte nun ebenfalls seine Latexhandschuhe ab, warf sie auf den Boden und verließ den Operationsraum. Er begab sich zur Leitstelle der Station 3c und sprach mit der Stationsschwester.

„Sie rufen mich an, Jerry. Ich meine, falls Veränderungen eintreten, lassen Sie es mich wissen", sagte er.

Die Nachtschwester nickte. „Ich halte Sie auf dem Laufenden, Dr. Burgess."

Die darauffolgenden Wochen verbrachte Charis wie in Trance: Sie bewegte sich durch das Zimmer in Na Stacain wie eine kaputte Maschine, ging im Gang auf und ab und blieb hin und wieder vor Nathans Tür stehen, doch sie ging nie hinein. Das überließ sie den Barbiepuppen. Nathan bekam sie in dieser Zeit nicht zu Gesicht.

Sie blieb auch lieber im Zimmer, in dem sie nach dem Tod ihrer Eltern als Kind einige Tage verbracht hatte. Doch etwas war anders. Wenn sie heute im Badezimmerspiegel ihr Gesicht ansah, blickten ihr die toten Augen ihrer Mutter entgegen.

Sie wusste nicht, wie sie es geschafft hatte, sich nicht das Leben zu nehmen. Vielleicht waren es die Marionettenfäden, an denen ihr Leben hing, oder die Besuche von Calum, der ab und zu ihre Hand gehalten hatte und ihr eines Tages, als er sie schlafend wähnte, seine Liebe offenbart hatte.

„Ich liebe dich seit jenem Tag, als ein sechsjähriges Mädchen mir seine Hand reichte und ich in seine blauen Himmelsaugen gesehen habe. Aber dann begann mein Vater dich abzuschirmen. Er wollte nicht, dass wir uns nahe waren. Und ich hatte den Eindruck, dass du lieber mit ihm zusammen sein wolltest. Später hatte ich nur mein Vergnügen im Kopf und habe nicht bemerkt, was sich zwischen dir und ihm abgespielt hat. Ich war eifersüchtig, blind und voller Zorn auf dich. Aber ich liebe dich, Charis, *Baby Blue*."

Danach hatte er ihre Stirn geküsst und das Zimmer wieder verlassen, so dass sie im Rausch ihres unfassbaren Glücks zurückblieb. Seine Worte brachten ihr Herz zum Jubeln und gaben ihr das Leben zurück.

Doch dann geschah etwas Unvorhersehbares. Gordon kehrte unerwartet von einer Geschäftsreise zurück und hielt zwei Tage später am Krankenbett ihre Hand.

„Es tut mir leid, Charis, aber Vater hat Calum nach Hongkong geschickt. Ich soll dir ausrichten, dass er dir schreiben wird."

Seine Worte waren schlimmer als Nathans Peitschenhiebe. *Schreiben wird. Niemals wird er mir schreiben,* dachte sie. *Niemals.*

Sie verfluchte Nathan, der ihr einst die Erinnerung an ihre Mutter genommen und jetzt Calum fortgeschickt hatte. Calum hatte sie verlassen, einfach so.

Sie kehrte nach ihrer Genesung auf Torrisdale Castle zurück. Lux Humana hatte bereits die ersten Vorbereitungen für ihre Initiation in den inneren Kreis getroffen. Das Behandlungszimmer erwartete sein neues Mitglied mit purpurfarbenen Wänden und Johann Sebastian Bachs Toccata und Fuge in d-Moll.

Sie ließ Nathans Erziehung über sich ergehen. Die zarten Gefühle, die sie einst für diesen Mann empfunden hatte, die Zweisamkeit, sie waren erloschen. Nathan und sie waren wie Fremde, die sich nur während der Behandlung sahen, oder sie trafen sich beim Abendessen und hüllten sich in Schweigen.

Charis wurde in den darauffolgenden Wochen und Monaten zum Tier degradiert, das auf Befehl gehorchen lernte: Platz! Gib Pfötchen! Braves Mädchen! Böses Mädchen!

Die Reise in den inneren Kreis von Lux Humana hatte begonnen.

Kapitel 24

Warschau, 22. Oktober 2011

Im Warschauer Stadtteil Praga war die historische Vorstadt noch spürbar. Kupferspan schimmerte an den Fassaden in jeder Sprache: Sanskrit, Hebräisch, Griechisch oder in der Formelsprache der Chemie. Ging man die steilen Gässchen der Altstadt zur Universitätsbibliothek hinunter, dann leuchtete zur späten Abendstunde die Bebauung im fleckigen Grün einer verkupferten Fassade, die polnische Architekten in der Form von aufgeschlagenen Buchseiten gestaltet hatten. Gleich neben dem Schwarzmarkt besaß Eørgy Pasternek ein großes Appartement. Er schloss die Haustür auf und betrat rasch die Penthousesuite. Seine Hände zitterten, als er den Umschlag aufriss, den er soeben im Briefkasten vorgefunden hatte. Sein Blick verdunkelte sich, und sein Herz pochte, als er die Notiz las: *Letzte Warnung. Bezahle bis morgen, zwölf Uhr. Sonst bist du ein toter Mann!*

Der Schmerz in seiner Brust nahm zu, sein Blutdruck stieg. Der Druck im Kopf schien seine Schädeldecke zu sprengen. Er ging ins Bad, öffnete das Apothekerschränkchen und pumpte einen Stoß Nitrolingualspray auf seine Zunge. Innerhalb einer Minute trat die Wirkung ein: Seine Herzkranzgefäße erweiterten sich. Wenig später fühlte er sich besser, sein Herz beruhigte sich, und der Druck im Kopf ließ nach. Er betrat die Terrasse. Gierig saugte er die kalte Oktoberluft auf und ließ den Blick über die Dächer der Stadt schweifen.

Warschau als offenes Buch der Welt? Dass ich nicht lache, dachte er. Hier hatte sich nicht viel verändert. Das weltoffene Flair der zu Kulturzentren umgewandelten Fabriken, Pragas jüngstes Markenzeichen, sollte da nicht täuschen, schon gar nicht am östlichen Ende der Świętokrzyski-Brücke. Sie mündete ins Triptychon einer aufgewühlten Urbanität: Pappeln entlang der Straße, Bagger an den vielen Baustellen, Nylonwäsche, die zum Trocknen die Balkone zierte. Die Bauarbeiten für den Umbau des alten Stadions, für viele Jahre Europas größter Trödelmarkt, liefen auf Hochtouren. Steuerte man Praga über die traditionelle Lebensader des Viertels an, die belebte Ulica-Ząbkowska-Straße, dann hatten sich die Schwarzpappeln in Hinterhöfe verzogen, deren ziegelrotes Leuchten ein vom Aussterben bedrohtes Milieu verriet, jenes der historischen Warschauer Vorstadt, komplett mit Holzplankenzaun und Teppichklopfstange und mit Fenstern, denen ein Aroma lauwarmer Krautsuppe und Bierdunst entströmte.

Die Luft fühlte sich schwer wie Eisen an. Pasternek fragte sich, was überwog, die Angst vor seinen Geldgebern oder die Tatsache, dass er der RAK und Calum Burgess ausgeliefert war. In den letzten Jahren war die RAK, eine russische Organisation fragwürdiger Charaktere, in Polen immer mächtiger und einflussreicher geworden. Das Drogen- und Geldwäschegeschäft sowie der Menschenhandel weiteten sich immer mehr aus. Sexuelle Ausbeutung war ein ebenso lukratives, wenn auch gefährliches Geschäft wie die Entnahme und der Handel mit Organen.

Eørgy Pasternek schuldete der Organisation Geld, viel Geld. Als er Anfang August nicht pünktlich gezahlt hatte, hatten sie ihm Drohbriefe geschickt. Dann hatten sie ihm aufgelauert und ihn verprügelt. Vor ein paar Wochen hatten sie versucht, ihn zu ermorden. Anscheinend wussten sie nicht, dass er sich in Norwegen aufhielt. Der Anschlag bei Faber-Warschau war fehlgeschlagen. Die Dame am Empfang hatte ihm nach seiner Rückkehr vom Besuch der finster wirkenden Gestalten, die nach ihm verlangt hatten, berichtet. Das hätte eine Katastrophe sein können, aber tatsächlich war es ein Wunder. Niemand hatte etwas bemerkt. Die Männer hätten mit Sicherheit ihre übliche Methode angewandt und einen Schalldämpfer benutzt, doch das Opfer war ausgeflogen. Morgen würde er nicht so viel Glück haben, wenn er nicht bezahlte. Calum hatte sich ausnahmsweise bereit erklärt, nach Warschau zu kommen, statt sich mit ihm in Oslo zu treffen. Er hasste Oslo. Die Reise dorthin erinnerte ihn immer an das, was aus ihm geworden war: ein Dieb und ein Mitwisser grausamer Verbrechen.

Pasternek wischte sich mit einer hektischen Handbewegung eine silberblonde Strähne aus dem Gesicht. Er wurde ungeduldig. Die Maschine aus Düsseldorf war bereits vor zwei Stunden in Warschau gelandet. Wo blieb Calum bloß? Er musste seine Spielschulden begleichen, sonst ... Nein, er wollte nicht daran denken, was die Kerle mit ihm machen würden.

Im Dunkel der Wohnung dachte er an seinen Sohn Janosz, der den Drogen verfallen war wie sein Vater der Spielsucht. Alles um sie herum hatte sich in Dunkelheit verwandelt. Dunkel, trübe und monströs wie ein schwarzes Loch, in das er und Janosz immer tiefer hineingezogen wurden. Sein Sohn hatte Körper und Geist schon längst nicht mehr unter Kontrolle. Wenn kein Wunder geschah, würde es für sie beide keine Wiederauferstehung geben. Gegen

Mitternacht klopfte es an der Tür.

„Wer ist sie?“, fragte Pasternek misstrauisch, als er die Tür öffnete und Calum in Begleitung einer bildschönen Frau das Appartement betrat.

„Sie wird deine Erläuterungen zum Inhalt der polnischen Forschungsergebnisse dokumentieren.“

Pasternek schaute sich kurz im Korridor um. Nirgendwo war jemand zu sehen. Die dort angebrachte Überwachungskamera zeigte in eine andere Richtung. Er verriegelte die Tür und schaute Calum erstaunt an.

„Ich dachte, die Sache würde unter uns bleiben“, sagte er.

Er musterte die Frau neben Calum. Noch niemals hatte er eine so schöne Frau gesehen. Sie trug eine dunkle Hose, dazu eine blassblaue Hemdbluse, die ihre Augenfarbe unterstrich. Ihre Kleidung schmiegte sich an ihren schlanken, durchtrainierten Körper. Schlank, sinnlich, *tödlich,* kam ihm in den Sinn.

Charis setzte sich an den Esstisch, nahm ihren Laptop aus der Umhängetasche und klappte ihn auf.

„Ich vertraue ihr. Sie gehört zu uns“, antwortete Calum.

Pasternek nickte. Calum ahnte wohl, dass er wieder einmal jenen vertrauten Abgrund erreicht hatte, wo die Vergangenheit hauptsächlich aus Schulden und dem Drogenkonsum seines Sohnes zu bestehen schien und die Zukunft nicht zählte. Calum hatte eine Schwäche für leidende Männer und genoss ihre Qual. Mit einem Mal spürte Pasternek die Bedrohung, die von ihm und dieser Frau ausging.

„Egal. Faber erwartet mich am kommenden Mittwoch mit den aktuellen Zahlen in Ratingen. Bis dahin muss das Firmenkonto ausgeglichen sein. Haben Sie die Transaktion auf mein Privatkonto vorgenommen?“

Calum schwieg, seine Lippen wurden schmal.

„Ich wusste, dass Ihnen die Arbeit des polnischen Labors die Summe wert sein würde“, meinte Pasternek mit einem nervösen Grinsen und reichte Calum eine Akte mit der Aufschrift *przepis płynkosmetyczny-Plyn*. Calum ignorierte seine Bemerkung und blätterte in den Unterlagen.

„Płyn neutralisiert die Nebenwirkung von Forever? Was erzählst du mir denn da? Willst du mich auf den Arm nehmen?“, herrschte er Pasternek an und schleuderte die Akte in die Ecke.

Eine Wolke bedeckte den Mond für einen Augenblick. Im Zimmer wurde es stockfinster – für Pasternek ein Omen.

„Das ist doch wohl nicht alles, was du mir anzubieten hast,

Eørgy?", zischte Calum. „Die RAK wird dich erledigen, wenn sie feststellen, dass du gar nicht zahlen kannst."

Pasterneks Herz hämmerte, er schnappte nach Luft. „Wieso? Du hast doch das Geld überwiesen ..." Er stockte. „Du hast nicht bezahlt?"

„Ich zahle nur für etwas, was ich vorher gesehen habe! Das weißt du", antwortete Calum.

Pasternek biss sich vor Schreck auf die Zunge und schmeckte das Blut. Er schnappte nach Luft und wäre zu Boden gestürzt, hätte Calum ihn nicht festgehalten. *Es gibt keine Wiederauferstehung.* Er dachte an seinen Jungen, hatte ihn fast vor Augen. Die fahle Gesichtsfarbe, die toten Augen, die eingefallenen Wangen, die aufgesprungenen Lippen, der ausgemergelte Körper, in dem ein wirrer Geist ihm verstörende Szenarien vorgaukelte. Was sollte aus dem Jungen werden, wenn es ihn nicht mehr gab? Er spürte, wie der Druck in seinem Brustkorb zunahm.

„Bitte", krächzte er und verdrängte die aufkommende Panik.

Sosehr er sich auch anstrengte – und er versuchte mit aller Kraft gegen die Brustenge anzukämpfen –, umso stärker pochte der Herzmuskel. Der Schmerz breitete sich aus. Calum sagte etwas, so leise, dass er ihn kaum hörte.

„Wir können dir nicht mehr trauen, Eørgy. Du stellst für uns ein Risiko dar."

Er drückte ihn in den Kaminsessel. Das Gewicht in seinem Brustkorb nahm zu. Sein Herz spielte völlig verrückt, schmerzte und sandte Warnzeichen in den linken Arm. Lehrbuchwissen ging ihm durch den Kopf: länger als fünf Minuten anhaltende heftige Schmerzen oder starker Druck in der Brust, ausstrahlend in Schulter, Arm, Unterkiefer oder Oberbauch, Unruhegefühl bis hin zu Todesangst, kalter Schweißausbruch, Übelkeit und Erbrechen, Atemnot.

„Bekommst du etwa jetzt auch noch einen Herzinfarkt, Eørgy?"

Calum öffnete seinen Aktenkoffer und holte zwei Ampullen und Injektionsbesteck sowie Nitrolingualspray heraus. Dann lagerte Charis seine Beine tief und pumpte zwei Stöße Spray in seinen Mund. Wenig später bohrte sich eine Nadel in seine Armbeuge. Pasternek öffnete die Augen. Calum injizierte ihm eine trübe Substanz. Die blassgelbe Flüssigkeit drang anscheinend nur langsam in den Kreislauf. Noch spürte er nichts.

„Schließen Sie die Augen. Entspannen Sie sich ein wenig", flüsterte Charis. „Es wird Ihnen ein wenig warm werden. So lange sollten Sie ruhen." Sie sah Calum an. „Warum beruhigt er sich nicht?", fragte sie argwöhnisch und griff nach Pasterneks Hand. Es war nur eine Berührung, ein kurzes Ineinanderverschlingen der Finger.

„Es dauert einige Minuten, bis das Herz auf Diazepam reagiert. Seine Beine müssten noch tiefer liegen, um einem Lungenödem vorzubeugen und sein Herz zu entlasten. Ich injiziere noch eine Ampulle Heparin“, antwortete Calum.

Plötzlich spürte Pasternek, wie das Fieber sich ausbreitete und sein Körper sich in Krämpfen zusammenzog. Charis beugte sich zu ihm herab. Sie küsste seine Lippen, kostete den Geschmack seines Mundes und lächelte geheimnisvoll. Er spürte, wie eine Welle der Müdigkeit ihn übermannte, spürte, wie sein Körper den Kampf allmählich aufgab. Ein Lächeln huschte über ihre Lippen.

„Das Zeug verursacht schwere Übelkeit. Er wird sich die Seele aus dem Leib kotzen“, hörte er Calum sagen.

Charis hielt noch immer seine Hand. „Aber es wird ihm dennoch das Leben retten.“

Pasternek keuchte, würgte, rang nach Luft. Charis’ Gesicht, ihre Augen, ihr Atem waren ganz nah. Ihre Lippen formten Worte an seinem Ohr. „Ein grauenvolles Feuer breitet sich in dir aus. Du krümmst dich vor Schmerzen. Schmerzen, schneidend wie Glasscherben. Psst.“ Sie legte einen Finger auf seine Lippen. „Erhebe deine Stimme nicht. Sie ist heiser. Niemand wird dich hören. Die Wände sind zu dick. Der Druck nimmt zu, er legt sich wie ein Schraubstock um deinen Brustkorb. Weißt du, was als Nächstes kommt?“

Pasternek konnte nicht antworten. Seine Augen tränten. Charis strich ihm übers Haar, während er Calum lachen hörte.

„Sag’s ihm, Charis. Sag dem armen Eørgy, was ihn erwartet.“

Pasternek konnte seinen Körper nicht mehr bewegen, ohne den brennenden Schmerz zu spüren. Noch nie zuvor hatte er solche Qualen erlebt. *Lieber Gott, lass mich sterben!*

„Dein Leben verdichtet sich auf wenige Augenblicke, mein Liebling“, sagte sie dicht an seinem Ohr. „Vielleicht siehst du ja deine Frau in jungen Jahren, deinen kleinen, süßen Sohn, noch nicht von Drogen zerstört? Na komm, stirb schon, erlöse dich von dem Alptraum der Gegenwart. Oder soll ich noch ein wenig nachhelfen?“ Sie lächelte boshaft. „Süßer, hör endlich auf, dich mir zu widersetzen“, sagte sie und ließ seine Hand los.

„Charis! Hör auf. Er hat schon Todesangst.“

„Er wird in wenigen Minuten in Ohnmacht fallen und später wieder aufwachen. Calum, komm, lass uns verschwinden. Es wird Zeit!“

Vage vernahm Pasternek ihre Stimmen.

„Wir haben vor unserem Abflug noch Zeit. Vorhin im Treppenhaus hast du den Wachmann erwähnt“, hörte er Calum aus weiter Ferne sagen.

„Bekomme ich wegen dem Probleme?“

„Was hast du mit ihm angestellt?“, fragte Calum. „Erzähl mir, was du getan hast.“

„Als ich den Wachmann hörte, geschah etwas Unvorhersehbares … Nein, das willst du nicht wissen!“

„Stimmt“, sagte Calum und nahm sie in den Arm. „Niemand wird nach dir suchen. In der Zerstreutheit der Reisenden bleibt ein Dasein unbemerkt.“

„Ist das eine neue Regel von Lux Humana? Was hast du denn vor?“, fragte Charis.

Calum schmunzelte. „Was glaubst du?“

„Du möchtest mich lieben. Hier.“ Sie zeigte auf Pasternek. „Während er bewusstlos ist.“

„Ja. Ich zeige dir, wie man sich dem vollständigen Potenzial des Lebens stellt.“

„Indem du mit mir schläfst?“, fragte sie. „Nein, Calum. Ich habe eine bessere Idee.“

„Und die wäre?“

Charis flüsterte ihm ins Ohr: „Liebesspiel über den Wolken?“

„Ja, das könnte mir gefallen. Wir brauchen uns nicht um Pasternek zu kümmern. Wähle den Notruf. Wenn sie vor der polnischen Mafia hier eintreffen, wird er nicht dran glauben müssen. Komm. Ich werde mit dir heute Nacht alle Grenzen überschreiten, *Baby Blue*.“

Kapitel 25

Torrisdale Castle, 2000–2001

Nathan schätzte die Menschen nicht, weil sie existierten, sondern weil sie etwas leisteten. Er diffamierte andere Menschen mit dem Vorwurf der Unvollkommenheit. Je geringer das Selbstvertrauen eines neuen Mitglieds von Lux Humana war, desto gefühlloser die Angriffe auf ihn. Nathan verkörperte Unerbittlichkeit und Macht gleichermaßen. Aber auch Charis war stark, und sie wusste, dass diese Stärke sie überleben ließ.

Die Aufnahme in Na Stacain ging einher mit der Isolation der Jungen und Mädchen von ihrer Vergangenheit und der Untergrabung ihres Selbstbewusstseins. Jeder höhere Grad war mit weiteren Kenntnissen über die Philosophie und die Geheimnisse der Gemeinschaft verbunden. Im Nebengebäude der Klinik herrschte keine steile Hierarchie wie in anderen Gemeinschaften. Die Neuankömmlinge unterlagen allein Nathans Befehlsgewalt. Alles fing vermeintlich harmlos an.

Er ließ sie zunächst ein ausgeklügeltes Kraftprogramm absolvieren. Die Mädchen und Jungen wussten nicht, was da auf sie zukam, nur dass sie auf einem Schönheitstrip im Namen von Lux Humana waren und sich von Proteinen ernähren mussten. Sobald er die Gewichte hervorholte, zuckten die Ersten zusammen.

Nathan mochte Gewichte, die gewaltige Anstrengung, sie zu heben. Seine perfekt geformten Muskeln, das Sixpack, die knackige Kehrseite und die schlanken Beine verdankte er nur den Gewichten. Sein Körper strotzte vor Spannkraft. Anders ging es nicht. Laufen allein verhalf niemandem zu einem schönen Körper.

Auch Charis hatte in Na Stacain Gewichte gestemmt. Das Krafttraining gehörte zur Ouvertüre der Behandlung wie das *Adagio in D Minor* von Bach. Gewichte formten den Körper, das Skalpell lebendiges Fleisch, Injektionen verliehen ein strahlendes Aussehen. Die drei Säulen der Makellosigkeit.

Wenn Nathan mit den Neophyten fertig war und ein Kanon das Adagio ablöste, besaßen sie einen prachtvollen Körper mit Erhebungen, wo sie hingehörten, Kurven, die die Anmut unterstrichen, und scharf definierten Umrissen, die der Haut Spannkraft verliehen.

Nathan nahm sich in der Klinik jedes Mitglied einzeln vor. Im Erziehungszimmer wurden sie mit Lederriemen an einen Stuhl gefesselt. Er klebte ihnen den Mund zu und hielt ihnen die Handinnenfläche vor die Nase. Dann drückte er zu.

Die Mädchen bäumten sich aus Mangel an Luft mit weit aufgerissenen Augen auf und versuchten dem tödlichen Entsetzen zu entkommen. Ihre Gesichter waren verzerrt.

Nathan beobachtete mit kalter Gleichgültigkeit den hoffnungslosen Kampf um Atemluft, sah, wie sie gewaltsam an den Riemen zerrten und sich ihre Fingernägel in seine todbringende Faust gruben. Den gesamten Sauerstoffbedarf des Körpers zurückhalten zu müssen erforderte eine ungeheure Kraft. Ihre Poren brachen auf, Schweiß überflutete ihre Haut und durchnässte den weichen Flaum auf ihren Armen, ihren Beinen und ihrem Bauch. Sie brannten vor Verlangen nach Leben.

Nathan behauptete, dass Entsetzen nicht halb so schmackhaft war, wenn die Hoffnung es nicht würzte. Kurz vor dem Erstickungstod nahm er seine Hand weg. Nur wenige Minuten.

Als er dem Mitglied zum zweiten Mal den Atem raubte, hatte sich die Angst vor dem Ersticken in einem Gehirn manifestiert, das von einer Dosis Peyote-Pilze bereits farbenfroh halluzinierte, und die den unmöglichen Versuch, genügend Luft einzuatmen, so schmerzhaft machte wie die Amputation eines Glieds.

Der erste Tag der Woche des Atems war soeben zu Ende gegangen. Charis war noch immer mit Lederriemen an ihren Stuhl gefesselt. Ihre Hände hatte sie in ihren Schoß gelegt und sah zu, wie der Rest der Neophyten das Behandlungszimmer verließ. Sie drängelten, um möglichst schnell den Raum verlassen zu können, denn sie hatten kein Interesse daran, zuzusehen, wie Nathan sie quälte, während *A Brave Girl* von Jerry Goldsmith aus den Stereoboxen dröhnte und Unheil ankündigte. Nathan verdrehte die Augen und kam auf sie zu. Seine Arme bewegte er locker, als würde er sich gerade fürs Speerwerfen aufwärmen.

„Wegen deines Verhaltens …“, begann er, hielt aber plötzlich inne und befreite sie von den Fesseln.

Charis ahnte, was kommen würde. Sie blieb auf dem Stuhl sitzen und blickte ihn emotionslos an.

„Eine erstklassige Leistung für die erste Stunde. Die neuen Mitglieder waren hervorragend“, sagte er, und aus seiner Stimme sprach eine Mischung aus Arroganz und Stolz. „Ehre, wem Ehre gebührt. Aber *du* hast mal wieder versagt, Charis. Du hast die Prüfung nicht bestanden, hast dich mir nicht nur widersetzt, sondern auch die Initiation gestört. Hast du denn gar nichts begriffen?"

Charis spürte, wie ihr Gesicht vor Wut heiß wurde. Das Spiel hatte begonnen. „Was willst du von mir?", herrschte sie ihn an.

„Warum macht es dir Spaß, mir zu widersprechen?"

„Weil es aufregend ist", antwortete sie.

„Was findest du am aufregendsten? Mit mir Krieg zu führen?"

Sie war versucht, einfach ja zu sagen, aber etwas hielt sie zurück. „Es ist mehr als das. Es ist … es lässt sich schwer in Worte fassen."

„Versuch's trotzdem", forderte er sie mit kalter Stimme auf.

Lächelnd zuckte sie mit den Achseln, ohne etwas zu sagen.

„Versuch es, Charis. Ich würde es gern wissen."

Seine Worte klangen jetzt bedrohlich, aber Charis hatte ihn da, wo sie ihn haben wollte. „Weil es mir so lebendig vorkommt."

„Lebendig? Inwiefern?"

„Ich wollte etwas über dich erfahren." Sie schwieg einen Moment, versuchte die richtigen Worte zu finden. „Ich habe deine Unsicherheit bemerkt, deine Selbstzweifel, deine Unfähigkeit, stark zu sein. Dein ganzes Verhalten heute hat mir gezeigt, dass du dein Leben bis jetzt nicht wirklich gelebt hast. Du existierst nur. Du hast keine Ahnung, was Leben überhaupt bedeutet. Allein schon, wenn ich darüber nachdenke, fühle ich mich lebendig."

Sie hielt abrupt inne, weil ihr bewusst geworden war, was sie da eben gesagt hatte. Sie senkte den Blick und starrte auf ihre Schuhe. Zu spät bemerkte sie das Aufflackern in seinen Augen. Der Schlag traf sie mitten ins Gesicht, und sie taumelte. Der Schmerz raubte ihr den Atem, aber sie ließ sich nichts anmerken und blickte hoch. Nathan ging auf und ab und benahm sich wie ein Lehrer, der seine Schülerin tadelte.

„Mit der Zeit wird es besser", sagte er urplötzlich. „Je älter du wirst, desto besser wirst du die Behandlung verkraften. Du warst heute nicht dazu in der Lage. Daher glaubst du, mich mit deinem Aggressionspotenzial konfrontieren zu müssen. Ich weiß, dass das jetzt kein großer Trost für dich ist, aber es ist tatsächlich so, dass nicht ich, sondern du ein schwaches Nichts bist. Darum werden wir die Behandlung wiederholen. Kate könnte mir dabei assistieren."

Seine Worte berührten ihren wunden Punkt. Sie spürte einen Kloß im Hals.

„Was hältst du davon, Charis?", hakte er nach.

„Kate? Wieso Kate? Sie hat uns verlassen!"

Nathan schien ihr Widerstreben zu spüren und setzte noch einen drauf. „Sie kommt zurück, wenn ich sie darum bitte."

Charis nickte. Sie begriff, dass sie zu weit gegangen war. *Sag etwas. Irgendwas, um ein Gespräch in Gang zu bringen. Du wolltest doch mit ihm reden. Das ist deine Chance, seiner Behandlung zu entkommen, der richtige Moment, ihm zu sagen, dass ich gehorchen werde.* Eigentlich wäre sie lieber gegangen, aber sie wusste, dass Nathan sie später dafür bemitleiden würde. Sie verkraftete seinen Zorn, seinen Hass, aber nicht sein Mitleid. Aber als sie sich ihm zuwandte, sagte sie schroff: „Na los! Lass dieses Miststück doch kommen."

Nathan zuckte leicht zusammen. Seine Augen nahmen einen feindseligen Ausdruck an.

Charis verlor ein wenig von ihrer Sicherheit. „Oder lass es einfach bleiben", fügte sie leise hinzu.

„Warum?", fragte er.

Sie schluckte. Ihre Kehle war plötzlich sehr trocken. „Ich habe gesagt, dass du mich in Ruhe lassen sollst. Du bist doch nicht taub, oder?", schnaubte sie.

„Nein, ich bin nicht taub", sagte er mit einem drohenden Unterton in der Stimme.

Sie hatte sich wieder in Griff und grinste. „Dann ist es ja gut. Wäre ja auch schlimm, wenn jemand, der geistig so weit zurückgeblieben ist wie du, zusätzlich noch eine zweite Behinderung hätte."

Erneut traf seine Hand ihr Gesicht. Sie stürzte zu Boden, dennoch lachte sie laut auf. „Hast du vielleicht vor, mir auch noch ein blaues Auge zu verpassen? Oder mir die Nase einzuschlagen? Was würde Calum wohl dazu sagen?"

Die Wut auf seinem Gesicht war inzwischen einem Ausdruck des Hasses gewichen. „Halt endlich die Klappe!", schrie er. „Oder ich schlage dir tatsächlich die Zähne ein!"

„Reg dich nicht auf, Nathan. Sonst fangen deine Ohren noch zu leuchten an. Du hast ein riesiges Problem. Du wünschst dir, du könntest so sein wie Calum. Du würdest alles dafür geben, so zu sein wie er. Nicht wahr?"

Nathan ballte die Fäuste. „Tatsächlich?" Und nach einer Pause: „Warum glaubst du das?"

„Weil du schon immer eifersüchtig auf deinen Sohn warst."

„Eifersüchtig? Warum sollte ich auf jemanden wie Calum eifersüchtig sein?"

„Weil er etwas besessen hat, dass du nie bekommen wirst."

„Und das wäre?", fragte er argwöhnisch.

„Meinen Körper *und* meine Seele."

Nathan wurde blass und schluckte. „Halt den Mund!“ Er begann zu zittern.

Obwohl ihr Gesicht von seinem Schlag noch immer schmerzte, breitete sich ein Lächeln darauf aus. „Du hättest hören sollen, was er während der Ferien über dich gesagt hat, wie er dich genannt hat. Ich würde jeden umbringen, der so über mich redet.“

Nathan zitterte mittlerweile am ganzen Körper. „Ich werde dir eine Lektion erteilen, Charis. Die letzte hat anscheinend nichts gebracht. Den Zeitpunkt bestimme ich. Niemand kann mich davon abhalten. Ich werde dich quälen, bis du um Gnade winselst. Das werde ich tun, darauf kannst du dich verlassen!“

Plötzlich lehnte sie sich vor, so dass ihr Gesicht nur noch wenige Zentimeter von seinem entfernt war. Sie verharrte fast eine Minute lang in dieser Stellung. Ihre Gesichter berührten sich beinahe, sie starrten einander unverwandt an. Dann löste Charis ihren Blick von ihm.

„Ich muss gehen“, sagte sie so beiläufig, als hätten sie sich über das Wetter unterhalten. „Oder möchtest du mir noch etwas sagen?“

Schweigen.

„Du wirst rot, Nathan.“ Noch immer standen sie einander gegenüber. Mit gelassener Miene las sie die Botschaft des Zorns, die ihm ins Gesicht geschrieben stand. Dann öffnete sie leicht den Mund und ließ ihre Zungenspitze von einem Mundwinkel zum anderen gleiten, langsam und erotisch. „Das Blut deines Sohnes schmeckte wesentlich interessanter.“

„Verpiss dich, Charis“, sagte er.

Die Tür wurde von außen geöffnet, und Gordon betrat das Behandlungszimmer.

„Bist du schwerhörig? Soll ich Kate holen?“, fauchte Nathan.

Sie stand da und starrte ihn fassungslos an. *Kate.* Die Luft im Raum wurde mit einem Mal kälter. Ihr Herz klopfte wie wild, und sie schloss die Augen.

Plötzlich stürmten Erinnerungen auf sie ein, die sie zu verdrängen versucht hatte, weil sie zu schmerzhaft gewesen waren.

Sie senkte den Kopf und verbarg ihren Kummer vor Nathan. Sie wurde zu einem Wesen mit geröteten Augen, das plötzlich aus dem Zimmer stürzte, um sich in einem anderen Raum auszuweinen. *Du wirst mich niemals brechen,* dachte Charis. *Niemand wird mich jemals brechen. Nimm dich in Acht, Nathan Burgess. Ich kann böse sein, und es gefällt mir.*

In der Nacht hörte sie vor ihrer Zimmertür ein ächzendes Geräusch.

Die Tür wurde geöffnet. Sie hatte abgesperrt, da war sie sich sicher. Trotzdem spürte sie eine Bewegung neben sich. In Windeseile packte Nathan sie an den Armen und schleppte sie in den Behandlungsraum. Dort verriegelte er die Tür hinter sich. Einen Moment blieb Charis stehen. Im Hintergrund klang aus der Stereoanlage ihr Lied. *Little girl blue*. Sie schloss die Augen, und in Gedanken war sie einige Sekunden lang wieder ein sechsjähriges Mädchen, das hingebungsvoll zu den Klängen tanzte. Sie versuchte ihre Fassung wiederzuerlangen.

Wie kann er es wagen, in diesem Raum das Lieblingslied meiner Mutter zu spielen?, dachte sie.

Nathan kam auf sie zu. Seine Augen funkelten. „Tanz!"

Charis wollte etwas sagen, nickte aber nur. Sie kannte seinen Zorn und gehorchte.

„Fang endlich an", herrschte er sie an.

Sie streckte ihre Arme aus und drehte sich im Kreis.

„Schneller", brüllte er und drehte die Musik laut auf.

My unhappy, my unlucky, my little girl blue. Charis tanzte.

Kapitel 26

Gerichtsmedizin Essen, 23. Oktober 2011

Dem Regen in der Nacht folgte am Vormittag strahlender Sonnenschein. Auf der Fahrt zur Gerichtsmedizin passierte Thomas Borbek gegen elf Uhr die flirrenden Panoramen des Herbstes, die sich an den restaurierten Gebäuden vorbei durch die ganze Stadt zogen. Immer wieder blinzelte er, wenn die Sonne durch die bunten Blätter der Bäume eine Lücke ergatterte und ihre Strahlen ihn für Sekunden blendeten. Immer wieder überfiel ihn der Gedanke an die Sinnlosigkeit eines gewaltsamen Todes. Borbek kannte dieses Ziehen in der Magengegend. Es überkam ihn jedes Mal, wenn er mit Fällen brutaler Gewalt konfrontiert wurde. Von all seinen beruflichen Pflichten als Leiter der Mordkommission waren es die Besuche in der Gerichtsmedizin, die er am meisten verabscheute. Obwohl er nach eigener Einschätzung nicht empfindlicher war als seine Kollegen, konnte er es sich als Vorgesetzter nicht leisten, offen seine Schwäche zu zeigen. Er hatte gelernt, nach außen eine unerschütterliche Miene zur Schau zu tragen und vor dem, was ein Autopsietisch zu bieten hatte, nicht zurückzuschrecken.

Er bog in die Hufelandstraße ein und parkte seinen alten Saab 900 direkt vor dem Gebäude. Dann betrat er das Haus Nummer 55. Man spürte sofort, dass die Welt in diesem Gebäude den Toten gehörte. Der Geruch leblosen Fleisches, vermischt mit Laborchemikalien, stieg ihm schon am Eingang in die Nase. Übernächtigt hatten er und Klasen nach Ansatzpunkten für die Untersuchung im Fall Freddi Kroll gesucht. Doch je mehr Akten sie wälzten, desto verwirrender wurde das Ganze. Die Berichte der Beamten und die Vernehmungsprotokolle der Zeugen kannte Borbek bereits auswendig. Niemand hatte etwas gehört, niemand hatte etwas gesehen. Zur Tatzeit hatte das Wachpersonal seine Runden gedreht oder vor den Überwachungsmonitoren gesessen. Doch jede Spur, die sie verfolgten, führte ins Leere. Freddi Kroll war einfach nur unglücklich gestürzt, wahrscheinlich gestoßen worden und nicht ermordet. Die Durchsuchung seiner Wohnung hatte auch keine neuen Erkenntnisse gebracht. Wenn er heute keinen Anhaltspunkt von Vinzenz Lukowski erhielte, würde er die Akten an die Abteilung Einbruch-Diebstahl übergeben.

Er folgte dem langen, leeren Korridor. Seine Schritte hallten von den Wänden wider. Die gelblich verblasste Wand und das grelle Neonlicht der Deckenbeleuchtung übertrugen ihre Farbe auf sein Gesicht und gaben ihm eine gespenstische Blässe, wie ihm die verspiegelte Fläche neben einer Doppeltür aus grauem Stahl zeigte. Sezierraum Nummer vier. Er stieß einen Flügel der Tür auf und eilte durch den Vorraum, wo die Leichen bis zur Bestattung oder Obduktion hinter den verschlossenen Stahlfächern der Kältekammer zwischengelagert wurden. An den Fächern steckten farbige Etiketten in Metallschlitzen – rosa Schildchen für weibliche, blaue für männliche Leichen.

Nicht nur bei der Geburt, selbst noch im Tod werden wir nach Geschlechtern getrennt, dachte Borbek und trat in den Obduktionsraum, wo winterliche Temperaturen herrschten. Die Wände waren wie ein altmodisches Schwimmbecken mit hellgrünen Fliesen gekachelt, und in der Luft hing ein undefinierbarer Geruch wie in einer Metzgerei. Unter den Tischen waren Schläuche verlegt, aus denen Wasser auf den gefliesten Boden strömte.

Die Leiche des Wachmannes befand sich unter einer weißen Plastikplane auf einem rostfreien Stahltisch in der Mitte des gekachelten Raums. Nur die nackten Füße waren zu sehen, die Zehen nach oben gerichtet. Auf einem kleinen Tisch daneben waren sorgfältig die Instrumente sortiert. Lukowski blickte auf, als er in der Tür erschien.

„Hey, komm rein. Ich habe dich schon erwartet."

O Gott, dachte Borbek, *das wird mal wieder eine verdammt harte Veranstaltung.* Es war das Knirschen der Knochensäge, das ihn regelmäßig erschauern ließ. Ganz zu schweigen vom Geruch. Und der war heute besonders übel. Lukowski leitete die Obduktion mit gewohnter Sachlichkeit. Seine Assistentin legte die Instrumente bereit und richtete die Lampen auf den Leichnam von Freddi Kroll, der bereits gereinigt worden war. Der Pathologe zog die Plastikabdeckung von Kroll, der mit ausgestreckten Armen auf dem Autopsietisch lag und einen widerlichen Geruch verströmte, als wäre er gerade einer Kloake entstiegen. Lukowski räusperte sich und fragte Borbek, ob es sich bei dem Mann um denselben handelte, den man in der sechsten Etage der Faber-AG entdeckt hatte. Borbek nickte. Damit waren die Formalitäten erledigt.

„Vor mir liegt der Körper eines mäßig trainierten, vollschlanken Mannes mittleren Alters", diktierte Vinzenz Lukowski in das im Computer integrierte Aufzeichnungsgerät, wobei seine Stimme von den kahlen Wänden frostig widerhallte.

„Also, ich beginne mit der äußeren Sichtung des Opfers. Die Zähne sind in einem schlechten Zustand. Die Nase ist ...", Lukowski hielt inne und betrachtete aus nächster Nähe das Gesicht des Mannes, „... trocken und verkrustet", fuhr er fort.

Borbek lehnte sich an die Wand und schaute seinem Freund zu.

„Die Todeszeit liegt zwischen ein Uhr dreißig und zwei Uhr dreißig, Todestag 23.10.2011. Bei den Leichen, die hier normalerweise hereinflattern, kann man das genauer bestimmen. Der Verwesungsgeruch zieht die Fliegen an, die stets auf der Suche nach einem geeigneten Ort sind, um ihre Eier abzulegen. Frisches totes Fleisch ist nicht nur ein guter Brutplatz für die Larven, sondern auch eine angemessene Nahrungsquelle für die winzigen Würmer."

Borbek sah den Gerichtsmediziner irritiert an. „Hereinflattern?", unterbrach er und zeigte auf die Leiche. „Ist das der Körper eines einhundert Kilo schweren Schmetterlings?"

Lukowski lachte laut auf. „Wenn wir auf dem Körper eines Toten verpuppte Larven finden, liefern sie uns den entscheidenden Hinweis auf die Todeszeit. Aber das ist hier nicht der Fall."

„Vinzenz, bitte. Warum muss ich mir diese Würmerscheiße anhören?"

„Der Wurm ist seit Jahrtausenden ein beliebtes Forschungsobjekt ..."

Borbek wurde es zu bunt. Er musste diesen Nebensächlichkeiten ein Ende bereiten. „Hör mal, du Meisterpathologe, heute bitte nur Fakten. Ich habe noch etwas vor."

„Ich habe verstanden. Der Sonnenschein lädt zum Spaziergang mit Baby ein. Das verstehe ich. Also die Kurzfassung: Das Opfer fiel mit dem Kopf auf eine scharfe Kante, die an der rechten Schläfe in den Schädel eindrang. Er muss sofort tot gewesen sein. Kein schöner Anblick. Einen Herzinfarkt konnte ich ausschließen. Ich sehe es deinem Gesicht an, dass dir diese Frage auf der Zunge brennt."

Borbek nickte. „Entschuldige mich kurz", sagte er und wandte sich zur Seite.

Er hatte schon viele Leichen gesehen, doch noch niemals eine, die so bestialisch stank. Der Rumpf, die Arme und Beine boten auch keinen appetitlichen Anblick, sie waren mit großflächigen schwarzen und dunkelroten Flecken übersät, als wäre das Opfer innerlich verblutet. Er musste den Obduktionsraum verlassen. Im Vorraum schob er sich ein Pfefferminzbonbon zwischen die Zähne und rieb sich die Schläfe, um die Bilder aus seinem Kopf zu verbannen. Dann betrat er erneut den Sezierraum. Im Hintergrund lief *Who wants to live forever?* von Queen.

„Geht es dir besser?", murmelte Lukowski.

Borbek nickte finster.

Lukowski zeigte auf die Leiche. „Ich frage mich, warum unser Freddi stürzte. Am Tatort gab es genügend Gegenstände, an denen er sich hätte festhalten können", sagte er.

Borbek blickte auf seine Schuhe. „Wurde er gestoßen?"

Lukowski drehte den Körper des Wachmannes auf die Seite und zeigte Borbek die blauviolette Verfärbung des gesamten Rückens.

„Keine Quetschungen, Wunden oder Spuren von äußerer Gewalteinwirkung. Totenflecken gibt es nur auf dem Rücken. Livores entstehen durch das schwerkraftbedingte Absinken des Blutes innerhalb der Gefäße. Nicht nur das Blut, sondern alle Körperflüssigkeiten sinken ab. Bei Rückenlage eines Leichnams sind sie daher am Rücken zu finden. Ich habe euch schon oft die entscheidenden Hinweise zur Überführung eines Täters geliefert, und das ist der tröstliche Aspekt einer Obduktion. Wenn man tagtäglich mit Grausamkeiten konfrontiert wird, die Täter ihren Opfern zufügen, und außerdem über exzellente Fachkenntnisse verfügt, bekommt man einen Blick für Todesursachen."

„Danke für die Ausführungen. Du sprudelst mal wieder vor Eigenlob."

Borbek hatte inzwischen Proben der Fingernagelreste entnommen und die Schere zusammen mit den letzten Proben in die Tüte mit den Beweisstücken gesteckt. Für einen Moment herrschte Stille.

„Hast du noch etwas entdeckt, Vinzenz?", fragte er.

Der Pathologe nickte prompt. „Du bist der Schnüffler. Rate mal, was es sein könnte."

„Raus damit!", sagte Borbek laut.

„Sprich bitte ein wenig leiser. Meine Migräne ist seit heute im Anmarsch."

„Sorry", sagte Borbek mitfühlend. Vinzenz Lukowski litt seit Jahren unter Migräneattacken.

„An seiner Handinnenfläche klebte ein Haar. Es ist viel länger als das des Toten und schwarz. Freddi Kroll hatte dunkelblondes Haar. Wir haben bereits DNA-Proben von allen Personen angefordert, die ihn angefasst haben. Komm, ich lade dich auf einen Kaffee ein, und dann sehen wir mal, was das Labor uns übermittelt hat", antwortete Lukowski.

„Ein Cognac wäre mir jetzt lieber. Du hast also außer der Todeszeit nichts. Die hättest du mir auch telefonisch mitteilen können. Wolltest du mich tatsächlich nur diesem widerlichen Gestank ausliefern, damit du deinen Spaß hast?"

Borbek hatte sich vom Seziertisch zurückgezogen und wartete, bis Lukowski grinsend seine Handschuhe abgestreift hatte. Dann gingen sie in Lukowskis Büro.

„Setz dich doch", sagte Vinzenz und warf die Espressomaschine an. „Du bist blass."

„Dieser bestialische Gestank haut mich um. Weshalb stinkt der so?"

„Die Antwort werden uns die Analysen von Blut und Gewebe bringen, aber ich habe einen Verdacht", antwortete Lukowski. „Hat sich das LKA schon eingeschaltet?"

Borbek sah ihn erstaunt an. „Nein, wieso sollte es?"

„Bei Faber-Hongkong wurde der Wissenschaftler Hún Xìnrèn tot aufgefunden. Man vermutet ein Kapitalverbrechen. Ermordet. Er war für die dort ansässige Forschung verantwortlich. Jetzt steckt die Firma in Schwierigkeiten. Man vermisst seine Laboraufzeichnungen über eine neue Substanz", antwortete Lukowski.

„Woher weißt du das?", fragte Borbek argwöhnisch.

„Das kann ich dir nicht sagen. Ich musste versprechen, dass ich den Namen meines Informanten nicht preisgebe, nur seine Information. Das ist eine schreckliche Geschichte."

Borbek sah seinen Freund nachdenklich an. „Du behinderst damit eine Mordermittlung, wenn du mir den Namen deines Informanten nicht nennst. Ist dir das klar?"

„Ja, ja. Ich habe es versprochen", sagte Lukowski und winkte ab.

Borbek ließ nicht locker. „Ich frage mich, was du mir noch verschweigst. Da steckt doch mehr dahinter."

Lukowski hob amüsiert die Augenbrauen. „Dir kann man nichts verheimlichen. Also gut. Ich weiß definitiv, dass Faber-Pharma Probleme mit einem polnischen Geschäftsführer hat, dessen Pass seitenweise Einreisestempel von Norwegen enthält. Mein Informant weiß nicht, warum das Unternehmen urplötzlich mit Einbruch-Diebstahl und vielleicht sogar mit Mord konfrontiert wird. Die Spur scheint aber nach Polen und Norwegen zu führen. Frag Robert Faber. Aber den Tipp hast du nicht von mir, verstanden?"

„Ich verspreche es", antwortete Borbek.

Lukowski schaltete den Computer an. „Die Laborbefunde sind da", fuhr er fort, druckte sie aus und überflog eilig den Bericht. „Ich glaube, ich weiß, was mit unserem Freddi los war", sagte er dann mit einem nicht zu überhörenden bedeutungsvollen Unterton und überreichte Borbek den Ausdruck. „Eine Ratte."

„Ratte?" Borbek runzelte die Stirn.

„Er wurde vor kurzem von einer gebissen. Vielleicht im Garten, vielleicht auf dem Klo. Die Ratte war Trägerin vom Streptobacillus moniliformis. Das Gift der Bakterien verursachte die Ödembildung, die Lymphknotenschwellung, die lokale Nekrose und besonders die Petechien." Lukowski machte eine Pause. „Es war kein Jungtier, sondern ein relativ großes", fuhr er dann fort. „Der Biss ist wegen der Feinheit der Zähne kaum zu erkennen. Die Inkubationszeit beträgt in etwa zwei bis zehn Tage. Sie löst das aus, was du hier siehst, außerdem Lähmungen der Extremitäten- und Atemmuskulatur sowie Ausfälle von Hirnnerven."

Borbek beugte sich vor und blätterte gedankenverloren im Laborbericht.

„Hörst du mir überhaupt zu?", fragte Lukowski irritiert.

„Entschuldigung, Vinz. Das ist einfach nur eklig."

„Dieser Mann wurde nicht ermordet. Er erlag seinen Kopfverletzungen, hervorgerufen durch einen Sturz", fuhr Lukowski fort.

Borbek atmete tief durch. „Also kein Mord ..."

„Der Einbrecher hat dem armen Freddi vielleicht beim Sterben zugesehen. Das wäre immerhin unterlassene Hilfeleistung, und das ist eine Straftat."

Borbek verspürte plötzlich das Bedürfnis zu pinkeln. „Jedenfalls ist das nun die Angelegenheit des Einbruch-Diebstahl-Dezernats, aber ich werde Faber dennoch aufsuchen."

„Du meinst, ihn in die Mangel nehmen?"

Borbek sah ihm direkt ins Gesicht. „Ich kann mir das Ganze noch nicht richtig erklären. Erst der Chinese in Hongkong und jetzt das hier." Er stand auf. „Für heute vielen Dank, Vinzenz. Wann bekomme ich den endgültigen Bericht?"

Lukowski klopfte ihm auf die Schulter. „Bravo. Mein Skalpell steckt noch in seinem Körper, und du schreist schon nach dem Abschlussbericht. Okay. Morgen."

„Bring ihn doch zum Abendessen mit", sagte Borbek und hielt ihm die Hand hin.

„Damit wäre Cora ganz bestimmt nicht einverstanden. Ich lasse die Akte in dein Büro bringen. Kennst du übrigens schon unseren neuen Psycho? Der soll wirklich gut sein. Er ist recht sympathisch und wird dich überraschen. Er heißt Karl Brenner."

„Na, hoffentlich. Sein Vorgänger ..."

„Erwähne in diesem Raum bloß nicht den Namen dieser Pfeife!"

„Schon gut, reg dich ab, Vinz", erwiderte Borbek. Sein Handy gab einen schrillen Pfeifton von sich. „Entschuldige, meine Frau."

Nach dem Telefonat schüttelte Borbek Lukowski noch einmal die

Hand und verließ den Autopsieraum. Draußen atmete er tief durch und fragte sich, wer Vinzenz Lukowski mit Informationen versorgte.

Faber-Pharma-AG Ratingen

Im Osten färbte ein schwacher Lichtstreifen den Himmel, Donner grollte. Die Wolken griffen ineinander, verschmolzen miteinander, strebten wieder auseinander und wechselten ständig von schwarz zu purpurn, dann waren sie geädert, dann wieder schwarz. Sie breiteten ein feines Regennetz unter sich aus.

Robert Faber stieg aus der Limousine und beobachtete fasziniert den Himmel über Ratingen. Wie gerne würde er sich jetzt dem grauen Alltag entziehen und stattdessen Kate liebkosen, ihr zuhören und mit ihr irgendwo in eine bessere Welt abtauchen. Tropische Sonnenuntergänge in der Karibik, wo von dunkelgrünen, fleischigen Blättern der Regen tropfte und die Lianen bis auf den Boden hingen. Ein Papagei flatterte krächzend davon. Kate berührte ihn. Sie sagte mit dieser sanften Stimme, die ihn so erregte, dass sie verrückt nach ihm sei, nach seinem Haar, nach seinem Mund, nach seinem Lachen, nach seinem Körper. Stattdessen ließ ihn ein stetiger frischer Wind leicht frösteln und holte ihn in die triste Wirklichkeit zurück.

Er betrat die Firma. Im Verwaltungsgebäude herrschte das reinste Chaos. Überall wimmelte es von Polizisten. Die Stimmung war bedrückend, und es war schwer, zur Tagesordnung überzugehen. Die Spurensicherung hatte die ganze sechste Etage sperren lassen, aber auf Maja konnte er sich verlassen. Seine Sekretärin hatte in Windeseile den Umzug in neue Büros organisiert. Er durchquerte die Eingangshalle und fuhr mit dem Aufzug in den fünften Stock. Eine Flut von Anrufen hielt ihn in seinem Büro pausenlos beschäftigt, zuerst die Presse und die Marketingleitung, dann Jonathan Hastings, daraufhin die Laborleitung und schließlich der Aufsichtsratsvorsitzende seiner Hausbank. Der Gute sorgte sich um die Aktienkurse der Faber-AG und ihrer Tochterunternehmungen, die nach der heutigen Öffnung der Frankfurter Börse um fünf Punkte gefallen waren, und witterte eine Baisse. Auch hatte seine Schwester Elisabeth seine Befürchtungen mittlerweile bestätigt. Die polnische Aufsichtsbehörde hatte das Drogendezernat in Warschau verständigt, nachdem der Opiatbestand nicht mit den Inventarlisten übereingestimmt hatte. Das Bankkonto wies ebenfalls ein erhebliches Defizit auf. Für Mittwoch hatte er Pasternek einbestellt.

Um zwei Uhr am Nachmittag zog er sich in einen Ruheraum im Untergeschoss zurück, legte sich für einen Moment auf die Couch und starrte an die Decke. Seine Beine fühlten sich bleischwer an, sein ganzer Körper war vollkommen erschöpft. Schließlich döste er ein. Nach wenigen Minuten – so glaubte er – schreckte ihn sein Handy auf, und er schaute auf die Mitteilung auf dem Display: *14:40 Uhr Borbek*. Robert warf einen Blick auf die Wanduhr. Halb drei. Er würde sich verspäten. Den Termin mit dem Polizisten hatte er völlig vergessen. Er sprang auf und rannte rasch die Treppen hinauf. Maja erwartete ihn bereits im Büro.

„Der Pförtner hat angerufen, Herr Faber. Thomas Borbek ist auf dem Weg nach oben. Ich könnte dem Mann unsere Firmenbroschüre zeigen. Sie hätten dann noch ein bisschen Zeit für sich."

Faber schüttelte den Kopf. „Glauben Sie wirklich, dass er sich für die Firmenbroschüre interessieren könnte, Maja?"

„Dieser Kommissar war gestern nicht besonders gut gelaunt", bemerkte sie trocken.

„Schon gut, auch das werden wir überstehen", sagte er und betrat sein Büro.

Es glich seinem alten im sechsten Stock, nur die indirekte Beleuchtung und die schweren Vorhänge vor den Fenstern waren anders. Neutrale Farben dominierten. Die Wände schimmerten in einem satten Creme-Ton, die Möbel waren mit beigefarbenem Leder bezogen. An den Wänden hingen zarte Landschaftsaquarelle, seine eingerahmte Promotionsurkunde sowie einige internationale Auszeichnungen, die den Besuchern das Gefühl von Sicherheit gaben. Darüber hinaus erzeugte eine speziell für ihn angefertigte Lichtinsel mit ihren funkelnden Farben für zusätzliches Wohlbehagen. Er fragte sich, wie es Maja in der Kürze der Zeit geschafft hatte, die Büros genau so zu gestalten wie seine Räume im sechsten Stock. Gedankenverloren schaute er aus dem Fenster, bis sein Laptop einen Signalton von sich gab und Yàn Meí über Skype ankündigte.

Borbek fuhr mit dem Aufzug in den fünften Stock. Ihm gingen Vinzenz Lukowskis Ergebnisse nicht aus dem Kopf. In all den Jahren seiner Tätigkeit als Leiter der Mordkommission hatte er nur wenige Pathologen getroffen, die sich mit totem Fleisch auf dem Seziertisch wohler fühlten als mit lebenden Patienten. Eine glorreiche Ausnahme bildete Vinzenz Lukowski. Trotz der täglichen Konfrontation mit dem Tod war der Gerichtspathologe ein einfühlsamer Mann geblieben. Borbek kannte ihn seit vielen Jahren. Sie hatten nach einer abendlichen Obduktion in einer Kneipe gemeinsam ein Bier getrunken, seitdem duzten sie sich. Er bewunderte die exzellente Arbeit dieses Mannes und wusste, dass

Lukowski ihn ebenfalls schätzte. Von ihm erfuhr er vieles über die Gerichtsmedizin, was in einem Lehrgang der Polizei nicht vermittelt wurde. Lukowski war kein hartgesottener Pathologe.

Der Tod des Wachmannes und die ausgesprochene Kaltblütigkeit, die der Einbrecher an den Tag gelegt hatte, gingen Borbek nicht aus dem Kopf. Er war gespannt, wie Faber auf die Fotografien vom Opfer reagieren würde. Außerdem fragte er sich, welche Erklärungen Faber für die Vorkommnisse im Unternehmen bereithielt. Als er das Sekretariat betrat, blickte eine junge Frau, offensichtlich die Sekretärin, fragend zu ihm auf.

„Kommissar Borbek?"

Er nickte und zeigte Maja Scholler seinen Ausweis.

„Herr Faber telefoniert noch. Kann ich Ihnen einen Kaffee anbieten oder etwas anderes?"

„Gerne, vielen Dank", antwortete er.

Aus dem Büro hörte er Gesprächsfetzen. Die Stimme klang scharf und bohrend. Er musterte die Sekretärin, die ihm nervös vorkam.

„Ich soll Sie übrigens von Dr. Lukowski grüßen."

Sie hob die Augenbrauen, doch die leichte Röte auf ihren Wangen entging ihm nicht. Bingo! *Ich wusste es doch,* dachte er und schmunzelte. Sie entsprach genau Lukowskis Typ.

Maja Scholler drückte den Knopf der Sprechanlage. „Kommissar Borbek für Sie, Herr Faber."

„Bitten Sie ihn herein, Maja."

Sie zeigte auf die holzvertäfelte Tür. „Bitte, Kommissar."

Wow! Was für ein Augenaufschlag! Er lächelte. Seine Frau würde toben, wenn sie diesen Blick gesehen hätte. Er konnte seinen Freund verstehen. Maja Scholler war wirklich reizend. Er drückte die Türklinke herunter und betrat Fabers Büro. Der Mann, der hinter dem Schreibtisch aufstand und auf ihn zukam, machte einen erschöpften Eindruck und hatte Schatten unter den Augen.

Borbek begrüßte ihn mit einem kühlen Nicken. „Ich danke Ihnen, dass Sie sich die Zeit genommen haben, Herr Faber."

Robert Faber reichte ihm die Hand und zeigte auf die Ledergarnitur. „Wollen wir uns nicht setzen? Ich hatte bislang noch nicht das Vergnügen, so oft die Polizei im Haus zu haben."

Der Blick, mit dem er Borbek fixierte, war so intensiv, dass dieser sich fragte, ob sie sich vielleicht schon mal begegnet waren. Die Tür wurde so lautlos geöffnet, dass erst das dezente Klirren von Porzellan ihn auf das Eintreten von Maja Scholler aufmerksam machte. Sie brachte ein Tablett mit Tassen und einer Kanne Kaffee, das sie auf einem Beistelltisch absetzte. Faber bedeutete ihm, Platz zu nehmen, und Borbek ließ sich in einen Ledersessel sinken. Maja Scholler schenkte Kaffee ein und reichte ihm eine Tasse.

„Vielen Dank“, sagte Borbek.

Dann warf sie Faber einen fragenden Blick zu und zog sich wieder zurück. Kein Wort war zwischen den beiden gefallen. Die einzige Kommunikation hatte in diesem Blick und einem Nicken als Erwiderung bestanden. Maja Scholler und ihr Vorgesetzter kannten einander offenbar gut.

„Wissen Sie schon etwas?“, begann Faber. „Hat die Obduktion neue Erkenntnisse gebracht? Die Vorfälle im Unternehmen müssen schnellstens aufgeklärt werden. Es ist eine entsetzliche Geschichte, und ich werde versuchen – soweit es mir möglich ist – Sie bei den Ermittlungen zu unterstützen und Ihre Fragen zu beantworten. Normalerweise beschäftige ich mich aber lieber mit anderen Dingen.“

„Ich auch, das können Sie mir glauben“, konterte Borbek.

Er wunderte sich nicht über den Wortschwall des Mannes, obwohl die Zeugen in der Regel erst einmal abwarteten. Faber war nervös, das stand fest. Schließlich war die sechste Etage dieser Firma mit Blut besudelt.

„Ich meinte die Tat an sich“, fuhr Faber fort. „Den Gesamteindruck des Verbrechens. Ich interessiere mich für Ihren Eindruck, Herr Borbek.“ Er beugte sich vor, die grauen Augen auf Borbek geheftet. „Sie haben doch die Schweinerei dort oben gesehen.“

Faber stellte zu viele Fragen, fand Borbek. Er entschied sich bei seiner Befragung für die Methode „aggressiver Bullterrier“.

„In Hongkong gab es ebenfalls einen Toten, Herr Faber. Und Sie waren zu dieser Zeit dort. Und nach Ihrer Rückkehr wird in Ihre Firma eingebrochen, und ein Wachmann stirbt. Sie wollen uns also unterstützen. So, so. Das haben mir schon viele Täter angeboten.“

Er bemerkte, wie dem anderen die Röte ins Gesicht stieg. Er konnte seine Empörung förmlich spüren. Abrupt stand Faber auf.

Borbek hob die Hand und winkte ab. „Bitte setzen Sie sich wieder, und beruhigen Sie sich. Über die Ergebnisse des Obduktionsbefunds darf ich Ihnen nichts sagen, nur so viel: Der Wachmann starb an seiner Kopfverletzung, verursacht durch einen Sturz. Welchen Grund könnte es geben, dass in Ihr Unternehmen eingebrochen wird und dass ein Wachmann dabei zu Tode kommt? Ich möchte wissen, wie jemand unbemerkt hier eindringen und wieder verschwinden konnte. Mich interessiert, wo Sie während der Tatzeit waren, mich interessiert, welches Motiv hinter dem Einbruch steht. Mich interessiert einfach alles, besonders die Wahrheit“, sagte er und dachte: *Wenn ich dich in die Mangel nehmen muss, dann wirst du mich nicht mehr mögen.*

Robert Faber lächelte gequält. „Also kein Mord?"

„Nein, der Wachmann wurde nicht ermordet. Aber wenn ein Einbrecher in Kauf nimmt, dass eine Notlage vorliegt und er Hilfe hätte leisten können, es aber aus persönlichen Gründen unterlässt, erfüllt sein Verhalten den Tatbestand der unterlassenen Hilfeleistung nach § 323c StGB. Dieser Tatvorsatz ist eine Straftat." Ihm fiel auf, dass er Lukowski fast wortwörtlich zitiert hatte.

„Der Täter hat dem Wachmann beim Sterben zugesehen?"

„Ich kann Ihnen nur raten, mir die Wahrheit zu sagen", fuhr Borbek fort. „Und ich spreche diesen Ratschlag nur aus einem einzigen Grund aus: Ich möchte vermeiden, dass Ihnen oder sonst wem das Gleiche passiert wie Ihrem Wachmann oder Ihrem Angestellten Dr. Hún Xìnrèn."

Er knallte die Aufnahmen von Freddi Kroll auf den Glastisch und beobachtete Fabers Reaktion. Er wurde blass und starrte die Fotos an. Borbek kannte die Reaktionen von Tatverdächtigen und Zeugen bei Befragungen. Sie hatten plötzlich das Gefühl, als gäbe es nicht genügend Sauerstoff im Raum. Ihr Puls raste, und sie spürten, wie er jede ihrer Reaktionen abspeicherte.

„Mein Gott, das ist ja entsetzlich", sagte sein Gegenüber sichtlich betroffen.

Borbek musterte ihn. Dieser Mann war erschüttert. Er nahm einen kleinen Rekorder aus seiner Jackentasche und legte ihn auf den Glastisch. „Sie haben doch nichts dagegen?"

„Nein."

„Und jetzt erklären Sie mir bitte mal, welches Süppchen Sie in Ihrem Labor eigentlich kochen."

Kapitel 27

Flug Warschau – Edinburgh, 23. Oktober 2011

Die Turbulenzen über der Nordsee ließen das Flugzeug schaukeln, wenngleich Charis und Calum aus anderen Gründen beschwingt die hintere Flugzeugtoilette gemeinsam verließen. Sie nahmen mit einem Augenzwinkern ihre Sitze wieder ein.

Charis spürte ihn immer noch, obwohl er nun zwei Sitze hinter ihr saß. Seine Haut spannte sich sonnengebräunt und weich über Sehnen, die sich in einem perfekten Fächer von seinen Fingerknöcheln zu seinen Handgelenken zogen. Die Adern waren gerade sichtbar genug, um von körperlicher Kraft zu zeugen, aber nicht so sichtbar, dass sich destruktive Züge dahinter erahnen ließen. Seine anmutigen langen Finger endeten in gepflegten Nägeln, die er jeden Morgen auf Hochglanz polierte. Die perfekten Hände eines Schönheitschirurgen.

Sie dachte an das Ziel ihrer Reise, das sie mit diesem Mann plante. Calum schürte Tag und Nacht die lodernde Gier ihres Feuers, und dennoch gab es in Na Stacain jemanden, der sie aus seiner Welt zu verdrängen drohte. Sie schloss die Augen und runzelte die Stirn, als ränge sie um die Lösung eines Rätsels, dessen Namen sie nur zu gut kannte: Mairead.

Immer wieder hatte er ihr von Mairead erzählt, und sie hatte dabei ein Flackern in seinen Augen bemerkt. Dabei war dieses Kind nur ein Kretin. Wenn sie an das Mädchen dachte, wurde ihr übel. Ihr zorniges Herz beschleunigte den Rhythmus, jagte das Blut durch die Halsschlagader und ließ den Schädel pochen, irgendwo innerhalb der Schläfenlappen. Ein Gedanke tröstete sie allerdings: Das Kind war krank – sein Herz war schwer geschädigt.

Calum hatte sie gebeten, in den kommenden Wochen nach Bettyhill zu fahren und Bernhard Merrick, der neben seiner Tätigkeit für Lux Humana seit vielen Jahren auch die dortige Kinderklinik fachärztlich betreute, eine großzügige Spende zu überreichen. Vielleicht gab es unter den kranken Kindern ein Würmchen mit einem passenden Herzen für Mairead. Warum nicht? Calum würde sie noch mehr lieben, wenn sie so tat, als unterstütze sie ihn bei der Suche nach dem lebensrettenden Organ.

Sie hatte zum jetzigen Zeitpunkt eine konkrete Vorstellung, wie ihre Zukunft aussehen sollte. Charis und Calum – Calum und Charis.

Ein Kind sollte daran nichts ändern. Nur sie entsprach dem Ideal von Lux Humana. Nur sie würde Calum auf dem Weg zum Ruhm begleiten. Mairead würde ihre Pläne nicht durchkreuzen. Nichts würde sie zurückhalten. Dies war der Augenblick, nach der Macht zu greifen. Sie war in Besitz von Rebu 12. Mit Mairead würde sie leichtes Spiel haben!

Calum hatte ihre Intrigen noch nie durchschaut. Niemand kannte ihr wahres Ich, nicht einmal er. Und wenn Mairead starb, würde sie ihn trösten, wäre immer für ihn da. Danach gäbe es für ihn nur noch Baby Blue. Niemand würde ihn ihr nehmen.

Calum löste seinen Gurt und stand auf. „Wir landen in zehn Minuten. Alles in Ordnung?", fragte er.

Charis schenkte ihm ein breites Lächeln und erwiderte seinen Blick. Er streifte mit den Lippen kurz über ihre Hand und ging wieder zu seinem Platz zurück. *Sie ist mein Meisterwerk,* dachte er. Sie war eine Göttin, heute viel schöner als vor zehn Jahren.

„Die Seele besteht aus zwei Hälften, und der Mensch verbringt sein ganzes Leben damit, nach der anderen Hälfte seiner Seele zu suchen. Ich habe sie gefunden. Du bist es, Calum", hatte sie in Warschau zu ihm gesagt.

Er liebte sie, das stimmte, seit vielen Jahren. Dennoch hegte er Mairead gegenüber Gefühle, die Charis nie in ihm hatte wecken können. Dieses Mädchen gehörte ihm ganz allein, er wollte es mit niemandem teilen, nicht einmal mit seiner Mutter. Damals war er sich seiner grausamen Entscheidung durchaus bewusst gewesen, einer Mutter das Kind zu nehmen. Er wollte nicht preisgeben, wer ihre Mutter war. Vielleicht später einmal, aber gewiss nicht in nächster Zukunft. Sein Stolz war damals wie heute so übermächtig wie sein vollständiger Besitzanspruch. Charis würde ihn lynchen, wenn sie dahinterkäme, dass er solche Gefühle für ein Kind hegte.

Mairead lebte auf Torrisdale Castle und war unter den Schülern des Internats sehr beliebt. Er hatte das Gefühl, dass er sie vor der Welt und vor Menschen wie Charis beschützen musste. Von Anfang an war er entzückt von dem kleinen Wesen, das in sein Leben getreten war und es komplett auf den Kopf gestellt hatte. Er begriff plötzlich die Zuneigung, die sein Vater beim Anblick der kleinen Charis empfunden haben musste.

Mairead entwickelte sich von Geburt an sehr schnell. Im Wachzustand war sie munter und hörbereit. Sie reagierte, wenn er sie ansprach, und erkannte ihn an seinem Geruch. Mit ihrem aufmerksamen Blick wandte sie sich immer dorthin, wo sie seine

Stimme hörte. Er glaubte, dass sie mit dem Wunsch nach Kommunikation geboren worden war. Er erlebte mit ihr eine erste Unterhaltung, als sie zwei Monate alt war. Sie reagierte auf seine lebhaften Worte mit einem Lächeln und bewegte ihren kleinen Mund, oder sie nickte oder streckte die Zunge heraus.

Er war in das Baby Mairead verliebt gewesen, bis zu jenem Tag, als ihre DNA im achten Monat verrückt gespielt hatte. Von dem Tag an hatte er Gordon die Erziehung überlassen. Die Enttäuschung, dass aus ihr niemals ein perfektes Mitglied von Lux Humana werden würde, war zu groß gewesen. Er hatte Kate eine horrende Summe für die Betreuung von Mairead geboten, doch sie hatte abgelehnt, worüber er sehr verärgert gewesen war. Damals hatte er den Kontakt zu ihr abgebrochen. Es machte ihm nichts aus. Er glaubte gehört zu haben, dass sie England nach dem Studium verlassen hatte und irgendwo in Deutschland lebte.

Immer wieder kam er nach Na Stacain und stellte fest, dass Mairead rein war wie eine weiße Rose und ihrer Zeit weit voraus. Die frühreif klingenden Worte aus ihrem Kindermund entstammten ihrem tiefsten Inneren. Im Laufe der Jahre fand er immer mehr Spaß an der Kommunikation mit ihr. Zwischen ihnen reifte eine innige Bindung und tiefe Zuneigung heran. Er holte Gordon und Mairead wieder nach Torrisdale Castle. Mairead stellte keine Forderungen, erwartete nie etwas von ihm, sondern brachte ihm bedingungslose Liebe entgegen. Wenn er wegen einer misslungenen Operation aufgewühlt, wütend oder traurig war, machte sie ihm Mut und wärmte sein Herz mit einem zahnlosen Lächeln. Sie wusste, was er fühlte, wenn er versagte. Sie verstand ihn.

Häufig beobachtete er sie vom Fenster seines Büros aus, das im obersten Stockwerk der Klinik lag. Nur Mairead allein entschied, wann und wem sie sich zeigen wollte. Oft saß sie am nahen See und starrte auf die Schwäne, die über die wellige Stille zu schweben schienen.

Wie gern würde er jetzt ihren Duft in sich aufnehmen, diesen eigenartigen Duft eines Kindes in einem alten Körper. Maireads Schönheit würde niemals erblühen. Die Zeit drängte. Sie alterte mit rasender Geschwindigkeit. Bereits im neunten Lebensmonat hatten sich die ersten Symptome gezeigt. Obwohl sie wusste, dass ihr Leben nur von kurzer Dauer war, wollte sie leben. Sie hatte einen eisernen Willen, tat alles, was er von ihr verlangte, und war zudem ein phantastisches Forschungsobjekt.

Rebu 12 würde ihre Welt, aber auch die Welt von Lux Humana auf den Kopf stellen. Hún Xìnrèns Unterlagen bargen neue Erkenntnisse, wie er seine eigene Forschung an progeriekranken Kindern erweitern und die Krankheit womöglich besiegen konnte. Durch den Diebstahl der Forschungsergebnisse rückte für ihn und Gordon der Nobelpreis in greifbare Nähe. Niemand würde mehr an ihrer Genialität zweifeln, Ruhm und Macht wären ihnen sicher. Und sein kleines Mädchen könnte endlich angstfrei leben und dem Tod den Rücken zukehren.

Morgen würde er mit Gordon das weitere Vorgehen besprechen. Sein Bruder musste dringend abgelenkt werden, denn sein Drogenkonsum nahm immer bedrohlichere Formen an. *Der Junge hat sich nicht mehr im Griff.*

Doch zunächst brauchte er ein passendes Spenderherz. Bernhard Merrick war zu allem bereit, um seine kostbaren Hobbys samt Huren zu finanzieren. Mairead käme nach den Transplantationskriterien für ein Spenderherz niemals infrage, aber Merrick wusste, wie man die Warteliste manipulieren konnte. Außerdem bahnte sich eine teure Scheidung an. Sally wollte ihren Ehemann verlassen und hatte ihm damit gedroht, Maireads Herkunft preiszugeben. Ein Gedanke, der Calum nicht sonderlich behagte, denn Sally kannte Maireads leibliche Mutter. Über sein Gesicht huschte ein flackerndes Lächeln. Mairead – Kind des Lichts, der Tautropfen, der durch das Mondlicht zur Perle wird, Tochter von Calum Burgess. Sie gehörte nur ihm allein.

Kapitel 28

Torrisdale Castle, 23. Oktober 2011

Noch bevor die Nacht endgültig alles in Schweigen hüllte, erblickte Charis nach langen Jahren erstmals wieder Torrisdale Castle. Die letzten Kilometer über die schmale Asphaltstraße entlang der Sandwood Bay, die Hügel an der Küste von Am Buachaille sowie die Schlucht und die vielen ausgetrockneten Bachbetten weckten Erinnerungen an ihre erste Fahrt mit Nathan hierher.

„Befindet sich das Zahlenschloss noch immer an derselben Stelle?", fragte sie, als Calum am eisernen Tor der Einfahrt hielt. Er nickte, stieg aus, nahm einen Ziegel aus einem der Mauerpfosten und tippte den Zahlencode ein. Dann stieg er wieder ein, und sie passierten das Tor.

Von der langen, baumgesäumten Zufahrt blickten sie in den Innenhof mit seinem Hauptflügel und den beiden Seitenflügeln. Kam man jedoch durch den Park mit den altehrwürdigen, schattenspendenden Bäumen, sah man zuerst das z-förmige Turmhaus des Hauptflügels mit seinem dicken Rundturm und dem überbordenden Zinnen- und Turmschmuck, in dem das Internat und die Zimmer der Schüler untergebracht waren. Das Haupthaus war für die Mitglieder von Lux Humana bestimmt. Die Luft roch nach Meer. Der Atlantik lag knapp fünf Kilometer weiter westlich, im Schimmer des letzten Tageslichts glänzte verschwommen sein Spiegel, der durch die Bugwelle eines vorbeifahrenden Schiffs in Streifen geschnitten wurde.

Das graue Nebelband am Horizont wird über Nacht wohl wieder hereinziehen und um die Mittagszeit verdunstet sein. Torrisdale Castle war einmal ein Gutshaus mit Scheune und etlichen Nebengebäuden gewesen. Es war im viktorianischen Stil erbaut worden, und zahlreiche große Fenster gingen auf die Bucht hinaus. Eine große Veranda verlief um zwei Seiten des riesigen Haupthauses, das sich an die natürliche Felsformation einer Klippe anschmiegte. Durch die Fenster und überall auf dem Gelände waren Lichter zu sehen. Leuchten erhellten den Fußweg zum Parkplatz. Calum hielt vor dem Eingang.

„Sie erwarten uns, Charis. Geh vor. Ich hole den Wein."

Während er den Hang hinunterfuhr, betrat Charis das Haupthaus. Als sie den Wohnbereich betrat, wurde sie von Bernhard Merrick begrüßt. Hinter ihm stand ein kleines Mädchen, das mit trüben Augen und zahnlosem Mund verlegen lächelte. Das Kind kam auf sie zu und reichte ihr die Hand.

„Ich bin Mairead“, sagte sie mit piepsiger Stimme. „Du bist also Charis. Willkommen auf Torrisdale Castle. Wo ist Calum?“

Charis wurde von Wut übermannt. Ihre Mundwinkel zuckten unkontrolliert. Dieses Kind und die Tatsache, dass Calum sich während der Fahrt in Schweigen gehüllt hatte, führte ihr die schmerzliche Leere ihrer eigenen Existenz wieder vor Augen. Nichts und niemand durfte zwischen ihnen stehen, schon gar kein greisenhaftes Mädchen. Sie hatte all die Mühen nicht umsonst auf sich genommen. Sie war keine Blüte, deren bräunlich gebrochener, winterlicher Charme im Licht der Kerzen ein melancholisches Lied der Vergänglichkeit sang. Sie war durch Rebu 12 zu einer makellosen Rose erblüht. Sie verdiente Achtung und Respekt, und zwar uneingeschränkt.

„Vielen Dank für den freundlichen Empfang, Mairead. Calum hat mir schon viel von dir erzählt. Er kommt gleich“, sagte sie lächelnd, aber ihre Augen blieben kalt.

Calum parkte den Wagen vor dem Gebäude, in dem der Weinkeller untergebracht war, und schloss die Tür auf. In den Regalen und Kisten entlang der Wände lagerten Hunderte von Flaschen. Er klemmte sich eine Kiste unter den Arm, verließ den Weinkeller und verriegelte die Tür. Am Haupthaus angekommen, hörte er Stimmen, die aus dem Wohnbereich kamen, und blickte durchs Fenster. Dort entdeckte er Bernhard Merrick, der sich mit Mairead unterhielt.

„Mairead“, rief er und winkte ihr zu.

Ihn durchströmte eine große Wärme, als sie ihm ihr zahnloses Lächeln schenkte. Sie kreischte vor Vergnügen und trat ans offene Fenster. Er nahm ihre kleine Hand, spürte ihre zarten Finger auf seiner Handfläche, zärtlich, zittrig, fahrig waren sie, ängstlich tasteten sie sich zur Innenfläche.

Mit einem Mal stand Charis neben ihr. Er sah das verräterische Funkeln in ihren Augen. Die Bedrohung, die von ihr ausging, lag in der Luft. Bei ihrem hasserfüllten Blick wurde ihm übel vor Sorge. Er bereute es schon jetzt, ihr von Mairead vorgeschwärmt zu haben. Charis wollte ihn mit keinem anderen Menschen teilen. Selbst dass er einem Kind ein wenig Aufmerksamkeit schenkte, ertrug sie nicht.

„Wen liebst du mehr, Mairead oder mich?“, fragte sie unverblümt.

Mairead zuckte erschrocken zusammen.

„Dich, Charis“, antwortete Calum, sah aber dabei das Mädchen an.

Kapitel 29

Torrisdale Castle, 2000–2001

Sie wurde Nathans beste Schülerin, oder vielmehr das ehrgeizigste Mitglied von Lux Humana. Nathan nutzte die normalen Gefühle der Zerrissenheit aus. Er ließ zu Wagners *Tristan und Isolde* die Mädchen und Jungen Erlebnisse aus der Kindheit durchleben, bei denen sie Wut und Enttäuschung empfunden hatten.

„Hattest du jemals das Gefühl, deine Eltern oder dein Zuhause wären für dich nicht gut genug?", fragte er. Oder er provozierte sie: „Hast du jemals an deinem Körper etwas gemacht, das du nicht hättest tun sollen?"

Sein Blick war dann immer auf irgendein Mädchen im Raum gerichtet, das ihr ähnlich sah, ein ausdrucksloses Lächeln im Gesicht. Er schaffte es, in einem willensstarken, glutäugigen Augenblick das Mädchen völlig aus dem Gleichgewicht zu bringen. Danach erstarb sein Lächeln. Er bedachte sie mit einem unmissverständlichen Blick, eindringlich und intensiv und voller Lust.

Er injizierte den Mädchen Ketamin, eine Substanz, die die Erinnerungen an den Behandlungsraum für immer aus ihrem Gedächtnis löschte, und danach Hormone, um pubertäre Stimmungsschwankungen auszulösen. Er führte sie vor und demütigte sie, Liebe und Hass in einem Atemzug. Danach waren sie keines verfeinerten Gefühls oder Gedankens mehr fähig. Sie verloren jegliche Sensibilität. Einige von ihnen brachen zusammen.

„Das Unvollkommene verhindert die Entfaltung. Lux Humana ist nicht der richtige Ort, weiter darüber nachzusinnen, wer du bist!", fauchte Nathan sie dann an, während sie wimmernd zu seinen Füßen lagen.

Die Neophyten, die diese Worte aus seinem Mund vernahmen, packten wenig später ihre Habseligkeiten und verschwanden für immer von der Bildfläche. Das Waisenhaus in Bettyhill nahm die „Ungehorsamen" wieder auf.

In der Woche des Atems verloren die Mitglieder bereits nach zwei Tagen die Kontrolle. Empörung wich Wut, sie verspotteten andere Neophyten auf maliziöse Art, und nach einer Woche verwandelte sich der Zorn in Hass auf die Welt außerhalb von Na Stacain.

Diese Gefühle waren die Voraussetzung für die zweite Phase der Initiation. Zu dem Zeitpunkt waren die Mädchen noch unberührte

Engel; entrückt vom Tageslicht und der Sonne der Sterblichen, lächelten sie Nathan drogenumnebelt an.

Nach der Woche des Atems hielten sie wie Pech und Schwefel zusammen. Sie überwachten, kontrollierten und bestraften sich nun gegenseitig. Diese Woche danach nannte Nathan „Macbeth", weil er glaubte, seine Zöglinge besiegt zu haben. Charis jedoch nannte sie „Luzifers Fall".

Na Stacain, Woche des Macbeth

„Du bist schwach, Charis! Schau dir diese wundervolle junge Frau an. Sie hat die Macht!", brüllte Nathan. „Willst du die absolute Macht, Charis? Dann sei stark."

Sie musste den Drang hinunterschlucken, ihm ins Gesicht zu spucken oder ihn anzuschreien, die Stille nach seinem Ausbruch mit Worten zu füllen. Sie presste die Lippen fest zusammen. Er wollte sie gefügig machen, sie brechen. Niemals würde sie das zulassen. Nathan sah sie kalt an, dann drehte er sich um und lobte den Geschmack der anderen Mädchen im Erziehungszimmer. Sie alle saßen auf Stühlen, waren an den Knöcheln gefesselt. Nathan gab ihnen Ecstasy, und sie mussten an der Droge Lava Red schnuppern, die er vorher mit einem künstlichen Cannabinoid besprüht hatte. Sie weigerte sich. Ecstasy ja, Lava Red kam nicht in Frage. Zu gefährlich, sagte sie und untergrub damit Nathans Autorität vor den anderen. Er starrte sie an. In seinen Augen brannte ein Höllenfeuer.

„Oh … Luzifer verkraftet meine Verweigerung nicht", zischte sie.

Er schlug sie ins Gesicht. Unbeeindruckt wanderte ihr Blick zu dem Mädchen, mit dem er sich jetzt beschäftigte. Sie sah ihr ähnlich, nur waren ihre Haare goldfarben. Sie trug ein verführerisches Kleid, Charis hingegen nur Jeans und T-Shirt.

Sie sah Nathans pralle Erregung und las Feindseligkeit in seinen Augen. Nathan begann, das Kleid der anderen aufzuknöpfen, streifte es ihr ab. Sie trug ein Höschen von der Stange mit einem BH, der den Sexappeal von alter Pennerwäsche besaß. Ihre Knie öffneten sich, aber nur ein Stück. Nathan löste ihre Fesseln, legte sie aufs Bett und glitt neben sie.

Das Mädchen lächelte sie triumphierend an. Sie rekelte sich vor Nathan mit selbstverständlicher körperlicher Vertrautheit. Sie küsste ihn von hinten in den Nacken, während sie ihren betörenden Blick auf Charis richtete. Auch ihre Zunge hatte einen Auftritt, und Worte wie „dope", „chillig", „geil" kamen über ihre Lippen. Charis zwang sich durchzuatmen.

Nathans Hände umfingen die Knöchel des Mädchens und spreizten seine Beine. Sie trieb vermutlich durch die Droge auf dem Meer, und die Wellen trugen ihren Körper dem Mann entgegen, den Charis verachtete. Seine Hände glitten an ihren Schenkeln hinauf und berührten ihre intimsten Stellen. Er benutzte seine Zunge, küsste sie und biss in ihre Brustwarzen, in ihre Brüste. Seine Küsse waren fordernd, seine Zähne hinterließen Spuren. Charis bebte vor seelischer Qual, weil sie dieses Mädchen und der Mann Calum sein könnten. Tränen traten ihr in die Augen. Die Szene erinnerte sie an ihr Spannen in der Klinik, und auch jetzt verspürte sie den glühenden Wunsch, sich selbst zu berühren. Ihr Körper wand sich in dem Bedürfnis zu entkommen. Sinnlos. Die Fesseln waren so unnachgiebig wie Nathan. Als sich sein Körper auf den des Mädchens presste, wurden seine Berührungen grob.

Plötzlich schaute er sie an. Er erkannte ihre Erregung und ihren Verzicht, indem sie ihm einen Blick in ihre Seele gewährte, in der die Dämonen in Hohngelächter ausbrachen. Wut flammte in seinen Augen auf. Er ließ von dem Mädchen ab. Sie wollte schreien, hörte das Geräusch einer Brandung in ihrem Kopf und das Ticken einer Uhr. Sie wand sich unter den Fesseln, drehte ihren Körper, versuchte sich zu befreien.

Dann schlug Nathan zu. Mitten in ihr Gesicht. Feuer, Brennen. Ihr Mund öffnete sich. Sie schmeckte Blut. Ihr Fluchen erklang nur in ihrem Kopf. Ihre Lippen bewegten sich nicht. Ihre Zunge lag taub in ihrem Mund. Sie drehte den Kopf zur Seite, blinzelte und versuchte an dem Licht vorbeizusehen, das sie auf einmal blendete.

„Hast du es jetzt begriffen, Charis?", fragte Nathan.

Schweigen.

Sie schürzte die Lippen.

Wieder schlug er zu. Heftiger.

„Vorsicht", mahnte er sie. In seinen Augen funkelte der Wahn.

Stille.

Sie spürte die Spitze der Nadel auf ihrem Arm, sie durchbohrte ihre Armvene. Sie schloss die Augen, spürte keinen Schmerz. Diesmal wurde sie nicht vom Wasser getragen. Sie flog. Dennoch konnte sie Nathans Gebrüll bis in ihren Drogenhimmel hören. Ein Mädchen kam aus irgendeiner Ecke angekrochen und konnte vor lauter Kokain kaum aus den Augen sehen.

„Ihr seid dazu da, unsere Schwänze zu lutschen. Sie immer wieder zu lutschen, hintereinander weg, wie sie eben kommen. Verstanden?", brüllte er die Mädchen an. „Ich möchte steife Brustwarzen und feuchte, zuckende Muschis sehen!" Dann sah er wieder in ihre Richtung. „Du wirst alles tun, was ich verlange, Charis."

Stille.

Er ging wieder zu dem Mädchen und rieb so lange ihre Scham, bis sie kam und ihn anbettelte, sie zu nehmen. Dann drehte er sich um und kam auf sie zu.

„Sag es, Charis", herrschte er sie an. „Sag es!"

Schweigen.

Er ritzte kleine Kreise in ihr Fleisch.

Seltsam, es tat nicht weh.

„Sei stark, Nathan", sagte sie nur.

Er kam gewaltig.

Nach der Behandlung in der Klinik Na Stacain kehrten die Mitglieder zurück auf Torrisdale Castle. Dort erfuhren sie, dass die Schmerzen der Schönheitsoperationen nichts waren im Vergleich mit denen, die die Forever-Injektionen hervorriefen. Schönheit hatte ihren Preis. „Neophyten" durften sich die Mitglieder erst nennen, nachdem Nathan sich von ihrer Makellosigkeit überzeugt hatte. Er hatte es sich anders überlegt und ihre Rivalin Kate nicht nach Torrisdale zurückgeholt, um sie zu quälen. Vielleicht weil Calum derzeit seine Facharztausbildung als Wiederherstellungschirurg in Edinburgh absolvierte und nur selten nach Torrisdale Castle kam. Mittlerweile waren Nathan und Gordon ein eingespieltes Team. Gordon half ihm auf Torrisdale, aber niemals in Na Stacain. Bis zum Tag der Aufnahme in den inneren Kreis traf Nathan eine Auswahl unter verbliebenen Jungen und Mädchen, die für die Reise ins Zentrum von Lux Humana in Frage kamen. Sie unterlagen in dem Gebäude mit den vier Türmen seiner Allmacht, denn sie wollten zur absoluten Elite gehören und gierten nach der Aufnahme. Sobald ein Mitglied die Initiation abgeschlossen und die Dunkelheit verlassen hatte, gelangte es durch die rituelle Taufe in die Gemeinschaft Lux Humana und durfte sich Neophyt nennen, was so viel wie „neu Aufgenommene" bedeutete.

Gordon hatte eine Art Instinkt im Umgang mit den angehenden Neophyten entwickelt und wusste, wann es besser war, an ihrer Seite zu sein, um sie zu trösten, und wann er ein Mitglied nach Nathans Behandlung lieber sich selbst überließ, weil ihm nicht mehr viel Zeit blieb.

Gordon war für das geduldige Zuhören zuständig, wenn das Ende nahte. Dann ließ Nathan denjenigen glauben, dass der Tod das Tor zu Freude und Herrlichkeit sei. Bis zum Morgengrauen plauderte er mit dem Sterbenden, bis der Neophyt sein von rötlichen Flecken übersätes Gesicht zu einer Grimasse des Kummers und der

Hoffnungslosigkeit verzog.

Gordon erkannte immer an der Mimik, wie verzweifelt sich der Neophyt bemühte, nicht an seinen Tod zu denken. Dem Sterbenden zu raten, nicht zu schreien und sich zu beruhigen, war sein Part. Er brachte neuerdings den Neophyten bei, in den vier Phasen des Initiationsprozesses jegliches Gefühl zu unterdrücken, auch wenn ihre Qual unerträglich schien. Ein bevorstehender Tod bildete da keine Ausnahme. Gordon wirkte verändert, fand Charis, und sie fragte sich oft, ob Nathan seinen Sohn mental manipuliert hatte. Sie selbst hatte schon einige sterben sehen. Das Leben hörte einfach auf, und das war's dann. Aber manchmal – wenn sie nicht unter dem Einfluss von Nathans Happypillen stand – streifte ein Lufthauch ihre Hand, und ein Atemzug blieb hängen, wie der Abendwind in einem Zimmer, der eine Kerze flackern ließ.

Torrisdale Castle, Juli 2001

Draußen fällt ein warmer Sommerregen. Ich habe Geburtstag, bin jetzt neunzehn Jahre alt. Calum ist nicht bei mir, und ich vermisse ihn. Ich strecke meine Hand nach der Stelle aus, wo er eigentlich schlafen sollte. Er kehrte vor Monaten nach Torrisdale zurück, und wir haben uns immer wieder heimlich getroffen und miteinander geschlafen. Bislang habe ich das mit keinem Wort in meinem Tagebuch erwähnt, weil ich befürchte, dass Nathan es eines Tages finden und darin lesen könnte. Doch das ist bis heute nicht geschehen. Das, was mich mit Calum verbindet, gehört mir ganz allein. Ich liebe es, in seine Augen zu schauen, in seinen Armen zu liegen, seinen jungen, makellosen Körper anzusehen, seine Nähe zu spüren, seine Küsse, die das Feuer in mir entfachen, ihn glücklich zu sehen. Ich liebe es einfach, ihn zu lieben.

Aber als Calum von meiner Schwangerschaft erfahren hat, ist er wieder abgereist und hat mich ein zweites Mal ohne ein Wort des Abschieds verlassen. Es ist doch dein Kind, das ich unter meinem Herzen trage, habe ich ihm hinterhergerufen. Calum hat mir das nicht geglaubt und behauptet, es sei von Nathan. Seitdem wache ich mit dem Gedanken an Calum auf und weine mich in den Schlaf. Ich leide Höllenqualen, so sehr vermisse ich ihn. Auch in meinen Träumen komme ich nicht von ihm los. Ich habe die vergangenen Monate kaum ein Wort gesprochen, kaum gegessen, dazu hatte ich keine Kraft mehr. Das Essen oder vielmehr kleine Bissen habe ich dann doch irgendwann hinuntergewürgt. Schließlich wuchs da ein kleines Wesen in meinem Bauch. Nathan hat meinen Zustand auf die Schwangerschaft zurückgeführt. Wenn er wüsste ...

Seit jener Nacht hat das Monster mich nicht mehr berührt. Er fürchtet sich vor mir, und seine Angst ist berechtigt. Aber meine Schwangerschaft scheint ihm auch Respekt einzuflößen. Hin und wieder hat er mir in den vergangenen Monaten eine Injektion verabreicht. Zur Stärkung, hat er behauptet. Lügner. Wieder spüre ich den Drachen tief in mir, der nur darauf wartet, sein Feuer zu speien.

Nathan ist bei einem Neophyten, den er gerade mit Gordon auf eine höhere Ebene führt. Ich kann sie hören. Die Neue stöhnt lustvoll. Oder sie fliegt im farbenfrohen Drogenrausch durch die Lüfte – mit Gordon, der ihr den Schwanz hinhält. Sie bringen dem Mädchen in dieser Phase Sinnesfreude anstatt Abstinenz bei und nennen es „den Horizont erweitern“. Ich nenne es ficken, weil sie nur ein Bedürfnis befriedigen – ohne Gefühlsregung. Wie alt wird sie wohl sein? Achtzehn? Gordon hat sich Nathan unterworfen und hofft auf die Anerkennung seines Vaters. Armer Gordon. Er erkennt nicht, dass Nathan ihn nur benutzt.

Er führt im Namen seines Vaters Experimente durch und injiziert Forever in einer neuen Zusammensetzung. Bei einigen Neophyten hatte das aber katastrophale Auswirkungen. Ihre Haut verfärbte sich grünlich grau und wurde schuppig. Die Haut um die Einstichstelle starb ab, am ganzen Körper entstanden wunde und schorfige Stellen. Manche Neophyten starben nach der dritten Injektion, weil sie nicht nur äußerlich, sondern auch von innen her verfaulten. Die Droge fraß sich durch ihre Körper.

Gordon hat fette gelbe Maden in die Wunden gelegt. Diese schleimig pulsierenden Würmer fressen nur das abgestorbene Gewebe und rühren das gesunde nicht an. Doch die schwarzen Krater faulten weiter. Begleitet von einem bestialischen Verwesungsgeruch wurden sie immer größer. Nathan versuchte das Leben der Neophyten durch die Amputation verfaulter Körperteile zu retten, aber ihnen fiel buchstäblich das Fleisch von den Knochen. Ihre Kadaver landeten im Atlantik, irgendwo zwischen Irland und Schottland. Beklagt wurden sie nur von den Neophyten, die Na Stacain makellos verließen und auf Torrisdale Castle als Schwäne gefeiert wurden. All das hat Gordon mir anvertraut.

Mein Blick wandert durch das Zimmer, in dem nur mein Bett steht, daneben ein Infusionsständer mit drei Flaschen, deren Inhalt ich nicht kenne. Mir wird bewusst, dass ich nicht mehr in der Klinik der Lux Humana in Na Stacain bin, sondern auf Torrisdale Castle.

Dr. Merrick hat vor zwei Wochen meine Gebärmutter, die von Krebs befallen war, entfernt. Er hat mich mit Drogen vollgepumpt, damit ich nicht schreie. Die Kobolde von Lux Humana würden meine Schreie sonst sogar unterhalb der Klippen von Na Stacain hören. Trotz des

Morphins war die Qual kaum zu ertragen. Ich habe geweint, geschrien, getobt. Wilde Gefühle und totes Gewebe haben mich fast um den Verstand gebracht.

Erst heute bin ich in der Lage, meinem Tagebuch Intimes anzuvertrauen. Das Schreiben fällt mir schwer, und mit Mühe führe ich den Stift über die Seite. Neben meiner Gebärmutter habe ich auch das Baby verloren, das mit seinen acht Monaten zu schwach war, seine frühe Geburt zu überleben. Es starb am 8. Juli an den Folgen einer inneren Blutung, die dieser Stümpergynäkologe Merrick nicht stillen konnte. Nathan scheint darüber nicht besonders traurig zu sein. Ich habe ihm gestanden, dass es Calums Baby war. Doch eine heftige Reaktion blieb aus. Stattdessen hat er ohne Anzeichen einer Gefühlsregung gesagt: „Ich habe gewusst, dass es nicht mein Kind ist, Charis-Blue. Ich habe mich bereits vor Jahren sterilisieren lassen.“

Die feinen Linien auf meinem sonst makellosen Bauch werden mich immer an seine Worte und an die Gesichter der vergangenen Tage erinnern. Narbige, blau gekleidete Kobolde, die in finsteren Nächten in diesem Zimmer vor meinem Bett gestanden haben, so austauschbar wie die Gesichter der Zukunft.

Der Übeltäter, der den Krebs ausgelöst hat und mein Baby tötete, hieß Forever, ein neuer Wirkstoff aus dem Forschungslabor von Lux Humana. Sobald wenige Tropfen, aufgelöst in Kochsalz, durch die Armvene in den Körper fließen und über die Blutbahn in jede einzelne Zelle dringen, reagiert der Körper spontan mit Schüttelfrost und Fieber. Die Lymphknoten schwellen an, das Böse kämpft um jede einzelne Körperzelle. Genau wie das „Es“ in Stephan Kings Roman, der Clown, das verkörperte Böse im Geist der Protagonisten. Ich habe einen hohen Preis gezahlt und „Es“, den Clown, besiegt. Der Übeltäter hieß Forever und das Duo Nathan und Junkie Gordon, die in ihrer Küche Scheiße brodeln. Dafür werde ich mich rächen. Sie wissen es nur noch nicht.

Lustschreie dringen durch die massive Holztür in mein Zimmer. Es sei Nathans Wille, dass ich sie höre, hat Gordon mir gebeichtet. Es ist ein Spiel. Tief in meinem Inneren fühle ich, dass Nathan Angst hat, mich nie zu erreichen. Er erträgt diesen Gedanken nicht und möchte mich brechen, meinen Ego-Dämon töten. Deshalb spielt er dieses Spiel mit mir. Keine Chance, Nathan. Meine Dämonen warten auf ein Zeichen, um dir den Schwanz abzuschneiden – mit der gezackten Klinge des Phurbu-Dolchs.

Am 8. Juli habe ich mein Baby verloren. Ich erinnere mich nur an meine stummen Tränen. In Na Stacain sterben zu viele Babys, finde ich. Ein totes Baby schnürt wohl jede empfindliche Seele ab und nimmt den

Schwachen den Willen zu leben. Niemand hat es beschützt. Gordon hat mich auch nicht beschützt, obwohl er es mir einst versprochen hat. Keiner hat mich beschützt. Ich bin nicht schwach. Ich werde mich rächen, und ich weiß auch schon, wie.

„Sei stark, sei kalt, sei hart", hat mir mein innerer Drache ins Ohr geflüstert.

„Das werde ich", habe ich mit fester Stimme geantwortet.

Ich habe einen Plan, einen einfachen Plan.

Kapitel 30

Torrisdale Castle, 24. Oktober 2011

Mairead konnte perfekt mit dem Zeichenstift umgehen. Sie war ein Naturtalent. Gordon behauptete, das habe sie von ihrer verstorbenen Mutter geerbt, als sie im Alter von acht Jahren mit der Präzision und dem Geschick einer begnadeten Künstlerin Calum porträtiert hatte. Sie wusste, dass Calum stolz auf sie war. Er nahm sie oft mit in das gläserne Gebäude, wie sie die Klinik hoch über den Klippen nannte. Sie begleitete ihn immer gern. In seinem Büro lagen ihr die Klippen und der Ort Na Stacain zu Füßen, der Horizont schien hier unendlich weit. Sie setzte sich mit ihrem Zeichenblock ans Fenster und begann die Klippen und die Schluchtenlandschaft zu zeichnen.

Die Grundfarbe ihrer Zeichnungen war fast immer perlgrau mit einem weißlich blauen Himmel, der in eine purpurfarbene Dämmerung überging. Dazwischen entstanden die Gesichter der Mitglieder von Lux Humana, die im Laufe des Tages das Büro der Zwillingsbrüder betraten und deren Gespräche Mairead aufmerksam verfolgte. Meist verstand sie nicht, worüber die Männer und Frauen sprachen, aber das spielte kaum eine Rolle. Ihr kam es auf die Emotion an, die einem Gesicht Ausdruck verlieh. Wut, wenn Calum und Gordon unzufrieden waren, Enttäuschung, wenn im Labor Dinge schiefliefen, Zufriedenheit, wenn ein Mädchen das Erziehungszimmer verlassen konnte und ihren Vorstellungen entsprach, und Hass in vollendeter Form und mit einem verächtlichen Lächeln, das die Lippen jenes Mannes umspielte, der Gordon und Calum über die aktuelle Forschung Bericht erstattete.

Ihr Lieblingsmotiv waren jedoch die Kinder aus der ganzen Welt, die ängstlich das Zimmer betraten und von Gordon und Calum untersucht wurden. Kinder wie kleine verschreckte Vögel, Kinder wie sie. In Maireads Zeichnungen ging nie der Wind, und es regnete ganz selten. Calum hatte sie eines Tages darauf angesprochen.

„Die Proportionen sind perfekt. Aber zeichnest du wirklich das, was du siehst? Das Einfache ist nie leicht. Ich meine, das zu sehen, was man vor sich hat."

„Die Küste mit ihren Booten, die Klippenlandschaft oder die Schwäne, die über unseren See schweben, all das sieht im Regen nicht gut aus", hatte sie ihm erklärt.

Eine Antwort, die ihn irritiert hatte. „Aber alles sieht irgendwie so neu aus, wie frisch poliert, so schimmernd und glänzend, bis auf diese hier." Er zeigte auf die dargestellten alternden Kinder.

Mairead sah einen Moment aus dem Fenster des Sprechzimmers. „Die Menschen glauben und bewundern nur das Neue, Calum. Dabei ist alles bloß vorübergehend, vergänglich wie das Leben eines Progerie-Kindes. Doch du könntest uns Kinder neu erschaffen."

„Neu erschaffen? Wie kommst du denn auf so etwas?"

„Ich hab es gesehen", zischte sie und warf ihm einen wissenden Blick zu.

„Was hast du gesehen?", fragte er erstaunt.

„Flatternde Herzen, bum-bum-bum. Im Labor. Gordon hat mir erzählt, was ihr beide damit macht."

Ihre Erregung ließ Calum hellhörig werden. „So? Was hat er dir denn erzählt?"

„Tests. Damit ich und die anderen Kinder gesund werden!"

„Die Kinder, die wir untersuchen, sind wie du sehr krank. Diese Krankheit entwickelt sich schon in den ersten Lebensmonaten. Deshalb wächst du sehr langsam und alterst sehr schnell."

Mairead nickte. „Das hat Gordon mir auch erklärt. Aber er sagte auch, dass am frühen Tod der Kinder ein altes Herz schuld sei. Ich finde das toll, dass ihr diese Tests mit den Herzen macht."

Calum konnte nur mühsam seinen Zorn unterdrücken. Gott sei Dank hatte Gordon ihr nur das Labor und die Langendorff-Herzapparaturen gezeigt. Und dieser Idiot behauptete tatsächlich, er wäre clean!

„Du darfst aber nicht darüber sprechen, Mairead. Nicht jeder ist so klug wie du!"

„Ich weiß. Ich musste es auch Gordon versprechen. Vielleicht könnt ihr uns helfen, damit wir ein bisschen länger leben, obwohl ...", sagte sie leise.

Calum lächelte. „Obwohl?"

„Wenn ich diese alten Kinder ansehe, kann ich sie nicht leiden. Die Jungen und Mädchen auf Torrisdale Castle sind so schön, so vollkommen, aber diese kranken Kinder sind einfach nur hässlich – wie ich!", sagte sie mit veränderter, piepsiger Stimme.

„Stehen sie deshalb in deinen Zeichnungen im Regen?"

„Ja. Sie sehen aus wie schlechtes Wetter", sagte sie. Dann setzte sie sich auf seinen Schoß. „Manchmal erzähle ich den Schwänen von uns und von den kranken Jungen und Mädchen in der Klinik."

Er runzelte die Stirn und strich sich eine schwarze Locke aus dem Gesicht. *Verdammt, Gordon!*

„Du sprichst mit den Schwänen über sie?"

Sie nickte. „Die Schwäne weinen, wenn jemand stirbt. Weißt du das nicht?"

„Nein, das wusste ich nicht."

Sie schob sich von seinem Schoß und küsste ihn auf den Mund, flüchtig und dennoch mit der vollendeten Reife einer heranwachsenden Frau. Calum starrte sie an. Das zarte, zerbrechliche Gesicht, ihre alte Haut, ihre schmalen, spröden Lippen in tiefem Blutrot, das winzige Muttermal auf der rechten Seite ihrer Stirn. *Wie ihre Mutter,* dachte er. Diese fast schwarzbraunen Augen sagten ihm mehr als jede ihrer Zeichnungen. In ihnen konnte er Hoffnungslosigkeit, Herbst und Winter, Tag und Nacht und den ausdruckslosen Tod erkennen. Gordon hingegen gefährdete mit seinem Drogenkonsum die Existenz von Lux Humana. Calum musste auf der Hut sein. Mairead konnte schweigen wie ein Grab. Er hatte mit der Erziehung dieses Mädchens wirklich gute Arbeit geleistet.

„Sieh mal!" Sie zeigte ihm die neue Zeichnung und hielt sie wie einen Schutzschild vor ihre Brust. „Wie findest du sie?"

Auf dem Papier schien die Natur zu schmelzen und ineinanderzulaufen. Aus den Wolken grinsten ihm blaue Augenpaare mit einer grässlichen Bösartigkeit entgegen.

Plötzlich hörten sie ein Geräusch, das näher kam, knirschend und fauchend. Beide drehten sich um. Die Tür wurde aufgerissen, und die Welt war erfüllt von Charis' Lärm. Mairead warf ihre Zeichnung in die Ecke.

„Verschwinde!", fauchte Charis sie an.

Das kleine Gesicht zuckte zusammen wie von unsichtbaren Nadeln gestochen. Calum warf Charis einen drohenden Blick zu, der besagte: Ich bringe dich um, wenn du der Kleinen nur ein Haar krümmst.

In der Nacht

Das Mädchen neben Calum wachte auf. Sein Herz raste, und es rang nach Luft, weil es glaubte, dass die knöchrigen Finger des Todes seinen Hals umschlossen. Er spürte, wie der Gesang der Angst in seinem Inneren toste. Sie weinte, und die dahinschwindenden Muskeln ihrer kleinen Gestalt zuckten wild. Seine Arme hielten ihren mageren Körper, und er versuchte ihr die Verwirrung zu nehmen, die zu groß war für ein zehnjähriges Mädchen, das bat und flehte, Gott möge ihm ein weiteres Jahr schenken.

Calum flüsterte beruhigende Worte und versprach, dass er sie niemals verlassen würde. Sie nickte, denn sie wusste, er würde bei ihr sein, wenn sie starb. Mairead löste sich aus seiner Umarmung und taumelte ins Badezimmer. Er fürchtete sich vor dem Augenblick, wenn die Trübung des Spiegels über dem Waschbecken sich auflöste und das Ergebnis einer schmerzlichen Vergangenheit preisgab: die Züge einer Greisin, nicht makellos oder von atemberaubender Schönheit wie bei manchen Mädchen ihres Alters, sondern ein kleines geschrumpftes Gesicht mit vogelartigen Zügen, in dem die Augen tief in den Höhlen lagen und die Nase vorstand wie ein Schnabel.

Mairead schlug die Hände vors Gesicht und fragte, ob er eine Nachricht aus Bettyhill bekommen hätte. Und wieder wurde er von Tränen und dem Gefühl der Machtlosigkeit erfüllt. Das Ende würde kommen, schon bald, wenn er kein Herz für sie fand. Er konnte ihr nicht sagen, dass es kaum Hoffnung gab, obwohl Gordon anders darüber dachte. Der Tod barg viele Vorteile, hatte Mairead einmal gesagt. Fliegen und Maden, die den Körper erobern, Verwesung, ein dunkles Grab, in dem die Erinnerung erlosch, das dir die Bürde der Schönheit nahm, sofern du sie besessen hast, und den Weg in den Himmel zeigt. Im Himmel wurden die einfachsten Träume wahr, behauptete Mairead. Dort würde sie sich austoben können wie jedes andere Kind und nicht mehr mit ihrem Leiden kämpfen müssen.

Die Stille Schottlands verbarg eine gewaltige Präsenz. Die Natur war hier ohne Hast, in ihrer leisen Art vollkommen. Sie war Maireads Hoffnung und seine Therapie. Die Stille gab ihm Kraft, die Endlichkeit seiner Tochter anzunehmen. Dennoch zermürbte ihn der Gedanke, Mairead bald nicht mehr umarmen zu können. Er vermutete, dass er deshalb seit kurzer Zeit einen Großteil seiner Zeit damit verbrachte, alles für die Herztransplantation vorzubereiten.

Kapitel 31

Kinderklinik Bettyhill, 25. Oktober 2011

Endlich! Ihre Finger umklammerten das Papier, und sie schaute verzückt zum Himmel empor. Für ein solch bedeutendes Ereignis müsste es eigentlich Blitze, na ja, zumindest Gewitterwolken geben. Doch der Himmel verhielt sich gleichmütig und unbeeindruckt. In Bettyhill war das Klima ziemlich beständig, und es herrschten mediterrane Temperaturen. Charis ließ sich ins Gras sinken und genoss den herrlichen Blick auf die Torrisdale Bay. Mit diesem Ort verband sie ihre schönsten Kindheitserinnerungen.

Hinter ihr, jenseits der wogenden Felder und Strände, stand das aus roten Ziegelsteinen erbaute Kinderheim. Schwester Cordula saß zweifellos am dritten Fenster von links in ihrem rissigen Ledersessel und las die Dokumente der jüngsten Heimzugänge: Kinder, die ihre Eltern verloren hatten, Babys, die irgendwo ausgesetzt worden waren, aber auch Jungen und Mädchen, die wegen kleinerer Straftaten die Jugendstrafanstalt gegen Bettyhill eingetauscht hatten, oder Kinder, die ein Constable auf der Straße aufgelesen hatte. Sie alle fanden bei der hinterlistigen alten Hexe vorübergehend ein neues Zuhause.

Dem Heim war die Kinderklinik angeschlossen, in der Charis mit acht Jahren einige unerträglich lange Wochen wegen eines Beinbruchs verbracht hatte. Sie konnte Schwester Cordula nicht ausstehen, das kurze, gelockte weiße Haar unter einem Schleier versteckt, der das rosige, rundliche Gesicht umrahmte. Schon der Gedanke an dieses Luder ließ Charis mit einem Mal wütend werden. Sie schnitt eine Grimasse. Jeden Morgen hatte die alte Nonne ihr, bevor sie sich um die anderen Mädchen und Jungen gekümmert hatte, das Frühstück ans Bett gebracht und sie mit wässrigen blauen Augen angegrinst. Hinter ihr hatte Schwester Maria, die Scheinheilige, gestanden; ein Kruzifix umklammernd, hatte sie mit finsterem Gesichtsausdruck das Morgengebet gesprochen. Charis wusste, dass sie damals nur deshalb bevorzugt behandelt worden war, weil das Gruselkabinett der heiligen Verlogenheit sich Nathan Burgess' Spendenflut sichern wollte.

Jim, der kauzige Gärtner, behielt auch heute noch die Waisen und die straffällig gewordenen Kinder im Blick, während Schwester Cordula mit zusammengekniffenen Augen in dem Wohnzimmer mit den cremefarbenen Wänden saß, in das die Morgensonne schien, das Bargeld zählte und sich Gedanken über mögliche Resozialisierungsmaßnahmen machte. Über die Wiedereingliederung dieser Kinder in die Gesellschaft hatte sich die alte Hexe immer mal wieder mit Calum unterhalten, der sich nach einem solchen Gespräch bereit erklärt hatte, einige Jungen und Mädchen dem Internat von Torrisdale Castle zuzuführen, um sie dort auszubilden. Schwester Maria hatte ihm gedankt, indem sie ihr Kruzifix besonders hoch hielt und dabei lauthals ein Gebet für ihn krächzte. Charis lachte laut auf. Resozialisierung auf Torrisdale Castle! Das hatte er grandios eingefädelt. Er bezog Frischfleisch für Lux Humana aus dem Kinderheim.

Sie bemerkte drei pubertäre Mädchen in identischen dunkelgrauen Kleidern, die sich an der Tür drängten und sie aus der Ferne anstarrten. Vielleicht war darunter ein geeignetes Kind für das Erziehungszimmer, ein Kind, das irgendwann sein Leben der Schönheit widmen würde. Mit Sicherheit lag aber hinter den Mauern der Kinderklinik die kleine Bonnie, die bei einem Unfall schwer verletzt worden war und - sollte sie sterben - demnächst Lux Humana zugeführt werden würde. *Man spielt aber auch nicht auf einem Heuboden, wenn eine Mistgabel in der Nähe steht,* ging es Charis durch den Kopf. Armes Ding. Die Mistgabel hatte Bonnie durchbohrt, und nun lag sie seit Wochen im Koma.

Die Gegend bot weiter nichts Aufregendes; nur weite grüne Flächen, die allein von Wollknäueln in Form von Schafen belebt wurden. Alles war friedlich und idyllisch - und furchtbar langweilig. Aber die endlose Langeweile, die sie seit ihrer Rückkehr empfand, hatte heute ein Ende. Bonnies Laborergebnisse eröffneten ihr eine weitere Möglichkeit, Calum für immer an sich zu binden.

Gestern hatte Calum das gemeinschaftliche Schlafzimmer verlassen, um nach Mairead zu sehen. Er war bei ihr geblieben, hatte sich zu ihr gelegt, weil Mairead nicht wohl gewesen war. Und als er heute Morgen in den blankpolierten schwarzen Schuhen mit Mairead zum Parkplatz lief, waren seine Schritte alles andere als lautlos, sondern überaus hörbar, laut und polternd, wie sein Männerlachen. Mädchenlachen klang nie so, dachte Charis. Mädchen machten kleine Schritte und zeigten höchstens einmal ein kaum sichtbares Lachgrübchen. Mädchen wie sie machten kein Gewese um sich.

Seit ihrer Rückkehr fragte sie sich, ob Calum überhaupt fähig war, das Werk seines Vaters fortzusetzen. Er war unbeherrscht und machte neuerdings Fehler, hatte die Nebenwirkungen seiner neuen

Operationstechniken nicht im Griff, wie sie während eines ersten Rundgangs auf Torrisdale feststellen konnte. Sie war verwundert über Nervenschädigungen, die Gesichter erstarren ließen, über schwere Nachblutungen und Staphylokokkeninfektionen, nachdem er die Körper im Behandlungszimmer *perfektioniert* hatte. Charis hatte Gordon diesbezüglich auf den Zahn gefühlt. Wenn er nicht gerade tipsy war, kam er ihr noch immer verdammt klug vor. Er würde es nicht wagen, Calum von ihrer netten kleinen Unterhaltung zu berichten. Und wenn doch? Den Inhalt eines Gesprächs unter vier Augen konnte man immer leugnen. Gordon spielte für sie im Grunde keine Rolle. Sie hatte sich früher höchstens im Licht seines Könnens gesonnt. Es hatte ihr gefallen, wenn Fremde ihr sagten: Gordon Burgess, der Biogenetiker? Das ist dein Bruder? Auch eine indirekte Bewunderung rettete einen beschissenen Tag! Ihr fiel allerdings auch auf, dass sich Gordon neuerdings feindselig benahm. Sie zuckte mit den Schultern.

Calum das Waisenmädchen zuzuführen war ein geschickter Schachzug, sich seine volle Aufmerksamkeit zu sichern. In der Brust der komatösen Bonnie schlug das passende Herz für Calums Kretin, dessen körperliche Verfassung der einer kränkelnden Neunzigjährigen glich und die gestern sogar in seinem Bett geschlafen und ihn in der Nacht mit ihrem Gekreische aus dem Schlaf aufgeschreckt hatte.

Bonnie stand für eine ziemlich direkte Methode, ihn an seinen Traum der grenzenlosen Anerkennung zu erinnern und an das, was sie ihm zu bieten hatte: ein Herz für Mairead. Merricks Methoden hatte Charis hingegen gründlich satt. Dafür, dass er sich auf ein Abschalten von Bonnies lebenserhaltenden Apparaturen einließ, erwartete er von ihr einiges. Merricks Anrufe und seine plumpen Annäherungsversuche dienten einem einzigen Zweck: sie in sein Bett zu holen. Als Bonus, hatte er gesagt. Charis schäumte innerlich vor Wut, dass Calum sie dem aussetzte. Es war an der Zeit, dass er sich endlich der Wahrheit stellte. Sie war der Superstar, nicht Mairead! Das Handy in ihrer Handtasche vibrierte. Sie las die angezeigte Nummer von Bernhard Merrick.

„Verdammter Scheißkerl! Lass mich in Ruhe!“, tobte sie.

Ihr Puls raste, ihr wurde schwindelig. Der Heißhunger war unerträglich. Sie brauchte dringend etwas zu essen. Sie zögerte einen Moment, ließ das Handy vibrieren, bis der Anruf auf die Mailbox weitergeleitet wurde. Wenn es eine Komplikation gab, die sie an diesem Wochenende absolut nicht brauchen konnte, dann war es die Sache mit Merrick. Er hatte darauf bestanden, sie zum Kaffee einzuladen, aber sie hatte charmant abgelehnt. Gewiss, sie konnte ihn nicht auf unbestimmte Zeit vertrösten, denn er hatte sie mit bewundernden Blicken von oben bis unten gemustert, als er ihr die Akte Bonnie gab. Er würde nicht lockerlassen, aber auf ein paar Tage mehr oder weniger kam es wohl nicht an. Sie würde einen Weg finden, ihn ein für alle Mal loszuwerden. Wie konnte er es wagen, ein Mitglied von Lux Humana zu erpressen? Der Mann wurde immer dreister.

Sie wünschte sich, nicht länger nur Calums Anweisungen befolgen zu müssen, sondern dem inneren Kreis von Lux Humana vorzustehen. Sie war kein blutrünstiges Geschöpf, das Tod und Zerstörung verkörperte, sie stand für die Erneuerung. Ohne Zerstörung konnte nichts Neues entstehen. Leben und Tod bildeten eine untrennbare Einheit, hatte Nathan ihr einst erklärt. Sie war die Beschützerin der Schönheit, ihre Wut richtete sich nicht gegen die Menschen, sondern gegen die Dämonen der Hässlichkeit. Der Name der Nymphe Charis stand für göttliche Anmut, die die Zeit vernichtete und verschlang. Sie gebar zeitlose Schönheit in vollendeter Form. Der Name passte zu ihr, fand sie.

Mit üblen Gedanken, Kopfschmerzen und Heißhunger fuhr sie verstimmt zum Schloss zurück. Auf der Fahrt fragte sie sich insgeheim, was in letzter Zeit mit ihr geschah.

„Ich bin doch perfekt“, flüsterte sie. „Warum verliere ich dann mitunter die Orientierung und bin verwirrt?“

In dieser Nacht wurde sie immer wieder durch das Wimmern eines Mädchens im Zimmer nebenan aus dem Schlaf gerissen. Calum hatte ihr sofort nach ihrer Rückkehr aus Bettyhill seine neue Meisterleistung gezeigt, eine „Genesis“, wie er das Ergebnis seiner Schönheitsoperationen nannte. Das Gesicht und die Brust des Mädchens waren bandagiert. Er hatte die Augen durch das Entfernen der Schlupflider vergrößert, die Wangenknochen modelliert, die Nase verkleinert und das Kinn mit einem kleinen Silikonkissen unterpolstert. Die mit Salzlösung gefüllten Implantate waren endoskopisch in die Achselhöhlen eingeführt worden. Durch die Bandage konnte Charis die neuen Brüste erkennen, die von der Operation noch geschwollen waren, aber irgendwann prächtig sein würden.

Sie verspürte erneut den Zorn, den sie seit ihrer Ankunft hier empfand und den sie nicht mehr unterdrücken konnte. Sie wusste, es war nicht nur das Wimmern des Mädchens, das sie wach hielt. Calum hatte am Nachmittag Mairead einen *zärtlichen* Blick geschenkt. Das war es, was sie beunruhigte. Zum wiederholten Mal hatte er ihr die Verbundenheit vor Augen geführt, hatte ihr gezeigt, wie vernarrt er in dieses Kind war.

Eifersucht konnte sie sich nicht leisten, sie musste sie zurückstellen und sich auf das Aufnahmeritual zum Ort der Unantastbarkeit, dem inneren Kreis, vorbereiten. Sie durfte nicht an Calums Gefühle für Mairead denken. Natürlich dachte sie trotzdem daran. Sie konnte an nichts anderes denken. Sie verstand nicht, wie er nur einen Funken Sympathie für die Hässlichkeit empfinden konnte, die dieses Wesen verkörperte. Die Zwillinge und sie waren seit frühester Kindheit von Anmut und Schönheit umgeben gewesen, waren im Gedankengut von Lux Humana erzogen worden, um der Welt ihre verlorengegangenen Werte zurückzugeben. Sie hatten sich zum Ziel gesetzt, die Schönheit zu beschwören und sie neu zu beleben, nicht die Hässlichkeit zu nähren. Sei stark, kalt, hart. Sei schön. Worte, die Nathan sie einst gelehrt hatte. Schönheit bedeutete Macht. Sie mochte sich und ihr Aussehen. Nur die ästhetische Harmonie gebar Stärke.

Calum jedoch hatte Verrat an Lux Humana begangen. Und an ihr. Sie glaubte mittlerweile, dass mit Nathans Tod nicht die Fürsorge, sondern die Ungeduld, die Gereiztheit und ein beunruhigender Ehrgeiz auf Torrisdale Castle Einzug gehalten hatten. Im Jahr nach Nathans Tod hatte es mehrere Todesfälle gegeben. Sie verstärkten Charis' Verdacht, dass Calum und Gordon die Initiation von Lux Humana nicht im Griff hatten. Die physische Manipulation war eine Waffe wie jede andere, aber die einzige, die den absoluten Gehorsam brachte. Der Tod benutzte auf Torrisdale Castle aber immer eine andere Sense. Waren das die ersten Anzeichen des Abstiegs von Lux Humana?

„Nein", flüsterte ihr innerer Drache. „Das wirst du zu verhindern wissen!"

Sie nickte immer wieder ein, wachte auf und starrte auf die Uhr, beobachtete, wie die Zeit verging. Sie fragte sich, wann die Zwillinge kommen würden, um sie gemeinsam mit dem Kuratorium in den inneren Kreis einzuführen. Langsam erhob sie sich von ihrem Bett und ging im Schlafzimmer auf und ab, ein kurzer Weg, ein paar Schritte nur. Das Aufnahmeritual war mit gewöhnlichen Sinnen nicht zu erreichen. Um sich den Schöpfern der Schönheit zu offenbaren, musste sie andere Wege gehen. Sie schloss die Augen und versuchte, ihre Wut über Calums Verhalten zu unterdrücken. Doch das Einzige, was ihr die Stille der Nacht gab, war eine Beklommenheit, die ihre Brust aushöhlte. *Vielleicht genau das, was ich verdiene,* dachte sie.

Sie öffnete die Schlafzimmertür, lief den Korridor entlang und blieb vor dem Labor neben dem Erziehungszimmer stehen. Das Glas war kalt, obwohl die Luft hinter der Glasfront feucht und warm war. Die Scheibe des Labors beschlug ein wenig, als sie sie anhauchte. Sie blieb stehen, lange oder nur ein paar Sekunden. Die Zeit dehnte sich. Mit einem Mal erhellte Licht das Labor. Charis sah einen Tisch voller Reagenzgläser, Stahlschränke mit Proben, den Schrank mit den Drogen, einen mit einem Laborkittel belegten Stuhl. Ein Schatten huschte durch den Raum. Calum? Sie schaute noch einmal durch das Fensterglas wie in einen Spiegel. Ihr eigenes Gesicht war von gespenstischer Blässe. Sie machte kehrt, rannte aus dem Haus, durch das Gras und verschwand zwischen den Bäumen, die Zweige knackten unter ihren Fußsohlen, der Kies knirschte. Bald erreichte sie eine Lichtung und die Klippen.

Sie war wieder einmal davongelaufen, um Calum, Gordon und Torrisdale Castle zu entkommen. Aber wie immer blieb sie auch jetzt stehen und starrte auf die tobende See. Von den Klippen über dem Meer war es nur ein Schritt in den Abgrund, ein Schritt in die Arme ihrer Eltern, ein Schritt in ihr Leben vor Torrisdale. Plötzlich tauchte verschwommen eine Gestalt aus den Wellen auf und winkte ihr zu.

„Mama?“

Ein Flüstern ...

Nein! Das war eine Fata Morgana. Es gab keine Erinnerungen an das Leben vor Torrisdale, nur zwei eingravierte Namen auf der kupfernen Platte der Burgess-Gruft. Das kleine Mädchen von damals war tot. Sie lief wieder zum Haus, ging in ihr Zimmer und starrte mit blindem Blick durch das hohe Bogenfenster in die Schwärze der Nacht. Sie kehrte immer zurück – zurück zu Calum. Sie fragte sich, ob sie während des Rituals seinen Hochmut zu spüren bekommen würde. Der innere Kreis schrieb ihm – wie vor Jahren seinem Vater – alle Übel vor: Hartherzigkeit, Unduldsamkeit, Raserei und Entfernung der „Objekte“, wenn die Regeln nicht befolgt würden. Calum musste dem gerecht werden. Mit dem Ritual kam auch seine Bewährungsprobe.

Gordon würde morgen mit Sicherheit die Rolle des Sanftmütigen spielen, der dafür zuständig war, die ihr zugefügten Wunden wieder zu heilen. Er flickte lieber die Tiere nach den Experimenten im Labor zusammen, anstatt sie grausam zu quälen, wie sie es als Teenager getan hatte. Gordon kannte ihre sadomasochistische Neigung, aber er war diskret. Er hatte sich schon früh an den Drogen bedient, um das Leben mit seinem Vater erträglicher zu gestalten. Er glaubte, dass die Tierquälerei ein Ventil ihres Zorns auf Nathan gewesen sei, und hatte die damaligen Vorfälle weder Nathan noch Calum gegenüber erwähnt. Gordon konnte unglaublich zärtlich sein, doch diese Sanftheit war auch Teil einer kranken, von Drogenexzessen zerstörten Psyche.

Charis seufzte. Sie stand auf, warf sich einen Bademantel über und verließ das Haupthaus. Aber allein im Dunkeln durch den Garten zu gehen, machte das Warten auch nicht erträglicher.

Im Erdgeschoss öffnete Calum zur selben Zeit die Internetseite der Warschauer Zeitung *Dziennik Giełdowy* und stieß auf eine kurze Meldung:

Heute wurde der Warschauer Geschäftsmann Eørgy Pasternek in seiner Wohnung tot aufgefunden. Die Ermittler gehen von einem Auftragsmord aus, da der Tote Kontakte zur RAK unterhielt.

Calum legte eine DVD in das Laufwerk ein und löschte mit einem Spezialprogramm dauerhaft alle Dateien mit dem Kürzel *E.P.*

Wenig später verließ er das Haupthaus. Für Ende Oktober war es ein relativ milder Tag gewesen, und sogar jetzt, in der Nacht, hielt die Luft immer noch die Wärme fest. Vor ihm fiel der Rasen sanft bis zu dem Haus mit den vier Türmen ab. Er betrat das Nebengebäude, die „Hexenküche", wie sein Vater die pharmazeutische Produktionsstätte mit den Holzfässern genannt hatte. Er hob die Abdeckung eines Holzbehälters an. Der Hauptbestandteil der Tinktur war Schafsgalle, die er von den umliegenden Schafzüchtern bezog. Er sog das Aroma der in heißem Wasser eingeweichten Galle ein und fand es verblüffend, wie aus dieser Flüssigkeit, einem Gemisch aus heißem Wasser und bestialisch stinkender Galle, ein so edles und hochwirksames Endprodukt wie seine Gealach-Tropfen entstehen konnte, die bereits sein Vater hier produziert hatte. Das Wasser für die Zubereitung kam aus der Quelle, die aus den sanft gewellten Wiesen sprudelte. Bei der Tinktur kam der Qualität des Wassers eine entscheidende Bedeutung zu, es gehörte zum wichtigsten Kapital einer jeden Herstellungscharge.

Gealach stand im Gälischen für *Mond*. Die Neophyten erhielten die Tinktur nur bei Vollmond am Loch Meadhonach. Sie wirkte anregend auf das sexuelle Verlangen und das Lustempfinden. Vielleicht war das ja auch der Grund, weshalb er mit solch glühender Leidenschaft an dem Aphrodisiakum hing. Morgen sollte auch Charis davon kosten, dachte er, ein Tropfen in ihr Weinglas, ein Nippen ... von einer leichten Brise Meeresluft, die durch das geöffnete Fenster in den Raum wehte, ins Paradies der Lüste begleitet. Er verschloss den Behälter und ging über den Gittersteg zur Treppe. Seine Schritte hallten in dem weiten Gewölbe wider. Er trat ins Freie, schloss die Tür des Gebäudes hinter sich ab und blieb dann einen Moment stehen, um den Blick über sein Reich schweifen zu lassen.

Plötzlich hörte er ein lautes Platschen. Er schlich zum beheizten Pool, der direkt in eine Felsklippe eingebettet war und von Unterwasserscheinwerfern beleuchtet wurde. Leise trat er näher und entdeckte Charis, die als geschmeidiger Schemen durchs Wasser glitt. Die Scheinwerfer offenbarten nackte Füße, nackte Beine und einen verführerischen Hintern. Er spürte die Hitze in seinen Lenden, den Vorboten einer köstlichen Lust, die ihn in ihren Bann ziehen wollte, immer wenn er vollkommene Schönheit erblickte. Ihre gleichmäßigen Bewegungen unter Wasser erzeugten Wirbel, die sich über die Wasseroberfläche fortsetzten und seine Haut wellenartig durchdrangen.

Er legte rasch seine Kleider ab. Charis stieg aus dem Wasser und kam auf ihn zu. Das Mondlicht verlieh ihr den elfenbeinernen Glanz einer heidnischen Göttin. Selbstsicher schritt sie splitternackt auf ihn zu. Ihr straffer Busen zitterte bei jedem Schritt, die frische, kühle Luft hatte ihre Brustwarzen hart werden lassen. Sie war rasiert, glatt wie Marmor. Calum starrte sie an, hingerissen vom Wunder ihrer Haut. Sie legte ihm die Hand in den Nacken und zog ihn an sich.

„Calum …“

Er spürte ihre Begierde, ihre Finger krallten sich in seine Haare. Sie schauderte wieder und wieder, bäumte sich auf und drängte sich heftig an ihn. Sie drückte ihn nach hinten auf den steinernen Boden, legte ihm die Arme um den Hals und setzte sich mit gespreizten Beinen auf ihn. Alles von ihr drang in sein Hirn, ihr süßes, sanftes Reiben, der langsame, kreisende Rhythmus ihrer Hüften, die Brüste, die gegen seine Brust schlugen, ihre glühenden Augen, der offene Mund. Calum kam in bebenden Wellen, und angesichts der schier unerträglichen Lust schrie er einen Namen.

Er schlug die Augen gerade noch rechtzeitig auf. Charis schaute ihn mit seltsamem Blick an und löste sich aus seiner Umarmung. Der Wind pfiff durch die Äste der Bäume, als ihr Schatten in der Dunkelheit verschwand. Er blickte ihr nach. Sie war nun keine Göttin, keine große Schönheit mehr, die in ihrem hellen Kleid davonstolzierte, sondern eine kalte Kreatur der Nacht. Gefährlich und jederzeit bereit, zuzuschlagen. Sie hatte ihn ertappt, in die dunkelsten Windungen seines Hirns gesehen. Er wusste, dass er einen Fehler begangen hatte. Rasch zog er sich an und ging zurück zum Haus.

Kapitel 32

Torrisdale Castle, 21. November 2001

Mit Nathans Tod kamen Gefühle wie Trauer, Verzweiflung, Wut, Vergeblichkeit an die Oberfläche, die Charis auf ihre frühkindliche Vertrautheit mit ihm zurückführte. Sie hatte ihn anfangs gemocht. Er war ihr Lehrer und Mentor gewesen und hatte für sie einst Stolz und Macht verkörpert – bis zu jener grauenvollen Nacht. Die Gedanken an das Erziehungszimmer ließen sie ebenfalls nicht mehr los: Nathan stand für unerträgliche Marter und das Böse in vollendeter Form. Das waren unauslöschliche Erinnerungen, und auf seiner Beerdigung vergoss sie keine einzige Träne.

Heute wurde Nathan in der Familiengruft der Burgess beigesetzt. Sein Tod schmerzt, und dennoch fühle ich nichts, bin wie ein Stein in der Moorlandschaft um Loch Meadhonach.

„Leiden ist die Ankunft von Dunkelheit“, hat er einmal gesagt. Monster Nathan hat mich gekannt, meinen Schmerz, aber auch meine Zerrissenheit vorausgesehen.

Meine Lippen haben vor zwei Tagen seine feuchte Stirn zum letzten Mal berührt. Ich habe mein Versprechen an ihn gehalten. Ich bin eine gute Schülerin. Was ist das für ein Gefühl, nicht mit, aber auch nicht ohne einen Menschen sein zu können? Als neunzehnjähriges Mädchen eine so schwere Last zu tragen ist eine einsame Angelegenheit, und ich möchte jetzt, in der Dunkelheit, schreien. Nathan hat mich fast zu Tode gequält. Dennoch vermisse ich ihn, und ich verstehe den inneren Zwiespalt meiner Gefühle nicht mehr. Calum weilt seit dem Tod seines Vaters wieder auf Torrisdale Castle an meiner Seite. Er schwört mir seine Liebe, aber beweisen Männer ihre Liebe nicht durch Taten? Ich kann sein Verhalten nicht nachvollziehen. Er müsste Nathan doch hassen, nach dem, was dieses Monster mir angetan hat. Er hat es gehört, mit eigenen Augen gesehen. Ich verstehe daher seine Trauer nicht und spüre, wie der Drache in mir nach Antworten lechzt, aber ich muss mich beherrschen. Vielleicht sind Vater und Sohn aus dem gleichen Holz geschnitzt.

Noch immer ist Torrisdale Castle erfüllt von Nathans Aura. Ich rieche und spüre ihn und kann immer noch nicht fassen, dass ich endlich frei bin. Er wird mich nie wieder umarmen, mich nie wieder quälen. Aber ... Es ist seltsam, und es ist so widersprüchlich, nach dem, was er mir angetan hat, aber ich glaube, ich werde seine Bewunderung vermissen. Ohne sie bin ich leer.

9. Januar 2001

Calum hielt gestern in der Friedhofskapelle während der Sechs-Wochen-Andacht eine Rede. Er war phantastisch. Ich hatte ihn gebeten zu erwähnen, wie sehr ich mich um seinen Vater während dessen Krankheit gekümmert habe. Er bestand diese Bewährungsprobe mit Bravour. Die Gemeinschaft Lux Humana hatte nach der Messe nur Lob und Bewunderung für seine trauernde Adoptivtochter Charis. So soll es auch sein! Ein Tag ohne Bewunderung ist ein absolut verlorener Tag.

Beim Sterben endet jede Kontinuität, flüsterte Calum mir später ins Ohr. Nichts bleibt zurück. Und er gestand mir, dass er erst beim Anblick der Leiche seines Vaters, an der Grenze des Todes, zu ahnen begann, dass seine Liebe für mich stärker war als der Tod. Wusste ich es doch! Calum hat sich häufig mit seinem Vater gestritten. Dabei ging es immer nur um mich. Eifersucht belastete ihr Verhältnis. Ich habe diesen Zwist innerlich genossen.

Ich sehe die Dinge nach Nathans Tod nun vollkommen klar und bin auch nicht mehr traurig, wenn ich die Familiengruft besuche. Dort steht ein Vogelbeerbaum. Er ragt neben der Grabstätte der Burgess schon von weitem gespenstisch empor. Die Bewohner von Kinlochbervie behaupten, dass der Baum über das Grab wacht und es vor bösen Geistern schützt. Dieser Baum war ebenfalls einmal eine Pflanze, die die Scholle durchbrechen musste, um im Tageslicht zu erblühen. Alles, was wächst, muss zunächst der Dunkelheit erliegen. Das ist ein Gesetz der Natur! Auch ich habe die Schwärze verlassen. Das Monster ist tot! Ich lebe, bin wieder erwacht und vollkommen. Nathan hat recht behalten: Das Licht hat viele Gesichter, aber das Dunkel nur eins.

Morgen werde ich das Grab meiner Eltern besuchen und unter dem Vogelbeerbaum mit meiner Mutter sprechen und ihr mein Geheimnis anvertrauen. Sie wird mir zuflüstern: „Du bist meine Tochter: perfekt, makellos und fehlerfrei!"

Zwei Wochen später

Stille lag über dem feudalen Haupthaus von Torrisdale Castle, und Charis hing ihren Gedanken nach. Nathan hatte von Anfang an eine konkrete Vorstellung davon gehabt, wie sie sein sollte. Er hatte sie benutzt, damit sie dem Ideal entsprach, das er von ihr gezeichnet hatte: eine zweite Amy und ein perfektes Mitglied von Lux Humana.

Er hatte nicht das Mädchen Charis-Blue geliebt, sondern das Bild, das er sich von ihm gemacht hatte. Der Preis dafür war hoch. Sie hatte mit ihrer Lebendigkeit bezahlt, und bis heute war keine Bewegung in ihre Erstarrung gekommen.

Calum hatte sich niemals untergeordnet. In seiner Jugend hatte Nathan seinen Söhnen weder Aufmerksamkeit noch Fürsorge entgegengebracht, um diesen Vertrauensbeweis möglich zu machen. Diese Erziehung hatte aus Calum einen starken Mann gemacht, der einen festen Platz in der Gesellschaft und im inneren Kreis von Lux Humana gefunden hatte.

Gordon dagegen war schwach, obwohl Nathan sich die größte Mühe mit ihm gegeben hatte. Er musste seinen Vater oft zum Loch Meadhonach begleiten und ihm dabei zusehen, wie er einer jungen Frau den Unterschied zwischen Diesseits und Jenseits erklärte. Gordon hatte dabei vom Meer her die Sirenen zu hören geglaubt, die sich mit den Schmerzensschreien der Frauen zu einem kraftvollen Gesang vereinten. Er war dann immer berührt, hatte Mitleid beim Anblick der sich vor Schmerzen krümmenden Geschöpfe empfunden. Zurück auf Torrisdale, tauchte er wieder in die Welt der bunten Smarties und verdrängte tagelang seinen Kummer im Drogenrausch. Er hasste Gewalt, sexuelle Exzesse und Nathan, der aus ihm einen „starken Mann" machen wollte. Im Drogenrausch war er allerdings immer zum Handlanger mutiert.

Calum hatte nach Nathans Tod die Leitung der Klinik übernommen, und Gordon widmete sich voll und ganz seiner Genforschung. Beide Männer besaßen das Vertrauen des Kuratoriums.

Endlich nahm Calum auch den Platz seines Vaters an ihrer Seite ein. Dennoch hatte sich seit Nathans Beerdigung etwas zwischen ihnen verändert, etwas, das sie nicht erkennen konnte, noch nicht, aber das den Drachen in ihr wieder zum Leben erweckte.

Er besuchte sie seit einer Woche regelmäßig, und auch heute Nacht wollte er zu ihr kommen. Und wenn es vorbei war, stellte sie sich immer viele Fragen: warum sie so verrückt nach diesem verdorbenen Mann war und ob nicht irgendwo noch ein anderer existierte, dem es gelingen könne, sie so zu faszinieren. Sie wollte nicht böse sein, bewundert werden, das ja, dachte sie, während sie in ihrem Bett lag und auf Calum wartete. *Lieber Gott, bitte hilf mir, lass Calum nicht so wie Nathan sein.*

Aber war er nicht schon auf dem besten Wege, so zu werden wie sein Vater? Sie fürchtete ihn nicht, wenn er mit den feinen Lederriemen einer Peitsche ihre Haut streichelte. Nur wenn er sie strangulierte, während sein Penis sie in Ekstase brachte, hatte sie Angst. Sie sagte ihm dann, dass sie ihn nicht verstand. Doch er erwiderte nur lächelnd, mit der Zeit werde sie das schon. *Nein,* dachte sie. Sie wollte nicht, dass mit ihrem Liebesspiel die Erinnerung an Nathans „Woche des Atems“ auflebte. Sie wollte nie wieder den Tanz mit einem Monster. Der Tanz ihrer Mutter mit ihrem Vater war intim und schön gewesen, voller Zärtlichkeit, und auch sie hatte sich als Kind gerne im Kreis gedreht. Doch wenn Nathan die Neophyten tanzen ließ, war es wie ein Monsterball. *Nie wieder!,* dachte sie. *Nathan ist Tod!*

Sie starrte auf den Türrahmen. Das Licht ging an. Er kam. Ihr Herz begann zu rasen. Obwohl sie sich nach ihm sehnte, erfüllte sie die Aussicht auf seinen Besuch neuerdings mit Angst. Sie hörte Schritte, die näher kamen. Die Tür wurde aufgerissen. Sein Duft stieg ihr in die Nase, eine Mischung aus einem edlen Aftershave und dem herrlichen, verführerischen Geruch seines Körpers. Sie spürte, wie ihre Lust erwachte, als er sich wortlos auf sie stürzte. Sie erwiderte seinen Kuss voller Inbrunst, presste sich gegen ihn – es war die einzige Art, wie sie ihm zeigen konnte, dass auch sie ihn wollte.

„Nicht“, murmelte er. Seine Stimme war leise, drohend und erregend.

Vergeblich versuchte sie, nicht sarkastisch zu klingen. „Nicht?“

Im Zeitlupentempo zog er seine Hose herunter, seine Augen glitzerten angsteinflößend und wahnsinnig erotisch zugleich, und die Lust fraß sich durch ihre Eingeweide. Ihr Herz pochte bis zum Hals. Stöhnend zog er sie an sich, so dass er rittlings auf ihr saß. Charis spürte seine Erregung. Er lehnte sich zurück, und seine Augen flackerten vor Lust.

„Ich will dich, jetzt, sofort!“, hauchte er und hob ihre Hüften ein wenig an.

Sie ergab sich dem Verlangen, dem Gefühl, dass er jeden Millimeter von ihr ausfüllte. Ihre Körper rieben sich aneinander, bewegten sich im Gleichklang.

Charis beugte sich vor und küsste ihn, dann zog sie seinen Kopf nach unten und vertiefte den Kuss, während Calum sie ritt, schneller, immer schneller. Sie spürte eine kaum zu bändigende Lust, die ihr Innerstes widerspiegelte, und ein Stöhnen entfuhr ihr. Der Orgasmus erschütterte sie beide in einem leidenschaftlichen Höhepunkt, der wie eine Woge über sie hinwegschwappte und sie und ihn unter sich begrub. Charis schrie, und ihr Schrei drang bis tief in ihr Innerstes vor und berührte ihre Seele.

„O Baby Blue!“, stöhnte Calum und hielt sie fest umschlungen, bis sich ihre Atemzüge wieder beruhigten. Zärtlich strich er ihr übers Haar. „Du wirst immer besser, Charis. Bist du bereit für mehr?"

Verdammter Scheißkerl!, dachte sie. *Warum musst du mir in einem solchen Moment diese Frage stellen?* Sie versuchte sich ihm zu entziehen – angetrieben vom Adrenalin, das jetzt durch ihre Venen pumpte, doch er hielt sie fest umschlungen und ließ nicht locker. Tief in ihrem Innersten verspürte ihr Drache den Wunsch, Calum anzuspucken und anzubrüllen, er möge verschwinden. Aber sie tat nichts von alldem. Stattdessen antwortete sie leise: „Ja."

Sie hörte seine Atemzüge. Jetzt waren sie lauter als vorhin, abgehackter.

„Dann wäre das zwischen uns geklärt. Ich wünsche dich morgen gegen zehn Uhr in Na Stacain zu sehen."

Der Zauber war verflogen.

„Weswegen?", fragte sie argwöhnisch.

„Es wird Zeit, deine Initiation in den inneren Kreis fortzusetzen. Wir müssen dich vorbereiten! Mein Vater hat es gewollt, und ich will es auch."

Sie spürte den Drachen in ihrem Unterleib, der nur darauf wartete, ihn zu verbrennen.

Seine Augen funkelten gefährlich. „Was hältst du von einer anderen Kostprobe, Charis?"

Mit einer ruckartigen Bewegung umfasste er ihr Geschlecht und schob einen Finger in sie hinein, während er sie mit der anderen Hand fest an sich gedrückt hielt. Ein Stöhnen entfuhr ihr.

„Das hier gehört mir", flüsterte er aggressiv und fixierte sie dabei mit glühenden Augen. „Mir ganz allein. Ist das klar?"

„Ich liebe dich. Deshalb gehe ich jeden Weg mit dir."

Obwohl ihr klar war, dass sie damit ihren Drachen heraufbeschwor, schoss eine Welle der Lust durch ihren Körper, die ihre Nervenenden vibrieren und ihren Atem stocken ließ.

„Hast du ihn geliebt?", schnauzte er.

Charis erstarrte und sah ihn fassungslos an. „Wie kannst du es wagen ..." Sie stockte. „Ich habe deinen Vater gehasst, Calum Burgess!", schrie sie ihn an. „Verschwinde. Lass mich allein!"

„Es tut mir leid. Ich weiß nicht, was in mich gefahren ist."

Sie wehrte sich gegen seine Umarmung und kämpfte wütend gegen ihn an.

Plötzlich stieß er sie mit einer brutalen Bewegung von sich, sprang auf und zog sich rasch an. Blanke Wut loderte in seinen Augen.

„Du hast Phase drei und vier noch nicht abgeschlossen. Damit fangen wir sofort an. Wir sehen uns also morgen in der Klinik. Sei bitte pünktlich", entgegnete er und schlug die Schlafzimmertür hinter sich zu. Seine Schritte entfernten sich so schnell, wie sie gekommen waren.

Sie stand auf, zog sich an und schlenderte zum See von Torrisdale. Dort hob sie kleine Kieselsteine auf und ließ sie über den von der Abendsonne gesprenkelten See tanzen. Ein leises Hüpfen, ein Gluckern, dann waren sie weg. Ein paar Wellen kräuselten noch die Oberfläche, und schon glätteten sie sich wieder. In dem klaren, kalten Wasser fiel das abendliche Licht bis auf den Grund. Tief unten lagen Hunderte winzige Steine, die sie und die Zwillinge während ihrer Kindheit hineingeworfen hatten. Eine der wenigen Erinnerungen, die nicht schmerzten.

Während sie die diabolische Anmut des rotvioletten Horizonts bewunderte, lief ein Film vor ihren Augen ab. Krafttraining, Woche des Atems, Woche des Macbeth. Aber was kam danach? Neue Injektionen und die Schönheit in vollendeter Form? Calum musste nicht Nostradamus sein, um die Dekadenz der Welt zu beobachten. Eine Welt, in der die Macht der Schönheit vernachlässigt worden war und der gesellschaftliche Zusammenhalt immer mehr schwand. Eine Gesellschaft wurde nur durch Autorität und gegenseitige Fürsorge zusammengehalten, hatte er ihr am Grab seines Vaters gesagt. Gegenseitige Fürsorge. Worte, die vor vier Wochen während Nathans Beerdigung das Feuer des Drachen gelöscht hatten.

In der Nacht griff sie unter die Bettdecke und holte die große Muschel hervor, dann presste sie sie ans Ohr und lauschte dem Rauschen des Meeres.

Monsterball ... Für Calum würde sie nicht mehr tanzen. Der Drache bereitete sich auf ein Duell vor. *Ich bin doch erst neunzehn.*

Kapitel 33

Torrisdale Castle, 26. Oktober 2011

Drogen, immer nur Drogen. Die winzigen blauen Kügelchen konnten seinen Schmerz nicht mehr betäuben. Sie führten ihn noch schneller in das gähnende schwarze Loch, das ihn seit Charis' Rückkehr in regelmäßigen Abständen verschluckte. Glaubte Calum, dass ihm die Drogen nach einem dreitägigen Entzug keine Probleme mehr bereiten konnten, und hatte er deshalb die Tür des Schafzimmers entriegelt? Dieser Schritt hatte ihn direkt in die nächste Falle geführt. Der Arzneischrank im Labor hielt ein ganzes Bataillon bunter Träume für ihn bereit. Wie dumm Calum doch war, ihm zu vertrauen, dachte Gordon. Einem Junkie seinen Stoff zu entziehen, bedeutete gar nichts, mit Sicherheit nicht das Ende einer Krankheit. Vielleicht ging er deshalb heute, am dritten Tag seiner neu erworbenen Freiheit, in das Studio seiner verstorbenen Mutter. Obwohl sie bei seiner Geburt gestorben war, fühlte er sich ihr nahe. Dort würde ihn nach all den Jahren noch immer ein schwacher Hauch ihres Dufts umgeben, der ihn wärmte, tröstete und seine Tränen trocknete.

Er öffnete die schwere Holztür, die zum Dachgeschoss führte, und blieb einen Moment auf der Schwelle stehen. Dann betrat er das Refugium seiner Mutter. Das Zimmer wirkte wie eine große Scheune, mit viel freiem Raum, einer hohen, gewölbten Decke und einem Zwischengeschoss, einer Art Galerie, gesichert durch eine Holzbalustrade. Der Parkettboden war aus hellem, in einem Fischgrätmuster verlegten Birkenholz, das hohe Bogenfenster reichte vom Fußboden bis zur Decke und war von weißgekalkten Backsteinen eingefasst. Fades, aschgraues Vormittagslicht fiel durch das Bogenfenster herein, und graue Stäubchen schwebten durch die dämmrige Luft.

Gordon betrachtete den gemauerten Kamin und den langen Holztisch, der als einziges Möbelstück in dem riesigen Zimmer stand. Auf dem Tisch lagen einige Skizzen, die seine Mutter vor ihrem Tod angefertigt hatte. Er betrachtete sie einen Moment. Sein Herz pochte, und er spürte den Kloß in seinem Hals. Die Zeichnungen waren farbenfroh, voller bunter Luftballons, ihr Himmel war nie grau und fahl wie seiner. Er öffnete das Bogenfenster weit und blickte in den Regen hinaus. Das Meeresrauschen drang an sein Ohr, und der Duft der Erde stieg ihm in die Nase. Er schloss das Fenster wieder und ging die Stufen der schmiedeeisernen Wendeltreppe hinauf, die zur zweiten Ebene führte. Dort hockte er sich aufs Bett und warf zwei Tabletten Angel Dust ein. Vielleicht brachten sie ihm Frieden. Nach einer Weile leuchteten die Farben der Bettdecke deutlich intensiver und greller. Grün, blau, gelb, rot. Im Hintergrund hörte er ein leises, konstantes Sirren. Verwundert starrte er die Wände an. Seine Gedanken drifteten immer mehr ab. Ein paarmal hörte er lautes Surren, als flöge ein Insekt dicht an ihm vorbei. Es war ein synthetisch klingender Ton.

Er schloss für einen Moment die Augen und sah aus Rauten zusammengesetzte fraktale Muster, überwiegend in sanften Blautönen. Er glaubte auf einem Operationstisch zu liegen, und seine tief im Inneren liegenden Gefühle wurden freigelegt. Seine Stimmungen wechselten immer schneller; seine Gedanken formten sich zu monströsen, nebelartigen Gebilden, aus denen Calum, Charis und sein Vater hervorgingen – verschlungene Höllengestalten.

Als er wieder klarer wurde, wehte ihm von der Treppe ein Geruch verborgener Orte entgegen, modriger Staub, den die Dunkelheit verströmte und der ihn an die muffige Luft in der Familiengruft erinnerte.

Aileen ... Wenn seine Gedanken sie umkreisten, lag die Einsamkeit wie ein schweres Tuch auf ihm und machte ihm bewusst, dass er seit ihrem Verschwinden vor so langen Jahren aufgehört hatte zu leben. Aber er war zu feige gewesen, dem nachzugehen. Was, wenn er damals doch nicht halluziniert hatte? Wenn Aileen noch leben würde, wäre sie sein Mädchen geworden, da war er sich sicher. Am Tag ihrer Begegnung war die Welt hell, strahlend und leicht gewesen. Er hatte sich sofort in sie verliebt. Aileen war ihm unsterblich vorgekommen, aber sie hatte ihn verlassen, ihn zurückgelassen, für immer. Sie hatte nicht auf ihn gewartet, es gab kein „Auf Wiedersehen", keinen Abschiedskuss.

Mit ihrem Verschwinden hatte er alles verloren. Vielleicht hatte sie einen Autounfall gehabt mit einem anschließenden Gedächtnisverlust. Ja, das war es! Amnesie! An diese tröstliche Tatsache hatte er sich all die Jahre geklammert. Aber heute lachte sein Alter Ego ihn hämisch aus. Was für eine durchsichtige Verdrängungsstrategie! Er litt seitdem an Schlaflosigkeit, die seine Wahrnehmung auch tagsüber immer mehr trübte. Wenn er eindöste, hatte er in schauderhafter Deutlichkeit Aileens Leiche vor Augen.

„Aileen ...", wimmerte er.

Aileen ist tot!, antworteten die Stimmen in seinem Kopf. *Sie ist tot!*

„Ich weiß", flüsterte er.

Und endlich übermannte ihn der Schlaf.

Als er mitten in der Nacht im Turmzimmer aufwachte, biss er die Zähne zusammen und atmete langsam und konzentriert ein und aus. Sein Hemd fühlte sich auf der Haut klebrig an, und er brauchte dringend eine Dusche. Er tastete nach dem Schalter der Nachttischleuchte und drückte den Knopf. Das Licht erhellte die dunkle Nische. Er bemerkte die halb geöffnete Schublade der alten Kommode, in der zusammengefaltete Briefbogen lagen. Sein Herz klopfte. Er kannte die Handschrift nicht. Seine Hände zitterten, als er den Brief in die Hand nahm und das Datum las:

20. August 1990

Lieber Dr. Merrick,

Es geht mir nicht gut. Ich glaube, ich kenne den Grund. Seit Sie in Edinburgh sind, lässt Nathan mich nicht mehr aus den Augen. Ich kann Sie nicht erreichen. Er hat mein Handy an sich genommen. Ich fühle mich so schwach und muss mich mit meinem Brief an Sie beeilen. Mein Zimmer auf Torrisdale Castle ist nicht der rechte Ort zum Schreiben oder Nachdenken. Aber das ist nicht der einzige Grund. Zum Schreiben habe ich mich immer in eine Ecke zurückgezogen. Früher war es die Bank am See, doch seit ich zum ersten Mal diesen Raum hier im Dachgeschoss betreten habe, weiß ich, dass ich hier zeichnen und schreiben werde.

Ich fand vor zwei Wochen den Schlüssel zu der schweren Holztür, die bislang immer verschlossen war. Erst traute ich mich nicht, sie zu öffnen, weil ich mich vor dem fürchtete, was ich dahinter vorfinden könnte. Doch ich war neugierig – wie damals in Bettyhill, als ich von Ihnen etwas über die seltsamen Frauen von Na Stacain erfahren wollte. Ich habe den Schlüssel ins Schloss gesteckt, ihn umgedreht und die schwere Tür aufgedrückt. Auf der Schwelle bin ich stehen geblieben und habe mich nur umgesehen. Ich glaube, ich habe ziemlich lange dort gestanden. Die Vorhänge des Bogenfensters waren zugezogen. Ich trat vorsichtig an das Fenster heran, habe den Atem angehalten und ganz still dagestanden. Dann zog ich die Vorhänge auf.

Das kupferne Licht der Nachmittagssonne fiel durch das Bogenfenster herein und wärmte mein Gesicht. Ich schaute mich um und entdeckte die schwarze, schmiedeeiserne Wendeltreppe, die hier zur zweiten Ebene des Dachgeschosses hinaufführte. Mein Herz klopfte, als ich die Stufen nach oben ging. Ich wusste, hier erwartet mich Außergewöhnliches. Ich wusste es sofort, Dr. Merrick. Vielleicht war mir deshalb auf eine seltsame Art alles gleich vertraut. Ich habe hier eine alte Truhe gefunden, an der ein verrostetes, defektes Schloss hing. Ich öffnete sie und fand darin stapelweise Fachliteratur, Kartenspiele, Kinderfotos von Ihnen und Calum, von Gordon und Charis. Außerdem habe ich einige Videokassetten entdeckt. Ich habe mir alles in Ruhe angesehen …

Es ist längst nicht mehr so staubig, denn ich habe das Zimmer in den vergangenen Tagen gründlich gesäubert. Die Kiste und ihren Inhalt habe ich mit keinem Wort erwähnt. Ich glaubte, Nathan hätte sie vergessen. Aber er hat sich vermutlich wieder an die Aufnahmen erinnert, als er mich eines Tages den Raum betreten sah, denn er sprach mich darauf an. Ich konnte ihm nichts vormachen und gestand, dass ich mir die Videos angesehen habe. Es mache ihm nichts aus, sagte er. Ich habe ihm geglaubt, denn wenn sich unsere Blicke hier und da im Internat trafen, lächelte er geheimnisvoll und verschwörerisch. Doch ich hätte mich nicht ärger täuschen können.

Die Videos zeigen Nathans Experimente, Dr. Merrick. Nathan Burgess ist ein Monster, der Jungen und Mädchen das Leben und den Zwillingen die Mutter genommen hat. Ich glaube, dass meine Neugierde meinen Tod besiegeln wird, denn ich werde mein Wissen nicht für mich behalten. Ich wollte Gordon von den Videos berichten und dass Nathan seine Mutter bei der Geburt getötet hat. Ich kann nicht länger schweigen.

Aber Nathan muss mir gestern mit dem Essen etwas verabreicht haben. Ich habe keine Erinnerung an die Stunden der vergangenen Nacht. Heute Morgen kam ich am Strand von Na Stacain wieder zu mir. Ich dachte, ich lebe, der Tod hat mich noch nicht umarmt. Aber ich konnte mich nicht bewegen und wartete. Der Mond flimmerte an diesem frühen Tag noch silbern auf dem Wellengekräusel der stillen See. Ich hörte Schritte und sah Nathan. Er brachte mich wieder nach Torrisdale Castle und behauptete, ich hätte etwas eingenommen. Aber ich nehme keine Drogen, die mir die Erinnerungen rauben, Dr. Merrick. Ich rauche nur hin und wieder einen Joint. Woher wusste Nathan, wo er mich finden konnte, wenn er nicht die Hand im Spiel hat? Er gab mir eine Injektion, angeblich um eine aufkommende Lungenentzündung zu unterdrücken. Seitdem habe ich Fieber, aber ich bin noch halbwegs klar im Kopf.

Nathan hat mir ein dünnes weißes Nachthemd übergestreift und mir dabei „Weiß ist die Farbe des Todes" ins Ohr geflüstert. Danach gab er mir eine zweite Injektion und sagte, dass der Tod das Tor zu Freude und Herrlichkeit wäre. Das Echo seiner Worte hallt immer noch nach, Dr. Merrick. Nathan wird bald zurückkommen, um mich zu töten – er, der den Tod ritualisiert. Mit letzter Kraft bin ich vorhin aufgestanden und hier ins Turmzimmer geflüchtet.

Ich höre Nathans Schritte. Ich höre seine Stimme. Calum ist bei ihm. Ich werde die Wendeltreppe hinaufgehen und diesen Brief dort verstecken. Vielleicht findet ihn irgendjemand eines Tages und rächt meinen Tod. Mir ist heiß, vermutlich habe ich Fieber. Das diffuse Licht des Mondes, das durch das Bogenfenster fällt, taucht das Dachgeschoss in dunkelgraue Schatten. Nathans Gesicht wird vom Mondlicht schwach beleuchtet sein, ein verschwommenes Profil, in dem die Augen in den Höhlen spukhaft aussehen. Ich schließe die Augen und sehe meine Mutter vor mir. Sie wird mir sagen, was ich zu tun habe. Danach wird sie mich in ihre Arme schließen. Sie wird stolz auf mich sein. Ich höre, wie Nathan die Tür öffnet.

Warum haben Sie mich nach dem Tod meiner Eltern nach Torrisdale Castle gebracht, Dr. Merrick? Im Kinderheim war es so schön. In wenigen Minuten werde ich wieder ein kleines Mädchen sein. Ich fühle es. In wenigen Minuten wird mich meine Mutter in ihre Arme schließen, mich anlächeln und mir übers Haar streichen.

Ihre Aileen

Gordon legte den Brief beiseite und schaute einen Moment aus dem Bogenfenster. Aileens Zeilen hatten ihm den Boden unter den Füßen weggerissen.

„Nathan hat Aileen getötet", flüsterte er. „Sie haben mich angelogen."

Es waren also doch keine Halluzinationen gewesen. Er hatte damals die tote Frau im Wasser tatsächlich gesehen. Er konnte die Stimmen in seinem Kopf nicht mehr zum Schweigen bringen, sie fielen aus allen Richtungen über ihn her.

Nathan hatte Aileen getötet.

Calum musste das gewusst oder vermutet haben. *Sie haben dich glauben lassen, du seist vollkommen irre,* dröhnten die Stimmen. *Sie haben dich ein Jahr in eine Anstalt gesteckt, einfach weggesperrt, weil sie befürchten mussten, dass du etwas über die Tote im Loch Meadhonach ausplaudern könntest.*

Sie hatten ihn weggesperrt in den Gemüsegarten verwester Seelen. Ein Jahr hatte er unter Alzheimer-Patienten, Kranken mit fortgeschrittener Senilität und manisch-depressiven Patienten gelebt. Zweihundert Tage mit leeren Augen, schlaffen Mündern und vollgesabberten Kinnen. Fröhlich, immer fröhlich. Die Schwestern hatten ihn „Schatz" und „Süßer" oder „mein Hübscher" genannt. *Redet mit denen, die nie antworten,* lautete das oberste Gebot in dieser Anstalt. Gordons Augen brannten, sein Herz hämmerte, in seinem Kopf dröhnten die Stimmen:

Die Wahrheit über Nathan und Calum muss bekannt werden, und du Gordon, sein Bruder, wirst diese Wahrheit ans Licht bringen, anklagen, berichten, was dein Vater mit Aileen gemacht hat. Du wirst es Scotland Yard überlassen, die richtigen Schlüsse daraus zu ziehen. Die Stimmen schlugen über ihm zusammen.

Mach es, Gordon!

Sag mir, was ich tun soll, Aileen, dröhnte es in seinem Kopf.

Sag ihnen, wo sie mich hingebracht haben!

Sie schänden deinen Körper. Gordons Gedanken überschlugen sich.

Räche uns, Gordon! Dich und mich.

Aileen ... Er ist mein Bruder. Er konnte das nicht tun.

Nathan hat mich getötet, und Calum wusste davon!

Calum ist meine andere Hälfte. Ein letztes Aufbegehren.

Lass mich nicht in Stich!

Erst jetzt verstand er die Worte, die Calum an Nathans Sarg gesprochen hatte.

„Man will nicht wahrhaben, wie viel im Leben von Glück abhängt, Gordon. Es ist erschreckend, wenn man daran denkt, wie viel außerhalb der eigenen Kontrolle liegt."

Und da – wo er sie am wenigsten erwartet hatte – war die Lösung, die er suchte. Die Erkenntnis brachte die Stimmen zum Schweigen und beruhigte seine Nerven. Er sprang auf, eilte die Wendeltreppe hinunter und setzte sich vor die Staffelei seiner Mutter. Er begann, einen Hügel zu malen. *Hügel sind vorschriftsmäßig grün,* dachte er. *Ein Grün ohne Tod.* Seine Hügel wurden schwarz wie die Nacht.

„Du wirst schon noch erfahren, wie viel außerhalb deiner eigenen Kontrolle liegt", wisperte er.

Kapitel 34

Na Stacain, März 2002

Der Zusammenprall der Wirklichkeit mit ihren Wunschvorstellungen war enttäuschend. Das konnte nicht gutgehen, dachte Charis. Jeder Moment mit Calum hatte in den vergangenen Jahren seinen Höhepunkt gehabt, doch jetzt schob er ihre Aufnahme und die der Neophyten in den inneren Kreis von Lux Humana hinaus. Mit einem Mal ging es darum, den Anreiz, in die Gemeinschaft aufgenommen zu werden, aufrechtzuerhalten, damit kein Mitglied während der Initiation aufgab. Die Reise erforderte enorme Anstrengungen, die die Neophyten bereit waren, in Kauf zu nehmen, da die Aufnahme den Höhepunkt darstellte.

„Suggeriere, dass Schönheit Macht bedeutet und Makellosigkeit die Welt verändert, dann tun sie alles, was du von ihnen verlangst", hatte Calum ihr einmal anvertraut. „Durch Isolation, Druck und eine fortwährende unterschwellige Bedrohung erreichst du dieses Ziel."

Die Worte entstammten Nathans krankem Hirn. Calum war zum Sprachrohr seines Vaters geworden. Auch Gordon hatte sich verändert. Charis spürte, dass er sie neuerdings nicht mehr ablehnte, sondern voller Mitleid musterte. Den Grund kannte sie nicht, und er interessierte sie auch nicht.

In Na Stacain blieb alles beim Alten, aber im Gebäude von Lux Humana auf Torrisdale Castle veränderte sich alles. Der Raum der Initiation bekam ein neues Aussehen. Sein Innenleben changierte nicht mehr in Rot und Schwarz wie zu Nathans Zeiten, sondern er war in Apricot-, Gelb- und zarten Rosatönen gehalten, die je nach Lichteinfall traumhaft schön waren. In der Mitte des Raums standen sechs weich gepolsterte Liegen im Kreis. Und sobald die Neophyten darauf Platz nahmen, trennten jaunefarbene, transparente Vorhänge ihre geölten, nach Jasmin duftenden Körper voneinander. Statt Wagners *Tristan und Isolde* erklangen heute die traurigen, aber sanften Klänge von Antonín Dvořáks *Aus der Neuen Welt*, während eine durch einen Ventilator hervorgerufene sanfte Brise ihre Körper streichelte, bis die Zwillinge den Raum betraten.

Torrisdale Castle, März 2002 – Tanz der Perlen

Manchmal schleiche ich nachts zum Initiationsraum, den Calum das

Erziehungszimmer nennt, und blicke durch das Gitterfenster. Ich sehe Calum dabei zu, wie er seine Erziehungsmethoden perfektioniert. Es gefällt mir, aber nicht immer. Mitunter sieht er mich dabei durch das Fenster an, und ich blicke in die hintersten Windungen seines Gehirns, in das Hirn Luzifers, zu dem er nur mir Zutritt gewährt: Ich sehe Nathans Brut und höre seine Stimme. Meine Haut glüht vor Zorn, wenn ich ihm zuschaue. Meine Handflächen brennen, als presste mein Herz mit jedem Schlag mehr und mehr Blut in meinen Körper.

Calum hat den zwei Phasen der Initiation zwei weitere hinzugefügt und nennt die dritte Stufe „Tanz der Perlen". Während Gordon eine junge Frau besteigt, benutzt er einen speziell angefertigten Flogger. Die winzigen Perlen am Ende der Wildlederstreifen hinterlassen mit jedem Peitschenhieb runde Male auf ihrer Haut. Die Schläge sind oberflächlich, niemals zu hart, und sie wartet auf den erotischen Lohn, die Lust, die mit dem Schmerz einhergeht. Dann kommt Calum dazu. Er ist wild, unbeherrscht und ohne Rhythmus. Er schlägt hart, fest und unkontrolliert zu, und die Male auf dem Körper der Frau sind jetzt rot und brennen.

Ich nenne Calum eine Bestie, einen Satan, aber ich kann fühlen, wie die schwindelerregende Gier nach Folter auch mich erfüllt. Ich schließe für einen Moment die Augen und erinnere mich an den Schmerz, den er mir vor drei Tagen zugefügt hat, aber auch an die rauschende Befriedigung, die diese Qual in mir auslöste. Ich liebe den Schmerz. Meine Fassade der Unverletzlichkeit ist nicht erschüttert.

Manchmal erträgt ein Mädchen seine Peitschenhiebe nicht. Sie steckt dann ihre Hände unter ihren runden, wunden Hintern, denn sie braucht diesen instinktiven Versuch, sie ruhig zu halten, sich gegen Calum nicht zur Wehr zu setzen oder sich dem wachsenden Verlangen zu stellen, ihre Arme, ihren Körper zu umklammern, vielleicht sogar Calum zu umarmen und um Schutz anzuflehen, den er ihr in dem Gebäude mit den vier Türmen nicht geben wird. Dann ist sein Zorn unermesslich.

„Was empfindest du bei meinem Anblick? Sag es", zischt er. Empfindest du, dass deine Seele beim Anblick meines Körpers Flügel bekommt, die dich in die Sphäre unserer Ideale aufsteigen lässt?"

Stille.

„Nein? Bei dir sind es die Flügel der Kontemplation, die dich in das Reich der Ewigkeiten emporheben, wenn du nicht gehorchst. Los, sag es!"

Das Mädchen zittert. Zögerlich kommen die Worte über ihre Lippen. „Nichts Fremdes darf an mir haften – erst dann kommt die Schönheit."

Calum streichelt ihr Gesicht. Dann ohrfeigt er die junge Frau, sicher und heftig. Sie starren einander an.

Eisige Kälte. Die geölten Körper um sie herum schweigen.

„Du kannst es besser", brüllt er. Dann blickt er auf. „Ihr könnt es besser!"

Chorgesang. „Ja, Calum, wir können es besser."

Calum jagt den „Ungehorsam" davon. Das Initiationszimmer auf Torrisdale Castle beherbergt nie zweimal dasselbe Gesicht.

Torrisdale Castle, Juni 2002 – Klagelied der Schwäne

In den Wochen, in denen die Neophyten und ich in Schönheit erblühen, pulsiert das Adrenalin durch Calums und Gordons Körper, denn jeder reagierte anders auf Gordons Wirkstoff Forever. Er hat Forever in seiner chemischen Zusammensetzung verändert und ihm die Phosphorsäure entzogen. Das Problem der grausamen Nebenwirkung ist zwar behoben, nicht aber die pochenden, bohrenden, brennenden, messerstichartigen Schmerzen. Die vierte Phase der Initiation nennen die Zwillinge Forever Young, doch ich nenne sie „Klagelied der Schwäne", denn wir trösten uns gegenseitig. Wir lauschen im Abgrund des Nichts geduldig dem Flüstern der Schönheit unter Qualen. Wir haben ein gemeinsames Ziel: neu zu erblühen.

Die Wirkung der Injektion, die Junkie Gordon nun „Forever II" nennt, setzt schlagartig ein. Sie beginnt immer mit einer gewissen Spannung, die durch meine Gliedmaßen fließt. Calum nennt es die Unterströmung verbotener Erregung. Ich werde von einem Schmerz übermannt, der alles übertrifft, was ich jemals erlebt habe: Nadelstichartig beginnt er in Armen und Beinen, breitet sich kolikartig im Bauchraum aus und lässt meine Brust brennen. Mein Atem geht schneller, als der Schmerz seine Schrauben in mein Hirn dreht, der Drache zubeißt und in mir ein Feuer entfacht, so dass ich nur noch den Tod herbeisehne. Ich schildere die Höllenqualen Calum und Gordon, doch sie nicken nur und sind erleichtert, dass ich nicht verfaule.

Calum wird ungeduldig. Er faselt irgendwas von Psyche. Entspannen soll ich mich, sagt er kalt. Ich schreie und flehe ihn an, mir keine Injektionen mehr zu geben. Er lächelt kalt und wirft mir fehlende Einsicht und Verweigerung vor.

Er bohrt seinen Blick wie ein Raubtier tief in mich hinein, um besser durch die einzelnen Schmerzregionen meines Körpers patrouillieren und sich ihnen widmen zu können. Ich lasse ein Monster in meinem Gehirn los.

„Töte ihn, wenn er deine Schmerzen nicht lindert."

Gordon hat Erbarmen und verabreicht mir ein schmerzstillendes

Opiat. „Du brennst vor Verlangen nach Leben, Charis", behauptet er. „Du liegst keineswegs im Sterben. Du bist lebendiger, als du es jemals warst." Dann verlässt er den Raum.

„Arschloch", brüllt mein innerer Drache. Ich döse ein.

Nach zwei Wochen lassen die Schmerzen endlich nach, und die Wunden an den Einstichstellen sind verheilt. Das Spiel beginnt. Das Vorspiel der vierten Phase. Calum verbindet meine Augen, um optische Eindrücke auszublenden. Er entblößt mich und streichelt meinen Körper. Ich glühe. Es ist die Reaktion meines Körpers auf einen weiteren Wirkstoff, den Gordon mir verabreicht hat und der das Fieber auslöst. Und doch spüre ich, wie die Veränderung mein Gesicht und meinen Körper aufblühen und strahlen lässt. Stunden später hält Calum mir einen Spiegel vors Gesicht.

„Die Nacht muss sich vollenden, Charis. Niemand möchte ein Gefangener in einem ungelebten Leben bleiben. Nichts Fremdes darf an dir haften – erst dann kommt die Schönheit. Regel Nummer drei von Lux Humana."

Ich schaue in den Spiegel und lächle. Schönheit als Explosion perfekt beherrschter Energie blickt mir entgegen.

„Bin ich das?", frage ich, während Calum mir den Armreif von Lux Humana anlegt – eine silberne Schlange, besetzt mit leuchtend grünen Peridotsteinen.

Gordon betritt den Raum und mustert mich. „Ja. Du bist für immer die Gegenwart, die Zukunft! Nur so soll sie aussehen, Charis", sagt er.

„Du bist perfekt, Baby Blue", flüstern die Zwillinge, während sie mein Gesicht streicheln.

Ich berühre den Armreif und spüre die Makellosigkeit.

„Ich liebe dich, Charis, Baby Blue", sagt Calum leise und legt sich zu mir ins Bett. Wir liegen eine Ewigkeit da. Keiner von uns sagt etwas. Er hält mich fest, und ganz allmählich entspanne ich mich. Meine Tränen versiegen. Die Dämmerung zieht auf, das weiche Licht des Morgens wird heller. Und wir liegen da, reglos nebeneinander. Calum schließt die Augen. Ich hebe meine Hand und streichle sein Gesicht. Zahllose Gefühlsregungen zeichnen sich auf seinen Zügen ab. So habe ich es immer gewollt.

Kapitel 35

Torrisdale Castle, 27. Oktober 2011

Mairead hatte eines Tages durch Zufall in der Küche hinter dem Holzregal eine Tür entdeckt, die zu einem großen Hohlraum führte, in den sie geschickt hineinschlüpfen konnte, um so unbemerkt die Küche zu beobachten. Sie liebte das Versteckspiel, besonders wenn Charis von Calum den Auftrag erhielt, sie zu suchen, und frustriert von Zimmer zu Zimmer stapfte. Dann lachte sich Mairead ins Fäustchen. Mitunter schloss sie sich sogar in den Hohlraum ein. Niemand kannte den geheimen Ort, an den sie sich zurückzog, um über Calum und Charis zu grübeln. Dabei schlief sie hin und wieder ein und wurde erst Stunden später von Calum geweckt, der mit besorgter Stimme nach ihr rief. Sobald sie wieder auftauchte, half auch sein noch so eindringliches Fragen nichts, das Versteck verriet sie nicht.

Auch jetzt suchte Charis sie wieder, doch sie wollte für sich sein und rührte sich nicht. Mairead grübelte. Sie spürte tagtäglich, wie sich Charis' Abneigung gegen sie verstärkte, trotzdem gab sie sich der Frau gegenüber immer freundlich. Sie bemühte sich schon deshalb um diese Freundschaft, weil Calum Charis liebte. Mitunter beschlich sie aber der Verdacht, dass Charis eifersüchtig auf sie war. Dabei war sie schön, klug, gebildet und Calums große Liebe. *Charis hat doch alles,* dachte sie. Sie selbst hatte nichts und würde bald sterben. Alles Sterbliche war wie das Gras, und all seine Schönheit wie die Blume auf dem Feld. So stand es in der Bibel. Sie war das Gras, das zu Heu geworden war, und Charis stand in voller Blüte.

Sie kam ihr wie die böse Stiefmutter aus Grimms Märchen vor, wenn sie mit den Augenbrauen zuckte oder Grimassen zog, sobald sie sich unbeobachtet fühlte, oder auch, wenn sie ein schwarzes Kleid trug und ihre schwarzen Haare im Nacken zu einem Knoten zusammengebunden waren. *Dann ist sie genauso hässlich wie ich,* dachte Mairead. Ständig beäugte Charis sie, und ihre Augen blickten oft so kalt, dass Mairead davon eine Gänsehaut bekam. Charis lachte selten. Sie sagte, davon bekäme sie Falten. Mairead grinste dann nur und dachte an die vielen Falten in ihrem Gesicht. „Lachfalten", nannte Calum sie. Mit ihm konnte sie lachen und Spaß haben. Doch wenn Charis in der Nähe war, zog die wütend ihre Mundwinkel herunter und schrie sie an.

Im Grunde tobt diese Frau ständig, sobald ich irgendwo auftauche, dachte Mairead betrübt. Wenn sie gemeinsam zu Abend aßen, dauerte es nie lange, bis Charis sie beschimpfte. Manchmal war es die Gabel, die nicht ordentlich ausgerichtet neben dem Teller lag, das Messer, das zu laut über das Porzellan schabte. Bei den Ausbrüchen starrte Mairead immer auf ihren Teller und wartete, bis Charis sich beruhigt hatte. Gestern hatte sie beim Abendessen sogar gelogen und behauptet, sie wäre zweimal in Charis' Zimmer gegangen, um sie zu erschrecken. Dabei war es Charis, die sie in der Nacht aufweckte und ihr böse Dinge ins Ohr flüsterte.

„Mairead, du hast es nicht begriffen. Ein Mann kann besser sehen als denken", hatte sie gesagt. „Frag Calum. Er kann dir Fotos zeigen, wie sich aus einem hässlichen Entlein etwas Passables machen lässt. Sein Skalpell vollbringt Wunder. Obwohl ich mir bei dir nicht sicher bin. Schönheit bedeutet die vollkommene Übereinstimmung des Sinnlichen mit dem Geistigen. Du besitzt weder das eine noch das andere." Ihre Augen hatten sie dabei kalt angesehen.

„Calum sagt aber, dass alles, was man mit Liebe betrachtet, schön ist", antwortete Mairead trotzig.

„Das sagt er nur, um dich nicht zu verletzen. Die einzige Konstante, die er kennt, ist Schönheit, denn sie ist überall ein willkommener Gast. Du bist dumm und hässlich!"

„Du bist die Dumme von uns beiden, Charis. Schönheit ist nach drei Tagen langweilig wie die Tugend. Und jetzt geh. Ich bin müde!", sagte Mairead erschöpft und dachte: *Wenn Schönheit bedeutet, dass man böse ist, dann bin ich lieber hässlich.*

Als Charis von ihrem Schlafzimmerfenster aus das Mädchen wie eine an Arthritis erkrankte alte Frau im Garten auf Calum zuhumpeln sah, wobei sie vor lauter Aufregung die kreischenden Geräusche einer Krähe von sich gab, ballte sie ihre Hände zu Fäusten, und ihr Herz trommelte wild. Sie würde Mairead liebend gern von den Klippen stoßen oder sie vergiften. Ein Herzinfarkt wäre auch toll, dachte sie. Nur nicht, wenn Calum sich auf Torrisdale Castle aufhielt.

„Ich hasse dich, Mairead. Ich hasse und verabscheue dich!", fauchte sie und überlegte, welche Menge Nitrolingualtabletten ihr Herz zum Stillstand bringen könnte.

Sie konnte warten, und in ihrem Warten lag die Geduld, die entspannte Haltung einer Frau, die Geist und Körper unter Kontrolle hatte. Doch plötzlich kam wieder ein Krampf und ließ ihre Muskeln am ganzen Körper zucken.

Kapitel 36

Torrisdale Castle, 27. Oktober 2011

Gegen vier Uhr morgens wurde eine schlummernde Charis von Calum und Gordon auf einer Trage aus ihrem Schlafzimmer geholt und in das Erziehungszimmer von Lux Humana gebracht. Niemand sah etwas, niemand hörte etwas.

Am Nachmittag erwachte sie aus einem seltsamen Traum. Sie erinnerte sich schwach an die Injektionsnadel, die ihre Haut kurz vor Sonnenaufgang durchbohrt hatte, und an die Zwillinge mit ihren lilafarbenen Umhängen, die sie auf einer Bahre in den Raum gebracht hatten. Sie lag auf einem Bett. Ihre Arme und Beine waren locker an den Stahlrahmen gefesselt. Ein seltsamer Geruch stieg ihr in die Nase: Weihrauch gemischt mit dem Duft brennender Kerzen. Sie öffnete die Augen. Auf dem Bett saß das Mitglied Cailleach Bheur. Blondes, immer perfekt gekämmtes Haar, das die dunkelbraunen Augen hervorhob, die wie Steine in einem Flussbett glänzten. Sein Name versprach nichts Gutes. Cailleach Bheur war ein blaugesichtiges, menschenverschlingendes, altes Wesen aus einer keltischen Sage, das den winterlichen Mangelzustand verkörperte. Charis spürte sein Gewicht auf der Matratze, seine Hitze und seine schlanken Finger, die sie berührten, und sie wusste nicht, ob sie wach war oder noch träumte. Cailleach Bheur hielt ihr den Mund zu und lächelte.

„Schhh."

Charis wand sich, ihre braunen Augen starrten den Mann an, bis sie sicher war, dass er ihr nichts tun würde.

„Fürchte dich nicht", flüsterte er ihr ins Ohr.

Sie nickte, sie verstand. Er würde ihr nicht weh tun. Das Aufnahmeritual hatte begonnen. Cailleach Bheur nahm die Hand von ihrem Mund.

„Du bist schön, perfekt, göttlich", flüsterte er. „Von Calum und Gordon erschaffen."

Sie warf einen Blick auf die anderen Männer, die nacheinander das Erziehungszimmer betraten. Sie tranken dunklen Wein aus kristallklaren Gläsern und versammelten sich um das Bett. Charis kannte die furchtlosen Männer seit ihrer Kindheit. Man erwies ihnen tagsüber in Gerichtssälen oder Krankenhäusern oder im Parlament Respekt und Achtung, einige von ihnen wurden nach ihren

gelungenen Operationen wie Götter verehrt.
„Seht mal, wie schön sie ist! Sie ist makellos. Wir werden die Behandlung heute beenden und dich in den inneren Kreis aufnehmen", sagte Cailleach Bheur heiser. „Letztlich wird die Schönheit ein Hervortreten des Seins und eine Manifestation des Unsichtbaren im Sichtbaren. Nach der Taufe wirst du unsere Welt auf neue Weise betreten." Er lachte laut auf. „Wenn ihre Schönheit unser Leben berührt, erstrahlt der Augenblick!"
Cailleach Bheur streckte seine Arme dem Himmel entgegen und intonierte eintönig die erste Regel von Lux Humana: „Der Makel ist der Ort der konstanten Verletzlichkeit, an der die Hoffnung auf Harmonie gebrochen wird. Regel Nummer eins: Makellos sein! Du bist es!"
Gordon, drogenumnebelt, trat an das Bett. Er trug die Maske des Widdergottes.
„Im Abgrund des Nichts geduldig dem Flüstern der Schönheit unter Qualen zu lauschen und danach zu sterben oder neu zu erblühen! Regel Nummer zwei", lallte er, sichtlich bemüht, die Fassung zu wahren. „Du bist erblüht!"
Eochaidh Mac Erc, ein untersetzter Mann, auf dessen nackte Haut blaue Blüten geklebt waren, der König der Großen Ebene, schob Gordon beiseite. Im wahren Leben war er einer der angesehensten Anwälte in Edinburgh, seine Plädoyers im Gerichtssaal waren brillant. Er genoss hohes Ansehen, liebte gutes Essen und Pferderennen. Weniger Zeit hatte er dementsprechend für seine Vorzeige-Ehefrau und die beiden Wonneproppenkinder. Er wisperte Regel Nummer drei: „Die Nacht musste sich vollenden, Charis. Niemand möchte ein Gefangener in einem ungelebten Leben bleiben. Nichts Fremdes darf an dir haften – erst dann kommt die Schönheit. An dir haftet nichts Fremdes!"
Cernunnos, der Gehörnte, der sich Herr der Tiere nannte, kreiste um das Bett. Er war hager und steif, mit grauen Augen unter buschigen Brauen, und trug auf dem Kopf ein Hirschgeweih. Der Herzchirurg war unmittelbar nach einer Besprechung mit dem Leibarzt von Queen Elizabeth angereist. Eine Herzoperation im Hause Windsor würde dem Arzt nicht nur zu Ruhm verhelfen, sondern garantierte auch einen Platz unter den Adligen des British Empire. Cernunnos' Vermögen rettete ihn vor Anzeigen von Prostituierten und Strichern.
„In Schönheit bildet sich die himmlische Zeugungskraft zu dem vollkommenen Schönen, das alles beherrscht und welchem von Lux Humana gehuldigt wird! Regel Nummer vier von Lux Humana", sagte

er mit kräftiger Stimme und küsste ihre Stirn.

Charis erkannte das Monster in Cernunnos' Augen. Sie wusste, wozu er fähig war, und zitterte. Calum würde nicht zulassen, dass dieser Mann sie anfasste.

Dann war da noch Aillen, eine hohe, gerundete Stirn, eine perfekt geformte Nase, ein kantiges Kinn, ein ironisches Lächeln; ein Mitglied des House of Lords und enger Vertrauter des Premierministers. Er würde Charis durch die Magie seines Gesangs in tiefen Schlaf versetzen, hatte Cailleach Bheur erklärt.

„Letztlich wird die Schönheit ein Hervortreten des Seins und eine Manifestation des Unsichtbaren im Sichtbaren. Der Tod der Hässlichkeit als Einladung zur Freiheit! Regel Nummer fünf."

Calum trat an das Bett und blickte mit seltsam wässrigen Augen auf sie herab.

„Sind unsere Lieben und Gedanken nicht eins, nicht gleich, dann lässt einer nach, und uns trifft die Stille und Bewegungslosigkeit, die Mutter der Schönheit: der Tod. Regel Nummer sechs des inneren Kreises von Lux Humana. Vergiss das niemals!"

Calum beugte sich noch einmal zu ihr herab, küsste ihre Lippen und kostete ihren Geschmack. Charis tauchte in eine Welt voller bunter Farben ein. Dennoch spürte sie erneut, wie eine Welle der Müdigkeit sie erfasste, spürte, wie ihr Körper von einer Strömung mitgerissen wurde, weit hinaus aufs offene Meer. Doch unvermittelt begannen ihre Mundwinkel zu zucken. Unbeeindruckt davon wurde die Zeremonie fortgesetzt. Finger berührten den oberen Rand des Lakens und hoben es an. Es roch nach Zimt. Die Götter streckten ihr aus der Nacht ihre Arme entgegen wie Ertrinkende aus dem dunklen Meer und verkündeten die Botschaft: Schönheit als die Vollendung aller Dinge. Die Götter legten ihre Umhänge ab. Calum würde sie als Erster umkreisen, und Gordon würde sie beschützen.

„Entflamm dein Auge an der Lüster Glanz und Prangen!", flüsterte Calum. „Sei nicht das Dunkel der Nacht, sei morgenrotes Weben. Du bist mir immer Lust in Müdigkeit und Gier. Mit jeder Faser bebt und glüht mein Leib nach dir. Ich kann ohne dich nicht leben, Caileag."

Charis' Rücken straffte sich. *Caileag, mein Mädchen*. Calum hatte aus *Blumen des Bösen* von Baudelaire zitiert. Sie zitterte.

„Reiß dich zusammen!", schrie ihr innerer Drache.

„Calum, warte bitte", flüsterte sie. „Ich habe entsetzliche Kopfschmerzen, und ich … ich sehe dich doppelt. Calum, hilf mir!"

Plötzlich streckte sie Arme, Beine und Rückenmuskulatur, ihr Körper verkrampfte sich, zuckte in rhythmischen Bewegungen. In Windeseile löste Calum ihre Fesseln. Er bemerkte, dass sie sich auf die Zunge gebissen hatte und sich einnässte.

Cailleach Bheur trat einen Schritt zurück. „Was hat sie, Calum?“, fragte er verunsichert.

„Das ist ein epileptischer Anfall!“, schrie Calum.

Die Männer schauten ihn entsetzt an.

„Verschwindet alle aus diesem Raum! Verschwindet! Wir müssen das Ritual abbrechen!“

Die Männer nickten ihm zu, ergriffen einer nach dem anderen ihre Umhänge und verließen eilig den Raum. Sie konnten nichts tun. Dann schaute Calum voller Verachtung seinen Bruder an, der wimmernd neben ihm stand.

„Verdammt noch mal, Gordon!“, brüllte er. „Du hast ihr eine Überdosis verpasst!“

Charis’ Atmung wurde flacher. Sie verlor das Bewusstsein. Nach wenigen Minuten wachte sie für Sekunden auf und fiel danach in einen tiefen Schlaf.

Calum hob sie hoch und trug ihren bewusstlosen Körper in sein Schlafzimmer. Dort legte er sie aufs Bett und brachte sie in die stabile Seitenlage. Er eilte ins Badezimmer, nahm Diazepam aus dem Arzneischrank und zog 10 mg des krampflösenden Medikaments auf. Während er ihr die Injektion verabreichte, fragte er sich, ob der epileptische Anfall vielleicht doch eine andere Ursache haben könnte. Ihm waren ihre deutlich gesteigerte Erregtheit und ihr impulsiv-aggressives Verhalten in den vergangenen Tagen aufgefallen.

„Was ist bloß los mit dir, mein Caileag, mein Mädchen?“, flüsterte er zärtlich und strich ihr übers Haar.

Die Männer stiegen derweil in ihre Fahrzeuge und verließen Torrisdale Castle. Sie fuhren in Richtung Droman, um dort bei der Domina Sade Dampf abzulassen.

Kapitel 37

Torrisdale Castle, Februar 2002

Gordon war die Pünktlichkeit in Person. Ein Blick auf die Wanduhr sagte ihm, dass er zum zwölften Glockenschlag, um Punkt Mitternacht, Calums Büro betreten würde. Er fragte sich, was sein Bruder um diese Zeit von ihm wollte. Calum saß hinter seinem Schreibtisch und winkte ihn herbei. Selbst um diese Uhrzeit sah sein Bruder aus wie aus dem Ei gepellt.

„Du riechst nach Mundwasser und Bier, Bruderherz“, stellte er fest, hob kurz den Kopf und musterte Gordon. „Keine Krawatte, was?“

„Was gibt es denn so Wichtiges, dass du mich zu dieser Stunde in dein Büro beorderst?“

Calum zeigte mit einer einladenden Geste auf den Besucherstuhl, der vor seinem Schreibtisch stand.

„Setz dich, Bruderherz. Wir müssen reden. Es sind unerwartete Probleme aufgetaucht mit einem Neuzugang aus Bettyhill. Deshalb erwarte ich, dass du dich darum kümmerst. Du wirst Torrisdale Castle morgen früh verlassen“, begann er ohne Umschweife. „Du …“

Gordon zuckte erschrocken zusammen. „Torrisdale verlassen? Warum das denn? Habe ich etwas falsch gemacht?“ Er stockte, als Calum anfing, die Papiere auf seinem Schreibtisch zu ordnen. „Entschuldigung. Ich habe dich unterbrochen!“, sagte er hastig.

Calum schrieb weiter, ohne den Kopf zu heben. „Du hast überhaupt nichts falsch gemacht. Ich wünsche, dass du vorübergehend nach Na Stacain ziehst. Lux Humana hat in der Nähe der Klinik ein kleines Haus für dich gekauft. Du wirst dort mit einem Baby einziehen und dich um das Kind kümmern.“

„Ein Haus? Für mich? Ein Baby?“

Calum blickte auf. „Hör mir einfach zu. Ich schätze dich sehr. Das Kuratorium, ich, wir sind zufrieden mit deinen bisherigen Leistungen. Du leistest als Genetiker hervorragende Arbeit im Labor. Aber ich brauche dich für eine weitere Aufgabe. Das Baby benötigt eine kontinuierliche Betreuung, die wir ihm auf Torrisdale im Moment nicht bieten können. Du bekommst ein Kindermädchen und entsprechendes Hauspersonal, das sich um euch kümmern wird, damit du deine Arbeit in Na Stacain fortsetzen kannst.“

„Geht es etwa um das Baby, von dem du mir schon mal erzählt hast? Ist es das Baby aus Bettyhill? Wenn es ihm nicht gutgeht, warum bringst du es dann nicht einfach wieder dorthin zurück?", fragte er neugierig.

„Wenn Lux Humana ein Kind von Bettyhill aufnimmt, dann kümmert die Gemeinschaft sich auch darum. Also mach gefälligst, was ich dir sage!"

Gordons dunkle Augen sprühten Funken. „Aber ich habe keine Erfahrung mit Babys, Calum, und ..." Er hielt inne, als er den Zorn in den Augen seines Bruders aufflackern sah.

„Haben wir dich nicht außerordentlich gut auf deine Aufgaben vorbereitet?", fragte Calum plötzlich mit eiskalter Stimme, während die Feder seines Füllers wieder über ein Papier kratzte.

„Was fehlt dem Baby denn?", wollte Gordon schließlich wissen.

Calum atmete erleichtert auf. „Es könnte uns für unsere Forschung von großem Nutzen sein. Ich sage dir auch, warum. Die DNA des Mädchens ist seit Wochen außer Rand und Band. Es leidet an frühkindlicher Vergreisung und altert in einem rasanten Tempo. Es ist wichtig, dass du sie im Auge behältst, deshalb auch ein Haus in unmittelbarer Nähe der Klinik. Seine permanente Betreuung wird deine Aufgabe sein. Ich habe in Na Stacain für dich Literatur über die Progerie-Erkrankung hinterlegt."

„Mein Gott, Calum. Ich bin Biogenetiker. Da werde ich doch wohl wissen, was Progerie ist! Für wie blöd hältst du mich eigentlich?"

Calum ignorierte seinen Ausbruch und fuhr fort. „Ich werde jede Woche nach Na Stacain kommen und nach dem Rechten sehen. Dort wurde bereits alles für deinen Einzug vorbereitet", sagte er und holte tief Luft.

„Steckt Charis dahinter? Sie manipuliert deine Wahrnehmung und missbraucht dich. Du triffst keine eigenen Entscheidungen mehr, sondern entscheidest nur noch in ihrem Sinne. Sie macht dich blind und gefügig, und du benimmst dich wie ein dressierter Dackel."

Die Worte flogen Calum wie Explosionssplitter um die Ohren.

„Charis hat nichts damit zu tun. Sie weiß nichts davon. Du tust ihr Unrecht, Gordon. Charis hat so viel durchgemacht, und das meiste davon hat unser Vater zu verantworten. Sie ist kein Unschuldslamm, aber sie ist auch nicht das Monster, für das du sie hältst. Erinnerst du dich noch an jene Nacht, als ich sie ins Krankenhaus bringen musste?"

Gordon hob irritiert die Augenbrauen. „Ja, ich erinnere mich. Sie hatte, glaube ich, einen Blinddarmdurchbruch. Aber was soll das jetzt?"

„Es war kein Blinddarmdurchbruch", sagte Calum leise.

Gordon sah die Facetten der Qual in Calums Blick und nickte.

Calums Züge verhärteten sich kaum merklich. Er hatte die Geschehnisse dieser grausamen Nacht niemals anrühren wollen, aber auf einmal konnte er nicht anders.

„Ich musste Charis damals schwören, dass ich niemandem etwas davon erzähle", begann er. „Aber wenn du von dieser Geschichte erfährst, wirst du Charis vielleicht besser verstehen. Sie liebt mich, Gordon."

„Ja, das weiß ich", sagte er ungeduldig. „Aber was hat das Ganze damit zu tun, was aus ihr geworden ist?"

„Alles, Gordon, alles. Charis hat seit ihrer Kindheit immer das Gefühl gehabt, meine Anforderungen nicht erfüllen zu können. Ich habe sie als Teenager abgewiesen. Sie von mir zu stoßen hat ihren Zorn auf mich entfacht und sie schließlich in die Arme von Nathan getrieben."

Gordon fuhr sich durch die Haare. „Charis und Vater ..." Er hielt inne. „Das kann ich nicht glauben. Wieso habe ich davon nichts mitbekommen?"

Calum hob eine Augenbraue und schürzte die Lippen. „Die Frage kannst du dir selbst beantworten." Er sah seinen Bruder an. „Du hast dich damals für mehrere Wochen in Edinburgh aufgehalten, erinnerst du dich?"

Gordon nickte kurz.

„Es war schlimm", fuhr Calum fort. „Nathan ist vollkommen ausgerastet. Er hat Charis geschlagen und mit Füßen getreten, sie mit einer neunschwänzigen Katze ausgepeitscht und danach ihren Körper mit einer mit Nieten besetzten Paddelpeitsche malträtiert. Ihr Rücken war eine einzige offene Wunde. Aber das war nicht das Schlimmste. Danach hat er sie vergewaltigt."

Gordon blickte ihn fassungslos an. „Wa-warum hast du mir das nicht schon früher erzählt?"; stammelte er. „Warum hat er ihr das angetan?"

„Das weiß ich nicht. Charis redet nicht über diese Nacht. Als ich ihre Schreie gehört habe, war es schon zu spät. Ich konnte sie nur noch in die Klinik bringen und darauf hoffen, dass sie überleben würde. Sie hatte starke innere Blutungen. Nathan hat ihr vor der Folter eine Dosis Heparin verpasst und ihr weisgemacht, dass es ein Schmerzmittel sei."

Gordon wurde kreidebleich. „Mein Gott. Wollte er sie umbringen?"

Calum seufzte. „Unser Vater war ein Sadist, der es liebte, psychisch und physisch zu foltern", fuhr er fort, obwohl er demselben Hobby frönte, aber er liebte es außerdem, gequält zu werden. Gordon legte nur unter Drogeneinfluss ein ähnliches Verhalten an den Tag.

„Charis war weder ungehorsam, noch gab sie ihm Anlass zur Kritik", fuhr er fort. „Sie mochte Nathan, aber irgendetwas muss damals geschehen sein. Es gibt keine andere Erklärung für sein Verhalten. Lass uns davon aufhören. Versuch Charis so zu nehmen, wie sie ist. Ihr habt euch doch mal gut verstanden, und ich weiß, dass sie dich sehr gernhat. Sie hat mit meiner Entscheidung nichts zu tun."

Gordon nickte.

Gott sei Dank, dachte Calum, Gordon hatte sein kleines Ablenkungsmanöver geschluckt. Das Kuratorium durfte Mairead nicht zu Gesicht bekommen.

„Jetzt wird mir einiges klar. Charis und Vater haben irgendwann kein Wort mehr miteinander gesprochen. Beim Abendessen war sie stumm wie ein Fisch. Ich habe mich darüber gewundert."

Calum nickte. „Und nun tu mir den Gefallen, und kümmere dich bitte um das Kind. Es ist im Haupthaus, Zimmer zwölf. Du kannst dort auch übernachten. Das ist alles. Du kannst jetzt gehen."

Gordon runzelte die Stirn und wiederholte in Gedanken Calums Worte: *Das ist alles. Du kannst jetzt gehen.* Er behandelte ihn wie ein unartiges Kind. Nein, es war viel schlimmer. *Mein Bruder benimmt sich wie unser Vater.* Er unternahm einen letzten Versuch.

„Das ist doch nicht alles. Ich kenne dich nur allzu gut. Erkläre es mir", forderte er seinen Bruder auf.

Für den Bruchteil einer Sekunde glaubte er, einen Anflug von Zärtlichkeit in Calums Gesicht zu sehen, doch dann verfinsterte sich sein Blick.

„Ich weiß, dass es dir besser geht, Gordon, und ich mich wieder auf dich verlassen kann", sagte Calum leise. „Ich hätte dir sonst kaum diese heikle Aufgabe zugedacht. Es ist ganz einfach. Ich vertraue dir!"

Gordon lächelte, und seine Augen bekamen ein wenig Glanz. „Das hat Vater nie zu mir gesagt!"

„Unser Vater war ein Arschloch. Er hat dein Talent und deine Fähigkeiten nicht erkannt. Er hat dich unterschätzt."

„Ich wollte dir immer schon etwas sagen, Calum. Es tut mir leid, wirklich, von ganzem Herzen", sagte er und versuchte seine zitternden Lippen krampfhaft unter Kontrolle zu bringen.

Calum runzelte die Stirn. „Was tut dir leid?"

„Dass ich dir damals so viel Kummer bereitet habe. Ich hatte schreckliche Halluzinationen und habe geglaubt, auf dem Boden von Loch Meadhonach eine tote Frau zu sehen. Sorry."

Calum winkte ab. „Schon gut, Bruderherz. Solange du die Finger von den harten Drogen lässt, wird alles gut. Du bist genesen, und wir haben jetzt Wichtigeres zu tun. Wir beide tragen eine große

Verantwortung. Du bist ein genialer Biochemiker, Gordon. Lux Humana braucht dich. Ich brauche dich."

„Ich weiß. Ich mache alles, was du von mir verlangst. Ich habe jetzt nur noch dich."

Calum stand auf, ging um den Schreibtisch und umarmte ihn. „Wir haben uns, Gordon. Du, Charis und ich, wir werden es schaffen. Wir werden eines Tages Weltruhm erlangen. Du kannst dich immer wieder davon überzeugen, dass die Menschen das Schöne und die Schönheit vernachlässigt haben. Überall begegnen wir der Hässlichkeit, ungepflegte Haare, bebrillte Gesichter, zu dicke, zu große, zu krumme Nasen, zu schmale Lippen, eine alternde, gestresste Gesichtshaut, Menschen, die ihre Figurprobleme schlecht gekleidet kaschieren. Grässlich. Mit meinen Händen und deinen Forever-Injektionen werden wir im Namen von Lux Humana die Makellosigkeit beschwören und neu erschaffen. Und jetzt kümmere dich gefälligst um das Kind!"

„Wie heißt es denn?", fragte Gordon.

Calum klopfte ihm auf die Schulter. „Mairead. Ihr Name ist Mairead. Und kein Wort zu Charis. Haben wir uns verstanden?"

Gordon nickte und verließ Calums Büro.

Mairead ... Ein Kind nach Torrisdale Castle zu holen, das Makel aufwies, war ein glatter Verstoß gegen die Dogmen von Lux Humana. Wenn Calum ihn fortschickte, musste er verzweifelt sein. Dennoch konnte er das Ganze immer noch nicht nachvollziehen.

Lux Humana beherbergte nur die Makellosigkeit. Unvollkommenheit wurde entfernt wie ein lästiges Übel. Das Baby litt an Progerie, und er war ein Junkie, und Kate hatte, als sie Torrisdale Castle endgültig verließ, eine Narbe über ihren Lippen. Dennoch war sie damals eine attraktive Frau. Kate hatte kein Gesicht, das andere Menschen derart in Aufregung versetzte wie das von Charis. Vielleicht war das sogar der wahre Grund, warum Calum sie nicht um sich haben wollte. Es war ein Gesicht, das bis heute kein Skalpell berührt hatte. Mit Makellosigkeit konnten Kate, Mairead und er weiß Gott nicht dienen.

Wenig später betrat Gordon Zimmer zwölf, einen stickigen Raum, der erfüllt war vom Geruch nach Babywindeln und warmer Milch. Er beugte sich über die Wiege. Das Baby wand sich unbehaglich, ihm war anzusehen, dass es sich nicht wohl fühlte.

„Hallo, Mairead. Ich bin Gordon und werde mich jetzt um dich kümmern", sagte er zärtlich.

Das Baby beruhigte sich plötzlich und hielt ganz still. Es reagierte auf seine Stimme mit einem Lächeln und streckte die Zunge heraus.

Dann begann es gurgelnde Laute von sich zu geben und reckte ein Ärmchen hoch. Gordon war entzückt von dem kleinen Wesen, das ihm da entgegenblickte.

„Du möchtest mich begrüßen?“, sagte er und lächelte. „Ja, möchtest du das, Mairead?“

Das kleine Gesicht verzog sich zu einem Lächeln. Gordon staunte und legte einen Finger um den ausgestreckten Arm des Babys und musterte das Mädchen. Maireads Stirn war von Falten durchzogen. Ein faltiger Buddha in einer Welt der Träume. Dennoch war sie schön, fand er.

Mit einem Mal wusste er, dass er stark genug sein würde, Torrisdale Castle und Calum zu verlassen. Vielleicht war der Anblick dieses Kindes der Grund für den Stimmungswechsel, und die Tatsache, dass Calum ihm wieder vertraute und ihm die Verantwortung für das kleine Wesen übertragen hatte. Er hatte jetzt ein Baby, um das er sich kümmern würde, in einem neuen Zuhause, in einem neuen Leben. Das reichte aus, um den Schmerz der Trennung von Calum und von Torrisdale Castle zu lindern. Vielleicht würde er es schaffen, mit Hilfe dieses Kindes die Dämonen seiner Kindheit zu verdrängen.

Dieses Baby werde ich beschützen, notfalls auch vor Calum, dachte er. Dieses Baby würde ihm Vertrauen entgegenbringen, und er würde es nicht enttäuschen. Die Gefühle des Ausgeliefertseins, der Hilflosigkeit und des Verlassenseins sollte Mairead niemals kennenlernen.

„Das verspreche ich dir, Kleines“, flüsterte er, beugte sich über die Wiege und strich ihr über das Köpfchen.

Er kniete neben der Wiege, brachte sie sanft zum Schwingen und sang leise ein Kinderlied. Dann kam das Lächeln, so strahlend und herzerwärmend wie das eines stolzen Vaters. Das Baby bewegte sich und öffnete halb die Augen, dann glitt es wieder zurück in den Schlaf. Maireads Augenaufschlag kam ihm seltsam vertraut vor, und mit einem Mal dämmerte es ihm.

Kapitel 38

Faber-Pharma-AG, Ratingen, 27. Oktober 2011

Maja Scholler klopfte leise an und betrat Robert Fabers Büro. Sie hielt einen großen weißen Umschlag in der Hand und legte ihn auf seinen Schreibtisch.

„Die Post hat ein bisschen länger für diesen Brief gebraucht", sagte sie bedeutungsvoll und tippte mit dem Finger auf das Kuvert. „Ich habe ihn nicht geöffnet. Er ist persönlich an Sie gerichtet und kommt aus Hongkong. Wenn ich mich nicht täusche, stammt er von Dr. Hún Xìnrèn."

Faber nahm den schweren Briefumschlag in die Hand und drehte ihn neugierig um. Auf der Rückseite erkannte er die säuberliche Kursivschrift des Chinesen.

„Stimmt, Maja. Das ist Hún Xìnrèns Handschrift!"

Er nahm den Brieföffner und schlitzte ungeduldig das Kuvert auf. Sein Herz klopfte, als er ein rotes Buch mit der Aufschrift *Versuchsreihe C-13* herauszog. „Wir haben uns geirrt. Das Laborbuch wurde nicht gestohlen. Hún Xìnrèn hat es kurz vor seinem Tod per Post verschickt." Er zeigte seiner Assistentin den Umschlag. „Sehen Sie sich den Datumsstempel an. An diesem Abend habe ich ihn das letzte Mal gesehen. Wir hatten eine Besprechung, aber er hat das Laborbuch mit keinem Wort erwähnt."

Faber schlug das Buch auf. Auf die erste Seite war eine Notiz gekritzelt: *Es tut mir leid, Herr Faber.* Er hob irritiert die Augenbrauen.

Maja Scholler bemerkte seine Veränderung. „Ist etwas nicht in Ordnung? Sie sind ganz blass geworden. Soll ich Ihnen ein Glas Wasser einschenken?"

„Nein, danke. Es ist alles in Ordnung. Würden Sie mich jetzt bitte allein lassen? Vielleicht können wir heute ein Geheimnis lüften", sagte er nachdenklich.

Maja verließ eilig das Büro, schaute sich jedoch noch einmal um, als er etwas vor sich hin murmelte. Leise schloss sie die Tür hinter sich.

Robert fragte sich, was Hún Xìnrèn mit den Worten *Es tut mir leid, Herr Faber* wohl gemeint haben mochte. Er blätterte in dem Laborbuch, konnte aber nicht viel mit den chemischen Formeln und pharmakologischen Fachausdrücken anfangen.

Auf der letzten Seite fand er jedoch in Húns Handschrift eine kurze, verständliche Zusammenfassung der Versuchsreihe C-13:

Hongkong, 6. Oktober 2011

Die Versuchsreihe an einhundertfünfzig Mäusen wurde über vier Wochen durchgeführt. Ich injizierte den Tieren unterschiedliche Dosen Rebu 12 direkt in die Halsvene. Fünfzig Prozent der Tiere zeigten unmittelbar nach der Verabreichung nachweisbare cerebrale Symptome einer Unterzuckerung, die ich mir nicht erklären kann. Die Symptomatik reichte von Unruhe und Heißhungerattacken über verminderte Hirnleistung bis hin zur Aggressivität, je nach Ausmaß der Unterzuckerung. Die Mäuse zeigten parasympathikotone Reaktionen wie Heißhunger, Übelkeit, Erbrechen, Asthenie. Die sympathikotonen Symptome waren Nervosität, Schwitzen, Tachykardie, Tremor sowie hoher Blutdruck. Die anderen Mäuse wiesen massive Störungen des zentralen Nervensystems auf: Reizbarkeit, Konzentrationsschwäche, Verwirrtheit, Koordinationsstörungen, primitive Automatismen wie Grimassieren, Greifen, Schmatzen, außerdem Krampfanfälle, halbseitige Lähmungen bis hin zu Somnolenz. Vierzig Prozent der Tiere starben innerhalb von dreißig Minuten nach Injektionsgabe, sechzig Prozent der Mäuse überlebten die Versuchsreihe über drei Wochen und erhielten über diesen Zeitraum eine Langzeitdosis unter 0,1 mg mit folgenden nachgewiesenen Symptomen: Wesensveränderung, deutlich gesteigerte Erregbarkeit und Erregung, Wahnvorstellungen, impulsive und ausgeprägte aggressive Reaktionen in Form von Wutausbrüchen. Darüber hinaus war eine gesteigerte aggressive Neigung zu beobachten. Die Mäuse gingen aufeinander los, bissen sich gegenseitig in den Hals. Nach vier Wochen starben weitere zwanzig Prozent der Versuchstiere nach folgenden Symptomen: anhaltend schneller Herzschlag, hoher Puls von über siebenhundert Schlägen pro Minute, Blutdruckerhöhung, beschleunigte Atmung und teilweiser oder kompletter Funktionsverlust eines Körperteils (Lähmung) unter dem klinischen Bild eines Schlaganfalls, epileptischer Krampfanfall bis zum Tod.

Sehr geehrter Herr Faber,
es tut mir leid, und ich bedauere außerordentlich, dass ich die beschriebenen Nebenwirkungen nicht während Ihres Besuchs erwähnt habe, aber ich glaubte, einen Dosierfehler begangen zu haben, und führte in der Nacht vor Ihrer Abreise weitere Versuche durch. Doch ich täuschte mich. Auch die darauffolgende Testreihe hat ähnliche

Ergebnisse gezeigt. Ich war nicht in der Lage, Ihnen und Jonathan Hastings an unserem letzten Abend davon zu berichten. Die Enttäuschung war zu groß. Meine Reise nach Deutschland werde ich nicht antreten, denn ich habe einen Menschen auf dem Gewissen. Ich verabreichte dieser Person Rebu 12. Ich habe mein Gesicht verloren. Mit dieser Last kann ich nicht weiterleben. Meine letzten Worte gelten daher Ihnen: Vernichten Sie den Wirkstoff. Gerät er in falsche Hände, ist er sehr gefährlich. Bitte verzeihen Sie mir.

Ihr ergebenster

Hún Xìnrèn

Fassungslos starrte Robert auf das Blatt Papier. Dann drückte er den Knopf der Sprechanlage. „Maja, bringen Sie mir bitte sofort einen Cognac. Einen doppelten! Und verbinden Sie mich mit Kate Corvey."

Warschau, zur selben Zeit

Kasper Wilkins setzte sich an Eørgy Pasterneks Schreibtisch und machte sich daran, die Schubladen zu durchsuchen. Er ging gerne systematisch vor, und seine Zeit war begrenzt. Die Warschauer Polizei und Interpol hatten ihr Kommen angekündigt. Sie erhofften sich Hinweise über das organisierte Verbrechen in Polen und Pasterneks Beziehungen zur RAK. Die privaten Unterlagen und der Computer sollten am Nachmittag abgeholt werden. Wilkins sagte sich, dass er hier nur seinen Job als Controller erledigte; ein Projekt, an das er herangehen konnte wie an jedes andere. Ja, er konnte sich sogar einreden, dass er nur etwas suchte – einen verlegten Notizzettel oder eine Quittung. Vielleicht konnte er damit den tief verwurzelten Widerwillen unterdrücken, den er bei dem Gedanken empfand, in die Privatsphäre eines Mannes einzudringen, der vor seinem Tod Geschäftsführer der Faber-Warschau gewesen war. Aber Pasternek hatte jedes Recht auf solche Rücksichtnahme verwirkt. Firmengelder zu unterschlagen, um seine eigene Spielsucht und den Drogenkonsum seines Sohnes zu finanzieren, war nun einmal kein Kavaliersdelikt. Wilkins sah sich um. Bleistifte, Radiergummis, Heftklammern – all der harmlose Kleinkram, den man in jedem Büro fand. Pasterneks Terminkalender lag aufgeschlagen auf seinem Schreibtisch, seine Bilanzen hatte er in einem separaten Schrank aufbewahrt.

Frustriert lehnte Wilkins sich zurück und hob gedankenverloren die Ecke der Schreibunterlage an. Etwas Weißes lugte an einer Seite hervor. Eine Visitenkarte. Sie war neu und blendend weiß. *Calum*

Burgess, stand da, *Society Lux Humana, Torrisdale Castle.* Erst dachte sich Wilkins nichts dabei, aber als er die Karte herumdrehte, überlief ihn ein Schauer. Auf der Rückseite war in Pasterneks Handschrift eine Notiz zu lesen: *Hún Xìnrèn – Rebu 12.*

Er fragte sich mit gerunzelter Stirn, was die Namen des streng geheimen Wirkstoffs und seines Entwicklers auf dieser Karte zu suchen hatten. Wilkins steckte sie in seine Jackentasche, dann nahm er alarmiert das Schreiben mit dem Briefkopf von Lux Humana zur Hand, das an Faber-Warschau gerichtet war und das er zuvor schon bei seiner Durchsuchung zutage gefördert hatte. Er hatte es bestenfalls überflogen, wie die meisten anderen Dokumente, aber nun spürte er beim genauen Lesen, wie eine eiskalte Gelassenheit von ihm Besitz ergriff. Die Sekunden schienen sich zu Minuten zu dehnen, und in der Stille hörte er das Pumpen seines eigenen Herzens. Er war soeben einer ganz besonderen Geschäftsbeziehung auf die Spur gekommen. Wenig später rief er seinen Vorgesetzten in Ratingen an und erzählte ihm, dass Eørgy Pasternek Rebu-12-Daten an die schottische Sekte Lux Humana verkauft hatte.

Kapitel 39

Torrisdale Castle, 28. Oktober 2011

Gordon ging unruhig auf den Steinfliesen seines Schlafzimmers auf und ab. Stille herrschte im Haupthaus von Torrisdale Castle, Totenstille. Er hörte lediglich seinen Atem und seine leisen Schritte. Mit dem knisternden Kaminfeuer, den terrakottafarbenen Wänden und dem offenen Regal, in dem sich medizinische und pharmakologische Fachlektüre aus aller Welt aneinanderreihte, wirkte das Schlafzimmer wie ein Zufluchtsort. Dabei war es nichts anderes als ein Gefängnis, ein Gefängnis ohne Gitter vor dem Fenster zum Hof, das sich nicht mehr öffnen ließ. Seine panische Angst hielt ihn wach. Immer wieder versuchte er die Tür seines Zimmers zu öffnen und rüttelte heftig an der Klinke, obwohl er sich der Sinnlosigkeit seiner Versuche bewusst war. Seit gestern war die Tür von außen verriegelt. Nur zu den Mahlzeiten wurde sie geöffnet.

Tausend Erinnerungen holten ihn ein. Früher hatte ihn in seinen Träumen manchmal eine Angst vor Drachen, Schlangen oder Monstern mit grünen Augen erfasst oder die Furcht, dass das Monster aus dem Schrank ihn wecken könnte, um ihn zu quälen, oder dass ihm der Teufel persönlich in der Stille der Nacht die Augen öffnen würde, um ihm einen Blick in die Hölle zu gewähren. Als Kind war er oft im Traum durch verzweigte Flure mit hohen Wänden und gewaltigen Türen geirrt, die sich nicht hatten öffnen lassen. Und immer hatte er ganz nah an seinem Ohr das Raunen der Nacht vernommen. Er war dann immer weinend aufgewacht, an den warmen, weichen Körper seiner Mutter geschmiegt, die ihn zärtlich umarmt hatte. Er vermisste den vertrauten Geruch der Geborgenheit, ja sogar den Haarknoten seiner Mutter, der sich immer gelöst hatte, wenn seine Finger unentwegt mit ihm gespielt hatten, während sie ihn besänftigte.

Jetzt, all die Jahre später, gab es viel zu viel, wodurch er aus seinen Alpträumen geweckt werden konnte. Niemand tröstete ihn, wenn er in diesem Zimmer allein und schweißgebadet aufwachte. Hier erwartete ihn kein Mitgefühl, kein Wohlwollen und schon gar keine fürsorgliche Erinnerung derer, die ihn noch aus früheren Zeiten kannten. Die Mitglieder der Gemeinschaft Lux Humana waren seine Feinde, die seine Drogensucht bekämpfen wollten, indem sie sein Schlafzimmer verbarrikadierten.

Gordon war sich sicher, dass hinter der Tür etwas vor sich ging, und dieses Mal hatte Calum seine Finger im Spiel. Ein altbekannter Zweifel nagte an ihm, oder peinigte ihn die diffuse Angst eines Junkies, dem man seine Drogen verwehrte? Nein. Nein! An diesem Abend stimmte etwas ganz und gar nicht. Sie würden dem Ganzen ein Ende bereiten, durchfuhr es ihn. Er war in Gefahr, wie damals, als er Aileen im Wasser gesehen hatte.

Er ließ sich in den schweren Ledersessel am erkalteten Kamin sinken und kämpfte gegen die Tränen an. In ihrem Schutz hatte er Stärke entwickelt, doch dann hatte sie ihn verlassen, einfach so. Von seinem Drogenkonsum war damals in ihrem Abschiedsbrief die Rede gewesen. Heute wusste er es besser. Ihre Zeilen waren eine Fälschung gewesen, wie alles andere auch. Daraufhin hatte es für ihn nur noch Mairead gegeben. Er blieb einige Jahre clean. Nach seiner Rückkehr auf Torrisdale Castle wandte er sich wieder seinen alten Freunden zu: Koks, Speed, Haschisch, Heroin. Auch Mairead hatte sich seitdem verändert. Sie war jetzt Calums Geschöpf. Die Welt war grausam. Die Menschen, die er in seinem Leben mochte, ließen ihn immer wieder im Stich. Zuerst Aileen, dann Kate und Mairead. Ganz vernarrt war sie in Calum. Und nun kehrte auch noch Charis zurück und erhob Anspruch auf den Thron.

„Die ganze Welt ist kalt, eiskalt", jammerte er vor sich hin.

Sein labiler Zustand hatte Calum und das Kuratorium in den vergangenen Wochen zur Verzweiflung getrieben. Obwohl gefangen hinter den Mauern von Torrisdale Castle, konnte er sich vor den Dämonen seiner Sucht nicht schützen. Und seine Wut auf Calum und das Ehepaar Merrick hatte bedrohliche Formen angenommen. *Sie haben es alle gewusst.* Gordon trat ans Fenster. Als er das Glas mit dem Jackettärmel abwischte, sah er ihr Gesicht und hörte ihr Flehen. *Lass mich nicht in Stich!* Draußen pfiff und stöhnte der Wind in anklagendem Ton, und die feuchte Kälte schien durch die Ritzen des Fensters zu kriechen. Er fröstelte. Auf einmal hörte er Schritte, ein Lichtstrahl erzitterte vor seiner Tür. Der Riegel wurde beiseitegeschoben, die Tür geöffnet.

„Bruderherz. Du siehst scheiße aus! Versprichst du mir, vernünftig zu sein, wenn ich dich rauslasse?", sagte Calum.

Er atmete erleichtert durch und versprach es.

Droman, drei Stunden später

Das Klirren von Glas ließ Sally Merrick mitten in der Nacht mit einem Ruck hochschrecken. Ihr Herz hämmerte, ihr Pyjama war schweißnass. Die Ketten der Verandaschaukel quietschten. Die Haustür wurde geöffnet und wieder geschlossen.

Schritte.

Ihre Zimmertür wurde leise geöffnet. Sally erschauderte. Kein Laut entwich ihren Lippen. Bis auf das durch den Vorhang fallende silbrige Mondlicht war es dunkel. Sie drückte den Schalter der Nachttischlampe und sah das Böse. Es war das Gesicht, das in ihrer Kindheit durch das Schlafzimmerfenster geschaut hatte, wenn alle anderen im Haus schliefen. Es war das Lächeln, das sie mitten in der Nacht aus ihren Alpträumen aufschrecken ließ. Es war der böse Mann ihrer Kinderträume, der mit dem Rasiermesser kleine Kinder aufschlitzte. Heute Nacht war die Gestalt zu ihr gekommen, um sie zu holen. Der Schatten näherte sich blitzartig und hielt ihr den Mund zu. Eine Nadel stach zu. Sie verlor das Bewusstsein.

Als sie aufwachte, schmerzte ihr ganzer Körper. Ihr Gehirn versagte, alle Signale waren blockiert. Sie lag völlig nackt auf einer Folie in ihrem Bett. Es war kalt unter ihrem Rücken. Die Gestalt sprach mit ihr, die Stimme seltsam träge. Die Worte bedeuteten nichts, sie waren sinnlose Geräusche, nichts anderes als der Wind. *Mama, hilf mir!* Sally konnte nicht schreien, sich nicht bewegen. Das Brennen in ihrem Körper wurde immer heftiger. Atem streifte ihr Gesicht, ihren Nacken. Eine Hand berührte ihr Haar. Sie kannte den säuerlichen Geruch, sie kannte das Schnauben. Sie wusste, sie war allein mit der Gefahr. Das hereinsickernde Mondlicht zeigte ihr einen Blick voller Hass.

Sie hielt den Atem an. Das konnte nicht sein. *Ich werde es nie schaffen, die Zimmertür zu erreichen, sie zu öffnen und in den Korridor zu gelangen, um nach Hilfe zu schreien.* Das Leben lag nur einen Schritt von ihr entfernt. Wenn sie nur die Klinke dieser Tür erreichen könnte ... *Ich schaffe es nicht.* Die Vorhänge bewegten sich im kalten Windhauch, der durch das geöffnete Fenster wehte. Sie wollte schreien, aber kein Laut entwich ihrer Kehle.

Ein Flüstern. „Judas ..."

Ein Handrücken schnitt wie mit dem Messer über ihre Wange, immer wieder. Nein, es waren die scharfen Kanten eines großen Onyx, in einem Ring gefasst. Die Haut platzte auf. Wieder schlug die Hand zu, diesmal mit der Faust, so dass der Schmerz vom Gesicht in ihren ganzen Körper ausstrahlte. Sie konnte sich nicht wehren, nicht um Hilfe rufen, nicht kämpfen, nicht um Gnade winseln. Sally schmeckte das Blut im Mund, süß und warm. Plötzlich wusste sie, dass die Schläge nur die Ouvertüre einer qualvollen Nacht waren und dass am Ende der Tod auf sie warten würde.

Später betrachtete der Eindringling sich in seinem Badezimmerspiegel. Er hatte geduscht, das dunkle Haar gewaschen und geschnitten und sich rasiert. Der Anblick befriedigte ihn zutiefst. Er blickte in ein stilles Wasser, in das ein Stein geworfen wurde, der die Ringe tiefer Qualen an der Oberfläche sichtbar machte. Rache war süß.

Eine Stunde später ging ein anonymer Anruf bei Scotland Yard ein. Der Anrufer wies auf eine Wasserleiche im Loch Meadhonach hin, und seine Stimme klang wie die eines Kindes.

Kapitel 40

Klinik Na Stacain, 28. Oktober 2011

Dr. Rory Innes, den alle mit Vornamen ansprachen, tippte einen achtstelligen Code ein und legte seinen rechten Daumen auf den an der Wand angebrachten Fingerprintscanner, während sich Charis den Code merkte. Nach einer kurzen Überprüfung öffnete sich die Tür mit der Aufschrift *Labor Tierversuche,* und sie betraten den Raum. Rory betätigte den Lichtschalter und ging zu einem großen Labortisch, auf dem mehrere kleine Käfige standen, aus denen quietschende Geräusche kamen.

„Guten Morgen, Benny, Cindy, Henry, Alice! Habt ihr gut geschlafen?"

Charis runzelte die Stirn und dachte an den gestrigen Abend, den sie mit Rory im Pub *Rio de Janeiro* verbracht hatte. *Er ist noch immer nicht nüchtern. Er spricht mit seinen Mäusen!*

„Bitte nicht so laut, Rory. Ich habe fürchterliche Kopfschmerzen. Das war gestern einfach zu viel Caipirinha."

Rory lachte laut auf und strich mit seinem Finger über den Rücken einer Maus.

„Hast du das gehört, Benny? Charis konnte einfach nicht aufhören, dieses limonengrüne Zeug zu trinken, nachdem sich herausgestellt hatte, dass die brasilianischen Nutten in dem Pub *Männer* waren! Du hättest mal ihr Gesicht sehen sollen!", sagte er und schaute in den nächsten Käfig, in dem eine leblose Maus lag.

Charis lächelte. Der rothaarige Rory mit seinem von Sommersprossen übersäten Gesicht war einer der fähigsten Wissenschaftler von Lux Humana und bei seinen Kollegen sehr beliebt. Doch wenn er seine Homosexualität auslebte, standen Charis die Haare zu Berge – wie gestern Abend im Pub.

„Sprichst du immer mit deinen Mäusen, Rory?", fragte sie, während sie einen Laborkittel vom Haken nahm und ihn überzog. Dann überprüfte sie die brodelnden Flüssigkeiten in den kleinen, zylindrischen Röhrchen, die säuberlich aufgereiht auf einem anderen Stahltisch des Labors standen.

Rory fasste die Maus am Schwanz und hob sie hoch. „Sicher! Hier ist unser Versuchsobjekt, Charis. Alice hat soeben das Zeitliche gesegnet. Sie ist noch warm", sagte er trocken.

Im Raum hing ein undefinierbarer Geruch von Äther und

Formalin, und Rory unterdrückte einen Anflug von Übelkeit, als Charis anfing, die Maus Alice zu präparieren. Er schaute ihr über die Schulter. Charis war nicht besonders groß, und Rory überragte sie um einen Kopf.

Sie öffnete mit einem Skalpell den Körper und schnitt das Zwerchfell heraus, zusammen mit dem dazugehörigen Nervus phrenicus. Danach befestigte sie eine kleine Elektrode am Nerv und stimulierte ihn elektrisch. Sie nickte zufrieden, als das Zwerchfell zuckte.

„Na, geht doch!", kommentierte sie und beträufelte mit einer Pipette den Nerv mit 0,01 mg Rebu 12. Die Reaktion des Zwerchfells verblüffte sie beide. Von Minute zu Minute nahmen die Kontraktionen zu.

Rory hob die Augenbrauen und schaute Charis fragend an. „Was ist denn das?"

„Keine Ahnung."

Rory nahm seine schwarz gerandete Brille ab und säuberte sie mit einem weißen Papiertaschentuch aus seiner Hosentasche. „Wir werden die Präparation vier Stunden stehen lassen. In dieser Zeit können wir Proben vom Zwerchfell nehmen und sie untersuchen."

„In Ordnung", antwortete Charis zögerlich.

Mittlerweile war sie davon überzeugt, dass die Testreihe noch weitere Überraschungen für sie bereithielt. Rory setzte seine Brille wieder auf und entnahm dem Zwerchfell eine erste Probe. Vier Stunden später nahm er eine weitere Maus aus dem Käfig, legte sie in seine Handfläche und streichelte ihren Rücken.

„Es tut mir leid, alter Knabe. Benny, du musst heute dran glauben. Ohne Alice ist das sowieso nichts für dich hier unten", sagte er und übergab Charis die zappelnde Maus.

Sie zog 0,2 mg Rebu 12 auf und injizierte die Flüssigkeit in die Halsvene des Tieres. Sekunden später streckte es Arme und Beine von sich, stürzte, krampfte und starb. Charis wurde blass, und auch Rory starrte auf das leblose Tier.

„Das kann nicht sein", sagte sie entsetzt. „Ich habe 0,2 mg verabreicht. Die letale Dosis liegt bei 1,2 Gramm pro Kilogramm Körpergewicht."

Rory strich eine Strähne aus seinem Gesicht und kratzte sich seinen roten Dreitagebart. „Das sieht nicht gut aus, Charis. Was ist das bloß für eine Substanz, die innerhalb von Sekunden die Bluthirnschranke passiert und einen epileptischen Anfall vom Typ Grand Mal verursacht?"

Charis lief unruhig hin und her. Sie tobte innerlich. So ließen sich also ihre Zuckungen und der epileptische Anfall von neulich erklären. Sie hatte sich dieses Zeug auch noch selbst injiziert. Aber das lag schon mehrere Tage zurück. Das würde bedeuten, dass der Rebu-12-Spiegel im Blut zwar rasch anstieg, aber sich im Gewebe nur langsam abbaute – und womöglich auch noch irreparable Schäden anrichtete.

„Verdammt noch mal, dieser Schweinehund hat mir das Ergebnis seiner letzten Versuche verheimlicht. Er hat behauptet, dass die Zwerchfelluntersuchungen problemlos verlaufen seien. Warum sollte ich seinen Worten keinen Glauben schenken? Verdammt noch mal!“

Rory bot ihr einen Stuhl an und setzte sich ebenfalls. Er lehnte sich vor und sprach schnell, voller Selbstsicherheit. „Was ist das für ein Zeug, Charis?“

Seine Stimme war jetzt weder weich noch wohlklingend. Sie klang sachlich und nüchtern wie die eines Wissenschaftlers, der auf etwas Ungewöhnliches gestoßen war. Rory wartete ihre Antwort nicht ab, sondern sprach gleich weiter: „Wir sollten Benny obduzieren und seine Laborwerte überprüfen. Du solltest unbedingt mit Calum sprechen und schnellstens einen Neurologen aufsuchen!“

Sie nickte gequält. Der Tierversuch hatte ihr vor Augen geführt, welch hohen Preis sie für ihre makellose Schönheit zahlen musste.

Torrisdale Castle

Der Schmerz war unbeschreiblich, eine höllische Folter, die ihn zwei Stunden nach Mitternacht schreiend und schweißnass aus dem Schlaf hochschrecken ließ. Er konnte keine Zuflucht finden. Nicht bei Tag, nicht bei Nacht. Er musste es irgendwann hinter sich bringen und die Flüssigkeit durch seinen Körper jagen. Sein Gehirn glühte, seine Fingerknöchel schmerzten. Er hatte Librium geschluckt, doch nichts konnte die Flut der aufkommenden Trauer eindämmen. Jede Zelle seines Körpers schrie nach den Drogen, die mit seinem Körper und seinem Gehirn wunderbar Hasard spielen konnten. Doch vor allem schrie sein Körper nach dem ungelebten Traum mit Aileen.

Gordon betrat die beleuchtete Terrasse. In der nächtlichen Dunkelheit kündigte sich der Winter an. Lautlos fielen Schneeflocken auf ihn herab.

Auf dem niedrigen Gitterzaun der Terrasse starrte ihn eine Möwe selbstgefällig mit ihren hellen Augen an. Das Gitter zu erreichen bedeutete, die Himmelspforte zu erreichen. Seine Hände umklammerten die kalten Stäbe, als wollte er sie nicht mehr loslassen. Er packte die Stäbe fester. Dann traf er die Möwe mit einem festen Tritt. Sie stieß zu seiner Befriedigung einen lauten Schrei aus. Ein paar graue Federn sanken auf den Vorsprung und verschwanden langsam in der Dunkelheit.

In wenigen Minuten würde er zum letzten Mal mit seinem Geländewagen über die Single Track Road mit ihren unübersichtlichen Kurven rasen, an Kinlochbervie vorbei, an der Telefonzelle in den Feldweg einbiegen, dort sein Fahrzeug abstellen und über den mit Steinen markierten Pfad durch das Moor in Richtung Loch Meadhonach gehen, zu dem säuberlich aufgeschüttetem Crain-Grab seines toten Schwans. Er hatte alles erledigt. Scotland Yard eine Kopie von Aileens Brief gefaxt und eine Skizze von der Stelle beigefügt, wo er sie vor Jahren im Wasser hatte liegen sehen, ein Autopsiegesuch bei der Staatsanwaltschaft eingereicht, sein Testament verfasst und einen Brief an Calum geschrieben. Alles lag fein säuberlich sortiert auf seinem Schreibtisch. Noch einmal schaute er sich in seinem Schlafzimmer um, dann verließ er sein Refugium und wenig später Torrisdale Castle.

Verschwunden waren die blühenden Felder des Herbstes. Bläulich schimmernder Schnee lag über dem Moor, als er am Loch Meadhonach ankam. Er breitete neben dem Crain-Grab eine Wolldecke aus und legte sich darauf. Der böige Wind wirbelte die feinen Schneeflocken durch die Luft. Er blickte zum Horizont, der seine Sinne anlockte. Der Mond flimmerte an diesem frühen Oktobermorgen noch silbern auf dem Wellengekräusel des stillen Sees. *Ich will nicht fliegen!* Gordon band mit einem Taschentuch seinen Oberarm ab und injizierte sich eine Überdosis Insulin. Voller Trauer sah er hoch. Der Himmel färbte sich violett. Das Blut rauschte übermächtig in seinen Ohren. Die Sterne am Himmel drehten sich.

„Aileen …“, flüsterte er.

In derselben Nacht machte Charis vor dem Schlafengehen eine Tagebucheintragung.

Heute geht es mir nicht gut. Calum hat gesagt, dass ich aussehe wie eine Kalkwand. Kein Wunder. Ich wandere in der Nacht durchs Haus, bin traurig und zornig zugleich, weil Calum sich nicht mehr so wie früher um mich kümmert. Auch Gordon hat sich verändert. Gestern war er feindselig zu Calum. Der Drogenentzug wird ihm wohl zu schaffen machen.

Seit unserer Rückkehr aus Warschau ist Calum mitunter so abweisend. Ständig telefoniert er mit Merrick in Bettyhill und bekommt dabei glänzende Augen. Die bekommt er auch, wenn Mairead ihn ansieht. Der Kretin ähnelt mittlerweile einer alten Mumie aus einem Gruselfilm. Ich habe Calum gesagt, er soll sie fortschicken, doch er hat mir über den Kopf gestreichelt und mir gesagt, dass das nicht möglich sei. Mairead sei krank. Ich konnte das bislang nicht feststellen und suche in ihren alten Augen nach einer Antwort.

Hin und wieder schleiche ich mich an sie heran, wenn sie am See auf der Bank sitzt und den Schwänen von Torrisdale Castle mit ihrem zahnlosen Mund ein Grinsen schenkt. Dann zuckt sie zusammen und sieht mich erschrocken an. Ich streichle ihr über den Kopf und presse meine Nasenspitze an ihr rechtes Ohr und flüstere. Sie reagiert nicht auf meine Worte, und sie bekommt auch keinen Herzinfarkt.

Kapitel 41

Loch Meadhonach, 29. Oktober 2011

Es war einer dieser kühlen, dämmrigen Nachmittage, die für diese Jahreszeit in Schottland typisch waren: der Himmel ein schiefergraues Dach, dazu ein kalter Wind. Inspector Logan Peebles hatte sich geschworen, dass er sich nur so lange in dieser kargen Gegend aufhalten würde, wie es unbedingt erforderlich war. Schnee rieselte vom Himmel und sprenkelte die Moorlandschaft. Während des Helikopterflugs nach Kinlochbervie hatte er sich an seinen ersten Besuch in dieser Region Schottlands erinnert. Die Highlands waren ihm schon damals wie eine einzige große, mit Schafen gesprenkelte Wiese vorgekommen, wären da nicht die Rhododendron-Landschaften, die sogar noch im Spätherbst leuchteten. Im Herbst waren es die hellgelben Rapsfelder, die das saftige Grün aufspalteten und in deren Schutz hin und wieder träge ein kleiner Fluss dahinströmte. Aber um Loch Meadhonach wichen die sanften Hügel düsteren und geheimnisvollen Moorlandschaften. *Passend zu meiner momentanen Stimmung,* dachte er.

Vor Jahren hatte Scotland Yard ihn schon einmal nach Kinlochbervie geschickt, um die Mitglieder einer Organisation mit dem Namen Lux Humana unter die Lupe zu nehmen. Es war eine reine Routineüberprüfung, die Scotland Yard häufiger vornahm, wenn eine Sekte gänzlich unauffällig blieb. Die einzige Auffälligkeit bei Lux Humana waren die ausgesprochen schönen Menschen, die sich in Torrisdale Castle aufhielten. Die Überprüfung der Personalien hatte jedoch allen einen tadellosen Ruf bescheinigt. Auch die Besichtigung des Hauptgebäudes und der Schule sowie der diversen Nebengebäude war ohne besondere Vorkommnisse verlaufen. Peebles war sich unangenehm unattraktiv vorgekommen neben diesen jungen Menschen, in seinem alten Trenchcoat, mit seiner Größe von nur einem Meter einundsiebzig, seinem Gestrüpp aus lockeren, grau werdenden Haaren, die sich an den Schläfen lichteten, und seinen siebenundvierzig Jahren. Er hatte ein grobes, von Wind und Wetter zerfurchtes Gesicht und eine fleischige, schiefe Nase. Sein Schnurrbart über den ausgetrockneten Lippen war das einzige Ordentliche an ihm, präzise gestutzt, ein graubrauner, schmaler Strich. Seine schmalen Augen in der Farbe starken Tees schafften es, aktiv zu sein, ohne sich zu bewegen.

Er hatte damals nichts Verdächtiges gefunden und war froh, nach zwei Tagen Torrisdale Castle wieder den Rücken zu kehren, obwohl sein Bauchgefühl ihm sagte, dass auf dem Schloss alles zu perfekt sei. Zu viel Anmut, zu viel Schönheit. Doch das Fax von Gordon Burgess und der darauffolgende Schock über den grausamen Fund hatten Logan Peebles dazu bewegt, sich die zusammengetragenen Fakten jetzt noch einmal anzusehen. Was er und seine Kollegen am Samstagnachmittag am Loch Meadhonach entdeckt hatten, hatte mit der Anmut und Schönheit der schottischen Highlands kaum mehr etwas zu tun. Constable McShelly von der hiesigen Polizei hatte nach der Besichtigung des Tatorts Scotland Yard informiert, und eine halbe Stunde später saß Peebles bereits im Polizeihubschrauber von London nach Loch Meadhonach.

„Das … ist ein grauenhafter Anblick. Der arme Teufel."

Logan Peebles achtete sorgfältig darauf, nicht zu respektlos zu klingen, als er den Tatort betrat und Constable McShellys Stimme hörte. Das rotierende Blaulicht zweier Polizeifahrzeuge durchbrach den fallenden Schnee. Er nahm sich einen Moment Zeit, um sich für die anstrengenden Stunden zu wappnen, die ihm bevorstanden, dann begrüßte er Constable McShelly mit einem Händedruck.

„Ich danke Ihnen, dass Sie so schnell gekommen sind, Sir", sagte der. „Als das Schreiben gestern Nacht in unserer Dienststelle eintraf, fuhren wir sofort los, um nachzusehen, ob uns da jemand auf den Arm nehmen will. Na ja, den Rest kennen Sie ja, Sir."

„Würden Sie mich bitte über die Umstände der Tat ins Bild setzen, Constable?"

„Wir haben die Knochen einer jungen Frau in einem Crain-Grab gefunden und nicht im Wasser, wie Gordon Burgess es uns in seinem Fax geschildert hat. Burgess selbst liegt daneben." McShelly schüttelte den Kopf.

Logan Peebles nickte knapp.

Dann deutete sein Kollege auf den anderen Leichnam, der völlig vom Schnee bedeckt war. „Das da ist Gordon Burgess. Auch kein schöner Anblick."

Der Körper sah aus wie erstarrter Asphalt, und Peebles nahm an, er würde sich ebenso hart anfühlen. Doch als er die Hand des Mannes ergriff, war die Haut wie feuchtes Leder, vollgesogen und weich vom Schnee.

„Hat der Gerichtsmediziner auch schon einen Blick auf ihn geworfen?", fragte er.

„Ja, Sir. Dr. Kelly wartet in ihrem Wagen, dort drüben vor der Absperrung. Wir sollen sie rufen, wenn wir noch Fragen haben.

Unsere Pathologin wurde ganz blass um die Nase, als sie die Leichen sah. Normalerweise behandelt sie die Wehwehchen der Bewohner dieser Gegend. Nun ja. Gordon Burgess ist erst wenige Stunden tot, die Frau seit mindestens zehn Jahren."

„Und was sind denn das für Knochen, die neben der Leiche liegen?", fragte Peebles.

McShelly rollte mit den Augen. „Das sind die Überreste eines Schwans, sagt die Pathologin."

„Sie sagten vorhin *die Leichen,* Constable?", fragte Peebles.

„Ja, Sir. Wir haben noch eine dritte Leiche." McShelly zeigte auf das Ufer von Loch Meadhonach. „Kommen Sie, Sir. Ich zeige sie Ihnen."

Peebles hob die Augenbrauen. Sein Instinkt sagte ihm, dass hier noch viel mehr auf ihn zukommen würde.

Beim Anblick der Leiche einer Frau dort auf dem Grund des Loch Meadhonach richteten sich seine Nackenhaare auf, und er wusste, dass es nicht die erwartete Routineuntersuchung werden würde. Ein Gesicht von geradezu erschreckend gespenstischer Blässe sah ihn an. Ihr Mund war mit einem breiten Klebestreifen versehen, worauf *Judas* geschrieben stand. Er schaute ein zweites Mal hin, direkt in ihr Gesicht. Sein Magen schlug Alarm. Die Säure schwappte immer dann über, wenn er mit einem undefinierbaren Gefühl konfrontiert wurde. Ja, er war sich sicher. Er kannte diese Frau, hatte sie schon einmal gesehen.

„Bitte, Sir", sagte McShelly und reichte ihm ein kleines Amulett.

„Ich habe es unter dem Strauch gefunden. Deswegen habe ich Sie auch angerufen."

Eine ganze Weile stand Peebles nur da und sagte nichts. Dann warf er einen Magensäureblocker ein und gab Anweisung, die Spurensicherung anzufordern und die Leichen zu bergen. Zunächst galt es, die genaue Todesursache festzustellen, um mit den Ermittlungen weiterzukommen. Dass es sich bei den beiden Leichen an Land um Gordon Burgess und eine Frau handelte, war unbestritten. Die Identität der Toten im Wasser musste erst geklärt werden, genau wie die des Skeletts.

„Gehen Sie bitte die Vermisstenanzeigen durch, Constable, und informieren Sie mich umgehend, wenn Sie jemanden finden, auf den die Beschreibung der Frau im Wasser passen könnte. Und lassen Sie die Leichen sofort in die Gerichtsmedizin nach Edinburgh bringen."

McShelly sah ihn an. „Ich werde alles erledigen, Sir!"

Peebles griff zum Handy und wählte die Rufnummer von Scotland Yard in Edinburgh. „Martha? Peebles hier. Du müsstest mir einen Gefallen tun."

Er hörte, wie seine Kollegin am anderen Ende der Leitung einen tiefen Seufzer ausstieß. „Ja, ich weiß, Martha, du hast genug um die Ohren, und deine Kollegin ist mal wieder krank. Aber es ist sehr wichtig. Ich brauche die Namen und Adressen der niedergelassenen Ärzte. Das können nicht allzu viele sein. Die Gegend ist schwach besiedelt."

Am anderen Ende der Leitung hörte er ein leises Rascheln. Martha half mal wieder mit Schokolade ihrem Blutzuckerspiegel auf die Sprünge.

„Fein", sagte er. „Schickst du mir die Daten per E-Mail? Hast du meine Adresse? Ich übernachte im *Kirky Inn Hotel* in Durness. Ja, ja, Martha, ich weiß. Ich bin dir was schuldig. Trotzdem. Danke."

In der Nacht wurde er durch das Geräusch einer E-Mail-Ankündigung geweckt. Er stand auf, ging zum Schreibtisch und öffnete den Anhang der Mail. Die Namen der Ärzte sagten ihm auf Anhieb nichts. Noch einmal überflog er die Liste und stutzte. Ein gewisser Dr. Bernhard Merrick war an drei Orten gleichzeitig gemeldet: in Droman, in der Klinik Na Stacain und in Bettyhill. *Seltsam,* dachte er. *Ich sollte mir den mal ansehen.* Er griff zum Hörer und wählte die Rufnummer von Constable McShelly.

„Peebles hier. Es tut mir leid, dass ich Sie mitten in der Nacht aufwecke. Wissen Sie etwas über die Klinik in Na Stacain?"

Er gab McShelly einen Augenblick Zeit, damit er sich sammeln konnte, denn schließlich hatte er ihn aus dem Schlaf gerissen.

„Wie bitte? Seit wann? Danke", sagte er und legte auf.

Sein Instinkt hatte ihn nicht getäuscht. Es gab eine Forschungsstätte mit einer angeschlossenen Klinik in Na Stacain. Sie gehörte Lux Humana. Logan Peebles legte sich wieder ins Bett und sah sich das Amulett, das man am Tatort gefunden hatte, noch einmal an. Er hatte die stilisierte Kontur eines makellosen Körpers schon häufiger gesehen. Es symbolisierte die Venus, und es war das Zeichen der Sekte Lux Humana.

Bettyhill, 30. Oktober 2011

Das Gespräch mit Dr. Merrick konnte Peebles kaum erwarten. Der Mann war eine heiße Spur. Er trat auf das Gaspedal. Als das erste Straßenschild die unmittelbare Nähe von Bettyhill ankündigte, war die Natur an diesem Sonntagnachmittag dort in voller Herbstblüte. Peebles spürte, wie ihn bei diesem Anblick eine kurze Woge der Freude durchflutete und ihn für einen Moment den grausamen Fund am See vergessen ließ. Nachdem er das Ortsschild passiert hatte, fuhr er langsamer und umklammerte das Lenkrad so fest, dass seine Knöchel weiß wurden.

„Dr. Bernhard Merrick hat Wohnung und Praxis in Bettyhill. Es ist das einzige weiße Gebäude im Ort und liegt ein wenig abseits der Straße. Sie werden es sofort finden. Es ist ausgeschildert", hatte McShelly ihm vor der Abfahrt gesagt. „Ich werde Merrick anrufen und Sie anmelden."

Peebles fuhr weiter die Hauptstraße entlang, bis ihm plötzlich in einer Kurve das Hinweisschild *Praxis* wie aus dem Nichts zwischen den Bäumen entgegensprang. Er bremste und bog in die Einfahrt ein. Das Gebäude lag nach Norden, mit der Seitenfront zur Straße, es machte einen komfortablen und einladenden Eindruck. Durch die Bäume konnte er im Hintergrund einen Fluss schimmern sehen. Links vom Gebäude stand ein altes Bruchsteinhaus.

Das muss es sein, dachte er.

Er parkte das alte Polizeifahrzeug und überquerte zügig die Straße. An der Haustür piepste sein Handy. Eine hohe Männerstimme meldete sich. „Ich habe Dr. Merrick erreicht. Sie werden erwartet. Aber machen Sie sich auf etwas gefasst." McShelly lachte laut.

„Ohne Ihren sarkastischen Unterton sind Sie ein richtig komischer Kauz, McShelly", antwortete er. „Also was ..." Da ging die Haustür auf, und Peebles klappte sein Handy kommentarlos zu.

Ein Mann breitete die Arme in einer von Theatralik strotzenden Willkommensgeste aus. „Sie sind also Inspector Peebles von Scotland Yard. Ihr Kollege hat Sie angekündigt. Treten Sie doch bitte ein." Er machte einen Schritt zur Seite und deutete mit dem Arm ins Hausinnere. „Ich bin Spilly Reeper, Dr. Merricks Masseur. Wir hatten soeben eine Besprechung. Ich wollte gerade gehen."

Peebles zeigte dem Mann seinen Ausweis und sah sich dabei Reeper etwas genauer an. Sein dunkles Haar begann bereits schütter zu werden; er trug eine Nickelbrille, hatte ein rundliches Gesicht und einen gewaltigen Bauch. Peebles grinste innerlich. Seine langjährige Erfahrung sagte ihm, wann jemand log oder zu einer kleinen Notlüge griff. Spilly Reeper hatte Merrick sicherlich nicht nur massiert ... *Dein Hemd ist falsch zugeknöpft, Spilly!* Hinter Reeper stand eine ältere Frau, zierlich wie ein Vogel. Ihr graues Haar war ein wenig zerzaust. Sie hatte es offensichtlich in Windeseile zu einem Knoten zusammengebunden.

„Inspector Peebles?", fragte sie.

Er nickte.

„Ich bin Dr. Bernhard Merrick."

Eine Frau! Dieser McShelly, dachte er. Er versuchte nicht

überrascht zu wirken und zeigte auch ihr seinen Ausweis. Dr. Merrick wandte sich wieder an Reeper.

„Auf Wiedersehen, Spilly. Ich danke dir, dass du heute kommen konntest." Sie spitzte dabei die Lippen zu einem Kuss, der ein paar Zentimeter neben Reepers Wange in der Luft landete.

„Bis bald, Bernie."

Bernie! Dr. Merrick führte Peebles in eine Diele mit Steinfliesen, deren Wände mit Mutter-Kind-Fotografien dekoriert waren. Auf einem kleinen Tisch stand eine Vase mit einem perfekt arrangierten Herbststrauß.

„Sie haben mit einem Mann gerechnet, Inspector." Dr. Merrick schmunzelte. „Machen Sie sich nichts draus. So geht es fast allen."

„Na, dann bin ich aber froh. Hat man mir die Überraschung so sehr angesehen?"

Sie lachte. „Sehr, Inspector Peebles, sehr!", antwortete sie und lotste ihn in ein Wohnzimmer, das einen behaglichen Eindruck machte. Im Kamin knisterte das brennende Holz.

Sie bot ihm einen Platz auf dem mit einem schottischen Karostoff bezogenen Sessel an.

„Darf ich Sie etwas Persönliches fragen?", sagte er.

„Sicher. Fragen Sie nur."

„Weshalb haben Sie einen männlichen Vornamen?"

„Meine Mutter war davon überzeugt, dass man als Frau mit einem männlichen Vornamen im Leben viel Spaß haben würde."

„Da fehlt mir wohl die Phantasie", erwiderte er trocken.

„Na, zum Beispiel vorhin bei Ihnen. Sie hätten mal Ihr Gesicht sehen sollen." Dr. Merrick wurde ernst und wechselte das Thema. „Aber Sie sind gewiss nicht am Sonntagnachmittag zum Plaudern zu mir gekommen. Was kann ich für Sie tun, Inspector Peebles?"

Nach kurzem Zögern antwortete er: „Wir haben auf dem Grund des Loch Meadhonach eine Frauenleiche gefunden. Mir fehlt ihre Identität."

Dr. Merrick schaute ihn entsetzt an. „Oh, wie schrecklich. Aber was habe ich damit zu tun?"

„Ich habe mir eine Liste der praktizierenden Ärzte dieser Gegend angesehen, Dr. Merrick. Und genau dieser Tatbestand führt mich zu Ihnen. Ihr Name kam am häufigsten vor, daher vermute ich, dass Sie in dieser schwach besiedelten Gegend mehrere Ortschaften als Ärztin betreuen ..." Er machte eine Pause.

„Verstehe", sagte sie. „Wie kann ich Ihnen also helfen?"

Peebles entschied sich für eine sanftere Befragung und blätterte in seinem Notizblock. „Die Pathologin hat am Tatort einen ersten

Blick auf die Leiche jüngeren Datums geworfen. Er meint, es könne sich um eine fünfunddreißig- bis fünfundvierzigjährige Frau handeln. Hatten Sie in den vergangenen Monaten eine Patientin in diesem Alter, Dr. Merrick?“

„Lassen Sie mich mal kurz überlegen. Nein. Die Frauen sind alle älter. Haben Sie kein Foto von der Leiche, das Sie mir zeigen können? Die Polizei macht doch immer Tatortfotos, oder?“

Er räusperte sich. „Sicher. Üblicherweise schon, doch in diesem Fall möchte ich das vermeiden.“

„Warum?“, fragte sie erstaunt.

„Wollen Sie das wirklich wissen? Es ist ein grausamer Anblick, sie lag einige Tage im Wasser, und ich möchte Ihnen das ersparen. Vielleicht kommen wir auch so weiter.“

„Hören Sie, Inspector, ich bin Medizinerin. Ich habe schon schlimme Dinge gesehen, sehr schlimme Dinge. Also zeigen Sie mir schon das verdammte Foto!“, sagte sie energisch.

Peebles zuckte mit den Schultern. „Wie Sie wollen. Vielleicht erkennen Sie das eine oder andere.“

Er kramte in seiner Jackentasche, zog eine Aufnahme der Toten hervor und zeigte sie der Ärztin. Als Dr. Merrick das Foto ansah, wurde sie blass.

„Mein Gott. Wer tut denn so etwas, Inspector? Wer kann nur so etwas Grausames tun?“

„Es tut mir leid. Aber ich habe Sie gewarnt.“

Er wusste, dass es nicht richtig war, Dr. Merrick gerade die abscheulichste Aufnahme der Fotoserie zu zeigen, aber er war neugierig auf ihre Reaktion gewesen. Sie stand auf, ging langsam zur Anrichte und nahm eine Whiskyflasche und zwei geschliffene Gläser aus dem Schrank.

„Es ist natürlich ein Glenfiddich“, sagte sie, und ihre Stimme hatte einen seltsamen Klang.

Sie goss gut fünf Fingerbreit von der bernsteingelben Flüssigkeit in jedes Glas. Er wollte protestieren, doch sie wehrte den Protest mit einer Handbewegung ab.

„Alles andere wäre dem Anlass ja wohl kaum angemessen“, fügte sie mit einem betroffenen Blick in seine Richtung hinzu.

Sie reichte ihm das Glas und nahm einen kräftigen Schluck. Röte stieg ihr ins Gesicht. Auch Peebles nahm einen ordentlichen Schluck, und binnen Sekunden brannte seine Kehle wie Feuer.

„Ist ein bisschen gewöhnungsbedürftig“, meinte er.

Er kam sich richtig mies vor. Sie schien wirklich tief bestürzt zu sein. Er bemerkte die Tränen in ihren Augen. Dr. Merricks verkrampftes Lächeln wirkte gereizt. Sie nahm noch einen Schluck, stellte aber dann ihr Glas ab und zeigte mit dem Finger auf die Fotografie.

„Das ist Sally … Sally Merrick“, sagte sie mit zitternder Stimme. „Sie war meine Patientin und … meine Schwiegertochter. Sally hat in der Vergangenheit so viel durchmachen müssen ...“ Sie schluckte. „Und jetzt das. Ich habe sie sehr gemocht, Inspector Peebles.“

„Das tut mir leid, Dr. Merrick. Mein Beileid. Wenn ich gewusst hätte, dass …“, sagte Peebles entsetzt. Er wusste nicht, wie er den Satz zu Ende führen sollte, und wechselte schnell das Thema. „Sie sagten, Sally war Ihre Patientin?“

Dr. Merrick hob eine Augenbraue. „O nein!“, antwortete sie verärgert. „Ich ahne, worauf Sie hinauswollen. Aber ich darf Ihnen nicht sagen, was ihr fehlte. Das unterliegt der ärztlichen Schweigepflicht. Wenn mein Sohn mit Ihnen darüber sprechen möchte, ist das seine Sache und …“ Sie stutzte. „O mein Gott, ich muss Bernhard anrufen. O mein Gott …“

„Ihr Sohn heißt auch Bernhard?“, fragte Peebles erstaunt.

Mit einem Mal fiel ihm ein, dass er vor Jahren Merricks Namen durch den Polizeicomputer von Scotland Yard gejagt hatte. Ein Dr. Bernhard Merrick hatte sich damals mit seiner Frau Sally um die Mitglieder der Sekte Lux Humana auf Torrisdale Castle gekümmert. Daher war Sallys Leiche ihm bekannt vorgekommen. Die Ärztin winkte nervös ab.

„Ja, ja. Ich gebe Ihnen die Telefonnummer und die Adresse meines Sohnes. Sprechen Sie mit ihm. Er ist in Na Stacain und arbeitet dort in der Klinik.“

Logan Peebles nickte.

„Vielen Dank für das Gespräch, Dr. Merrick.“

Als Peebles sich umdrehen wollte, sagte sie plötzlich: „Mir fiel damals auf, dass Sally sehr blass war, aber ich habe das auf eine Blutarmut geschoben, die immer mal wieder bei ihr aufgetreten ist. Ich habe ihr sicherheitshalber Blut abgenommen.“

„Gab es denn Auffälligkeiten?“

„Ich darf nicht … Ach, was soll’s? Sally hatte sehr hohe CRP-Werte, ein Indiz für einen drohenden Herzinfarkt. Auch andere Blutwerte spielten verrückt. Ich konnte mir das nicht erklären. Vier Wochen zuvor war das Blutbild noch in Ordnung. Auch mein Sohn konnte sich keinen Reim darauf machen.“ Sie schaute ihn traurig an.

„Ja, aber das ist doch nicht alles, Dr. Merrick?“

„Nein. Als Sally mich vor drei Wochen aufsuchte, fiel mir auf, dass sie ausgesprochen nervös war. Sie lief ständig im Wartezimmer auf und ab, schaute immer wieder aus dem Fenster, so als würde draußen jemand auf sie warten. Nein. Warten ist – glaube ich – auch nicht das richtige Wort. Ich glaube, dass jemand sie beobachtet hat."

„Wie kommen Sie denn darauf?"

„Als sie ging, habe ich ihr nachgeschaut. Sie tat mir leid. Sally überquerte die Straße zum Parkplatz und stieg in ihr Auto. Man hat von hier oben einen recht guten Überblick." Die Ärztin lief zum Fenster und zeigte ihm die Aussicht. „Sehen Sie. Als sie den Parkplatz verließ, fuhr ein am Straßenrand geparktes Fahrzeug hinter ihr her."

„Was war das für ein Fahrzeug?"

„Keine Ahnung."

„Wirklich?"

„Inspector! Bloß weil wir Frauen nicht jede Automarke kennen, glaubt ihr Männer, wir könnten nicht mitreden. Warum soll ich mir die ganzen Blechbüchsen merken, wenn sie sowieso eines Tages auf dem Schrottplatz landen?"

Frauenlogik. „Sicher", brummte er.

Dr. Merrick lief zum Empfangspult, kramte in einer Schublade und reichte ihm ein aktuelles Foto von Sally. „Auf Wiedersehen, Inspector Peebles."

Er hatte Verständnis für den abrupten Abbruch des Gesprächs und wollte ihr die Hand reichen. Als sie keine Anstalten machte, sie zu ergreifen, ließ er sie wieder sinken.

„Nochmals mein Beileid, Dr. Merrick", murmelte er und verließ die Praxis.

Kapitel 42

Gerichtsmedizin Edinburgh, 31. Oktober 2011

Von dem Gerichtspathologen Aidan O'Connor wurde behauptet, er versuche, den Drang zu morden, zu verstehen, um damit die Psychopathen in ihrer Wahnwelt einkreisen und beurteilen zu können. Aus diesem Grund traf er an den Wochenenden häufiger den Gerichtspsychiater Patrick McGillan, der sich bemühte, seine Einsamkeit an einer Theke im Pub *Deacon Brodies Tavern* mit Glenfiddich hinunterzuspülen. Aidan O'Connor und Patrick McGillan hätten Brüder sein können. Während McGillan von Silberfäden durchzogenes braunes Haar hatte, war O'Connor bereits vollständig ergraut, doch beide Männer hatten feine Gesichtszüge, ein markantes Kinn und Lachfältchen um die Augen. Jedenfalls sahen sie nicht wie hartgesottene Staatsdiener der Gerechtigkeit aus, dachte Peebles. Trotz ihrer gemeinsamen Abende hielten sie eine gewisse Distanz zueinander. Er hatte sie schon einige Male in ihrem Pub getroffen.

Heute jedoch würde er O'Connor an einem weitaus unangenehmeren Ort aufsuchen. Peebles streifte sich Einwegüberzieher über die Schuhe, schlüpfte in einen OP-Kittel und verknotete die Schnüre im Rücken. Er spähte durch die Trennscheibe in den Sektionssaal. Der Pathologe versperrte ihm die Sicht auf den Sektionstisch, auf dem die Leiche der Frau lag. Peebles atmete tief ein und stieß die Tür auf. Der Pathologe blickte sich kurz um, und seine Miene ließ keinerlei Skrupel hinsichtlich der bevorstehenden Prozedur erkennen. Für ihn war es einfach nur ein Job, den er gewissenhaft und fachmännisch erledigen würde.

„Guten Morgen, Dr. O'Connor. Das Verkehrschaos", entschuldigte sich Peebles.

„Inspector Peebles, schön, Sie mal wieder in Edinburgh zu sehen", begrüßte ihn der Pathologe und streckte ihm die Hand entgegen.

„Können Sie mir schon sagen, was mit Aileen Saunders, Gordon Burgess und Sally Merrick geschehen ist?", fragte Peebles. Er vermied es jedoch, die beiden Leichen anzusehen.

„Ich bin mir absolut sicher, dass Gordon Burgess an einer Überdosis Insulin starb", antwortete O'Connor. „Das haben Blutanalyse und Obduktion bestätigt. Das Insulin hat eine toxische Wirkung auf die Gefäßwand und das Hirngewebe ausgeübt. Er hat vor seinem Tod gekrampft, was wiederum auf einen toxischen Reiz auf die Glia, das Nervengewebe, hindeutet, der vom Insulin ausgeht. Die Gewebsschädigung wurde durch das im Koma aufgetretene Hirnödem verursacht. Jedenfalls wusste dieser Mann, wie man auf möglichst sanfte Weise aus dem Leben scheidet. Bei ihm liegen auch keine äußeren Zeichen von Gewalteinwirkung vor. Also ein klarer Fall von Selbstmord."

Peebles nickte. „Verstehe. Er hat uns einen Abschiedsbrief hinterlassen, in dem er behauptet, dass sein Vater Aileen Saunders getötet hat."

O'Connor rümpfte die Nase. „Das, was von ihrem Körper noch übrig ist, ist unversehrt. Die Todesursache kann in diesem Fall leider nicht geklärt werden."

„Die Tatsache, dass sie neben dem Skelett eines Schwans aufgefunden wurde, spricht aber für ein Kapitalverbrechen", nörgelte Peebles und seufzte.

O'Connor ignorierte die Bemerkung. „Bei Sally Merrick sieht das schon anders aus. Ihr Tod wurde durch eine Strangulierung herbeigeführt. Sie wurde übrigens an Händen und Füßen gefesselt, soweit ich das bei der äußerlichen Sichtung sehen konnte. Sie hat am ganzen Körper Schürfwunden, in denen sich Bodenreste wie Erde und Gras fanden", sagte O'Connor, streifte seine Latexhandschuhe ab und warf sie in den Mülleimer. „Man hat sie über den Boden ins Wasser geschleift. Die Familie muss nur noch ihre Leiche identifizieren."

Peebles seufzte. „Sie hat nur einen Ehemann. Er landet in einer halben Stunde in Wick und bringt für den DNA-Abgleich ihre Zahnbürste mit."

O'Connor ging zum Waschbecken und schrubbte seine Hände gründlich mit einer Bürste.

„Was können Sie mir sonst noch sagen, Dr. O'Connor?"

Der Pathologe trocknete seine Hände mit einem Papierhandtuch ab und desinfizierte sie. Er zog ein neues Paar Handschuhe über und drehte Sally Merrick um. „Sehen Sie das?", fragte er und zog einen winzigen spitzen Gegenstand aus der Haut.

„Was ist das?"

„Das sind Nekrosen. Die Haut und das Untergewebe sind an den Stellen abgestorben. Der Täter hat ihr mehrere subkutane Injektionen verabreicht und die Nadeln in ihrem Körper gelassen."

„Aber wozu?"

„Mal sehen. Jedenfalls hat sie da noch gelebt. In fast allen Einstichlöchern finden sich neben den Nekrosen prämortale

Blutgerinnsel. Wir müssen die Laboranalysen abwarten, aber ich habe da so einen Verdacht." O'Connor warf die Nadel in eine Schale.

Peebles wurde neugierig. Seine Kollegen von Scotland Yard würden die Nase über einen Provinzpathologen aus Edinburgh rümpfen, aber er traute O'Connor einiges zu.

„Und der wäre?", fragte er.

„Ich glaube, sie wurde vor ihrem Tod qualvoll aufgepolstert."

„Aufgepolstert?"

„Gesichtschirurgen mildern oberflächliche und tiefe Falten und konturieren das Gesicht schönheitsbewusster Männer und Frauen inzwischen mit einem ganzen Arsenal verschiedener Methoden. Das Spektrum reicht von der Injektion verschiedener Füllmaterialien oder Botulinumtoxin über die Lasertherapie bis hin zum Lifting bestimmter Regionen oder des ganzen Gesichts und des Körpers. Ich glaube, dass bei der Toten ein augmentatives Verfahren durchgeführt wurde, also die Aufpolsterung von Falten mit Füllmaterial. Mit Eigenfett, das aus dem Bauch der Toten entnommen wurde, daher die subkutanen Blutergüsse."

Peebles schluckte. „Wollen Sie damit sagen, dass man dem Körper Fett entnimmt, um die Falten aufzupolstern?", fragte er angewidert.

O'Connor nickte. „Das ist eine gängige Methode unter den Schönheitsspezialisten und ohne Betäubung eine sehr schmerzhafte Angelegenheit. Allerdings hat der Täter hier den Fettzellen eine Tinktur Säure beigemischt und sie dann in viele einzelne Kanälchen unter die Haut gepresst. Daher die Verätzungen neben den Nadeln."

Peebles stutzte. „Weswegen?"

„Keine Ahnung. Aber wie wir beide wissen, war das nur die Ouvertüre", sagte O'Connor und strich sich durch das silberne Haar.

Peebles runzelte die Stirn. „Wie abartig muss ein Mensch veranlagt sein, um Derartiges zu tun?"

„Wer das hier getan hat, ist ein äußerst grausamer Mensch. Solche Täter steigern ihr Rauschgefühl, wenn sie ihre Opfer psychisch und physisch foltern. Ich frage mich, weshalb der Täter das gemacht hat. Seltsam, seltsam ...", sagte O'Connor nachdenklich und rieb sich das Kinn.

„Was glauben Sie, war das ein Racheakt?"

Der Pathologe schaute auf. „Ja, ich glaube schon. Der Täter hat jedenfalls Techniken angewandt, die in der plastischen Chirurgie der Perfektionierung oder Wiederherstellung der Schönheit dienen."

Während O'Connor sprach, bewegten sich seine Finger mit schlangengleicher Eleganz hin und her. Jetzt faltete er die Hände vor seiner Brust zusammen und sah Peebles an.

Peebles war erstaunt über die Art und Weise, wie O'Connor versuchte, in die emotionale Welt eines Täters vorzudringen. Man konnte sehen, dass ihm diese Streifzüge durch die teuflischen Dimensionen eines Täterprofils Vergnügen bereiteten. Peebles hörte die unterschwellige Erregung in seiner Stimme. Faszinierte ihn vielleicht die Tatsache, dass ein Psychopath über dem Gesetz stand und gewissermaßen außerhalb des Universums lebte? *Irgendwann werde ich dir diese Frage stellen – aber nicht jetzt.*

„Wir haben in den Einstichstellen und an der Kleidung des Opfers eine fremde DNA gefunden", sagte O'Connor und lächelte, als hätte er noch einen Leckerbissen für den ermittelnden Beamten. „In Hongkong wurde vor vier Wochen ein langes, schwarzes Haar an der Leiche eines Wissenschaftlers gefunden, die dieselbe DNA aufwies."

„Wie bitte?", fragte Peebles erstaunt.

„Nachdem ich eine DNA-Anfrage durch die Datenbank habe laufen lassen und auf den Fall in Hongkong aufmerksam geworden bin, habe ich meinen chinesischen Kollegen Dr. Yi-Dan angerufen. Besagter Wissenschaftler wurde zwar nicht ermordet, aber er starb unter seltsamen Umständen – und war dabei umgeben von Feuer und Asche. Hún Xìnrèn – so hieß der Mann – hielt auf Fachkongressen erstaunliche Vorträge über den Jungbrunnen und das Unsterblichkeitsenzym. Ich habe mich daraufhin ausführlich mit Patrick McGillan ausgetauscht. Wir haben über das mögliche Mordmotiv diskutiert."

Peebles grinste. „Und zu welchem Schluss sind Sie bei einem Whisky in *Deacon Brodies Tavern* gekommen?"

Aidan O'Connor kam in Fahrt. „Unser Täter steht auf Verjüngungsrituale, nach dem, was ich bei der Obduktion entdeckt habe. Oder er führt uns bewusst auf eine falsche Fährte. Auf dem Klebestreifen steht *Judas.* In den Augen des Täters muss Sally Merrick, aus welchen Gründen auch immer, die Inkarnation des Bösen gewesen sein, eine Verräterin schlechthin. Verrat hat seit Jesu Zeiten einen Namen, einen Preis und ein Symbol. Ein Judas ist ein Scheusal, ein Nichtswürdiger, der aus niederen Bedürfnissen die verrät, von denen er geliebt wird. Da haben Sie Ihr Mordmotiv, Inspector. Verrat im klassischen Sinn ist hier nicht gemeint. Deswegen tötet man nicht. Aber was erzähl ich Ihnen da. Sie sind der Experte auf dem Gebiet. Ach ja, der tote Wissenschaftler arbeitete übrigens bei Faber-Pharma-Hongkong und war der ‚Vater' von Rebu 11, einem weltweit anerkannten Herztherapeutikum. Mein chinesischer Kollege hat mir anvertraut, dass Dr. Hún Xìnrèn vor einer bahnbrechenden Entdeckung stand: dem Jungbrunnenenzym.

Das sind doch keine Zufälle."

„Nein, ganz sicher nicht", stimmte Peebles zu.

„McGillan meint, dass wir es mit einem völlig durchgeknallten Irren zu tun haben."

„Ich glaube, an Ihrer Überlegung ist was dran", sagte Peebles mehr zu sich selbst.

„Ein finsterer Geist begeht üble Taten an finsteren Orten. Loch Meadhonach ist ein finsterer Ort für Psychopathen. Dort können sie ihren Gefühlen freien Lauf lassen", stellte O'Connor fest.

Peebles schenkte ihm ein süßsaures Lächeln. „Psychopathen kennen aber keine Gefühle."

„O doch, Inspector. Sie lieben ihre Trophäen, und zwar tot oder lebendig. Ihr Täter liebt vielleicht das Schöne, andererseits zerstört er ein Menschenleben. Vielleicht haben Sie es mit einem Dr. Jekyll und einem Mr. Hyde zu tun?"

Peebles nickte, verabschiedete sich und verließ den Obduktionsraum. Ihm war klar, wo Vollkommenheit und Schönheit zu finden waren. Er rief Scotland Yard an und beantragte einen Durchsuchungsbeschluss für Torrisdale Castle und Na Stacain. Eine halbe Stunde später flog er mit dem Hubschrauber und drei Beamten nach Am Buachaille.

Und nach der Hausdurchsuchung und der ersten Befragung der Mitglieder von Lux Humana wählte Peebles die Rufnummer des Vorstandsvorsitzenden der Faber-AG in Ratingen.

Kapitel 43

Berlin, 30. Oktober 2011

Lautlos schlich sie durch die Nacht, auf der Suche nach einem ruhigen Platz in ihrem Garten. Nur der weiße Kragen der Hemdbluse, der ihren Hals unter dem schwarzen Pullover umschloss und hin und wieder in der Dunkelheit aufblitzte, verriet sie. Mit zitternden Händen zündete sich Kate Corvey eine Zigarette an. Der Duft des trockenen Waldes und des brennenden Tabaks mahnte sie nicht zur Zurückhaltung.

Nach acht Jahren hatte sie ihr Ziel erreicht, acht Jahre, in denen sie Tag und Nacht geschuftet und Na Stacain aus ihrem Gedächtnis verbannt hatte. Seit damals litt sie unter einem temporären Erinnerungsverlust, ein Zustand, dessen sie sich immer dann bewusst wurde, wenn die Schatten der Vergangenheit sie einholten. Die Schatten kamen neuerdings in der Nacht und trugen die unscharfe Kontur von Dr. Merrick. Retrograde Amnesie nannte ihr Psychotherapeut dieses Krankheitsbild. Sie hatte sich damit abgefunden. Vielleicht hatte sie nach ihrem Studium und ihrer Abreise aus Schottland nie wirklich gelebt, sondern hatte sich selbst ersonnen. Etwas blockierte ihr Erinnerungsvermögen an Na Stacain, und nach ihrer Abreise hatte sie sich in Berlin neu orientiert.

Ich bin geboren aus einem starken Willen heraus, dachte sie. Ihr Traum existierte, und die Menschen um sie herum wussten, sie war stark. Aber warum überkam sie neuerdings dieses seltsame Gefühl, ihr Leben könnte entgleisen? Weil sie Dr. Merrick im Fernsehen unter den Zuhörern entdeckt hatte? Oder weil die Konturen der Vergangenheit schärfer und schärfer wurden? Nein, die Antwort hatte sie heute Abend in der Post vorgefunden, Post von Sally Merrick, die sie vor zehn Jahren in der Klinik Na Stacain kennengelernt hatte.

Ihr Blick verdunkelte sich, als sie an den Brief aus Schottland in ihrer Jackentasche dachte. Mit den Zeilen lebte eine Erinnerung auf und mit ihr die Alpträume, die sie seit Jahren quälten. Das seltsame Zimmer in dieser Klinik, die blutjungen Schwestern von atemberaubender Schönheit, ein Arzt mit einem kalten, hohlen Blick und die Tatsache, dass sie nicht genau wusste, was dort wirklich mit ihr geschehen war. Auch hatte sie kaum noch Erinnerungen an Nathan Burgess und Torrisdale Castle. Ihre vagen Erinnerungen beschränkten sich auf Charis, Gordon und auf Calum und den Verlust ihres Kindes. *Das allein reicht,* hatte ihr Psychotherapeut gemeint, und sie hatte es auf sich beruhen lassen. Doch jetzt hatte sie nur Sally Merrick vor Augen und meinte ihre Anwesenheit fast schon körperlich zu spüren. Ihr Kopf dröhnte, ihr Herz klopfte bis zum Hals. *Ich weiß nicht, ob gerade ein neuer Alptraum beginnt.*

Sallys Zeilen beschleunigten ihren Puls, ließen ihr Herz rasen und rissen die alten Wunden wieder auf. Sie waren wie ein übler Belag auf ihrem Gehirn. Kate zog den Brief aus ihrer Hosentasche, und unter dem Licht einer Gartenleuchte überflog sie noch einmal die Zeilen.

Droman, 10. Oktober 2011

Liebe Kate,

ich erlaube mir, Sie mit Ihrem Vornamen anzusprechen, da wir das bereits vor zehn Jahren getan haben. Mein Name ist Sally Merrick, und ich war Krankenschwester in der Klinik Na Stacain. Erinnern Sie sich an mich? Ich habe Sie damals in der Klinik betreut.

Ich hatte keine genaue Vorstellung von dem, was sich in der Nacht, in der Sie Ihr Kind verloren, tatsächlich in Na Stacain abgespielt hat, bis ich neulich auf etwas Seltsames gestoßen bin.

In der Klinik schreddern wir nach zehn Jahren die Krankenakten unserer Patienten, und so fiel mir vor wenigen Tagen Ihre Akte in die Hände. Dabei wurde mir schlagartig klar, dass ich Sie über all die Jahre aus meinem Gedächtnis verdrängt hatte. Ich las Ihre Krankenakte und wusste mit einem Mal, dass mein Leben eine einzige Lüge ist. Mein Mann Bernhard ist Lüge, Betrug, Abschaum und vieles mehr. Ihre Akte brachte das ans Tageslicht, und die Tatsache, dass es in meinem Leben einiges gibt, worauf ich nicht stolz bin. Ich muss diese Dinge in Ordnung bringen, damit ich in Frieden leben kann. Und hier kommen auch Sie ins Spiel.

Man hat Ihnen vor vielen Jahren in Na Stacain ein schreckliches Leid zugefügt, Kate, und mein Mann war daran beteiligt. Nur wusste ich es nicht. Ich habe es geahnt, aber mein Wissen verdrängt.

Ich weiß nicht genau, ob mein Mann Sie nicht in Na Stacain um Ihre Tochter betrogen hat. An dem Tag, als Ihr Kind geboren wurde, kamen zwei Babys zur Welt. Bernhard hat mich aus dem OP gejagt, als ich hysterisch wurde, weil er einen Fehler gemacht hat. Dabei ist eines der Kinder gestorben. Ich bin mir nicht sicher, ob das Kind, das heute unter der Obhut von Lux Humana lebt, nicht womöglich Ihre Tochter ist, denn dieser Part wurde in der Akte geschwärzt. Das Mädchen heißt Mairead, und sie leidet unter frühkindlicher Vergreisung.

Bernhard weiß nichts von diesem Brief. Ich gebe mich weiterhin loyal. Nur so kann ich, ohne dass er Verdacht schöpft, mehr über das Kind in Erfahrung bringen. Ich habe herausgefunden, dass sich Mairead auf Torrisdale Castle aufhält, aber ich bin seit Jahren nicht mehr dort gewesen.

Nachdem Ihre Akte mir die schrecklichen Dinge offenbart hat, die in Na Stacain gang und gäbe sind, weiß ich, dass es für mich keinen Frieden mehr gibt, wenn ich nichts unternehme. Also kommen Sie, kommen Sie schnell. Bitte! Ich habe Angst.

Ihre Sally

Kates Schrei ließ den Wald schlagartig lebendig werden. Vögel flatterten auf, nächtliche Nager huschten ins nächste Versteck. Ein Fuchs schlug auf der anderen Seite der Wiese bellend Alarm.

Kate lief weiter. Es gab kaum Licht, außer dem düsteren Schimmer der Wolken am nächtlichen Himmel. Bleierne Müdigkeit überfiel sie, die Erschöpfung einer Frau, die erkennen musste, dass sie ihrem Schatten nicht entfliehen konnte. In ihren Schläfen pochten die Erinnerungen an das weißgekalkte Klinikzimmer und die Klippenlandschaft Na Stacains. Sie zitterte vor Kälte. Zu lange hatte sie dagestanden und dabei die Zeit vergessen. *Ich habe vielleicht eine Tochter. Mein Baby ist womöglich doch nicht tot, wie alle behauptet haben. Ich habe eine Tochter! Tief in meinem Inneren habe ich es immer gewusst.*

Sie spie die Zigarette aus. Was hatten sie mit ihrem Baby gemacht? Warum hatte man sie in dem Glauben gelassen, dass es eine Totgeburt gewesen war? Kate wählte eine Rufnummer in Ratingen. Am anderen Ende der Leitung wurde der Hörer abgenommen.

„Faber."

„Robert, du musst mir helfen. Bitte, Robert."

„Kate, was ist los? Wo bist du, Kate?"

„Im Garten."

„Was machst du mitten in der Nacht im Garten?"

Schweigen.

„Kate?"

„Du hast mir vor drei Tagen erzählt, dass Pasternek Informationen verkauft hat."

„Was ist los, Kate?"

„An wen hat er die Informationen verkauft, Robert?"

„An eine schottische Organisation."

„An Lux Humana?"
„Woher weißt ..."
„Ich hatte ein merkwürdiges Gefühl, als du mir davon berichtet hast", unterbrach Kate ihn. „Ich kenne diese Sekte, und ich habe recherchiert."
Schweigen.
„Es gibt Rätsel, die nicht dazu bestimmt sind, auf ewig ungelöst zu bleiben, Robert. Wir müssen uns unterhalten. Ich komme morgen nach Düsseldorf. Ruf den Kommissar an, der dich aufgesucht hat. Ich möchte mich mit ihm unterhalten."
„Kate, weshalb erzählst du mir das mitten in der Nacht?"
„Ich habe heute einen Brief erhalten. Ich habe eine Tochter, Robert und ..."
Ich habe eine Tochter! Endlich kamen die Tränen.

Kapitel 44

Durness, 31. Oktober 2011

Der Pilot flog den kleinen Firmenjet der Faber-Pharma-AG geschickt in Richtung Norden. Bald wichen die Wiesen und Felder von Northumberland und die sanften Hügel der Scottish Borders Granitfelsen und dichten Wäldern und diese dann wiederum den mit Heidekraut bewachsenen Hochmooren.

Robert Faber blickte aus dem Fenster, fasziniert von dem wirren Muster aus dunkleren und helleren Flecken, das die Moorlandschaft überzog, als habe jemand eine von ungeschickten Kinderhänden gemalte Weltkarte über das Hochland gebreitet.

„Sie brennen das Heidekraut ab", erklärte Kate auf seine Frage nach den merkwürdigen Effekten. „Die nachwachsenden Pflanzen dienen als Nahrung für die Moorhühner."

„Und die gelben Flecken?", fragte er neugierig.

„Das sind die Reste vom goldgelben Stechginster. Wunderschön im Sommer und Herbst anzuschauen, aber es pikst gemein, wenn man hineinfällt. Und das blassere Gelb", Kate deutete auf die blühenden Pflanzen, die die Felder säumten, „ist Besenginster. Durch das milde Klima bleiben die Farben lange erhalten. Doch wir haben jetzt Spätherbst, und in Wick könnte es sogar schon schneien."

Sie war froh darüber, dass Robert versuchte, sie ein wenig abzulenken. Sallys Brief und die Tatsache, dass sie von der Existenz ihrer zehnjährigen Tochter nichts gewusst hatte, ließ sie schier verzweifeln.

„Du kennst dich aber aus", stellte er fest. „Hattest du mal was mit einem Moorhuhn?"

Kate lachte. „Eifersüchtig? Ich habe während meiner Kindheit hin und wieder die Sommerferien hier verbracht, später Biochemie in St. Andrews belegt und nach dem Studium ein Praktikum bei Braveheart Pharmaceuticals absolviert. Die Highlands haben mich schon immer interessiert."

Robert schaute sie von der Seite an. „Braveheart? Ich dachte, das ist ein Hollywoodspektakel über William Wallace, den schottischen Nationalhelden."

„Braveheart ist ein kleines forschendes Pharmaunternehmen, das sich auf die Herstellung von Mitteln zur Behandlung von Herz-Kreislauf-Erkrankungen spezialisiert hat. Mein Doktorvater in St.

Andrews kooperierte vor Jahren mit ihnen."

„Und Mel Gibson leitet das Unternehmen?", hakte Robert nach.

Kate lächelte. „Du wirst es nicht glauben, aber David Erskine, der Geschäftsführer von Braveheart, hat mir einmal erzählt, dass die Filmbosse ihn aufsuchten, um sich die Namensrechte für das Epos sichern zu lassen."

„Interessant. Gibt es denn eine familiäre Bindung zwischen Erskine und Wallace?", fragte Robert.

„Nein. David Erskine war der elfte Earl of Buchan. Der Firmenname Braveheart entstand zufällig. Ich finde ihn passend", antwortete sie.

„Finde ich auch. Was macht man denn sonst noch in dieser gottverlassenen Gegend, außer sich die schottische Geschichte zu Gemüte zu führen?"

Noch bevor er ihr weitere Details entlocken konnte, wurden sie durch eine Funkdurchsage unterbrochen. Kurz darauf überflogen sie den Bahnhof von Wick, der wie ein überdimensioniertes Puppenhaus aussah. Robert staunte über die bunte Lebkuchenhaus-Architektur.

„Das ist bei weitem das schönste Gebäude in dieser trostlosen Gegend. Der Bahnhof weckt große Erwartungen, aber Wick ist nur eine Anlaufstelle für den Wandertourismus. Viel mehr hat der Ort nicht zu bieten", erklärte Kate.

Wenig später brachte der Pilot die Hawker 850 XP sicher auf dem Flugplatz von Wick zur Landung. Am Schalter der Autovermietung holte er die Schlüssel des Mietwagens, der auf dem Parkplatz für Robert Faber bereitstand, und verstaute ihre Taschen im Kofferraum des silbernen Mercedes 280E. Dann verabschiedeten sie sich von dem Piloten.

„Du kennst den Weg?", fragte Kate erstaunt, als sie sich anschnallten und Robert die von der Autovermietung zur Verfügung gestellte Straßenkarte ins Handschuhfach legte.

„Nein, aber das Navigationssystem." Er grinste, während er vom Parkplatz fuhr, dem Abendlicht entgegen. „Hoffe ich zumindest", füge er rasch hinzu.

Er fand Kates Einschätzung zunächst bestätigt. Sie fuhren durch die High Street, die von Bergsportläden und Restaurants gesäumt wurde, doch als sie die belebtere Gegend verließen, erhoben sich vor ihnen nebelverhangene Berggipfel, vergoldet vom Schein der Abendsonne.

„Fahren wir dorthin?", fragte er und deutete auf die Berge.

„Nein, unser Hotel liegt in Durness, ganz in der Nähe der

Sandwood Bay. Hier in der Gegend kannst du von jedem Punkt aus die Berge sehen", antwortete sie.

Sobald sie Wick hinter sich gelassen hatten, bog Robert in eine Nebenstraße ein, die in die Nadelwälder hineinführte.

„Übrigens kommen wir in Thurso am Besitz der Erskines vorbei. Sie gehören zu den einflussreichsten Familien Großbritanniens", bemerkte Kate.

„Die Braveheart-Erskines?"

„Eine berühmte Highland-Familie. Ich hatte – na, lassen wir das. Ist zu kompliziert", antwortete Kate.

„Gestehe! Du hattest eine Affäre mit einem Erskine."

„Eine harmlose Angelegenheit. Es geschah während des Praktikums bei Braveheart. John war fünfundzwanzig und hat mehr darin gesehen. Er verfolgte mich regelrecht."

„Oh ... Hast du deinen Stalker nach deiner Flucht nach Deutschland noch mal gesehen?"

„Nein. Er kam vor zwei Jahren ums Leben. Seine Ehefrau hat ihn vergiftet. Eine ehemalige Kommilitonin hat es mir erzählt."

„Vergiftet? Wie stilecht!", sagte Robert.

Kates Miene wurde düster. „Es geschehen hier seltsame Dinge, Robert. Dein polnischer Geschäftsführer ist in dunkle Geschäfte verwickelt, in Hongkong, Warschau und Düsseldorf kommen drei Menschen ums Leben. Vielleicht habe ich eine Tochter, die in dieser Sekte aufwächst und in der Klinik Na Stacain liegt, wie Sally vor einigen Tagen herausgefunden hat. Und ich muss mich an Mairead heranschleichen. Ich weiß, dass Calum Burgess hinter alldem steckt. Ich habe Angst. Was kommt sonst noch auf uns zu?"

Roberts Gesichtsausdruck sagte ihr, dass auch er sich diese Frage stellte. Kate bemerkte, dass er das Lenkrad so fest umklammerte, dass seine Knöchel weiß wurden. *Der Zufall hat uns beide zusammengeführt, aber dass unsere Schicksale so miteinander verknüpft sind, hätte ich niemals vermutet,* dachte sie. *Auch dieser Mann geht gerade durch eine Hölle.*

„Ich weiß es nicht, aber ich befürchte, dass Scotland Yard auf Torrisdale Castle Schlimmes finden wird", antwortete Robert. „Ich verstehe, dass du es kaum erwarten kannst, Mairead zu sehen, dass du Gewissheit haben möchtest, aber wir können nicht einfach so in diese Klinik hineinspazieren und nach ihr fragen. Das könnte sowohl für das Mädchen als auch für uns gefährlich werden. Thomas Borbek hat sich mit Scotland Yard in Verbindung gesetzt und sie über Pasterneks dunkle Geschäfte in Kenntnis gesetzt und darüber, dass sämtliche Spuren nach Torrisdale Castle führen. Man wird die

Burgess-Familie dort zur Rede stellen. Borbek und ein Mitarbeiter vom Yard warten in Durness auf uns. Sie werden uns nach Na Stacain begleiten. Thomas Borbek, habe ich mir sagen lassen, soll ein richtig guter Schnüffler sein."

Kate nickte und starrte traurig auf das glitzernde Band des Flusses, das sich durch die Wiesen wand und zuweilen in einem dichten Gehölz verschwand.

„Ich möchte Mairead so gerne sehen, Robert", sagte sie leise. „Seit zehn Jahren habe ich ein so merkwürdiges Gefühl, dass in Na Stacain nicht alles mit rechten Dingen zuging, aber ich verbannte das Geschehen aus meinem Gedächtnis. Und die Erinnerung an Torrisdale Castle habe ich verdrängt."

Robert blickte sie kurz an, richtete seinen Blick aber dann wieder auf die Straße. „Sie haben dir in der Klinik wahrscheinlich ein Medikament gegeben, das deine Erinnerung ausgelöscht hat. In den Diskotheken mixen üble Typen dieses Zeug den Getränken bei, um ihre Opfer gefügig zu machen, sie zu vergewaltigen und ihre Erinnerung nach der Tat auszulöschen."

„Ich kann mich lediglich an diese junge Frau erinnern, Ashley. Sonst existiert in meiner Erinnerung nur noch das Gefühlschaos, das dieses Trauma damals ausgelöst hat, und wie schwer es für mich war, die Trauer und Hilflosigkeit zu durchleben, bis ich mich wieder besser fühlte und an meine Zukunft denken konnte." Tränen rannen über ihr Gesicht. „Wenn es mir sehr schlechtging, sagte ich mir immer wieder, mein Mädchen würde es ganz gewiss nicht wollen, dass ich traurig wäre oder mich aufgäbe", schluchzte sie. „Also versuchte ich, mich abzulenken und meinen Schmerz zu verdrängen. Mein Beruf half mir dabei. Aber ich hatte immer ein schlechtes Gewissen, Robert, ich hatte immer das Gefühl, dass ich vielleicht eine Tochter habe, aber ich habe nichts unternommen. Ich könnte Calum Burgess umbringen. Verdammt!"

Robert hielt den Wagen an und nahm sie in den Arm. „Beruhige dich, Kate. Man hat dir gesagt, sie sei tot. Was konntest du also tun?", tröstete er sie. „Außerdem weißt du noch nicht, ob sie überhaupt dein Kind ist. Du hast für dich herausgefunden, was dir nach diesem Trauma guttat. Du hast dich nicht aufgegeben. Nur darauf kommt es an", sagte er mit fester Stimme und trocknete mit einem Taschentuch ihre Tränen.

„Sie ist schon zehn Jahre alt. Wenn sie tatsächlich meine Tochter ist, werde ich nicht mehr viel Zeit mit ihr verbringen können. Das macht mich fertig."

„Du wirst das Mädchen bald sehen, Kate", sagte er zärtlich und strich ihr über das rote Haar.

Sie glaubte, eine gewisse Trauer aus seiner Stimme herauszuhören. *Es geht ihm nicht gut,* stellte sie fest. Auch ihn machte der Gedanke betroffen. Durch Jonathan Hastings' Ausführungen über den Verlauf der Progerie-Erkrankung wusste auch er, dass Maireads Leben nur noch von kurzer Dauer sein würde.

„Du hast recht, und es kommt jetzt auch nicht auf einen Tag mehr oder weniger an. Sally hat sich persönlich davon überzeugt, dass es dem Mädchen in Na Stacain an nichts fehlt und dass es ihr gutgeht. Komm, lass uns weiterfahren. Das Hotel liegt ein wenig abseits der Straße und ist ausgeschildert."

Schweigend fuhren sie noch ein, zwei Kilometer weiter, dann bogen sie um eine Kurve. Kate entdeckte zwischen den Bäumen ein kleines Schild, das an einem Torpfosten befestigt war: *Kirky Inn.*

Robert bremste und bog in die Einfahrt ein. Das Haus lag nach Norden, mit der Seitenfront zur Straße. Im Schein der Außenbeleuchtung und der Straßenlaterne erkannte er dunkelbraune Backsteinmauern, von denen sich die leuchtend weißen Fensterrahmen und eine in lebhaftem Kirschrot gestrichene Haustür deutlich abhoben. Sein schlichter quadratischer Grundriss verriet das ehemalige Bauernhaus, doch es machte einen komfortablen und einladenden Eindruck.

Sie stiegen aus dem Fahrzeug. Die Eingangstür zum Hotel wurde geöffnet, und ein kleiner, untersetzter Mann kam auf sie zu. Hinter ihm tauchte Thomas Borbek auf.

„Inspektor Peebles, Scotland Yard. Wir sollten uns mal unterhalten, Herr Faber", sagte er und zeigte ihnen seinen Ausweis. Sein grimmiger Gesichtsausdruck verriet nichts Gutes.

Na Stacain

Die Abenddämmerung setzte bereits ein. Sein Blick schweifte über den Rosengarten, über den die untergehende Sonne ein fahles Licht ergoss, bevor der Atem des Abends sie für heute zum Verlöschen bringen würde. Als Calum Mairead an den Klippen entdeckte, trat ein Lächeln auf seine Lippen. Rasch ging er auf sie zu und bemerkte sofort, dass etwas nicht stimmte. Sie weinte.

„Was machst du denn bei dieser Kälte hier draußen, Mairead? Es wird gleich schneien, und du könntest dich erkälten."

Sie hielt ihm das kleine, faltige Gesicht mit seinen tiefliegenden Augen entgegen und versuchte tapfer, ihre Tränen zu unterdrücken. „Calum, wo ist Gordon?"

Er zuckte mit den Schultern. „Keine Ahnung, Kleines."
„Er geht auch nicht an sein Handy."
„Vielleicht will er nur seine Ruhe haben."
Mairead nickte. „Calum, sag mir, wie es ist, wenn ich sterbe. Komme ich dann in den Himmel?", fragte sie plötzlich.
Er hob die Augenbrauen. „Was hast du denn heute für trübe Gedanken? Ich habe dir doch gestern erklärt, dass wir bald ein Medikament für dich bekommen, das dein Altern aufhalten wird."
Mairead stampfte zornig mit dem Fuß auf den Boden. „Du lügst, Calum. Du lügst!", kreischte sie.
Ihm fiel auf, dass die Angst die dahinschwindenden Muskeln ihrer kleinen Gestalt zucken ließ. Eine Schädelvene trat stark hervor und pulsierte kräftig. Er erkannte das ganze Ausmaß ihres Kummers und legte beschützend den Arm um ihre Schultern.
„Beruhige dich", sagte er zärtlich und strich ihr über den Kopf.
„Wir müssen aber alle irgendwann einmal sterben", sagte sie trotzig. Und dann wieder ängstlich: „Wie ist das, Calum, das Sterben?"
Sein Blick schweifte für einen Moment über den See, auf dem die Schwäne mit größter Anmut durch das Wasser glitten. Am Horizont sank die Sonne, bis nur noch ein Streifen eines Farbrauschs über dem Horizont verblieb, der dort in den verschiedensten Rottönen erglühte. Calum hob Maireads kleinwüchsigen Körper hoch und trug sie bis zur Bank am Rand der Klippen.
„Es stimmt, dass wir irgendwann einmal sterben müssen", begann er mit sanfter Stimme und grinste bitter über seine eigene Bemerkung. „Aber ich besorge das Medikament, sogar wenn ich es stehlen muss, nur damit wir beide noch viele Jahre miteinander verbringen können. Das verspreche ich dir. Zuerst brauchen wir noch ein Herz für dich, aber da sind wir auf einem guten Weg."
Mairead runzelte die Stirn. „Dir schießen aber heute wilde Gedanken durch den Kopf, Calum", ließ sie ertönen. „Stehlen? Pfui, Calum! Du lädst dir tagsüber so viel auf die Schultern, dass du keine Zeit zum Nachdenken hast. Und auch am Abend kommst du nicht zur Ruhe. Du träumst nachts wirre Träume. Ich höre dir manchmal dabei zu, weil ich nicht schlafen kann."
Calums Gesicht erstarrte langsam zu einer Maske der Erschöpfung. Während Mairead sprach, wurde ihm bewusst, wie sehr er seine Tochter liebte und dass er niemals resignieren durfte.
„Ich verfolge alle Optionen, die mir geeignet erscheinen, um dann mit Wehmut festzustellen, dass ich immer noch nicht das gefunden habe, wonach ich suche: eine Möglichkeit, dein Leben zu retten. Mein

Ziel ist es, dir zu helfen. Du bist ein Kind des Lichts, mein Tautropfen, der durch das Mondlicht zur Perle wird."

Mairead verzog das kleine, geschrumpfte Gesicht zu einer Grimasse. „Ich mag es, wenn du mich Tautropfen nennst", piepste sie fröhlich, wurde aber dann wieder ernst. „Aber trotzdem möchte ich wissen, wie sich Totsein anfühlt."

Calum krauste die Stirn. „Wo hast du denn den Ausdruck her?"

„Von Charis! Sie sagt, dass nur Engel in den Himmel kommen. Werde ich denn ein Engel sein, wenn ich tot bin?"

Dieses Luder. Es war die Eifersucht, die an Charis nagte, weil sie ihn mit niemandem teilen wollte, nicht mal mit einem Kind, das bald sterben würde. Aber sie ging eindeutig zu weit! Er umschloss Maireads kleine, von Arthritis gezeichnete Hände und spürte ihre zarten Finger auf seiner Handfläche. Zärtlich, zittrig, fahrig tasteten sie sich zur Innenfläche. Ihm wurde übel vor Sorge.

„Du bist ein ganz besonderes Mädchen, und deshalb wird dein Himmel strahlend blau sein", begann er. „Mit Wolkentürmen und Eiskristallen, mit Kometen und Monden, die dich umkreisen. Und wenn ich dann am Strand von Na Stacain stehe und hoch zum Himmel schaue, erstrahlt durch das Wolkentor die kupferne Farbe deines Lichts, das mich wärmt."

Mairead drückte sich fest an ihn. „Erzähl weiter."

„Ich bilde mir ein", fuhr er zärtlich fort, „dass am Wasser die Muscheln perlmuttfarben schimmern, weil du lächelst. Du zeigst mir deine Freude, indem du die Wolken mit deinem Strahlen tanzen und die Seen in den Tälern ansteigen lässt und Gewitterwolken und Blitz und Donner davonjagst. Du vertreibst meine Trauer und lässt mich spüren, dass du in meiner Nähe bist und auf mich achtest. Und wenn die Nacht zu kalt ist und der Mond zu grau, dann besuchst du mich und zeigst mir deinen Himmel. Wir sind dort unter uns und leuchten als Sterne am Firmament."

Maireads alte Augen sprühten Funken. Sie schlang ihre Arme um seinen Hals wie ein Koalabär, der sich an einen Baum klammerte. „Wirklich?", fragte sie.

„Ja. Du siehst, meine kleine Mairead", er zeigte zum Himmel, „dort oben ist es nicht langweilig, denn dort gibt es eine Menge für dich zu tun. Ich werde dich immer in meinem Herzen tragen."

„Und im Himmel bin ich so schön wie ein Schwan?", fragte sie.

„Aber sicher. Der Meeresgott Neptun wird dich in einen Schwan verwandeln."

„Wie seinen Sohn Cygnus. Dann möchte ich, dass du meine Asche der See übergibst, damit Neptun mich auch findet."

Calum nickte. „Bis dahin werden wir noch viel Zeit miteinander verbringen."

Mairead lachte und weinte und hielt Calum fest umschlungen.

Plötzlich löste sie sich von ihm und sah ihn fragend an. „In der griechischen Mythologie verkörpert der Schwan den Gott Zeus, der in dieser Gestalt unerkannt jungen Frauen nachstellt." Sie grinste. „Calum! Dann bist du doch auch ein Schwan."

Er lachte laut auf. „Wo hast du denn … Wenn du das so siehst, Mairead …" Er schüttelte sich vor Lachen. „Ja, dann bin ich auch ein Schwan!"

Beide überhörten das leise Rascheln eiliger Schritte, die sich aus dem Gebüsch hinter der Bank entfernten. Auch bemerkten sie den Schatten nicht, der durch den Garten huschte. Das Licht der Laternen ließ ihn zwischen den Bäumen tänzeln.

Charis klappte das Tagebuch zu, legte es unter die Matratze und nahm ein starkes Schlafmittel mit einem Glas Wasser ein. *Ich werde dich immer in meinem Herzen tragen.* Das hatte er zu Mairead gesagt.

„Ich werde dich töten – wie ich Nathan getötet habe", zischte sie.

Kapitel 45

Na Stacain, 1. November 2011

Calum fror vor Erschöpfung. Zitternd starrte er auf den Operationstisch. Bonnie aus dem Kinderheim war die perfekte Spenderin gewesen. Er hatte ihr Herz an das System Organ Care von TransMedic angeschlossen. Der künstliche Kreislauf ermöglichte es, die Organverpflanzung um ein bis zwei Tage hinauszuzögern, und hielt das Herz außerhalb des Körpers in einem funktionsfähigen Zustand. Er brauchte diese Zeit, um Mairead für die Operation vorzubereiten. Sie benötigte dringend das neue Herz. Ihr EKG hatte gestern verdächtige Ausschläge gezeigt, die auf einen drohenden Herzinfarkt hindeuteten. Er schaute auf die integrierte Digitaluhr: 02:45 Uhr. Morgen Nachmittag könnte er die Transplantation durchführen, und in wenigen Monaten ... In Gedanken sah er sich schon jetzt mit Mairead am Loch Meadhonach einen Walzer tanzen. Sie rochen das Moor und hörten den Wind in den Wipfeln mächtiger Bäume rauschen, dachten an die springenden Lachse mit den hell gesprenkelten Rücken und weißen Bäuchen, die sie in einem feinen Restaurant in Bettyhill essen würden, und sein Herz hüpfte vor Freude.

Merrick hatte sein Versprechen gehalten und Bonnie in den frühen Morgenstunden zu ihm gebracht. Niemand hatte ihn mit dem komatösen Mädchen kommen sehen, und niemand sah ihn allein in der Dunkelheit nach Bettyhill zurückfahren, nachdem er die Apparaturen abgestellt hatte. Niemand war im Operationstrakt, als Calum das Skalpell seitlich zwischen Bonnies zweiter und dritter Rippe ansetzte, quer über ihr Brustbein hinweg bis auf die andere Seite einen Schnitt machte und den Knochen in Schrägrichtung durch einen kurzen, heftigen Schlag mit einem Meißel spaltete. Er griff in Bonnies Brustkorb und trennte die Arterien und Venen vom Herzen. Niemand beobachtete ihn dabei, auch nicht, als er nach der Organentnahme die Spuren im OP beseitigte und den Körper des Mädchens in der kalten Wintererde Na Stacains entsorgte. Und niemand hörte seinen Schrei, als er Stunden später aus einem Alptraum aufwachte.

Kapitel 46

Friedhof Little Necropolis, 1. November 2011

Auf dem Weg zu Calum fuhr Charis mit dem Bentley über die Landstraße von Droman in Richtung Kinlochbervie. Sie hielt in der Churchroad vor dem alten Friedhof Little Necropolis. Calum wollte dort gegen acht Uhr abends an der Ruine der Kapelle auf sie warten. Es wäre längst überfällig, dass sie sich einmal wieder Zeit füreinander nähmen, meinte er. Ein Spaziergang, eine ungestörte Unterhaltung, zügellose Leidenschaft. Aber warum in der sagenumwobenen Kapelle, in der der Straßenräuber und achtzehnfache Mörder McMurchow begraben lag, der nach einem Sinneswandel den Kirchenbau finanziert hatte, um dort begraben zu werden? Warum hier? Weil sie ebenfalls Menschen getötet hatten?

Blödsinn!

Sie rieb sich den Nacken, um die Verspannung zu lindern, und schaute sich um. Calums Fahrzeug war nirgends zu sehen. Die Straße verschwamm vor ihren Augen.

Plötzlich zog sich ihre Halsmuskulatur erneut zusammen wie vorhin während der Autofahrt. Dieser verdammte Hún. Die ständigen Krämpfe, die neuerdings in immer kürzeren Abständen auftraten, die Lichtempfindlichkeit, die unerträglichen Kopfschmerzen, die Panik- und Heißhungerattacken! Sie hatte fast alles erreicht, und jetzt das. Sie würde Calums Rat befolgen und einen Neurologen aufsuchen. Es könnte ein Tumor sein, hatte er ihr nach dem epileptischen Anfall, der ihre Aufnahme in den inneren Kreis ruiniert hatte, zu bedenken gegeben. Doch sie wusste es besser. Sie kannte die Ursache und würde dieses Wissen niemals mit ihm teilen. Einen Spezialisten in Edinburgh oder London aufzusuchen bedeutete, Torrisdale Castle und Na Stacain für viele Tage zu verlassen und Calum Mairead zu überlassen.

Auf ihrer Reise von Torrisdale Castle über Hongkong und Düsseldorf bis Na Stacain hatte sie einen Feldzug für die Schönheit geführt, für das Ziel von Lux Humana: makellos sein! Immer wieder sprach Calum von Makel, wenn er auf Unvollkommenheit stieß. Aber Mairead war alles andere als vollkommen. Charis zuckte und blinzelte. Seit er sich nur noch um das Mädchen kümmerte, tickte er nicht mehr richtig. Es wurde Zeit, dass sie beide sich mal ungestört unterhielten. In Na Stacain war das schier unmöglich. Sie fragte sich allerdings, warum er diesen finsteren Ort für ein Tête-à-Tête gewählt hatte. Sie schaute noch einmal in den Rückspiegel. Im Schein der Straßenbeleuchtung sah sie vor den Schatten der Ruine ihr eigenes Spiegelbild und erkannte den trotzigen Zug um ihren Mund. Sie wollte Calum gefallen und lächeln, aber ihre Gesichtsmuskeln verzogen sich zu einer Grimasse. Heute würde er sie lieben und nicht über den Kretin Mairead lamentieren. Heute nicht.

„Wenn du ihren Namen auch nur erwähnst, werde ich dir mindestens zweimal die Nase brechen und dir mit dem Phurbu-Dolch die Haut von der linken Augenbraue bis zum Mundwinkel aufritzen", zischte sie. „Du gehörst mir, nur mir!"

Sie stieg aus und blickte zu dem alten Friedhof, dessen winzige Grabsteine im Nebel gespenstisch emporragten, wie skelettierte Hände. Der Hauch eines kalten Lächelns huschte über ihr Gesicht. Wirklich makaber. Auf Little Necropolis hatte Nathan sie vor vielen Jahren gefragt, ob sie eine Auserwählte von Lux Humana sein wolle. Nathan war es auch, der seine Söhne und sie gelehrt hatte, dass nur die Schönheit Bestand hatte und dass Lux Humana niemals ihren Gegenspieler, die Hässlichkeit, dulden würde. Mit welchem Recht lebte also dieser Kretin auf Torrisdale Castle? Und warum wollte Calum sie an einem Ort der Verwesung treffen? Sie holte tief Luft. Wo blieb dieser Hurensohn?

Ihr Handy gab einen schrillen Pfeifton von sich, der eine SMS-Mitteilung von Calum ankündigte. Sie las seine Nachricht: *Mairead hatte eine Herzattacke, sie braucht mich.*

Zuerst blieb sie ganz still. Dann entwich ihrer Kehle der Ausdruck einer mörderischen Wut, ein Schrei, der durch die Luft davongetragen wurde. Sie ließ den Blick über den Friedhof schweifen und fügte in Gedanken eine neue Grabstelle hinzu, indem sie in einer fest verschlossenen Urne ihre Gefühle für Calum zu Grabe trug. Charis kochte vor Wut – eine Wut, die stärker war als alles, was sie zuvor erlebt hatte.

Klinik Na Stacain

Der Schnee war in Regen übergegangen. Charis kam aufgelöst aus der Klinik gerannt und eilte zu den Klippen. Sie hörte das Wispern des Windes und sah das Regenwasser, das unentwegt von ihrer Kapuze tropfte. Sie drehte sich um, blickte zur Klinik zurück und wünschte sich, die Frau an Calums Seite zu sein, sie wünschte sich ein Herz, das mit seiner Schönheit und Tiefe seine Welt erwärmte. Seit sie gerade aus der Klinik herausgekommen war, seit wenigen

Minuten, wusste sie, dass es nie so sein würde. Calum war kalt wie Eis, krank und ein eiskalter Psychopath, der sie notfalls opfern würde, um Maireads alten Körper neu zu erschaffen.

Mairead ... Dort hinter dem Fenster im ersten Stockwerk sollte morgen das bläuliche Licht der OP-Lampe ihren Körper erbarmungslos ausleuchten. Calum bereitete den Kretin auf die Herztransplantation vor, und aus der eingebauten Stereoanlage klang ihr Lied: *Little Girl Blue.*

Sie ging weiter, lief schneller und schneller. Ihre Knie wurden bei jedem Schritt weicher. Am Klippenrand blieb sie stehen. Ihre Welt tobte in dieser Nacht, Charis schrie und wurde von Weinkrämpfen geschüttelt. Das Meer flüsterte beruhigende Worte, doch ihre Wut war immens groß, zu groß für einen Besänftigungsversuch der Natur.

Sie trat näher an den Klippenrand und blickte hinunter. Sie glaubte, Calums und Maireads Lachen in dieser wilden Landschaft aus tief hängendem Himmel, zorniger See und mächtigen Klippen zu hören. Was wäre, wenn sie nicht sich, sondern Mairead in die Tiefe stürzte? Ob der Tod dieses Ungeheuers die Dinge wieder in die richtige Perspektive rückte? Nur ein einziger Schritt ...

„Tu es nicht", flüsterte eine Stimme hinter ihr.

Sie drehte sich um. In einem Streifen Mondlicht sah sie Calums Silhouette und blickte in sein Gesicht. Das Weiß seiner Augen leuchtete in der Dunkelheit. Sie fühlte, wie Wut und Trauer in ihr überschwappten. Sie rührte sich nicht vom Fleck, starrte ihn nur an. Und sie wusste, sie waren allein. Seine Hand berührte ihr Haar, sein Atem streifte ihren Nacken. Sie nahm seinen Duft wahr, er war ihr so vertraut.

„Beruhige dich, Baby Blue. Warum zweifelst du an meiner Zuneigung?", fragte er leise. „Ich liebe dich, ich liebe dich, seit ich dich das erste Mal gesehen habe. Das weißt du doch."

Im schwindenden Mondlicht musterte sie ihn lange. „Ich glaube, ich weiß, woran du denkst. Ich glaube, ich kann es erraten", sagte sie schließlich.

„Sehr gut." Seine Stimme klang seltsam verträumt. „Sehr gut. Sag's mir, Charis."

„Als ich noch klein war", begann sie, „wenige Tage nach meinem Einzug in Torrisdale Castle, hast du einmal an einem Nachmittag leise meine Schlafzimmertür geöffnet. Es war niemand in der Nähe. Nathan war in Na Stacain. Ich ließ das Lieblingslied meiner Mutter laufen und tanzte mit geschlossenen Augen. Du hast mich dabei beobachtet."

„Es ist erstaunlich, dass du mich bemerkt hast. Woher wusstest du denn, dass ich dir zugesehen habe?"

„Meine Augen waren nicht ganz geschlossen. Du warst an diesem Nachmittag ein bisschen aus der Fassung. Nach einem misslungenen Laborexperiment, wie du später erwähntest. Du hast mich angestarrt. Aber da war noch etwas anderes. Du hast geweint. Du hast mich beobachtet und dabei geweint. Warum, Calum?"

Sein Gesichtsausdruck veränderte sich nicht. Er starrte sie weiter unverwandt an. „Ich habe geweint", sagte er leise, als fürchtete er, die Neophyten könnten mithören, „weil ich, als ich hereinkam, diese Musik zum ersten Mal gehört habe. *Little girl blue. My unhappy, my unlucky, my little girl blue.* Ich sah dich, ganz allein, ein kleines Mädchen, das mit geschlossenen Augen tanzte, in Gedanken weit fort, voller Sehnsucht nach seiner Mutter. Du hast völlig hingebungsvoll getanzt zu diesem Lied. Es war tieftraurig."

Er meint es nicht so, dachte sie. Sie hatte diese Mischung aus Wut und Kapitulation in seiner Stimme bereits vernommen, als sie ihm vorhin im Behandlungszimmer ein Messer an die Kehle gehalten und versucht hatte, ihn an den Vorbereitungen für die Herzoperation zu hindern.

Er hatte kein Wort gesagt, als sie seine Kehle ein wenig aufritzte, sondern sie einfach gewähren lassen. Sie hatte nur einen Anflug von Trauer in seinen Augen bemerkt, hatte von ihm abgelassen und angefangen, die sensiblen Instrumente und Apparaturen zu zerstören, aber in seiner Stimme war weder Zorn oder Wut noch Kapitulation, sondern kalte Gleichgültigkeit zu hören, als er leise sagte: „Hör damit auf, Charis. Es reicht. Es hat keinen Sinn. Du kannst jetzt gehen."

Nein, dachte sie. Er meint es nicht so. Auch Nathan hatte immer *Du kannst jetzt gehen* gesagt, wenn er wütend auf sie gewesen war. Sie zögerte, nur einen Moment, dann sang sie halblaut ein paar Strophen.

„Sit there, and count your fingers. I don't know what else, what else, honey, have you got to do." Ihre Augen wurden feucht. „Ich wusste damals nicht, worum es in dem Song wirklich ging, hatte meine eigene Version im Kopf, als ich tanzte. Ich dachte, dass er von einem Mädchen erzählte, das seine Mutter verloren hat, und dass sie darüber ebenso unglücklich war wie ich damals auf dem Friedhof. Sag, warum du wirklich geweint hast."

Calum nickte resigniert. „Ich habe dein Lied seither oft gehört. Und es hat mich immer an dieses kleine Mädchen erinnert. Geweint habe ich aus einem ganz anderen Grund. Ich sah etwas anderes, als ich dich tanzen sah. Ich sah mit dir eine grandiose Möglichkeit auf mich zukommen: eine neue Welt, die mich mit offenen Armen empfangen hätte, eine wissenschaftliche, effizientere Welt durch dich. Du warst das perfekte Geschöpf für den Versuch mit Forever. Mit einem Mädchen die Welt der altersbedingten Krankheiten bekämpfen zu können, um Weltruhm zu erlangen", er seufzte, „davon habe ich schon immer geträumt, Charis. Du warst damals das kleine Mädchen, das mit fest geschlossenen Augen die freundliche *alte* Welt an die Brust gedrückt hielt, eine Welt, die so nicht bleiben konnte. Nathan hat die Schönheit, die in dir steckte, gesehen und erkannt, dass wir mit dir den Versuch starten konnten, die Welt durch Schönheit zu verändern. Ich habe das Werk meines Vaters vollendet. Sieh dich an. Du bist perfekt, und ich halte dich fest, flehe dich an, mich niemals loszulassen, denn ich habe dich geschaffen."

Er streckte die Hand aus und legte sie ihr auf die Wange. Charis spürte ein Zittern, das durch ihren ganzen Körper lief, und ließ die Hand, wo sie war. Er hatte mit diesem Geständnis ihr Herz zerschmettert, mit jedem einzelnen Wort hatte er sie gekreuzigt. Das Mondlicht zeigte ihr das Flackern in seinen Augen. Calum griff plötzlich nach ihren Armen und hielt sie fest. Sie versuchte ihn abzuschütteln, aber er ließ nicht locker, bis sie verstummte und ihre Gegenwehr nachließ. Er hielt die Arme um sie geschlungen. Sie standen aneinandergeschmiegt da, eine Ewigkeit, wie ihr schien, hielten einander einfach fest, während von allen Seiten der Wind heranfegte und an ihren Haaren zerrte.

Als sie sich endlich voneinander lösten, murmelte Calum: „Es tut mir wirklich leid, Charis." Er lachte unsicher. „Aber Nathan und ich waren der Meinung, dass du für Lux Humana perfekt warst. Doch dann habe ich mich in dich verliebt."

Sie hörte nicht mehr zu. Ihr Herz raste. Nathan und Charis, Calum und Charis ... *Baby Blue*. Es war also nichts anderes als ein abgekartetes Spiel gewesen. Sie war die Probandin für die Versuche der Burgess-Sippe. Nur deshalb hatte Nathan sie adoptiert: als sein Versuchskaninchen. Sie hatte es gespürt und verdrängt, und es erklärte die undefinierbare Trauer, die sie seit dem Tod ihrer Eltern tief in ihrem Inneren ergriffen und nie wieder losgelassen hatte. Unverhofft und leise bohrten sich Calums Worte aus der Ferne in ihr Hirn.

„Lass Mairead in Ruhe, Charis!" Einen Moment hielt er inne. „Sie ist meine Tochter."

Starre. Schweigen.

Noch immer standen sie am Abgrund, sahen im Mondlicht den aufgewühlten Wellen zu, die stürmisch die Küste umbrausten. *Calum genießt es, dir weh zu tun,* sagten sie.

„Deine Tochter?", schnaubte Charis verächtlich. „Du hast mit einer anderen Frau ein Kind gezeugt?"

Calum starrte zu Boden.

„Mit wem?", fragte Charis kalt.

Calum lächelte. „Ich kann es dir nicht sagen. Du würdest es mir nie verzeihen."

Sie schaffte es, sein Lächeln zu erwidern. In Wirklichkeit hätte sie am liebsten geschrien.

„Mit wem?", fragte sie schließlich. Es klang wie eine Drohung.

Eisige Stille. Ein Flüstern.

„Ist es Kate?"

Vom Meer drang tosend ihr Lied herauf: *My unhappy, my unlucky, my little, girl blue. I know you're unhappy,* und weckte in ihr die Gier nach einer verstörenden Lust. Sie starrte in seine Augen und sah dort wieder das Bild des vierzehnjährigen Jungen, der seine Zunge in Kates Mund schob. Schweigen. *Deshalb hast du mir Mairead all die Jahre verschwiegen,* dachte sie. *Kate ... Kate ... Immer nur Kate,* dröhnte es in ihrem Kopf.

„Ich habe Nathan getötet! Ja! Ich habe deinen Vater umgebracht!" Worte wie ein Hammerschlag, so hart, unerbittlich, gewaltig.

„Hör auf, Charis, lass den Unsinn."

Verrückt, es war verrückt, Calum in wenigen Minuten hässlich werden zu sehen, so hässlich, wie sie es nie für möglich gehalten hätte. Plötzlich war sie wieder im Dunkeln gefangen, ein schwarzer Spiegel, hinter dem die Dämonen von Little Necropolis lauerten, die ihr sagten, was richtig und was falsch war. Das hier ... das hier war falsch, hässlich, verlogen, brutal, sadistisch und ohne Erbarmen. Charis schloss für einen Moment die Augen. Sie bewegte ihre Lippen lautlos. *Honey, don't you know it's time? I feel it's time.*

„Ach, Calum", flüsterte sie resigniert. „Die Dunkelheit ist der Schoß, und in der Nacht kommen unsere Seelen zum Spielen heraus. Komm, spiel mit mir."

Sie nahm seine Hand und zeigte ihm einen Schwarm Vögel im sich entfaltenden Nachtblau. Und sie zeigte ihm die Tiefe, verbunden mit einem Blick voller Hass. Sie stand einfach nur da und lauschte seinem Schrei, bis die Spitze einer Klippe ihn erstickte und seinen Körper aufspießte.

Die einzige Konsequenz der Liebe war ihre Zerstörung. Calum war tot! Na, so ein Pech! *Little Girl Blue, Baby, I know, just how you feel,* versuchte das Meer sie zu trösten.

Ohne sich noch einmal umzuschauen, schlenderte sie zurück und betrat gegen Mitternacht die Klinik mit einem Lächeln, das – so glaubte sie – dem Pförtner den Atem raubte. Sie war sich sicher, das einzig Richtige getan zu haben, obwohl Calum sie seit langem wieder mit ihrem Kosenamen angesprochen hatte. *Baby Blue.*

Kapitel 47

Klinik Na Stacain, 2. November 2011

Schweiß stand auf der durchsichtigen, faltigen Haut des Mädchens, das gegen zwei Uhr am frühen Morgen aus dem Schlaf gerissen und in das Erziehungszimmer geschleppt worden war. Seine Handgelenke waren mit Lederriemen an einem Stahltisch befestigt. Charis hielt das Skalpell locker, als wäre es eine Verlängerung ihres Körpers, ein weiterer Finger.

„Glaub nicht, dass ich gemein sein will", sagte sie emotionslos. „Aber ich werde jetzt kleine Schnitte in deinen vorgewölbten Bauch vornehmen."

Ihre Züge wurden härter, sie zog die Mundwinkel nach unten. Der Kopfschmerz war umfassend, dumpf und andauernd. Es fühlte sich an, als sei ihr Gehirn aufgedunsen und drücke mit Macht gegen die Schädelwand. *Bloß nicht bewegen,* dachte sie. Ihr Mund war trocken, die Zunge fühlte sich geschwollen an.

„Was für ein Gefühl ist das, Mairead?" Sie kicherte. „Glaubst du wirklich, mit *ritz, ritz, ritz* wirst du so schön sein wie die anderen? Ist es das, was du willst?"

Mairead weinte, ihr kleiner Köper zuckte heftig. Die vogelartigen Gesichtszüge schimmerten verschwommen im Licht. Wieder setzte Charis das Skalpell an.

„Diesmal wird der Schmerz intensiver, warte nur ab. Die Einschnitte auf deinem Oberkörper schimmern rötlich. Sie werden sich wohl entzünden", meinte sie zufrieden grinsend. „Du spürst gleich brennenden Schmerz. Danach könnte ich dafür sorgen, dass du stirbst."

Sie brachte ihr Gesicht dicht an Mairead heran. „Keine Angst, ich bleibe bei dir, bis es vorbei ist", flüsterte sie ihr ins Ohr. „Übrigens ist deine Mutter nicht bei deiner Geburt gestorben. Sie hat dich verlassen. Kate ist deine Mutter. Wusstest du das?"

Mairead blinzelte langsam, als wäre sie in eine weiche, dichte Finsternis getaucht. Ihr ganzer Körper zog sich in Weinkrämpfen zusammen. Charis kannte diese schwarze Wand aus Schmerz, die den kleinen Körper gleich überfordern sollte. Das Mädchen kämpfte um Sauerstoff, und in seiner Panik kehrte das Bewusstsein in den Körper zurück. Es schrie.

Charis drückte die Stirn des Mädchens hart an ihre Wange und versuchte den Schrei zu ersticken. Mairead schrie weiter, ihr Atem rasselte. Sie ließ die Furcht mit jedem Atemstoß aus ihren Lungen fahren und japste dann wieder nach Luft. Dann verlor sie das Bewusstsein.

Eine Weile betrachtete Charis sie stumm. Langsam führte sie ihre Hände zum Kehlkopf des Mädchens und umschloss den Hals mit den Fingern ... Doch mit einem Mal ergriff sie ein heftiger Schmerz in der Brust. Das gleißende Licht im Erziehungszimmer blendete sie, dann explodierte der Schmerz in ihrem Kopf. Ihr Herzschlag steigerte sich, wurde schneller und schneller, bis ihm jeder Rhythmus abhandenkam. In der Ferne hörte sie Schritte, plötzlich wurde die Tür aufgerissen.

„Was haben Sie gemacht, was haben Sie verdammt noch mal mit ihr gemacht?", schrie ein kleiner, untersetzter Mann in Polizeiuniform sie an.

Er packte sie im selben Moment von hinten, als sie die Hand nach Mairead ausstreckte. Verzweifelt versuchte sie, ihm zu entkommen, aber er hatte einen Arm um ihren Hals gelegt und drückte ihr seine Handfläche auf Mund und Nase, und sie konnte sich seinem Griff nicht entwinden. Sie kämpfte, strampelte, schlug um sich, doch es half nichts. Er war stärker.

Es gelang ihr, eine Hand nach oben zu seinem Kinn zu führen und ihre Nägel in seinen Hals zu bohren, bis er ihr das Handgelenk verdrehte, so dass sie sich vor Schmerz krümmte und sich fallen ließ.

Er zeigte ihr seine Dienstmarke und nannte seinen Namen. „Logan Peebles."

Wie erstarrt blickte er einen Augenblick auf die kleine Gestalt, die auf dem Stahltisch lag.

Charis glaubte, sich verhört zu haben. Peebles? Peebles war doch kein Name, sondern ein Marktort am River Tweed in den schottischen Borders. Wollte dieser Mann sie etwa daran hindern, das Übel aus ihrer Welt zu entfernen? Auch ihn könnte sie der makellosen Brandung unterhalb der Klippen übergeben, wie sie es mit Calum gemacht hatte. Aber er ließ sie einfach nicht los. Und diese Männer in Weiß, die Maireads Fesseln lösten und den Kretin aus dem Erziehungszimmer trugen, wer waren diese Menschen? Ein zweiter Polizist legte ihr Handschellen an und faselte etwas von „Sie haben das Recht zu schweigen".

Wirklich toll, dachte sie. Sie sah die Polizisten nicht an, die sie von allen Seiten umringten. Sie spreizte die Finger und spürte das Gefühl in ihren lädierten Arm zurückkehren.

„Ich sag Ihnen was", hörte sie Logan Peebles. „Treiben wir keine

Spielchen miteinander. Ich werde Sie nicht viel fragen." Er blickte auf seine Schuhe, dann wieder in ihre kalten Augen. „Ich frage Sie nicht nach Lux Humana. Ich will auch gar nichts wissen über die Jungen und Mädchen, an denen Calum Burgess und sein Bruder diese Experimente durchgeführt haben oder die sein Jungbrunnenserum erhielten und qualvoll sterben mussten. Ich werde Sie noch nicht mal fragen, warum Sie Sally Merrick getötet haben. Aber ich werde Sie fragen: Wo ist Calum Burgess?"

Peebles stockte. Für einen Moment starrten sie einander in die Augen. Spucke rann ihr wie ein Rinnsal übers Kinn, ihre Mundwinkel waren nach unten gezogen. Sie sah fast ein wenig gekränkt aus. Dann schaute er seinen Kollegen an, der nur nickte.

„Es gab noch nie einen Tag, der nicht in der schwarzen Erde der Nacht zur Ruhe gebettet wurde", sagte sie. Es klang eher wie eine Feststellung als nach einer Antwort auf seine Frage. „Auf diese Weise macht die Vergänglichkeit aus allem, was uns widerfährt, Geister und Schatten. Meine Tage mit Calum sind erloschen, lautlos und unwiederbringlich."

Peebles blickte auf seine Schuhe. „Verstehe. Und wo finden wir den Körper dieses Geistes?", fragte er sarkastisch.

Ihre blauen Augen waren weit geöffnet. Sie zog eine Braue leicht nach oben. „Sie fänden es toll, wenn es so simpel wäre, oder? Aber Sie werden es niemals verstehen!", fauchte sie ihn an.

„Was haben Sie mit ihm gemacht?"

Charis zuckte mit den Schultern und schnitt eine Grimasse. „Nun ja, sagen wir mal so: So etwas wie Calum lässt sich doch nicht einfach wegwerfen. Es ist dann immer da draußen und wartet im Dunkeln auf einen."

Er starrte sie fassungslos an.

„Sally habe ich nicht getötet. Ich habe Nathan und Calum Burgess getötet. Niemanden sonst. Ist das klar?"

Stille.

„Ist schon klar", fuhr sie fort. „Sie würden mich gerne brennen sehen? Hm? Dann könnten Sie heimkehren in Ihr kleines Haus, zu Ihrer kleinen Frau, in Ihr kleines, beschissenes Leben", schrie sie mit vor Wut verzerrtem Gesicht. „Und sich auf die Brust schlagen wie ein Affe." Sie lachte laut auf. „Sie amüsieren mich."

„Frau ..."

„Sagen Sie ruhig Charis, Schätzchen!"

Logan Peebles schloss für einen Moment die Augen, um sie eine Sekunde später wieder zu öffnen. „Wissen Sie, Charis, das Leben ist eine nie endende Jauchegrube voller Maden, besonders das Ihre. Sie werden alt werden und sterben – in einem Betonsarg mit Gitter an einem Ende und einer Kloschüssel am anderen. In ein paar Jahren weiß ich nicht mal mehr Ihren Namen. Sie sind dann nur noch eine verstaubte alte Akte, gestempelt und geschlossen." Er atmete tief durch. „Sie sollten zur Hölle fahren. Es wäre die einzige anständige Sache, die Sie tun könnten im traurigen Rest Ihres erbärmlichen Lebens."

Ein Hauch von Trauer streifte ihr Gesicht. Ihre Augen bekamen einen seltsamen Glanz. „Sag ich doch! Sie wollen mich brennen sehen! Ich verrate Ihnen etwas. Calum hat nicht mehr getan als ich. Ich werde nicht versuchen, es auf ihn abzuwälzen. Wir beide waren es. Mairead hat nur Glück gehabt. Dieses Miststück wollte ihn nicht in Ruhe lassen. Sie wollte ihn mir wegnehmen." Sie holte tief Luft und lächelte. „Das ist alles."

„Das ist alles?", fragte Peebles.

„Wollen Sie wissen, wieso? Wollen Sie wissen, wieso wir diese Experimente durchgeführt haben?"

„Wieso haben Sie es getan?"

„Der Makel ist der Ort, an dem die Hoffnung auf Harmonie gebrochen wird, denn nur wenn die Schönheit unser Leben berührt, erstrahlt der Augenblick. Lux Humana hat die Hässlichkeit verbannt. Die Gemeinschaft steht für ein Leben ohne die sichtbaren Zeichen des Alterns und ohne altersbedingte Erkrankungen. Lux Humana steht für das *perfekte* Leben."

„Und die vielen jungen Menschen, die ihr Leben lassen mussten und nicht in den Genuss eines *perfekten* Lebens kamen?"

Charis schaute auf ihre Fingernägel. „Sie waren volljährig und einverstanden. Es sind nur wenige Stufen bis zur endgültigen Freiheit und Schönheit. Lux Humana bedeutet, nicht auszusteigen, wenn es einem zu viel wird. Im Abgrund des Nichts lauscht man dem Flüstern der Schönheit unter Qualen, um danach zu sterben oder neu zu erblühen. So lautet nun mal unsere Devise. Wenn sich eine Person abwendet, sind unsere Gedanken nicht eins, nicht gleich. Sie trifft die Stille und Bewegungslosigkeit, die Mutter der Schönheit, der Tod. Verstehen Sie? Der Tod war für die Abtrünnigen nur die Einladung zur Freiheit, Logan Peebles", sagte sie und lächelte strahlend.

Er schüttelte den Kopf und winkte seine Kollegen herbei. „Abführen!"

Er hatte Charis-Blue Burgess fassungslos zugehört. Seinen Vornamen aus dem Mund dieser Frau zu hören war, als würde sie in sein Hirn eindringen. *Ich muss diese Kloake hinter mir lassen,* dachte er, verließ zusammen mit Thomas Borbek die Klinik, überließ den Deutschen den uniformierten Kollegen und stieg in seinen Wagen.

Peebles konnte nicht glauben, was er in den letzten Stunden auf Torrisdale Castle gesehen und in der Klinik Na Stacain vorgefunden hatte. In den vergangenen Jahren hatte er häufiger Sekten unter die Lupe genommen, aber was sollte er den Eltern jener jungen Menschen sagen, die ihr Leben – der äußerlichen Schönheit wegen – in Na Stacain oder Torrisdale Castle hatten lassen müssen? Hatten sie nicht ein Recht zu erfahren, was ihren Kindern zugestoßen war, damit sie es verstehen und ihr Leben weiterleben konnten? Konnte man das überhaupt verstehen? Die Verdrängung der Hässlichkeit durch die systematische Einführung der Schönheit hatte die Mitglieder von Lux Humana dazu gebracht, sich operieren zu lassen und sich zwielichtigen Injektionsbehandlungen zu unterziehen, die ungeahnte Folgen mit sich brachten. Sektenmitglieder merkten nicht, dass sie durch Bewusstseinskontrolle manipuliert wurden.

Peebles wusste, dass Sekten normale Gefühle der Ambivalenz ausnutzten. Es war für Jugendliche und junge Erwachsene fast unmöglich, ihren Eltern gegenüber nicht gemischte Gefühle zu haben. Kaum einer, egal, wie sehr er seine Eltern auch liebte, erinnerte sich nicht auch an Erlebnisse, in denen er Wut und Enttäuschung empfunden hatte, oder an Gewohnheiten und Eigenheiten der Eltern, an denen er sich gestoßen hatte. Viele Sekten machten sich unbearbeitete, negative Gefühle dieser Art zunutze, um die Mitglieder an die Gruppe zu binden.

Peebles seufzte. Die Erfahrung hatte ihm gezeigt, dass es viele Mechanismen gab, auf die Mitglieder einer Sekte sozialen und psychologischen Druck auszuüben. Beispielsweise die Isolation der Person von ihrer Vergangenheit und die Untergrabung ihres Selbstbewusstseins. Was hatte ihm ein Psychologe und Experte für Sekten vor einigen Wochen erst erklärt? Neue Mitglieder wurden dazu gebracht, ihr früheres Leben aufzugeben und zu vergessen und sich ganz der Gruppe zu überantworten. In diesem Prozess veränderten sich ihr Verhalten und ihre Einstellungen. Wer kritische Fragen stellte, wurde lächerlich gemacht oder auf irgendeine andere Art und Weise diffamiert. Um Gehorsam durchzusetzen, hatte auch Lux Humana auf Bestrafungen für Regelverletzung zurückgegriffen. Die Bewusstseinskontrolle wurde indirekt, durch Gruppenzwang, ausgeübt; falsches Verhalten bedeutete die Isolierung, richtiges Verhalten eine Schönheitsoperation. Es diente dem Aufbau von Schuldgefühlen, dass die früheren persönlichen Beziehungen des Neumitglieds als satanisch oder böse gebrandmarkt wurden und mit dem gewählten Weg unvereinbar waren. Beziehungen zu Eltern, Freunden und Nichtmitgliedern wurden eingefroren. Das hatte mit der Zeit zur Folge, dass in den Neulingen ein tiefes Schuldgefühl hinsichtlich ihrer Vergangenheit entstand. Mit der Verteufelung ihrer Familien und persönlichen Beziehungen wurde den Mitgliedern auch suggeriert, dass sie selbst schlecht gewesen waren, bevor sie der Gruppe beitraten. *O ja,* dachte Peebles, Sekten waren Brutstätten für Schuldgefühle.

Jemand klopfte an die Scheibe, als er den Zündschlüssel drehte und losfahren wollte.

Peebles kurbelte das Fenster herunter. „Herr Faber? Alles in Ordnung? Ich dachte, Sie hätten Inspektor Borbek und Frau Corvey mit dem Kind zum Krankenhaus in Droman begleitet."

Robert Faber beugte sich durchs offene Fenster. „Nein, ich fahre mit dem Mietwagen in die Klinik, sonst hätte ich ihn hier stehen lassen müssen. Aber das wäre auch nicht so schlimm gewesen, oder? Na ja, ich habe Sie … ich … Hätten Sie einen kurzen Moment?"

Peebles stellte den Motor ab und stieg aus dem Wagen. „Lassen Sie uns ein paar Schritte gehen", sagte er und zeigte auf die mächtigen Klippen von Na Stacain. „Sie sehen nicht sehr gut aus", stellte er fest.

„Es geht schon."

„Ehrlich?"

„Ja. Ich muss nur immerzu daran denken, was diese beiden Männer und diese Frau den jungen Menschen angetan haben. Ich sollte froh sein, dass sie tot sind."

Peebles hob die Augenbrauen, während sie nebeneinander hergingen. „Sind Sie denn froh?", fragte er.

„Wie kann man sich über den Tod freuen?" Fabers Stimme klang verzweifelt. „Wegen Rebu 12 mussten drei Menschen ihr Leben lassen. Hún Xìnrèn glaubte, das Unsterblichkeitsenzym entschlüsselt zu haben, und war von seiner Entdeckung so fasziniert, dass er mit dem Wirkstoff einen unerlaubten Menschenversuch gemacht hat. Wer weiß, welcher Wahn im Namen des Jungbrunnens noch ausbrechen wird."

„Wissen Sie, Faber", sagte Peebles mitfühlend, „wenn junge Menschen sich vor laufender Kamera einer Schönheitsoperation unterziehen, in der Hoffnung, danach ein Leben als *The Swan* führen zu können, wundert es mich nicht, dass eine Sekte wie Lux Humana großen Erfolg hat."

Am Felskap über der zerklüfteten Küste blieben sie stehen. Auch das Meer schien Peebles mit einer gewaltigen Welle zuzustimmen.

„Aber es geht noch um viel mehr", überlegte Faber. „Zerbrechen nicht vor allem junge Menschen an dem Wunsch, schöner, schlanker ... perfekt zu sein? Das ständige Gefühl, nicht dem gängigen Schönheitsideal zu entsprechen, belastet und schwächt doch das Selbstvertrauen und Selbstwertgefühl. Der unbedingte Wunsch nach Perfektion führt zu körperlichen und seelischen Problemen."

Peebles betrachtete nachdenklich den Küstenstreifen mit seinem feinsandigen Strand und den faszinierenden Felsen, die in der Morgendämmerung rosafarben schimmerten.

„Deshalb haben Sekten wie Lux Humana einen so großen Zulauf", bestätigte er Fabers Überlegungen. „Diese Forever-Injektionen führten zu erheblichen Nebenwirkungen, bei manchen sogar zum Tod. Wir können nicht davon ausgehen, dass diese jungen Menschen das vor ihrer *Behandlung* – wie Lux Humana den unerlaubten Versuch nannte – gewusst haben. Aber wir werden es erfahren."

„Diese Frau, diese Charis ... Hún Xìnrèn war ihr wohl verfallen. Ob sie gewusst hat, worauf sie sich einließ, als Hún ihr Rebu 12 verabreichte?"

Peebles schaute ihn an. „Auch das werden wir erfahren, Herr Faber! Wobei ich es nicht im Geringsten bedauern würde, wenn Charis Burgess durch die Injektionen geistiger Umnachtung anheimfiele. Sie könnte dann kein Unheil mehr anrichten. Diese Frau hat Menschen auf dem Gewissen."

Faber runzelte die Stirn. „Aber man hat sie doch verhaftet. Im Gefängnis kann sie wohl kaum etwas anrichten."

„Glauben Sie mir, da habe ich ganz andere Sachen erlebt. Im Knast ist fast alles möglich." Er seufzte. „Wissen Sie, wie viele Jugendliche von zu Hause weglaufen? Dreizehnhundert, jedes Jahr. Wussten Sie das? Dreizehnhundert Teenager, die abhauen, und sie kommen nicht zurück." Faber hörte eine tiefe Resignation in Peebles Stimme. „Ein paar kehren zurück, aber die meisten ..." Er zögerte einen Moment. „Und jedes Jahr kommen welche dazu, und die sind dann wie Schatten, eine Legion von Schatten, die in den Köpfen der Eltern, der Geschwister, der Freunde und der ermittelnden Beamten herumirren."

„Das ist eine grausame Vorstellung", sagte Faber betroffen.

„Ja, das ist es. Wie weit die Verbrämung des Missbrauchs bei Lux Humana gediehen war, zeigt die Monstrosität ihrer Handlungen, die sie den Mitgliedern als *Kultur* verkauft haben."

„Was ist mit denen geschehen, die Na Stacain und Torrisdale Castle in der Vergangenheit überlebt haben? Wo sind diese Mitglieder?", erkundigte sich Faber.

„Anhand der Unterlagen haben wir herausgefunden, dass die

Neophyten nach dem Aufnahmeritual Torrisdale Castle verlassen haben und auf den besten Universitäten ausgebildet wurden. Ihre Erinnerung an ihre Initiation wurde durch den Einsatz von Spezialdrogen gelöscht. Sie wurden mit einem positiven Gefühl entlassen. Die Sekte hat Anhänger in der ganzen Welt, Herr Faber. Wir kennen ihre Namen und werden erfahren, wo sie sich momentan aufhalten. Ich bin mir sicher, dass Erstaunliches ans Tageslicht kommen wird. Wer weiß, wie weit unsere Gesellschaft bereits mit Individuen von Lux Humana infiltriert ist." Peebles seufzte. „Wechseln wir lieber das Thema. Ich möchte Sie etwas fragen, aber ich grübele die ganze Zeit darüber, ob ich Ihnen diese Frage wirklich stellen soll."

„Fragen Sie ruhig, Inspektor."

„Hätte die Gesundheitsbehörde nach der Veröffentlichung von Hún Xìnrèns Unterlagen die Erlaubnis erteilt, Rebu 12 als Herztherapeutikum an gesunden Probanden zu testen?"

Faber wurde blass. „Nein! Nicht ohne weitere Prüfung. Arzneimittel sind moralisch sensible Produkte, die das Vertrauen der Patienten benötigen", antwortete er betroffen. „Hún Xìnrèn umging diesen ethisch-moralischen Anspruch, und ich bin froh, dass wir das rechtzeitig entdeckt haben. Wir hätten es vor einem Medikamentenversuch an gesunden Probanden entdeckt, denn vor der Freigabe werden von unabhängigen Institutionen Kontrollversuche durchgeführt. Daran sind immer mehrere Wissenschaftler beteiligt. Es ist bedauerlich, dass ein Mann wie Dr. Hún so vom Jungbrunneneffekt besessen war. Beantwortet das Ihre Frage?"

Peebles nickte. „Was werden Sie tun?", fragte er.

„Ich werde die Forschung mit Rebu 12 nicht weiter fortsetzen und alle Unterlagen vernichten. Die Nebenwirkungen sind nicht vertretbar. Außerdem hat die Affäre einige Lücken in der Sicherheits- und Qualitätskontrolle aufgezeigt. Das müssen wir bei Faber ändern, denn so etwas darf sich nicht wiederholen."

Schweigend gingen die beiden Männer zu ihren Fahrzeugen zurück.

„Es wird einige Zeit vergehen, bis Kate Corvey und ich das Ausmaß der Geschehnisse verarbeitet haben. Calum Burgess hat Kate die Tochter genommen und mir mein Vertrauen", fuhr Faber fort. Dass Kate das Internat von Torrisdale Castle besucht hatte, wusste Peebles, auch, dass sie die Burgess-Familie gekannt hatte. Die Tatsache, wie eng Kate einst mit Calum befreundet gewesen war, hatten sie allerdings für sich behalten. „Ich danke Ihnen, dass Sie sich die Zeit genommen haben, einige Worte mit mir zu wechseln,

Inspector Peebles. Sie sind ein umsichtiger Mann."

Über dem Meer löste sich allmählich der wolkenverhangene Himmel auf, und die Morgenröte kündigte den neuen Tag an.

Peebles reichte Faber die Hand. „Ich werde Sie auf dem Laufenden halten. Grüßen Sie Frau Corvey von mir. Ich werde heute Nachmittag noch mal im Krankenhaus vorbeischauen", sagte er und stieg in seinen Wagen.

Als er später über die Landstraße nach Droman fuhr, hielt er am Straßenrand und wählte die Telefonnummer von Constable McShelly.

„McShelly? Wir treffen uns am Nachmittag in einem Pub."

„Gute Idee!", hörte er den Constable am anderen Ende der Leitung.

Kapitel 48

Luss am Loch Lomond, 30. Januar 2012

Ihre Geschichte begann in Na Stacain, wo sie Mairead zum ersten Mal begegnet war. Sie war dort auf der Suche nach der Wahrheit gewesen. Aber Wahrheit konnte grausam sein. Man musste vorsichtig damit umgehen. Kate hatte nun die Gewissheit, dass ihre Tochter tatsächlich am 8. Juli 1999 gestorben war. Im Geburtsregister von Na Stacain war nicht sie, sondern Charis-Blue Burgess als Mutter von Mairead eingetragen, Calum Burgess als Vater. Ein DNA-Test hatte diesen Eintrag bestätigt.

Inspector Peebles kannte ihre Geschichte. Mit seiner Hilfe wurde sie Mairead als Pflegemutter zugewiesen. Kate hielt es für das Beste, dem Mädchen nicht zu sagen, wer seine leibliche Mutter war. Vielleicht war das egoistisch von ihr – sie wusste es nicht –, aber Mairead eine Mutter wie Charis-Blue zu präsentieren schien ihr absolut widersinnig.

Mairead erlaubte ihr, am 23. Januar 2012 ihren Übergang zu begleiten. Dieses große Geschenk war ihr letztes an Kate: dass sie sie halten und ihren letzten Augenblick auf dieser Welt mit ihr teilen durfte. Ein tröstlicher Gedanke. Für sie wurde Mairead in diesen Wochen zu jener Tochter, die sie zehn Jahre lang vermisst hatte. Ihre Geschichte endete auf dem Friedhof von Luss.

Kate ging zwischen den Gräbern entlang und blieb vor einem schlichten grauen Grabstein stehen. *Mairead – Ein Tautropfen, der durch das Mondlicht zur Perle wurde – I to the hills will lift mine eyes.*

Sie hatten sich für die gälische Inschrift *Ich werde meine Augen zu den Hügeln erheben* entschieden, weil Mairead die schottischen Highlands geliebt hatte. Während Kate das vertrocknete Laub vom Grab entfernte, dachte sie an die gemeinsame Zeit. Das Mädchen hatte vieles klarer als andere gesehen. Sie war ein sehr reifes und sehr fröhliches Kind gewesen, sie war nicht mit einer hektischen Verbissenheit durch den Tag gehastet, sie hatte Belangloses nicht aufgebläht, bis es eine derartige Wichtigkeit besaß, dass es das ganze Leben vereinnahmte, so wie es Erwachsene taten. Sie hatte in sich geruht.

Die letzten Wochen vor Maireads Tod hatte Kate allein mit ihr verbracht. Sie gestattete niemandem, sie beide in Luss zu stören – nicht einmal Robert, der ihren Wunsch respektierte. Am Abend, wenn Mairead schlief, tauschten sie sich aus. Die Gespräche machten Kate klar, wie nahe sie sich standen.

Diese Zeit war kostbar gewesen. Kate lernte das Mädchen besser kennen und lieben. Jeder neue Tag mit ihr versöhnte sie ein wenig mit der Tatsache, dass ihr eigenes Kind nach der Geburt gestorben war, denn immerhin blieb ihr nun zumindest eine kurze gemeinsame Zeit, sich dem vollständigen Potenzial dieses Mädchens und ihrer eigenen Vergangenheit zu stellen. Der Drang, ihre noch verbleibenden Tage auszuleben, entfachte Maireads Kreativität und Lebenswillen. Sie malte bunte, farbenfrohe Bilder und blühte auf. Oder sie unternahmen gemeinsame Spaziergänge, führten lange Gespräche und entdeckten auf eine erstaunliche, wunderbare Art, wie ähnlich sie sich waren. Eines Tages erkundigte Mairead sich nach Na Stacain.

„Die Klinik ist weg. Wieso ist sie weg, Kate?“, wollte sie wissen. „Das stand in der Zeitung, die du vor mir versteckt hast!“

„Es gab ein Feuer in der Klinik. Alles dort wurde zerstört.“

„Hat das Gordon getan?“, fragte Mairead neugierig.

„Nein“, antwortete Kate.

Kommissar Borbek meldete sich hin und wieder aus Deutschland und erkundigte sich nach Mairead, Logan Peebles hingegen hielt sie auf dem Laufenden. Er hatte ihr ein paar Tatsachen über die Vorgänge in der Klinik mitgeteilt, aber sie weckten keine Erinnerungen in ihr. Die Bruchstücke ließen sich nicht wie ein Puzzle in ihrem Kopf zusammenfügen. Nur gelegentlich, zu den seltsamsten Zeiten, spürte sie den dünnen, vagen und zarten Erinnerungsfaden, der sie in den Sommer 2001 zurückziehen wollte. Vielleicht schützte ihre Seele sie vor dieser Erinnerung. Das war auch gut so.

Die jungen Mitglieder von Lux Humana waren unmittelbar nach ihrer Verhaftung wieder aus der Untersuchungshaft entlassen worden. Sich freiwillig einer Manipulation oder Schönheitsoperation zu unterziehen war laut Gesetz nicht strafbar. Calum und Gordon Burgess waren durch ihren Tod der Verantwortung entgangen. Nur die Männer des Kuratoriums konnten zunächst der Mitwisserschaft der unerlaubten Medikamentenversuche und Unterstützung einer kriminellen Vereinigung angeklagt werden. In den höchsten Kreisen bahnte sich ein Skandal an. Charis Burgess wurde zunächst in Untersuchungshaft genommen, später verlegte man sie in eine geschlossene Anstalt nach Edinburgh. Peebles glaubte, dass sie dort den Rest ihres Lebens verbringen würde.

„Stimmt. Das hatte ich vergessen“, sagte Mairead. Ihr helles Stimmchen klang jetzt noch piepsiger als vorher. „Gordon ist bei

Aileen und Calum. Armer Calum, armer Gordon. Sie waren so klug."

„Mairead, bitte …" Mitunter verzweifelte Kate an den Lobeshymnen auf diese Irren.

„Sag nicht noch einmal, es war ein Traum. Das war es nicht! Calum konnte schöne, wunderschöne Menschen schaffen!", rief Mairead.

Eine Wolke war ungesehen aufgezogen und bedeckte die Sonne für einen Augenblick.

„Ich glaube dir", sagte Kate mit ruhiger Stimme. Was konnte sie dem Kind sonst sagen? Mairead hatte ihren Vater Calum geliebt. Sein Tod hatte ihren Traum von einem längeren Leben verlöschen lassen und eine Hoffnung begraben, die Calum ihr über Jahre hinweg eingeflößt hatte, aber Kate durfte sie nicht ihrer Verachtung für die Burgess-Brüder aussetzen.

Das Mädchen blickte traurig zur Seite und zitterte am ganzen Körper. „Calum und Gordon haben meine Mutter glauben lassen, ich sei tot", sagte sie traurig. „Das war schlecht. Aber ich kann sie deswegen nicht hassen."

Kate sah sie für einen Moment erschrocken an. „Das verlangt niemand von dir", sagte sie und nahm Mairead in den Arm. „Sie haben dich geliebt, besonders Calum. Erinnere dich an eure gemeinsame Zeit auf Torrisdale Castle oder in Na Stacain, von der du mir erzählt hast. Erinnere dich an den sommerlichen Rosengarten, an das Vogelzwitschern in den frühen Morgenstunden, als du mit Calum Tee unter dem Kastanienbaum getrunken hast, oder erinnere dich an das Flüstern des Meeres, das von unten über die Rasenflächen zu euch heraufdrang. Diese Erinnerungen tun nicht weh, Kleines."

Mairead nickte und beruhigte sich wieder. „Das Meer in Na Stacain ist fast so schön wie das hier in Luss." Sie zeigte auf den Steg. „Dort unten ist es besonders schön."

„Dann gehen wir jetzt dorthin."

Mairead lächelte und löste sich aus ihrer Umarmung. Langsam schlenderten sie durch den Ort in Richtung Meer. In den vergangenen Wochen hatten die meisten Einwohner von Luss Mairead kennengelernt. Berührungsängste kannte das Mädchen nicht. Sie war ein sehr selbstbewusstes Kind und vertrat ihre Meinung vehement. Früher sei sie gerne in die Schule gegangen, hatte sie ihr anvertraut, doch von Jahr zu Jahr wurde es schwieriger für sie, mitzuhalten. Ihre Gelenke waren heute steif, und gleichzeitig wurde sie immer schwächer. Mittlerweile wog sie nur noch knapp neun Kilogramm, und das Gehen fiel ihr immer schwerer. Kate brachte sie einmal wöchentlich zur Physiotherapie, damit ihre Muskulatur gestärkt wurde, und verabreichte ihr Medikamente gegen Knochenschwund und Arterienverkalkung, in der Hoffnung, damit das Risiko für einen Herzinfarkt oder einen Schlaganfall mindern zu können. Manchmal, wenn sie am Ufer des Loch Lomond standen und den blauen schottischen Himmel ansahen, wurde Mairead von einer sehnsüchtigen, träumerischen Stimmung erfasst und entführte Kate in eine Welt der Phantasie. Sie glaubte, dass dies der Ort sei, an dem alles, was sie in ihrer Kindheit verloren hatte, wieder angeschwemmt wurde. Und wenn sie lange genug ausharrte, tauchten in der Ferne winzige Gestalten auf, die immer näher kamen und nach und nach größer wurden. Sie glaubte, ihre kleinen Freunde aus Torrisdale Castle zu sehen. Sie winkten ihr zu und würden sie vielleicht sogar umarmen. Weiter ließ sie ihre Phantasie nicht schweifen, denn die Natur wusste ihren rastlosen Geist zu beruhigen, sobald sie sich dem Schweigen und der Stille ihrer Umarmung anvertraute. Kate wusste, dass Mairead ihre Freunde vermisste.

An der Kirche neben dem Friedhof blieb sie stehen. „Was ist eine Totenwache, Kate?"

„Da nimmt man Abschied, Kleines."

„Also dann schläft man bei den Engeln?"

„So ähnlich."

Mairead verzog ihr kleines Gesicht.

„Du glaubst mir doch, oder?", fragte Kate schmunzelnd.

„Du glaubst mir auch nicht, dass Calum sein Versprechen gehalten hätte, wenn er noch leben würde! Er hätte dieses Medikament für mich erforscht!"

Da war er wieder, der Stich mitten in ihr Herz. „Doch, Kleines, ich glaube dir. Er hätte dich nicht enttäuscht. Davon bin ich überzeugt."

Mairead schenkte ihr ein zahnloses Lächeln, das ihr Herz erwärmte. „Ich weiß, dass du für mich ein schönes Grab ausgesucht hast, aber ...", sagte sie leise und verstummte dann.

Kate wurde blass. „Woher weißt du ...?"

„Ich habe den Pfarrer gefragt. Es ist schon in Ordnung, aber ich möchte auch, dass du einen Teil meiner Asche in den Loch Lomond streust."

„Wenn das dein Wunsch ist, dann erfülle ich ihn dir."

„Du musst schwören, dass du das machst, weil der Meeresgott Neptun mich sonst nicht findet. Denn nur Neptun kann mich in einen Schwan verwandeln. Versprich es mir!"

Kate spürte einen Kloß im Hals und unterdrückte die aufkommenden Tränen. *Dieser elendige Drecksack von Calum!* Nicht mal vor dem Tod hatte er haltgemacht.

„Ich verspreche es dir, Mairead."

Sie gingen weiter.

„Vielleicht bauen wir in Luss ein neues Haus, wenn der Sommer kommt. Was hältst du davon?“, fragte Kate.

Maireads Gesicht zuckte vor Freude. „Sommer? Gibt es denn hier einen richtigen Sommer?“

„Sicher. Wenn die Preiselbeeren reif sind.“

„Dann machen wir Preiselbeerpudding und Maulbeerkuchen!“ Mairead kreischte vor Vergnügen. „Zeigst du mir, wie das geht?“

„Das mach ich. Ja, na klar.“

Für ihr Versprechen erhielt sie einen Schmatzer.

An Maireads Beerdigung nahmen nur zwei Personen teil: der Pfarrer der Gemeinde Luss und Kate selbst. Mairead wollte es so, und Kate respektierte den Wunsch des Mädchens, obwohl sie in dieser schweren Stunde gerne Roberts Hand gehalten hätte. Sie übergab dem Wasser von Loch Lomond eine Handvoll Asche. Nach der Beerdigung fand sie Maireads Tagebuch unter der Matratze, in dem das Mädchen ihre Kindheit auf Torrisdale Castle festgehalten hatte. Es begann mit den Worten: *Für dich, denn du warst für kurze Zeit meine Mama. Möge ein sanfter Wind meine Liebe um dich schmiegen wie ein unsichtbarer Mantel, der dein Leben behüten soll. Mairead.*

Kate legte einen Blumenstrauß blauer Veilchen auf das Grab. „Adieu, Kleines“, sagte sie mit leiser Stimme. „Ich konnte dir nicht sagen, wer deine Mutter ist und dass auch ich Calum einst geliebt habe. Verzeih mir bitte.“

Erst nach ihrer Rückkehr aus Luss würde sie endlich loslassen können. Als sie den Friedhof verließ, hörte sie das sanfte Rascheln der Buchenblätter. Sie lächelte. Vielleicht wünschte Mairead ihr soeben Glück.

Epilog

Edinburgh, Juli 2012

Der Sternenhimmel über dem *Palace of Holyrood Edinburgh,* dem schottischen Wohnsitz der Queen, schrie geradezu nach einem Liebespaar, das ihn bestaunte. Aber Patrick McGillan hatte heute Abend keine Verabredung. Es gab in seinem Leben keine Frau, die ihm etwas bedeutete, keine verhängnisvolle leidenschaftliche, rasende Liebe, nicht einmal eine Verbindung, aus der sich eine Amour fou entwickeln konnte, obwohl sein Badezimmerspiegel einen immerhin noch passabel aussehenden vierzigjährigen Mann zeigte und es ihm auch nicht an Gelegenheiten mangelte. Er hatte eben diese Eine, von der jeder Mann träumte, noch nicht gefunden.

Richter Thomson kannte wohl sein Dilemma. Weshalb hätte er ihn sonst am Wochenende gebeten, einen U-Häftling zu begutachten? Es war eine ungewöhnliche Bitte. Am kommenden Montag würde die Verhandlung gegen Charis-Blue Burgess eröffnet werden, erklärte Richter Thomson. Die Begründung in der Akte des überlasteten Psychiaters käme ihm suspekt vor und bereite ihm Kopfschmerzen, zumal das Gutachten erst vor einer Stunde eingetroffen wäre. Dem Richter reichte die oberflächliche Begründung für eine lebenslange Einweisung in die Psychiatrie nicht aus. Er wollte eine zweite, unabhängige Einschätzung über die psychische Verfassung des Häftlings.

Wie gut, dass ich nur einen einzigen Glenfiddich getrunken habe, dachte McGillan. Normalerweise verbrachte er den Freitagabend an einer Theke, vorzugsweise im Pub *Deacon Brodies Tavern* oder in dem gegenüberliegenden *Boswells Court.* Deacon Brodie galt einst als Bösewicht, Boswell als der gute Part in diesem Gespann. Angeblich hatte Robert Stevenson hier seine Schauernovelle *Dr. Jekyll und Mr. Hyde* geschrieben, die der Autor bereits mit dem Schauspiel *Deacon Brodie* im Jahr 1880 uraufgeführt hatte. Als Forensik- und Gerichtspsychiater liebte McGillan den Kontrast zwischen Gut und Böse, und er glaubte, aus diesem Grund die beiden Pubs zu seinen Stammlokalen gemacht zu haben, obwohl es in der Royal Mile wesentlich attraktivere Kneipen gab.

McGillan parkte sein Fahrzeug auf dem regengepeitschten Parkplatz der Georg-Cheyne-Klinik und fragte sich, warum so mancher Mörder, der hier inhaftiert war, sich an Sonn- und

Feiertagen hatte erwischen lassen. Er stieg aus und ging auf das Haupttor zu. Die geschlossene Anstalt für forensische Psychiatrie behandelte erwachsene, psychisch gestörte Rechtsbrecher. Ferner wurde hier die Begutachtung von straffälligen Tätern vorgenommen und wissenschaftliche Forschung auf dem Gebiet der forensischen Psychiatrie betrieben. Das ehemalige weitläufige Schloss, von der Straße zurückversetzt und in einem Park gelegen, war von hohen Mauern umgeben und diente als Hauptstandort des Maßregelvollzugs von Schottland. Der Hochsicherheitstrakt beherbergte die Affekttäter, die anderen Abteilungen Straftäter verschiedenster Sicherheitsstufen. Doch es gab auch einen hundert Quadratmeter großen Garten. Die Besucher der Häftlinge hätten sich in einem der vielen abgetrennten Bereiche inmitten der Ziergärten und Spalierpflaumen leicht verirren können, gäbe es dort nicht die bulligen Gefängniswärter in ihren weißen Anzügen.

Vor sieben Jahren hatte Dr. Karen Earnshaw die Leitung der Klinik übernommen, und McGillan schätzte sie sehr. Sie gefiel ihm sogar, aber sie hatte damals nach einem speziellen Typ Mann gesucht. Sensibel, sanft und bereit zu warten, ein Mann, der mehr Interesse daran hatte, mit ihr zu reden und ins Kino zu gehen, als am Sex, weil sie nach dem Scheitern ihrer Ehe nicht mehr dazu bereit war. Für einen kurzen Moment hatte er geglaubt, dass er genau das für sie sein könnte, bis sie beendete, was noch nicht einmal begonnen hatte. Nur ein einziges Mal hatte er mit ihr geschlafen und versucht, ihr Ideal zu imitieren. Doch dabei war er kläglich gescheitert. Vielleicht lebte irgendwo auf dieser Welt so ein Mann für Karen – in Schottland jedenfalls nicht. Heute waren sie nur noch gute Freunde.

Sowohl er als auch Karen waren in den vergangenen Jahren als Fachärzte für forensische Psychiatrie oft dem öffentlichen Druck ausgesetzt gewesen. Immer wieder wurde ihnen leichtfertig Kumpanei mit den Insassen der Klinik oder zumindest ein allzu großes Verständnis für die Inhaftierten der Anstalt unterstellt. Sie selbst vertraten allerdings den Standpunkt, dass niemand zu sehr mit dem Finger auf den anderen zeigen sollte. In der Vergangenheit hatten sie auch grobe Fehler gemacht, die die hiesige Presse nur allzu gern immer wieder aufgriff. Normverstöße gehörten in der Klinik zur Tagesordnung, und als Forensiker mussten sie sich ebenso wie alle anderen, die mit der Verbrechensbekämpfung zu tun hatten, damit abfinden, dass Straffälligkeit und Kriminalität als solche nicht beseitigt, nicht wegtherapiert, aber auch nicht weggesperrt werden konnten.

McGillan erinnerte sich noch sehr gut an Karen Earnshaws

schlimmsten Irrtum, den das Kuratorium der Klinik ihr bis heute nicht verziehen hatte. Sie hatte vor einigen Jahren einen psychisch behinderten, straffällig gewordenen jungen Mann therapiert. Er war in einem der endlos langen Korridore eingesperrt gewesen, deren Widerhall nur schleichende Schritte duldete, deren verblasste, gelbliche Farbe auf die Insassen abzufärben schien und deren vergitterte Fenster für immer einen unverstellten Blick auf einen blauen Himmel verwehrten. Der Mann hatte vor seiner Verhaftung selbst unter dem Einfluss eines Serienmörders gestanden, der diesen verwirrten Menschen zum Mitwisser seiner Verbrechen gemacht hatte. Karen hatte Patrick um eine zweite Begutachtung gebeten. Er hatte sich des Mannes angenommen, die Gerichtsakten studiert und einige Male mit ihm gesprochen. Danach hatte er seine Kollegin gewarnt. Gewalttaten kamen bei psychisch Kranken nicht häufiger vor als bei der Gesamtbevölkerung, doch dieser Patient war eine tickende Zeitbombe.

Karen Earnshaw war nicht seiner Meinung gewesen. In zahlreichen Meetings hatte sie ihre Kollegen davon zu überzeugen versucht, dass der Mann in der Georg-Cheyne-Klinik nichts zu suchen hatte, sondern in einer geeigneteren Umgebung, vielleicht in einem Behindertenheim, untergebracht werden musste, wo keine Diskriminierung psychisch Kranker, sondern ein angemessener Reintegrationsprozess betrieben wurde. Da er den Zusammenhang zwischen Medikamentenintoxikationen und Persönlichkeitsstörungen genauestens eruiert hatte, wusste McGillan, dass die Frage nach der höheren Kriminalitätsbelastung psychotischer Patienten kontrovers diskutiert wurde. Die Befunde des damaligen vom Gericht bestellten Gutachters waren Karens Ansicht nach zu einseitig interpretiert worden. Sie hatte geglaubt, dass der Mann unter Angstphobien litte und unter dem Einfluss von zu starken Psychopharmaka stünde. Doch sie hatte sich geirrt. Ein halbes Jahr nach Therapiebeginn hatte ihr Patient zwei Mitgefangene auf bestialische Weise getötet, weil ihm „danach war". *Ob sein kranker Geist Fortschritte gemacht hat?,* fragte sich McGillan. Er würde sich heute auf jeden Fall bei Karen nach dem Mann erkundigen.

McGillan ging auf das Gebäude mit der Hausnummer eins zu. Der Eingangsbereich und einige Fenster im ersten Stock waren erleuchtet. Er zeigte dem Polizisten an der Pforte seinen Ausweis.

„Professor Earnshaw erwartet Sie bereits, Dr. McGillan. Erster Stock, Zimmer zweiunddreißig."

Er passierte das massive Stahltor, fuhr mit dem Aufzug in den ersten Stock und durchquerte den langen Korridor, bis er zu einer

Stahltür mit der Aufschrift *Hochsicherheitstrakt* gelangte. Dort nannte er seinen Namen.

Die Tür sprang auf. Er betrat einen kleinen Vorraum, der hell erleuchtet war. Eine Videokamera hielt ihre Linse unerbittlich auf ihn gerichtet. Durch die Sprechanlage forderte eine Stimme ihn auf, sich zu identifizieren. Patrick zeigte der Kamera seinen Ausweis und fragte sich, was ihm wohl hinter dieser Tür bevorstand. Er atmete tief ein und wartete. Eine zweite Stahltür öffnete sich, und er betrat den Hochsicherheitstrakt der Klinik.

Obwohl er den Flur bereits viele Male entlanggegangen war, vorbei an den abgedunkelten Zellen, fühlte er sich heute in diesem Trakt des Gebäudes verloren, in dem seiner Meinung nach jeder Tag nur unerträglich sein konnte und die Nacht die reinste Folter bedeutete. Doch seine finsteren Gedanken waren mit einem Mal verflogen, als er die vertraute, zarte Gestalt seiner Freundin und Kollegin bemerkte. Er sah das sympathische Lächeln, den kirschroten Mund, den perfekten Pagenschnitt ihrer braunen Haare, ein wohltuender Anblick in einer kranken Welt.

„Hallo, Patrick“, sagte sie und hielt ihm lächelnd ihre rechte Wange hin. „So, wie ich dich kenne, wärst du jetzt lieber im *Boswell Court* und würdest dort genüsslich deinen Freitagabendwhisky schlürfen.“

Er nickte und küsste sie flüchtig. „Hallo, Karen. Lass uns das schnell hinter uns bringen. Sind die Gerichtsakten eingetroffen?“

„Sind unterwegs“, antwortete Karen. „Ich glaube, dass diese Frau dein Interesse wecken wird. Pathologischer Narzissmus. Eine DSM-IV der übelsten Sorte.“

Das DSM war ein nationales Klassifikationssystem der Vereinigten Staaten von Amerika und beinhaltete speziellere und genauere diagnostische Kriterien. Das machte es für die Forschung sehr interessant.

McGillan hob die Augenbrauen. „Karen, so kenne ich dich ja gar nicht. Das klingt eher nach einer Verurteilung als nach einer Beurteilung“, sagte er erstaunt.

Karen Earnshaw winkte ab. „Menschen, die an einer krankhaften narzisstischen Persönlichkeitsstörung leiden, und damit an einer fundamentalen Schwäche ihres Selbstwertgefühls, streben nach Macht. Die Folgen kennen wir: eine Ausübung von Macht, die nicht der Sache dient, sondern der Befriedigung pathologischer Bedürfnisse. Ich kann dir sagen, weshalb sie Calum Burgess getötet hat.“

Patrick McGillan schmunzelte innerlich. „In Ordnung“, sagte er. „Schieß los!“

„Diese Frau ist im Laufe ihres Lebens zu einem Machtjunkie mutiert. Du weißt doch, dass es besonders problematisch wird, wenn die Opfer eines pathologischen Narzissten ihren Status als vollwertige Subjekte verlieren, wie auch ihre erzwungenen Zuneigungsbekundungen immer mehr an Wert verlieren. Calum Burgess hat seine Sympathie auf das Kind Mairead projiziert. Als Gefangene ihrer Persönlichkeitspathologie reagierte Charis bereits in der Vergangenheit darauf mit narzisstischer Wut, mit einer weiteren Steigerung ihrer Machtansprüche, bis ihr Machthunger unersättlich wurde und aus ihr eine sadistische Mörderin machte. Calum Burgess schien Charis nicht mehr das geben zu können, was sie wohl am meisten gebraucht hat: seine Bewunderung und seine bedingungslose Liebe. Das glaubte sie zumindest."

„Und diese Diagnose stellst du, nachdem du gerade einmal eine halbe Stunde mit ihr gesprochen hast?", fragte er argwöhnisch.

Karen Earnshaw errötete. „Zweifelst du an meiner Kompetenz als Psychiaterin? Ich habe mich mit Inspector Peebles von Scotland Yard unterhalten. Die Mitglieder von Lux Humana hatten ihm Interessantes über Charis zu berichten. Danach habe ich mir ihre Biographie zu Gemüte geführt. Sie durchlebte mehrere schwere frühkindliche Traumata, zum einen den Verlust beider Eltern, zum anderen muss sie als Kind mitbekommen haben, was sich in dem Behandlungszimmer, wie Lux Humana die Folterkammer nannte, abgespielt hat. Das verkraftet eine kindliche Seele wohl kaum. Hinzu kam die frühkindliche Überforderung durch Nathan Burgess. Später mutierte sie selbst mit Hilfe von Burgess unter Qualen zum Neophyten. Das alles hat aus ihr ein narzisstisches Monster gemacht. Ich habe in den vergangenen Stunden versucht, die Geständnisse der Mitglieder auszublenden, die drastischen Bilder der Vorgänge in Na Stacain und auf Torrisdale Castle zu ignorieren. Ich habe Charis darauf angesprochen, doch sie saß einfach nur da. Sie wusste alles, einfach alles. Aber sie saß einfach nur da! Die Frau, die du gleich treffen wirst, ist das Böse in Vollendung."

Jetzt musste er lachen und nahm Karen in den Arm. „Was ist denn heute los mit dir, Karen? So kenne ich dich gar nicht. Mir kommt es fast so vor, als würde dein neuer Gast dich ängstigen."

„Sie ist seelische Verwesung, Fäulnis. Privat kann man sich einem solchen Menschen nur entziehen. Für Außenstehende ist es sehr schwer, die Wahrheit innerhalb der Intrigen zu erkennen, da bei der narzisstischen Persönlichkeit meist eine ausgefeilte und sehr subtile Lebenstaktik dahintersteht, die hart erarbeitet wurde. Wir als Psychiater sind glücklicherweise dazu in der Lage. Wir haben Charis übrigens nicht gesagt, dass Mairead ihre leibliche Tochter war. Ein weiteres emotionales Trauma konnten wir noch nicht verantworten. Wir mussten sie zunächst stabilisieren. Sie litt in den ersten beiden Monaten an epileptischen Anfällen vom Typ Grand Mal, aber seit sie verschiedene Antiepileptika erhält, bleiben die Ausfälle aus."

„Was macht ihr Zahnfleisch?", fragte McGillan sarkastisch. „Wächst es ihr schon aus dem Mund?"

„Lass deine derben Scherze, Patrick. Sie bekommt kein Hydantoin. Zufrieden?"

McGillan nickte, denn beide wussten nur zu genau, dass manche Substanzen aus der Gruppe der Antiepileptika hässliche Nebenwirkungen wie extreme Zahnfleischwucherungen verursachten.

„Sie behauptet noch immer, dass sie Sally Merrick nicht getötet hat. Aber die Beweislast ist erdrückend. Die Spurensicherung hat nur ihre DNA an Sallys Leiche gefunden. Warum leugnet sie diesen Mord, wo sie ansonsten geständig war? Komm, ich mache euch miteinander bekannt."

Er hielt Karen zurück. „Nein. Ich gehe allein zu ihr. Wir unterhalten uns später", sagte er bestimmt.

Karen zuckte mit den Schultern und zeigte auf eine Tür. „Zelle fünf. Nimm dich in Acht!", warnte sie ihn und ging in ihr Büro.

McGillan öffnete die Metalltür und trat ein. Es war ein Beobachtungsraum mit Betonwänden und einer eindrucksvollen Einwegscheibe, durch die man in einen angrenzenden Raum blickte. Der Raum war klein, mit einer niedrigen Decke und einem langen Klapptisch aus Metall neben dem Fenster, womit kaum mehr Platz als in einem Flugzeuggang blieb, um sich zu bewegen. Ein junger Polizist saß vor einem Monitor und einem Fernsehgerät auf dem Tisch, die ein Kabel mit einer Kamera an der Decke des Raums verband. Er stand auf und begrüßte Patrick. „Ich bin George, der Aufpasser", sagte er.

Patrick lächelte müde. „Hallo, George", sagte er und näherte sich dem Glas.

Zum ersten Mal bekam er Charis zu Gesicht. Sie spürte wohl, dass jemand sie hinter der Glasscheibe beobachtete, und schenkte ihm ein Lächeln, das ihn fast straucheln ließ. *Wenn ich mich jetzt nicht zusammenreiße, wird mich allein schon ihr Händedruck erregen,* dachte er. McGillan kannte ihr Foto aus der Presse und wusste, dass sie wunderschön war, doch in Wirklichkeit war sie atemberaubend. Er hätte einfach nur da stehen bleiben können, um diese wunderschöne Frau anzusehen. Sein Blick glitt über ihr Gesicht, an ihrem Hals hinab zum Schlüsselbein und zu ihren Brüsten. Er dachte an Karens Worte und ihre Diagnosen. *Epilepsie, starke Stimmungsschwankungen, die verzweifelte Angst vor dem Verlassenwerden, tiefe Gefühle von innerer Leere und chronischer Wut, kaltblütig, böse, eine Mörderin.*

Patrick betrat den Raum, den Kopf gesenkt, mit einem Notizblock in der Hand, und blieb einen Augenblick mit dem Gesicht hinter der wieder verschlossenen Tür stehen, als wollte er sich sammeln. Er holte tief Luft, straffte die Schultern und drehte sich um. Er sah in den blauen schottischen Himmel, sah einen blauen Eisvogel aus dem Riedgras aufsteigen, sah in gletscherblaue Augen, in denen nicht die Spur eines Gefühls zu erkennen war.

Eine Stunde später verließ Patrick McGillan die Klinik und schlenderte vergnügt zum Parkplatz am hinteren Ende des Klinikgebäudes. Bevor er ins Auto stieg, schaute er zu Charis' Fenster hoch. Ihre Zelle war hell erleuchtet. Sie stand am Fenster und hielt mit einer Hand den Vorhang offen. Ihre blauen Augen lächelten, und sie hob die Hand zu einem Gruß. McGillan ging in dieser Sekunde ein einziger Gedanke durch den Kopf: Er hatte sie gefunden.

Charis nahm mehrere Medikamente mit Mineralwasser ein, leerte das Glas und legte sich ins Bett, als das Licht gelöscht wurde. Sie kam nicht zur Ruhe. Immer wieder schreckte sie das Wimmern des weiblichen Häftlings nebenan aus dem Schlaf. Eine junge Frau, hässlich wie die Nacht, mit einer ungepflegten Haut und fettigem Haar, saß ebenfalls in Untersuchungshaft, weil sie ihr Neugeborenes in der Abfalltonne vor ihrer Wohnung hatte erfrieren lassen. Charis lauschte dem Lamentieren der Frau. In Na Stacain hätte Calum diesem Miststück längst das Maul gestopft. Doch Calum war tot, mausetot, wie die Gefühle, die sie für ihn empfunden hatte. Er hatte sein Versprechen nicht gehalten, sie nicht mehr bewundert. Ungehorsam musste bestraft werden, hatte Nathan sie einst gelehrt.

Vieles ging ihr durch den Kopf, seit der Psychiater die Tür ihrer Zelle hinter sich zugezogen hatte. Dr. McGillan hatte von Unzurechnungsfähigkeit, von Strafminderung und frühzeitiger Entlassung gesprochen. Sie wollte nicht an eine mögliche Verurteilung denken. Aber natürlich tat sie das – wie die Kreatur in der Zelle neben ihr. Sie konnte an nichts anderes denken. Sie hatte Calum getötet und Mairead nach dem Leben getrachtet und laut Gesetz ein Kapitalverbrechen begangen. Ihr drohte eine lebenslange Haftstrafe.

Charis starrte auf die Uhr, beobachtete, wie die Zeit verging, und fragte sich, wann die Gefängniswärter endlich kommen würden, um sie anzustarren und ihre Schönheit zu bewundern. Durch den schmalen Fensterschlitz dort oben konnte sie die Uhr klar und deutlich sehen. Sie war neu – mit einem viereckigen Zifferblatt, großen roten Zahlen und einem unaufhörlich vorrückenden roten Sekundenzeiger, der die Zeit dahinticken ließ, fünf Stunden lang, und noch immer gab es keinen Schlaf für sie. Langsam ging sie auf und ab, von der weißen Zellenwand zur verschlossenen Tür und zurück, ein kurzer Weg, ein paar Schritte nur. Die ersten ein, zwei Stunden waren gar nicht so schlimm gewesen. Ein Krankenpfleger war vorbeigekommen, hatte mit ihr geflirtet und war eine Weile geblieben. Er hätte sie gerne berührt, glaubte sie in seinen Augen gelesen zu haben.

Sie kaute an einem Fingernagel und beobachtete dabei die Uhr. Mit jeder weiteren Stunde wurde es schlimmer. Worüber dachten andere Menschen nach, wenn sie im Gefängnis saßen? Zwei Pfleger, die sie noch nicht kannte, gingen schnell an ihrer Tür vorbei. Sie schauten durchs Fenster, wollten einen Blick auf sie erhaschen. Charis spürte die heftige, fast greifbare Spannung, die in der Luft lag. Die Pfleger tuschelten, und sie wusste, jeder wollte sie besitzen, jeder, ja sogar dieser Psychiater, der sie vor Prozessbeginn begutachten sollte. Sie hatte die Bewunderung in seinen Augen gelesen und in seiner Stimme den Klang der Sehnsucht bemerkt. *Wunderbar!* Ein Tag ohne Bewunderung war ein verlorener, beschissener Tag.

Charis legte beide Hände an die Wand und fühlte die kühle Betonstruktur. Sie dachte über glücklichere Zeiten nach, Zeiten, in denen sie in Calum verliebt gewesen war, wirklich verliebt. Sie dachte daran zurück, wie sie mit ihm eine Bergwanderung durch die Highlands gemacht und sie in der Hütte wegen eines Gewitters Schutz gesucht hatten. Jene Hütte, in der damals ihr Baby gezeugt worden war. Der Geruch von Humus und Baumrinde hatte in der Luft gelegen. Sie habe eine so unbekümmerte Art, ihr Gang sei so leicht und schwungvoll wie der eines jungen Mädchens auf dem Weg zu einem heimlichen Abenteuer; jeder könne ihr ansehen, dass sie glücklich sei, hatte Calum damals gesagt. Unbekümmert, leicht und schwungvoll – Worte, die ihr heute nicht mehr in den Sinn kamen, weil sie alles verloren hatte.

Sie schloss die Augen und versuchte die Tränen zurückzudrängen. Ihre Fäuste gruben sich in ihre Beine. Das Einzige, was ihr die Stille der Nacht gab, war eine Beklommenheit, die ihre Brust aushöhlte. Aber das verdiene sie nicht, hatte Patrick McGillan gesagt. Kein Kummer sollte ihre Seele trüben. Und … Durch das schmale Fenster sah sie die Uhr hoch oben an der Wand. Eine weitere Stunde war vergangen. Sie wollte schreien, lauthals ihr Schicksal, ihr Leben beklagen. Sie legte ihre Stirn an die Wand. Die kalten Steine wirkten besänftigend und brachten ihrem erhitzten Gesicht die ersehnte Kühlung. Die Wände knackten lauter als gestern, die Lüftungsschlitze und Leitungsschächte schienen aktiver zu sein, Dinge bewegten sich, Bewegungen, aus denen sich langsam etwas herauskristallisierte, trudelnd und sinkend wie Plankton im Teich. Plötzlich sah sie die Umrisse einer Gestalt und erkannte ein Gesicht. Schritte entfernten sich. Sie hörte das Knirschen des Kieses, das Flügeltor mit der Überwachungskamera.

Sie trat ans Fenster. Ein Lichtstrahl blitzte für einen Moment auf, leuchtete ihr grell ins Gesicht und irritierte sie. Dunkle Augen hinter Brillengläsern? Sein starrer Blick, der vom Hof aus ihr Fleisch durchbohrte? Calum? Sie neigte den Kopf, um einer inneren Stimme zu lauschen. Etwas befahl ihr, am Fenster auszuharren.

„Calum?“, flüsterte sie und warf einen fragenden Blick auf den Schatten, der seinen Kopf vorbeugte.

„Calum, wo bist du?“, sagte sie mit veränderter, rauchiger Stimme. „Ich hätte schwören können, dass du ...“ Sie verstummte, setzte erneut an: „Ich vermisse dich, Calum.“

Sie schaute in das Fensterglas, das ihr Gesicht widerspiegelte.

„Wir müssen reden“, zischte das Spiegelbild. Dunkle Augen starrten sie an. Ihre Hände glitten über die Scheibe. „Mairead ist unser Kind.“

„Nein! Du sagst das, um mich zu quälen. Und du willst nur die Nacht mit mir verbringen. Das geht nicht!“

„Wieso nicht?“, fragte ihr Spiegelbild.

„Ich bin müde. Hör auf, mich zu quälen. Hör auf!“

Das Spiegelbild veränderte sich. Es schien zu schmelzen und ineinanderzulaufen. Die Augen wurden blau, und eine grässliche Bösartigkeit grinste ihr entgegen. Sie schloss die Augen. *Schlich sich so der Irrsinn an?*

„Nein!“, flüsterte sie. „Es ist die Einsamkeit innerhalb dieser Wände.“

Calum war tot. Die Hinterlassenschaft seiner Liebe würde ihr immer bleiben. Jeden einzelnen Kuss hatte sie gewollt, jede Berührung, jeden Genuss, den er ihr gegeben hatte, jeden Schmerz und auch seinen Tod. Sie hatte das alles gewollt, weil sie sich dadurch lebendig gefühlt hatte. Aber sein Ende hatte nicht zu ihrer Befreiung geführt. Es quälte und fesselte sie – bis heute Abend. Nicht noch einmal würde sie sich einer solchen Sinnestrübung hingeben. Ein unerwartetes Gefühl der Erleichterung erfasste sie, und sie atmete befreit auf, als verlören mit Patrick McGillan die Geister der Vergangenheit ihre Macht über sie.

Sie schaltete die Stereoanlage an und lauschte den Klängen von *Little Girl Blue*. Aus der Begegnung mit Schönheit und Musik erwuchs ihre schöpferische Kraft. Sie breitete die Arme aus und drehte sich im Kreis. Plötzlich flammte das grelle Licht wieder auf, die Tür wurde aufgesperrt. Von der Zellentür näherte sich ein schwaches, langsam anschwellendes Geräusch: gleichmäßig schleifende, immer lauter werdende Schritte. Jemand rief ihren Namen. Sie drehte sich um.

„Ich habe Sie am Fenster gesehen. Ich musste kommen!“, sagte Patrick McGillan leise. Sein Flüstern war bedrohlich wie die Schatten. Charis lächelte geheimnisvoll und forderte ihn zum Tanz auf.

Nachwort der Autorin

Lieber Leser,

was ist schön?

In meinem neuen Roman **Tödliche Perfektion** stehen sich der Jugendwahn und die Vergreisung in der schottischen Sekte Lux Humana gegenüber. Sie verfolgt das Ziel, eine Gesellschaft aus vollkommener Schönheit zu erschaffen.

Heute will keiner mehr alt werden. Die vom Jugendwahn beherrschte Welt und die Genforschung haben dazu beigetragen, den Irrglauben an die menschliche Unsterblichkeit zu nähren. Wollen die Verantwortlichen uns weismachen, dass Schönheit die Abwesenheit von Krankheit in einem makellos jungen Körper bedeutet? Junge Menschen unterziehen sich vor laufender Kamera einer Schönheitsoperation – in der Hoffnung, danach ein Leben als „The Swan" – der Schwan – führen zu können. Mit dieser Zurschaustellung hat die Vermarktung von Schönheitsoperationen einen neuen und unrühmlichen Höhepunkt erreicht. Nicht selten zerbrechen vor allem junge Mädchen an dem Wunsch, schöner, schlanker, perfekt zu sein. Das ständige Gefühl, nicht dem gängigen Schönheitsideal zu entsprechen, belastet und schwächt Selbstvertrauen und Selbstwertgefühl.

Äußerliche Schönheit sagt nichts aus über den Charakter, die Eigenschaften oder Fähigkeiten eines Menschen. Seinen Platz in der Gesellschaft zu finden, mit sich selbst ins Reine zu kommen und ein gesundes Selbstbewusstsein zu entwickeln wird nicht durch die ästhetische Chirurgie erreicht. Die Diskussion um den Jugendwahn berührt aber nicht nur junge Menschen. Das Alter gehört zu uns und hat seinen Wert – mit und ohne Falten. Schönheit ist nie etwas Absolutes, und Unveränderliches, sondern je nach Wert, hat sie unterschiedliche Gesichter. Wenn Schönheitsoperationen in Fernsehshows gezeigt und in Radiosendungen Brustvergrößerungen verlost werden, brauchen wir Denkanstöße.

Ich hoffe, das mit **Tödliche Perfektion** getan zu haben – und das Sie spannende und unterhaltsame Stunden mit meinem Buch verbracht haben.

Herzliche Grüße
Astrid Korten

Danksagung

Ich danke allen Beteiligten für ihre Mithilfe und dafür, dass sie mir ihr unschätzbares Wissen zur Verfügung gestellt haben:

Frau Dr. Helge Lubenow, Senior Vice President, Molecular Diagnostics Business Area, Qiagen GmbH, für ihre Hilfe zum Thema DNA-Technologie. Ohne sie gäbe es das Mädchen Mairead nicht – ein Progerie-Kind, im Roman die Gegenspielerin der Makellosigkeit.

Dr. Thomas Theuringer, Qiagen GmbH, Director, Public Relations, für die Überprüfung der Fakten.

Dr. Reinhard Gansel, Laser-Medizin-Zentrum Rhein-Ruhr, der die wunderbare Gabe besitzt, den Patienten nicht nur in hektischen Zeiten zuzuhören, sondern auch besondere Lösungsansätze für die Optimierung der Haut bietet. Danke, dass ich dir bei der Arbeit zusehen durfte und für die hilfreichen Informationen.

Dr. med. Arndt, Pathologie, Essen, für die bedingungslose Einführung in die Welt der Autopsie.

Dr. med. Olaf Klünder, Anästhesist und Schmerztherapeut, der mir auf humorvolle Weise Wissenswertes über den Schmerz vermittelte und mir wertvolle Hinweise gab.

Iris Gurski, UCB (ehem. Schwarz-Pharma), vielen Dank für die hilfreichen Informationen zum Thema Blockbuster und Ablauf in einer Forschungsabteilung.

Helmut Föhr, fmi GmbH, danke für Ihre Hinweise zum Thema Langendorff-Herzapparaturen.

Ralf Reiter, der den Roman durch seine wertvollen Redaktions-Hinweise „rund" machte.

Quellen

Die Grundlage für meinen Roman lieferten mir unter anderem die Interviews, die ich mit folgenden Personen führte:

Frau Dr. Helge Lubenow, Senior Vice President, Molecular Diagnostics Business Area, Qiagen GmbH, für ihre Hilfe zum Thema DNA-Technologie.

Dr. Thomas Theuringer, Qiagen GmbH, Director, Public Relations.

Dr. Reinhard Gansel, Laser-Medizin-Zentrum Rhein-Ruhr, Essen.

Dr. med. Olaf Klünder, Anästhesist und Schmerztherapeut, Bremen.

Iris Gurski, UCB (ehem. Schwarz-Pharma), Monheim..

Helmut Föhr, fmi GmbH, D-64342 Seeheim-Ober Beerbach.

Recherchiert habe ich unter anderem auf folgenden Websites:

http://www.gednap.de

http://www.isfg.org/ednap

http://www.gen-ethisches-netzwerk.de/gid/191/nachweisgrenzen-dna-analyse

http://www.isfg.org/Publications/DNA+Commission

http://www.ncbi.nlm.nih.gov/pmc/articles/PMC2516199/

http://www.gen-ethisches-netzwerk.de/gid/191/nachweisgrenzen-dna-analyse

http://www.focus.de/panorama/welt/muenchen-leiche-mit-maennlicher-und-weiblicher-dna-entdeckt_aid_341833.html

http://www.fmigmbh.de

http://www.progeriaproject.com

http://www.progeriaresearch.org (Stand: 2010)The Progeria Research Foundation: The Progeria Handbook. Online-Publikation:

http://www.progeriaresearch.org (Stand: 9.6.2009) Online-Information der The Progeria Research Foundation:

http://www.pnas.org/content/106/49/20788.full:Taimen, P. et al.: A progeria mutation reveals functions for lamin A in nuclear assembly, architecture, and chromosome organization. Proceedings of the National Academy of Sciences of the United States of America, Vol. 106, No. 49, pp. 20788-20793 (8.12.2009)

http://cdg.klinikum.uni-muenster.de: Progerie (Stand: Juli 2010)

http://www.ncbi.nlm.nih.gov/pubmed/12714972: Eriksson et al.: Recurrent de novo point mutations in lamin A cause Hutchinson-Gilford progeria syndrome. Nature Vol. 423, pp. 293 (15.5.2003) http://www.qiagen.com/

Die nachfolgenden Bücher haben mir wertvolle Hinweise gegeben:
Dr. Erich Schröder, *Ethische Aspekte für Marketing und PR in der Pharmaindustrie*
Dr. Paul Seans, *Ein sinnvolles Leben*

Der Text dieses Liedes hat mich sehr inspiriert:
http://www.songtexte.com/songtext/liesbeth-list-and-ramses-shaffy/pastorale-63dda223.html

Über die Autorin:

Das Spezialgebiet der Bestseller-Autorin sind Thriller, Psychothriller und Romane. Sie schreibt außerdem Kurzgeschichten und Drehbücher. Ihre Thriller erreichen die Top-Ten-Bestsellerlisten vieler Plattformen. Die Autorin schreibt für Verlage und veröffentlicht auch selbst.

In USA wurde die Autorin mehrfach ausgezeichnet.

Für Ihre Notizen

Weitere Bücher der Autorin

OVERKILL – TOD DER SCHWALBEN

THRILLER DES JAHRES

EIN MEISTERWERK

MACHT SPRACHLOS - UNBEDINGT LESEN!

EIN GRANDIOSER THRILLER, ATEMLOSE SPANNUNG

NICHTS ERZEUGT MEHR GRAUEN ALS DIE REALITÄT

EINFACH GRANDIOS, REALITÄTSNAH UND ERSCHÜTTERND!

Ein teuflischer Serienkiller
Eine strahlenverseuchte Landschaft
Ein dunkles Geheimnis, eiskalt und tödlich
Ermittler - am Rande des Wahns

Polizeihauptmann Felix Bojko wird zu einem Tatort in die ukrainische Geisterstadt Pripyat gerufen und mit einer grausam verstümmelten Leiche konfrontiert. Es ist Janik, der Sohn des russischen Ex-Ministers Kanyukov. Da Kanyukov den ukrainischen Ermittlungsbehörden misstraut, schickt er den russischen Polizisten Alexej Markow in die Ukraine, um den Täter ausfindig zu machen.

Hauptmann Bojko wird von Mo Celta begleitet, die an einem Austauschprogramm der EU-Ermittlungsbehörden in Kiew teilnimmt und in der Ukraine ihre Schwester sucht. Als die Kommissare einem Cold-Case auf die Spur kommen, ermitteln sie mit Hochdruck, jedoch aus unterschiedlichen Gründen. Sie stehen dabei einem wahnsinnigen Mörder gegenüber, der am Ort seiner Verbrechen stets eine präparierte Schwalbe hinterlässt...